Prolog

Endlich, endlich war sie wieder hier. Und endlich waren auch die Kraniche wieder zurück. Ida ließ ihren Blick über den im Morgendunst vor ihr liegenden Bodden schweifen und baute ihre Staffelei genau an der Stelle auf, an der sie zuletzt vor fünf Jahren gestanden hatte, als sie geglaubt hatte, nie glücklicher sein zu können. Aber nach allem, was passiert war, wusste sie, dass sie nie glücklicher war als jetzt.

Um diese frühe Morgenstunde war es noch ruhiger als sonst auf Hiddensee. Nur eine Möwe, die über ihr kreiste, stieß einen kurzen, spitzen Schrei aus, bevor sie Richtung Rügen davonflog und es danach wieder so still war wie zuvor.

Wie sehr sie diese Stille vermisst hatte. Wie sehr sie sich nach dieser Ruhe gesehnt hatte, wusste sie erst, seitdem sie wieder zurück war auf Hiddensee und keine in den Potsdamer Bahnhof einfahrenden Züge sie mehr aufschrecken konnten. Wie oft hatte sie in Berlin vergeblich in den Himmel geblickt, weil sie geglaubt hatte, das Trompeten der Kraniche gehört zu haben, und dabei war es nie etwas anderes gewesen als das Tuten der Züge, und wie oft hatte sie enttäuscht ihren Blick wieder gesenkt.

Und jetzt stand sie hier und wartete darauf, dass die Vögel aus ihrem Schlaf erwachten, dass sie tänzelnd und mit einem lauten Schrei den Morgen begrüßten, wie damals, als sie zuletzt hier gewesen war.

Ida streichelte sanft über ihren Bauch, und ein Lächeln huschte über ihr Gesicht. Noch immer passierte es ihr an manchen Tagen, dass sie glaubte, sich kneifen zu müssen, um zu verstehen, dass ihre Träume Wirklichkeit geworden waren, aber die Tage wurden weniger, und wenn jetzt gleich zum ersten Mal in diesem Jahr die Kraniche ihre Trompetenrufe zu ihr herüberschicken würden, dann wusste sie, dass sie tatsächlich angekommen war.

I

Ida malte mit ihren vor Kälte rot angelaufenen Füßen Kreise ins Wasser. Wie ein Stift über weißes Papier strichen ihre Zehen über die schattige Wasseroberfläche und hinterließen dort flüchtige Spuren. Das Entenpaar, das ihr Treiben aus sicherer Entfernung misstrauisch zu beobachten schien, nahm Ida nur aus dem Augenwinkel wahr, und auch als drei Schwäne fast zeitgleich unüberhörbar im Knieper Teich landeten, hob sie kaum merklich den Kopf.

»Ida, verdammt, wo steckst du?« Die Stimme kam vom Haus, aber Ida war so mit sich selbst beschäftigt, dass sie nichts hörte. »Herrje«, Emma schüttelte verständnislos den Kopf, während sie mit polternden Schritten über den Steg zu Ida ging, »wir haben April, und in der Nacht friert es noch immer, und du hältst deine nackten Füße schon wieder ins Wasser.« Sie packte ihre jüngere Schwester an der Schulter und zog sie hoch. »Zieh die an«, sagte sie mit einer Stimme, die keinen Widerspruch duldete, und reichte ihr die Schnürstiefel, die kurz zuvor noch neben Ida gelegen hatten.

»Ich bin beschäftigt«, sagte sie ruhig und sah dabei unentschlossen auf ihre Schuhe in Emmas Hand.

Emma atmete tief durch. »Aha. Und womit, wenn man fragen darf? Mit Träumen?«

»Ich studiere die Bewegungen des Wassers. Sieh doch mal.« Sie beugte sich über den Rand des Stegs und fuhr mit ihrem

Zeigefinger durchs Wasser. »Siehst du, wie es sich kräuselt, und jetzt, pass auf, jetzt sieht es so aus, als würde es ausfransen wie die Stoffreste in Mutters Nähzimmer. Siehst du?« Sie drehte sich zu ihrer Schwester, die ihr noch immer die Schuhe hinhielt.
»Komm jetzt, Vater wartet.«
Ida seufzte leise. »Sag ihm, dass ich gleich komme. Nur noch einen Moment.« Sie wandte den Blick zum Himmel. »Die Wolke müsste gleich weg sein. Ich will nur kurz das Wasserspiel im Sonnenschein beobachten.«
»Glaubst du wirklich, dass du damit durchkommst?« Emmas Augen funkelten. Dann drehte sie sich um und ging wortlos davon.
»Meine Schuhe!«, rief sie ihr noch hinterher, aber Emma trug sie wie eine Trophäe ins Haus.
Ida schob ihren langen Rock nach oben und ließ sich auf die kühlen Planken des Stegs fallen. Auch wenn sie um das Gespräch mit ihrem Vater nicht herumkommen würde, war sie erleichtert, sich wenigstens einen kleinen Aufschub ergaunert zu haben. Sie wusste ja, was er ihr zu sagen hatte, und sie wusste auch, dass sie ihn wieder enttäuschen würde.
Während sie auf die Strahlen der Frühjahrssonne wartete, drangen aus dem Musikzimmer leise Töne. Ida wandte sich zum Haus und sah, dass das Fenster zum Garten offen stand. Lilla musste es geöffnet haben, denn nicht einmal ihre Mutter konnte die Tonleitern in so rasantem Tempo spielen wie ihre jüngste Schwester. Sie lauschte deren immer schneller werdendem Spiel, bis ein lauter, scheußlich klingender Akkord es abrupt beendete.
Erst jetzt merkte sie, dass sie am ganzen Körper zitterte. Die Wolke hatte sich noch immer nicht verzogen, und im

Schatten war es kalt geworden. Wenn sie sich nicht erkälten wollte, musste sie schnell ins Haus. Stattdessen aber zog sie nur die Beine dichter an ihren Körper und vergrub ihre nackten Füße unter ihrem Rock.

»Ida!«

Den schneidenden Ton kannte sie nur zu gut. Jedes Mal, wenn sie ihn hörte, wunderte sie sich, dass er das Leben nicht wenigstens für einen kurzen Moment zum Stillstand brachte. Aber die Schwäne schwammen ungerührt am Schilf entlang, und über ihr kreisten einige Möwen. Mit einem Gefühl tiefer Ungerechtigkeit ging sie langsam zum Haus.

Wie ein Mahnmal stand ihr Vater vor dem Eingang zur Veranda und erwartete sie bereits. Wortlos hielt er ihr die Schuhe hin und rührte sich nicht von der Stelle, bis sie ihre Stiefel zugeschnürt hatte. Ida lächelte zaghaft, aber sie wagte nicht, etwas zu sagen. Dabei hätte sie ihm gern erzählt, wie anders das Wasser heute ausgesehen hatte, viel klarer als vor ein paar Tagen.

Im Salon war es angenehm warm, und beim Anblick des lodernden Kaminfeuers dachte sie kurz an ihren Zeichenblock, der auf dem Schreibtisch in ihrem Zimmer lag und den sie nach dem Gespräch unbedingt würde holen müssen, um die züngelnden Flammen aufs Papier zu bannen. Aber noch ehe sie sich genauer überlegen konnte, wie sie es anstellen sollte, das Knistern und Flackern zu zeichnen, kam ihr Vater auch schon zur Sache.

»Ich habe mit Fräulein Stolz gesprochen«, sagte er, nachdem er in einem der beiden hohen Ohrensessel Platz genommen hatte, zwischen denen ein kleiner Spieltisch stand. »Sie wäre bereit, dich noch im Mai in ihre Klasse aufzunehmen.«

»Im Mai?«, fragte Ida entsetzt.

»Emma würde dir bis dahin helfen, den versäumten Unterricht nachzuholen.«

»Das ist unmöglich«, entfuhr es ihr.

»Aha.« Oskar Grotjahn strich sich über seinen frisch gestutzten Bart. »Das geht also nicht.«

»Nein, Vater, nein, das ist ganz und gar unmöglich. Herr Vogel will mich doch empfangen. Darüber haben wir gesprochen.«

»Herr Vogel«, wiederholte ihr Vater ruhig und beobachtete seine Tochter, die unentwegt ihren Rock glatt strich.

»Das kannst du doch nicht vergessen haben? Balthasar Vogel, der Maler, der mir vielleicht Zeichenunterricht geben will.«

»Natürlich, der berühmte Herr Vogel, wie konnte mir das nur entfallen sein.« Er schlug sich theatralisch an die Stirn. »Das Künstlergenie. Wie konnte ich nur vergessen, dass sich der weltberühmte Balthasar Vogel die belanglosen Zeichnungen meiner Tochter ansehen will.«

»Vater!« Ida schluckte.

»Du weißt genau, wie ich dazu stehe, Ida. Ich werde es nicht zulassen, dass du deine wertvolle Zeit mit diesen unnützen Schmierereien vergeudest. Du hast jetzt die höhere Schule abgeschlossen und dort genügend Mal- und Zeichenstunden gehabt. In zwei, drei Jahren heiratest du, und bis dahin solltest du das Einmaleins einer ordentlichen Haushaltsführung gelernt haben. Nimm dir ein Beispiel an Emma, sie wird bald die Ehefrau eines anständigen Stralsunder Brauereibesitzers. Was glaubst du denn, was dein zukünftiger Bräutigam sagen wird, wenn er erfährt, dass du noch nicht einmal einen Rocksaum umnähen kannst.«

»Ich habe keinen Bräutigam«, erwiderte Ida ruhig. Aber wie immer, wenn er von »ihrem Bräutigam« sprach, konnte sie ein Lächeln nicht unterdrücken.

»Ich würde wirklich gerne wissen, was du daran so komisch findest«, entgegnete ihr Vater scharf.

»Nichts, Vater, wirklich, gar nichts.« Ida hatte Mühe, sich zu beherrschen, um nicht loszukichern wie ein Schulmädchen. Ein Bräutigam! Die Vorstellung, einem Mann die Socken zu stopfen, fand sie absurd.

»Ida.« Er erhob erneut die Stimme. »Wie oft soll ich mit dir denn noch dieses Gespräch führen. Du bist jetzt achtzehn Jahre alt, früher oder später wirst du heiraten, oder glaubst du, ich kann es mir leisten, dich bis an dein Lebensende durchzufüttern?«

»Aber Vater, natürlich nicht. Ich werde nur nicht die Haushaltsschule von Fräulein Stolz besuchen.« Sie hatte sich jetzt wieder im Griff und wunderte sich selbst ein wenig darüber, wie entschieden sie sich diesmal angehört hatte.

Oskar Grotjahn schluckte. Die Entschlossenheit in ihrem Gesicht erfüllte ihn mit Sorge. Ida erinnerte ihn an seinen Vater, den er noch im Alter gefürchtet hatte. Mit zusammengekniffenen Augen, als würde er hoffen, sie auf diese Weise besser durchschauen zu können, musterte er seine Tochter. Doch einmal mehr fiel es ihm schwer, sich in ihr wiederzuerkennen. Die blauen Augen ähnelten noch am ehesten seinen eigenen, ansonsten schien sie vor allem nach ihrer Mutter zu kommen. Das dunkle Haar, das sie für seinen Geschmack viel zu locker zu einem Zopf gebunden trug, die hohen Wangenknochen, die ihrem Gesicht schon jetzt eine feine Eleganz verliehen, der geschwungene Mund mit den vollen Lippen, aus denen die Lebenslust sprach, all das hatte mit ihm nicht viel zu tun.

»Und wer, glaubst du, zahlt dir den Zeichenunterricht bei diesem Herrn Meistermaler Vogel?«

Ida überlegte kurz. »Ich könnte ja in der Fabrik arbeiten.«

»Arbeiten in der Fabrik.« Die Vorstellung amüsierte ihren Vater. »Ich würde wirklich zu gerne wissen, wer dir nur alle diese Flausen in den Kopf gesetzt hat.«

»Du musst den Läufer ziehen.« Johanna, Idas sechzehnjährige Schwester, war von beiden unbemerkt in den Salon gekommen und stand nun hinter ihnen, den Blick auf den Spieltisch mit den Schachfiguren gerichtet.

»Ach, Johanna, was für eine Wohltat.« Oskar Grotjahn legte seinen Arm um die schmalen Hüften seiner Zweitjüngsten und zog sie näher zu sich. »Was für ein kluges Mädchen du doch bist. Kannst du mir verraten, warum deine Schwester so aus der Art schlägt?«

Johanna verzog keine Miene. Die ständigen Streitereien zwischen den beiden interessierten sie schon lange nicht mehr. Sie verstand Ida einfach nicht.

»Ida, Ida, Ida.« Ratlos schüttelte er den Kopf, doch Johannas Bemerkung hatte ihn abgelenkt. Sein Blick blieb auf dem Schachbrett hängen, während er nachdenklich seinen Bart rieb.

Ida beobachtete ihn verunsichert. »Kann ich?«

»Jaja«, sagte Oskar Grotjahn, »geh jetzt. Wir sprechen uns noch.«

Als Ida kurz darauf den Salon verließ und in ihr Zimmer hinaufging, war ihr die Lust am Zeichnen erst einmal vergangen. Der Streit mit ihrem Vater zehrte mehr an ihr, als sie gedacht hatte. Erschöpft blickte sie aus dem Fenster. Direkt vor ihr lag der Knieper Teich. Doch während sein Anblick ihr vorher noch alles bedeutet hatte, schien er nun nichts weiter als ein trübes, langweiliges Gewässer zu sein.

2

Sie erkannte das Stück sofort. Mit dem ersten Akkord hatte sie es erkannt und gewusst, dass ihre Mutter es nur für sie spielte. Schon als sie noch ein kleines Kind war, hatte sie es gespielt, um sie zu trösten. Leise summte Ida die Melodie mit, diese sanfte Musik, die erst so unscheinbar in der Luft schwebt, bis sie sich immer lauter erhebt, um schließlich zaghaft zu verebben. Ida stellte sich ihre Mutter vor, wie sie an dem schwarzen Flügel im Klavierzimmer saß, dem Flügel, den ihr Großvater eigenhändig gebaut hatte und der den Grundstein gelegt hatte für seine erfolgreiche Pianofortefabrik, wie sie dort mit geschlossenen Augen saß, ganz versunken in Chopins Nocturne. Ida glaubte, dass es ihre Art war, ihr mitzuteilen, dass sie sie verstand.

Mit dem Spiel ihrer Mutter kehrte Idas Mut langsam zurück. Sie öffnete ihren Schrank und griff nach einem der Magazine, die sie hütete wie einen Schatz. Ordentlich nach Erscheinungsdatum sortiert, lag dort *Die neue deutsche Rundschau*, eine Zeitschrift, die sich ihre Mutter aus Berlin kommen ließ und die für Ida mehr war als nur ein Bote aus einer fernen Welt. Drei Jahre war es her, dass sie zum ersten Mal eines der Hefte in Händen gehalten hatte, und schon beim Lesen des ersten Artikels über einen Dichter, dessen Namen sie zuvor noch nie gehört hatte, hatte sie gespürt, dass darin etwas enthalten war, was sie zutiefst berührte. Damals konnte sie noch nicht sagen, was es war, aber im Lauf der Jahre hatte sich ihr Interesse mehr und mehr auf die Kunst gerichtet, und seitdem las sie jeden noch so kleinen Artikel über eine Ausstellungseröff-

nung, als würde es sich dabei um eine Offenbarung handeln.
Es gab kaum ein Kunstwerk, das in diesen drei Jahren abgedruckt worden war, das sie nicht aus dem Kopf hätte nachmalen können, pompöse, mit allerlei Pracht und Prunk verzierte Kaiserkrönungen ebenso wie wollüstige Salonszenerien mit nackten, sich auf samtenen Chaiselongues räkelnden Damen. Mit Hingabe hatte sie Detail für Detail dieser großen Gemälde studiert und versucht sie zu kopieren. Und vielleicht hätte sie sich damit sogar zufriedengegeben, vielleicht hätte es ihr genügt, die Malerei als einen Zeitvertreib zu sehen, der ihr dabei half, an einer prächtigeren und größeren Welt teilzuhaben als an der, die sie aus Stralsund kannte, wenn ihr Blick nicht vor einem Jahr auf ein Bild gefallen wäre, das sie seitdem fesselte wie kein anderes.
Mit der Feierlichkeit eines alten Rituals legte sie das abgegriffene Heft auf ihren Schreibtisch und blätterte es Seite für Seite langsam um – »Mondschein liegt um Meer und Land dämmerig gebreitet; in den weißen Dünensand Well' auf Welle gleitet«. Wie immer las sie zuerst Gerhart Hauptmanns »Mondscheinlerche« auf Seite drei, bevor sie sich der Strecke mit den Modezeichnungen widmete, die im Gegensatz zu den schweren Kleidern, die sie täglich an den Stralsunder Frauen sah, frisch und leicht wirkten. Ida überblätterte die Kritik einer Uraufführung an der Hofoper Unter den Linden, die ihre Mutter ebenso rot angestrichen hatte wie den Bericht über eine Wagner-Inszenierung in München, bevor sie schließlich zu der Seite kam, die den Beginn ihrer Sehnsucht markierte.
Behutsam strich sie über das aufgrund des einfachen Drucks längst braunstichig gewordene Bild von Feldarbei-

terinnen, das so anders war als alle Bilder, die sie bis dahin gesehen hatte. Es hatte nichts von dem übertriebenen Pathos eines Hofzeremoniells, nichts von der gekünstelten Lebendigkeit einer in einem Traubenmeer badenden Schönheit, es war so schlicht, dass sie es beim ersten Mal sogar beinahe übersehen hätte. Ein bis zum Horizont sich erstreckender Acker, vier gebückte Arbeiterinnen, mit zerfurchten und ernsten Gesichtern, und dazwischen zarte, sich durch die aufgelockerte Erde drängende junge Pflänzchen. Wie viel Gefühl darin lag, wie viel Sinn für das Wesentliche. Nie hätte Ida gewagt, dieses Bild wie die anderen nachzumalen. Zu groß war ihre Ehrfurcht vor dem Künstler, der, wie sie glaubte, sich seiner Kunst mit Leib und Seele verschrieben haben musste. Und nie hatte sich Ida so verstanden gefühlt wie bei ihrer ersten Begegnung mit diesem Bild, das so ungekünstelt und ehrlich war. Seitdem war es ihr Trost und Ansporn zugleich. Denn nichts auf der Welt hatte bis dahin ihr Innerstes mehr berührt, und nichts wollte sie sehnlicher, als ebenfalls eine Sprache zu finden für ihre wahrhaftigsten Gefühle.

Vater kann mich nicht zwingen, auf diese Schule zu gehen, sagte sie sich energisch, während sie eine weitere Seite umblätterte und ihr Blick auf dem Porträt des Künstlers haften blieb. Er hieß Herbert Klausen, hatte ein schmales, langes, wie Ida fand, edles Gesicht mit einem sorgfältig gestutzten Backenbart und kräftiges, nach hinten gekämmtes Haar und sah ebenso selbstbewusst wie nachdenklich aus. Ida hatte schon oft die wenigen Zeilen gelesen, die dort über ihn geschrieben standen. Sie wusste daher, dass er als einer der wichtigsten Vertreter einer neuen deutschen Kunstrichtung galt und dass er sich in Berlin mit seiner Kunst nicht nur Freunde gemacht hatte. Einer wie er, dachte sie, der mit ganz eigenen Vorstellungen auf die Welt zu blicken schien, wäre bestimmt nicht so ängstlich wie sie. »Was soll ich bloß machen?«, flüsterte sie seinem Porträt flehentlich zu, aber wie immer sprach aus seinen Augen nur eine stumme Mischung aus Melancholie und Provokation. Ida starrte nachdenklich ins Leere. Während sie erneut dem Spiel ihrer Mutter lauschte, geisterte nur ein einziger Satz durch ihren Kopf: Ich gehe auf keinen Fall zu Fräulein Stolz.

Als der letzte Ton verklungen und es wieder still war im Haus und Ida erneut aus dem Fenster sah, stellte sie mit Erstaunen fest, dass der Teich plötzlich im Sonnenschein glänzte. Für einen kurzen Moment streifte ihr Blick noch einmal das Bild der Feldarbeiterinnen, als müsste sie sich ihrer Wirkung auf sie noch einmal versichern, bevor sie das Heft zurück an seinen Platz legte. Dann band sie ihre Haare neu, setzte einen kleinen Hut auf, steckte einen Zeichenblock unter ihren Mantel und ließ zwei Kohlestifte in ihren Taschen verschwinden.

Als sie aus dem Haus trat, hielt gerade eine Droschke vor einer entfernt stehenden Nachbarvilla, ansonsten war die Teichstraße wie so oft menschenleer. Erst auf dem Knieper Damm begegnete ihr eine Gruppe junger fröhlicher Mädchen. Ida kannte sie und wollte schon grüßen, aber die Mädchen gingen ausgelassen schwatzend an ihr vorüber, ohne sie eines Blickes zu würdigen. Verwundert sah Ida ihnen hinterher. Nicht, dass sie gerne mit ihnen gegangen wäre, aber das Gefühl, ausgeschlossen zu sein, versetzte ihr einen kurzen, heftigen Stich.

Je näher Ida dem Stadtkern kam, desto lauter wurde es. Dicht an dicht standen die Giebelhäuser, von deren Wänden das Geklapper der Pferdehufe und Droschkenräder widerhallte. Ihr Blick streifte die Auslage der Bäckerei Hermann Korn, in dessen Schaufenster eine bis zur Hälfte abgetragene Brotpyramide lag, und Schuhmacher Bruhn hatte neben halbfertige Schuhe und unbenutzte Sohlen braune und schwarze Schnürsenkel gelegt. In der engen Gasse war es an diesem Apriltag 1896 fast so belebt wie zur frühen Morgenstunde am Hafen, und Ida presste ihren Zeichenblock an sich und beschleunigte ihren Schritt, als würde sie fürchten, jemand würde sie erkennen und abführen wie eine Verbrecherin und auf direktem Weg zu Fräulein Stolz bringen.

Als sie in der Heiliggeiststraße auf einer der Häuserwände in großen Buchstaben ihren Familiennamen prangen sah, zuckte sie zusammen. Obwohl sie schon unzählige Male dort entlanggegangen war, konnte sie sich nicht daran gewöhnen, ihren Namen, der zu ihr gehörte wie ihre geheimsten Wünsche, vor aller Augen ausgebreitet zu sehen. Mit den Jahren war das einst leuchtende Weiß ausgebleicht und schmutzig geworden, aber die Farbe hatte noch immer genügend Kraft, um sich deutlich von der rötlich schimmernden Backsteinfassade abzuheben. »Pianofortefabrik Grotjahn & Söhne« stand dort, und für einen Moment zögerte Ida, ob sie nicht hineingehen und ihren Onkel Fritz nach Arbeit fragen sollte. Aber die Vorstellung, dass sie wie alle anderen Arbeiterinnen an einer der Werkbänke stehen würde, erschien ihr nun fast ebenso lächerlich wie vorher ihrem Vater.

»Na, Ida, ganz allein unterwegs?«

Erschrocken drehte sie sich um. Vor ihr stand Anselm Preller, Emmas Verlobter, der sich zu ihr hinunterbeugte und seinen schweren Arm auf ihre Schultern legte.

»Ein so hübsches Mädchen wie du sollte in Gesellschaft sein«, sagte er lachend und bleckte dabei seine gelbgefärbten Zähne. Wie immer roch er nach Bier, und Ida wich unwillkürlich einen Schritt zurück, aber er hielt sie weiterhin fest, fast so, als würde sie wie selbstverständlich zu ihm gehören. »So wie diese junge Dame da, die macht's richtig.« Er zeigte auf eine hochschwangere Frau, kaum älter als Ida, die mit einem kleinen Mädchen an der einen und einem Jungen an der anderen Hand die Straße entlangging.

Ida versuchte zu lächeln, aber innerlich schauderte es sie.

»Emma meint, dass du ganz schön aufsässig bist. Sie findet dein Verhalten reichlich ungebührlich. Du scheinst ja richtig besessen zu sein von deiner Malerei. Ida, Ida.« Er musterte sie kopfschüttelnd. »Wo soll das denn hinführen?«

»Ich habe gehört, es soll noch Schwierigkeiten wegen der Hochzeit geben? Der Dampfer?«

»Ach, der Dampfer kann mir mal gestohlen bleiben. Sollen doch die Tietzes dort ihre Hochzeit feiern, ich war ohnehin von Anfang an für den Brauereikeller. Sag mir lieber, wann wir deine Hochzeit feiern?«

Ida zuckte mit den Schultern. »Du wirst es dann sicherlich rechtzeitig erfahren«, sagte sie trocken, während sie erneut versuchte, sich, ohne unhöflich zu sein, aus seiner Umklammerung zu winden.

»Weißt du eigentlich, dass halb Stralsund ein Auge auf dich geworfen hat? Seit bekannt ist, dass ich bei den Grotjahns einheirate, werde ich fast täglich von irgend so einem Tölpel belästigt, der mich anfleht, dass ich ihn dir einmal vorstelle. Ich geb ja zu, viele sind nicht dabei, die in Frage kämen, aber du wirst ja wohl nicht als alte Jungfer enden wollen.«

»Ach, Anselm.« Ida lachte. »Sei mir nicht böse, aber ich muss weiter.«

»Glaubst wohl, du bist was Besseres, was?«

»Nein, das glaube ich nicht«, antwortete sie energisch.
»Dann benimm dich«, entgegnete er barsch.
Ida sah ihn verblüfft an. In diesem Ton hatte er noch nie mit ihr gesprochen. »Ich denke nicht, dass dich das etwas angeht«, sagte sie nach kurzem Zögern und bemühte sich, ruhig zu bleiben.
»Als dein zukünftiger Schwager will ich doch nur dein Bestes«, meinte er versöhnlich, während er erneut seinen Arm um ihre Schultern legte.
»Ich muss jetzt wirklich los.« Ida wand sich ruckartig aus seiner Umarmung.
»Ist ja gut, ich hab verstanden.« Er bleckte wieder die Zähne. »Aber dass du mir keinen Ärger machst. Meinst du, ich hätte nicht bemerkt, dass du unter deinem Mantel deinen Zeichenblock verbirgst?«
Als sie sich einige Schritte entfernt hatte, atmete sie tief durch. Seine aufdringliche Art nahm ihr jedes Mal fast die Luft. Sie verstand nicht, wie Emma in seiner Gegenwart überhaupt einen Platz für sich finden konnte. Mit verschränkten Armen, als müsste sie sich auch jetzt noch vor seinem Zugriff schützen, ging sie zum Hafen.
Dort, wo im Sommer der Dampfer mit den Sonntagsausflüglern nach Hiddensee abfuhr und jetzt Fischerboote lagen, setzte sie sich an den Kai und ließ ihre Beine über dem ruhigen Wasser baumeln. Um sie herum herrschte kaum noch Betrieb. Die meisten Arbeiter und Fischer hatten sich im Seemannsheim versammelt, einer verräucherten Gaststätte, die direkt neben dem Mohrschen Kaufmannsladen lag und in der ab dem frühen Nachmittag das Bier in Strömen floss. Ida holte den Zeichenblock unter ihrem Mantel hervor und griff nach den Stiften in ihrer Tasche. Schon oft hatte sie hier gesessen, und es war beileibe nicht so, dass sie

nicht aufgefallen wäre, aber die verständnislosen Blicke, die sie von den Hafenarbeitern erntete, trafen sie weniger als die verächtlichen Bemerkungen ihres Vaters.
Über ihr hingen dicke weiße Wolken, scheinbar zum Greifen nah und so weich, dass Ida sich mit ihnen am liebsten umhüllt hätte. Je weiter sie ihren Blick über den zarthellen Frühjahrshimmel schweifen ließ, desto flüchtiger wurden sie, bis von ihnen nur noch eine vage Ahnung am dunstigen Horizont zurückblieb. Ida versuchte zu zeichnen, was sie sah, aber der Himmel auf dem weißen Papier glich in ihren Augen eher einer leblosen Wand als einem sanften Naturschauspiel. Sie zerknüllte das Blatt und warf es achtlos neben sich.
Ich muss dringend Unterricht nehmen, wenn ich malen will wie Herbert Klausen, dachte sie und setzte die ersten Striche auf ein frisches Blatt Papier. Wenn Vater das sieht, sie schüttelte den Kopf. Er wird niemals die Stunden bei Herrn Vogel finanzieren. Vorsichtig rieb sie über das Papier, so dass aus den plumpen Strichen ein nebliger Schleier entstand, der am oberen Bildrand hing wie eine bedrohliche Gewitterfront. Ida stöhnte. So funktionierte das nicht. Sie zeichnete und rieb und machte damit alles nur noch schlimmer. Aus dem freundlichen Himmel über ihr war endgültig ein düsteres Chaos geworden. Erneut zerknüllte sie das Papier. Aber auch der nächste Versuch scheiterte, und als sie das fünfte Blatt zerknüllt hatte, zeichnete sie aus dem Kopf ihre kleine Schwester Lilla. Das tat sie immer, wenn sie nicht weiterkam, und so war im Lauf der Zeit eine beachtliche Porträtserie entstanden, die sie wie einen Schatz hütete.
Ihre zwölfjährige Schwester war für sie schon immer ein Lichtblick gewesen. Deren kindlich unschuldiges Wesen, deren unbekümmerte Frechheit ließen sie hoffen, dass sie es schaffen konnte, ein anderes Leben als das für sie vorge-

sehene zu führen. Haushalt, schoss es ihr durch den Kopf. Lieber sterbe ich, als dass ich mich wie Emma füge. Sie warf noch einen letzten Blick auf Lillas Porträt, und einmal mehr war sie fest entschlossen, sich dem Wunsch ihres Vaters nicht zu unterwerfen. Ich muss einfach nur besser werden, dachte sie, ich muss zu Herrn Vogel, ich muss unbedingt zu Herrn Vogel.

3

Vorsichtig öffnete Ida die Tür zum Musikzimmer. Ihre Mutter saß am Flügel und übte ein Stück, das Ida noch nie zuvor gehört hatte.

»Stör ich?«

Ruckartig wandte sich Bertha Grotjahn ihr zu. Sie war ganz versunken gewesen in ihr Spiel und musste erst den Schreck verwinden, bevor sie ihrer Tochter freundlich zunicken konnte.

»Komm, setz dich neben mich.« Sie rutschte etwas zur Seite, so dass Ida auf der breiten Klavierbank Platz fand. »Weißt du noch, wie wir früher immer vierhändig Bach gespielt haben?«

Ida nickte.

»Lass es uns doch noch mal versuchen. Ich vermisse unsere gemeinsamen Musikstunden.«

»Ach, Mutter.« Ida seufzte. »Ich weiß doch gar nicht mehr, wie das geht.«

»Na, na, na.« Bertha Grotjahn lächelte ihrer Tochter aufmunternd zu. »Das glaub ich nicht. Du wirst sehen, deine Finger werden ganz allein die richtigen Tasten finden. Außerdem bist du doch sonst auch nicht so ängstlich.«

»Ich wollte eigentlich mit dir reden«, sagte Ida.

»Wegen Vater?«

»Auch. Es ist«, sie zögerte kurz, »ich könnte doch vielleicht von Herrn Vogel Zeichenunterricht bekommen, aber Vater ...«

»Ich weiß«, unterbrach ihre Mutter sie rasch. »Lass uns erst spielen, dann sehen wir weiter.«

»Mutter, bitte, es ist wichtig«, protestierte Ida, aber Bertha Grotjahn kannte in dieser Hinsicht kein Erbarmen. Die Musik war seit langem das Wichtigste in ihrem Leben, und sie konnte ganze Tage am Flügel verbringen, die sie nur für die gemeinsamen Mittag- und Abendessen unterbrach, für deren Zubereitung Trude, die Köchin, zuständig war. Sie war eine gute Pianistin, aber nicht so gut, dass aus ihr eine große Musikerin geworden wäre, wenn sie mehr Möglichkeiten gehabt hätte, wie Ida insgeheim glaubte. Für Bertha Grotjahn war die Musik vor allem ein idealer Zufluchtsort, und seitdem klar war, dass sie ihrem Mann keinen Erben schenken würde, und in der Fabrik längst auch nicht mehr alles zum Besten stand, ließ sie sich nur ungern aus ihrem Paradies vertreiben.

Bertha stellte die Noten auf und schlug den ersten Ton an. »Komm, so schwer ist es nicht.«

Ida wusste, dass sie keine Wahl hatte, wenn sie mit ihrer Mutter noch sprechen wollte. Und das wollte sie unbedingt, schließlich hoffte sie, bei ihr mehr Verständnis zu finden als bei ihrem Vater. Ungeübt, aber mit vielen Stunden Klavierunterricht in den Fingern, meisterte sie ihren Part besser, als sie gedacht hatte.

Bertha Grotjahn war zufrieden. »Na siehst du. Für den Anfang war das doch gar nicht so schlecht«, sagte sie anerkennend. »Mit ein bisschen Übung könntest du gemeinsam mit Lilla bei Emmas Hochzeit spielen. Deine Schwester würde sich bestimmt freuen.«

»Das glaube ich nicht«, erwiderte Ida prompt und klappte demonstrativ das Notenbuch zu. »Ich meine«, fuhr sie rasch fort, nachdem sie bemerkt hatte, dass ihre Mutter sie fassungslos ansah, »ich glaube nicht, dass Emma sich über einen dilettantischen Auftritt von mir freuen würde. Mir fehlt einfach das Talent zur Pianistin.«

»Du musst ja auch nicht gleich Pianistin werden.« Bertha Grotjahn lachte.

»Mutter, bitte.« Idas Stimme klang ernst.

»Jaja, schon gut. Ich hatte ja nur gehofft, du würdest vielleicht auf andere Gedanken kommen.« Bertha Grotjahn betrachtete ihre Tochter mit kummervoller Miene. »Ich mache mir Sorgen um dich, Ida.«

»Aber wieso denn andere Gedanken?«, fragte Ida überrascht. »Ich will doch gar nicht auf andere Gedanken kommen, ich will doch nichts weiter als Zeichenunterricht bei Herrn Vogel nehmen. Ich dachte, du verstehst mich.«

Bertha strich ihrer Tochter liebevoll über den Rücken. »So einfach ist das nicht, das weißt du doch hoffentlich«, sagte sie schließlich, nachdem sie eine ganze Weile schweigend nebeneinander auf der Klavierbank gesessen hatten.

»Aber verstehst du mich denn gar nicht? Es ist doch nichts Schlimmes dabei, wenn ich Zeichenunterricht nehmen will, und«, fügte sie leise hinzu, »nicht zu Fräulein Stolz gehen möchte.«

»Du hast Pflichten, Ida«, mahnte ihre Mutter.

»Ich weiß.« Ida klang fast ein bisschen kleinlaut, doch so schnell gab sie nicht auf. »Aber zu Fräulein Stolz gehe ich nicht«, fügte sie energisch hinzu.
Bertha lächelte. »Bei den Grotjahns ist es gute Sitte, sich anständig zu verheiraten. Du kannst dann ja immer noch Unterricht nehmen. In Berlin, habe ich gehört, soll es jetzt sogar in Mode sein, dass sich Damen der feinen Gesellschaft ihren Zeichenlehrer nach Hause kommen lassen.«
»Wir sind hier aber nicht in Berlin«, sagte Ida trotzig. »Außerdem malen diese Damen doch nur zur Zerstreuung. Eine Blume hier, eine Blume da.« Die Arme vor der Brust verschränkt, stand sie auf und ging zum Fenster. Mittlerweile dämmerte es, und der Teich lag vor ihr wie ein schwarzes Loch. »Ich will richtig malen, verstehst du? Richtig, nicht nur so zum Zeitvertreib. Ich will malen wie«, sie zögerte kurz, »wie Rembrandt«, sagte sie schließlich, von dem sie wusste, dass ihre Mutter ihn schätzte.
»Wie Rembrandt?« Bertha schluckte. »Aber Ida, Rembrandt war ein großer Künstler.«
»Dann werde ich eben eine große Künstlerin«, erwiderte sie ernst.
»Du bist eine junge Frau«, sagte ihre Mutter erschrocken.
»Ist das ein Makel?« Ida drehte ihrer Mutter den Rücken zu und blickte erneut aus dem Fenster. »Als du heute Mittag Chopin gespielt hast«, sagte sie schließlich leise, nachdem ihre Mutter auf ihre Frage nicht geantwortet hatte, »da dachte ich, dass du nur für mich spielen würdest, und ich hatte die Hoffnung, dass du mir hilfst und bei Vater vielleicht ein gutes Wort für mich einlegst.«
»Ach, Ida.« Bertha stand seufzend auf. »Natürlich habe ich für dich gespielt. Die Nocturne gehört doch nur uns beiden.« Sie legte ihren Arm um ihre Tochter und drückte

sie fest an sich. »Schön da draußen mit diesem unklaren Licht, nicht wahr? Ich mag dieses Dämmerlicht, es hat etwas Tröstliches. Alles liegt dann so schön im Vagen, und man scheint sich gar nicht entscheiden zu müssen.«

»Ich will mich aber entscheiden. Und zwar gegen Fräulein Stolz und für den Unterricht. Ich will diese Zeichenstunden, unbedingt. Warum wollt ihr nicht einsehen, dass ich meinen eigenen Weg gehen möchte und nicht den, den ihr für mich ausgewählt habt?« Idas Stimme war anzuhören, dass sie den Tränen nahe war.

»Ich hatte auch keine Wahl damals.«

»Und nur, weil es bei dir so war, soll es bei mir auch so sein?« Ida schüttelte verständnislos den Kopf.

»Es hat sich seitdem nichts verändert«, entgegnete Bertha.

»Aber ich«, Ida stockte. Am liebsten hätte sie gesagt, dass sie nicht so werden wolle wie ihre Mutter, so unglücklich, dass sie jeden Tag in ihr Musikzimmer flüchten müsse. Stattdessen sagte sie nur, dass sie das nicht könne, so zu leben, wie andere es für sie vorgesehen hätten. »Wenn ihr wollt, dass ich zu Fräulein Stolz gehe, dann müsst ihr mich schon eigenhändig dort hinbringen und festbinden«, erklärte sie forsch.

»Ida, bitte.« Berthas Blick verfinsterte sich.

»Mutter, so versteh mich doch. Das wäre mein Untergang.«

»An ein bisschen Handarbeit ist noch keiner gestorben.«

»Aber an einem falschen Leben.«

»Und du glaubst zu wissen, was das richtige Leben für dich ist?« Bertha sah ihre Tochter prüfend an. »In deinem Alter weiß man doch noch gar nichts über das Leben.«

»Nicht so viel wie du, das stimmt schon«, lenkte Ida ein, »aber ich habe auch Augen im Kopf und kann sehen, dass nicht alles gut ist, nur weil es schon immer so war. Oder glaubst du, Emma ist glücklich?«

»Zufrieden ist sie, ja, ich denke, sie ist zufrieden«, antwortete Bertha ernst.

»Meinetwegen, dann ist sie eben zufrieden. Aber ich wäre es nicht, wenn ich dieses Leben führen müsste. Ich wäre überhaupt nicht zufrieden, ich wäre todunglücklich.« Mit energischen Schritten ging Ida zurück zum Flügel und setzte sich. »Ich wäre todunglücklich«, wiederholte sie, während sie wahllos einige Tasten anschlug. »Todunglücklich, verstehst du?« Sie sah ihre Mutter herausfordernd an, während ihr Spiel immer schneller und lauter wurde, bis schließlich ein undurchdringlicher Klangbrei im Raum lag.

»Schluss jetzt. Du benimmst dich kindisch.«

»Was ist denn hier los?« Lilla steckte neugierig ihren Kopf durch einen schmalen Türspalt.

»Deine Schwester ist unter die Komponisten gegangen«, antwortete Bertha gereizt.

»Wenn man mich schon nicht malen lässt«, entgegnete Ida nicht weniger verärgert und hämmerte erneut auf die Tasten ein.

»Nicht malen?« Lilla war sichtlich entsetzt. »Und wer zeichnet mich dann? Ich brauch doch Beweise, dass ich größer werde.«

»Liliana! Lass uns bitte noch einen Moment allein.« Bertha lächelte ihrer Jüngsten freundlich zu, aber Lilla wusste, dass das Lächeln nichts zu bedeuten hatte, wenn ihre Mutter sie bei ihrem vollen Namen nannte. »So, Ida, und nun zu dir. Damit das deutlich ist, solange du noch nicht volljährig bist, wirst du tun, was dein Vater und ich für das Beste halten.«

»Ihr wollt also unbedingt, dass ich unglücklich werde?« Ida erhob sich und ging zur Tür. »Es tut mir leid, Mutter, aber ich werde nicht sehenden Auges in mein Verderben rennen.«

4

Die nächsten Tage verbrachte Ida wie in einem Vakuum. Alles um sie herum fühlte sich unwirklich an. Die frische Frühjahrsluft, die sie sonst begierig in sich aufnahm wie ein unverzichtbares Lebenselixier, stand in so krassem Gegensatz zu ihrem Befinden, dass sie es vorzog, bei geschlossenem Fenster in ihrem Zimmer zu bleiben. Nichts von der Welt da draußen sollte bis zu ihr vordringen, und schon gar nichts, was ihre Sehnsüchte hätte wecken können. Das Gespräch mit ihrer Mutter war für sie völlig unerwartet verlaufen, und ihr anfängliches Aufbegehren war schnell einer großen Hoffnungslosigkeit gewichen.

Warum nur verstand sie keiner? Und warum verstand ihre Mutter sie nicht? Ausgerechnet ihre Mutter? Ida war ins Grübeln verfallen, aber je länger sie darüber nachdachte, desto weniger schien sie plausible Antworten auf ihre Fragen zu finden. Hatte sie bislang einfach nur nicht begreifen wollen, dass ihre Mutter keinen Ärger wollte, damit sie in Ruhe Klavier spielen konnte? Dass ihr einziges Interesse der Musik galt? Aber wenn dem so war, dann müsste sie doch erst recht verstehen, dass für ihre Tochter nur das Malen zählte? Weil sie, Ida, ihr sehr ähnlich war. Vielleicht

war ja gerade die Ähnlichkeit das Problem, dachte Ida, vielleicht hatte ihre Mutter Angst davor, in den Spiegel zu schauen.
Ida schüttelte den Kopf. Nein, nein, nein. Das ist undenkbar. Ihre Mutter machte nicht den Eindruck, als hätte sie Angst. Sie hatte Angst, sie hatte Angst davor, nicht stark genug zu sein, sich den Konventionen entgegenstellen zu können. Sie hatte Angst davor, aufzugeben. Aufgeben! Ida würgte es fast bei dem Gedanken. Was blieb denn dann noch? Wäsche waschen, Löcher stopfen, weinende Kinder und ein Ehemann, der nichts anderes von ihr erwartete als ein gütiges Lächeln? Sie malte sich das Leben in den dunkelsten Farben aus, bis sie sich schließlich grauhaarig und missmutig an einem Küchentisch sitzen sah, ein Kartoffelmesser in der Hand und eine abgewetzte Schürze umgebunden, und ihr der Tod verlockender zu sein schien als das Leben. Ida erschrak. Wie konnte sie nur an den Tod denken? Genügte es nicht, dass andere sie bestrafen wollten, nur weil sie ihre eigenen Vorstellungen verfolgte? Musste sie sich denn selbst auch noch wie eine Verbrecherin behandeln?
Wie immer, wenn sie nicht weiterwusste, griff sie nach der *Rundschau* und schlug die Seite mit ihrem Lieblingsbild auf. Lange saß sie so da, reglos auf das Gemälde blickend, bis sich die Figuren auf der Leinwand zu bewegen schienen. Natürlich, dass sie darauf nicht schon früher gekommen war. Sie würde ihrem Innersten Farbe verleihen müssen und nicht dem, was sie sah. Aufgeregt ging sie in ihrem Zimmer auf und ab, und langsam fiel die Last der letzten Tage von ihr ab. Mit dem Gefühl, sich durch diese Erkenntnis auch die Erlaubnis erworben zu haben, ihre Ziele gegen alle Widerstände weiterverfolgen zu dürfen, ging sie an diesem Abend ins Bett.

Nach einer unruhigen Nacht spürte sie am nächsten Morgen, dass sich etwas verändert hatte. Die Sonnenstrahlen, die in ihr Zimmer fielen und einen breiten hellen Streifen auf den dunklen Holzdielen hinterließen, empfand sie nicht mehr als lästige Störenfriede, sondern sah in ihnen einen freundlichen Gruß von draußen. Sie schlug die Decke zur Seite und stand auf. Aus dem Spiegel blickte ihr eine Ida entgegen, die ihr vertrauter war als die der vergangenen Tage, und sie lachte ihrem Spiegelbild zu, als träfe sie endlich wieder auf eine alte, viel zu lange vermisste Freundin. Ihr Blick fiel auf den Fliederbaum, der vor ihrem Fenster stand und dessen volle Dolden an diesem Morgen in kräftigem Violett schimmerten, und ihr war, als hätte ihr jemand im Traum ins Ohr geflüstert, dass es ihr gutes Recht sei, etwas aus sich machen zu wollen.

Ida schlüpfte in das schönste Kleid, das sie besaß. Ein weinrotes, an Ausschnitt und Armen mit Stickereien verziertes Stück, das sie nur zu besonderen Anlässen trug. Sie wusste, dass sie damit mitten in der Woche auffallen würde, aber sie fand, dass ruhig jeder sehen konnte, wie wunderbar sie sich fühlte an diesem 28. April, dem Tag, der, wenn es nach ihr ginge, am Beginn ihres neuen Lebens stehen sollte.

Als sie sich gerade nach draußen schleichen wollte, drangen plötzlich laute Stimmen aus dem Salon. Ihr Name war gefallen, und sie meinte verstanden zu haben, wie ihr Vater sagte, dass es an der Zeit sei, dass sie, Ida, nun endlich erwachsen werde.

»Ida hat Träume«, hörte sie ihre Mutter mit fester Stimme erwidern. »Wir sollten das nicht verurteilen.«

Sie traute ihren Ohren kaum. Vorsichtig trat sie einen Schritt näher an die Salontür heran und lauschte.

»Pah, Träume«, sagte Oskar Grotjahn verächtlich lachend,

»die hatte ich auch mal. Und was ist daraus geworden? Der Handlanger meines Bruders bin ich geworden.«

»Ach, Oskar.« Mehr wusste ihre Mutter nie zu sagen, wenn das Gespräch auf dessen vermeintliche Benachteiligung in der Erbfolge kam. Seiner Meinung nach hätte ihm die Leitung der Fabrik zugestanden, doch sein Vater hatte dem jüngeren der Brüder den Vorzug gegeben und ihn nur zum Finanzdirektor gemacht. »Das kannst du doch nicht vergleichen.«

»Bertha, du weißt genauso gut wie ich, dass Träume etwas für die Nacht sind«, entgegnete er. »Ich will doch nur nicht, dass sie in ihr Unglück rennt und fürchterlich enttäuscht wird.«

»Vielleicht ist es ja ihr Glück«, erwiderte Bertha leise.

»Glaubst du das wirklich?«, fragte er nachdenklich. »Hast du vergessen, dass sie eine Frau ist?«

»Natürlich nicht. Aber Ida scheint es wirklich zu wollen. Ich glaube nicht, dass das nur so eine Marotte von ihr ist, und vielleicht gibt es ja auch noch eine andere Möglichkeit. Es muss doch nicht unbedingt die Haushaltsschule sein, wir könnten sie doch auch auf das Lehrerinnenseminar schicken. Dann könnte sie später Zeichnen und Malen unterrichten«, sagte Bertha versöhnlich.

»Das Kind ist so eigensinnig. Wenn bloß mal Lilla nicht in die gleiche Richtung schlägt.« Die Stimme ihres Vaters klang so erregt, dass Ida unwillkürlich einen Schritt zurück machte und beinahe mit Emma zusammengestoßen wäre.

»Pass doch auf, wo du hintrittst«, blaffte Emma sie an. »Da kriegt man dich tagelang nicht zu Gesicht, und kaum tauchst du wieder auf, stehst du auch schon im Weg und machst nur Ärger. Wo willst du an einem Dienstag in diesem Aufzug überhaupt hin?«

Ihr verächtlicher Blick jagte Ida einen Schauer über den Rücken. »Das geht dich gar nichts an«, antwortete sie schroff, während ihr unvermittelt das Wort Lehrerinnenseminar durch den Kopf schoss, das für sie kaum besser klang als Haushaltsschule und ihr einen angewiderten Gesichtsausdruck bescherte.

»Was guckst du denn so seltsam?«, fragte Emma verwundert und ging, ohne eine Antwort abzuwarten, weiter Richtung Küche, wo sie gemeinsam mit Trude ihre Hochzeitsvorbereitungen traf.

Das Gespräch im Salon war verebbt. Für einen kurzen Moment blieb Ida noch stehen, bevor sie sich entschied, den Tag exakt so fortzusetzen, wie sie ihn geplant hatte.

5

Balthasar Vogel schien wenig erfreut, Ida vor seiner Tür stehen zu sehen. Auf seinem Gesicht zeichnete sich ein gequältes Lächeln ab, und erst als sich Ida einen Ruck gegeben und schüchtern gefragt hatte, ob sie eintreten dürfe, bat er sie schließlich herein.

»Fräulein Grotjahn«, sagte er, und es klang, als wüsste er diesen Namen nicht einzuordnen.

»Erkennen Sie mich nicht?«, fragte Ida verwundert.

»Doch, doch, ich dachte, es wäre …«

»Wenn ich ungelegen komme, ich könnte auch ein andermal …«, unterbrach sie ihn rasch, doch der Maler schüttelte seinen kleinen Kopf und zeigte auf einen abgewetzten tiefen Ledersessel, in dem Ida Platz nehmen sollte. »Wenn wir uns beeilen. Ich erwarte noch Gäste. Was führt Sie zu mir, Fräulein Grotjahn?«

»Ich würde Ihnen gerne meine Zeichnungen zeigen«, sagte Ida, während sie ihre Mappe vor sich auf den staubigen Boden legte und die Schleife öffnete.

»Ihre Zeichnungen, ach ja«, wiederholte er und sah mit leerem Blick auf den schwarzen Pappdeckel zu seinen Füßen.

»Wissen Sie nicht mehr? Sie wollten mir doch eventuell Unterricht erteilen. Wenn ich gut genug bin«, fügte sie schnell hinzu.

»Unterricht.« Er stand auf, ging zu einer Kommode, auf der neben unzähligen ausgedrückten Farbtuben etliche verschmutzte Tücher und benutzte Pinsel lagen, öffnete die unterste Schublade und zog eine angebrochene Flasche Kognak heraus. Aus dem Chaos auf der Kommode fischte er ein Glas, das er seit Wochen in Gebrauch haben musste, so verschmutzt sah es aus, und goss sich ein. Balthasar Vogel stand mit dem Rücken zu Ida, und es schien, als hätte er gleich mit dem ersten Schluck deren Anwesenheit vergessen.

Erst jetzt fiel Ida auf, dass es im Atelier ungewöhnlich farblos war. Alle Bilder waren abgehängt und so an die Wände gelehnt worden, dass sie nur noch ihre blasse Rückseite preisgaben. Selbst die kleinsten Formate, die sonst bis fast unter die Decke hingen, standen mit der Bildseite zur Wand auf dem Boden. Ungläubig ließ sie erneut ihren Blick über die Wände schweifen. Und tatsächlich, nicht ein einziger Farbtupfer war dort mehr zu sehen, und auch die Staffeleien waren leer.

»Was ist mit Ihren Bildern passiert?«, fragte Ida erstaunt.

Balthasar Vogel stand noch immer mit dem Rücken zu ihr und schien ihre Frage nicht gehört zu haben.

»Herr Vogel?« Sie näherte sich ihm vorsichtig. »Herr Vogel?«, wiederholte sie, während sie wenige Schritte von ihm entfernt stehen blieb.
Schlaftrunken drehte sich der Maler zu ihr um, und in seinen erstaunten Augen sah sie, dass er sie vergessen haben musste. »Fräulein Grotjahn«, rief er, »Sie sind ja noch hier!« Er rieb sich verwundert über sein spitznasiges Gesicht.
»Ihre Bilder, Herr Vogel, was ist mit ihnen?«
»Ach, die Bilder.« Balthasar Vogel winkte ab. »Was führt Sie noch mal zu mir?«
»Meine Zeichnungen. Sie wollten sich meine Zeichnungen ansehen.«
Er nickte. »Richtig. Setzen Sie sich, Fräulein Grotjahn, setzen Sie sich.«
»Vielleicht ist es doch besser, ich komme ein andermal wieder.«
»Nein, nein«, sagte er energisch, »zeigen Sie her.«
Ida zögerte. »Sind Sie sicher?«
»Nun zieren Sie sich nicht so. So wird nie was aus Ihnen.«
Rasch klappte Ida den Deckel ihrer Mappe auf und hielt ihm das erste Blatt hin. Es zeigte Lilla im Seitenprofil mit einer Blüte im Haar.
»Weiter«, murmelte er.
Es folgte noch ein Blatt mit Lilla, diesmal von der anderen Seite, dann eins, auf dem sie in frontaler Ansicht zu sehen war, und schließlich eins mit ihr von hinten, in ein Spiel versunken.
»Weiter, weiter«, sagte Balthasar Vogel ungeduldig. »Das hier, halt«, er griff nach einer Zeichnung, auf der vor allem der Knieper Teich samt Steg zu sehen war. »Nicht schlecht«,

meinte er anerkennend, »das Wasser, gut eingefangen. Weiter.«

So ging es in einem fort. Ida reichte ihm ein Blatt, und Balthasar Vogel brummte bis auf wenige Ausnahmen »weiter«. Als sie ihm gerade ihre Ansicht vom Stralsund samt Dampfer nach Rügen zeigen wollte, klopfte es energisch an die Ateliertür.

»Ihr Besuch?«, fragte Ida vorsichtig und griff nach den verstreut im Raum liegenden Blättern, während Balthasar Vogel bereits zur Tür geeilt war, ohne sich weiter um sie zu kümmern.

»Herzlich willkommen«, hörte sie ihn mit gequälter Freude ausrufen, und Ida dachte, dass er diesen Besuch gefürchtet haben musste. Da ahnte sie allerdings noch nicht, dass auch ihr gleich der Schreck in die Glieder fahren würde. Balthasar Vogels Gast, ein großgewachsener Mann Ende zwanzig, mit dichtem Haar und gepflegtem Bart, bewegte sich in einer auffällig lautlosen Art, so dass er von Ida unbemerkt ins Atelier eingetreten war.

»Darf ich vorstellen?«

Ida drehte sich abrupt um, als sie Balthasar Vogels Stimme hörte.

»Mein geschätzter Freund Herbert Klausen, der größte und bedeutendste Maler im Deutschen Kaiserreich«, sagte Balthasar Vogel, »und seine Frau Helene.«

Ida war wie vom Donner gerührt, während die beiden ihr nur kurz zunickten, sich ansonsten aber nicht weiter für sie zu interessieren schienen. Herbert Klausen und Balthasar Vogel steuerten ohne Umschweife auf die Kognakflasche zu, und Helene Klausen, eine blasse und zierliche Frau mit müden Augen, ließ sich erschöpft in einen der schweren Ledersessel fallen. Ida sah ihnen sprachlos hinterher, unfähig, sich zu rühren. Nur wenige Schritte von ihr entfernt stand der Mann, den sie seit einem Jahr verehrte wie keinen zweiten, und sie war nicht in der Lage, ihm die Hand zu schütteln und zu begrüßen, geschweige denn einen klaren Gedanken zu formulieren.

»Lassen Sie sich von mir nicht stören«, sagte sie schließlich schüchtern und wäre am liebsten im Boden versunken, so verunsichert fühlte sie sich angesichts dieser unerwarteten Begegnung. »Ich räume nur noch kurz meine Sachen zusammen, und dann bin ich auch schon weg.«

Die beiden drehten sich erstaunt zu ihr um.

»Entschuldige bitte, Herbert, Fräulein Grotjahn hat mir gerade ihre Arbeiten gezeigt.«

»Ah, ihre Arbeiten.« Herbert Klausen nickte wissend. »Sie sind also auch eins dieser Malweiber, die jetzt aus allen Ecken kriechen.« Er musterte Ida ausgiebig, ohne dabei eine Miene zu verziehen.

»Malweib?« Ida hatte den Ausdruck noch nie gehört und musste unwillkürlich lachen. »Was ist denn ein Malweib?«

»Das sind Frauen, die meinen, sie müssten an der Staffelei stehen statt am Herd, dabei fehlt ihnen jegliches Talent zum Malen«, antwortete er trocken. »Sie sollten lieber kochen lernen, Fräulein …«, er stockte.

»Grotjahn«, erwiderte Ida rasch. »Ida Grotjahn.«

»Oder was meinst du, Balthasar? Hat die junge Dame etwa Talent?«

Balthasar Vogel wirkte überrascht. »Äh … ich … ich denke …«, stammelte er. »Fräulein Grotjahn, wenn Sie bit te …« Er zeigte zur Tür.

»Aber Balthasar, du wirst doch nicht so unhöflich sein und die Dame hinauswerfen wollen. Bleiben Sie bei uns«, sagte er gönnerhaft und nahm Ida die Mappe aus der Hand, die sie sich gerade unter den Arm klemmen wollte.

»Ich will Sie nicht stören«, entgegnete Ida leise, die jetzt am liebsten davongerannt wäre.

»Papperlapapp. Also, Balthasar, was macht die Kunst?«, fragte Herbert Klausen unvermittelt. »Ich seh ja gar nichts an den Wänden. Hast du etwa den Farben abgeschworen?« Er lachte. »Oder ist es, weil man dir für die diesjährige Berliner Ausstellung eine Absage erteilt hat?«

»Ich brauchte etwas Ruhe zum Nachdenken«, sagte Balthasar Vogel und konnte hinter seinem schwachen Lächeln nur schlecht verbergen, dass er sich ertappt fühlte.

»Was wirst du denn so zimperlich sein.« Herbert Klausen schüttelte den Kopf. »Du weißt doch, wie das läuft. Da trifft der von Braun eine Auswahl und schlägt die Künstler vor, aber was dem Kaiser nicht gefällt, das wird auch nicht gehängt, so einfach ist das. Eigentlich müsstest du stolz sein, dass man dich aussortiert hat. Der Kaiser mit seinen überkommenen Vorstellungen von Kunst. Da kann einem ganz übel werden. Dieses ewige schwülstige nackte Weiberfleisch, wirklich, Balthasar, möchtest du, dass deine Arbeiten neben diesem Unsinn hängen? Das ist doch alles erstunken und erlogen, diese Freizügigkeit, die sich die Herren Kaiser-Künstler da ausmalen.«

»Aber Herbert, du weißt doch genauso gut wie ich, dass das die einzige Möglichkeit für mich ist, meine Bilder in Berlin zu zeigen.«

»Was hängst du auch so an deinem Stralsund. Wenn du endlich nach Berlin kommen würdest, dann würden Stanislaus und ich dich in unsere Gruppe aufnehmen. Da könntest du denen in Berlin mal zeigen, was wahre Kunst ist. Nämlich nicht diese verlogene Detailversessenheit, sondern dein ehrlicher und freier Blick auf die Welt, nicht, Helene?« Er sah zu seiner Frau, die bislang still in ihrem Sessel gesessen hatte und nun erschrocken hochfuhr, als hätte er sie aus einem tiefen Schlaf geweckt. »Sind Sie auch so heimatverwurzelt, Fräulein ...?«

»Grotjahn«, sagte Ida rasch, die das Gespräch aufmerksam verfolgt hatte, es aber noch immer nicht fassen konnte, dass Herbert Klausen, der Maler ihrer Offenbarung, nicht nur mit Balthasar Vogel, sondern auch mit ihr sprach.

»Richtig, Grotjahn.«

»Ich weiß nicht. Ich war noch nie fort von hier.«

»Noch nie fort? In Ihrem Alter habe ich bereits in Paris studiert«, sagte er streng.

»Paris, das muss wunderschön sein«, meinte Ida sehnsüchtig.

Herbert Klausen nickte. »Das ist es.« Und für einen Moment legte sich auf sein Gesicht ein träumerischer Ausdruck. »Was ist nun mit ihrem Talent, Balthasar?«, fuhr er unvermittelt fort. »Das Fräulein macht mir einen ganz aufgeweckten Eindruck, aber es scheint noch viel lernen zu müssen.«

Ich lerne von Ihnen, wäre es ihr beinahe herausgerutscht, jeden Tag aufs Neue lerne ich von Ihnen, aber sie hatte viel zu viel Angst vor seinem Urteil, als dass sie es gewagt hätte, sich als seine heimliche Schülerin zu erkennen zu geben.

»Aufgeweckt, ja, doch«, sagte er und lächelte Ida freundlich an. »Aufgeweckt ist sie und beharrlich obendrein.«

»Beharrlich«, wiederholte Herbert Klausen, »das ist gut. Das ist sogar sehr gut. Und, Fräulein Grotjahn, was interessiert Sie denn so an der Malerei?«

»Die Farben«, entfuhr es ihr.

»Und was malen Sie? Blumen? Hübsche Sträuße? Stillleben?«
»Bislang habe ich eher gezeichnet«, antwortete sie kleinlaut.
»Zeichnen will gelernt sein. Und, Balthasar, hat sie's gelernt?«
Ida nahm ihren ganzen Mut zusammen. »Wenn Sie möchten ... ich könnte ... in der Mappe«, stammelte sie. »Ich könnte Ihnen einige Zeichnungen zeigen.«
»Um Himmels willen, nein!«, fuhr Herbert Klausen sie an. »Damit sollen sich gefälligst andere herumschlagen, für so etwas gibt es schließlich Lehrer. Und, Balthasar?«
Erschrocken wich Ida zurück. »Entschuldigen Sie, ich wollte Sie nicht verärgern«, sagte sie leise.
»Ach.« Er machte eine wegwischende Handbewegung. »Wie lautet denn nun das Urteil des werten Herrn Lehrer?«
»Ich denke, es sind ganz gute Ansätze da, aber ob es zu mehr reicht ...« Balthasar Vogel zuckte mit den Schultern. »Du weißt ja, wie das mit den jungen Frauen ist. Da zeichnen sie mal das eine oder andere Porträt, aber von Anatomie haben sie noch nie etwas gehört, und bevor sie wirklich etwas gelernt haben könnten, sind sie auch schon verheiratet, und alles war umsonst.«
»Bei mir ist nichts umsonst. Ich will nicht heiraten«, brach es aus Ida heraus, und ihrer Stimme war anzuhören, wie der Gedanke sie in Panik versetzte. »Ich will eine gute Künstlerin werden«, fügte sie zaghaft hinzu.
»Soso, Sie wollen also nicht heiraten?« Herbert Klausen lächelte amüsiert. »Da gibt es doch bestimmt den ein oder anderen, der Ihnen den Hof macht. Sie sind doch hübsch anzusehen, ausgesprochen hübsch sogar«, sagte er und ge-

noss es sichtlich, Ida dabei zu beobachten, wie sie gegen ihre Scham ankämpfte.

»Nein«, erwiderte sie forsch, »da gibt es keinen.«

»Sie können ja richtig energisch sein.« Herbert Klausen nickte anerkennend, während Ida sich einmal mehr am liebsten unsichtbar gemacht hätte. »Meine Frau dürfte in Ihrem Alter gewesen sein, als wir geheiratet haben, nicht wahr, Helene?« Er sah erneut zu seiner Frau, die wieder in sich zusammengesunken im Sessel saß und diesmal tatsächlich eingenickt war. »Helene«, sagte er etwas lauter, aber sie reagierte noch immer nicht. Hastig stand er auf und legte zwei Finger auf ihren Hals. Dann atmete er erleichtert auf. »Sie schläft nur.«

»Was ist mit Ihrer Frau?«

»Sie ist krank«, antwortete er, und für einen kurzen Moment entdeckte Ida in seinen Augen diesen Anflug von Melancholie, den sie bereits von seinem Porträt her kannte.

»Hat sich ihr Zustand denn wieder verschlechtert?«, fragte Balthasar Vogel besorgt. »Das letzte Mal, als ich euch in Berlin besucht habe, da machte sie auf mich einen ganz munteren Eindruck.«

»Mal so, mal so«, sagte Herbert Klausen resigniert. »Die Ärzte wissen jedenfalls nicht weiter.«

»Der Aufenthalt auf Hiddensee wird ihr sicherlich guttun.« Ida horchte auf. Hiddensee. Schon oft hatte sie beobachtet, wie am Horizont die Insel mit dem Himmel zu verschmelzen schien, aber dorthin zu fahren, auf eine Insel, von der ihr Vater sagte, dass die Menschen da genauso arm seien wie der karge Boden, auf die Idee wäre sie nie gekommen. »Vollkommen von Sinnen« müsse man sein, wenn man dorthin wolle, hatte er zu ihr gesagt, als sie einmal die Sonntagsausflügler erwähnte, die in den Sommermonaten auf die Insel fuhren, und Ida hatte nie an seinem Urteil gezweifelt. Was wollte ein Künstler wie Herbert Klausen dort? Obendrein um diese Jahreszeit, in der es noch nicht einmal eine vernünftige Verbindung nach Hiddensee gab?

»Mir auf jeden Fall schon«, sagte er. »Dieses Gezanke in Berlin«, er schüttelte sich angewidert, »das versperrt einem völlig die Sicht. Aber du weißt ja gar nicht, wie das ist.«

»Ach«, entfuhr es Balthasar Vogel verärgert, »ich weiß das nicht? Darf ich dich daran erinnern, dass ich beim nächsten Salon nicht dabei sein werde.«

»Dann lass doch mal sehen. Du versteckst ja alles vor mir.« Er schaute sich demonstrativ im Raum um und zeigte auf die leeren Wände. »Merken Sie sich das, Fräulein Grotdings, wer Angst hat, sich zu zeigen, der kann auch nicht gesehen werden, und wer sich vor Niederlagen fürchtet, der hat schon verloren. Nicht wahr, Balthasar?«

»Du hast gut reden.«

»Also immer noch das verkannte Genie. Na ja, wir wollen das Fräulein nicht entmutigen.« Er musterte Ida einmal mehr und nickte anerkennend. »Ihr Blick gefällt mir«, sagte er und wiegte dabei nachdenklich den Kopf. »Gefällt mir wirklich. Balthasar, ich finde, du solltest der jungen Dame Unterricht erteilen. Was meinen Sie, Fräulein?«

»Ja, gerne. Ich möchte unbedingt besser werden«, antwortete Ida zaghaft, da sie damit rechnete, gleich wieder Opfer seines Spotts zu werden.

»Hast du das gehört, Balthasar? Sie möchte besser werden. Ich finde, sie könnte uns ruhig beweisen, dass ihr das auch gelingt.«

»Ich habe momentan wirklich andere Sorgen«, sagte Balthasar Vogel gereizt, der sich nichts sehnlicher wünschte, als endlich wieder alleine zu sein.

»Mach doch aus ihr dein Meisterwerk«, rief Herbert Klausen erregt, sprang auf und legte seine Hände auf Idas Schultern. Die Idee gefiel ihm. Als er sein Kinn nach oben reckte und eine majestätische Pose einnahm, konnte er sein Lachen kaum unterdrücken.

»Du bist ja wohl völlig von Sinnen.«

»Wolltest du nicht immer etwas Großes leisten?«, provozierte Herbert Klausen ihn weiter. »Das hätte wirklich Größe, ein wahrhaft lebendiges Meisterwerk.«

Während er fortfuhr, über die Vorzüge seiner Idee zu referieren, und sich dabei vor Lachen kaum mehr halten konnte, wand sich Ida aus seinem Griff, der immer fester geworden war.

»Lass gut sein, Herbert.«

»Es ist ohnehin Zeit, aufzubrechen.« Herbert Klausen lachte noch immer, als er seine Frau behutsam weckte. »Wenn du es in deinem kargen Atelier nicht mehr aushältst, dann besuch uns doch auf Hiddensee, das bringt dich auf neue Gedanken. Und Sie, Fräulein Grotjahn, Sie machen mir keine Schande.« Er beugte sich zu ihr vor. »Ihr offener Blick ist wirklich außergewöhnlich«, flüsterte er ihr zum Abschied ins Ohr, »wirklich außergewöhnlich.«

Im Atelier war es totenstill. Balthasar Vogel sah aus, als hätte er soeben eine Schlacht verloren. Er ließ sich in einen der Sessel fallen und schloss die Augen. Ida beobachtete ihn verunsichert. Sie hätte jetzt gehen sollen oder wenigstens etwas sagen müssen, aber in ihr herrschte so ein Durcheinander, dass sie nicht ein noch aus wusste. Am liebsten hätte sie alles gleichzeitig gemacht – aufspringen vor Glück, niedersinken vor Erschöpfung, lachen, weinen, schreien. Unruhig rutschte sie in dem Sessel hin und her, in der Hoffnung, Balthasar Vogel würde sie aus diesem Zustand erlösen, aber sie hoffte vergebens. Der Maler war eingeschlafen und schnarchte. Für einen Moment lauschte sie seinen Atemgeräuschen, dann stand sie leise auf und schlich aus dem Raum.

Das Sonnenlicht traf sie wie ein Schock. Es dauerte eine Weile, bis sich ihre Augen an das grelle Licht gewöhnt hatten. Um sie herum herrschte geschäftiges Treiben, aber Ida fühlte sich wie hineingeworfen in diese alltägliche Betriebsamkeit, als könnte sie es nicht fassen, dass sich nichts verändert hatte. Verdattert rieb sie sich die Augen. Alles war wie immer. Kohlehändler fuhren Kohle aus, Kinder zerrten an den Armen ihrer Mütter, Pferdekutscher standen vor den Geschäften und warteten darauf, dass ihre Kundschaft sie zum Weiterfahren aufforderte, und ein Fahrradfahrer holperte über das Kopfsteinpflaster.

Weil sie nicht wusste, wohin sie sonst gehen sollte, schlug sie den Weg Richtung Hafen ein. Sie fühlte sich noch immer benommen, und es dauerte eine ganze Zeit, bis sie sich von den Erlebnissen in Balthasar Vogels Atelier so weit erholt hatte, dass sie sich, statt aufgeregt am Kai auf und ab zu gehen und damit verwunderte Blicke auf sich zu ziehen, wenigstens auf einen der Poller setzen und zum ersten Mal tief durchatmen konnte.

Das war also ihr Tag, dachte sie, und sie lächelte zufrieden, denn sie war sich sicher, dass sie ihn niemals vergessen würde. Sie hatte mit Herbert Klausen gesprochen, dem Maler, dessen Bilder ihre ganze Sehnsucht entfachten. Was für ein merkwürdiger Mann er doch war, schoss es ihr durch den Kopf, und erst sah sie sein Gesicht vor sich, wie es sich zu einem höhnischen Grinsen verzog und sie auszulachen schien, bevor sie meinte, seinen Atem an ihrem Ohr zu spüren. Der Gedanke an ihn und an diesen Morgen verwirrte sie erneut. Noch nie zuvor hatte sie sich so gefühlt wie jetzt, so in Aufruhr, dass ihr ganzer Körper zu kribbeln schien und sie meinte jedes einzelne Härchen zu spüren. Es war verwirrend und herrlich zugleich, und Ida hätte alles dafür gegeben, sich dieses Gefühl bewahren zu können.

6

Die Prozession war nicht zu übersehen. Von der Marienkirche über den Neuen Markt, die Mönchstraße hoch bis in den Brauereikeller in der Ossenreyerstraße schritten die Hochzeitsgäste hinter dem mit Margeriten und weißen Wicken geschmückten Landauer her, in dem Emma und Anselm als frisch vermähltes Paar saßen. Starker Wind war aufgekommen und rüttelte an dem Blumenschmuck, der sich nach und nach löste und eine zarte Blütenspur in der Stadt hinterließ.

Anselm wäre gern schneller vorwärtsgekommen. Er brannte darauf, endlich sein erstes Bier als verheirateter Mann trinken zu dürfen, und auch Emma hätte es lieber gesehen, wenn der Kutscher die Pferde angetrieben hätte. Sie fühlte sich unwohl, war sich aber nicht sicher, ob es an dem ausladenden Kleid lag, in das sie sich am Morgen mühsam gezwängt hatte, oder an der Tatsache, dass sie nun verheiratet war. Schüchtern winkte sie den Kindern am Straßenrand zu und vermied es, Anselm dabei anzuschauen.

Unterdessen kämpfte Ida mit dem Wind. Unermüdlich riss er an ihrem Hut, den sie mit der linken Hand verzweifelt festzuhalten versuchte, während sie rechts ihre kleine zusammenklappbare Staffelei trug, die ihr auf dem kurzen Weg schon mehrfach heruntergefallen war. Lilla half ihr, so gut sie konnte, während ihr Vater ihr vorwurfsvoll zuraunte: »Dass du immer nur an dich denken kannst. Ausgerechnet an der Hochzeit deiner Schwester. Wirklich, Ida, du solltest dich schämen.« Ohne eine Reaktion abzuwarten, beschleunigte er seinen Schritt und ließ Ida und Lilla am Ende des Zugs zurück.

»Mach dir nichts draus«, sagte Lilla mit ernster Kinderstimme und klemmte Idas Zeichenblock noch fester unter ihren Arm, als gälte es, ihn gegen alle Angriffe zu verteidigen.

Ida lachte, als sie das sah. »Keine Sorge, Lilla. Ich werde Vater heute bestimmt noch überraschen.« Hoffentlich, dachte sie im Stillen und griff hastig nach ihrem Hut, den beinahe eine Böe davongetragen hätte, die unbarmherzig durch die Gasse pfiff.

Der Brauereikeller war mit bunten Girlanden geschmückt und hätte genauso gut den Rahmen für ein Schützenfest abgeben können, das zumindest dachte Bertha Grotjahn, als sie den Raum betrat und sich enttäuscht umsah. Nur die kleinen Vasen mit frischen Margeriten, die auf jedem der dunklen Holztische standen, fanden ihre Zustimmung. Am liebsten hätte sie ihre Tochter beiseitegenommen und sich über die fehlende Hochzeitsstimmung beklagt, aber als sie bemerkte, wie fröhlich Emma inmitten einer Runde junger Frauen aussah, wie alle Anspannung von ihr abgefallen war, schwieg sie lieber und setzte sich neben ihren Mann an die lange Tafel.

»Was macht Ida denn da schon wieder?«, fragte Oskar und zeigte auf seine Tochter, die gerade im Begriff war, ihre Staffelei am anderen Ende des Raums aufzubauen. »Dass sie sich nicht wenigstens heute zurückhalten kann.«

»Oskar, bitte.« Bertha griff nach seiner Hand. »Verdirb Emma ihre Hochzeit nicht.«
»Schau sie dir doch an. Sie scheint sich keiner Schuld bewusst zu sein. Wie kann sie glauben, dass sie sich immerzu alles nehmen kann, was sie will? Ich verstehe einfach nicht, wie sie so rücksichtslos gegenüber uns, ihrer Familie, sein kann. Wir haben Respekt verdient und nicht ein so ungebührliches Benehmen.« Seine Stimme vibrierte vor Wut und Enttäuschung.
»Jetzt lass sie doch.« Bertha strich ihm beruhigend über die Hand. »Außer dir scheint sich niemand an ihr zu stören. Noch nicht einmal Emma. Schau doch, sie sieht zufrieden aus.«
Murrend gab er nach. »Trotzdem, Bertha, ich kann Ida dieses Verhalten nicht länger durchgehen lassen. Was soll denn bloß aus ihr werden, wenn sie so weitermacht? Morgen ist Schluss mit dem Unsinn, und wenn ich sie eigenhändig zu Fräulein Stolz bringen muss.«
Seit Ida in Balthasar Vogels Atelier gewesen war, wollte sie mehr denn je der Welt angehören, in der Herbert Klausen lebte, jener neuen und aufregenden Welt, die ihr dieses überwältigende Prickeln beschert hatte, nach dem sie sich Tag und Nacht sehnte. Nur wenn sie mit ganzer Kraft malen könnte, so glaubte sie, würde sie dieses herrliche Gefühl zurückerlangen.
Seitdem waren drei Wochen vergangen, und die meiste Zeit hatte sie versucht ihren Vater doch noch davon zu überzeugen, ihr die Zeichenstunden zu bezahlen. Aber nichts hatte ihn bislang von seiner Meinung abbringen können, nicht ihr Angebot, nach einem Jahr Zeichenstunden die Haushaltsschule zu besuchen, nicht die Drohung, einfach nach Paris abzuhauen, und auch nicht die Ankündigung, dann

eben den nächstbesten Seegrasfischer zu heiraten, schließlich brauche so einer keinen ordentlich genähten Saum. Aber Ida gab nicht auf. Sie hatte einen neuen Plan ausgeheckt und hoffte nun fest darauf, dass Emmas Hochzeit die Wende bringen würde. Sie stellte ihren Zeichenblock auf die Staffelei und drängte sich durch die Gästeschar. Emma stand inmitten des Gewühls neben einer ihrer Freundinnen und schien sich zu amüsieren. Jedenfalls lachte sie gerade herzlich, als Ida sich zu ihnen gesellte.

»Na, Ida, was meinst du? Ist heiraten wirklich so schlimm?« Anselm war zu ihnen gestoßen und schlug seiner frischgebackenen Schwägerin freundschaftlich auf die Schulter. »Emma und ich leben jedenfalls noch«, sagte er und prostete seiner Frau zu.

»Das will ich auch meinen«, entgegnete Ida forsch. »Schließlich würde ich euch vor eurem Ableben gerne noch mein Hochzeitsgeschenk überreichen. Darf ich mal?« Sie griff nach Anselms Bierkrug und nahm einen kräftigen Schluck. »Familientradition«, sagte sie ernst. »Hat dir Emma nichts davon erzählt?«

Anselm und Emma sahen sie fragend an.

»Sie hat dir wirklich nichts erzählt?« Ida verzog keine Miene und sah in Anselms ratloses Gesicht. »Wer zu den Grotjahns gehört, ist verpflichtet, mit den anderen Grotjahns alles zu teilen. Da gibt es kein Entrinnen.«

»Ist das dein Hochzeitsgeschenk? Die Wahrheit über eure schreckliche Familie?«, fragte Anselm amüsiert, während Emmas Blick sich verdüsterte.

»Ist das etwa nicht genug?«

»Wäre nur schön gewesen, du hättest mich früher gewarnt.« Er legte seinen Arm um Emma und zog sie an sich.

»Ida, bitte.« Emmas Stimme vibrierte. »Wenn das wieder eine deiner Dummheiten werden soll, dann kann ich auf dein Geschenk gerne verzichten.«

»Ach, Emma, dass du aber auch immer das Schlimmste von mir denken musst.« Sie lächelte so freundlich, wie sie nur konnte. »Keine Dummheiten diesmal, versprochen, ich habe wirklich ein Geschenk für euch, ihr müsst mir dafür nur kurz folgen.«

»Was ist es denn?« Emma ahnte nichts Gutes.

»Komm schon.« Ida nahm Emmas Hand und zog sie hin ter sich her. »Ich werde alle eure Gäste zeichnen, zur Erinnerung. Und mit dem Hochzeitspaar fange ich natürlich an. Ihr müsst euch nur für einen kurzen Moment vor meine Staffelei setzen.«

»Alle Gäste?«, fragte Emma entsetzt. »Meine Gäste sollen feiern und sich wohl fühlen und nicht einer Möchtegernkünstlerin Modell sitzen müssen.«

»Keine Angst, deine Gäste werden sich amüsieren. Pro Zeichnung brauche ich nicht länger als zehn Minuten«, sagte sie selbstsicher, dabei machte sie sich tatsächlich Sorgen, ob sie dieses Vorhaben würde bewältigen können. Doch sie sah darin ihre einzige Chance, und sie hatte fleißig geübt.

Es brauchte etwas Überredungskunst, bis sich Emma bereit erklärte, sich darauf einzulassen, aber als sie die fertige Zeichnung in Händen hielt, war sie verblüfft. »Das bin ja tatsächlich ich«, sagte sie verwundert. »Und Anselm, der Mund«, rief sie erstaunt aus, als sähe sie ihren Bräutigam zum ersten Mal, »mir ist noch nie aufgefallen, dass er so schmal ist, aber du hast recht, Ida.« Sie musterte ihn aufmerksam. »Sein Mund sieht wirklich so aus. Ich wusste gar nicht, dass du so gut zeichnen kannst«, sagte sie ernsthaft überrascht und sah Ida dabei so ungläubig an, als könnte sie es selbst nicht fassen, dass sie tatsächlich so etwas wie Respekt für ihre Schwester empfand.

Ida hätte vor Freude laut aufschreien können. Niemals hatte sie geglaubt, dass der Anfang so leicht sein würde. Aber sie reagierte ungewohnt zurückhaltend auf Emmas Lob. Noch hatte sie ihr Ziel schließlich nicht erreicht.

Im Nu sprach sich herum, was Ida vorhatte. Bereitwillig nahmen die Gäste vor der Staffelei Platz, und tatsächlich brauchte Ida für ein Porträt selten länger als zehn Minuten. Bis zum späten Abend waren zweiunddreißig Zeichnungen entstanden, dann war Ida mit ihren Kräften am Ende. Ihre Hand zitterte, und sie hatte Mühe, den Stift überhaupt noch halten zu können. Als sie ihren Zeichenblock zuklappte, sah sie in enttäuschte Gesichter. Denn längst nicht alle hatten ein Porträt erhalten, und mittlerweile war ein wahrer Kampf um den Stuhl vor ihrer Staffelei entbrannt.

»Ich noch, bitte«, bettelte die Frau eines Geschäftspartners ihres Vaters, und der Mann einer anderen Dame hatte bereits seine Brieftasche gezückt, aber Ida sah sich nicht in der Lage, auch nur einen einzigen weiteren Strich zu zeichnen.

»Tut mir leid«, sagte sie erschöpft und wischte sich mit ihren Kohlefingern den Schweiß von der Stirn. »Ich habe leider unterschätzt, wie anstrengend das ist.« Sie griff nach einem Glas Wasser, das sie, ohne abzusetzen, austrank. »Wirklich, es tut mir leid, aber ich kann nicht mehr.« Sie lächelte zaghaft, doch einige der Hochzeitsgäste schienen nicht gewillt, ohne ein Porträt die Feier zu verlassen.

»Oskar«, rief der Mann mit der Brieftasche und winkte seinen alten Freund heran. »Du hast ja mal eine prächtige

Tochter. Erst große Töne spucken, und dann das.« Er schüttelte verständnislos den Kopf. »Wirklich, Fräulein Grotjahn, so kommen Sie nicht weit.«

»Ida?« Oskar Grotjahns Stimme schraubte sich in eine schmerzhafte Höhe. »Was denkst du dir eigentlich dabei? Du hast Emma und Anselm dieses Geschenk gemacht, jetzt kannst du es nicht einfach wieder zurücknehmen.«

»Nicht doch, Herr Grotjahn«, ging eine Dame dazwischen, »Ihre Tochter ist ganz fabelhaft, ein ausgezeichnetes Talent.« Sie lächelte Ida freundlich zu, die noch immer erschöpft hinter ihrer Staffelei saß, unfähig, sich zu verteidigen, und bereit, alles über sich ergehen zu lassen, wenn sie nur keinen Stift mehr in die Hand zu nehmen brauchte.

»Diese Könnerschaft, und das in diesem Alter«, sagte ein anderer Hochzeitsgast, der das Porträt seiner Frau in Händen hielt und es wohlmeinend betrachtete. »Sehr gut, Fräulein Grotjahn, wirklich sehr gut. Sie sollten unsere Kinder auch mal zeichnen.«

»Zuerst kommt ja wohl meine Frau dran«, rief der Gast mit den Geldscheinen. »Oskar, bitte, bring deine Tochter zur Vernunft.«

»Sehen Sie denn nicht, dass meine Tochter völlig entkräftet ist?« Bertha Grotjahn war empört. Sie war vom anderen Ende des Raums herbeigeeilt, aufgeschreckt durch Oskars schrille Stimme, die selbst dort unüberhörbar gewesen war. Auch andere Gäste waren neugierig geworden, so dass sich die Menschentraube um Ida stetig vergrößerte.

»Sie hat gefälligst ihre Pflicht zu erfüllen.«

»Aber, aber, Herr Grotjahn.« Eine Nachbarin der Grotjahns, die Idas Großmutter hätte sein können, fasste ihn am Arm und zwinkerte ihm fast schon schelmisch zu. »Seien Sie doch nicht so ungerecht. Ihre Tochter hat ihre Pflicht, wenn Sie so wollen, schon mehr als erfüllt. Sie sollten stolz auf sie sein.«

»Und was ist mit dem Porträt meiner Frau?«, rief Oskar Grotjahns Geschäftspartner erneut empört.

»Na dann fragen Sie die junge Dame doch, ob sie bereit wäre, Ihre Gattin ein andermal zu zeichnen.« Auf dem Gesicht der Nachbarin war deutlich abzulesen, wie wenig sie von diesem Mann hielt.

Oskar strafte die alte Dame mit einem stummen verächtlichen Blick. »Wo sind eigentlich Emma und Anselm? Es ist schließlich ihre Hochzeit und ihr Hochzeitsgeschenk. Die beiden haben ja wohl auch noch ein Wörtchen mitzureden.«

»Oskar, bitte«, zischte Bertha leise und lächelte ihrer Tochter aufmunternd zu. »Was ist, Ida, meinst du, du könntest morgen mit den Porträts weitermachen?«

Ida, die sich langsam wieder erholte, sah ihre Mutter überrascht an. »Aber natürlich«, sagte sie, »sehr gerne sogar.« Sie blickte noch einmal entschuldigend in die Runde. »Es tut mir wirklich leid, dass ich Sie so enttäuscht habe, das wollte ich nicht.«

»Aber, aber, Kindchen«, die alte Dame erhob ihre energische Stimme, »wer spricht denn hier von Enttäuschung. Die Gäste können sich glücklich schätzen, so wundervolle Porträts mit nach Hause nehmen zu dürfen. Da zahlt man anderswo viel Geld dafür. Wo nehmen Sie eigentlich Unterricht?«

»Sie sind sehr freundlich, danke.« Ida lächelte verlegen. »Ich hoffe, dass Balthasar Vogel mich als seine Schülerin nimmt.«

»Sehr gute Wahl, Fräulein Grotjahn. Warum sind Sie nicht längst bei ihm? Woran hapert's?«

Ida zuckte mit den Schultern. »Es ist nicht so leicht.«
»Nicht so leicht«, wiederholte die alte Dame nachdenklich. »Wissen Sie, als ich in Ihrem Alter war, da habe ich auch viel gemalt. Aber so viel Talent wie Sie hatte ich nie. Sie sollten es nicht verkümmern lassen, nicht, Herr Grotjahn. Sie sind doch mit mir einer Meinung, dass Talent auch die Pflicht bedeutet, etwas daraus zu machen. Nur wenige sind mit einer so großen Gabe gesegnet.«
Ida wurde ganz rot. So viel Lob war sie nicht gewohnt. »Danke«, flüsterte sie und sah ihren Vater erwartungsvoll an.
»Wo ist Emma, verdammt?« Oskar reckte den Hals in alle Richtungen, aber er konnte sie nirgendwo entdecken.
»Ich bin ganz Ihrer Meinung«, sagte eine der Damen, die noch kein Porträt erhalten hatte. »Sie sollten Ihr Talent pflegen, Fräulein Ida. Wenn es Ihnen recht ist, dann würde ich Sie gerne morgen aufsuchen. Natürlich zahle ich auch für Ihre Arbeit, nicht, Walter.« Sie sah zu ihrem Mann, der noch immer seine Brieftasche in der Hand hielt.
»Meine Tochter wird Sie selbstverständlich ohne Gegenleistung malen«, erklärte Bertha energisch.
Ida schluckte. »Natürlich ohne Bezahlung.«
»Das gilt auch für alle anderen, die noch kein Porträt erhalten haben«, sagte Bertha in einem Ton, der keinen Widerspruch duldete. »Am besten, Sie machen gleich die Termine aus.«
Oskar traute seinen Ohren kaum. Seine Frau war gerade dabei, Ida die ersten Schritte als Künstlerin zu ebnen, und das ohne seine Zustimmung. Er fühlte sich regelrecht überrollt, auch von den umstehenden Hochzeitsgästen, die jetzt in Idas Richtung drängten. Aber nicht nur Oskar wusste nicht, wie ihm geschah, auch Ida war verblüfft über diesen

unerwarteten Erfolg. Ungläubig vergab sie einen Termin nach dem anderen. Sie fühlte sich wie in einem Traum, einem wunderschönen Traum, aus dem sie nie wieder aufwachen wollte. Da hatte sie gehofft, ihren Vater durch ihre unbändige Schaffenskraft überzeugen zu können, so zumindest war ihr Plan gewesen, und letztendlich war es ihr gelungen, alle anderen mit ihrem Können zu begeistern. Als sie spät in der Nacht zum ersten Mal etwas Ruhe fand, konnte sie es noch immer nicht fassen. Am liebsten hätte sie das Fenster aufgerissen und ihre Freude hinausgeschrien in das schlafende Stralsund. Stattdessen notierte sie in ein noch unbenutztes Heft, das sie eigentlich für Skizzen verwenden wollte: »Ich fühle mich ganz und gar als Künstlerin. Was für ein herrliches, überwältigendes, über alle Maßen schönes Gefühl!!! Es gibt keinen Schritt mehr zurück. Niemals!«

7

»Keine nackten Menschen, Ida, du wirst keine nackten Menschen malen.« Ida dachte an die mahnenden Worte ihres Vaters, während sie an der Reling der Caprivi stand und ein milder Sommerwind ihr Gesicht streichelte. Sie hatte einen Platz am Heck ergattert und blickte nun zurück auf Stralsund, das langsam im frühmorgendlichen Dunst verschwand. Ein gutes Jahr war vergangen, seitdem ihr Vater nach vielem Hin und Her und ihrem Zugeständnis, das Lehrerinnenseminar zu besuchen, ihren Mal- und Zeichenstunden schließlich unter dieser einen Bedingung zugestimmt hatte. Seitdem ging sie dreimal die Woche in Balthasar Vogels Atelier, immer im Anschluss an ihren Unterricht im Lehrerinnenseminar, und behandelte jedes seiner Worte wie eine Kostbarkeit. Und jetzt war sie tatsächlich auf ihrer ersten Reise. Allein. Nach Hiddensee. Sie atmete tief durch, als würde sie sich für immer verabschieden. Keine nackten Menschen, dachte Ida erneut und schmunzelte. Bislang war es tatsächlich nicht schwierig gewesen, seine Bedingung zu erfüllen.

Je weiter sie sich von Stralsund entfernte, desto unbeschwerter fühlte sie sich. Sie öffnete ihr Haar und ließ es vom Fahrtwind durcheinanderwirbeln. Als die Stadt kaum noch zu erkennen war und Hiddensee noch nicht in Sicht, glaubte sie kurz, an einem magischen Ort zu sein, an dem Zeit keine Rolle spielte, doch eine Möwe, die sich lautstark auf einen Brotkrumen stürzte, den ein kleiner Junge ihr zugeworfen hatte, schreckte sie aus ihren Träumereien schnell wieder auf. Ida nahm die Reisetasche und ihre Staffelei von der Bank und setzte sich zwischen die zahlreichen Sonntagsausflügler, die mit ihr an Bord des Dampfers waren.

Ihr Blick folgte der Spur, die das Schiff auf dem flachen Boddengewässer hinterließ, und für einen Moment dachte sie an die vielen Stunden, die sie am Knieper Teich verbracht hatte, damit beschäftigt, ihren eigenen Spuren auf dem Wasser hinterherzusehen. Wie ein zarter Windhauch erfasste sie das Heimweh und jagte ihr einen kurzen Schauer über den Rücken, aber ihre Neugier auf das, was sie erwarten würde, war viel zu groß, als dass die Angst vor dem Ungewissen Oberhand hätte gewinnen können.

So lange hatte sie auf diese Reise hingefiebert, auf ihre erste Fahrt nach Hiddensee. Hiddensee. Noch immer war der

Name der Insel fest verbunden mit ihrer Erinnerung an die kurze Begegnung mit Herbert Klausen, auch wenn sie ihn seitdem nicht mehr gesehen hatte und es Balthasar Vogel war, der ihr so viele Geschichten von der Insel erzählt hatte, dass sie manchmal meinte, selbst schon oft dort gewesen zu sein. Würde sie tatsächlich einen Ort vorfinden mit dem schönsten Licht und dem höchsten Himmel, den ihr Lehrer für den »natürlichsten und ehrlichsten Platz auf der Welt« hielt, fern aller Zwänge, an dem sie sich und ihre Malerei ganz neu würde entdecken und entfalten können? Oder sollte ihr Vater recht behalten?

»Hiddensee? Um Himmels willen, Ida. Dort gibt es nichts weiter als ödes Land und arme Menschen«, hatte er gesagt, als sie ihm von ihrem Wunsch erzählte, ihre Ferien dort zu verbringen. Seine Stimme hatte entsetzt geklungen, wie immer, wenn sie mit ihm über ihre Pläne sprach, und dennoch hatte Ida auch die Sorge um sie darin gehört und nicht, wie sonst so oft, die Angst um sein Ansehen in der Stadt. Er hatte sie angeblickt und den Kopf geschüttelt, aber keinen weiteren Versuch unternommen, sie von ihrem Vorhaben abzubringen. In diesem kurzen Moment hatten seine Augen so müde und traurig ausgesehen, dass Ida beinahe aufgesprungen wäre, um tröstend ihre Arme um ihn zu legen, aber er hatte sich schnell wieder gefasst und mit einer Unerbittlichkeit, die sie nur zu gut kannte, gesagt: »Fahr ruhig, du wirst schon sehen, was du davon hast. Die Reise soll dir eine Lehre sein.«

Von ferne sah es aus, als würde sich Neuendorf wie eine Fata Morgana aus dem Wasser erheben. Verzaubert von dem Anblick, stellte sich Ida erneut an die Reling und streckte unwillkürlich ihre Arme aus, als wollte sie das Unfassbare berühren. Je näher die Caprivi Hiddensee kam, desto deutlicher war das flache Land im Süden der Insel zu erkennen. Angestrahlt von der Morgensonne, standen die Fischerhäuser jetzt wie kleine Feuerbälle auf der Wiese, und Ida wäre am liebsten von Bord gesprungen und an Land geschwommen, denn jede Sekunde mehr, die sie nicht auf Hiddenseer Boden verbringen würde, erschien ihr plötzlich wie eine schreckliche Zeitverschwendung.

Als sie eine Stunde später in Kloster anlegten, konnte sie es kaum erwarten, den Dampfer zu verlassen. Wie ihr ging es auch den anderen Mitreisenden, und sie quetschten und schoben und drängten Ida mit ihrem unhandlichen Gepäck immer weiter zurück, bis sie eine der Letzten war, die schließlich von Bord kam. An Land löste sich der Menschenpulk schnell auf. Während die Ausflügler Richtung Leuchtturm strömten, suchte Ida an dem kleinen Anlegerhäuschen, das nicht mehr als ein einfacher Bretterverschlag war, vergeblich nach einem Hinweis, wie sie nach Vitte kommen würde. Dort hatte sie im Logierhaus zur Post ein Zimmer gemietet, aber leider versäumt, nach dem Weg zu fragen.

Unschlüssig blieb sie am Anleger stehen. Zwei Männer, die gerade dabei waren, ein Fuhrwerk mit Fässern zu beladen, würdigten sie keines Blickes. Wäre sie in Stralsund gewesen, sie hätte nicht gezögert, die beiden anzusprechen, aber die Männer sahen mit ihren dicken Gewändern, vollen Bärten und schief sitzenden Mützen so merkwürdig aus, dass sie sich kaum vorstellen konnte, dass sie ihre Sprache verstanden.

»Wie komme ich denn nach Vitte?«, fragte sie schließlich, nachdem sie ihnen eine Weile stumm zugesehen hatte, in der Hoffnung, es würde noch jemand anders vorbeikommen, den sie besser nach dem Weg würde fragen können.

Die Männer schienen sie nicht gehört zu haben, jedenfalls fuhren sie mit ihrer Arbeit unverändert fort.
»Entschuldigen Sie bitte, wo liegt denn der Ort Vitte?«, fragte Ida erneut.
Der Stämmigere der beiden drehte sich gemächlich zu ihr um. »Da hinten«, brummte er und zeigte auf ein paar Häuser, die in der Ferne zu erkennen waren.
»Gibt es ein Fuhrwerk dorthin, ich habe Gepäck?«
»Ein Fuhrwerk, Karl, hast du das gehört? Dass die Fremden immer glauben, sie wären hier in der Stadt«, sagte er unwirsch und wandte sich, ohne sie weiter zu beachten, seiner Arbeit zu.
Was für ein Empfang, dachte Ida und musste lachen. Das hatte Balthasar Vogel also gemeint, als er von einem »ehrlichen Platz« gesprochen hatte. Sie nahm ihr Gepäck und ging in die Richtung, in die der Mann gezeigt hatte. Es war windstill und heiß, aber trotz der Hitze kam sie schneller voran, als sie gedacht hatte. Tiefblau lag der Himmel jetzt über Hiddensee, und Ida setzte sich auf einen der Steine am Wegesrand. Auf der angrenzenden Wiese grasten Kühe, und alles sah so friedlich aus, dass sie eine große Ruhe durchströmte. Lange blieb sie dort sitzen und beobachtete die Tiere, wie sie unbeirrt fraßen oder einfach nur in der Sonne dösten. Am liebsten hätte sie die Augen geschlossen und selbst ein wenig geschlafen, aber ein Mückenschwarm kreiste unermüdlich um sie herum und vertrieb sie schließlich von ihrem Platz.
»Fräulein Grotjahn, Sie schon?« Gudrun Rau, die Wirtin des Logierhauses, war sichtlich überrascht, als Ida vor ihr stand. »Ich habe erst nächste Woche mit Ihnen gerechnet. Ach herrje, das Gepäck. Oje, oje, den ganzen Weg?«
Ida nickte.

»Und das bei der Hitze. Sie Ärmste. Mein Mann hätte Sie selbstverständlich abgeholt. Hier«, sie reichte ihr einen Becher Wasser, »trinken Sie. Sie müssen ja am Verdursten sein.« Ida nahm den Becher dankend an, aber sie hatte kaum Zeit, einen Schluck daraus zu nehmen. Ohne Pause fuhr die Vermieterin fort: »Sie sind also auch eine von denen?«

»Von denen?« Ida verstand nicht.

Die Vermieterin zeigte auf die Staffelei. »Diesen, na ja, mein Mann nennt solche wie Sie Schmierweiber. Der wird sich freuen. Jetzt haben wir also schon zwei von Ihrer Sorte im Haus. Wenn es nach ihm ginge, könnten Sie mit dem nächsten Dampfer gleich wieder heimfahren. Er denkt, dass Leute wie Sie nichts als Ärger auf unser friedliches Hiddensee bringen.«

»Aber ich …«, wollte Ida sich verteidigen, doch Gudrun Rau fuhr ohne Punkt und Komma fort.

»Ach wissen Sie, mir ist es egal, wer mir die Miete zahlt. Hauptsache, das Geld kommt pünktlich. Sie können doch im Voraus zahlen?« Sie wartete einen Augenblick, aber Ida war so verblüfft, dass sie kein Wort mehr herausbrachte. »Sie sind ja ganz erschöpft, entschuldigen Sie«, lenkte die Vermieterin ein. »Wenn Sie gleich morgen früh zahlen, will ich mal ein Auge zudrücken.« Sie stieß einen kurzen Lacher aus, der mehr an ein Grunzen erinnerte, bevor sie wieder ernst wurde. »Aber morgen früh müsste ich das Geld dann schon haben«, sagte sie mit prüfendem Blick.

»Natürlich.« Ida unterdrückte ein Schmunzeln. So sehen also Hiddensee-Empfänge aus, direkt, schnörkellos, ohne überflüssige Verbeugungen, dachte sie, während sie nach ihrer Brieftasche kramte. »Ich könnte auch gleich …«

»Nein, nein, lassen Sie.« Die Vermieterin winkte ab. »Kommen Sie, ich zeige Ihnen Ihr Zimmer.«

Als sie endlich allein war, warf Ida ihre Tasche auf das schmale Bett und riss sofort das kleine Fenster auf. Ihr Zimmer lag direkt unter dem Dach und hatte den besten Ausblick, den sie sich nur vorstellen konnte. Vor ihrer Nase tanzten Segel- und Fischerboote auf dem Wasser, Fischerfrauen saßen wie auf einer Perlenschnur aufgereiht am Strand und flickten Netze, und Kinder spielten im Sand. Gegenüber, in der Ferne, war das Ufer von Rügen zu erkennen, und wenn sie ihren Blick nach links richtete, konnte sie die Anlegestelle von Kloster sehen und dahinter den backsteinernen Leuchtturm, der stolz auf der Anhöhe stand. »Ich bin da«, jauchzte sie und wirbelte in dem kleinen Zimmer herum. »Ich bin da, da, da.« Sie streckte den Kopf aus dem Fenster und schnupperte genüsslich die klare Seeluft. So musste sich Kolumbus gefühlt haben, als er Amerika entdeckt hatte, dachte sie und raunte der warmen Sommerbrise mit Pathos entgegen: »Hallo, neue Welt, ich komme.«

Plötzlich erstarrte sie. Rechter Hand ging ein Paar langsam am Ufer entlang und kam direkt auf sie zu. Unwillkürlich machte Ida einen Schritt zurück und versteckte sich hinter der dünnen Gardine. Ihr Atem ging schnell, und sie spürte, wie ihr die Hitze in den Kopf stieg. Vorsichtig spähte sie an dem Stoff vorbei nach draußen. Hatte sie gerade richtig gesehen? Ging da tatsächlich Herbert Klausen? Sie hatte es sich nicht eingestehen wollen, immer wieder hatte sie sich gesagt, dass sie ausschließlich der Kunst wegen nach Hiddensee reiste, dass ihre Begeisterung für diese Insel ganz und gar nur Balthasar Vogels Erzählungen geschuldet sei, aber wenn sie ehrlich zu sich war, dann wusste sie, dass dies nur die halbe Wahrheit war. »Ihr offener Blick ist wirklich außergewöhnlich.« Herbert Klausens Worte, die er ihr vor mehr als einem Jahr zum Abschied ins Ohr geflüstert hatte, sein Porträt, das sie fast jeden Tag betrachtete, sein Bild der Feldarbeiterinnen – im vergangenen Jahr hatte es keinen Tag gegeben, an dem sie nicht an ihn gedacht hätte. Und jeder Gedanke an ihn war begleitet gewesen von einem kribbelnden, herrlichen, sie ganz und gar durchströmenden Gefühl, das sie jetzt wieder ergriff, während sie erneut aus dem Fenster spähte und Herbert Klausen dabei beobachtete, wie er mit weichen, fast federnden Schritten nur wenige Meter entfernt von ihr am Wasser entlangspazierte.

Ida ließ sich aufs Bett fallen und presste ihre Hände auf ihre glühenden Wangen. Da war sie erst wenige Stunden auf der Insel, hatte gerade eben erst ihr Zimmer in Augenschein genommen, und schon schien ihre Welt aus den Fugen zu geraten. War sie wirklich verliebt? Sie stöhnte leise. Sie verehrte ihn, ja, sicher, das tat sie schon seit langem, aber verliebt? Sie wusste doch gar nicht, wie sich das anfühlte, wenn man verliebt war. Kribbelte es dann tatsächlich so, wie es in ihr kribbelte? Zitterten einem dann derart die Knie, dass man fürchtete, nicht mehr stehen zu können? Meinte man, keine Luft mehr zu bekommen? Fühlte es sich so an, wenn man verliebt war? Ida war so heiß, dass sie ihr Korsett aufschnürte und es neben sich legte. Sie konnte sich unmöglich in ihn verliebt haben. Sie verehrte ihn, sie bewunderte ihn, vielleicht betete sie ihn sogar an, aber sie war nicht verliebt. Herbert Klausen war ein verheirateter Mann. Sie konnte unmöglich einen verheirateten Mann begehren.

Ein zarter Windhauch strich über ihren nackten Bauch. Wer war eigentlich diese Frau an seiner Seite gewesen, die sich so lebhaft mit ihm unterhalten hatte? Helene Klausen war es jedenfalls nicht. Deren blasses, kränkliches Gesicht hätte sie auf Anhieb erkannt. Sie wagte es kaum zu denken, aber vielleicht war Helene Klausen ja ihrer Krankheit erlegen, und vielleicht war die Unbekannte seine neue Frau. Ida richtete sich langsam auf und faltete die Hände wie zum Gebet. Herbert Klausen ist für dich einer der wichtigsten, besten, innovativsten Maler Deutschlands, sagte sie sich. Eines Tages willst du malen können wie er. Deswegen bist du hier. Um zu malen, zu malen, zu malen. Und nicht um einen verheirateten oder verwitweten oder wieder verheirateten Mann anzuschmachten, seinetwegen deinen Verstand zu verlieren und dich lächerlich zu machen. Was interessiert dich überhaupt ein Mann? Du willst nicht heiraten, das Einzige, was du willst, ist lernen, um eine bessere Künstlerin zu werden, um überhaupt eine Künstlerin zu werden, beschwor sie sich, aber es fiel ihr schwer, zur Ruhe zu kommen, und so verbrachte sie eine quälend lange schlaflose erste Nacht.

8

Als hätte sie sich wohlig ausgestreckt, den warmen Sonnenstrahlen genussvoll ergeben, sah sie aus, die Insel, auf die Ida vom Dornbusch aus blickte und die in diesem Moment nur ihr zu Füßen zu liegen schien. Ohne zu frühstücken, war sie schon früh am Morgen aufgebrochen und hatte vom Ostseestrand aus über den Klosterkirchweg die Höhe erklommen. Jetzt saß sie unterhalb des Leuchtturms auf einer saftigen Wiese und fuhr mit ihren Augen die sanft geschwungene Boddenküste mit ihren zahlreichen Buchten ab. Wie von leichter Hand hingewor-

fen wirkte sie, so unbekümmert und flüchtig, dass Ida ihren Blick wieder und wieder an ihr entlanggleiten ließ, bis sie selbst etwas von dieser Freiheit in sich spürte.
Sie stand auf und ging zurück zum Leuchtturm. Dort hatte sie ihre Staffelei und die Tasche mit den Farben und Pinseln deponiert, die sie nun holen wollte, um etwas von der Leichtigkeit einzufangen, die sie gerade entdeckt hatte. Doch schon von weitem sah sie, dass sie hier oben nicht mehr allein war. Direkt am Fuß des Turms saß eine Frau und malte. Als Ida sie erkannte, hätte sie am liebsten auf dem Absatz kehrtgemacht, aber es war zu spät.
»He, gehört das Ihnen?«, rief die Frau ihr zu und zeigte auf Idas Sachen, die direkt neben ihr lagen. »Ich habe auf sie aufgepasst, solange Sie weg waren. Man weiß ja nie.«
»Aber hier ist doch niemand«, sagte Ida verdattert.
»Neu auf der Insel, was? Na, dann herzlich willkommen. Ich bin Anna Stein, für Freunde nur Anna und für alle anderen auch.« Sie lachte und streckte Ida die Hand hin. »Das war nur Spaß eben, nichts für ungut. Du solltest das … äh … ich meine, Sie, Sie sollten das nicht persönlich nehmen. Wenn man länger hier ist, wird man eben ein bisschen eigenartig. Sie werden das schon noch merken. Sie bleiben doch länger?«
Ida musterte die Fremde skeptisch. Ihre Haut war zart wie die eines jungen Mädchens, und dennoch sah sie merkwürdig alterslos aus in den bunten Umhängen, von denen sie mehrere übereinandertrug und die ihr etwas Unförmiges verliehen. Gestern, an der Seite von Herbert Klausen, hatte sie auf Ida viel graziler gewirkt.
»Was ist, hat es dir die Sprache verschlagen?« Anna Stein sah sie fragend an. »Es ist doch in Ordnung, wenn ich dich duze? Ich mach das mit allen, die mir auf Anhieb sympa-

thisch sind. Verrätst du mir deinen Namen, oder soll ich dir einen geben? Wie wäre es mit«, sie überlegte kurz, während sie ihren Blick über Ida hinweggleiten ließ, »mit Johanna? Die heilige Johanna? Na ja, gut, ihr Ende war nicht gerade schön, aber sie war sehr mutig, bewundernswert mutig«, fügte sie hinzu. »Ich könnte mir vorstellen, dass du auch eine von diesen Kämpferinnen bist. In deinen Augen meine ich jedenfalls eine gewisse Entschlossenheit zu erkennen.« Sie lächelte Ida freundlich an. »Komm, setz dich.«

»Mein Name ist Ida Grotjahn«, erwiderte Ida kühl. »Johanna, so heißt eine meiner Schwestern.«

»Also gut, dann eben Ida, auch schön. Ich freue mich, dich kennenzulernen. Und, wie lange bleibst du auf Hiddensee?«

»Die ganzen Ferien über.«

»Was für Ferien denn?«, fragte Anna erstaunt.

»Ich besuche das Lehrerinnenseminar in Stralsund.«

»Ach du meine Güte, was für eine schreckliche Zeitverschwendung«, sagte Anna entsetzt und sah Ida mitleidig an. »Die Familie, habe ich recht? Du Ärmste. Das ist mir zum Glück erspart geblieben. Ich bin einfach vor vier Jahren abgehauen, direkt nach Paris.«

»Nach Paris?« Idas Stimme vibrierte. Sie dachte sofort an Herbert Klausen, der ebenfalls in Paris gewesen war, und der Gedanke, dass die beiden schon länger miteinander vertraut sein könnten, versetzte ihr einen Stich.

»Warst du schon einmal dort?«

»Nein, nie.«

»Das ist schade«, sagte sie seufzend. »Kennst du den Maler Ferrat?«

Ida schüttelte den Kopf.

»Entschuldige bitte, was für eine Frage. Woher solltest du ihn auch kennen. Noch nicht einmal die Franzosen mögen ihn sonderlich. Ich habe mal mit ihm und einigen anderen einen Ausflug in den Süden von Paris gemacht, und wir haben uns nackt ins hohe Gras gelegt, und plötzlich hat er angefangen, seine Farben und Pinsel zu holen, und uns gemalt. Es war, als würden wir gemeinsam ein großes, wildes, rauschhaftes Fest feiern. Er ist quasi schuld daran, dass ich jetzt hier bin.«

»Hier auf Hiddensee?«, fragte Ida verwundert.

»Ja, hier auf Hiddensee.« Anna Steins Augen leuchteten. »Es klingt vielleicht komisch, aber an diesem Tag habe ich mich der Natur versprochen, der Weite, dem Himmel, dem Gras unter meinen Füßen. Und wo könnte sie schöner sein als hier? In Paris fehlte eindeutig das Meer. Sein Plätschern, sein Rauschen, sein Tosen. Du musst einmal ans Steilufer, wenn es richtig stürmt. Die Natur ist so mächtig, Ida, wer das nicht begreift, der verschließt seine Augen. Erst die Natur lehrt uns das Sehen. Was treibt dich eigentlich hierher?«

»Ich möchte hier malen«, antwortete Ida und versuchte zu lächeln. Annas Offenherzigkeit rührte sie. Sie schien so arglos zu sein und voller Vertrauen, dass sich Ida schon fast ein bisschen für ihre wenig herzliche Art schämte. Aber sie konnte ihr Misstrauen nicht einfach so abschütteln wie die Fliege, die sich vor wenigen Augenblicken auf ihre Nase gesetzt und sie mit ihren dünnen Beinchen gekitzelt hatte.

»Na, was für eine Überraschung«, sagte Anna lachend. »Darauf hätte ich doch glatt selber kommen können. Nein, im Ernst, was treibt dich ausgerechnet hierher? Malen kann man schließlich überall.«

»Na ja«, antwortete Ida zögerlich, »man hat mir eben schon einiges über Hiddensee erzählt, und ich wollte mit eigenen Augen mal sehen, wie das hier so ist.«

»Man? Wer ist man?«
»Mein Lehrer, Balthasar Vogel.«
»Ach, Balthasar, das kleine verkannte Genie. Der ist dein Lehrer? Und der hat dir von Hiddensee erzählt? Ich wusste gar nicht, dass er auch öfter mal auf die Insel kommt. Ich habe ihn hier jedenfalls noch nie gesehen, und ich sage dir, man bleibt hier nicht lange unerkannt. Aber was soll's«, sie winkte ab, »ich freue mich jedenfalls, dass du da bist. Weißt du eigentlich, dass du die erste Frau bist, die ich hier auf Hiddensee treffe, die auch zum Malen hergekommen ist? Ich finde, das sollten wir feiern.«
»Wer ist denn sonst noch hier?«, fragte Ida leise, während sie wie beiläufig ihre Schuhe aufschnürte und dabei nur an Herbert Klausen dachte, nach dem sie nicht direkt zu fragen wagte.
»Ach, nicht viele, keine Sorge, die Insel gehört uns«, sagte Anna und lachte. »Schön weich, das Gras, nicht?« Sie zog ebenfalls ihre Schuhe aus und strich mit ihren Zehen über die Grasspitzen.
»Ja, es ist herrlich.« Ida lachte jetzt auch, erleichtert darüber, dass Anna den Namen nicht erwähnt hatte. »Ich liebe es, wenn es mich an den Fußsohlen kitzelt.« Sie stützte sich auf den Ellbogen auf und zog mit beiden Füßen Kreise über dem Gras.
»Nicht aufhören«, rief Anna, als Ida sich gerade wieder aufrecht hinsetzen wollte. »Bleib so, bitte. Du gibst ein wunderbares Bild ab. Wie die perfekte Einheit zwischen Mensch und Natur, als würde alles miteinander verschmelzen. Sehr schön.« Sie rutschte etwas zur Seite, um Ida noch besser sehen zu können. »Wirklich sehr schön. Ich würde dich wahnsinnig gerne malen. So ein Bild findet man nicht alle Tage. Darf ich?«

»Mich malen?«, fragte Ida verblüfft, die mit Annas rasantem Tempo nicht mitzukommen schien, ganz abgesehen davon, dass sie noch immer nicht wusste, was sie eigentlich von ihr halten sollte. Bei dem Gedanken, dass sie die neue Frau im Leben von Herbert Klausen sein könnte, krampfte sich jedenfalls alles in ihr zusammen. Aber was zum Teufel hatte sie eigentlich damit zu schaffen? Herbert Klausen war nichts weiter als ein Maler, den sie verehrte. Jetzt reiß dich zusammen, schimpfte sie mit sich, während sie die blassen Blüten eines Ginsterbusches fixierte, letzte Erinnerungen an einen goldgelben Frühling.

»Was ist? Darf ich?« Anna sah sie hoffnungsfroh an. »Natürlich nicht ohne Gegenleistung. Du darfst mich malen, wann immer du willst. Ich bin auch bereit, nackt vor dir zu posieren, wenn du das gerne möchtest«, sagte sie, ohne eine Miene zu verziehen.

Ida musste sich beherrschen, nicht laut loszuprusten. Da war sie erst einen Tag auf der Insel, und schon wurde sie dazu verführt, die Abmachung mit ihrem Vater zu brechen. Was passierte hier bloß?, fragte sie sich verwundert und schloss die Augen. Die Sonne auf ihrer Haut fühlte sich weich und warm an, und sie spürte erneut diese Freiheit in sich, die sie erst vor kurzem entdeckt hatte.

»Träumst du?«

»Ich genieße«, murmelte Ida, den Duft von Thymian in der Nase, während sie reglos dalag, die Augen noch immer geschlossen, und jeder Faser ihres Körpers nachspürte.

»Und?«

»Warum nicht«, sagte Ida schließlich und richtete sich langsam auf.

»Du wirst es nicht bereuen.« Anna sprang auf und holte eine neue Leinwand aus ihrem Rucksack. »Habe ich dir eigentlich schon gesagt, dass ich sehr glücklich bin, dich getroffen zu haben?«

»Ja, das hast du.«

»Wir müssen das unbedingt feiern.«

»Ist gut.« Idas Stimme klang müde. Sie legte sich ins Gras und schloss erneut ihre Augen. Die wärmende Sonne, die Begegnung mit Anna, Herbert Klausen, die schlaflose Nacht, ihre erste Reise allein und diese überwältigende Natur, das war im Moment alles zu viel für sie.

»Nicht einschlafen«, flehte Anna, aber Ida hörte sie nur noch aus weiter Ferne.

9

In den darauffolgenden Tagen lag Ida für Anna Modell. Sie wohnten Tür an Tür im selben Logierhaus, und so brachen sie jeden Morgen direkt nach dem Kaffee, wenn der Tau noch auf den Wiesen war, gemeinsam auf. Auf dem Dornbusch herrschte tagsüber eine träge Ruhe. Die Luft flirrte in der Hitze, und das Summen der Mücken und Hummeln klang wie die einlullende Melodie eines Wiegenlieds. Die Wärme machte beiden zu schaffen, so dass Anna länger für ihr Bild brauchte, als sie gedacht hatte.

»So«, sagte sie, als sie endlich so weit fertig war, dass sie nur noch an Feinheiten arbeiten musste, »und jetzt zeige ich dir was.« Sie packte ihre Sachen zusammen. »Als Entschädigung für deine Geduld. Komm schon.«

»Was denn?«, fragte Ida erschrocken, die sofort an Herbert Klausen dachte. Wie ein Phantom hatte er sie durch die letzten Tage begleitet, aber weder war sein Name gefallen, noch hatte sie ihn gesehen. Er war wie vom Erdboden verschluckt, und hätte sie es nicht besser gewusst, sie hätte glauben können, sie sei einer Illusion erlegen gewesen. Nach wie vor traute sie sich nicht, nach ihm zu fragen, aber über Anna hatte sie so manches erfahren. Dass sie eigentlich aus Hamburg kam, jetzt in Berlin lebte, dort eine Künstlerinnenschule besuchte und, was Ida am meisten erstaunte, nur drei Jahre älter war als sie. Diese drei Jahre schienen Ida lang wie ein ganzes Leben zu sein, so viel reifer und erfahrener wirkte Anna auf sie. Aber trotz aller Unterschiede, etwas verband sie. Es war diese absolute Liebe zur Farbe, diese Lust, mit allen Sinnen in die Tiefe der Natur vorzudringen, um zu versuchen einen Bruchteil dieser Erfahrung auf Papier oder Leinwand festzuhalten. Vor allem aber verband sie der kompromisslose Wille, einen eigenen Blick auf die Welt zu finden, doch das wusste Ida damals alles noch nicht.

»Komm schon, Ida, vertrau mir. Es wird dir gefallen.« Anna hüpfte ungeduldig von einem Bein auf das andere und wartete.

Ida folgte Anna nur widerwillig den schmalen Bergwaldweg nach Kloster hinunter. Hinter dem Pfarrhaus unter dem großen Walnussbaum legten sie Annas Malutensilien ab, dann gingen sie vor zum Strand. Außer dem Vitter Bäcker, der mit seinem Fuhrwerk Richtung Grieben unterwegs war und dem Anna freundlich zuwinkte, begegnete ihnen niemand auf dem kurzen Weg, und auch am Strand war es menschenleer. Nur ein paar Strandläufer und Möwen tippelten über den heißen Sand.

»Wir müssen da entlang«, sagte Anna und zeigte in Richtung Norden. Unterhalb der Steilküste wurde der Sand-

streifen schmaler, und immer öfter mussten sie jetzt über unwegsames Geröll balancieren.
»Was willst du mir denn zeigen?«, fragte Ida ungeduldig, die Mühe hatte, auf den Steinen einen festen Tritt zu finden. Mit hochrotem Kopf achtete sie darauf, nicht auszurutschen, und geriet dabei noch mehr ins Schwitzen, so dass ihr der Schweiß unter ihrem dünnen Sommerkleid den Rücken hinunterrann.
»Wir sind gleich da. Siehst du die Kante dort, da müssen wir nur noch herum, und dann erwartet dich das reinste Paradies.«
»Wenn ich du wäre, dann wäre ich schon längst in der Sonne geschmolzen, du mit deinen vielen Schichten übereinander.«
Anna lachte. »Das habe ich mir von den Hiddenseern abgeschaut, und soweit ich weiß, hat sich von denen noch keiner unter der Sonne aufgelöst. Komm schon, es ist wirklich nicht mehr weit.«
Es war Ida, die ihn als Erste entdeckte. Zunächst dachte sie, eine Robbe läge auf dem großen Stein, der kaum über die Wasserkante ragte, aber je näher sie kam, desto deutlicher sah sie, dass sich dort ein Mann räkelte, splitterfasernackt und, wie es schien, der Sonne vollkommen ergeben.
»Bist du sicher, dass wir hier richtig sind?«, fragte sie und zeigte auf den Nackten, der sie nicht zu bemerken schien.
»Ach, da ist ja Wilhelm«, sagte Anna nur, ohne weiter auf Idas Frage einzugehen, und winkte ihm fröhlich zu. »Hallo, Dichter, ich hoffe, wir stören nicht.«
»Na endlich, wo warst du denn so lange?«, fragte er, während er sich flink aufrichtete. Wie eine Skulptur auf einem Sockel stand er jetzt auf dem Findling. »Oh, ich sehe, du hast Gesellschaft mitgebracht. Meine Verehrung.« Er deu-

tete eine Verbeugung an, bei der er beinahe das Gleichgewicht verloren hätte.

»Wer ist das?«, fragte Ida erstaunt, die wie gebannt zu ihm hinüberstarrte.

»Ach, das ist Wilhelm Erichsberg. Ich kenne ihn noch aus Berlin. Er hatte da mal eine kleine Gastwirtschaft, aber eigentlich ist er eher ein Dichter oder Lebenskünstler. Man weiß das nicht so genau. Er war übrigens der Erste, der mir von dieser wunderbaren Insel erzählt hat. Komm, lass uns zu ihm schwimmen. Das Wasser wird uns erfrischen.« Wie selbstverständlich streifte sie den großen blauen Umhang über den Kopf, dann knöpfte sie ihr Kleid auf und zog sich aus. »Was ist?« Sie sah Ida verwundert an, die regungslos dastand und noch nicht einmal Anstalten machte, ihre Schuhe auszuziehen. »Natürlich.« Anna tippte sich an die Stirn. »Wie konnte ich nur so gedankenlos sein. In Stralsund ist es sicherlich nicht gerade üblich, sich vor jedermann nackt zu zeigen.«

»Stimmt«, entgegnete Ida trocken.

»Na ja, einmal ist immer das erste Mal«, sagte Anna leichthin und rannte zum Wasser. »Ich brauche jedenfalls eine Abkühlung.«

Ida sah ihr ungläubig hinterher. Da stand sie also nun, hinter ihr die steile Lehmwand, die hoch in den weiten Himmel ragte, und vor ihr das unendliche Meer, das nach Freiheit roch und in das Anna sich jauchzend stürzte, und sie mittendrin, klebrig am ganzen Körper und unfähig, auch nur einen Schritt zu tun. Ida schüttelte den Kopf. Sie hatte wohl versprochen, keine nackten Menschen zu malen, aber ihr Vater war jetzt weit weg und konnte kein Auge mehr auf sie haben. Vorsichtig zog sie ihr dünnes Kleid aus, dann schlüpfte sie aus ihrer leinenen Unterwäsche und schnürte erst ganz zum Schluss, als hätte sie so lange deren festen Halt gebraucht, ihre Schuhe auf. Die warme Brise, die um ihren schmalen nackten Körper strich, machte ihre klebrige Haut im Nu geschmeidig, und Ida war, als könnte sie freier atmen denn je. Ihr Blick wanderte kurz zu Anna und Wilhelm, die einträchtig nebeneinander aufs offene Meer hinausschwammen, und als sie sich sicher war, nicht beobachtet zu werden, legte sie den Kopf in den Nacken, streckte die Arme aus und drehte sich andächtig im Kreis. Sie drehte und drehte sich und dachte an nichts außer an die Wärme, die sie auf ihrem Körper spürte. Noch nie zuvor hatte sie sich so frei und vollkommen gefühlt und so eins mit sich, dass sie ihre Umgebung ganz vergaß.

»Wie ich sehe, haben Sie auch schon die Wonnen des Lichtbades für sich entdeckt«, hörte sie plötzlich jemanden sagen. Ida erschrak so sehr, dass sie augenblicklich wie zu einer Säule erstarrt stehen blieb und zu zittern begann.

Nur wenige Schritte von ihr entfernt stand Wilhelm, nackt und triefend nass, mit wallendem Haar und noch längerem Bart, die Arme vor der Brust verschränkt, und schien sie zu studieren wie ein interessantes Objekt.

»Beim ersten Mal ist es immer wie eine Offenbarung. Ich wünschte, ich könnte diesen Moment wieder und wieder erleben, aber bedauerlicherweise ist das nicht möglich. Das erste Mal kann man nicht wiederholen, es bleibt das einzige Mal, leider. Aber ich versichere Ihnen, auch danach versetzt einen das Lichtbad in Verzückung. Diese direkte Begegnung zwischen Mensch und Natur, ach ...« Er hielt kurz inne und hob die Arme verzückt Richtung Himmel. »Zwischen Mann und Frau kann niemals eine derart perfekte Harmonie entstehen. Oder haben Sie schon einmal etwas so Vollendetes erlebt?«

Ida sah ihn fassungslos an, während sie ihre Arme um ihren nackten Körper schlang, als könnte sie ihn dadurch vor Wilhelms Blicken schützen. »Nein«, sagte sie schließlich kopfschüttelnd, »noch nie.«
»Aber natürlich nicht«, pflichtete er ihr bei, »nur in der Natur können wir uns wiederfinden.«
»Hat er dich erschreckt?« Anna schüttelte ihr nasses langes Haar, bevor sie sich zu Ida und Wilhelm gesellte. »Wilhelm, darf ich vorstellen, das ist Ida, meine Freundin. Du musst etwas behutsam mit ihr sein, sie ist erst wenige Tage auf Hiddensee.«
»Sehr erfreut.« Er nahm ihre Hand und deutete einen Handkuss an. »O du schöne güldene Blüte, aus den Weiten des Himmels entsprungen, lass dich behüten, von Efeu umschlungen«, dichtete er und machte eine tiefe Verbeugung. »Willkommen in Arkadien.«
Verunsichert blickte Ida zu Anna, die über das ganze Gesicht grinste, während Wilhelm sie so ernst ansah, als hätte er gerade die absolute Wahrheit verkündet. In diesem Moment hätte sie am liebsten ihr Kleid geschnappt und wäre auf und davon gerannt, aber das wäre lächerlich gewesen, das wusste sie, und so blieb sie stehen, die Brüste notdürftig durch ihre Arme verdeckt, und konnte nicht anders, als in schallendes Gelächter auszubrechen. Das war jetzt schon der vierte seltsame Willkommensgruß innerhalb weniger Tage, und dieser übertraf sie alle um Längen. Drei Nackte am Strand, einer davon dichtend, es war absurd. Sie lachte und lachte, bis sie keine Luft mehr bekam und ihrer Kehle nur noch ein Quieken entsprang.
»Entschuldigung«, piepste sie und hielt sich den Bauch, »aber das ist so …« Dann riss sie ein erneuter Lachanfall fort. »Das ist so …« Ida konnte einfach nicht weitersprechen.

Auch Anna rang nach Luft vor lauter Lachen, nur Wilhelm schien davon merkwürdig unberührt. Er stand unbeteiligt daneben und beobachtete die beiden mit einem versonnenen Gesichtsausdruck.
Erschöpft ließ sich Ida zu Boden fallen. »Es ist so ...«, versuchte sie erneut ihren Satz zu Ende zu bringen, aber es ging nicht.
»So komisch«, vollendete Anna, die sich langsam wieder beruhigte.
»Ja, so schrecklich komisch, so fürchterlich schrecklich absurd komisch und so irreal«, ergänzte Ida, die zusammengekrümmt auf dem warmen Sand lag und sich noch immer den Bauch hielt. »Sag mir, dass ich nur träume. Das passiert doch nicht wirklich?«
»Nein, meine liebe Ida, du träumst nicht. Das ist das irdische Paradies«, erklärte Wilhelm und setzte sich zu den beiden Frauen in den Sand. »Ein blühender Garten Eden, frei von Erbsünde, Fluch und Schande, in die dich die Mutter Erde geboren hat als reines und freies Wesen. Spürst du es nicht? In dir ist alle Herrlichkeit des Weltalls, in dir allein. Du bist frei, vollkommen frei, trotz der Zwänge, die die Zeit dir auferlegt.«
Für einen Moment war es andächtig still. Es war deutlich zu spüren, dass es Wilhelm ernst war, aber Ida sah sich außerstande, etwas dazu zu sagen. Ganz abgesehen davon, dass sie noch immer alle nackt waren, wurde sie das Gefühl nicht los, einer bizarren Aufführung beizuwohnen.
»Bravo«, unterbrach Anna schließlich das Schweigen und klatschte wie nach einer Theatervorstellung. »Bravo, Wilhelm, bravo.«
»Danke.« Er deutete eine Verbeugung an. »Es ist mir eine

Freude, euch behilflich sein zu dürfen bei der Überwindung der verstaubten Moralvorstellungen unserer Tage.«
»Hab ich es dir nicht gesagt«, Anna klang fast triumphierend, »er ist ein bisschen verrückt, nicht, Wilhelm? Ein ganz klein wenig verrückt bist du schon?«
Ohne etwas zu erwidern, stand Wilhelm auf und zog seine helle Kutte über, die bis zum Boden reichte.
»Schau ihn dir doch an!«, rief Anna aus. »Hast du schon einmal jemanden gesehen, der sich so kleidet?« Sie lachte entzückt. »Sieht er nicht wunderbar aus?«
»Ich würde es nicht als Verrücktheit bezeichnen, im Einklang mit den natürlichen Gesetzen leben zu wollen«, sagte Wilhelm und begann Zweige, abgebrochene Äste und anderes brennbares Strandgut aufzusammeln.
Während Anna sich genüsslich auf dem Sand ausstreckte und Wilhelm, so gut es ging, mit den Augen folgte, wurde sich Ida ihrer Nacktheit erneut mit einem Schlag bewusst. Ihr war, als würde sie aus einem Traum erwachen und als hätte sie dieser Traum peinlich berührt zurückgelassen. Hastig stand sie auf und zog sich an. »Ich glaube, ich muss gehen«, sagte sie leise, ohne dabei Anna oder Wilhelm anzuschauen. »Danke für den schönen Nachmittag.«
»Er hat dich also doch erschreckt«, stellte Anna mit Bedauern fest. »Mach dir keine Gedanken, es ist alles in Ordnung. Wir sehen uns morgen, ja?«
Ida nickte. »Alles in Ordnung«, murmelte sie und eilte davon.
»Bis bald, güldene Blüte«, rief ihr Wilhelm zum Abschied hinterher. Und selbst als sie längst um die Hucke gebogen war und den Sandstrand von Kloster erreicht hatte, hallten seine Worte in ihr noch immer nach.

Wie ein helles, nicht enden wollendes seidenes Band lag der Ostseestrand vor ihr, begrenzt von hellgrünem Dünengras und dem schwarzblauen Meer. Ida zog ihre Schuhe aus, raffte ihr Kleid und ließ ihre nackten Füße vom Wasser umspülen. Wie herrlich sanft sich das Wasser auf ihrer Haut anfühlte. Sie atmete tief durch. Erst eine Woche war sie auf Hiddensee, eine Woche, in der sie nicht einmal ihre Staffelei aufgestellt hatte, und doch hatte sich in dieser einen Woche so viel in ihr verändert, dass sie eine Freiheit in sich spürte, von der sie bislang noch nicht einmal geahnt hatte, dass sie existierte. Als der Wind ihren nackten Körper berührt hatte, hatte sie geglaubt, davonfliegen zu können, so schwerelos hatte sie sich gefühlt, so frei von allen Zwängen. Güldene Blüte, schoss es ihr durch den Kopf, und sie erschauerte kurz. Viel zu verletzlich war dieses Freiheitsgefühl noch, wie ein Keimling, der unter der Erde langsam wuchs, als dass es schon Beobachter geduldet hätte.

10

Am nächsten Tag lieh sich Ida von ihrer Vermieterin ein Fahrrad und fuhr damit in die Heide, die zwischen Vitte und Neuendorf lag. Dort, zwischen zart blühendem Heidekraut, silbern schimmernden Weiden und dunkelgrünen Wacholdersträuchern fühlte sie sich vor fremden Blicken sicher. Unter einem Baum stellte sie ihre Staffelei auf und malte von frühmorgens bis zum Sonnenuntergang. Sie malte die Landschaft, wie sie sie fühlte, und vergaß dabei alles, was sie je von Balthasar Vogel über Perspektive oder Licht gelernt hatte. Himmel und Erde flossen wie strömende Gewässer ineinander, auf denen Blumen, Sträucher und Bäume wie flüchtig hingesetzte Punkte, Kreise oder Striche saßen. Sie wusste, dass dieses Bild keiner gängigen Konvention entsprach, und niemals hätte Ida es gewagt, ihre Landschaft jemandem zu zeigen, aber sie konnte nicht anders, als sie so zu malen, aus dem Bauch heraus, ohne nachzudenken.

Auch die darauffolgenden Tage verbrachte sie allein in der Heide und genoss es, die Farben über die weiße Leinwand gleiten zu lassen wie Tänzer über ein frisch gewienertes Parkett. Fast zwei Wochen vergingen so wie im Flug.

Am Abend, wenn sie müde nach Vitte zurückkam, war auch Anna da, die vor dem Haus auf einer Bank saß und zeichnete. Nach einem langen, einsamen Tag in der Heide freute Ida sich, sie zu sehen. Sie waren mittlerweile so etwas wie Freundinnen geworden, und das gemeinsame Abendessen im Gasthof, das meistens aus Fisch und Bratkartoffeln bestand, gehörte ebenso zum festen Ritual wie Annas Berichte über ihre Entdeckungen und Erlebnisse vom Tag. Sie erzählte von dem Licht, das ihr noch heller zu sein schien als in den vergangenen Wochen, von den Schafen, die jetzt am Hang hinter Grieben grasten, von der toten Fischersfrau, deren Leichnam auf dem Fuhrwerk des Bäckers zum Friedhof transportiert worden war, da es auf ganz Hiddensee keinen Leichenwagen gab, vom Fährmannssohn, der sie mit nach Rügen genommen hatte, ohne dass sie dafür bezahlen musste, von ihren Streifzügen über den Bessin und dem Gesang der Lerchen dort, der sie zu Tränen gerührt hatte. Sie erzählte von Wilhelm, der sein Zimmer in der Pension in Kloster verlassen und sich mittlerweile in der Höhle hinter der Hucke häuslich eingerichtet hatte, und von dessen Plänen, aus Hiddensee eine große Attraktion machen zu wollen, nur Herbert Klausen erwähnte sie nie.

Jeden Abend wollte Anna von Ida wissen, was sie von den Bildern und Zeichnungen hielt, die sie am Tag angefertigt hatte, und jeden Abend drängte sie Ida, endlich auch ihre Arbeiten zu zeigen. Doch Ida blieb stur. Im Gegensatz zu Annas detailverliebten Landschaftsaufnahmen, die sie bewunderte und aus denen jahrelange Übung sprach, schienen ihre Bilder auf den ersten Blick nichts weiter als eine dilettantische Kleckserei zu sein. Ihrer Familie schrieb Ida, dass sie große Fortschritte mache, und tatsächlich fühlte sie sich beim Malen so frei und ganz wie nie, aber insgeheim fürchtete sie, den Beleg für ihre Entwicklung schuldig bleiben zu müssen.

Als Ida eines Abends wie immer müde, aber glücklich zurück ins Logierhaus kam, lag vor ihrer Zimmertür ein eilig abgerissenes Stück Papier. »Es gibt etwas zu feiern. Rühr dich nicht vom Fleck, ich hole dich ab«, las sie und drehte und wendete den Zettel, in der Hoffnung, einen weiteren Hinweis zu finden, aber es gab keinen, nur ein paar Farbreste auf der Rückseite. Hatte Anna Geburtstag? Wenn sie ihn erwähnt haben sollte, dann hatte Ida ihn vergessen. Hastig blickte sie sich in ihrem Zimmer um auf der Suche nach einem kleinen Geschenk. Ihre Wahl fiel auf einen Stein, den sie vor einigen Tagen am Strand gefunden hatte. In ihm war ein weiterer Stein verborgen, und wenn man ihn schüttelte, meinte man das Klappern von Pferdehufen zu hören. Eigentlich wollte sie ihn Lilla mitbringen, aber auf die Schnelle konnte sie nichts anderes finden.

»Ein Geist, Gudrun, ein Geist.« Ida fuhr erschrocken hoch. Sie ging zum Fenster und sah August Rau, wie er vor dem

Haus stand und schrie und am ganzen Leib zitterte, dass einem richtig unheimlich werden konnte. »Groß und bärtig wie Opa Fritz selig«, rief er seiner Frau zu, die aus der Tür trat und ihn fragend ansah. »Ein Geist, ich hab's ganz genau gesehen«, wiederholte er aufgeregt und hielt seine Mütze so fest umklammert, als wäre sie sein wertvollster Schatz. »Der Pfarrer Grubbe muss kommen. Oje, oje«, jammerte er. »Der arme Opa Fritz. Wo soll er denn jetzt wohnen, wo wir doch die beiden Zimmer belegt haben? Hätt ich bloß man nicht auf dich gehört. Der Karl und die anderen, die machen das recht, die nehmen keine Fremden auf.«

»Hast wohl einen Korn zu viel getrunken?« Gudrun Rau sah ihren Mann mitleidig an.

»Nee, nee, nee«, widersprach er heftig. »Ich hab ihn genau gesehen. Da!«, schrie er plötzlich und fuchtelte aufgeregt mit seinem Arm. »Da, da ist er!«

Ida wandte den Kopf in die von August Rau angezeigte Richtung und sah Wilhelm in seiner langen Kutte, wie er mit ausladenden Schritten zum Vitter Norderende ging.

»Siehst du ihn?«, fragte er seine Frau mit zittriger Stimme.

»Ja«, flüsterte Gudrun Rau, die sich verwundert die Augen rieb. »Was ist das?«

»Ein Geist, das ist ein Geist, Gudrun!«, brüllte August Rau erneut so laut, dass sich jetzt auch die Fischer, die auf der Sprenge ihre Netze spannten, nach ihnen umdrehten.

»Sie müssen sich keine Sorgen machen.« Ida beugte sich so weit aus dem Fenster, dass ihre Vermieter sie gut sehen konnten. »Das ist nur Wilhelm Erichsberg«, sagte sie und lachte. »Kein Geist.«

»Woher wollen Sie das denn wissen, junges Fräulein?«, rief ihr August Rau verärgert zu. »Ich hol jetzt den Pfarrer

Grubbe, und der soll ihn vertreiben und Sie und Ihre Freundin gleich mit. Nichts als Ärger hat man mit Ihnen.«

»Er will Ihnen nichts Böses«, versuchte Ida ihn zu beruhigen. »Ich kenne ihn.« Aber alles, was sie sagte, brachte ihn nur gegen sie auf und entlud sich in einer Schimpfkanonade auf sie und alles Fremde. Schließlich gab sie auf und schloss das Fenster. Er tat ihr leid. Auch sie hatte sich anfangs vor Wilhelm gefürchtet. Und wäre nicht Anna gewesen, die ihr in den letzten Tagen immer wieder von ihm erzählt hatte, sie täte es vermutlich noch immer. So aber wusste sie, dass er das Leben in der Stadt verabscheute, den Dreck und das Elend in den Mietskasernen, den Lärm und Gestank der Fabriken, und dass er hoffte, auf Hiddensee eine bessere Zukunft zu finden. Und eigentlich, so dachte sie, unterschied er sich gar nicht so sehr von ihr, da sie ja auch auf der Suche nach ihrem ganz persönlichen Glück war. Ihr Blick fiel erneut auf Annas Zettel. Was konnte sie nur feiern wollen? Langsam wurde Ida ungeduldig. Es dämmerte bereits, und sie hatte Hunger.

11

Ida traute ihren Augen kaum. Mit vielem hatte sie gerechnet, aber damit nicht. Dass sie darauf nicht gekommen war, sie hätte sich ohrfeigen mögen. Wenn sie nur einmal daran gedacht hätte, dann hätte sie sich vorbereiten können, zumindest wäre sie dann nicht so überrumpelt gewesen wie jetzt, da sie wie ein schüchternes Schulmädchen Herbert Klausen stammelnd grüßte. Er stand in der Tür einer kleinen, mit Stroh gedeckten Kate, zu der Anna sie geführt hatte, und hielt ihr freundlich die Hand hin.

»Schön, Sie wiederzusehen, Fräulein Grot«, sagte er und zog sie sanft durch die Tür.

»Grotjahn«, sagte Ida leise.

»Du hattest recht, Anna, dieses Strahlen in ihren Augen, es ist tatsächlich echt.« Er nickte anerkennend. »Gut getroffen, sehr gut.«

»Meine Augen?« Ida sah abwechselnd zu Anna und Herbert Klausen und verstand nichts.

»Du hast es ihr noch gar nicht gezeigt, Anna?«

Anna schüttelte den Kopf.

»Was nicht gezeigt?«

»Dann wird es aber höchste Zeit, bevor die ganze Welt Sie bestaunen darf.«

»Mich bestaunen?«

»Das Bild«, flüsterte Anna ihr verschwörerisch ins Ohr.

»Das Bild?« Ida wurde immer verwirrter.

»Dann wollen wir Sie mal nicht länger auf die Folter spannen«, sagte Herbert Klausen und schob sie Richtung Esstisch, auf dem eine Karaffe Wein und fünf Gläser standen. »Setzen Sie sich.«

Ida nahm auf einem der Hocker Platz, die um den Holztisch standen, und versteckte ihre Hände zwischen den Falten ihres weiten Rocks. Nicht nur, dass sie nicht wusste, was sie erwartete, auch die Vertrautheit der beiden verunsicherte sie. Verlegen blickte sie zu Herbert Klausen, dessen Selbstsicherheit sie erröten ließ, und suchte auf seinem Gesicht nach einem Zeichen für seine Liebe zu Anna. Aber sie konnte nichts Verräterisches entdecken, kein Zucken um die Augen, kein Lächeln.

»Et voilà.« Anna drehte feierlich das Bild um, das sie von Ida gemalt hatte und das sie wohlig ausgestreckt zwischen hohen Gräsern zeigte. »Wie findest du es?«

»Meine Güte«, rief Ida spontan aus, »das ist großartig.«

Herbert Klausen lachte. »Nicht wahr? Sie sehen großartig aus.«

»Nein, nein, ich meine die Farben«, sagte Ida rasch und errötete erneut. »Nicht ich, die Farben, diese kräftigen, lebendigen Farben.«

»Aber was wären die Farben ohne das richtige Motiv?« Er lachte noch immer.

»Ich werde es im Herbst in Berlin ausstellen«, sagte Anna stolz. »Herbert will das Bild für seine Ausstellung in der neuen Galerie. Ist das nicht phantastisch?«

»O Anna, ich freue mich so für dich. Aber warum hast du nicht schon früher etwas gesagt?«

»Bis heute Mittag wusste ich doch selbst nichts von meinem Glück«, erklärte Anna aufgeregt. »Und wäre mir Herbert nicht zufällig begegnet, dann, ach, wer weiß …«, sie stockte kurz und lächelte ihm dankbar zu. »Ich wusste ja gar nicht, dass ihr euch kennt. Herbert hat dich sofort wiedererkannt.«

»Kennen ist etwas übertrieben«, sagte Ida zaghaft. »Wir sind uns bei Balthasar Vogel einmal begegnet.«

»Manchmal reicht ein Augenkontakt, und man meint, sich schon das ganze Leben zu kennen«, sagte Herbert Klausen und sah Ida dabei tief in die Augen, bevor er die Karaffe nahm und den Wein einschenkte. »Kommt, darauf trinken wir. Anna, könntest du nach Helene schauen, vielleicht möchte sie ja mit uns anstoßen.«

»Ihre Frau ist auch hier?«, entfuhr es Ida, und sie hätte sich im selben Augenblick am liebsten auf die Zunge gebissen.

»Aber selbstverständlich«, antwortete er erstaunt. »Sie ruht sich nur aus. Vielleicht erinnern Sie sich, sie ist leider sehr krank.«

»Ja, natürlich.« Ida bemühte sich, sich nichts von ihrer Verwirrung anmerken zu lassen. »Geht es ihr denn gar nicht besser?«

»Leider.« Er schüttelte den Kopf.

»Sie schläft. Soll ich sie wecken?«, fragte Anna, die leise die Tür zum Nachbarzimmer schloss.

»Nein, nein, wir lassen sie weiterschlafen«, sagte er mit der Stimme eines Mannes, der daran gewöhnt war, die meiste Zeit ohne seine Frau auskommen zu müssen. »Also«, er hob sein Glas und schaute erst zu Anna, der er freundlich zunickte, und dann zu Ida, die meinte, in seinem Blick einen verschwörerischen Ausdruck zu entdecken, »auf deinen Erfolg, Anna, und auf unser Wiedersehen, Ida. Ich darf Sie doch Ida nennen? Ihr Nachname will sich mir einfach nicht einprägen«, fügte er lachend hinzu.

»Gerne.« Ida nickte.

»Gut, Ida, ich bin Herbert.« Er hob erneut sein Glas und prostete diesmal nur ihr zu. »Auf das Leben.«

»Auf das Leben«, wiederholte Ida leise und hatte in diesem Moment absolut keine Vorstellung davon, wie ihr Leben aussehen könnte. Bis vor wenigen Augenblicken noch hätte sie es gewusst, sie hätte gewusst, dass sie malen wollte, immer nur malen, die Farben fließen lassen, ohne nachzudenken, aber jetzt, da sie bei Herbert Klausen in dessen Fischerhäuschen war, da sie Annas Bild gesehen hatte, das so strotzte vor Kraft und Sinnlichkeit, und Herbert Klausen in seiner unaufdringlichen Präsenz ihr so nah zu sein schien und gleichzeitig so unendlich weit entfernt, da wusste sie einfach gar nichts mehr. Außer, dass sie eine Sehnsucht spürte, die zu benennen ihr unmöglich war.

»So, und wann bekomme ich mal deine Arbeiten zu sehen?« Herbert blickte Ida herausfordernd an. »Ich will schließlich wissen, ob der Unterricht bei meinem alten Freund Vogel Früchte getragen hat.«

»Ach«, sagte Ida spontan, »ich dachte, damit sollen sich andere herumschlagen.«

Herbert sah sie fragend an.

»Das waren Ihre ... äh ... deine Worte.«

»Das habe ich gesagt?«, fragte Herbert lachend und schenkte sich ein neues Glas Wein ein. »Das sieht mir mal wieder ähnlich. Immer zuvorkommend und freundlich. Nicht, Anna, zu dir war ich bestimmt ähnlich charmant am Anfang?«

»Allerdings.« Anna nahm einen kräftigen Schluck. »Ich weiß noch ganz genau, wie du mich, als ich vor zwei Jahren in dein Atelier gekommen bin und um Unterricht gebeten habe, wie du mich einfach weggeschickt hast mit den Worten: ›Haben Sie sich noch nie klargemacht, dass das Leben für die Männer gemacht ist? Aber lassen Sie sich nicht entmutigen.‹ Ich dachte damals, ich müsste auf der Stelle tot umfallen, wenn ich nicht zur Mörderin werden will. Kannst du dir das vorstellen, Ida?«, fragte Anna so fassungslos, als hätte er sie gerade eben erst gedemütigt. »Da nimmt man sein Herz in die Hand, zittert am ganzen Leib vor Angst und Ehrfurcht, weil da dieser Maler vor einem steht, von dem man glaubt, so viel lernen zu können, und dann vernichtet er einen mit einer Freundlichkeit, dass man meint, er schneide einem sein Innerstes heraus.« Mit zittriger Hand hielt sie Herbert ihr Glas hin. »Das muss man erst einmal verdauen. Schenk ruhig ordentlich ein«, sagte sie, »das kann ich jetzt gut gebrauchen.«

Nachdem er alle Gläser gefüllt hatte, lehnte sich Herbert gegen die Wand und schaukelte auf seinem Hocker hin und her. »Tja, ich schätze, das war nicht gerade sehr aufmunternd von mir«, meinte er und lächelte.

»Das kann man wohl sagen«, erwiderte Anna.

»Sieh es doch mal so.« Er hielt kurz inne und blickte dabei zu Ida. »Ich wollte dir einfach keine falschen Hoffnungen machen.«

»Keine falschen Hoffnungen? Ist dir eigentlich klar, was du damals gesagt hast? Das war nichts weniger als eine Vernichtung meiner Person.« Ihre Stimme klang gereizt.

»Ach komm, Anna, jetzt sei mal nicht so kleinlich. Ich hab nur gesagt, was alle denken, mehr nicht.«

»Was alle denken«, äffte sie ihn nach, bevor sie ihr Glas in einem Zug austrank. »Was denken denn alle?«

»Das weißt du doch ganz genau.«

»Ich will es aber aus deinem Mund hören, hier und heute«, sagte sie.

»Wenn du darauf bestehst. Was meinst du, Ida, was denken alle?«

»Jetzt komm schon, Herbert, keine Ablenkungsmanöver. Sprich es aus.«

»Du willst es also nicht anders. Also schön. Alle denken, dass Frauen keine großen Künstlerinnen sein können, da sie für andere Dinge bestimmt sind.«

»Hast du das gehört, Ida? Wir sind für andere Dinge bestimmt. Damit meint er bestimmt Wäsche waschen, Löcher stopfen, Kinder kriegen, dem Mann ein ergebenes Weib sein. Wer bestimmt denn eigentlich, dass ihr Männer für die große Kunst zuständig seid und wir Frauen für den ganzen Rest?«

»Herrje, wer kann denn Kinder kriegen?« Er stöhnte. »Jetzt lass uns nicht streiten. Habe ich dir mit dem Angebot, dein Bild im Herbst auszustellen, nicht bewiesen, dass ich gar kein so übler Bursche bin? Ich finde, du könntest deine Dankbarkeit ruhig etwas freundlicher zum Ausdruck bringen.«

»Zum Dank trinke ich gleich deinen ganzen Weinbestand leer«, sagte sie trotzig.

Herbert lachte. »Nur zu. Morgen kommt eine neue Ladung per Schiff.«

»Ich finde es bemerkenswert, dass du dich nicht hast unterkriegen lassen«, sagte Ida voller Bewunderung. »Dazu gehört viel Willenskraft.«

»Du meinst, dass ich mich noch nicht habe unterkriegen lassen«, erwiderte Anna, während sie Herbert nicht aus den Augen ließ. »Das ist ein Haifischbecken in Berlin.« Sie streckte ihm einmal mehr ihr leeres Glas hin und ließ es sich bis zum Rand füllen. »Prost, ihr Lieben, auf euer Wohl!«, rief sie, und es war jetzt deutlich zu hören, dass sie nicht mehr nüchtern war. »Wo steckt eigentlich Wilhelm, der wollte doch auch mit uns feiern?« Missmutig stützte sie ihren Kopf auf die Hände. »Auf den ist wohl auch kein Verlass.«

»Nach diesem kleinen Exkurs würde ich gerne zu meiner Ausgangsfrage zurückkehren«, sagte Herbert betont seriös, ohne weiter auf Anna zu achten, die mit müden Augen in ihr halbvolles Glas starrte. »Wann darf ich nun also deine Arbeiten sehen, Ida?«

»Du würdest dich tatsächlich damit herumschlagen wollen?«, fragte sie unsicher. Nach allem, was sie gerade gehört hatte, war sie sich nicht im Klaren, ob sie sich über sein Interesse wirklich freuen sollte.

»Jawoll, stets zu Diensten«, sagte er und tat so, als schlüge er die Hacken zusammen.

»Hm«, sie zögerte. »Vielleicht«, fuhr sie fort, aber ihre Antwort ging in einem donnernden Gepolter unter.
»Entschuldige, das wird Wilhelm sein.« Herbert stand auf und ging zur Tür. »Was ist denn mit dir passiert?«, fragte er erstaunt, als er Wilhelm sah. »Setz dich erst mal und trink etwas. Du siehst so aus, als könnte dir ein ordentlicher Schluck guttun.«
Ohne zu zögern, nahm Wilhelm das Weinglas und trank es in einem Zug aus, während Ida und Anna ihn mit einer Mischung aus Entsetzen und Sorge dabei beobachteten.
»Meine Güte, Wilhelm, du hast dich doch nicht etwa von den Felsen gestürzt?«, fragte Anna, die mit einem Schlag wieder hellwach geworden war.
Wilhelm lachte laut auf und verzog dabei vor Schmerz sein Gesicht. Er sah fürchterlich aus. Fast überall klebte Blut – auf seiner Stirn, seiner linken Wange, der Schläfe, seiner Nase und seiner Kutte, die zudem nur noch in Fetzen an ihm herunterhing. »Das traust du mir zu?«
»Na ja.« Sie zuckte mit den Schultern. »Aber wenn's das nicht war, was ist dann passiert?«
»Seh ich aus wie ein Geist?«, fragte er in die Runde.
»O nein, August Rau!«, rief Ida entsetzt.
»Keine Ahnung, wie dieser Irre heißt«, brummte Wilhelm. »Er dachte jedenfalls, ich sei sein verstorbener Großvater, und er glaubte mich erlösen zu müssen, indem er wie ein Wahnsinniger mit seinem Ruder auf mich einprügelte. Ein Geist! Sind denn jetzt alle von Sinnen?« Er schüttelte den Kopf.
»Ich geh mal kurz und hol eine Schüssel mit Wasser«, sagte Anna und stand auf. »Du solltest dir dringend den Dreck aus den Wunden waschen. Das kann eine üble Vergiftung geben. Hinter dem Haus, Herbert?«

»Ja, hinter dem Haus«, antwortete er gedankenverloren. »Ein Geist, sagtest du? Unglaublich, aber du hattest tatsächlich recht. Wir sind hier im Paradies.«
»Du machst wohl Witze. Der hätte mich fast totgeschlagen.«
»Ich bin mir sicher, dass das August Rau war, unser Vermieter«, sagte Ida wütend. »Der war vorhin schon kaum zu halten, als er dich von weitem gesehen hat. Aber dass er gleich auf dich losgehen würde.« Sie schaute Wilhelm mitfühlend an. »Es tut mir leid, ich hätte ihn besser beruhigen sollen.«
»Das ist doch nicht deine Schuld«, sagte er und rieb sich dabei den Kopf. »An die Schmerzen morgen will ich noch gar nicht denken. Hast du vielleicht einen Schnaps da?«
»Hier, zum Betäuben.« Herbert lachte und reichte ihm eine angebrochene Flasche Korn, die er bei seiner letzten Fahrt nach Seehof einem Rügener Bauern abgekauft hatte. »Aber jetzt mal ganz im Ernst, Wilhelm. Dass du sonderbar aussiehst, ist wohl unbestritten, und dass du damit Aufmerksamkeit auf dich ziehst, auch, aber dass man dich auf Hiddensee für einen Geist hält und dich zurück in die Abgründe schicken möchte, das zeugt schon von paradiesischen Zuständen. Du warst für den armen Kerl so was wie der Sündenfall, verstehst du?«
»Pass doch auf«, stöhnte er und drehte seinen Kopf abrupt von Anna weg, die gerade dabei war, seine Wunden zu säubern.
»Jetzt halt mal still, sonst kannst du dich gleich zu dem Großvater in die Grube legen«, schimpfte sie und fuhr unverdrossen fort, sein Gesicht von Schmutz und angetrocknetem Blut zu befreien.
»Herbert?« Helene Klausen stand mit zerzausten Haaren und nur mit einem Nachthemd bekleidet im Türrahmen

und blickte mit müden Augen auf die merkwürdige Szenerie. »Oh, du hast Gäste.«
»Komm, setz dich zu uns«, sagte er sanft. »Wilhelm hat nur gerade vom Baum der Erkenntnis gekostet, aber eigentlich stoßen wir auf Annas neuestes Meisterwerk an, das sie im Herbst ausstellen wird.«
»Schön«, sagte sie mit leiser Stimme, während sie ihren roten Morgenmantel überzog und sich zu den anderen setzte.
Ida war wie gefesselt von ihrem Anblick. Die Blässe gab ihr etwas unschuldig Kindliches, während die eingefallenen Wangen sofort an eine Greisin denken ließen. Diese Mischung aus Aufbruch und Ende, Naivität und Altersweisheit bei einer Frau, die gerade einmal fünf Jahre älter war als sie selbst, ließ sie nicht mehr los. Die ganze Zeit über musste sie sich zwingen, sie nicht anzustarren wie ein seltenes Kunstwerk. Umso erleichterter war Ida, als Helene Klausen nach nur wenigen Minuten, und ohne ein weiteres Wort gesagt zu haben, wieder aufstand und sich ins Nebenzimmer verabschiedete.
»Es geht ihr wirklich nicht gut«, sagte Anna und sah mitfühlend zu Herbert. »Kann man denn nichts für sie tun?«
Herbert zuckte mit den Schultern. »Ach, Anna, wir waren schon bei so vielen Ärzten, sogar bis nach München sind wir gefahren, und du kannst dir vorstellen, wie mühsam der Weg dorthin war, aber alle rätseln nur. Vermutlich ist es das Herz, vielleicht aber auch nicht. Keiner weiß das so genau. Helene will jedenfalls keine Ärzte mehr sehen, und ich habe ihr versprochen, ihren Wunsch zu erfüllen. So ersparen wir uns wenigstens diesen ständigen Wechsel zwischen Hoffnung und Enttäuschung und leben von Tag zu Tag. Das ist besser für uns beide.«
»Hast du denn keine Angst?«, fragte Anna.

»Wovor?«
»Dass sie sich nie wieder erholt.«
»Es ist wie ein langer Abschied«, sagte er nachdenklich. »Mal ist es zum Verzweifeln, und mal freut man sich auf das Neue, das kommen wird. Aber lasst uns von etwas anderem reden«, sprach er schnell weiter und hob sein Glas. »Haben wir eigentlich schon gebührend auf dich angestoßen, Anna? Und auf Wilhelm, der auferstanden ist von den Toten, und auf Ida, die so bezaubernd ist, dass sich ganz Berlin nach ihr verzehren wird?«
»Und auf dich«, ging Anna dazwischen, »der mich immer wieder überrascht, im Schlechten wie im Guten«, fügte sie mit einem grimmigen Lachen hinzu. »Geht's wieder?« Anna streichelte Wilhelm sanft über seine Wunde auf der Stirn.
»Ich denke, ich komme noch einmal davon.«
»Das freut mich«, sagte sie und küsste ihn auf die Wange. »Ich würde es nämlich sehr bedauern, wenn du deine Pläne nicht verwirklichen würdest.«
»Du hast Pläne?«, fragte Herbert überrascht.
»Ich dachte an eine Kolonie für Sonnenhungrige oben auf dem Dornbusch.«
»Verstehe, so was für Freigeister.« Herbert lachte. »Da werden die Hiddenseer aber ordentlich zu tun bekommen.«
»Dass ich kein Geist bin, dürfte sich bis dahin herumgesprochen haben«, sagte Wilhelm trocken.
»Anna und ich könnten bei August Rau ein gutes Wort für dich einlegen.«
Anna, die sich immer enger an Wilhelm anlehnte, stimmte Ida eifrig zu. »Das machen wir. Du wirst sehen, sie werden dich alle lieben.«
»Um Himmels willen, bloß nicht«, wehrte er ab. »Ich komme schon zurecht. Auch wenn ich euch natürlich dankbar

bin für eure Hilfsbereitschaft, ihr güldenen Blüten«, fügte er in übertrieben schwelgerischem Ton hinzu.
»Gott sei's gedankt!«, rief Anna erfreut aus. »Er ist wieder ganz der Alte. Darauf stoßen wir an«, sagte sie mit einer von zu viel Wein getränkten Stimme und hob ihr Glas, ohne zu merken, dass es längst ausgetrunken war.
Auch Herberts Augen waren jetzt die Spuren des Alkohols deutlich anzusehen. »Du hast auf meine Frage noch immer nicht geantwortet«, nuschelte er, während er sich zu Ida beugte und nach ihrer Hand griff.
Vor Schreck hätte sie fast das Glas umgeworfen, das direkt vor ihr stand. Seine Hand fühlte sich weich und warm an, aber Ida zog ihre schnell zurück.
»Deine Bilder«, sagte er fordernd, während Ida ihn nur anstarrte, als hätte er soeben etwas ganz Ungebührliches gesagt.
»Ich weiß nicht«, stammelte sie, und sie meinte ihre Stimme wie aus weiter Ferne zu hören.
»Du kannst dich doch nicht verstecken, deine Bilder brauchen Licht«, murmelte er und sah sie mit seinen immer kleiner werdenden glasigen Augen an. »Wir alle brauchen Licht, viel Licht.«
Ida lachte verlegen, aber weder Anna noch Wilhelm und auch nicht Herbert schienen richtig wahrzunehmen, was um sie herum geschah.
»Viel Licht«, wiederholte Herbert, als sie sich kurz darauf verabschiedeten, und seine Stimme klang diesmal so verzweifelt und flehentlich, dass sich Idas Augen mit Tränen füllten.

12

Starker Wind war aufgekommen und ließ Tausende Schaumkronen über das Wasser tanzen. Zu gern hätte Ida jetzt ihre Staffelei aufgestellt und die weißen Punkte als unzählige kleine Lichtblicke auf tiefschwarzem Grund gemalt. Dass sie nicht früher darauf gekommen war. Die ganze letzte Woche hätte sie dafür Zeit gehabt. Auch da hatte der Wind über Hiddensee getobt und dunkle Wolken über den Himmel gejagt. Aber da hatte sie nur an Herbert Klausen gedacht.

Jede Sekunde hatte sie an ihn gedacht und gehofft, ihn wiederzusehen. Sie hatte vor seinem Haus gewartet und beim Kaufmann in Vitte, sie hatte die Fischer nach ihm befragt, den Bäcker und sogar den Pfarrer, sie war die ganze Dünenheide bis nach Neuendorf abgewandert, alles vergebens. Erst auf der Fährinsel hatte sie erfahren, dass Herbert Klausen und seine Frau am Morgen nach ihrer Feier nach Rügen übergesetzt hatten.

Und jetzt war es zu spät. Jetzt wartete sie auf den Dampfer, der sie zurück nach Stralsund bringen sollte. Das Einzige, was ihr blieb, war, sich dieses tröstliche Bild fest einzuprägen und es später aus der Erinnerung zu malen. Aber wie sie so dastand und gemeinsam mit Anna wartete, konnte sie sich kaum vorstellen, dass es ihr jemals wieder gelingen würde, eine weiße Leinwand mit Leben zu füllen.

Er hatte sie zu Tränen gerührt. Und noch immer hatte sie seine Stimme im Ohr und diese Verzweiflung, die in ihr zu hören gewesen war. Doch sie war nicht mehr sicher, ob es nicht auch ihre Verzweiflung war, die sie an jenem Abend

gespürt hatte, ob sein Flehen nicht ihr Flehen war, ob nicht sie es war, die sich nach mehr Licht verzehrte.
Wie gern hätte sie ihn noch einmal gesprochen, hätte in seiner Stimme, seinen Augen, auf seinen Händen nach ihrer Sehnsucht gefahndet. Und gleichzeitig war sie froh, dass er, ohne eine Nachricht zu hinterlassen, einfach abgereist war. Sosehr sie sich gewünscht hatte, ihn zu sehen, so sehr fürchtete sie sich davor, die Erfüllung ihrer Sehnsucht in ihm, diesem verheirateten Mann, zu finden.
Anna hatte sich auf Idas große Reisetasche gesetzt und sah ihre Freundin nachdenklich an. »Ganz schön traurig, so ein Abschied.«
»Ja«, sagte Ida leise, während sie ihren Blick noch immer über den Bodden schweifen ließ.
»Habe ich dir eigentlich schon gesagt, wie sehr ich dich vermissen werde?«
Ida nickte.
»Aber ich glaube, das war noch nicht oft genug.« Sie versuchte Ida mit einem Lächeln aufzumuntern. »Ich vermisse dich, ich vermisse dich, ich vermisse dich«, rief sie so laut, dass es jeder hätte hören können, der vorbeigekommen wäre, aber außer ihnen war niemand am Anleger oder in dessen Nähe.
»Du wirst mir auch fehlen«, sagte Ida. »Ich kann mir gar nicht vorstellen, dass ich morgen wieder im Lehrerinnenseminar sitzen werde.«
»Und du musst wirklich dahin zurück? Da ist nichts zu machen?«
»Ich hab dir doch den Brief meines Vaters gezeigt. Der war unmissverständlich. Er toleriert meine Eskapaden nur, wie er sich ausdrückt, wenn ich die Ausbildung beende.«
»Und wenn du noch einmal mit ihm redest?«

»Aussichtslos.« Ida schüttelte den Kopf. »Da könnte ich genauso gut auf Chinesisch mit ihm sprechen. Er versteht mich einfach nicht, oder er will mich nicht verstehen.«
»Was ist mit deiner Mutter?«
»Auch nicht.«
»Abhauen?«
»Auf gar keinen Fall. Ich liebe meine Familie trotz allem. Im Streit fortgehen, das ist ausgeschlossen«, sagte sie energisch. »Ganz abgesehen davon, dass ich nicht wüsste, wovon ich leben sollte.«
»Irgendetwas findet sich immer. Du könntest als Porträtmalerin arbeiten«, sagte Anna zuversichtlich. »Da würde dir die Arbeit nie ausgehen. Die Eitelkeit der Menschen ist in diesem Fall Gold wert.«
Ida lachte. »Du hast gut reden. Ich erinnere dich daran, dass du im Gegensatz zu mir eine wohlhabende Erbin bist. Da fällt das Abhauen nicht so schwer.«
»Ich hab schon verstanden, danke. Ich hätte es dir wohl eher beichten sollen.«
»Nein, nein.« Sie schüttelte den Kopf. »Ich glaube, das war gut so. Ich weiß nicht, ob ich ohne die Bewunderung für deinen Mut selbst Mut genug gehabt hätte, meine Freiheit zu entdecken und sie auch zu genießen, wenigstens die meiste Zeit über«, fügte sie gedankenverloren hinzu.
»Die meiste Zeit?«
»Was hast du gesagt?« Ida fuhr erschrocken hoch.
»Jetzt gib mal nicht das Unschuldslamm. Glaubst du, mir ist nicht entgangen, wie du dich seit dem Abend bei Herbert verändert hast?«
»Wie meinst du das?«
»Ach komm, Ida, man müsste blind sein, um nicht zu be-

merken, dass du dich bis über beide Ohren in ihn verliebt hast.«

»Anna, bitte«, zischte sie.

»Es hört uns doch keiner.«

»Bitte, hör auf damit.« Ida rieb ihre schweißnassen Hände über ihren langen Rock.

»So schlimm ist das doch nicht. Es ist doch herrlich, verliebt zu sein.«

»Ich bin nicht verliebt.«

»Wenn ich eine kleine zwölfjährige Schwester hätte, dann würde ich sagen, du hast dich gerade angehört wie sie«, erwiderte Anna und lachte. »Setz dich mal.« Sie griff nach Idas Hand und zog sie sanft zu sich. »Ich hab ja gar nicht gewusst, dass du so störrisch sein kannst.«

»Ich bin nicht verliebt«, wiederholte Ida kaum hörbar.

»Ich glaub dir kein Wort«, sagte Anna und legte ihren Arm um Idas Schultern. »Er ist verheiratet, ich weiß, und ich sag ja nicht, dass es nicht besser gewesen wäre, wenn du dich in einen anderen, ungebundenen Mann verliebt hättest. Aber dafür ist es jetzt zu spät. Du hast dich nun mal in Herbert verliebt.«

»Warum ausgerechnet er?« Ida stiegen die Tränen in die Augen.

»Vielleicht, weil er attraktiv ist, vielleicht, weil er ein angesehener Künstler ist, vielleicht, weil man nie weiß, woran man bei ihm ist, vielleicht, weil er ein Charmeur und Ekel zugleich ist, vielleicht ist es von allem etwas, wer weiß, aber das spielt auch keine Rolle. Gefühle sind nicht so rational.«

»Es geht aber nicht«, sagte Ida leise.

»Was geht nicht?«

»Dass ich in ihn verliebt bin.«

»Aber du bist es doch längst.« Anna zog sie noch näher an sich heran. »Du kannst doch deine Gefühle nicht einfach so löschen, wie man ein Feuer löscht.«

»Ich muss aber«, flüsterte sie. »Ich kann doch nicht in einen verheirateten Mann verliebt sein.«

»Ein verheirateter Mann mit einer todkranken Frau.«

»Hör auf damit«, sagte sie barsch und machte sich von Anna los. »So etwas darfst du noch nicht einmal denken.«

»Es ist die Wahrheit, und du weißt es«, erwiderte Anna ruhig. »Du bist deswegen weder eine Ehebrecherin noch eine Sünderin.«

Ida legte ihr Gesicht in ihre Hände und stöhnte. »Ich weiß, aber wenn du das sagst, fühle ich mich wie eine Mörderin.«

»Blödsinn.«

»Ich muss ihn einfach vergessen. Einfach vergessen. Man vergisst doch so vieles, warum sollte ich nicht auch ihn vergessen können.«

»Ach, Ida.« Anna legte erneut ihren Arm um Idas Schultern und drückte sie fest an sich. »Ich hab gesehen, wie er dich beobachtet hat«, flüsterte sie ihr ins Ohr, als sie merkte, dass Ida eine Träne über die Wange lief. »Und du kannst mir glauben, ich habe vorher noch nie so viel Zärtlichkeit in seinen Augen gesehen.«

Wie aus dem Nichts tauchte am Horizont die Caprivi auf. Aus der Ferne sah es aus, als glitte der Dampfer mit einer spielerischen Leichtigkeit durch das bewegte Wasser, doch je näher er Kloster kam, desto lauter war sein Ächzen und Stöhnen zu hören, begleitet von stakkatoartig ausgespucktem Rauch.

»Was du immer alles siehst«, sagte Ida und versuchte zu lächeln, während sie sich mit einer energischen Handbewegung die Träne aus ihrem Gesicht wischte. »Lass uns einfach nicht mehr darüber reden, in Ordnung?«

»Du bist aber nicht wirklich der Meinung, dass das hilft, oder?«, fragte Anna kopfschüttelnd.

»Bitte.«

»Wenn du nicht darüber sprichst, wird es nur noch schlimmer.«

»Bitte«, wiederholte Ida entschieden und stand auf. »Ich finde es schon schlimm genug, dass ich gleich auf diesen Dampfer steigen werde, um nach Stralsund zu fahren, und dich und Wilhelm hier zurücklasse.«

»Da hast du allerdings ausnahmsweise mal recht«, gab Anna nach und lachte. »Das ist nicht nur schlimm, das ist schrecklich. Ich habe mich in den letzten Wochen so an dich gewöhnt, dass mir die Insel ohne dich ganz verwaist vorkommen wird.«

Ida lächelte und hielt der Freundin ihre Hand hin. »Komm, steh auf. Es ist Zeit.«

»Wir verlieren uns nicht aus den Augen, versprochen?«

Ida nickte. »Versprochen.«

»Hast du meine Berliner Adresse eigentlich noch?«

»Was soll denn die Frage? Das weißt du doch.«

»Na dann her damit.«

Ida sah Anna verwundert an. »Du erwartest jetzt aber nicht von mir, dass ich in meinen Taschen wühle? Der Dampfer wird jede Minute anlegen.«

»Ich will nur sichergehen, nicht dass du doch noch vernünftig wirst, und ich erfahre nichts davon«, beharrte Anna und ließ sich demonstrativ auf Idas Gepäck zurückfallen. »Sonst lasse ich dich nicht gehen.«

»Vernünftig?«

»Du weißt schon, was ich meine.«

»Nein, tut mir leid, ich weiß wirklich nicht, was du meinst.«

»Du bist manchmal wirklich schwer von Begriff.« Anna schüttelte den Kopf. »Na, dass du dein Lehrerinnenseminar einfach Lehrerinnenseminar sein lässt, endlich deinen Gefühlen vertraust und, statt deine Zeit bei diesem Vogel und in diesem korsettartigen Stralsund zu verschwenden, nach Berlin kommst, um dort richtigen Unterricht zu nehmen.«

»Ach so.« Ida lachte. »Wenn das so ist, wirst du wohl aufstehen müssen, du sitzt nämlich darauf.«

»Soso, und das soll ich dir glauben? Du willst doch nur eine lästige Besserwisserin wie mich loswerden.«

»Wie hast du das bloß erraten?«

Sie lachten jetzt beide, während Anna unter gespieltem Protest langsam aufstand. Inzwischen hatte sich die Caprivi unerbittlich Richtung Kloster geschoben und war nur noch wenige Meter vom Anleger entfernt, an dem mittlerweile auch einige andere Passagiere eingetroffen waren.

»Ich glaube, es ist so weit«, sagte Ida leise.

»Ja, es ist so weit«, wiederholte Anna, die aus dem Augenwinkel beobachtete, wie der Dampfer dem Landungssteg immer näher kam. Sie machte einen schnellen Schritt auf Ida zu und drückte sie so kräftig an sich, dass Ida für einen Augenblick fürchtete, ersticken zu müssen, und einen Hustenanfall bekam. Doch Anna dachte nicht daran, ihren Griff zu lockern, und Ida machte keine Anstalten, sich aus Annas Umklammerung zu befreien. Beide kämpften sie mit den Tränen, und keine von ihnen wollte, dass die andere sie dabei sah. Als sie sich voneinander lösten, waren Idas und Annas Augen gerötet. Ida lächelte verlegen, und auch Anna wusste für einen kurzen Moment nicht, was sie sagen sollte.

»Bis bald«, flüsterte Ida schließlich, »und grüß Wilhelm von mir. Er soll sich nicht einschüchtern lassen.«

»Ich werde es ihm ausrichten. Aber das mit dem Einschüchtern gebe ich gleich an dich zurück. Vergiss mich nicht, vergiss Berlin nicht. Ich rechne fest mit dir zur Ausstellungseröffnung.«

»Bis bald, Anna.« Ida nahm ihr Gepäck und ging, ohne sich noch einmal umzudrehen, zum Landungssteg. Es hatte zu regnen begonnen, und der Wind pfiff jetzt so kräftig, dass sich der feine Regen auf ihrer Haut wie spitze Nadelstiche anfühlte. Auf der Mitte des Stegs blieb sie kurz stehen und schloss die Augen, als gäbe es in diesem Moment nichts Besseres, als diesen peitschenden Schmerz auf ihrem Gesicht zu spüren.

An Bord herrschte eine fast gespenstische Atmosphäre. Die wenigen Passagiere, die mit ihr gemeinsam die Reise nach Stralsund antraten, saßen fröstelnd auf den kühlen Bänken im kleinen Salon des Dampfers und versuchten vergeblich ihre durchnässte Kleidung trockenzureiben, während eine Dame unter den strafenden Blicken der anderen unentwegt in ihr Taschentuch nieste.

Ihren Abschied von Hiddensee hatte sich Ida anders vorgestellt, wie ein allmähliches Entschwinden aus dem Paradies, bei dem sie ihren Blick ein letztes Mal über die Insel würde gleiten lassen können, über den Leuchtturm, die Anhöhe des Dornbuschs, ihre Pension in Vitte und vor allem über die mittlerweile in leuchtendem Violett blühende Heide, die sie so oft gemalt hatte. Und jetzt prasselte der Regen gegen die Scheibe und gab die Sicht noch nicht einmal bis zum Schilfgürtel der Insel frei. Sie rieb über ihre kalten Wangen, die sich noch immer wie betäubt anfühlten, und sah den Regentropfen dabei zu, die, Tränen gleich, langsam die Scheibe hinabglitten.

13

Zu Hause empfing Ida eine merkwürdig flirrende Stimmung. Wie ein junges Mädchen schwirrte Bertha durch die Räume, riss die Fenster auf und ließ die letzten Sonnenstrahlen eines zu Ende gehenden Sommers herein, als könnte sie gar nicht genug bekommen von dessen betörender Wärme. Und auch Lilla hatte sich verändert. Während sie ihr Haar sonst nur unter Murren kämmte, band sie es nun mit einer Schleife zu einem Pferdeschwanz zusammen.

Ida begriff schnell, dass Berthas und Lillas Verhalten nicht mit ihrer Heimkehr in Verbindung stand. Lilla, die sonst kaum von Idas Seite wich, interessierte sich überraschend wenig für deren Erlebnisse auf Hiddensee, und Bertha, die Idas Rückkehr wie ein beiläufiges Ereignis zur Kenntnis nahm, schien sich nun endgültig in ihre eigene Welt verabschiedet zu haben. Jedenfalls saß sie jetzt nicht nur täglich am Klavier, sondern summte auch ununterbrochen vor sich hin.

Als Ida den Grund für Berthas und Lillas seltsame Wandlung zum ersten Mal sah, wäre sie beinahe vor Schreck umgefallen. Die Ähnlichkeit war einfach verblüffend. Fridtjof Markstein, Lillas neuer Klavierlehrer, war groß und schlank und bewegte sich fast ebenso leichtfüßig wie Herbert Klausen. Wenn er allerdings zu einer seiner vielen Erklärungen und Erzählungen ansetzte, denen Bertha und Lilla mit Hingabe lauschten, verlor sich jede Ähnlichkeit wie im Flug. Seine Stimme war so hoch wie die einer Frau, und als wäre dieser schrille Ton nicht schon unbeholfen genug, ließ er es sich nicht nehmen, seine Ausführungen

mit Linien und Kreisen zu unterstreichen, die er mit ungelenken Schwüngen in die Luft malte.
Ida staunte nicht schlecht, als sie feststellte, dass er in der Zeit ihrer Abwesenheit zu so etwas wie einem Familienmitglied geworden war. Neu in der Stadt, genoss er die Grotjahnsche Gastfreundschaft in vollen Zügen. Er kam fast jeden Tag, ließ sich nur selten ein gemeinsames Essen entgehen und rauchte ab und an eine Zigarre auf der Veranda. Während Lilla und Bertha ihn verehrten wie einen Abgesandten des Himmels und selbst Johanna nicht unbeeindruckt blieb, konnte sich Ida, wenn sie ihn sah, ein Schmunzeln nicht verkneifen, was er deutlich missverstand. Bereits am dritten Tag nach ihrer ersten Begegnung überreichte er Ida einen Strauß Wicken mit der verschämten Geste eines Verliebten. Ida war so überrascht, dass auch Fridtjof Markstein ihr ungläubiges Erstaunen nicht entgangen war. Sie stellte die Blumen in eine Vase und hoffte, dass damit seine Annäherung beendet war.
In Gedanken war sie noch immer auf Hiddensee, wanderte durch die Heide, ging an der Steilküste des Dornbuschs entlang, spürte noch einmal die milde Luft auf ihrer nackten Haut, saß mit Anna auf der nach Thymian duftenden Wiese, beobachtete die Fischer beim Spannen der Netze, malte den glutroten Sonnenuntergang und versuchte ansonsten jegliches Gefühl zu unterdrücken, wenn vor ihrem inneren Auge unvermittelt Bilder von Herbert Klausen und ihrem gemeinsamen Abend in dessen Kate auftauchten.
Das Lehrerinnenseminar war eine Qual. Schlimmer noch als vor den Ferien empfand Ida den Unterricht als eine schreckliche Zumutung, dessen Sinn sich ihr nicht erschloss. Jeden Tag aufs Neue saß sie dort und ärgerte sich, dass sie nicht mutiger war und die Ausbildung einfach

Ausbildung sein ließ, wie Anna es vorgeschlagen hatte. Als Porträtmalerin hätte sie vielleicht eine Chance. Ihre Zeichnungen auf Emmas Hochzeit waren gut angekommen. Aber sie schaffte es noch nicht einmal, mit ihrem Vater über die Zeit nach dem Ende der Schule zu sprechen, zu groß war ihre Angst, dass er sie dazu drängen würde, eine Stelle anzunehmen. Wenn sie doch nur schon einundzwanzig wäre. Aber selbst im nächsten Jahr, mit dem Abschluss in der Tasche, fehlten ihr noch immer sieben Monate bis zur Volljährigkeit.

Ida klammerte ihre ganze Hoffnung an Balthasar Vogel. Doch der war überraschend zu einem Studienaufenthalt nach Italien aufgebrochen, und niemand konnte ihr sagen, wann er wieder in Stralsund sein würde. Verzweifelt hinterließ sie eine Nachricht an seiner Tür. Wem, wenn nicht ihm, hätte sie von ihren Erlebnissen auf Hiddensee erzählen können, und wem sonst hätte sie ihre Bilder zeigen sollen, die sie gleichermaßen mit Stolz und Scham erfüllten. Nur er, so hoffte sie, würde sie vielleicht verstehen und ihr zeigen, was sie besser machen könnte. Fast täglich ging sie zu seinem Atelier, wie früher, nach der Schule, aber sie hoffte vergebens. Seine Tür blieb verschlossen.

Im Oktober kam ein Brief von Anna aus Berlin. Mit zittrigen Händen nahm Ida den Umschlag entgegen und wagte es zuerst nicht, ihn zu öffnen. Seitdem sie begriffen hatte, dass Balthasar Vogel so schnell nicht zurückkommen würde, war ihre Erinnerung an Hiddensee zum einzigen Halt geworden. Sie nahm den Umschlag und ging nach draußen. Die Luft war noch mild an diesem frühherbstlichen Tag, und so setzte sie sich, wie sie es gerne tat, barfuß ans Wasser.

Fast schneeweiße Wolken hingen wie riesengroße Watteknäuel am Himmel, und Ida sah ihnen dabei zu, wie sie in aller Ruhe weiterzogen, als würden sie eine heilige Prozession feiern. Und tatsächlich schienen sie die Vorboten eines festlichen Umzugs zu sein. Denn kaum hatte sie sich wieder Annas Brief zugewandt, hörte sie ein mächtiges Rauschen. Sie blickte erneut nach oben. In stolzen Formationen flogen Hunderte von Kranichen Richtung Norden. Wehmütig sah Ida ihnen hinterher, wie sie unter Schreien und Rufen nach Hiddensee zogen. Der Schmerz, der sie durchzuckte, als der letzte Vogel am Horizont verschwunden war, kam so plötzlich, dass sie erschrocken ihr Gesicht in ihren Händen vergrub. Noch nie zuvor hatte sie sich so verlassen gefühlt wie in diesem Augenblick.

Nur langsam beruhigte sie sich. Die Einsamkeit war mit so großer Wucht auf sie zugekommen, dass es ihr schwerfiel, sie wieder abzuschütteln. Zögerlich strich sie über den Brief, der noch immer unangetastet neben ihr lag, dann riss sie ihn wie eine Süchtige auf.

»Meine liebste Ida, seit einer Woche bin ich wieder in Berlin, und der Lärm hier bringt mich schier um den Verstand. An allen Ecken klappert und rattert es. Wie schön war es doch auf unserer Insel. Diese Ruhe! Spürst Du sie noch? Bewahr sie gut in Dir auf, hörst Du! Noch eine weitere Woche in Berlin, und ich fürchte, ich werde mich kaum mehr an sie erinnern können, so hektisch ist es hier. Aber ich will mich nicht beklagen. Es ist auch schön, wieder unter Menschen zu sein. Du glaubst ja gar nicht, was sich hier den Sommer über alles zugetragen hat. Maria ist schwanger, Paul einfach nach Italien abgehauen, Friedolin, der alte Säufer, wäre beinahe in der Spree ertrunken, Stanislaus hat vor den Augen des Akademiepräsidenten randaliert, dieser Verrückte! Aber was erzähl ich Dir das alles. Ida, es wird wirklich Zeit, dass Du nach Berlin kommst. Du hast doch

hoffentlich nicht vergessen, dass in zwei Wochen der große Tag ist? Ich rechne fest mit Dir zur Ausstellungseröffnung. Wilhelm wird auch da sein, und Herbert lässt Dir ausrichten, dass er sich sehr auf ein Wiedersehen mit Dir freut. Er scheint jedenfalls fest davon auszugehen, dass Du kommst. Ist das nicht Grund genug, in den Zug zu steigen und endlich mal Großstadtluft zu schnuppern? Ich vermisse Dich und kann es kaum erwarten, Dich zu sehen!!!!! Sei ganz herzlich gegrüßt, Deine Anna.
PS: Lass Dich nicht einschüchtern!«
Mit schweißnassen Händen faltete Ida den Brief zusammen und steckte ihn zurück in den Umschlag. Ach, Anna, wie stellst du dir das bloß vor? Natürlich hatte sie die Ausstellung nicht vergessen, den Termin hätte sie im Traum herunterbeten können, so sehr hatte er sich in ihr Gedächtnis eingebrannt, aber nach Berlin zu fahren, darüber hatte sie nie ernsthaft nachgedacht. Niemals würde ihr Vater ihr diese Reise erlauben. Und wie sollte sie sich denn verhalten, wenn sie Herbert begegnen würde? Sie glaubte Anna nicht, dass er sich auf ihr Wiedersehen freute. Seine überstürzte Abreise war doch ein deutliches Zeichen gewesen. Allein bei dem Gedanken, ihn zu treffen, durchlief sie ein Schauer. Vergessen wollte sie ihn, nichts weiter als vergessen. Dabei konnte sie noch immer seine Hand auf ihrer fühlen.
Ida nahm erneut den Brief und überflog ihn in einem Atemzug. Erst jetzt merkte sie, wie gut es ihr tat, von Anna zu lesen, wie schön es war, ihre Lebenslust und Unbekümmertheit zu spüren, die sie selbst verloren zu haben schien. Das größte Geschenk aber, das Anna ihr mit diesen Zeilen machte, war, sie teilhaben zu lassen an einer Welt, von der sie sich in Stralsund so schrecklich abgeschnitten fühlte. Beim zwei-

ten Lesen hatte sie es sofort gewusst, sie gehörte dorthin, sie gehörte nach Berlin, zu Anna und den anderen. Die Gewissheit, dass es einen Ort gab, dem sie sich verbunden fühlte, ließ sie allmählich ihre Einsamkeit vergessen, die sie vor wenigen Augenblicken noch so tief erschüttert hatte.

14

»Vater?« Ida steckte ihren Kopf durch die Tür seines Büros und sah ihn fragend an. »Darf ich reinkommen?«

»Wenn es sein muss«, murrte er, ohne seinen Blick von dem Papierberg zu wenden, der ordentlich aufgetürmt vor ihm lag. »Was gibt es denn so Wichtiges, dass du mich schon bei der Arbeit stören musst?«

»Ich dachte, wir sind hier vielleicht ungestörter als zu Hause«, sagte sie und trat vorsichtig ein.

»Das dachtest du?« Er zeigte auf den Stuhl vor seinem Schreibtisch. »Bei der Arbeit ist man nie ungestört, merk dir das.«

»Ja, Vater, natürlich.«

»Also, was kann ich für dich tun?«

»Wie du weißt, war ich dir sehr dankbar, dass ich die Sommerferien auf Hiddensee verbringen durfte«, fing Ida sachte an. »Und die Freude, die du mir damit bereitet hast, kann ich gar nicht in Worte fassen, so groß ist sie noch immer.«

»Und?«, ging er unwirsch dazwischen. »Bist du deswegen extra hergekommen, um mir das zu sagen?«

»Nicht nur«, antwortete Ida leise. Sie fühlte sich verunsichert. Tagelang hatte sie darüber nachgedacht, wie sie das Gespräch am besten beginnen sollte, aber jetzt, da sie ihrem Vater gegenübersaß, hörten sich ihre Worte merkwürdig hohl an.

Oskar Grotjahn sah seine Tochter fragend an.

»Ich war so glücklich dort, Vater, so unglaublich glücklich. Ich wollte, dass du das weißt.«

»Meine Tochter war auf Hiddensee sehr glücklich«, wiederholte er nüchtern. »Das weiß ich nun also. Wenn es das war, was du mir mitteilen wolltest, dann würde ich dich bitten, mich jetzt wieder meine Arbeit machen zu lassen. Wie du siehst, habe ich recht viel zu tun.« Seine Stirn legte sich unwillkürlich in Falten, als sein Blick auf den Papierstapel fiel.

»Ich will dich auch nicht lange stören. Es ist nur ...«

»Ja?«, fragte er ungeduldig.

»Es ist, ich habe ...«, stammelte sie. »Vor ein paar Tagen habe ich eine Einladung zu einer Ausstellungseröffnung in Berlin erhalten. Und ich wollte dich fragen, ob du mir erlauben würdest, dass ich nächste Woche dorthin fahre?«

Ida wurde mit einem Schlag knallrot. Es war, als hätte sie ihren Vater nicht nur um die Erlaubnis, nach Berlin reisen zu dürfen, gebeten, sondern ihm damit auch ihre tiefste Sehnsucht offenbart.

»Nach Berlin?« Oskar Grotjahn schüttelte fast angewidert den Kopf. »Kannst du denn nie genug kriegen? Erst Hiddensee, dann Berlin, was kommt denn als Nächstes? Ich dachte, du wärst zur Vernunft gekommen. Hast du etwa schon vergessen, dass dich dein lieber Herr Vogel schmählich hat sitzenlassen? Begreifst du denn nicht, dass auf diese Menschen kein Verlass ist? Erst recht nicht auf die in Berlin.

Deren Welt endet an der eigenen Nasenspitze. Ida, versteh doch«, sagte er und sah seine Tochter dabei eindringlich an, »du kannst nicht von mir erwarten, dass ich dir erlaube, dich in diesen unglückseligen Moloch zu begeben.«

»Aber, Vater, du hast ein völlig falsches Bild von meinen Freunden.«

»Ach, jetzt sind es also schon deine Freunde«, sagte er spitz. »Dann erzähl mir doch etwas über sie, vielleicht täusche ich mich ja.«

Ida schluckte. Sie wusste, dass es fast unmöglich war, ihm etwas Gutes zu berichten. Alles, was sie zu erzählen hätte, würde seinem Urteil nicht standhalten können. Schon gar nicht, dass Anna eine reiche Erbin war und Wilhelm es bevorzugte, nackt die Sonne zu genießen, ganz zu schweigen von Herbert, dessen Existenz sie ohnehin lieber vergessen wollte. »Anna ist eine gute Künstlerin«, begann sie vorsichtig, »und sie wird in Berlin ein Bild ausstellen, das sie auf Hiddensee gemalt hat. Ich mag es sehr, und ich würde ihr gerne zur Seite stehen, wenn sie es der Öffentlichkeit zeigt.« Dass sie auf diesem Bild zu sehen war, erwähnte Ida lieber nicht. Sie ahnte, dass das nur ein Grund mehr wäre, sie nicht fahren zu lassen. »Außerdem würde ich Anna unheimlich gerne wiedersehen, wir sind gute Freundinnen auf Hiddensee geworden, und ich vermisse sie sehr«, fügte sie hinzu und sah ihren Vater dabei skeptisch an.

»Eine gute Künstlerin? Soso. Und wovon lebt sie, deine Freundin? Von ihrer Kunst ja wohl kaum.«

»Es wäre doch nur für ein paar Tage, bitte.«

»Du hast meine Frage nicht beantwortet, Ida.«

»Sie hat geerbt«, antwortete Ida kleinlaut, hielt aber seinem Blick stand, der bis in ihr Innerstes vorzudringen schien.

»Geerbt hat sie«, wiederholte Oskar Grotjahn und nickte dabei wissend. »Natürlich, wer sonst sollte sich derartige Hirngespinste leisten können.«

»Das sind keine Hirngespinste«, protestierte Ida. »Annas Arbeit wird von anderen Künstlern sehr geschätzt.«

»Und die sind bestimmt genauso zuverlässig wie dein verehrter Herr Vogel.«

»Bitte, Vater, ich würde doch nicht für immer wegbleiben, nur diese paar Tage.«

»Siehst du diesen Papierberg hier?«

Ida nickte.

»Was glaubst du, was das ist?«

»Ich weiß nicht. Deine Korrespondenz?«

Er lachte. »So kann man das auch nennen, aber das würde nicht ganz der Wahrheit entsprechen. Und wir wollen doch ehrlich zueinander sein, nicht?«

»Ja«, antwortete Ida, die nicht begriff, worauf ihr Vater hinauswollte.

»Das hier«, sagte er und schlug mit der flachen Hand auf den Papierstapel, »das hier sind Mahnungen, nichts als Mahnungen über Mahnungen mit Forderungen an die Pianofortefabrik Grotjahn & Söhne, die mir mein lieber Herr Bruder gestern Abend auf den Schreibtisch gelegt hat. Und es wird schwierig werden, die Ansprüche, die an uns gestellt werden, befriedigen zu können.« Er machte eine Pause und sah Ida streng an. »Ist dir klar, was das bedeutet? Das bedeutet, dass es nicht gut steht um das Geschäft, dass es nicht gut steht um unser aller Wohl, dass wir in ernsthaften finanziellen Sorgen stecken und dass ich nicht weiß, wie ich morgen auch nur einen Bruchteil dieser Rechnungen zahlen soll«, schnaufte er atemlos, während sich die Falten immer tiefer in sein Gesicht gruben. »Und da kommst du mit deinen Flausen im Kopf und willst alles, nur nicht Vernunft annehmen.«

»Aber ich …«, versuchte Ida sich zu verteidigen, doch ihr Vater ließ sie nicht zu Wort kommen.

»Nichts aber. Deine Zukunft liegt vor dir, Ida. Schlag nicht die Türen zu, die man dir geöffnet hat, sie werden dir später verschlossen bleiben.«

»Aber«, setzte Ida erneut an.

»Ich bin noch nicht fertig«, sagte er streng. »Auch wenn du mir vielleicht nicht glauben wirst, aber auch ich möchte dich glücklich und gut versorgt wissen. Aus Erfahrung weiß ich allerdings, dass zum Glücklichsein mehr gehört als eine Handvoll verrückter Ideen und die Hoffnung, dass sie sich schon verwirklichen lassen werden. Nur wenn du dich deiner Verantwortung nicht entziehst, wird das Schicksal es gut mit dir meinen, Ida.« Oskar Grotjahn blickte seiner Tochter ungewöhnlich nachdenklich in die Augen, bevor er sein Taschentuch nahm und sich damit den Schweiß von der Stirn wischte.

Ida wusste nicht, was sie darauf erwidern sollte. Natürlich hätte sie ihm sagen können, dass ihre Verantwortung darin bestand, aus ihrem Talent das Beste zu machen, oder darin, nichts unversucht zu lassen, sich ihre eigenen Wünsche erfüllen zu können, aber sie wusste, dass er von einer anderen Verantwortung gesprochen hatte, von der, die ihr als Frau von Geburt an auferlegt worden war, und dass er auf ihre Argumente nichts gab. Jede Widerrede schien zwecklos zu sein, zumal sie auch sah, wie sehr ihn die Sorgen um die Fabrik bedrückten und dass ihm ihre Nöte im Vergleich zu seinen nichtig erscheinen mussten. »Es ist schön zu hören, dass du mich glücklich sehen möchtest«, sagte sie schließlich und lächelte dabei zaghaft. »Aber heißt das denn auch, dass du mich nicht nach Berlin reisen lässt?«

»Genau das heißt es, Ida. Schlag dir das mit dem Ausstellungsbesuch in Berlin aus dem Kopf, und nicht nur das, schlag dir überhaupt die ganze Kunst aus dem Kopf. Werd endlich vernünftig. Ich will mir nicht auch noch um dich Sorgen machen müssen«, sagte er fast schon flehentlich.

»Nur noch diese paar Tage, bitte, und danach werde ich vernünftig, versprochen«, bettelte sie und legte dabei noch mehr Nachdruck in ihre Stimme, als ihr Vater es eben getan hatte.

»Nein, und nochmals nein. Und jetzt möchte ich davon nichts mehr hören. Wie du weißt, muss ich mich um ganz andere Dinge kümmern.«

»Bitte, Vater. Ich werde doch auch weiterhin das Seminar besuchen, wie du es von mir erwartest.«

Oskar Grotjahn sah seine Tochter streng an und schwieg. Dann schüttelte er den Kopf, bevor er, ohne ein weiteres Wort an Ida zu richten, seinen Füller in das Tintenfass tauchte und auf eines der Papiere seine enge Unterschrift setzte.

Ida standen die Tränen in den Augen. Sie wusste, dass für ihn das Gespräch damit beendet war, aber noch zögerte sie, aufzustehen und einfach zu gehen. Wieso wollte er nicht verstehen, was für sie wichtig war? Dabei gab sie sich doch redlich Mühe, auch seine Erwartungen zu erfüllen. Nachdenklich beobachtete sie ihn dabei, wie er Papier um Papier in die Hand nahm und mit einem lautlosen Stöhnen wieder zur Seite legte.

»Vater, bitte, nur dies eine Mal noch«, flüsterte sie erneut, als wünschte sie sich nichts sehnlicher, als ihre Unschuld bewahren zu können, als wollte sie nicht akzeptieren, dass ihr Vater sie mit seinem klaren Nein endgültig aus dem

Paradies ihrer Kindheit vertrieben hatte. Doch Oskar Grotjahn blieb unbeeindruckt von Idas Flehen. Stumm setzte er seine Arbeit fort, bis sie schließlich ohne Verabschiedung sein Büro verließ.
Als Ida auf die Straße trat, fühlte sie sich noch immer ganz benommen von dem Gespräch. Ihr Vater hatte entschieden, jetzt musste auch sie eine Entscheidung treffen. Ohne einen Blick für ihre Umgebung, die Hände tief in ihren Manteltaschen vergraben, ging sie wie eine Schlafwandlerin nach Hause.

15

»Schön, Sie endlich zu sehen, Fräulein Ida. Wir haben Sie schon vermisst«, empfing sie Fridtjof Markstein mit seiner viel zu hohen Stimme und schritt ihr freudig erregt entgegen.
Voller Entsetzen blickte Ida in seine strahlenden Augen und hätte am liebsten auf dem Absatz kehrtgemacht. Wenn sie jetzt etwas nicht ertragen konnte, dann war es diese schwülstige Verehrung, mit der er sie schon seit Wochen bestürmte. Aber es war zu spät, er hatte bereits seine Hand auf ihren Arm gelegt.
»Kommen Sie, Ihre Schwester möchte ein kleines Hauskonzert geben.« Sanft, aber mit Nachdruck führte er sie Richtung Musikzimmer, in dem sich bereits alle versammelt hatten – Bertha, die direkt neben dem Flügel saß mit Blick auf die Tastatur, Johanna, die gelangweilt aus dem Fenster sah, Emma, die sich ihren hochschwangeren Bauch

rieb, und natürlich Lilla, die bereits ungeduldig auf der Klavierbank hin und her rutschte.

»Na endlich«, sagte Lilla seufzend. »Ich dachte schon, du würdest gar nicht mehr kommen.«

»Ich wusste ja nicht«, sagte Ida mit einer entschuldigenden Geste, während Fridtjof Markstein sie zielstrebig zu dem freien Stuhl schob, der direkt neben seinem stand.

»Ich hab's dir zweimal gesagt«, entgegnete Lilla gereizt.

»Entschuldige.« Ida war sichtlich überrascht. »Das muss ich vergessen haben.«

»Allerdings.«

»Nicht streiten, meine Damen«, ging Fridtjof Markstein dazwischen und legte erneut seine Hand auf Idas Arm.

Lillas enttäuschter Blick traf Ida bis ins Mark. »Es tut mir leid, Lilla, glaub mir, das war keine Absicht.« Sie warf ihrer Schwester ein aufmunterndes Lächeln zu, während Fridtjof Marksteins Hand auf ihrem Arm tonnenschwer zu werden schien.

»Fräulein Liliana, wenn Sie jetzt beginnen würden.«

Bereits mit dem ersten Akkord hatte Lilla die ganze Aufmerksamkeit für sich. Kraftvoll schlug sie die Tasten an und füllte mit Schuberts Impromptu den Raum. Mit so viel Entschlossenheit hatte Ida ihre Schwester noch nie spielen hören, und ihr war, als würde sie mit ihrem Spiel direkt an ihrer Wut rühren, die sich nun gleichfalls im Raum zu ergießen schien. Am liebsten wäre Ida aufgesprungen und hätte Lilla angefeuert, noch lauter und schneller zu spielen, so sehr tobte noch immer die Enttäuschung über ihren Vater in ihr. Wie ein Schlag traf es sie daher, als eine leichte und zärtliche Melodie die kraftvollen Klänge ersetzte. Als käme die Versöhnung viel zu früh, entwich alle Anspannung aus ihr, und sie sackte in sich zusammen, so dass sie noch nicht einmal mehr Fridtjof Marksteins Hand spürte, die jetzt behutsam über ihren Arm strich. Erst ein lauter Akkord holte Ida wieder zurück, und für einen kurzen Moment blickte sie verwundert um sich, als wüsste sie nicht mehr, wo sie sich befand.

Noch immer lauschten alle gebannt Lillas Spiel. Emma, die aufgehört hatte, ihren Bauch zu streicheln, Johanna, die nicht mehr aus dem Fenster sah, sondern Lilla nicht aus den Augen ließ, und natürlich Bertha, die jeden Anschlag mit Akribie verfolgte. Nur Fridtjof Markstein schien sich erstaunlich wenig für Schubert zu interessieren. Er war noch dichter an Ida herangerückt, so dass zwischen ihnen jetzt kaum mehr Platz blieb. Vorsichtig rückte Ida zur Seite, aber wie selbstverständlich rückte er im gleichen Abstand auf, und als sie ihre Arme vor der Brust verschränkte, als stilles Zeichen an ihn, seine Hand nun endlich wegzunehmen, griff er nur noch beherzter zu. Dass Lilla auch noch Brahms und Schumann spielte, nahm Ida kaum mehr wahr. Die ganze Zeit über focht sie mit Fridtjof Markstein einen vergeblichen Kampf um ihren Freiraum aus.

»Wunderbar, nicht?«, flüsterte er Ida ins Ohr, nachdem Lilla mit einer knappen Verbeugung ihren Auftritt beendet hatte.

»Konnten Sie sich denn überhaupt auf das Spiel konzentrieren?«, erwiderte sie spitz, ohne sich ihm zuzuwenden.

»Bravo, Lilla, Zugabe«, rief sie und spendete ihrer jüngsten Schwester stürmischen Applaus.

»Mit Ihnen an meiner Seite war es ein unvergleichliches Erlebnis«, hauchte er, während er ebenfalls kräftig Beifall klatschte.

»Bravo, Herr Markstein«, rief Bertha Grotjahn dazwischen. »Ohne Sie hätte Lilla nur halb so gut gespielt.«

»Aber, aber«, wehrte er das Lob zufrieden ab, »der Dank gebührt ganz allein Ihrem verehrten Fräulein Tochter.«
Lilla strahlte. Mit glühenden Wangen stand sie neben dem Flügel und hatte nur Augen für ihren Lehrer, der sich jetzt erneut zu Ida beugte und ihr zuflüsterte: »Ich würde Sie in den nächsten Tagen gerne zu einer Ausfahrt einladen.«
Ida, die so tat, als hätte sie seine Worte nicht gehört, klatschte unermüdlich weiter. »Bravo, Lilla!«, rief sie erneut. »Du hast fabelhaft gespielt, ganz fabelhaft.«
Auch Emma und Johanna applaudierten Lilla noch immer, als wollte keine der Schwestern diesen selten einträchtigen Moment beenden.
Bertha stand als Erste auf. »Wenn ich dann bitten darf. Trude hat im Salon ein paar Kleinigkeiten angerichtet.«
Auf dem Tisch standen zwei große silberne Platten mit Hering und Schwarzbrot und kaltem Braten, der vom Vortag noch übrig geblieben war, ein Krug mit Holunderbeersaft und eine mit Eiswürfeln gefüllte Schale, in der eine Flasche Champagner lag. Ida staunte nicht schlecht, als sie das sah. Soweit sie wusste, war es das erste Mal, dass es in diesem Haus Champagner gab.
»Auf Ihren Erfolg«, sagte Bertha anerkennend, die zwei Gläser eingeschenkt und eines davon Fridtjof Markstein gereicht hatte. »Ich weiß Ihren Einsatz sehr zu schätzen. Und Lilla sicherlich auch«, fügte sie hinzu und sah zu ihrer Tochter, deren Wangen noch immer glühten.
»Natürlich, sehr. Ich hoffe, Sie bleiben noch ganz lange bei uns«, sagte Lilla aufgeregt. »Vielleicht schaffe ich es ja mit Ihrer Hilfe, Prof. Kaczowski vorspielen zu dürfen.«
»Wem willst du vorspielen?«, fragte Ida.
»Er ist ein ganz wunderbarer Pianist und lehrt in Berlin. Herr Markstein hat mir viel von ihm erzählt, und er meint,

wenn ich fleißig weiterübe, dann könnte ich vielleicht auch seine Schülerin werden.« Lilla blickte versonnen zu ihrem Lehrer auf, der sich jetzt wieder neben Ida geschlichen hatte und sein Glas unschlüssig in der Hand hielt.

»Meine Güte, Lilla«, sagte Ida sichtlich erstaunt. »Ich wusste ja gar nicht, dass du so große Pläne hast.«

»Noch eine mit Flausen im Kopf«, murmelte Emma und schenkte sich Saft ins Glas. »Da wird sich Vater aber freuen.«

»Da kannst du Gift drauf nehmen«, erwiderte Johanna spitz. »Wo ist er eigentlich? Wollte er nicht rechtzeitig zu Hause sein?«

»Woher sollst du auch etwas von meinen Plänen wissen, wenn du in Gedanken gar nicht mehr bei uns bist«, sagte Lilla und sah Ida trotzig an.

Ida schluckte. »Du schaffst das bestimmt, da bin ich mir ganz sicher.«

»Lasst uns anstoßen. Vater ist sicherlich gleich da. Und Anselm macht sich doch bestimmt nichts aus Champagner«, sagte Bertha, die ihr Glas zwischenzeitlich fast ausgetrunken hatte.

»Anselm und Champagner?« Emma lachte. »Lasst uns nicht auf ihn warten. Wer weiß, welchen Ärger er mit seiner Kundschaft gerade mal wieder hat.«

»Hat er denn viel Ärger?«, fragte Ida, der mehr und mehr bewusst wurde, dass sie seit ihrer Rückkehr von Hiddensee vorwiegend in ihrer eigenen Welt zu Hause gewesen war. Jedenfalls hatte sie kaum etwas von dem mitbekommen, was um sie herum geschehen war.

»Lass gut sein, Ida«, winkte Emma ab. »Alles nicht der Rede wert.«

»Na dann.« Fridtjof Markstein reichte ihr ein gefülltes Champagnerglas, das sie dankbar entgegennahm.

»Geprügelt hat er sich neulich«, berichtete Johanna, »so schlimm, dass er kaum mehr aus den Augen gucken konnte.«
»Johanna«, zischte Emma, »du übertreibst.«
»Du hättest ihn mal sehen sollen«, fuhr sie unverdrossen fort, »schrecklich sah er aus mit seinem Veilchen, wie einer von den Saufkumpanen am Hafen.«
»Wirklich?«
»Ach.« Emma schüttelte den Kopf. »Alles halb so wild. Anselm geht es gut.«
»Und dir?« Ida sah auf Emmas dicken Bauch.
»Es ist wohl bald so weit.«
»Das ist nicht zu übersehen. Freust du dich?«
»Was ist das denn für eine Frage?« Emma strich sich empört über den Bauch.
»Wieso?«, fragte Ida verblüfft.
»Natürlich freue ich mich«, sagte Emma fast trotzig. »So eine Frage kannst auch nur du stellen.«
Ida sah ihre Schwester verwundert an.
»Verstehst du denn nicht? Auf ein Kind freut man sich immer. Du scheinst die Einzige zu sein, die das nicht weiß. Aber wen wundert's.« Sie schüttelte den Kopf.
»Jetzt lasst uns endlich anstoßen«, sagte Bertha energisch und hob erneut ihr Glas. »Auf den wunderbaren Herrn Markstein und unsere Liliana, die ein so schönes Konzert gegeben hat.«
»Auf dich, Lilla«, betonte Ida.
»Und auf mich wollen Sie nicht trinken?«, flüsterte Fridtjof Markstein ihr mit gespielter Empörung ins Ohr.
»Und auf deinen unerschütterlichen Lehrer«, fügte sie hinzu und blickte ihn dabei mit funkelnden Augen an.
»War das ein Ja?«, fragte er sie einige Zeit später, nachdem

auch Anselm und Oskar Grotjahn eingetroffen waren und sie in großer Runde um den Tisch saßen.
»Wozu sollst du ja sagen?« Lilla sah ihre Schwester neugierig an. Sie saß rechts von Fridtjof Markstein und hatte ihn die ganze Zeit über nicht aus den Augen gelassen. Selbst vom Hering, den sie sonst so liebte, hatte sie nur ein kleines Stück genommen, um sich ja keines seiner Worte entgehen zu lassen.
Ida zuckte mit den Schultern. »Keine Ahnung, Lilla. Herr Markstein spricht in Rätseln.«
»Glauben Sie Ihrer Schwester kein Wort. Sie weiß genau, was ich meine.«
»Ein Heiratsantrag?«, entfuhr es Lilla.
»Um Himmels willen«, sagte Ida lachend, der Lillas Erschütterung nicht entgangen war. »Wohin denkst du?«
»War nur so eine Idee«, antwortete sie kleinlaut und griff verlegen nach dem Stück Brot, das noch unangetastet vor ihr auf dem Teller lag.
»Sie bringen mich vielleicht auf Gedanken.« Fridtjof Markstein tat so, als würde er nachdenken. »Aber vermutlich käme dieser Schritt etwas verfrüht.«
»Vermutlich«, wiederholte Ida kurz angebunden und wandte sich, ohne weiter auf seine Frage einzugehen, Anselm zu, der zu ihrer Linken saß.
»Was macht dein Auge? Sieht ziemlich böse aus.«
»Sei froh, dass dir das nicht passieren kann«, sagte er, während er sich ein großes Stück Braten in den Mund schob und kräftig darauf herumkaute. »Ihr Frauen seid wirklich vom Glück begünstigt.«
»Aha?«
»Na, die Gefahr, dass du beim Wäschewaschen oder Kinderversorgen in eine Schlägerei gerätst, ist ziemlich gering, würde ich sagen.«

»Und beim Arbeiten ist sie hoch?«
»Du kannst dir gar nicht vorstellen, wie schwer von Begriff Männer sein können, manche verstehen nur eine deutliche Sprache.«
»Da sagst du was Wahres«, rutschte es ihr lauter, als ihr lieb war, heraus, so dass nicht nur Fridtjof Markstein aufhorchte, sondern auch ihr Vater, der ihr schräg gegenübersaß.
»Würdest du uns teilhaben lassen an deinen Erkenntnissen?«, unterbrach Oskar Grotjahn die Stille, die sich mit einem Schlag über den Raum gelegt hatte.
Alle Blicke richteten sich jetzt auf Ida. Doch während sie noch fieberhaft nach einer passenden Erklärung suchte, die weder sie noch andere in Verlegenheit bringen würde, ergriff auch schon Anselm das Wort. »Ich hatte Ida nur erzählt, wie uneinsichtig manche Männer sein können«, sagte er und aß unbeirrt weiter.
»Dass du diese Meinung teilst, wundert mich nicht«, entgegnete Oskar Grotjahn scharf, bevor er sich wieder Johanna zuwandte, die sich lebhaft für die Schwierigkeiten in der Fabrik interessierte.
»Darf ich fragen, warum?«
»Nein, dürfen Sie nicht«, fuhr Oskar Grotjahn Fridtjof Markstein an.
»Oskar, bitte.« Bertha griff nach seiner Hand, wie sie es immer tat, wenn er sich aufzuregen drohte. »Entschuldigen Sie bitte, mein Mann meint es nicht so.«
»Und wie ich das meine«, zischte er. »Ich frage mich ohnehin schon die ganze Zeit, wie lange Sie es sich bei uns eigentlich noch gemütlich machen wollen.«
»Herr Markstein ist Lillas Lehrer, ein ganz hervorragender sogar, und er ist uns jederzeit willkommen.«
»Dir ist er willkommen«, korrigierte er seine Frau.

»Uns ist er willkommen«, beharrte sie und warf Fridtjof Markstein einen entschuldigenden Blick zu.
»Wenn du weniger Zeit mit deinem Gast verbringen würdest und mehr deinen Pflichten nachkämst, wüsstest du vielleicht, dass Ida vorhat, sich aus dem Staub zu machen«, sagte Oskar Grotjahn kühl und legte sich einen weiteren Hering auf.
Wie auf Kommando richteten sich erneut alle Blicke auf Ida. Selbst Anselm, der sich gerade eben noch über seinen vollgehäuften Teller hergemacht hatte, hörte schlagartig auf zu kauen.
»Du willst uns im Stich lassen?«, fragte Lilla entsetzt, die als Erste ihre Sprache wiedergefunden hatte.
»Natürlich nicht«, antwortete Ida und gab sich alle Mühe, dabei so gelassen wie möglich zu klingen.
»Deine Tochter möchte nächste Woche nach Berlin fahren, zu einer Ausstellungseröffnung«, sagte Oskar Grotjahn an seine Frau gewandt, während er weiteraß und so tat, als ginge ihn das alles gar nichts mehr an. »Ich habe es ihr natürlich strikt verboten.«
»Weißt du eigentlich, wie gefährlich es in Berlin für eine Frau ist? Ich habe gehört, dass man dort nicht einmal alleine auf die Straße gehen darf«, sagte Emma kopfschüttelnd.
»Nach Berlin?« Bertha sah ihre Tochter besorgt an. »Emma hat recht, es ist viel zu gefährlich dort. Die Stadt ist so groß, daran bist du doch gar nicht gewöhnt.«
»Ist schon gut, Mutter«, sagte Ida ruhig. »Vater hat seine Entscheidung getroffen.«
»Wie weise du manchmal sein kannst.« Oskar Grotjahn nickte anerkennend.
»Und ich preise gerade noch die Vorzüge der Damenwelt. Du müsstest vollkommen von Sinnen sein, wenn du freiwillig eine Reise nach Berlin machen würdest. Da kämst

du bestimmt nicht mit einem blauen Auge davon«, sagte Anselm verständnislos. »Nach Berlin!« Er tippte sich an die Stirn. »Mir will einfach nicht in den Kopf, was es dort geben soll, was es hier nicht gibt.«

Ida sah ihn mitleidig an und wusste nicht, ob sie lieber lachen oder schreien sollte, so absurd fand sie seine Bemerkung, aber sie sagte nichts, sondern tat so, als wäre sie mit allem einverstanden.

»Du fährst also nicht?«, wollte Lilla es genau wissen.

»Du hast Vater doch gehört. Er hat es mir verboten«, antwortete Ida ruhig.

»Lasst uns von etwas anderem reden«, ging Bertha schnell dazwischen, der Idas Gelassenheit nicht geheuer war.

Aber Ida dachte gar nicht daran, sich zu streiten. Worüber sollte sie sich denn auseinandersetzen, wenn nichts von dem, was sie fühlte und wollte, Anerkennung fand? Wenn alles, was sie sagte, in einem großen Aufschrei endete, und wenn die Pläne, die ihre Familie für sie geschmiedet hatte, nicht verhandelbar waren.

Schnell kam das Gespräch am Tisch wieder in Gang. Alle schienen froh, dass Ida anders als sonst einsichtig war und nicht auf ihrem Standpunkt beharrte, und niemand wollte es riskieren, mit einer unbedachten Bemerkung doch noch das Feuer zum Lodern zu bringen. Noch nicht einmal Emma, die sich von Bertha lieber Stoff für ihre Kinderwiege zeigen ließ.

Nur Fridtjof Markstein schien noch immer nichts verstanden zu haben. »Jetzt, da Sie sich die Reise nach Berlin aus dem Kopf geschlagen haben«, raunte er ihr zu, während er erneut seine Hand auf ihren Arm legte, »käme doch eine Ausfahrt mit mir gerade recht, als kleine Entschädigung, wenn Sie so wollen.«

Ida wäre vor Ekel beinahe aufgesprungen, so klebrig fühlten

sich seine Finger selbst durch den Stoff ihrer Bluse an, aber sie beherrschte sich ein letztes Mal an diesem Tag. »Das ist sehr freundlich von Ihnen, Herr Markstein. Ich werde in nächster Zeit allerdings sehr viel zu tun haben. Sie sollten sich unsere gemeinsame Ausfahrt daher ebenfalls aus dem Kopf schlagen«, sagte sie, ohne eine Miene zu verziehen, bevor sie seine Hand beiseiteschob und aufstand. »Ihr entschuldigt mich bitte.« Sie ließ ihren Blick über die Runde schweifen und nickte jedem mit einem stummen Lächeln zu. Erst als sie die Tür bereits geöffnet hatte, drehte sie sich noch einmal um. »Lilla, was ich dir noch sagen wollte. Es war ein ganz wunderbares Konzert, und ich bin mir sicher, dass du dein Vorspiel bekommen wirst. Du musst nur so fleißig sein wie bisher«, sagte sie mit einem Ernst, als spräche sie nicht nur ihrer Schwester Mut zu, sondern hauptsächlich sich selbst. Sie zögerte kurz, dann verließ sie den Raum, und als sie auf dem Flur stand, allein, für einen Moment dem Gemurmel nachhorchend, das sich jetzt wieder im Salon erhob, wurde sie das Gefühl nicht los, dass mit diesem Schritt eine Entscheidung verknüpft war, die sie nicht mehr rückgängig machen konnte.

16

Wie Schneeflocken rieselten die Blätter auf die Erde und hinterließen auf dem Waldboden einen rotgelb gefärbten Teppich, den Ida von ihrem Waggonfenster aus bestaunte. Doch ebenso schnell, wie das Herbstlaub in ihr Blickfeld geraten war, verschwand es auch wieder und wurde ersetzt durch eine endlos goldfarbene Fläche, Kornfelder, die, von der Sonne bestrahlt, sich bis zum Horizont erstreckten. Verblühende Wiesen, Kirchtürme, die aus dem Nichts in den Himmel zu ragen schienen, einsame, wie auf die Erde geworfene Gutshäuser, Rehe, die, vom Lärm der Dampflok aufgeschreckt, das Weite suchten, mit einem unerschütterlichen Gleichmut zog Bild für Bild an ihr vorüber, und Ida sog jedes einzelne so bedingungslos in sich auf, als wäre es ihr ein unersetzlicher Trost.

Dass sie jetzt tatsächlich im Zug saß und nach Berlin fuhr, dass sie sich allen Widerständen zum Trotz entschieden hatte, ihre Goldkette zu versetzen und sich von dem Geld einen Zugfahrschein zu kaufen, konnte sie selbst kaum fassen. Aber sie fuhr ja nur für ein paar Tage, nur zur Ausstellungseröffnung, am Montag wollte sie wieder zurück sein und im Lehrerinnenseminar sitzen. Ida mochte sich gar nicht ausmalen, was jetzt zu Hause los war. Wie ihr Vater tobte, ihre Mutter alle Mühe hatte, ihn zu beruhigen, obwohl sie selbst so schrecklich enttäuscht von ihr war, wie Lilla sie verachtete, weil sie glaubte, sie hätte sie im Stich gelassen, wie Johanna nur den Kopf schüttelte und Emma fluchte, dass auf sie einfach kein Verlass sei, niemals. Nur bei dem Gedanken an Fridtjof Markstein musste sie schmunzeln. Ihm in den nächsten Tagen nicht begegnen zu müssen, ihm trotz seiner klebrigen Aufdringlichkeit entwischt zu sein fühlte sich an, als hätte sie einen Sieg davongetragen.

Dass sie jetzt tatsächlich im Zug saß und aus dem Fenster sah, hatte sie einer durchwachten Nacht zu verdanken, in der sie alle Für und Wider hin und her gewälzt hatte, in der sie in Gedanken mit ihrem Vater gesprochen hatte, wieder und wieder und doch zu keinem für sie glücklichen Ende gekommen war, in der sie noch einmal den Schrecken der

Einsamkeit erlebt hatte, wie neulich, als die Kraniche über sie hinweggeflogen waren und sie zum ersten Mal gespürt hatte, wie wenig heimisch sie zu Hause war. Unzählige Male hatte sie Annas kurzen Brief gelesen, auch in der Hoffnung, dass mit der Gewohnheit der Reiz verblassen würde, dass es keinen Grund gäbe, ihre Familie derart zu verletzen, aber der Sog wurde von Mal zu Mal größer, und selbst die Angst vor einer Begegnung mit Herbert Klausen schwand.

Noch vor wenigen Wochen, auf Hiddensee, hätte sie sich niemals vorstellen können, ohne Erlaubnis nach Berlin zu fahren, abzuhauen, wie Anna sagen würde, auch wenn sie sich selbst einredete, dass es nur ein kurzer Ausflug war. Und jetzt saß sie im Zug und fuhr nach Berlin und freute und fürchtete sich gleichermaßen. Würde Anna dieselbe sein wie auf Hiddensee, und würde Wilhelm sie einmal mehr zum Staunen bringen? Würden all die Künstler, von denen Anna geschrieben hatte, sie überhaupt als eine der Ihren akzeptieren? Würde die große Stadt sie nicht vielleicht doch ängstigen, die vielen Fremden und der Lärm auf der Straße? Würde sie sich einschüchtern lassen von all dem Unbekannten, oder würden sich ihre Hoffnungen erfüllen? Was, wenn sie ihre Erwartungen zu hoch geschraubt hatte? Schließlich wollte sie nicht weniger, als den einen Ort finden, an den sie gehörte.

Durch Idas Kopf geisterten so viele Fragen, dass sie sich selbst mehrfach zur Gelassenheit aufrufen musste, um nicht in diesem Meer von Ungewissheit zu ertrinken. Sie verbot sich, an Herbert Klausen zu denken, und dennoch konnte sie nicht anders, als sich vorzustellen, wie es sein würde, ihm das erste Mal nach so langer Zeit wieder gegenüberzustehen. Würde sie vor Aufregung stottern? Wür-

de sie ihm überhaupt in die Augen blicken können? Oder würde gar seine Gegenwart sie nicht mehr in Aufruhr versetzen? Nichts wünschte sie sich mehr, als dass sie in ihm nur den großen Künstler würde sehen können, auf dessen Wiedersehen sie sich ebenso freute wie auf das mit Anna, aber sosehr sie sich auch bemühte, sosehr sie sich auch einredete, dass Herbert Klausen sie nicht verunsicherte, so sehr erzitterte sie doch, wenn sich ihr unvermittelt die Erinnerung an seine und ihre Sehnsucht aufdrängte, die sie auf Hiddensee so deutlich gespürt hatte.
Ida blickte aus dem Fenster. Gerade eben noch waren goldgelbe Felder an ihr vorbeigezogen, doch jetzt sah sie nur noch auf qualmende Schornsteine, ein großes Fabrikgelände und schließlich auf immer dichter stehende nackte Häuserwände, die wie Fremdkörper in den Himmel ragten. Wie bedrückend plötzlich alles ausschaut, dachte sie, als hätte man der Umgebung sämtliche Farben entzogen. Es war kein Baum mehr zu sehen, keine Wiesen, kein Gestrüpp, noch nicht einmal mehr der Blick auf den Himmel war unverstellt, so viel Dampf lag in der Luft.
Als Ida in Berlin am Stettiner Bahnhof aus dem Zug stieg, schienen von überall her Menschen zu drängen, geradewegs auf sie zueilend, so dass sie das Gefühl hatte, sie müsste sich einer Naturgewalt entgegenstemmen, um nicht in der Menge unterzugehen. Vom Bahngleis bis zum Vorplatz des Bahnhofs waren es nur wenige Meter, aber Ida kam die kurze Strecke lang wie eine halbe Ewigkeit vor. Erschöpft von dem Kampf gegen die Masse, trat sie nach draußen und blieb dort schlagartig stehen. Wie eine unüberwindbare Wand schien sich der Lärm der Stadt vor ihr aufzubauen, und sie wusste nicht, wohin sie zuerst ihren Blick wenden, ihre Ohren richten sollte. Mit ihrem kleinen Koffer in der Hand

stand sie mit dem Rücken zum Bahnhofsgebäude und war unfähig, auch nur einen weiteren Schritt zu gehen.
Ein Zeitungsjunge, der sie beinahe umgerannt hätte, pries die Morgenausgabe der *Vossischen Zeitung* an, während ein anderer, ebenso lautstark, die *Tägliche Rundschau* anbot. Von links kam ein doppelstöckiger Waggon herangerumpelt, auf dessen Oberdeck sich Männer dicht an dicht drängten und die sich, nachdem die Pferdebahn angehalten hatte, durch eine schmale Treppe zwängten, um ihren Weg zu Fuß fortzusetzen. Mit hastigen Schritten strömten sie nach allen Seiten, und Ida sah diesen Männern in ihren abgewetzten Hosen verblüfft hinterher, als würde sie sich fragen, woher sie so genau wussten, wohin sie wollten. Von rechts polterte ein mit Fässern beladenes Fuhrwerk an ihr vorüber, gefolgt von einem Pferdeomnibus, der nicht weniger überfüllt war als die Pferdebahn, die mit neuen Fahrgästen beladen schon außer Sichtweite war, während direkt neben ihr ein Kindermädchen mit den Launen eines kleinen Geschwisterpaars kämpfte, das lieber mit einer herumstreunenden Katze spielen wollte, als gehorsam nach Hause zu gehen. Plötzlich drang ein alles übertönendes Gebrüll an Idas Ohr. Ein verschwitzter Kohlehändler, der die Spuren seiner Ware wie eine Auszeichnung auf seinem Gesicht zu tragen schien, bedachte alle Gäule, Kutscher und Passagiere mit lauten Flüchen, nachdem er mit seinem Handwagen in einem Haufen von Pferdeäpfeln stecken geblieben war.
Außer Atem, als hätte sie sich selbst durch enge Waggons gequetscht oder mit den Widrigkeiten der Straße gekämpft, setzte sich Ida auf ihren Koffer und versuchte in aller Ruhe in Berlin anzukommen.
»He, Fräulein, wolln Se umjerannt werden?«, rief ihr ein Bahnhofsaufseher entgegen und kam auch schon mit gro-

ßen Schritten auf sie zu. »Da hinten«, er zeigte auf die Bahnhofswand ein paar Schritte weiter, »da könn Se in Ruhe warten. Sie werden doch abjeholt?«

Ida sah ihn mit großen Augen an, als hätte es ihr zu allem Überfluss auch noch die Sprache verschlagen.

»Na egal«, brummte er, »sehn Se zu, dass Se da rüberkommen. Von außerhalb, wa?« Kopfschüttelnd ging er davon, während Ida, noch immer sprachlos, ihren Koffer nahm und sich an die Stelle setzte, auf die der Bahnhofsaufseher gezeigt hatte.

Nach wie vor ging ihr Atem schnell, aber je länger sie auf ihrem Koffer saß, desto ruhiger wurde sie, und als eine Droschke auf der anderen Straßenseite hielt, der eine elegante Dame in einem dunkelgrünen Samtmantel entstieg, meinte sie sogar, für einen kurzen Moment eine ehrfürchtige Stille wahrzunehmen.

Wie dumm von ihr, Anna nicht Bescheid gegeben zu haben. Ihr vertrautes Gesicht hier zwischen all den fremden zu sehen hätte ihr bestimmt diese unheimliche Beklemmung genommen, die sie angesichts der vielen neuen Eindrücke noch immer spürte. Aber es war alles so schnell gegangen, und bis zum Schluss hatte sie selbst nicht an ihren Mut geglaubt. Hätte sie allerdings geahnt, dass Berlin sie derart lähmen würde, sie hätte nie und nimmer diese Reise gewagt. Vor allem Möglichen hatte man sie gewarnt, Räubern und anderen Dieben, aber niemand hatte ihr gesagt, wie überwältigend laut die Stadt bei der ersten Begegnung sein würde.

Ida atmete tief durch. Es roch ganz anders hier als in Stralsund. Die Luft schien irgendwie dicker zu sein, klebriger, nicht so flüchtig wie zu Hause. Aus allen Ritzen und Ecken drangen jetzt Gerüche an ihre Nase, die sie vorher noch gar nicht wahrgenommen hatte. Es roch nach altem Fett,

Pferdemist, Schwefel, der von einer entfernt liegenden Fabrik vom Wind bis hierher getragen worden war, der Dampf einer Lokomotive, die gerade mit lautem Tuten aus dem Bahnhof fuhr, drang an ihre Nase, und sie meinte sogar, den Abrieb der ledernen Schuhsohlen zu riechen, mit denen die Menschen an ihr vorbeihetzten, ohne Notiz von ihr zu nehmen.

Es roch nicht gut, aber je länger Ida so dasaß, desto mehr mochte sie diesen Geruch, der so viele Spuren von Leben in sich trug, und zum ersten Mal, seitdem sie in Berlin angekommen war, zeigte sich ein Lächeln auf ihrem Gesicht. Wie gut, dachte sie, dass ihr niemand gesagt hatte, wie es sein würde, wenn sie in Berlin aus dem Zug steigen würde. Was hätte sie nur alles verpasst, wenn sie nicht gefahren wäre. Nie hätte sie dieses Durcheinander an Lärm und Gerüchen und Betriebsamkeit hautnah erspürt. Wie dürftig ihr Leben bislang doch gewesen war, noch viel eintöniger, als sie gedacht hatte, viel zu geordnet, um sich überhaupt lebendig fühlen zu können. Wie gut, dass sie gefahren war, wie gut, wie unendlich gut, sagte sie sich wieder und wieder, und sie verspürte plötzlich den Wunsch, aufzuspringen und all die Fremden zu umarmen, die ihr vorher noch so viel Angst eingejagt hatten und denen sie nun danken wollte, dass sie sie teilhaben ließen an ihrem Leben und ihr Zeit gaben, ihrem Puls nachzuspüren.

Idas Körper vibrierte jetzt, als würde er im Rhythmus der Stadt atmen. Mit ihren flachen Händen strich sie ihre unruhigen Beine entlang, als könnte sie es noch gar nicht begreifen, dass sie sich nicht mehr wie gelähmt anfühlten. Aber es gab keinen Zweifel, bis in ihre Fingerspitzen spürte sie es. Sie war in Berlin, sie war wirklich angekommen in Berlin.

17

Unter den Linden 75. Die Adresse hatte sie sich bereits zu Hause in ihr kleines Notizbuch geschrieben und im Stadtplan, den sie im Zimmer ihrer Mutter gefunden hatte, rot angestrichen. Hier sollte er also sein, der Ort, an dem sie alle wiedersehen würde, Anna, Wilhelm, und natürlich Herbert. War es wirklich vernünftig gewesen, nach Berlin zu kommen? Ida stand am Brandenburger Tor und zitterte. Mit einem Schlag hatte sie der Mut verlassen, und für einen kurzen Moment wünschte sie sich nach Stralsund zurück, in ein sorgloses, vorbestimmtes Leben, in dem selbst der Besuch des Lehrerinnenseminars verlockend schien. Wie lächerlich dieser Gedanke war. Ida ärgerte sich über sich selbst. Wie konnte sie nur so etwas denken, nach all den Kämpfen, die sie dort ausgefochten hatte. Hatte sie denn vollkommen vergessen, warum sie nach Berlin gekommen war? Herbert, Herbert, immer nur Herbert. Konnte sie nicht einmal an etwas anderes denken? Schließlich wollte sie Künstlerin werden. Eine gute Künstlerin, die beste Künstlerin. »Die beste Künstlerin«, entfuhr es ihr, und sie blickte sich erschrocken um, aber niemand schien sie gehört zu haben. Achtlos gingen die Menschen an ihr vorüber, und Ida schloss sich ihnen mit energischen Schritten an. Weit konnte es nicht mehr sein, aber was hieß das in Berlin schon. Hier war alles viel größer, als sie sich das vorgestellt hatte, die Häuser, die Straßen, selbst die Pferde und Droschken schienen riesig zu sein.

»Ida?«, rief Anna über mehrere Köpfe hinweg, als sie Ida am Eingang entdeckt hatte, und winkte ihr aufgeregt zu. »Ida ist da.« Stanislaus, mit dem sie sich gerade unterhalten hatte, sah sie fragend an, doch Anna ließ ihn kommentarlos stehen und drängte sich durch die Menschenmenge, die ihr entgegenströmte. »Meine Augen haben mich also nicht getäuscht. Du bist es wirklich. Was für eine Überraschung!«

»Ich bin es wirklich«, wiederholte Ida, und für einen Moment sahen sich die beiden Freundinnen so eindringlich an, als würden sie daran zweifeln, dass sie sich tatsächlich gegenüberstanden.

»O Ida.« Anna wirkte fassungslos. »Ich hatte schon befürchtet, du wärst an Stralsund verlorengegangen. Warum hast du denn nichts gesagt? Ich hätte dich doch abgeholt. Komm, gib her.« Anna nahm Idas Koffer und stellte ihn zur Seite. »So, und jetzt lass dich umarmen.«

»Wie gut das tut, dich wiederzusehen«, flüsterte Ida, während sich um sie herum die Galeriebesucher in den kleinen Raum zwängten.

»Und erst recht, dich zu sehen«, betonte Anna und lachte. »Gut schaust du aus. Mann, Ida, ich kann es noch gar nicht glauben.«

Ida lachte jetzt auch. »Ich hätte es ja selbst fast nicht für möglich gehalten, dass ich tatsächlich zur Ausstellungseröffnung bei euch sein würde. Aber wie du siehst, ich bin hier.«

»Das müssen wir feiern. Karl, hast du für meinen Ehrengast ein Glas Champagner?«, rief sie einem älteren Herrn zu, der sich gerade angeregt unterhielt. »Das Gesicht solltest du dir einprägen«, flüsterte sie Ida ins Ohr. »Das ist nicht nur der wichtigste Mann des Abends, sondern auch der bedeutendste Kunstvermittler Berlins. Darf ich vorstellen, das ist Ida. Du kennst sie bereits.«

»Herzlich willkommen«, sagte Karl Schulte höflich und reichte Ida die Hand.

»Na, erkennst du sie?«
»Entschuldigen Sie bitte«, sagte er an Ida gewandt, »aber mein Gedächtnis verträgt den Champagner nicht besonders gut.«
»Jetzt komm schon, streng dich an, Karl. Ich weiß, dass du sie kennst.«
»Anna, bitte, quäl mich doch nicht.«
»So guckst du dir also die Bilder an, die du verkaufen sollst.« Anna schüttelte den Kopf. »Wirklich, das hätte ich nicht von dir gedacht«, sagte sie scherzhaft.
»Diese Künstler. Kaum stellt man mal ein Bild von ihnen aus, steigt ihnen das schon zu Kopf. Ich hol wohl lieber mal etwas Champagner, vielleicht bringt dich das ja wieder zur Vernunft.«
»Jetzt komm schon. Enttäusch mich nicht. Sieh sie dir doch einmal genau an.«
»Wie du meinst, meine liebe Anna. Also, ich sehe ein junges Fräulein mit hellem halblangem lockigem Haar, ausgeprägten Wangenknochen, einem anmutigen Lächeln, schmaler Hüfte, das vielleicht etwas blass um die Nasenspitze ist«, sagte er trocken und lächelte Ida dabei entschuldigend an.
»Na bitte, geht doch. Und wo hast du dieses wunderbare Wesen schon einmal gesehen?«
»Und wenn du dich auf den Kopf stellst, Anna. Ich hol jetzt Champagner«, stöhnte er. »Das gebietet auch die Höflichkeit. Dein Gast dürfte längst dem Verdursten nahe sein.«
»Sehr zuvorkommend, danke.« Ida lächelte schüchtern, während sie Anna unauffällig in den Arm zwickte, aber die ließ nicht locker.
»Gut, dann erlös ich dich eben. Das ist Ida.«

»Danke, den Namen konnte ich mir tatsächlich merken«, erwiderte er.
»Geduld, ich war noch nicht fertig. Das ist Ida, diejenige, die mich zu diesem fabelhaften Bild inspiriert hat, das du heute ausstellen darfst«, sagte sie und sah ihn triumphierend an.
»Ach, Sie sind dieses feinsinnige Geschöpf, das sich im Gras räkelt wie auf einem Federbett«, entfuhr es Karl Schulte, und er lachte. »Aber Anna, wie konntest du nur auf den Gedanken kommen, man würde darauf tatsächlich jemanden erkennen können. Du malst doch keine verstaubten Porträts wie die alten Herren von der Akademie.«
»Danke für das Kompliment«, sagte sie spitz. »Das ist dir dann also doch nicht entgangen. Aber wenn's dich interessiert, Herbert hat Ida dennoch sofort erkannt.«
»Natürlich, Herbert.« Karl Schulte lachte. »Und das wundert dich? Herbert ist schließlich ein Homme à Femmes, wie man neuerdings zu sagen pflegt. Wo ist er eigentlich?« Er sah sich suchend im Raum um, aber außer unzähligen Köpfen mit und ohne Hüte konnte er nichts erkennen. Es war so voll geworden, dass er noch nicht einmal mehr einen Blick auf die ausgestellten Bilder zu erhaschen vermochte. »Na egal, der wird schon wieder aus der Masse auftauchen. Im Herausstechen ist er doch ein Meister. So, meine liebe Anna, Fräulein Ida, ihr entschuldigt mich, ich hole Champagner«, sagte er und verschwand im Gewühl.
Ida sah Anna vorwurfsvoll an. »Musstest du mich so bloßstellen? Ich wäre am liebsten im Boden versunken.«
»Mach dir mal keine Sorgen. Du bist nur den Berliner Ton nicht gewohnt. Karl und ich, wir necken uns nur. Das gehört zum Spiel dazu. Einen wie ihn muss man bei Laune

halten, damit er sich für einen interessiert. Und glaub mir, du hast dich ihm jetzt erst einmal ins Gedächtnis gebrannt. Wer weiß, wozu das mal nützlich sein wird. Jetzt guck nicht so skeptisch«, sagte sie energisch. »Vertrau mir lieber. Ich bereite hier gerade den Boden für deinen Erfolg.«
»Berlin ist wirklich eine merkwürdige Stadt.«
»O ja, mehr als merkwürdig. Du wirst sie lieben.« Anna legte ihren Arm um Ida, während sie gleichzeitig nach bekannten Gesichtern Ausschau hielt. »Phänomenal, wie viele Menschen gekommen sind. So voll war es hier noch nie. Da haben Herbert und Karl mal wieder ganze Arbeit geleistet.«
Ida zuckte bei dem Namen Herbert einmal mehr unwillkürlich zusammen. Als Karl Schulte ihn vorhin erwähnt hatte, hatte sie die Schamesröte auf ihrem Gesicht gespürt, und auch jetzt fühlte sie sich wie ertappt, aber sie gab diesem Gefühl nicht nach. Schließlich war sie nicht nach Berlin gekommen, um davonzulaufen. »Was hat Karl Schulte vorhin denn mit Homme à Femmes gemeint?«, fragte sie, so beiläufig sie konnte, und schaute sich ebenfalls im Raum um.
Anna lachte laut auf. »Ich wusste, dass du da aufhorchen würdest. Du hast ihn also nicht vergessen?«
Ida zuckte mit den Schultern.
»Was hab ich dir gesagt?«
»Ist ja gut, du hattest recht«, entgegnete Ida kleinlaut.
»Du kannst sagen, was du willst, aber ich finde das wunderbar.«
»Wie bitte?«
»Ja, wunderbar«, wiederholte sie übermütig. »Ihr wärt wirklich ein schönes Paar.«
Ida wurde knallrot.

»Komm, wir suchen ihn.«
»Um Himmels willen, nein«, protestierte Ida energisch. »Auf gar keinen Fall.«
»Ah, noch immer die unverbesserliche Ida«, sagte Anna kopfschüttelnd und lachte. »Dann lass uns wenigstens anstoßen. Diesen Gefallen wirst du mir doch wohl nicht verwehren.«
»Im Gegenteil. Ich lechze förmlich nach Champagner«, entgegnete Ida, froh darüber, dass Anna so bereitwillig das Thema wechselte und ihre Frage erst einmal unbeantwortet blieb. Sie folgte Anna durch die Menge in Richtung eines Kellners, der ein Tablett mit gefüllten Gläsern balancierte.
»Ida?«
Ihr Name lag dröhnend über dem Raum und übertönte sogar das Stimmengewirr, das wie ein unermüdliches Summen die Galerie erfüllte. Ida spürte alle Blicke auf sich gerichtet. Schüchtern schaute sie sich um, und da sah sie ihn auch schon. Unverwechselbar wie immer stürmte Wilhelm in seiner langen Kutte auf sie zu.
»Endlich ist der Sommer zurück!«, rief er und drückte sie fest an sich. »Du glaubst gar nicht, wie erfrischend es ist, dein Gesicht hier zu sehen zwischen all diesen grauen Stadtmenschen. Komm, lass uns sofort von hier abhauen.«
Ida lachte. »Lass mich los. Dein Bart kitzelt.«
»Und? Wohin gehen wir?«
»Aber Wilhelm, ich bin doch eben erst gekommen«, sagte sie.
»Ich doch auch. Aber ich halte es keine Sekunde länger hier aus. Diese Meute.« Er schüttelte den Kopf. »Nur Neid und Missgunst in den Augen. Du glaubst gar nicht, wie

sehr ich Hiddensee vermisse. Jeder Tag hier ist einer zu viel.«

»Aber warum bist du dann nicht auf der Insel geblieben?«

»Das Geld, Ida, das Geld«, antwortete er stöhnend. »Ich probe gerade. In einigen Wochen trete ich im Wintergarten auf. Wintergarten«, wiederholte er mit wegwerfender Geste, »wenn das mal kein Zeichen ist. Da kann man ja nur erfrieren. Du kommst doch und siehst dir mein Programm an?«

»Ich fürchte, das geht nicht.«

»Tu mir das nicht an«, rief er mit seiner alles übertönenden Stimme. »Du musst kommen, sonst sterbe ich vor Kälte.«

»Ich würde wirklich gerne, aber ich fahre übermorgen wieder nach Stralsund zurück.«

»Dann komme ich mit.«

Ida lachte. »Und dein Engagement?«

»Pah, das Engagement. Was interessiert mich überhaupt dieser schnöde Mammon. Luft ist Lebenselixier genug.«

»Ab und an etwas im Magen zu haben kann auch nicht schaden.«

»Ach, ihr immer mit eurer Vernunft. Wieso fährst du überhaupt zurück?«

»Ich muss. Meine Ausbildung ist noch nicht beendet.«

»Siehst du, das hast du davon, wenn du immer vernünftig bist«, sagte er trotzig.

»Ja«, meinte sie nachdenklich, »das habe ich davon.«

»Dann lass uns wenigstens jetzt unvernünftig sein und abhauen«, versuchte er es erneut.

»Mit wem möchtest du abhauen, Wilhelm?«

»Du steckst deine Nase wohl auch überall rein. Aber wenn du es genau wissen willst, mein verehrter Stanislaus, mit dieser wunderbaren güldenen Blüte«, antwortete er und sah abschätzig in dessen Gesicht.

»Hat diese bezaubernde Blüte auch einen Namen?«

»Du meinst für gewöhnliche Menschen wie dich?«

»Ida Grotjahn, sehr erfreut, Sie kennenzulernen«, ging Ida schnell dazwischen und reichte ihm die Hand.

»Ganz meinerseits«, sagte er und deutete einen Handkuss an. »Wenn ich mich vorstellen darf? Stanislaus Tyskiewicz. Aber nennen Sie mich ruhig einfach Stanislaus. Wie kommt es, dass ich Sie noch nie in Berlin gesehen habe?«

»Du denkst wohl, du kennst alle Frauen.« Wilhelm schüttelte den Kopf.

»Ich bin heute erst angekommen.«

»Und da läuft Ihnen gleich dieser Irre über den Weg? Sie Ärmste.«

»Wir kennen uns bereits von Hiddensee.«

»Hiddensee«, wiederholte er staunend, und erst jetzt bemerkte Ida den feinen polnischen Akzent, der sich unter sein tadelloses Deutsch gemischt hatte. »Immer wieder dieses Hiddensee. Anna ist auch ganz hin und weg, und Herbert hat nach seiner Rückkehr von nichts anderem gesprochen, und über Wilhelm müssen wir ja erst gar nicht reden, und jetzt Sie auch noch. Verraten Sie mir das Geheimnis?«

»Nicht doch, Ida.« Wilhelm legte den Arm um Idas Schultern und grinste. »Entweder findest du es selber heraus, oder du bist es nicht wert, deinen polnischen Fuß auf diese herrliche Insel zu setzen.«

»Oho, der Herr Oberinsulaner hat gesprochen. Aber wart's nur ab, ich komm euch schon noch auf die Schliche.« Stanislaus kniff seine wasserblauen Augen zusammen und musterte Ida von Kopf bis Fuß. »Und Sie sind wirklich erst seit heute in Berlin? Irgendwie kommen Sie mir bekannt vor.«

Ida lächelte. »Annas Bild«, sagte sie verlegen. »Die Frau im Gras, das bin ich.«

»Natürlich.« Er schlug sich an die Stirn. »Dass ich darauf nicht früher gekommen bin. Und dabei träume ich täglich von Ihnen, seitdem ich Ihnen in Annas Atelier zum ersten Mal begegnet bin. Wenn ich gewusst hätte, dass Sie in Wirklichkeit noch viel schöner sind, hätte ich mir die Träume aufgespart«, sagte er und lachte. »Meine Güte, natürlich. Sie sind Ida, die Ida, die malt, was keiner sehen darf.«

Ida schluckte. »Hat Anna das gesagt?«

Stanislaus nickte.

»Was soll ich gesagt haben?« Anna hatte sich ihnen von hinten genähert und stellte sich zwischen Wilhelm und Ida.

»Dass ich niemandem meine Bilder zeige.«

»Stimmt das denn nicht?«, fragte sie überrascht.

»Aber das geht doch keinen etwas an, und schon gar nicht jemanden, den ich noch nicht einmal kenne«, sagte sie und versuchte ihre Scham zu verbergen, die sie empfand, wenn sie sich vorstellte, wie Anna mit Stanislaus über ihre Bilder sprach. Ihre Bilder, das war ihr Innerstes. Ob und wem sie ihre tiefsten Gefühle offenbarte, das ließ sie sich doch von niemandem vorschreiben. Auch nicht von Anna.

»Entschuldige bitte, wenn ich dich verletzt habe. Das wollte ich nicht. Stanislaus hat mich mit Fragen nach dir gelöchert. Irgendetwas musste ich ihm doch erzählen. Und dass du Malerin bist, muss ja kein Geheimnis bleiben, oder?«

»Nein, natürlich nicht.«

»Wollen Sie mich eigentlich kränken, Fräulein Ida?« Stanislaus tat so, als würde er sich ärgern. »Auch wenn Sie mich erst heute kennengelernt haben, spüren Sie denn nicht, wie nah ich Ihnen schon seit langem bin? Hier«, er nahm ihre Hand und legte sie sich auf die Brust, »mein Herz schlägt nur für Sie.«

»Na, wenn das so ist.« Ida lächelte versöhnlich. »Dann werde ich wohl erst gar keinen Versuch unternehmen, etwas vor Ihnen zu verbergen.«

»So gefallen Sie mir.« Stanislaus nickte zufrieden und ließ Ida dabei keine Sekunde aus den Augen. Noch immer hielt er Idas Hand auf seine Brust gepresst, und als Ida versuchte sie aus seiner Umklammerung zu befreien, drückte er sie noch fester an sich. »Nicht doch.« Seine Augen blitzten. »Sie hatten doch noch gar keine Zeit, meinen Herzschlag in sich aufzunehmen.«

»Richtig.« Ida lachte. »Wie konnte ich nur so nachlässig sein.«

»Du alter Charmeur.« Wilhelm schüttelte angewidert den Kopf.

»Eifersüchtig?«

»Pah. Das habe ich doch gar nicht nötig. Nicht, Ida?« Er legte erneut seinen Arm um ihre Schultern und sah sie sehnsüchtig an.

»Aber natürlich nicht. Wer könnte schon diesem Blick widerstehen«, antwortete sie schmunzelnd. Idas Augen sprühten jetzt vor Lebenslust, und sie genoss es, so umworben zu werden. Der Ärger über Annas Indiskretion war längst vergessen, und wäre nicht plötzlich Herbert aus dem Nichts aufgetaucht und hätte gesehen, wie sie lachend dastand, ihre Hand auf Stanislaus' Brust und Wilhelms Arm um ihre Schultern gelegt, sie hätte noch viel länger von dieser erregenden Atmosphäre gekostet. So aber zog sie abrupt ihre Hand weg und senkte unwillkürlich den Kopf.

»Ida Grotjahn«, sagte Herbert so laut, dass es alle Umstehenden hören konnten. »Was für eine Ehre.« Sein Gesicht war ernst, und Ida meinte, seinen tadelnden Blick auf sie gerichtet zu spüren, aber dann lachte er und nahm ihre Hand und deutete einen Kuss an. Seine Frau, die hinter ihm stand, grüßte in die Runde und gesellte sich zu Anna, die gerade im Gespräch mit einem jungen Offizier war.

Stanislaus' Gesicht verfinsterte sich. »Dass du immer dazwischenplatzen musst«, brummte er.

»Mein lieber Stanislaus«, sagte Herbert, »wenn du es noch immer nicht begriffen haben solltest, dann verrate ich dir gerne ein Geheimnis. Nur wer zur rechten Zeit am rechten Ort ist, wird zu den Gewinnern gehören. Also streng dich an. Sonst werde ich dir immer einen Schritt voraus sein.«

»Willst du mich einschüchtern?«, fragte er angriffslustig und ballte die Fäuste. »Lass doch mal sehen, wer der Stärkere von uns beiden ist.«

Herbert grinste. »Was sollen denn die Damen von uns denken? Wie wäre es mit etwas frischer Luft? Ich glaube, der Champagner bekommt dir nicht.«

»So leicht lasse ich mich nicht von dir vertreiben«, knurrte er und ließ sich vom Kellner nachschenken.

»Ida, komm, es ist an der Zeit, abzuhauen, ich ersticke hier noch«, stöhnte Wilhelm.

»Was willst du?« Anna drehte sich abrupt um.

»Keine Sorge, er macht nur Spaß«, winkte Ida ab. »Ich glaube, Wilhelm hat Angst vor seinem Auftritt.«

»Ich und Angst? Dass ich nicht lache. Du kannst ja gerne kommen und dich davon überzeugen, aber du willst ja wieder nach Stralsund und mich in dieser lärmenden Stadt alleine lassen.«

»Herbert.« Karl Schulte klopfte ihm von hinten auf die Schulter. »Kommst du bitte gleich mal, ich möchte dich gerne jemandem vorstellen.«
»Ja, sofort.« Er nickte. »Ganz schön viel Betrieb hier heute. Da darf man niemanden enttäuschen«, sagte er entschuldigend an Ida gewandt.
»Was habe ich da gehört, Ida? Du willst uns schon wieder verlassen?«, fragte Anna.
Ida zuckte mit den Schultern. »Wollen nicht, ich muss.«
»Müssen tut man gar nichts«, sagte Anna kategorisch. »Die Frage ist, was du willst.«
»Du hast gut reden.« Ida suchte den Blick von Herbert, der ihr freundlich zulächelte.
»Was macht denn das Licht?«, fragte er unvermittelt.
Die Frage traf sie wie ein Schlag. Dass er sich daran noch erinnerte. Ob er wohl auch damals ihre Sehnsucht gespürt hatte wie sie seine? Hätte ihr Gesicht vor Wärme und Alkohol nicht ohnehin schon geglüht, hätte es dies vor Scham getan, so deutlich fühlte sie jetzt den Wunsch, ihm ganz nah zu sein, seine Hand in ihrer zu halten, von seinem Atem gestreichelt zu werden, seine Worte ganz für sich allein zu besitzen wie einen wertvollen Schatz, den man vor Fremden hütet. »Es leuchtet«, sagte sie und strahlte, als gäbe es nur noch sie beide.
»Und wann darf ich mich blenden lassen?«
Ihr Herz raste, während er seine Lippen herausfordernd spitzte und mit seinem Blick in sie hineinzukriechen schien, ganz so, als hätte auch er vergessen, dass sie nicht allein waren.
»Herbert, komm doch mal bitte.« Wie ein scharfes Messer durchschnitt Helene Klausens Stimme ihr zartes Band, und eine Schlucht tat sich zwischen ihnen auf, in die sich Ida

am liebsten gestürzt hätte, um der Ernüchterung zu entgehen, die jetzt alles durchdrang. Da war er wieder. Der verheiratete Mann. Und sie, wer war sie schon? Nichts weiter als ein unerfahrenes Mädchen aus einer kleinen Stadt.

»Entschuldige bitte«, sagte er und zuckte mit den Schultern. »Die Pflicht ruft.«

»Natürlich.« Sie nickte und sah ihn dabei unverwandt an.

»Vielleicht überlegst du es dir ja noch anders und fährst nicht gleich zurück. Ich finde nämlich, Anna hat recht. Man muss nichts tun, was man nicht will. Ich würde mich jedenfalls freuen, dich bei Wilhelms Premiere im Wintergarten zu sehen.«

»Ja, vielleicht«, flüsterte sie kaum hörbar und sah ihm dabei zu, wie er in Richtung seiner Frau verschwand, die längst nicht mehr so blass aussah wie auf Hiddensee, im Gegenteil, richtig lebhaft wirkte sie, und Ida spürte zum ersten Mal, wie Eifersucht sie ergriff.

18

Was glaubte er eigentlich, wer er war? Ida lag in dem schmalen Bett, das Anna ihr provisorisch hergerichtet hatte, und konnte nicht schlafen. Es war bereits die zweite Nacht, die sie schlaflos verbrachte, und am nächsten Tag musste sie wieder zurück nach Stralsund. Dabei hatte sie das Gefühl, noch gar nichts von Berlin gesehen zu haben, allenfalls hatte sie eine Ahnung verspürt, wie es sein könnte, das Leben hier, das Leben überhaupt, wie sie dachte.

Die Tage waren viel zu schnell vergangen. Sie war in Annas Atelier gewesen, in diesem kleinen hellen Atelier, das, wie ihre Wohnung auch, am Lützowplatz lag und das im Vergleich zu Balthasar Vogels Raum penibel aufgeräumt war. Ein Gefühl von Freiheit hatte sie dort durchströmt, wie sie es zuletzt auf Hiddensee am Strand erlebt hatte, und sie wäre gerne geblieben und hätte einfach drauflosgemalt. Sie hatte vor dem Schloss gestanden und dessen Größe bewundert, sie war durch den Tiergarten geschlendert und durch das Brandenburger Tor spaziert, sie war in der Potsdamer Straße gewesen, wo Anna in einer Malschule für Frauen Unterricht nahm, sie war an unzähligen Modegeschäften vorbeigekommen, vor deren Schaufenstern sie staunend stehen geblieben war, und sie war abends mit Anna, Wilhelm und Stanislaus in der Grünen Maus gewesen, einer rauchgeschwängerten Weinstube, in der sie so viel getanzt und gelacht hatte wie noch nie zuvor in ihrem Leben. Und dennoch war ihr, als hätte sie nur an der Oberfläche der Stadt gekratzt und als würde sie allenfalls etwas Dreck unter den Fingernägeln mitnehmen, wenn sie jetzt zurückfahren würde.

»Man muss nicht tun, was man nicht will.« Welches Recht nahm sich Herbert eigentlich heraus, ihr das zu sagen? Was wusste er denn schon? Hatte er eine Ahnung, welchen Zwängen sie ausgesetzt war? Was es bedeutete, wenn sie nicht tat, was sie nicht wollte? Sie wäre allein auf sich gestellt, außerdem war sie noch keine einundzwanzig. Noch hatte ihr Vater das Recht, über sie zu bestimmen.

Wie zur Beruhigung strich sie über die bordeauxfarbene Blumentapete und ließ die reliefartigen Blüten unter ihren Fingern hindurchgleiten. Es war schon nach drei in der Nacht, und um diese Uhrzeit war es selbst in Berlin nicht mehr laut. Ida stand auf und öffnete das Fenster. Ihr Blick ging direkt auf einen kleinen Park, der tagsüber von Kindern bevölkert war und der jetzt wie umzingelt wirkte von den Schienen der Pferdebahn. Ein merkwürdiges Brummen lag über der Stadt, als würde Berlin leise im Schlaf schnarchen. Ida schloss das Fenster und kehrte zurück zu ihrem Bett. Sie sollte auch endlich schlafen. Aber kaum lag sie wieder, war es vorbei mit der Ruhe.

Was glaubte er eigentlich, wer er war? Immer wieder ging ihr diese Frage durch den Kopf, und wenn sie ehrlich war, dann fragte sie sich das nicht, weil Herbert ihr gesagt hatte, dass sie tun und lassen könne, was sie wolle. Vielleicht glaubte er sogar daran. Er war schließlich ein Mann. Vielmehr trieb sie um, wie er es ihr nur hatte antun können, mit seinem Blick so in sie einzudringen und im nächsten Moment einfach wegzugehen, als wäre nichts geschehen. Er war einfach zu seiner Frau gegangen und hatte sie stehenlassen. Aber was hatte sie denn gedacht? Wie naiv war sie eigentlich?

Wie viel Mitleid hatte sie noch auf Hiddensee gehabt, wie unmöglich war es ihr da noch gewesen zu denken, Helene Klausen könne bald sterben, und jetzt sah sie aus wie das blühende Leben und zeigte deutlich, dass sie die Frau an seiner Seite war, und Ida hätte sie am liebsten angeherrscht, sie solle dorthin zurückgehen, wo sie hingehöre, nämlich als todkranke Frau ins Bett.

Erschrocken richtete sie sich auf. Keine Sekunde länger hielt sie es mehr in dieser Dunkelheit aus, die ihr die giftigsten Gedanken einzuflößen schien. Sie zündete die Lampe an und setzte sich an den kleinen Tisch, der schräg zum Fenster stand.

»Was machst du denn da?« Anna steckte ihren schlaftrunkenen Kopf durch die Tür.

»Hab ich dich geweckt?«
»Nein, ich pflege jede Nacht um diese Uhrzeit aufzustehen und nach dem Rechten zu sehen«, antwortete Anna trocken. »Natürlich hast du mich geweckt.«
»Entschuldige bitte, ich kann einfach nicht schlafen.«
»Das ist nicht zu überhören. Kann ich helfen?«
»Ich weiß es nicht.«
»Rühr dich nicht vom Fleck. Ich koch uns erst einmal einen Tee, und dann sehen wir weiter.«
Ida starrte vor sich hin, während sie Anna in der Küche hantieren hörte. Es gab nur zwei Möglichkeiten. Entweder sie ging zurück nach Stralsund und vergaß alles, was sie hier erlebt hatte, oder sie blieb und vergaß, was sie in Stralsund zurückließ. Erst jetzt merkte sie, dass sie fröstelte. Sie schlang die Arme um ihre Beine, und wie aus dem Nichts lag plötzlich der Knieper Teich vor ihr, friedlich im Dämmerlicht schimmernd, nicht mehr dem hellen Tag ausgesetzt und noch nicht der dunklen Nacht überlassen, und sie dachte an ihre Mutter, die dieses Licht besonders mochte.
»Meine Güte, du zitterst ja am ganzen Körper.« Anna stellte zwei dampfende Teetassen auf den Tisch, bevor sie Ida eine Decke über die Schultern legte. »Also raus mit der Sprache. Was treibt dich um? Ist es Herbert? Deine Abreise? Oder, wie ich vermute, beides?«
»Ich habe gerade an meine Mutter gedacht«, antwortete sie mit bebender Stimme, als könnte sie es selbst kaum fassen, dass ihr dieses Bild in den Kopf gekommen war.
Anna wirkte überrascht. »Hast du Sehnsucht nach zu Hause?«
»Nein.« Ida schüttelte energisch den Kopf. »Ich hab Angst, Anna«, flüsterte sie.
»Angst?«

»Dass ich bin wie meine Mutter, die lieber träumt, statt zu leben.«
»Könntest du mir das bitte erklären?«
»Verstehst du denn nicht? Ich habe Angst, dass ich es vorziehen könnte, vor mich hin zu dämmern in einem mittelmäßigen Leben, nur um keine schmerzhaften Entscheidungen treffen zu müssen.«
»Glaubst du das denn wirklich?«
»Du kannst dir gar nicht vorstellen, wie sehr ich mich gerade danach gesehnt habe, mich im Abendlicht zu verlieren.«
»Warum malst du es dann nicht, wenn deine Sehnsucht so groß ist?« Anna sah sie verständnislos an.
»Das geht nicht.«
»Und wieso bitte schön nicht?«
»Es war eine andere Sehnsucht, eine viel größere. Die passt auf keine Leinwand.«
»Ich glaube, du machst dir was vor.«
»Du erlaubst dir, über meine Gefühle zu urteilen?«, fragte Ida verstimmt.
»Über deine Sehnsucht«, antwortete Anna ruhig. »Die kenne ich nämlich genauso gut wie du. Immer wenn ich vor einem wichtigen Schritt stehe, überfällt mich der Wunsch, bis in alle Ewigkeit mit den Fischen schwimmen zu können. Absurd, nicht? Stell dir mal vor. Nach kürzester Zeit würde ich schon nach Luft japsen und zappeln und schließlich jämmerlich untergehen wie die fetten Fleischklöße früher bei uns zu Hause in der Sonntagsbrühe. Mann, habe ich mich vor denen immer geekelt.«
»Ich finde die noch heute fürchterlich«, sagte Ida.
»Siehst du. Und dass deine Mutter ihr Leben lieber verträumt, findest du ebenso schrecklich.«
»Das kann man doch nicht vergleichen.«

»Und wie man das kann. Letztendlich ist das Leben deiner Mutter ein fetter, knorpeliger, geschmackloser Fleischklops.«

»Anna, bitte. Wie redest du denn über meine Mutter!« Ida versuchte ernst zu klingen, aber sie konnte sich ein Schmunzeln nicht verkneifen.

»Ein Fleischklops, der zudem noch in einer faden Brühe badet«, sagte sie kichernd.

»Hör auf.« Ida gluckste. »Ich verbiete dir, so über meine Mutter zu sprechen.«

»Gut, dann streiche ich eben die Klöße vom Speiseplan, aber damit du es weißt, deine dämliche Angst ist hiermit auch beerdigt. Mal ein Bild, mal zwei, mal so viele Bilder, wie du willst, im Dämmerlicht, aber hör auf zu glauben, dass es schön sein könnte, sich darin zu verlieren. Du würdest genauso vom Himmel fallen, wie ich untergehen würde.«

Ida stöhnte. »Wie kann man nur so gnadenlos sein.«

»Du meinst, so weise!«

»So weise«, wiederholte Ida und verzog dabei das Gesicht zu einer Grimasse. »Würde die weise alte Frau mir bitte noch etwas Tee nachschenken?«

»Mit dem größten Vergnügen.«

»Gut, was soll ich also deiner Meinung nach tun?«, fragte Ida nachdenklich, nachdem sie sich eine Zeitlang im stillen Einvernehmen angeschaut hatten.

»Das fragst du noch?«

»Aber ich kann doch nicht für immer bei dir wohnen«, platzte es aus ihr heraus. »Außerdem brauche ich Geld zum Leben, und Herbert muss ich mir auch aus dem Kopf schlagen, und wie soll ich denn einen Unterricht bezahlen, wenn ich noch nicht mal weiß, wovon ich Brot kaufen soll, und vielleicht vermisse ich ja auch meine Familie und das Meer und die frische Luft und die Stille.«

»Sonst noch was?«

»Es ist so schrecklich schwierig, Anna. Allein die Vorstellung, dass ich meine Familie enttäusche, treibt mich schier in den Wahnsinn. Und dann Herbert. Ich fürchte, ich bin ganz schön eifersüchtig auf seine Frau. Vielleicht kann ich es gar nicht ertragen, ihr ständig über den Weg zu laufen, und es kann ja auch sein, dass ich gar nicht das Zeug zur Künstlerin habe und alle Bemühungen vergebens sind und ich dann dastehe, allein und einsam als alte Jungfer, und mir wünsche, nie aus Stralsund weggegangen zu sein.«

Anna applaudierte wie nach einer Theateraufführung. »Du könntest glatt neben Wilhelm auf der Bühne stehen. An Pathos mangelt es dir jedenfalls nicht.«

»Ich finde das nicht lustig, wirklich«, sagte Ida.

»Du bist aber lustig.« Anna schmunzelte. »Aber mal im Ernst. Du weißt doch genauso gut wie ich, dass das alles nur Hirngespinste sind.«

»Hirngespinste«, wiederholte Ida empört. »Ich denke eher, dass ich die Lage ziemlich realistisch einschätze.«

»Wenn du meinst.« Anna zuckte mit den Schultern. »Ich fürchte nur, du wirst nicht drum herumkommen, eine Entscheidung zu treffen. Erst dann wirst du wissen, ob du recht hattest oder nicht. Außerdem, wie war das noch mal mit dem mittelmäßigen Leben?«

Ida sah Anna nachdenklich an, bevor sie an der Teetasse nippte und sich noch fester in die Decke einwickelte. »Es ist ganz schön frisch geworden hier drin.«

»Wenn das ein Ablenkungsmanöver sein soll, dann bemüh dich erst gar nicht«, erwiderte Anna verschmitzt.

»Nein, keine Sorge, ich hab schon verstanden. Ich finde es nur so unglaublich schwierig, mich zu entscheiden. Es spricht so vieles dafür, hierzubleiben, und gleichzeitig so

vieles dagegen. Ich weiß einfach nicht, was ich tun soll«, sagte Ida und sah dabei so verzweifelt aus, dass Anna spontan ihren Stuhl näher rückte und ihren Arm um sie legte.
»Wann würde dein Zug morgen denn fahren?«, fragte Anna vorsichtig.
»Gegen halb zwei am Nachmittag.«
»Dann lass uns jetzt noch etwas schlafen, und morgen sieht die Welt bestimmt schon ganz anders aus.«
Ida nickte, auch wenn sie ahnte, dass diese Hoffnung nicht in Erfüllung gehen würde. Wie sollte sie auch das schlechte Gewissen vergessen, das sie plagte, seitdem sie heimlich in Stralsund in den Zug gestiegen war, ganz zu schweigen von der Eifersucht, die ihr in den Gliedern saß, nachdem sie Herbert wiedergetroffen hatte, und der Angst, allein und ohne Unterstützung zu sein.
Als sie sich wieder ins Bett legte, hörte sie, wie die erste Pferdebahn durch das frühmorgendliche Berlin ratterte. Ida schloss die Augen, und ihr war, als führe die Bahn mit lautem Gebimmel direkt durch sie hindurch. Ich will auch leben, dachte sie, dann fiel sie in einen traumlosen Schlaf.

19

»Fräulein Ida Grotjahn« – ihr Name war mit so viel Nachdruck geschrieben, dass die Tinte zu allen Seiten hin ausfranste. Ida drehte und wendete den Brief, als würde sie auf ein freundlicheres Zeichen hoffen, aber alles, was sie fand, war ihr Name, der auf dem sandfarbenen Briefumschlag stand wie ein Vorwurf, als würde er sie eines schweren Verbrechens anklagen. Es war kein Absender vermerkt, aber Ida wusste auch so, dass der Brief von ihrem Vater stammte. Mit dieser energischen Schrift pflegte er sonst seine Geschäftsbriefe zu unterzeichnen. Unvermittelt dachte sie an den Stapel Mahnungen auf seinem Arbeitstisch und daran, wie verloren er kurz auf sie gewirkt hatte. Und plötzlich waren sie wieder da, ihre Gewissensbisse, die sie zu ihrem eigenen Erstaunen in den vergangenen Wochen so gut hatte abstreifen können. Ida zögerte. Wenn sie den Brief jetzt öffnete, ging alles wieder von vorne los, ihre Zweifel, ihre Angst, ihre Sorge um die Familie. Die ersten Tage in Berlin waren schwierig gewesen. Die Entscheidung zu bleiben dagegen unausweichlich, auch wenn sie am Tag ihrer geplanten Abreise erst einmal ihre Tasche gepackt hatte und zum Bahnhof gefahren war. Als sie in der Bahnhofshalle gestanden hatte, inmitten einer wartenden Menschentraube, das Läuten der Bahn im Ohr, den Geruch der Straße in der Nase, war ihr Atem plötzlich so schnell gegangen, dass sie meinte zu ersticken. Begleitet von Anna und Stanislaus, war sie auf wackligen Beinen nach draußen gegangen. Blass, wie unter Schock, hatte sie dort gestanden und nach Luft gerungen, und in diesem Moment war die Entscheidung gefallen. Sie würde bleiben. Noch am selben Tag hatte sie einen Brief an ihre Eltern geschrieben, in dem sie sich entschuldigte und um Verständnis rang, und begonnen, in Annas Atelier an einer Mappe zu arbeiten, mit der sie sich für ein Stipendium an der Malschule für Frauen bewerben wollte.

Ida nahm erneut den Brief in die Hand und strich über das weiche Papier. So lange hatte sie auf eine Nachricht von ihrer Familie gewartet, und jetzt war sie da, und sie hatte Angst, sie zu lesen. Dabei brannte sie darauf zu wissen, ob

Emma einen Jungen oder ein Mädchen zur Welt gebracht hatte und ob die Geburt gut verlaufen war. Sie hätte gerne erfahren, ob Lilla Fortschritte machte und ob Fridtjof Markstein noch immer ihr Lehrer war. Aber sie ahnte, dass nichts von alldem in dem Brief stand, den sie ungeöffnet zurück auf den Tisch legte.

Morgen lief die Frist für die Bewerbung an der Malschule ab, und sie hatte sich fest vorgenommen, heute ihre Arbeiten Anna zum ersten Mal zu zeigen. Nein, sie würde den Brief jetzt nicht öffnen, später, wenn man ihr das Stipendium zugesprochen haben würde, wenn sie mit Porträtaufträgen so viel Geld verdient hätte, dass sie sich ein eigenes Zimmer leisten konnte, dann würde sie sich in Ruhe hinsetzen und lesen, was ihr Vater ihr zu sagen hatte, dann würde sie seinen Vorwürfen standhalten und ihnen ihr eigenes unabhängiges Leben entgegensetzen können. Als sie den Brief, verschlossen, wie er war, in den Wandschrank legte, unter die beiden Blusen, die sie von Anna geschenkt bekommen hatte, fühlte sie sich für einen kurzen Augenblick so schuldig, dass sie glaubte, sie mache sich strafbar.

Ihre Anspannung wich erst, als sie auf die Straße raustrat, den Kaufmann grüßte, der an der Ecke Obst aus fernen Ländern verkaufte, Kindern dabei zusah, die, in warme Mäntel gepackt, sich vergeblich mühten, mit ihren kalten Fingern einen Kreisel länger als ein paar Sekunden zum Drehen zu bringen, und sie über den Lützowplatz ging, der, obwohl er unter einem grauen Novemberhimmel lag, so belebt war wie immer, bevölkert von Zeitungsverkäufern und Kutschern, die darauf warteten, dass ihre Dienste in Anspruch genommen wurden. Ida kannte sie mittlerweile fast alle, und wie immer, wenn sie an ihnen vorbeiging,

zogen sie ihre Hüte, und sie spürte ihre Blicke, die sie mit einer Mischung aus Sehnsucht und Verlangen begleiteten.
Um in Annas Atelier zu gelangen, musste sie durch eine breite Toreinfahrt hindurch, an den Aufgängen der Vorderhäuser vorbei, über einen Hinterhof, der um diese Jahreszeit noch düsterer war als ohnehin schon, und schließlich eine schmale Treppe hinauf bis ins oberste Stockwerk des sechsgeschossigen Hauses. Dort, neben den Eingängen zu den Dachböden, lag das Paradies. Wie eine Oase inmitten der Wüste wirkte der kleine Raum, dessen eine Seite nur von einer Fensterfront begrenzt war und die den Blick auf Berlin freigab. Schwarzblaue Wasserläufe und Teiche schimmerten durch die kahlen Äste im Tiergarten, an dessen nördlichem Ende die Siegessäule direkt vor dem Reichstag stand. Nur einen Steinwurf vom Atelier entfernt schipperte ein Frachtkahn langsam Richtung Hallesches Ufer, und auf der linken Seite ragte die Spitze der Kaiser-Wilhelm-Gedächtniskirche in die Höhe.
Auf der Staffelei stand noch das Bild, das Ida vor ein paar Tagen fertiggestellt hatte. Vorsichtig tippte sie auf die Leinwand, doch ein grauer Farbtupfer auf ihrer Fingerkuppe verriet ihr, dass die Ölfarbe noch nicht trocken war. Sie ging einen Schritt zurück und betrachtete nachdenklich den Kranichschwarm, den sie gemalt hatte. Es war ihr Bild, das sie niemandem zeigen wollte, ihre ganz persönliche Sehnsucht, die sie mit aller Kraft zum ersten Mal am Knieper Teich gespürt hatte und die seit ihrer Ankunft in Berlin, seit dem Abend in der Galerie, ihre tägliche Begleiterin war.
Ida neigte den Kopf zur Seite und ging einen weiteren Schritt zurück. Wie stolz und entschlossen die Vögel ihrem Ziel entgegenflogen. Während sie ihren Kopf von einer Sei-

te auf die andere wiegte, sich immer mehr in Gedanken verlierend, stiegen ihr Tränen in die Augen, die sie jedoch mit einer Entschiedenheit wegwischte, dass Stanislaus nichts von ihrem Schmerz bemerkte, als er kurz darauf das Atelier betrat.

»Was machst du denn hier?«, fragte Ida erschrocken.

»Nach dir und deinen Bildern sehen«, antwortete er und lachte verschmitzt.

»Meine Bilder?« Ihre Stimme klang entsetzt.

»Anna hat mir erzählt, dass du ihr heute deine Mappe zeigen möchtest, die du morgen einreichst, und da dachte ich mir, geselle ich mich doch einfach dazu und lasse mich überzeugen von dem überragenden künstlerischen Talent der zauberhaften Ida Grotjahn, die mit ihrer Anwesenheit Berlin bereichert. Du hast doch neulich ohnehin verkündet, dass du erst gar keinen Versuch mehr unternehmen willst, etwas vor mir zu verbergen.«

»Das war doch nur so dahingesagt«, entgegnete sie überrascht.

Unbeeindruckt von Idas Einwand, ging Stanislaus geradewegs auf das Bild zu, das sie eben noch so tief bewegt hatte und das sie hüten wollte wie einen Schatz.

»Kraniche«, murmelte er und stellte sich ganz dicht an die Leinwand, als würde er jeden einzelnen Pinselstrich studieren. »›Seid mir gegrüßt, befreundte Scharen! Die mir zur See Begleiter waren, zum guten Zeichen nehm ich euch. Mein Los, es ist dem euren gleich. Von fernher kommen wir gezogen und flehen um ein wirtlich Dach‹«, rezitierte er feierlich aus Schillers »Kraniche des Ibykus«. »Das hat er doch wie für uns gedichtet«, sagte er und strahlte.

Ida sah ihn fragend an.

»Jetzt sei nicht so«, flehte er. »Du wirst es doch wohl nicht übers Herz bringen, mich wieder wegzuschicken. Ich möchte doch nichts weiter, als einen kleinen Unterschlupf in deinem gastlichen Heim.«

»Das ist Annas Atelier«, sagte Ida trocken.

»Das du zurzeit in Beschlag nimmst«, konterte er blitzschnell.

»In dem ich die ganze Zeit wie eine Besessene an meiner Mappe gearbeitet habe, damit ich demnächst nicht mehr Annas Freundlichkeit in Anspruch nehmen muss«, verbesserte sie ihn trotzig.

»Meinetwegen. Ich geb mich geschlagen. Aber nur, wenn ich bleiben darf«, fügte er grinsend hinzu und fuhr sich dabei durch sein dichtes rotblondes Haar, das ihm, kaum hatte er es nach hinten gestrichen, erneut ins Gesicht fiel. Mit der Aura des entrückten Träumers kokettierte er gelegentlich, aber jetzt bemühte er sich redlich, seine Haare ordentlich zu bändigen, wie es sich für einen anständigen Verehrer seiner Meinung nach gehörte.

Ohne ein Wort zu sagen, nahm Ida das Bild von der Staffelei und stellte es, gegen weitere Blicke geschützt, hinter eine Kommode, in der Anna ihre Skizzen aufbewahrte.

»Deinem Schweigen entnehme ich, dass du mit meiner Anwesenheit einverstanden bist«, sagte er betont selbstsicher.

»Meinem Schweigen kannst du entnehmen, dass ich deine Anwesenheit toleriere, auch wenn ich dich nicht gebeten habe, mein Gast zu sein«, sagte sie und ließ ihren Blick über die Dächer von Berlin schweifen, die, feucht vom einsetzenden Nieselregen, wie Spiegel glänzten.

»Ich hab dir auch etwas mitgebracht«, sagte er versöhnlich und griff in seine ausgebeulte Westentasche. »Schließ die Augen.«

»Ich werde einen Teufel tun«, erwiderte sie noch immer verärgert. Wie konnte er nur so unsensibel sein und nicht verstehen, dass es für sie einen großen Schritt bedeutete, ihre Bilder zu zeigen. Zu groß war ihre Furcht, man könnte erkennen, dass sie kein Talent besaß. Und zu ihrem heiligsten aller Bilder, den Kranichen, ist ihm nicht mehr eingefallen als ein Gedicht von Schiller. Kein Wort darüber, ob es gelungen war, ob er die Kraft gespürt hatte, die sie in jeden Strich gelegt hatte, ob er etwas von der Sehnsucht erfahren hatte, die sie immer weitergetrieben hatte bis an den Punkt, an dem sie das Gefühl gehabt hatte, ihr ganzes Wesen sei direkt auf die Leinwand geflossen.

»Schließ die Augen, bitte.«

Ida schüttelte den Kopf.

»Du hast nichts zu befürchten, das verspreche ich dir hoch und heilig.«

»Nein.«

»Bin ich denn so ein Schuft, dass du mich derart abweisen musst?«, fragte Stanislaus amüsiert und machte einen Schritt auf sie zu. »Komm schon. Ich will dir nichts Böses.« Er lächelte sie schelmisch an und versuchte sie zu locken, indem er seine geballte Faust langsam in der Westentasche kreisen ließ. Früher oder später hatte er noch immer alle Frauen für sich gewonnen, und er sah nicht ein, warum das ausgerechnet bei Ida anders sein sollte.

Aber Ida blieb stur und verschränkte demonstrativ die Arme vor der Brust. »Wenn du schon ungebeten hier hereinplatzt, hättest du wenigstens etwas zu meiner Arbeit sagen können, die du dir ungefragt angeguckt hast«, sagte sie schließlich verunsichert, nachdem sie ihn eine Weile beobachtet hatte.

»Deine Kraniche?«, fragte er überrascht. »Aber Ida, wie kann ich etwas dazu sagen. Ich hatte ja kaum die Möglichkeit, einen Blick darauf zu werfen. Aber eins weiß ich auch so, in ihrer Zielstrebigkeit sind sie ganz wie du.«
»Du findest, dass ich zielstrebig bin?«
»Aber was denkst denn du? Natürlich finde ich das. Wer, wenn nicht du. Ich kenne jedenfalls keine andere junge Frau, die so bedingungslos ihr Ziel verfolgt, und das unter diesen Umständen«, antwortete er spontan.
»Wie meinst du das, unter diesen Umständen?«
»Na ja.« Er zögerte kurz. »Ihr habt es ja nicht gerade leicht. Als Frauen, meine ich. Aber das ist kein Grund, mir gegenüber so distanziert zu sein«, fuhr er schnell fort.
»Das bin ich doch gar nicht«, sagte Ida, die langsam den Schrecken verwand, dass Stanislaus so plötzlich aufgetaucht war.
»Ach.« Stanislaus tat so, als wäre er empört. »Und wer verweigert hartnäckig die Annahme meines Geschenks?«
»Und wer nimmt mich einfach nicht ernst?«, fragte sie zurück.
»Tut mir leid, aber ich fühle mich ganz und gar nicht angesprochen.«
»Solltest du aber«, erwiderte sie übertrieben ernst. »Schließlich nimmst du dir Rechte heraus, die dir gar nicht zustehen.«
»Tu ich doch nicht«, blieb er stur und grinste über das ganze Gesicht, das jetzt umrahmt war von seinen wild in alle Richtungen abstehenden Haaren.
Ida lachte. »Du siehst aus wie ein Wahnsinniger mit deinen wirren Haaren«, sagte sie.
»Wenn du darauf bestehst, gehe ich auf der Stelle zum Friseur.«

»Um Himmels willen, nein. Ich liebe deine Haare.«
»Sie liebt meine Haare.« Stanislaus fasste sich demonstrativ ans Herz. »Wirklich, Ida? Du liebst meine Haare?«
»Wirklich«, sagte sie und lächelte ihn an.
»Und ich liebe deine Augen. Diese großen, unergründlichen Augen.«
»Wirklich?«, fragte sie in dem gleichen verschmitzten Ton, in dem er sie eben auch gefragt hatte.
»Wie kannst du nur daran zweifeln. Würdest du jetzt bitte deine wundervollen Augen für mich schließen?«
»Aber nur ganz kurz.«
»Nur ganz kurz, versprochen.«
Zögerlich, als wüsste sie nicht recht, ob es eine gute Idee war, auf Stanislaus' Wunsch einzugehen, schloss sie die Augen.
»Nicht blinzeln«, ermahnte er sie.
»Tu ich nicht.«
»Hand ausstrecken. So, und jetzt fühlen, Ida. Und lass die Augen geschlossen, hörst du.«
»Gute Güte, ja. Aber ich spüre nichts.«
»Ich wollte nur sichergehen, dass du nicht guckst. So, jetzt.«
»Iiii!«, rief sie erschrocken und zog unwillkürlich die Hand zurück, als sie eine unerwartete Kälte spürte.
»Nicht doch.« Stanislaus griff nach ihrem Arm und legte seine Hand unter ihre. »Fühl doch mal.«
Wie ein etwas zu länglich geratenes Ei lag der Stein in ihrer Hand, den sie mit ihren Fingern vorsichtig umkreiste und der sich, je länger sie ihn massierte, erstaunlich warm anfühlte und sich immer besser in ihre Hand einfügte.
»Was macht ihr denn da?«, fragte Anna erstaunt, die gerade in dem Moment zur Tür hereinkam, als Stanislaus, von

Ida unbemerkt, seinen Kopf bereits so weit vornübergebeugt hatte, dass er kurz davor war, sie zu küssen.
Ruckartig öffnete Ida die Augen und sah direkt in Stanislaus' enttäuschtes Gesicht, bevor sie einen Blick auf den Stein warf, dessen Oberfläche sie glaubte schon so gründlich ertastet zu haben. »Stanislaus«, rief sie überrascht aus, »hast du das gemalt?«
»Gefällt er dir?«
»Und wie! Sieh mal, Anna.« Sie reichte Anna den Stein, auf den Stanislaus mit feinen Strichen die Umrisse von Hiddensee samt Leuchtturm gemalt hatte.
»Er soll dir Glück bringen«, sagte Stanislaus leise. »Für morgen und natürlich sonst auch.«
»Danke.« Sie fiel ihm stürmisch um den Hals und küsste ihn auf beide Wangen. »Danke, danke, danke. Das ist das beste Geschenk, das ich jemals erhalten habe.«
Stanislaus lächelte zufrieden. »Du musst mir aber auch versprechen, mich das nächste Mal mitzunehmen, wenn du dorthin fährst.«
»Klar kommst du mit. Alle sollen mit. Jeder soll einmal von dieser herrlichen Insel kosten dürfen«, sagte sie nachdenklich. »Ich weiß nur nicht, ob ich jemals wieder die Möglichkeit dazu haben werde.«
»Was soll denn dieser Pessimismus?«, fragte Anna tadelnd. »Hast du Stanislaus nicht zugehört? Der Stein ist dein Glücksbringer. Und ich bin mir sicher, dass er bereits morgen sein Versprechen einlösen wird.«
»Ich werde ihn hüten wie einen Schatz«, sagte Ida ernst. »Wenn ich gewusst hätte …« Sie hielt kurz inne und blickte Stanislaus standhaft in die Augen. »Ich habe mich scheußlich benommen. Verzeihst du mir? Ich hätte wissen müssen, dass du auf meiner Seite bist.«

»Vergeben und vergessen«, erwiderte er, ohne dabei eine Miene zu verziehen, bevor er, beschwingt von so viel Zuspruch, Ida an den Schultern packte und sie im Kreis herumwirbelte. »Und das nächste Mal vertraust du mir einfach. Verstanden?«

»Ja«, keuchte Ida, die Mühe hatte, sich auf den Beinen zu halten, nachdem Stanislaus sie wieder abgesetzt hatte. »Ehrenwort.«

20

Noch nie zuvor hatte Ida so lange vor dem Spiegel gestanden wie an diesem Abend. Draußen fror es bereits, und Eiskristalle umrahmten die Fenster, durch die ein kalter Wind zog, Ida aber war vor lauter An- und Ausziehen, Drehen und Wenden warm geworden. Annas Schrank war ein unerschöpflicher Quell, und sie durfte so viele Kleider probieren, wie sie wollte, nur das schlichte schwarze Samtkleid nicht, das Anna für sich selbst ausgesucht hatte.

Sie schlüpfte in ein lindgrünes Chiffonkleid, dessen Ausschnitt viel zu tief und dessen Taille viel zu weit war. Enttäuscht zog sie es wieder aus und blickte unschlüssig auf den Stoffberg, der sich vor ihr ausbreitete. Tüll, Samt, Chiffon, mit und ohne Spitzenbesatz, es schien in Annas Kleiderschrank an nichts zu fehlen, nur an einem passenden Kleid für sie. Wenn sie doch bloß schon ihr eigenes Geld verdienen würde. Sie hätte sich das schönste Kleid gekauft, das sie sich für diesen Anlass denken konnte, aus einem zartgelben Stoff geschneidert, so licht und hell wie die Flü-

gel der Zitronenfalter im Sommer. Es wäre wie ein Versprechen gewesen, die Freiheit der Hiddenseer Tage in den Berliner Winter hinüberzuretten.
Aber Ida wollte nicht undankbar sein. Es war großzügig von Anna, ihr so freimütig ihren Besitz zur Verfügung zu stellen, und in diesem großen Schrank musste es doch ein Kleid geben, in dem sie ganz passabel aussah. Ida zog ein Kleid aus matter erdbeerroter Seide hervor. Es sah nicht gerade spektakulär aus mit seinem schlichten Schnitt, ohne Spitze, ohne Schleife, ohne Tüll, aber auf ihrem Körper fühlte es sich butterweich an, und es schmiegte sich an sie wie eine zweite Haut. Als sie sich im Spiegel betrachtete, gefiel sie sich fast so gut wie in dem hellgelben Kleid ihrer Phantasie, und als sie noch etwas Rouge auf ihre hohen Wangenknochen aufgetragen und ihre Lippen rot nachgezogen hatte, dachte sie sogar, das Kleid sei wie für sie und für diesen Abend gemacht, an dem Wilhelm seine Premiere feiern und sie Herbert wiedersehen würde.
Das Stimmengewirr war ohrenbetäubend. Von überall her schienen an diesem kalten Winterabend Menschen zu strömen mit dem Ziel, sich im Varieté zu amüsieren. Vermögende Damen mit ausladenden Hüten oder raffinierten Frisuren, die ihre Köpfe wie ein Blumengesteck zierten, waren ebenso zu sehen wie Mädchen, deren dunkle, aus festem Stoff genähten Röcke ihre einfache Herkunft verrieten. Die Herren hingegen erschienen fast ausnahmslos in Frack oder Anzug mit schneeweißen Krawatten, und selbst Stanislaus, der sonst nur ausgebeulte Hosen trug, hatte sich in Schale geworfen und eine Fliege umgebunden. Wie ein edler Ritter stolzierte er ins Foyer, auf der einen Seite Ida, auf der anderen Anna, die sich beide bei ihm untergehakt hatten, und hielt Ausschau nach ihm bekannten Gesichtern.

Anna, die versprochen hatte, Wilhelm in der Garderobe zu helfen, verschwand Richtung Bühneneingang, während Ida an der Seite von Stanislaus blieb und immer unruhiger wurde. Irgendwann würde Herberts Kopf aus der Masse auftauchen. Wilhelm hatte ihnen Plätze besorgt, und sie wusste von Anna, dass er auch für Herbert zwei Karten zurückgelegt hatte.
»Ich glaube, ich brauch was zu trinken«, flüsterte sie Stanislaus zu, der stolz neben ihr stand, als würde sie unwiderruflich zu ihm gehören.
»Aufgeregt?«
Sie nickte. »Ein bisschen.«
»Wegen Wilhelm?«, fragte er ungläubig.
»Ich hab das Gefühl, dass ich gleich selbst auf die Bühne muss«, sagte sie, und es war noch nicht einmal gelogen. Sie hatte die Rolle der gelehrigen Schülerin wieder und wieder einstudiert, die sie spielen wollte, wenn sie auf Herbert und seine Frau traf. Nichts von ihrer Eifersucht sollte nach außen dringen, ebenso wenig wie ihre sehnsuchtsvollen Gefühle.
»Hab ich dir eigentlich schon gesagt, wie umwerfend du heute Abend in diesem roten Kleid aussiehst?«
»Hast du, danke«, antwortete sie und lächelte ihm zu.
»Und du erwartest jetzt von mir, dass ich dich herrliches Geschöpf hier allein zurücklasse zwischen all diesen gierigen Männern, die ihre Blicke gar nicht mehr von dir wenden können?«
»Jetzt übertreib mal nicht so schamlos.«
»Das ist keine Übertreibung«, beharrte er und musterte sie einmal mehr von Kopf bis Fuß. »Man weiß wirklich überhaupt nicht, wohin man zuerst schauen soll.«
»Bitte, Stanislaus.«

»Na schön. Aber du rührst dich nicht vom Fleck. Ich habe keine Lust, dich später den Armen eines Fremden entreißen zu müssen.«

»Was du dir wieder alles vorstellst.« Sie schüttelte amüsiert den Kopf. »Jetzt geh schon. Sonst beginnt die Vorstellung, und wir stehen hier immer noch herum und diskutieren.«

»Ganz zu Diensten.« Er deutete eine Verbeugung an, und Ida sah ihm gedankenverloren hinterher, wie er im Gewühl verschwand.

Wenn sie ihn lieben könnte, schoss es ihr plötzlich durch den Kopf, dann wäre alles ganz einfach. Noch nie hatte sie an diese Möglichkeit gedacht, dabei war Stanislaus ihr stets ein treuer Begleiter gewesen, seitdem sie in Berlin war.

Sie mochte Stanislaus, sehr sogar, seinen schalkhaften Charme, seine Art, sie zu umgarnen, seinen eigenwilligen Charakter, der ihm immer wieder Ärger bescherte. Zuletzt mit dem Präsidenten der Kunstakademie, der ihm eine Woche Hausverbot erteilt hatte, da er es sich nicht hatte verkneifen können, eine abfällige Bemerkung über dessen altbackene kaisertreue Kunstauffassung zu machen. Eigentlich war Stanislaus genau die Sorte Mann, die sie anziehend fand. Ein eigensinniger Künstler, der sich nicht vor den Mächtigen duckte, und der sie und ihre Wünsche sogar zu respektieren schien. Immerhin hatte er ihr den Hiddenseestein geschenkt, der ihr tatsächlich Glück gebracht hatte. Im Januar würde ihr Unterricht in der Kunstschule anfangen. Jetzt musste sie sich nur noch um Porträtaufträge kümmern, und dann könnte ihr Leben wirklich beginnen.

Ihr Leben beginnen, dachte sie. Was hieß das eigentlich? Immer hatte sie diese Vorstellung im Kopf, dass ihr Leben noch gar nicht begonnen hat. Aber gab es denn überhaupt so etwas wie einen Anfang, einen Startschuss ins Leben, abgesehen von der Geburt natürlich? Vielleicht hatte es ja schon längst begonnen, ihr Leben, und sie hatte es nur noch nicht bemerkt, weil sie stets glaubte, erst ihre Sehnsucht stillen zu müssen, und weil sie immer dachte, dass nur Herbert ihr diesen Wunsch würde erfüllen können. Nur weil sie ihn schon angehimmelt hatte, als sie ihn noch gar nicht persönlich kannte, hieß das doch nicht, dass er der Einzige bleiben musste, den sie lieben konnte.

Blitzartig drehte sie sich um. Sie hatte geglaubt, Herberts Stimme erkannt zu haben, aber er war nirgendwo zu sehen, genauso wenig wie seine Frau. Nur ins Foyer eilende Menschen, deren aus der Kälte kommende Gesichter wie Signalleuchten glühten, spazierten in einem nicht enden wollenden Strom an ihr vorüber, in dem sie sich erneut in ihren Gedanken verlor.

War sie nicht eine andere geworden, seitdem sie gegen den Willen ihrer Eltern nach Berlin gekommen war? Auch wenn sie noch immer von Annas Gunst abhängig war, fühlte sie sich dennoch unabhängiger als in Stralsund und auf Hiddensee, als sie Herbert zum ersten Mal begegnet war. Jetzt ging es nicht mehr darum, wegzukommen, jetzt hieß es, aus dem Angebot zu schöpfen, das ihr hier zu Füßen lag, auf der Straße, im Museum, in den Kursen, die sie belegen würde. Und vielleicht gehörte ja auch dazu, sich von diesem verheirateten Mann frei zu machen.

»Na, worüber denkst du so intensiv nach?«

Ida blickte erschrocken auf. Stanislaus stand gut gelaunt vor ihr, mit zwei Gläsern in der Hand und im Schlepptau einige Studienfreunde aus der Akademie, die Ida noch nicht kannte.

»Über das Leben«, sagte sie und blickte ihn dabei unsicher an, aber da hatte er sich schon einem seiner Freunde zugewandt, der sich gerade über einen dicklichen, glatzköpfigen Mann lustig machte, der etwas verloren in einer Ecke stand und der ein Bildhauer »von Kaisers Gnaden« war, wie Stanislaus' Freund nicht müde wurde zu betonen.
»Mit einem brüllenden Löwen vor der Ateliertür und einem Bismarck daneben, der schon so verwittert ist, dass man fürchten muss, es fällt ihm demnächst die Spitzhacke vom Kopf«, sagte er lachend. »Und hier steht er nun, und keiner will etwas von ihm, und da fragt man sich doch, wozu er diese monströsen Bewacher braucht.«
»Vielleicht, damit er sicher ist vor neuen Ideen«, sagte Stanislaus vergnügt. »Er wüsste doch gar nicht, was er mit einem Stück Marmor anfangen sollte, wenn ihn ein modernes Lüftlein anwehte.«
»Wir sollten zu ihm gehen und ihm unser Beileid aussprechen«, sagte ein anderer ernst. »Wie schrecklich muss es sein, festzustellen, dass man nichts weiter kann, als Uniformen in Stein zu hauen.«
»Und dafür auch noch Applaus vom Kaiser bekommt«, sagte ein Dritter.
»Und von seinen ergebenen Untertanen.«
»Und damit nicht genug, auch die kaiserlichen Rappen verneigen sich ehrerbietig vor seinen Werken mit einer extragroßen Portion Pferdeäpfel«, gluckste Stanislaus, dessen Jauchzer im Gelächter der anderen unterging.
Als schließlich eine Glocke das Signal zum Einlass gab, hatte sich Anna wieder zu ihnen gesellt. Untergehakt bei Stanislaus, gingen sie zu dritt zu ihren Plätzen. Wie immer in der kalten Jahreszeit war auch an diesem Abend der Wintergarten bis auf den letzten Platz ausverkauft, nur ne-

ben Ida gab es noch zwei freie Sitze. Sie ahnte, für wen sie bestimmt waren, und unwillkürlich lief ihr ein kalter Schauer über den Rücken bei der Vorstellung, sie müsste neben Helene Klausen sitzen.
»Wie geht es Wilhelm so kurz vor seinem Auftritt?«, fragte Ida, um sich abzulenken.
»Er hat schreckliches Lampenfieber, aber natürlich wollte er das nicht zugeben«, antwortete Anna. »Dabei hat er die ganze Zeit nur Fluchtgedanken gehegt. Die Wörter Lichtbad, Meer, Strand und Höhle möchte ich in den nächsten Stunden bitte nicht mehr hören, und ich glaube, allen anderen hinter der Bühne geht es ähnlich. Er lässt wirklich keine Gelegenheit aus, Hiddensee anzupreisen, als wäre es das einzig wahre Paradies.«
»Das ist es doch auch«, sagte Ida zaghaft.
»Aber das muss doch nicht jeder wissen.« Anna schüttelte verständnislos den Kopf. »Ich möchte dort im nächsten Jahr nur ungern dem kahlköpfigen Jongleur begegnen, der mich die ganze letzte Stunde über nicht aus den Augen gelassen hat, ganz zu schweigen von den fünf Damen in ihren rosafarbenen Kostümen, die aussehen wie zu groß geratene Schulmädchen.«
»Du hast also neue Bekanntschaften gemacht.« Stanislaus grinste übers ganze Gesicht. »Glückwunsch. Das erweitert deinen Horizont. Immer nur diese Großkünstler wie mich um dich herum, das ist doch auf Dauer langweilig.«
»Sei bloß still, sonst stell ich dir nachher die chinesische Schlangenfrau vor. Die hat sich um jedes männliche Bein geschlängelt, das sie zu fassen bekommen hat.«
»Klingt vielversprechend«, sagte er amüsiert.
»Klingt, als hättest du dann einen ziemlich lästigen Klotz am Bein«, erwiderte Anna spitz.

»Seid still, es geht los«, flüsterte Ida, als auf die Bühne ein kleiner Mann trat, kaum größer als die Weihnachtssterne, die man jetzt allenthalben in den Schaufenstern sah, und mit einer atemberaubenden Geschwindigkeit einen Salto nach dem anderen schlug. Ein Feuerspucker sorgte für laute Aufschreie im Publikum, die Schlangenfrau für ungläubiges Staunen, und drei Grazien, die mit viel zu großen Hüten auf dem Kopf und Katzen auf dem Schoß Gassenhauer schmetterten, erregten Entzücken. Spärlich bekleidete Tänzerinnen schwangen ihre Beine, und ein Kabarettist trug bissige Zoten vor. Immer wieder schwappte donnernder Applaus durch den Saal, und als Wilhelm auf die Bühne trat, war das Publikum schon so berauscht, dass es erst einmal ein Leichtes für ihn war, die Masse für sich zu gewinnen.

Kräftiger Applaus empfing ihn, als er wie ein Heiliger mit seiner wallenden Mähne ins Rampenlicht trat, der erst abebbte, als er mit dröhnender Stimme die Fee Bake zu besingen begann, die Titelfigur seines melodramatischen Singspiels über einen Zwerg, der auf Hiddensee zum Riesen wird. Mal ächzend, mal lieblich flötend, mal aufbrausend, mal lamentierend schlüpfte Wilhelm in die unterschiedlichsten Rollen und tobte über die Bühne.

Der Saal johlte, nur direkt neben Ida war es still. Die beiden Sitze waren leer geblieben, und immer wieder reckte sie ihren Hals, mit einer Mischung aus Hoffnung und Bangen im Blick, unschlüssig darüber, ob sie Herbert sehen wollte oder lieber nicht.

»Er ist wirklich ein Verrückter«, flüsterte Stanislaus ihr ins Ohr, als Wilhelm gerade einen Offizier spielte und im Stechschritt über die Bühne marschierte.

»Ein Besessener«, korrigierte ihn Ida und verfolgte staunend, wie er sich mit Leidenschaft in jede Rolle schmiss.

»Was hat er denn jetzt vor?« Stanislaus schüttelte den Kopf. Wilhelm hatte gerade unter lautem Zuspruch des Publikums die Kordel seiner Kutte geöffnet und war im Begriff, seinen Umhang über den Kopf zu ziehen. »Der will sich doch hier hoffentlich nicht vor aller Welt entblößen.«

»Nicht doch«, entfuhr es Ida und Anna fast zugleich, aber da war es schon zu spät. Vollkommen nackt stand Wilhelm auf der Bühne und drehte sich, die Arme Richtung Himmel gereckt, verzückt im Kreis.

Im Saal war es für einen kurzen Moment totenstill. Mit ungläubigem Staunen verfolgten die Zuschauer Wilhelms ekstatisches Spektakel, bevor ein Aufschrei der Empörung aufbrandete, der sich in einem gellenden Pfeifkonzert entlud. Erstaunt, als begriffe er gar nicht, worüber sich das Publikum empörte, blickte er in die ihn anfeindenden Gesichter und stolzierte schließlich, nackt, wie er war, hocherhobenen Hauptes von der Bühne.

»Borniertes Volk. Und so was will Großstädter sein«, schimpfte er, als er, wieder mit seiner Kutte bekleidet, den Wintergarten über den Bühnenausgang verließ.

»Na ja«, Anna rang nach den richtigen Worten, »du hast deinem Publikum aber auch ganz schön was zugemutet.«

»Nacktheit ist der natürlichste Zustand der Welt!«, rief er aus, als würde er noch immer seinen Text deklamieren.

»Doch vielleicht nicht gerade auf einer großen Bühne vor so vielen Menschen, die lachen, aber nicht mit ihrer eigenen Prüderie konfrontiert werden wollen«, gab Stanislaus vorsichtig zu bedenken.

»Egal, wo«, beharrte Wilhelm. »Irgendjemand muss ihnen ja mal den richtigen Weg weisen. Früher oder später werden sie schon noch erkennen, dass sie nur dann eins mit sich und der Welt sein können, wenn sie sich ihrer zivilisatorischen Last entledigen.«

»Du bist ein Träumer«, sagte Anna nicht ohne Bewunderung und hakte sich bei ihm unter.

»Nein, Anna«, er schüttelte energisch den Kopf, »ich bin Realist. Merkt ihr denn nicht, wie diese hektische Zeit, diese qualmenden Schlote, diese Gier nach immer mehr, wie diese Welt uns alle ins Verderben schickt?«

»Wie meinst du das?« Ida sah ihn nachdenklich an, dabei insgeheim mit einer ganz anderen Frage beschäftigt. Dass Herbert nicht gekommen war, ließ ihr keine Ruhe, und mehrfach an diesem Abend hatte sie sich schon gefragt, ob seine Abwesenheit möglicherweise auch mit ihr in Verbindung stand. Vielleicht hatte er ja doch die gleiche Anziehungskraft gespürt und war in einem ähnlichen Zwiespalt wie sie.

»Weil wir vergessen, wer wir sind«, donnerte ihr Wilhelm voller Inbrunst entgegen und riss sie abrupt aus ihren Gedanken.

»Wer sind wir denn?«, fragte Stanislaus nicht ohne provozierenden Unterton.

»Freie Kinder von unserer Mutter Erde.«

»Und da dachte ich doch immer, ich sei der ungezogene Sohn meiner unglückseligen polnischen Mutter.«

»Idiot! Du bist genauso engstirnig wie die kaisertreuen Diener im Saal.«

»Sag so was nicht, du tust mir weh.« Stanislaus fasste sich theatralisch ans Herz, während er die Tür zur Grünen Maus aufstieß, aus der ihnen dichter Zigarrennebel entgegenschlug. »Komm, darauf trinken wir einen.« Er legte seinen Arm um Wilhelm und schob ihn sanft in das kleine Weinlokal.

21

Bis zur Decke reichten die dunklen Weinregale, die ringsherum an den Wänden standen und vor denen die zahlreichen Gäste dichtgedrängt und mit erhitzten Köpfen saßen, bereit, sich der aufgeregten Stimmung zu überlassen, die über dem kleinen Lokal lag.

Der Wirt, ein gedrungener dunkelhaariger Mann, sprang hinter seinem Tresen hervor und begrüßte Wilhelm, Stanislaus und Anna mit Handschlag. Sie kannten sich seit Jahren, und seit Jahren war die Grüne Maus ihre Anlaufstelle für laute Debatten und feuchte Abende. Wie aus dem Nichts zauberte er vier Plätze hervor, stellte ungefragt eine Flasche Rotwein auf den Tisch und verschwand wieder im Schummerlicht.

Staunend blickte Ida sich um. Als sie das erste Mal hier gewesen war, gleich an ihrem zweiten Abend, war ihr das Besondere an dieser Weinstube gar nicht aufgefallen. Damals war alles neu und aufregend gewesen. Jetzt aber, da sie Berlin ein bisschen kannte und wusste, dass es auch hier Zwänge gab, von denen sie vorher noch gar nichts geahnt hatte, wurde ihr klar, dass dieser kleine Raum, kaum größer als Annas Atelier, so etwas wie ein freies Land inmitten einer von Verordnungen begrenzten Welt war. Hier durfte jeder machen, was er wollte. Selbst eng ineinander verschlungen tanzen wie das Paar, das sich unablässig im Kreis drehte.

In einer Ecke las ein schlaksiger Mann mit jungenhaftem Gesicht scheinbar unberührt von dem Stimmengewirr immer wieder dasselbe Gedicht, etwas weiter hinten saß eine Gruppe junger Männer und Frauen mit Masken auf den

Gesichtern, Überbleibsel eines Künstlerfestes, und überall standen gut gefüllte Weingläser auf den Tischen, die ebenso schnell nachgeschenkt wie ausgetrunken wurden.

»Habt ihr Herbert nicht mitgebracht?« Ein jüngerer Mann kam an ihren Tisch und blickte sich suchend um. »Ich hatte gehofft, ihn heute hier zu treffen. Aber er scheint ja wie vom Erdboden verschluckt. Seit Tagen schon versuche ich ihn zu finden. Ihr wisst auch nicht, wo er ist?«

Anna zuckte mit den Schultern. »Wir haben ihn heute auch schon vermisst. Vielleicht konnte er sich ja von seiner Arbeit nicht losreißen und ist in seinem Atelier geblieben.«

»Nein.« Der junge Mann schüttelte den Kopf. »Auf die Idee bin ich natürlich auch schon gekommen.«

»Hast du mal bei Karl Schulte nachgefragt?«

Er nickte. »Der wusste auch von nichts. Aber da stört man ja ohnehin immer, wenn man nicht gerade zum erlauchten Kreis der ausgesuchten Künstler gehört.«

»Ach komm.« Anna lächelte ihm aufmunternd zu. »Im nächsten Jahr bist du bestimmt bei der Ausstellung dabei.«

»Genau deswegen wollte ich ja mit Herbert sprechen. Er muss unbedingt in mein Atelier kommen. Ich war gerade in Frankreich, und ihr glaubt nicht, wie inspirierend dieser Aufenthalt dort war. Da gibt es Maler, die nur Punkte auf die Leinwand setzen und so atemberaubende Landschaften entstehen lassen. Unglaublich beeindruckend, sag ich euch. Wenn das erst einmal Schule macht, dann können die hier in der Akademie einpacken.«

»Nur Punkte?«, fragte Ida erstaunt, die sofort an ihre Bilder denken musste, die sie auf Hiddensee gemalt und die sie bislang noch niemandem gezeigt hatte, aus Angst, man würde in ihnen nichts weiter als die Stümperei einer Anfängerin sehen.

»Ja, nur Punkte«, antwortete der junge Künstler noch sichtlich beeindruckt von seinen Erlebnissen in Frankreich. »Das ist eine völlig neue Art zu malen. Ihr werdet staunen, wenn ihr das zu Gesicht bekommt. Aber ohne Herbert bin ich aufgeschmissen. Er muss ein gutes Wort für mich einlegen, sonst schütteln doch nur alle wieder den Kopf und tun so, als wäre das keine richtige Kunst. Ihr könnt euch gar nicht vorstellen, wie sehr mir diese Akademie zum Hals heraushängt.«

»O doch.« Stanislaus nickte inbrünstig. »Jeden Tag denke ich darüber nach, ob ich nicht alles hinschmeißen soll. Ich hab wirklich genug von diesen Schlachtenepen und den Kaiserkrönungen und den nackten Weibern, die sich auf den Chaiselongues lümmeln, als wären sie der Phantasie eines verklemmten Geistes entsprungen.«

»Wie wahr, wie wahr«, sagte der junge Maler und seufzte, bevor er an den nächsten Tisch ging, um dort nach Herbert zu fragen.

»Und warum schmeißt du's nicht hin, Stanislaus«, fragte Wilhelm provozierend, »wenn du dort so leidest, wie du behauptest? Es zwingt dich doch keiner, an die Kunstakademie zu gehen.«

»Wenn du mir verrätst, wie ich sonst an Aufträge herankommen soll und meine Bilder verkaufen kann, bin ich morgen weg, das schwör ich dir.«

»Aufträge.« Wilhelm schüttelte angewidert den Kopf. »Du scheinst immer noch nicht begriffen zu haben, worum es im Leben geht.«

»Ach ja.«

»Ach ja«, äffte er ihn nach. »Finde dich doch erst einmal selbst, dann kommt schon alles von ganz allein. Sei mutig und warte nicht darauf, dass sich um dich herum etwas ändert.«

»Unterstellst du mir gerade, dass ich auf meinem faulen Arsch sitze und einfach nur abwarte, dass mein Genie erkannt wird?«

»Meine Güte, bist du selbstmitleidig.«

»Das wird ja immer besser.« Stanislaus trank sein Glas Rotwein in einem Zug aus. »Du verstehst wirklich gar nichts, Wilhelm. Das Einzige, was du kannst, ist, dich vor aller Welt zum Affen zu machen. Wenn das dein Ziel ist, bitte schön, meines ist es jedenfalls nicht. Hast du dir denn überhaupt die Zeit genommen und meine beiden Arbeiten auf der Ausstellung bei Schulte genauer angeschaut? Natürlich nicht. Wenn du es nämlich getan hättest, dann wüsstest du, dass ich alles andere als larmoyant bin.«

»Ach nein? Du traust dich doch nichts.«

Stanislaus schnappte nach Luft. »Kennst du denn jemanden, der es vor mir geschafft hat, auf seinen Bildern der Lebenswelt einfacher Arbeiter so nah zu kommen?«, fragte er erbost.

»Ja, Herbert.« Wilhelm zuckte unbeeindruckt mit den Schultern. »Du bist ein Kopist, Stanislaus. Und nur, weil du dich dafür entschieden hast, die Aufmüpfigen zu bewundern, bist du keinen Deut besser als dein Direktor, der sich eben dafür entschieden hat, dem Kaiser zu gefallen.«

»Ich kopiere nicht«, schrie Stanislaus mit hochrotem Kopf so laut, dass selbst der Dichter in seiner Ecke verwundert aufblickte. »Ich habe meinen ganz eigenen Pinselstrich, meine ganz eigenen Motive, meine ganz eigene Herangehensweise, mein ganz eigenes Leben.«

»Oh, oh, da habe ich wohl einen wunden Punkt getroffen.«

»Du kannst mich mal, du Kuttenmonster. Was verstehst du denn schon von Kunst? Du kannst es wohl nicht verwinden, dass du so schmählich ausgepfiffen worden bist.«

»Hört auf damit«, ging Anna energisch dazwischen. »Ihr müsst euch doch jetzt nicht auch noch gegenseitig die Köpfe einschlagen.«
»Dieser selbsternannte Besserwisser da hat angefangen«, sagte Stanislaus empört und schenkte sich erneut ein.
»Eure Probleme möchte ich haben.« Ida sah die beiden Streithähne verständnislos an. »Was regt ihr euch eigentlich so auf? Du kannst studieren, wo immer du willst, und du kannst leben, wie immer es dir beliebt. Ihr habt doch alle Möglichkeiten. Guckt euch mal uns an. Anna und ich, wir dürfen an keine Kunstakademie, an keine Universität, wir müssen uns mit den Brocken begnügen, die uns hingeworfen werden wie großzügige Gaben, dabei sind es nichts weiter als Almosen, in der Hoffnung, wir würden uns damit zufriedengeben, um früher oder später doch noch auf den richtigen Weg zurückzufinden.«
»Mensch, Ida.« Anna nickte ihr bewundernd zu. »Du kannst ja richtig laut werden, wenn du willst.«
»Ist doch aber auch wahr. Ich finde euren Streit schrecklich albern. Statt euch gegenseitig zu unterstützen und Mut zu machen, hackt ihr aufeinander ein, als wärt ihr die größten Feinde. Merkt ihr denn nicht, dass ihr Brüder im Geiste seid? Was gäbe ich darum, wenn ich so frei wäre wie ihr. Wenn ich mich nicht täglich fragen müsste, ob ich als Frau tatsächlich eine Chance bekommen werde und ob meine Entscheidung für die Kunst nicht doch bedeutet, dass ich alles verlieren werde, was mir wichtig war und ist. Ganz zu schweigen von den kleinen Unannehmlichkeiten«, fuhr sie energisch fort. »Erst vorgestern hat mich mal wieder ein Polizist darauf aufmerksam gemacht, dass es besser wäre, ich würde das nächste Mal nicht allein durch den Tiergarten gehen. Man könne ja sonst denken, ich böte mich frei-

mütig an, und es wäre doch bestimmt nicht in meinem Interesse, dem Sittenverfall Vorschub zu leisten. Und als ich neulich in der Pferdebahn nach oben geklettert bin, wie es jetzt endlich auch für Frauen üblich ist, hat mich doch glatt einer dieser Sittenwächter nach unten gepfiffen, weil angeblich der Saum meines Unterrocks zu sehen war. Und ihr streitet wegen nichts, aber auch gar nichts«, schnaubte sie. »Ihr solltet euch schämen.«

»Bravo, Ida. Da hast du den beiden aber ganz schön die Leviten gelesen«, sagte Anna anerkennend, während es Wilhelm und Stanislaus die Sprache verschlagen zu haben schien. Selbst Wilhelm, der bislang keinen Tropfen Alkohol angerührt hatte, nippte jetzt an seinem Glas, und Stanislaus sah sie mit so großen ungläubigen Augen an, als würde er sich wundern, dass vor ihm noch immer die bezaubernd schöne Ida in ihrem roten Kleid saß und keine Furie mit fratzenhaftem Gesicht.

»So, und jetzt würde ich gerne tanzen.«

»Meine Güte, Ida, du bist ja noch unglaublicher, als ich immer gedacht habe.« Anna musterte sie jetzt mit ebenso großem Erstaunen wie Stanislaus.

»Findest du?« Ida zuckte mit den Schultern.

»Allerdings. Du bist immer für eine Überraschung gut.«

»Das kann man wohl sagen«, pflichtete Stanislaus ihr noch sichtlich benommen bei und reichte Ida die Hand. »Darf ich bitten.«

»Ja, hinweg mit euch. Geht tanzen, amüsiert euch, macht, was ihr wollt, aber verschont mich mit weiteren Anfeindungen an diesem Abend. Mehr verkrafte ich einfach nicht. Güldene Blüte, güldene Blüte«, murmelte Wilhelm und schüttelte dabei verwundert den Kopf. »Ich hatte ja keine Ahnung, welche Kräfte in dir stecken.«

Ida stand auf und drückte Wilhelm einen Kuss auf die Wange. »Ich entdecke sie auch erst nach und nach«, sagte sie und lächelte, bevor sie sich mit Stanislaus durch die enge Stuhlreihe Richtung Tanzfläche schob.
Schwerelos, als hätte sie sich mit diesem kleinen Gefühlsausbruch einer Last entledigt, wiegte und drehte sie sich in Stanislaus' Armen zu den Klängen des Klaviers. Nur tanzen wollte sie und an nichts denken, sich nur der Musik hingeben in diesem überfüllten Lokal. Dass Stanislaus ihr unentwegt Komplimente machte, hörte sie ebenso wenig, wie sie auch die zahlreichen Blicke nicht wahrnahm, die ihr folgten. Sie war frei gewesen zu sagen, was sie dachte, und jetzt fühlte sie sich frei genug, einfach nur den Moment zu genießen. Sie dachte nicht an Herbert und nicht an seine Frau, nicht an ihre Eltern, nicht an Anna oder Wilhelm, auch nicht an Stanislaus, der sie immer fester an sich zog und sein Gesicht gegen ihren Hals presste. Ida spürte nur ihrem Körper nach, in dessen ganzer unverbrüchlicher Hülle sie sich so sicher fühlte wie nie und den sie unter Stanislaus' Händen tanzen ließ wie eine Feder im Wind.

22

Hallo, Ida.« Die Stimme klang sanft, und Ida drehte sich langsam um, wohl wissend, wem sie gleich ins Gesicht schauen würde.
In den vergangenen Monaten hatte sie Herbert zwar öfter gesehen – wie sie war auch er häufig in der Grünen Maus

gewesen –, aber immer hatte seine Frau neben ihm gesessen, wieder blasser und kränklicher ausschauend, und er hatte stets so geschäftig gewirkt, dass sie geglaubt hatte, er nehme sie nicht zur Kenntnis. Ein paar Belanglosigkeiten über Berlin und das Leben hier hatten sie ausgetauscht, aber nie war es wieder zu einer dieser intensiven Begegnungen gekommen, die sie trotz allem noch immer schmerzlich vermisste. Sie wusste, dass er am Tag von Wilhelms Premiere in München gewesen war und dass er gemeinsam mit anderen Künstlern große Pläne hegte, aber die ganzen Monate über hatte sie versucht sich nicht darum zu kümmern, nicht an ihn zu denken, sich weder von ihrer Sehnsucht noch von ihrer Eifersucht überwältigen zu lassen und stattdessen ihr eigenes Leben zu finden. Und tatsächlich war es ihr gelungen, mit Porträtaufträgen gerade so viel Geld zu verdienen, dass sie sich seit zwei Monaten ein kleines Zimmer in der Königgrätzer Straße, ganz in der Nähe des Anhalter Bahnhofs, leisten konnte.

»Hallo, Herbert«, erwiderte sie mit zurückhaltendem Lächeln.

»Was machst du hier?«

»Ich komme gerade vom Unterricht.« Sie deutete auf die Mappe, die unter ihrem Arm klemmte. »Aktzeichnen bei Prof. Maier.«

Herbert schmunzelte leise. »Und machst du Fortschritte?«

»Ich hoffe.«

»Wie geht es dir? Wir haben uns ja eine Ewigkeit nicht gesehen. Ich dachte ehrlich gesagt schon, du wärst wieder nach Stralsund zurückgegangen.«

»Wie kommst du denn darauf?« Sie schüttelte verwundert den Kopf. »Wir sind uns doch hin und wieder begegnet.«

»In den letzten Wochen warst du aber nicht mehr in der Grünen Maus.«
»Das ist dir aufgefallen?«, fragte sie erstaunt.
»Natürlich. Was glaubst du denn?«
Ida sah verlegen zu Boden. Am liebsten hätte sie ihm gesagt, dass er, wenn er sie schon wahrgenommen hatte, es ihr auch hätte zeigen können, aber sie hatte sich fest vorgenommen, auf Abstand zu bleiben, sich nicht zu weit hinauszuwagen, um ihren Weg nach dieser zufälligen Begegnung unverändert fortsetzen zu können. »Entschuldige, natürlich«, sagte sie. »Ich hatte in den letzten Wochen unglaublich viel zu tun.«
»Wollen wir uns setzen?« Herbert zeigte auf zwei freie Plätze auf der Sommerterrasse eines Cafés, das wie immer gut besucht war. »Oder musst du gleich weiter?«
Ida zögerte.
»Komm. Eine kleine Flucht aus dem Alltag wird dir guttun, und ein Eiskaffee bei diesem herrlichen Juniwetter auch.« Er lächelte ihr aufmunternd zu, bevor er, ohne ihre Antwort abzuwarten, zielstrebig auf die beiden Plätze zuging und ihr einen Stuhl zurechtschob, so dass sie nur noch Platz zu nehmen brauchte.
Mit einem mulmigen Kribbeln im Magen setzte sie sich und blickte sich um. Ihr war, als wären plötzlich alle Augenpaare auf sie gerichtet, und tatsächlich sah sie in die vor Neugier und Langeweile verzerrten Gesichter betuchter Damen aus dem Berliner Westen, die jedem Neuankömmling und jedem vorbeiflanierenden Spaziergänger mit scharfen Blicken folgten. Das war also das berühmte Café Josty. Wohlhabende Köpfe, wohin man blickte, entweder von ausladenden Hüten beschützt oder von Zylindern. Und sie mittendrin, ohne elegante Garde-

robe und Kopfbedeckung, was sie nur noch mehr verunsicherte.
»Jetzt erzähl mal, wie geht es dir? Ich dachte ja, du würdest mich einmal einladen und mir deine Bilder zeigen.«
»Ich?«, fragte sie erschrocken und zuckte unwillkürlich zusammen.
»Ja, du. Wer denn sonst?« Herbert lachte. »Weißt du denn nicht mehr, wie wir über das Licht gesprochen haben?«
»Natürlich, doch.« Sie spürte jetzt einen Kloß im Hals, der ihr das Weitersprechen fast unmöglich machte. »Aber …« Sie stockte. »Ich weiß nicht … Ich …«
»Dein Strohhalm«, flüsterte er ihr zu.
Erschrocken blickte sie auf ihre Finger, die gerade dabei waren, das schmale Röhrchen zu zermalmen, das aus ihrem Eiskaffee ragte. »Oh, entschuldige.«
»Du musst dich nicht bei mir entschuldigen«, sagte er lachend. »Bei dir solltest du dich entschuldigen. Wie willst du denn jetzt deinen Eiskaffee trinken?« Er winkte einen Kellner heran. »Würden Sie der jungen Dame bitte einen neuen Strohhalm bringen?«
Ida wurde mit einem Schlag rot im Gesicht. »Nicht nötig, wirklich.«
»Aber mein Fräulein.« Der Ober sah sie mit seinem über die Jahre fest in sein Gesicht eingemeißelten Lächeln an. »Das kann doch jedem einmal passieren. Das haben wir gleich wieder.«
Was hätte sie nur darum gegeben, auf der Stelle im Erdboden versinken zu können. Stattdessen blickte sie in Herberts amüsierte Augen, die er unverwandt auf sie gerichtet hielt. »Entschuldige bitte, ich habe dich unmöglich gemacht«, sagte sie leise.
Herbert lachte. »Wie kommst du denn darauf? Niemand

hätte seinen Strohhalm eleganter zwischen seinen Fingern zerquetschen können als du. Es wäre vielleicht nur ganz gut, wenn du den nächsten ganz lassen könntest.«

»Natürlich«, sagte sie und senkte verlegen den Blick.

»He, Ida, das war doch nur Spaß.« Herbert fasste über den Tisch und schob ihr Kinn mit einer sanften Geste nach oben. »Du kannst doch mit deinen Strohhalmen machen, was immer du möchtest. Und wenn es dir danach ist, sie dir in die Nase zu stecken, bitte. Apropos, ich glaube, heute ist so ein Tag, an dem ich dieses unwiderstehliche Kribbeln spüre.« Er zerbrach seinen Strohhalm und steckte sich die beiden Hälften in die Ohren. »So, jetzt ist es besser.«

Ida kicherte.

»Was meinst du, gefall ich dir so?«, fragte er sie, während er seinen Kopf drehte und wendete, als würde er sich im Spiegel betrachten.

»Die Gäste, Herbert.« Ida schielte verlegen zu den Nachbartischen, an denen eifrig Köpfe zusammengesteckt und das Getuschel immer lauter wurde.

»Die sind froh über jede Gelegenheit, sich ihr Schandmaul zerreißen zu können«, sagte er ungerührt. »Und als Künstler ist es doch geradezu meine Pflicht, ihnen diesen Gefallen zu tun. Also, was meinst du? Sollte ich jetzt öfter mit diesem Ohrschmuck auf die Straße gehen?«

»Also ich weiß nicht«, gluckste sie. »Du siehst ganz schön merkwürdig aus.«

»Schade. Das prickelt so herrlich, fast so, als hätte man Champagner in den Ohren. Du solltest es auch ausprobieren.«

»Auf keinen Fall«, erwiderte sie. »Im Gegensatz zu dir bin ich eine ernsthafte Künstlerin.«

»Hört, hört! Das ist ja mal eine interessante Neuigkeit.«

»Nicht wahr?«
Idas Unsicherheit war wie verflogen. Vor einem Mann, der ihr mit Strohhalmen in den Ohren gegenübersaß, war es unmöglich, sich zu fürchten. Richtig ausgelassen fühlte sie sich, und soweit sie sich erinnern konnte, war es das erste Mal, dass sie in seiner Anwesenheit weder vor Ehrfurcht erstarrte noch vor Sehnsucht zerschmolz. Nur stolz war sie. Stolz darauf, dass er sich mit ihr so wohl zu fühlen schien, um sich diese Albernheit zu erlauben. Selbst das Getuschel um sie herum störte sie nicht mehr. Sollten die anderen doch denken, was sie wollten. Für sie war es ein ganz besonderer Moment, und für Herbert, wie es schien, auch.
»Dann bestehe ich jetzt aber auch darauf, endlich Beweise zu sehen. Eine ernsthafte Künstlerin zu sein kann schließlich jeder behaupten«, sagte er und nickte dabei so sehr mit dem Kopf, dass ihm beinahe einer der Strohhalme aus dem Ohr gerutscht wäre.
»Bitte, wie du möchtest«, erwiderte Ida. »Gedenkst du die Bilder eigentlich mit Ohrschmuck zu bestaunen oder ohne.«
»Würde das einen qualitativen Unterschied machen?«
Ida lachte. »Vielleicht könnte dich dieses Prickeln beeinträchtigen?«
»Dieses Prickeln, ja.« Er sah sie nachdenklich an. »Das wäre gut möglich. Dann ist es wohl besser, wenn ich nicht länger meine Sinne reize, oder?«
»Vermutlich«, antwortete sie schmunzelnd.
»Und was ist, wenn es auch ohne Strohhalm prickelt?«
»Dann liegt das ganz allein an mir und meinen Bildern«, sagte sie spontan und erschrak selbst ein wenig über ihr frisch entdecktes Selbstbewusstsein.

»Also, worauf warten wir noch. Mich dürstet ganz plötzlich nach Champagner für die Augen.«

Herbert zahlte, und erst als sie aufgestanden waren und Seite an Seite über den Potsdamer Platz gingen auf dem Weg zu ihr, wurde Ida allmählich bewusst, wie weit sie sich vorgewagt hatte. Plötzlich wurde ihr so heiß, dass ihr der Schweiß über den Rücken rann, und sie glaubte, sich an den Häuserwänden abstützen zu müssen, um einen Halt zu finden. Mehrfach entglitt ihr der Haustürschlüssel, bevor es ihr gelang, die Tür zu öffnen, und die Stufen im Treppenhaus, die sie sonst mit Leichtigkeit nahm, erwiesen sich als fast unüberwindbares Hindernis, so müde fühlte sie sich auf einmal.

»Wir müssen leise sein«, flüsterte sie, bevor sie in die Wohnung ihrer Vermieterin eintraten. »Männerbesuch ist eigentlich nicht gestattet.«

»Ich weiß. Diese Pensionswirtinnen sind alle gleich. Alles Schreckschrauben mit einer großen Klappe, aber eigentlich harmlos. Die haben nur Angst, als Kupplerinnen angeklagt zu werden.«

»Ja, aber wir sollten sie nicht unnötig provozieren.«

»Nein, natürlich nicht«, sagte er so leise, dass er eigentlich nur seine Lippen bewegte und Ida allenfalls erahnen konnte, was er meinte.

Auf dem Flur war niemand zu sehen, und Ida öffnete vorsichtig die Tür zu ihrem Zimmer. Es war spärlich möbliert, mit einem Bett, einer Kommode und einem Tisch. Vor den Fenstern hing ein schwerer, einstmals dunkelgrüner, jetzt verblasster Vorhang, und über dem Bett prangte ein gestickter Bibelspruch.

Herbert konnte sich ein Schmunzeln nicht verkneifen. »Das ist ja wie zu meinen Studentenzeiten«, sagte er leise.

»Ich hatte allerdings noch das Vergnügen, mir das Zimmer mit allen erdenklichen Familienfotos meiner Wirtin teilen zu müssen.«

»Na ja, es ist besser als nichts.« Ida lehnte sich an die Kommode und versuchte so unauffällig wie möglich ihre feuchten Hände an ihrem Rock trockenzureiben. Ihre Knie zitterten noch immer, während Herbert mitten im Zimmer stand und sich wie selbstverständlich umblickte, als wäre überhaupt nichts dabei, in ihr Reich einzudringen. Der Raum kam ihr jetzt noch kleiner vor, als er ohnehin war, und sie fürchtete, dass sie, wenn sie sich bewegte, unwillkürlich mit Herbert zusammenstoßen würde und überwältigt werden würde von ihren Gefühlen.

»Darf ich?« Herbert ging geradewegs auf eines ihrer Bilder zu, das an der Wand lehnte.

Sie nickte stumm, während sie verzweifelt versuchte einen klaren Gedanken zu fassen.

Sein Blick glitt über ein Bild, das Ruderer im Tiergarten zeigte. Ohne etwas zu sagen, nahm er die nächste Leinwand, eine Impression von Marktkähnen auf der Spree. Sorgfältig stellte er jedes Bild an seinen Platz zurück, bevor er zum nächsten überging und es ebenso interessiert betrachtete wie das vorherige. Er sah alle erdenklichen Ansichten von Berlin, Menschen im Café, Schlittschuhläufer auf einem gefrorenen See, Mütter, die mit ihren Kindern an der Hand durch die Straßen gingen, und schließlich ein Selbstporträt, das seine Aufmerksamkeit fesselte wie kein anderes Bild.

Ida hatte sich mit einfachen Pinselstrichen in Beige- und Grüntönen frontal gemalt. Die Haare aus dem Gesicht gekämmt, hatte es den Anschein, als stünde sie nackt vor ihm und sähe ihm mit einem ebenso stolzen wie ängstlichen, zuversichtlichen wie zweifelnden Blick geradewegs in die

Augen. Ohne sie um Erlaubnis zu bitten, nahm Herbert das Bild und stellte es auf die Fensterbank. Er ging ein paar Schritte zurück und blieb dort, die Arme vor der Brust verschränkt, stehen.

Ein Lächeln huschte über sein Gesicht, und er wiegte seinen Körper wie ein Träumender hin und her, aber noch immer sagte er nichts, und auch Ida schwieg. Beide betrachteten sie ihr Bild, ihr Porträt, ihr nacktes, offenes Gesicht, und während Ida anfangs noch verschämt auf sich selbst geblickt hatte, wagte sie es mit der Zeit, sich mit ebenso großer Neugierde anzusehen, wie Herbert es tat. Eine fast heilige Stimmung lag jetzt über dem nüchternen Raum, als gäbe es an diesem Ort für beide Unerwartetes zu entdecken.

Kein Pferdebahngebimmel, kein Kinderlachen, nichts von dem lebhaften frühsommerlichen Berliner Treiben drang bis zu ihnen vor. Nur sie beide waren in diesem Zimmer, in dem jeder Atemzug die Stille unsanft zu durchbrechen schien. Immer deutlicher spürte Ida aber auch die Spannung, die aus dieser Ruhe erwuchs, und je länger sie so dastanden, desto nervöser wurde sie, bis sie schließlich zu zerspringen meinte.

»Du sagst ja gar nichts«, brach sie schließlich das Schweigen und strich sich mit zittriger Hand eine Strähne aus dem Gesicht.

»Du machst mich sprachlos, Ida«, sagte er leise und sah sie jetzt ebenso eindringlich an wie eben noch ihr Porträt. »Richtig sprachlos.« Er schüttelte fassungslos den Kopf. »Und glaub mir, das passiert mir nicht oft.«

»Sind meine Bilder so schlecht?«, fragte sie zaghaft, nur weil sie sonst nicht wusste, was sie sagen sollte, und dieses Schweigen keine Sekunde länger aushalten konnte.

Herbert lachte laut auf.
»Psst. Nicht so laut.«
»Glaubst du ernsthaft, dass ich freiwillig eine Arbeit so lange studieren würde wie eben deine, wenn ich sie tatsächlich für unbedeutend, belanglos, schlecht gemacht, scheußlich oder sonst was Unerfreuliches halten würde?«
»Vermutlich nicht.«
»Ganz genau. So viel Zeit habe ich nämlich nicht, dass ich sie einfach so verschwenden könnte.«
»Denkst du, ich habe Talent?«
»Hab ich dir nicht schon vor zwei Jahren in Balthasars Atelier gesagt, dass du einen ganz ungewöhnlichen Blick hast?«
Ida nickte.
»Ich gebe zu, es war damals nur so dahingesagt. Du warst so jung und frisch, und ich wollte dich einfach ein bisschen reizen. Aber ich hatte recht.« Herbert lachte. »Ich hatte wirklich recht. Du bist auf dem besten Weg, eine Künstlerin mit einem ganz eigenen Stil zu werden. Du traust dich was, das ist wirklich gut. Ich bin beeindruckt.«
Idas Herz pochte wie wild. »Und diesmal sagst du das nicht nur so dahin?«
»Nein, Ida, diesmal nicht.«
»Und du machst dich auch nicht lustig über mich?«
»Nein. Vertrau mir.«
»Du bist gut. Gerade erfahre ich, dass man wohl besser nicht alles so ernst nehmen sollte, was du sagst. Wie soll ich denn da wissen, was man dir glauben kann und was nicht.«
»Denkst du wirklich, ich würde dich so schmählich belügen?«

»Ich weiß es nicht«, antwortete sie zögerlich.

»Ida, bitte.« Herbert machte einen Schritt auf sie zu und sah sie lange an, bevor er weitersprach. »Ich hab dich damals vielleicht etwas geneckt, das gebe ich gerne zu, aber belogen habe ich dich auch da nicht, und jetzt erst recht nicht. Was hätte ich denn davon, dir Komplimente zu machen, die ich gar nicht ernst meine?«

Ida lächelte zaghaft. »Danke«, flüsterte sie. »Du ahnst ja gar nicht, wie viel mir dein Zuspruch bedeutet.«

»Doch, ich denke schon«, sagte er und machte dabei einen weiteren Schritt auf sie zu.

Er stand jetzt unmittelbar vor ihr, weniger als eine Armlänge entfernt, und sah ihr dabei so intensiv in die Augen, dass Ida Mühe hatte, diesem Blick standzuhalten, der sie magisch anzusaugen schien. Ganz still war es jetzt wieder in diesem kleinen Zimmer, nur ihr beider Atem war zu hören, aber Ida war, als sprächen sie dennoch miteinander, als würde er ihr sagen, wie sehr es ihn danach verlangte, sie in die Arme zu nehmen, sie zu halten, zu küssen und alle Verpflichtungen zu vergessen. Ida zitterte. Am liebsten hätte sie sich auf ihn gestürzt und sich bis zur Besinnungslosigkeit an ihn gedrückt, aber sie blieb stehen, wie auch er stehen blieb, und sagte nichts. Ihr Herz klopfte immer schneller, und als sie kurz davor war, alle Bedenken beiseitezuwischen und sich in seine Arme zu werfen, kam er plötzlich näher, strich ihr mit beiden Händen die Haare aus dem Gesicht und drückte seine Wange an ihre.

»Du bist wunderschön«, hauchte er ihr ins Ohr, während er ihren Kopf noch immer mit beiden Händen hielt. »Seit Hiddensee denke ich unaufhörlich an dich.«

»Ich auch an dich«, flüsterte Ida, die ihre Arme um seinen Körper legte. »Immerzu habe ich an dich gedacht.«

Herbert gab ihr einen zärtlichen Kuss auf die Wange und drückte sie an sich. Eng umschlungen wie zwei Ertrinkende hielten sie sich, als wären sie in diesem Moment bereit für den Untergang. Idas Herz pochte jetzt so laut, dass sie glaubte, es sei im ganzen Haus zu hören, und unter ihren Händen bebte Herberts Körper.

»Die ganze Zeit über habe ich versucht dich zu vergessen«, sagte Ida leise, während sie ihn noch fester an sich zog. »Ich habe es wirklich versucht.«

Herbert nahm erneut ihren Kopf in die Hände und sah ihr tief in die Augen. »Ich habe es auch versucht«, flüsterte er, bevor er sie küsste. Weich und warm fühlte sich dieser Kuss an, ihr erster Kuss überhaupt, so weich, dass sie meinte, sie könnte sich darauf betten wie auf eine blühende Wiese. Ida vergaß alles um sich herum. Nur sie und Herbert schienen noch zu existieren, nur ihre Sehnsucht und ihr Verlangen, und hätte nicht Herbert abrupt seinen Kopf weggedreht, sie hätte sich nicht vorstellen können, diesen paradiesischen Zustand jemals zu beenden.

»Es geht nicht, Ida«, sagte er und schob sie sanft von sich fort.

Ida sah ihn erschrocken an. »Ich weiß«, flüsterte sie so leise, als wollte sie nicht, dass er sie verstand.

»Wir müssen das vergessen. Alles. Wir müssen alles vergessen«, sagte er fast flehentlich, während er wieder auf sie zuging und nach ihren Händen griff.

Ida blieb reglos stehen und sagte nichts.

»Bitte, Ida. Du musst mich verstehen.«

»Ja, Herbert«, brachte sie mühsam heraus und sah dabei ungläubig auf ihre Hände, die in seinen schlanken Händen lagen, als würden sie nicht mehr zu ihr gehören.

»Wenn ich nicht verheiratet wäre, dann …«

»Sei still«, unterbrach sie ihn rasch.
»Aber …«
»Nicht, bitte.« Ganz langsam entzog sie sich seinem Griff.
»Es tut mir leid, glaub mir.«
Ida nickte und sah ihn wie aus weiter Ferne an.
»Ach, Ida.« Er trat erneut zu ihr und drückte sie an sich, aber sie spürte ihn nicht. Ihr Körper fühlte sich leblos an, wie betäubt. »Ich fahre übermorgen nach Hiddensee«, sagte er leise. »Ich denk dort an dich.«
Mit regloser Miene sah sie ihm dabei zu, wie er langsam zur Tür ging, kurz zögerte, sich dann aber doch umdrehte, wie er ihr zulächelte, entschuldigend, ihr einen Kuss zuwarf und danach ins Leben verschwand, sein Leben, wie sie dachte, und plötzlich rannen ihr Tränen übers Gesicht.

23

»20. Mai 1899. Kunstereignis des Jahres. Die erste Ausstellung der Berliner Secession öffnet heute in der Kantstraße ihre Pforten.« Obwohl sie es wusste, seit Wochen schon, in der Malschule und in den Cafés, die sie ab und an besuchte, gab es kein anderes Gesprächsthema mehr, erschrak Ida doch, als sie in der *Berliner Morgenpost* diese Ankündigung las. Jeder Maler, jede Malerin und alle, die sich dafür hielten, würden sich dieses Ereignis heute nicht entgehen lassen. Und wer nicht selber mit einem Bild vertreten war, kannte wenigstens einen Künstler, der eine Arbeit ausstellte. Auch Anna und Stanislaus waren dabei, und wenn Ida ehrlich war, dann würde sie selbst am liebsten eines ihrer

Werke dort hängen sehen, aber wenn etwas ganz und gar unmöglich war, dann war es das. Denn mit der Secession war unweigerlich Herberts Person verbunden, und Ida hatte sich vor knapp einem Jahr geschworen, ihn nie wieder sehen zu wollen.

»Diesen Leuten kommt es doch nur darauf an, möglichst rasch in aller Munde zu kommen, und das tun sie, indem sie einfach etwas hinwichsen und sogar Weiber in ihre Vereinigung aufnehmen«, las sie weiter und schüttelte den Kopf. Hans von Braun, der Leiter der Kunstakademie und Stanislaus' ewiger Feind, war hinlänglich bekannt für seine direkte Ausdrucksweise und seine tiefe Abneigung gegen diese Künstlergruppe, und er ließ offensichtlich nichts unversucht, auch am Tag der Vernissage seinen Widerwillen zu bekunden. »Unten ein gelber Strich, darüber ein blauer Strich und mittendrin eine blasse Mondscheibe, und das heißt dann ›Stimmung‹. Nennen Sie mir doch von denen einen einzigen Maler, der imstande wäre, eine Eiche oder eine Kiefer glaubwürdig zu zeichnen. Ganz zu schweigen von den sogenannten Künstlerinnen mit ihren Befindlichkeiten.«

Ida legte die Zeitung beiseite und stützte ihren Kopf auf die Hände. Was war nur aus ihr geworden? Während Anna und Stanislaus und all die anderen unaufhörlich vorwärtsstrebten, während sie sich zusammengeschlossen und die Berliner Secession gegründet hatten, war sie auf der Strecke geblieben. Sie klammerte sich mit ihrem Blick an dem Wasserfleck auf der gegenüberliegenden Hauswand fest und stöhnte leise.

Seit knapp einem Jahr huschte sie durch die Straßen, als wäre sie auf der Flucht. Sie ging nicht mehr in die Grüne Maus, und selbst die Nationalgalerie besuchte sie nur noch selten. Und das alles nur, um Herbert nicht zu begegnen, ihm oder seiner Frau oder im schlimmsten Fall beiden gemeinsam. Sie hatte ihr Verschwinden bis zur Perfektion getrieben, so dass sie ihm in diesem einen Jahr nur ein einziges Mal über den Weg gelaufen war, im Februar, eine Woche nach ihrem einundzwanzigsten Geburtstag. Er war leichtfüßig aus einer Kutsche gesprungen und mit langen Schritten im nächsten Hauseingang verschwunden. Wie vom Donner gerührt hatte sie dagestanden und ihn beobachtet, und dabei wäre sie ihm am liebsten entgegengerannt und hätte ihn umarmt.

Nie wieder will ich ihn sehen, sagte sie sich auch jetzt, aber der Vorsatz hatte sich längst abgenutzt und half ihr seit einigen Wochen kaum mehr, ihre selbst auferlegte Unfreiheit zu ertragen. Die Wut, die sie in den ersten Monaten noch angetrieben hatte, spürte sie nur noch in seltenen Momenten, und geweint wie zu Anfang, als sie meinte, sie könnte in der Flut ihrer Tränen ertrinken, hatte sie schon seit Monaten nicht mehr.

Das Versteckspiel hatte sie erschöpft. So erschöpft, dass sie in den letzten Monaten immer weniger Porträtaufträge angenommen und ihre Malkurse nur noch unregelmäßig besucht hatte. Auch mit Stanislaus war sie seit Wochen nicht mehr weggegangen. Sie waren tanzen gewesen, immer wieder, aber mittlerweile war sie viel zu müde für jegliche Gefühle.

Der Gedanke war ihr plötzlich gekommen, mitten in einer ihrer vielen schlaflosen Nächte. Vielmehr war es anfangs gar kein Gedanke gewesen, sondern nicht mehr als ein Satz, der sich ihr aufgedrängt hatte, wieder und wieder, und den sie versucht hatte zu vergessen, so absurd war er ihr erschienen, bis sie begriff, dass sie ihn niemals loswerden würde, wenn sie weiterhin so tat, als würde er nicht zu ihr gehören.

»Geh nach Hause.« Wie ein heimatloses Kind war dieser Satz durch ihren Kopf gegeistert, und Ida hatte lange nicht gewusst, was sie mit ihm anfangen sollte. Sie wollte doch nicht etwa dorthin zurück, wo sie hergekommen war? Nach Stralsund zu ihrer Familie? Aus Briefen ihrer Mutter wusste sie, dass bei ihr zu Hause die Lage mittlerweile so angespannt war, dass ihr Vater Lillas Klavierstunden nicht mehr bezahlte und Fridtjof Markstein eines Tages einfach nicht mehr gekommen war. Warum sollte sie zurück an einen Ort, an dem sie sich fast ebenso gefangen gefühlt hatte wie jetzt in Berlin und der noch enger geworden zu sein schien, als er ohnehin schon war? Nur die Vorstellung, sich nicht mehr täglich um ihre Verpflegung sorgen zu müssen, ließ sie kurz an diese Möglichkeit denken.

Je länger Ida über diesen Satz gegrübelt hatte, desto klarer war ihr geworden, wie abhängig sie sich gemacht hatte in diesem Jahr nach Herberts Kuss, nach ihrer Bereitschaft, sich hinzugeben mit Haut und Haaren, und diesem Abschied, der schmerzlicher war als alles, was sie jemals erlebt hatte. Diese Abhängigkeit hatte ihr Fesseln angelegt, die ihr es kaum mehr ermöglichten, frei zu atmen. Je deutlicher ihr das geworden war, desto eindeutiger wurde auch ihr Wunsch, endlich wieder einen Platz für sich zu finden.

Nächtelang hatte sie in Annas Atelier gesessen, den Blick über die Dächer von Berlin gerichtet, und dachte, dass es in dieser großen Stadt, unter diesen vielen funkelnden Laternen doch auch einen Ort für sie geben musste. Sie hatte mit Anna und Wilhelm diskutiert, Stunden um Stunden, bis nur noch eine Möglichkeit übrig geblieben war. Sie musste raus aus Berlin, raus aus dieser Stadt, in der an jeder Ecke ihre Schuld zu lauern schien. Sie musste aufhören, sich zu ducken wie eine Verbrecherin. Ida hatte lange gezögert, aber sie hatte sich entschieden. Sie würde ihr Zimmer kündigen, ihre Bilder einlagern und den beiden nach Hiddensee folgen.

Im Winter hatte Wilhelm dort ein Haus gekauft, das er zu einem Gasthof umbaute, und Anna war so Feuer und Flamme von dieser Idee, dass sie ihm unbedingt dabei helfen wollte. Und warum sollte sie das nicht auch tun? Die Luft, die sie so dringend zum Atmen brauchte, würde sie dort jedenfalls zur Genüge finden und vielleicht ja auch wieder ihre Lust am Malen. Ihr Geld reichte noch für diesen Sommer. Was danach kam, das wusste sie nicht. Aber alles schien besser zu sein, als sich nach und nach zu verlieren.

Wieder fiel ihr Blick auf den Artikel in der *Morgenpost.* »Auch Seine Hoheit der Kaiser wird nicht müde, seine unverhohlene Abneigung dieser Künstlergruppierung gegenüber zum Ausdruck zu bringen«, las sie weiter. »›Diese Rinnsteinkünstler beherrschen das Marktgeschrei besser als jeden Pinselstrich‹, sagte Wilhelm II. anlässlich der letzten Großen Berliner Kunstausstellung am Lehrter Bahnhof, zu der einige Vertreter dieser neuen ›Malerei‹ nicht zugelassen worden waren, und betonte, dass nur in der Detailtreue große Kunst liege.«

Ein Lächeln huschte über Idas Gesicht. Wie sehr hatte auch sie früher gerade die Maler bewundert, die jede noch so kleine Winzigkeit exakt abbilden konnten, und wie sehr hatte sie sich bemüht, genau diese Fertigkeit zu erlangen. Wäre ihr nicht die Zeitschrift ihrer Mutter in die Hände gefallen und damit Herbert und seine Auffassung von Kunst in ihr Leben getreten, sie würde heute vielleicht noch

immer zu Hause in Stralsund sitzen und den genauen Faltenwurf eines Brokatvorhangs studieren.
Sie sollte heute Abend auch dabei sein. Sie gehörte doch genauso dazu wie Anna und Stanislaus. Auch ihr Blick war offen für Neues, und sie hatte Veränderungen gewagt, immer schon, nicht nur in der Malerei. Wenn sie doch bloß nicht so müde wäre, sie könnte es vielleicht ertragen, Herbert zu sehen gemeinsam mit seiner Frau. Ob sie wohl diesen Sommer auch auf Hiddensee verbringen würden? Die Wahrscheinlichkeit war groß, das wusste sie, aber sie konnte nicht ewig davonlaufen, und dort gab es wenigstens genügend Platz zum Atmen. Ida seufzte. Sie brauchte so dringend Luft.
Ihr Blick blieb an einem Riss an der gegenüberliegenden Hauswand hängen. Wie mit feinen Adern durchzogen sah sie aus, als würde ein einziger Schlag genügen, und der ganze Putz zerfiele zu Staub. Noch nie war ihr aufgefallen, wie brüchig die Fassade war, und sie versuchte die Löcher zu zählen, die sich bereits in die Wand gefressen hatten. Bei vierunddreißig gab sie auf. Sie schüttelte den Kopf. Es war wirklich an der Zeit, diesen Ort zu verlassen.

24

Helle, fast durchsichtige Wolken hingen hoch oben am Himmel, die sich in der Ferne in nichts aufzulösen schienen, und vor ihr glitzerte das Wasser, ruhig und träge, bereit, sie sanft zu begrüßen. Ida hatte ihre Schuhe ausgezogen, ihren Rock nach oben geschoben und ließ ihre nackten Füße von der Ostsee umspielen. Unermüdlich schwappte das Wasser an ihre Fesseln und zog sich ebenso unermüdlich wieder zurück, während sie immer tiefer im Sand einsank, bis er ihre Füße ganz umschloss. Ihr war, als griffe die Erde nach ihr, und einen Moment lang ließ sie es geschehen, bevor sie sich wieder aus der sandigen Umklammerung befreite und sich nach einer rosafarbenen Muschel bückte. Die im Wasser noch glänzende Schale verblasste in ihren Händen rasch zu einer stumpfen Farbe, und Ida warf sie wehmütig zurück in die See.

Ihr Blick glitt nach links, den Sandstrand entlang. Wie breit er war, viel breiter, wie ihr schien, als beim letzten Mal, auch viel länger, viel geschwungener, um so viel schöner, als sie ihn in Erinnerung gehabt hatte. Wie gut es tat, hier zu stehen, in dieser Ruhe, die nur unterbrochen wurde durch in der Ferne kreischende Möwen, durch das Plätschern der Wellen und das Summen eines Mückenschwarms. Sie atmete tief durch. Das erste Mal seit langem. Kein Staub lag in der Luft, kein Schwefel- oder Kohlegeruch, kein Gestank nach verfaultem Abfall, nur frische, reine, wie sie glaubte, durch nichts vergiftete jungfräuliche Luft.

»Was ist, kommst du?« Barfuß, nur mit zwei übereinandergeworfenen leinenen Umhängen bekleidet, stand Anna auf dem schmalen Pfad, der zum Strand führte, und winkte ihr zu. »Ich fahr jetzt zu Wilhelm.«

»Warte.« Ida schnappte sich ihre Schuhe und rannte mit nackten Füßen durch den vom morgendlichen Tau noch feuchten Sand. »Ich bin auch neugierig auf Wilhelms neue Errungenschaft«, rief sie ihr keuchend zu.

»Na dann los. Ich kann es nämlich kaum erwarten.« Anna hob ihr Fahrrad auf, das sie kurz zuvor achtlos neben Idas

Rad ins Gras geworfen hatte, und wartete ungeduldig, dass Ida ihre Stiefel schnürte.

Der holprige, sandige Weg führte sie direkt auf den Rettungsschuppen von Kloster zu, vor dem zwei ältere Männer damit beschäftigt waren, faustdicke Seile aufzurollen.

»Guten Morgen.« Anna winkte den beiden fröhlich zu, als sie an ihnen vorbeiradelten, doch die sahen ihnen nur teilnahmslos hinterher.

Die kleine Kirche von Kloster, die auf einer Anhöhe thronte, schien noch in friedlichem Schlummer versunken, beschützt von dem mächtigen Weißdornbaum, der über den angrenzenden Friedhof einen beruhigenden Schatten legte. Rechter Hand leuchtete der Pfarrgarten in einem kräftigen Gelb. Butterblumen übersäten die saftige, zum Bodden hin leicht abfallende Wiese. Anna grüßte auch die Pfarrersfrau, die gerade mit einem Korb Wäsche unter dem Arm aus dem Haus trat, aber außer einem Nicken wusste sie ebenfalls nichts zu erwidern.

Nachdem sie den Gutshof hinter sich gelassen hatten, bogen Ida und Anna auf den schmalen Weg nach Grieben ein. Links von ihnen lag jetzt der Dornbusch mit seinem Leuchtturm, und auf einer Wiese zu ihrer Rechten grasten Schafe.

»Ist es nicht herrlich?«, juchzte Anna und verlangsamte ihre Fahrt. »Wenn ich wieder hier bin, frage ich mich immer, wie ich es nur so lange in dieser stickigen Stadt aushalten konnte. Ohne diese Luft, diesen Duft, diesen Blick, diesen Himmel, diese Stille scheint das Leben doch nur halb so viel wert zu sein. Findest du nicht auch?« Sie juchzte erneut, während sie wieder kräftiger in die Pedale trat.

Ida lachte. »Das muss an unserer Lust zur Selbstzerfleischung liegen.«

»Wie recht du hast«, keuchte Anna. »Ab sofort ist Schluss damit. Jetzt wird gelebt.« Anna drehte sich nach Ida um, die Mühe hatte, ihr zu folgen. »Hörst du, das gilt ganz besonders für dich.«
Ida nickte.
»Das war aber noch nicht sehr überzeugend«, sagte Anna kopfschüttelnd und trat unvermittelt auf die Bremse. Sie lehnte ihr Fahrrad an einen Baum und streckte Ida ihre Hand hin. »Komm.«
»Wohin?«, fragte Ida verdutzt.
»Jetzt komm schon.«
»Wir wollten doch zu Wilhelm.«
»Da fahren wir ja auch gleich hin, aber vorher haben wir noch etwas Dringendes zu erledigen.«
»Was denn?«
»Das wirst du gleich sehen. Komm.« Anna packte Ida sanft an der Schulter und schob sie vorwärts.
»Ist ja gut. Ich kann schon alleine gehen.«
»Umso besser«, rief sie und rannte über die blühende Wiese zum Bodden. »So«, sagte sie, nachdem Ida auch am Wasser angekommen war. »Und jetzt sprich mir nach: Ich gelobe, alte Fesseln zu sprengen und die Freiheit von Hiddensee zu meinem Lebensprinzip zu ernennen.«
Ida sah sie verblüfft an und grinste. »Du bist wirklich komisch.«
»Mir ist es ernst, Ida. Sprich mir nach.«
»Das ist doch Blödsinn.«
»Findest du? Willst du dich etwa wieder verkriechen wie in Berlin? Ich habe jedenfalls nicht vor, länger dabei zuzusehen, wie du immer mehr verkümmerst wie eine Pflanze, der man nicht genügend Wasser und Licht gespendet hat.«

»Und du denkst, so ein dummer Spruch hilft dabei.«
»Ja, das denke ich«, sagte Anna ernst.
»Wir sind erst seit gestern hier. Jetzt lass mich doch erst einmal ankommen.« Ida schüttelte den Kopf.
»Das lass ich dich doch.« Anna legte ihren Arm um Idas Schultern und drückte sie an sich. »Aber glaub mir, für gute Vorsätze ist es nie zu früh.«
»Aber für schlechte Erinnerungen«, erwiderte Ida störrisch.
»So war das doch gar nicht gemeint.«
»Weiß ich, trotzdem, du legst manchmal ein Tempo vor, da kann ich einfach nicht folgen. Nicht jeder ist so schnell wie du.«
»Ist ja gut, ich hab verstanden. Aber ich finde wirklich, dass es an der Zeit ist, dass du für Neues offen wirst.«
»Das weiß ich, danke. Wenn's einfach wäre, glaub mir, dann hätte ich es schon längst getan.«
»Sicher, ja.« Anna nickte. »Weißt du, manchmal denke ich sogar, ich bin nicht ganz unschuldig an deiner Situation.«
»Du?«
»Na ja, wenn du dich erinnerst, habe ich dich immer ermutigt, zu deinen Gefühlen zu stehen.«
Ida zuckte mit den Schultern. »Daran ist ja eigentlich auch nichts auszusetzen.«
»Ehrlich gesagt, manchmal zweifle ich daran. Ich mache mir wirklich Sorgen um dich, Ida. Du bist so blass geworden und so still. Du warst noch nicht einmal bei der Secessionseröffnung, obwohl du es mir versprochen hattest. Du hast dich aus allem zurückgezogen. So kann das nicht weitergehen, wirklich. Du bist doch eine attraktive junge Frau und eine wirklich vielversprechende Künstlerin. Eine viel bessere Malerin als ich, wenn ich ehrlich bin.«

»Anna, bitte.«
»Nein, nein, das stimmt. Herbert sagt das auch. Nur weil es sonst noch keiner erkannt hat, heißt das nicht, dass das nicht stimmt. Sag jetzt nichts.« Anna legte ihre Hand auf Idas Mund, die gerade protestieren wollte. »Ich wünsche mir so sehr, dass du glücklich wirst. Vergiss ihn, vergiss Herbert. Diese unerfüllte Liebe bringt dich sonst um. Und fang endlich wieder an zu malen, Ida, du darfst damit nicht aufhören. Das würde dich in einen noch größeren Abgrund stürzen.«
Ida atmete tief durch. Tränen standen ihr in den Augen, die sie nur mit größter Anstrengung hinunterschluckte. »Ich weiß«, sagte sie leise, und dann weinte sie doch.
»Du wirst sehen, Hiddensee wird dir guttun«, sagte Anna und legte tröstend ihren Arm um Ida. »Man bekommt hier wieder einen klaren Kopf.«
»Ich hoffe«, flüsterte sie und wischte sich eine letzte Träne aus dem Gesicht.
»Also, was ist, sprichst du mir nach?«
»Wenn's dir Freude macht.«
»Macht es. Und dir bestimmt auch.«
»Also meinetwegen. Es wird mir ja sicherlich nicht schaden.«
»Dafür lege ich sogar meine Hand ins Feuer«, sagte Anna und lachte.
»Ich gelobe, alte Fesseln zu sprengen und die Freiheit von Hiddensee zu meinem Lebensprinzip zu ernennen«, hauchte Ida und ließ ihren Blick über das stille Boddengewässer bis zum dunstigen Horizont schweifen. Nicht weit dahinter lag Stralsund, dessen Silhouette sie meinte kurz aufblitzen zu sehen, aber von dem Platz aus, an dem sie standen, konnte man die Stadt unmöglich erkennen.

Wieder und wieder sprach Ida Anna nach, bis sie so laut schrien, dass sich beide die Ohren zuhielten.

»Ich denke, das reicht.« Anna rang nach Luft. »Oder was meinst du?«

Ida verdrehte die Augen. »Wie hieß doch dieser verheiratete Mann gleich noch?«

»Ah, die Zauberformel wirkt bereits. Dann können wir ja Wilhelm beehren«, sagte sie und hakte sich bei Ida unter.

Wilhelm winkte ihnen schon von weitem zu. Auf eine Schaufel gestützt, stand er mit nacktem Oberkörper vor einem strohgedeckten Haus und atmete schwer. Herausgerissene Büsche, morsche Holzplanken, kaputte Stühle, Gaslampen, ein Ofenrohr, im Garten lag alles kreuz und quer.

»Menschen«, rief er, als Ida und Anna von ihren Rädern stiegen. »Endlich echte Menschen. Ich trau ja meinen Augen kaum.«

»Wieso, gibt es hier keine, oder hast du sie schon alle vergrault?« Anna sprang lachend auf ihn zu und küsste ihn mehrfach auf beide Wangen.

»Das sind alles Tiere hier, die auf der Lauer liegen. Und manchmal fallen sie über einen her, als ob man die fetteste Beute wäre«, antwortete er mit einem schelmischen Grinsen. »Wenn es nach denen ginge, müsste ich mich in zig Hemden hüllen, um hier in dieser Bruthitze arbeiten zu dürfen. Stellt euch das einmal vor.«

»Dann wird es ja höchste Zeit, dass wir dir beistehen«, erwiderte Ida schmunzelnd und umarmte ihn zur Begrüßung.

»Das kann man wohl sagen. Ich hab euch Blüten ganz schön vermisst. Was macht Berlin? Ach«, winkte er gleich ab, noch ehe Anna oder Ida antworten konnten, »ich will

es gar nicht wissen. Was interessiert mich diese herzlose Stadt. Kommt, ich zeig euch lieber mein neues Paradies.«
Im Haus herrschte ein noch größeres Durcheinander als im Garten. Auf dem Boden fehlten Planken, aus den Wänden quoll das Stroh, Tische und Stühle stapelten sich zu einem unförmigen Turm in einer Ecke, der Ofen stand mitten im Raum, einige Fenstergläser waren kaputt, und Anna musste aufpassen, dass sie mit ihren nackten Füßen nicht in eine der vielen Porzellanscherben trat, die auf dem Boden lagen. Während Wilhelm von seinen Plänen erzählte, dem Tresen, den er gerade baute, und den beiden Zimmern für die Gäste, dem Ofen, der noch repariert werden musste, und den Bänken, die er vom Pfarrer bekommen sollte, sahen sich Ida und Anna nur schweigend an und schüttelten ungläubig die Köpfe.
»Meine Güte, Wilhelm«, sagte Ida schließlich, während sie sich zum wiederholten Mal Spinnfäden aus dem Gesicht wischte, »ich dachte, du wolltest noch diesen Sommer eröffnen.«
»Das will ich auch, natürlich.« Er nickte eifrig. »Und was sagt ihr, gefällt es euch?«
Anna schluckte. »Die Baustelle in der Potsdamer Straße ist ja nichts dagegen.«
Wilhelm lachte. »Du übertreibst. So schlimm ist es nun wirklich nicht. Außerdem wäre ich schon längst fertig, wenn mich dieser Amtsvorsteher Küslick endlich mal in Ruhe ließe. Ständig kommt er mit neuen Vorschriften an, die er sich bestimmt nur für mich ausdenkt. Grässlich. Ich hab's ja gesagt, alles Tiere. Aber eines Tages werden sie mir dankbar sein, dass ich aus ihrer verschlafenen Insel ein lebendiges Paradies gemacht habe. Das hier ist ja erst der Anfang. Oben im Wald habe ich ein Gelände von der Klos-

terverwaltung gepachtet. Wollt ihr mal sehen, ich hab schon Pläne gezeichnet.«

»Vielleicht solltest du erst einmal das hier zu Ende bringen«, warf Anna vorsichtig ein.

»Aber Anna, Liebes, jetzt seid ihr doch hier, und Stanislaus kommt auch bald.«

»Und du hast sonst niemanden, der dir hilft?«, fragte Ida.

»Doch, doch, ab und an kommt der Sohn vom Fischer Grau. Ein kräftiger Bursche, der zupacken kann.«

»Und sonst?«

»Der Sohn vom Küslick hilft auch manchmal, aber ihr könnt euch vorstellen, dass sein Vater das nicht gerade goutiert.«

»Allerdings.« Anna lachte. »Dich kann man wirklich nicht alleine lassen.«

»Wieso?« Wilhelm sah sie erstaunt an.

»Na hör mal, wo immer du bist, ist der Ärger nicht weit.«

»Aber das ist doch nicht meine Schuld.«

»Nein, natürlich nicht«, sagte sie schmunzelnd.

»Natürlich nicht«, beharrte Wilhelm. »Was kann ich denn dafür, dass die meisten Menschen das Fremde bekämpfen wie ihren ärgsten Feind, nur weil das Neue ihre Ordnung durcheinanderbringen könnte, die, mit Verlaub, nichts weiter ist als pure Willkür aus Gewohnheit.«

»Vielleicht sind deine Mittel etwas gewöhnungsbedürftig.«

»Wenn man den gewöhnlichen Blick als Maßstab nimmt, dann hast du sicherlich recht. Aber ich bin nun mal, wie ich bin. Sag bloß, das stört dich jetzt plötzlich?«

Anna schüttelte den Kopf und sah ihm in die Augen. »Im Gegenteil«, sagte sie leise. »Ich bewundere dich für deine Unabhängigkeit.«

»Puh, da fällt mir aber ein Stein vom Herzen.« Wilhelm lachte und legte seinen Arm um ihre Schultern. »Macht euch mal keine Sorgen«, sagte er, »das wird schon werden.«
Anna lächelte Ida verschwörerisch zu, der nicht zum ersten Mal aufgefallen war, wie Annas Blick weicher und ihre Stimme sanfter wurde, wenn Wilhelm in ihrer Nähe war. Ein Lächeln huschte über Idas nachdenkliches Gesicht, dann nickte sie ihr zu. »Das wird schon werden«, sagte sie.
»Ja, das wird schon werden«, wiederholte Anna, ohne Ida aus den Augen zu lassen, als wüssten sie in diesem Moment beide, dass es um viel mehr ging als nur um Wilhelms Haus.

25

Als hätten sie in ihren jungen Jahren schon so manchen stürmischen Zeiten getrotzt, standen die Kiefern krumm und schief am Wegesrand, nur eine Handbreit von der Steilwandkante entfernt, und verströmten einen frischen, sonnigen, warmen Duft. Zum ersten Mal, seitdem Ida wieder auf Hiddensee war, hatte sie ihr Malzeug geschnappt, statt zu Wilhelm zu fahren, und ging jetzt den schmalen Höhenpfad entlang, die Melodie der Ostsee in den Ohren, die gegen den steinigen Strand wogte, wieder und wieder, in einem ewig gleichen Ritual. Ein Fischerboot schaukelte langsam Richtung Norden, und am Horizont konnte sie die Insel Moen erkennen, die unter einer milchigen Dunstglocke lag.

Wie friedlich es hier war, und dennoch reichte ein falscher Schritt, und sie würde den Abgrund hinunterstürzen, die lehmige Wand entlang, und unten an einem der mächtigen Steine zerschellen, die dort als Zeugen längst vergangener Tage lagen. Ida schauderte. Nur ein falscher Schritt, dachte sie und blieb wie angewurzelt stehen, doch da schwankte auch schon der Boden unter ihren Füßen, als würde die Erde beben. Unwillkürlich suchte sie einen Halt, aber sie griff ins Leere, und links von ihr, da, wo die Bäume standen, lauerte der Tod. Ida japste nach Luft. Schweiß stand ihr auf der Stirn, und sie rieb verzweifelt ihren Körper, der sich anfühlte, als wäre er übersät mit Ungeziefer. Es fehlte nicht viel, und sie hätte um ihr Leben geschrien, aber sie zwang sich, auf den Rhythmus der Wellen zu hören, und allmählich wurde ihr Atem stiller.

Dicht an die Wildrosen- und Sanddornbüsche gedrängt, ging sie mit wackligen Schritten weiter, bis sich zu ihrer Rechten eine sanft geschwungene Wiese auftat, auf die sie sich erschöpft fallen ließ, ihre Malutensilien noch immer auf dem Rücken.

Was war denn bloß in sie gefahren? Heute sollte doch ihr Leben wieder beginnen, ihr Leben als Künstlerin. So hatte sie es mit sich abgemacht, nachdem Stanislaus ihr von der Möglichkeit erzählt hatte, im August in Stralsund an einer Ausstellung teilnehmen zu können. Natürlich war sie zuerst unsicher gewesen. Ausgerechnet Stralsund. Jede andere Stadt wäre für diesen neuen Schritt besser gewesen. Seit zwei Jahren hatte sie ihre Familie nicht mehr gesehen, und eigentlich war sie wild entschlossen gewesen, erst dann zurückzukehren, wenn sie als Künstlerin anerkannt war, doch die Ausstellung war eine Chance, das wusste sie. Ihre einzige vielleicht. Aber war das ein Grund, sich so zu fürchten?

Ida nahm ihren Rucksack ab und legte sich ins halbhohe Gras. Vor ihrer Nase tanzte ein Schmetterling, und sie sah ihm dabei zu, wie er sich scheinbar mühelos bewegte. Ihr Atem war jetzt ganz ruhig. Schlimmer als das letzte Jahr in Berlin konnte es kaum werden, dachte sie, und wenn man ihre Bilder in Stücke riss, sie würde überleben. Ja, sie würde überleben. Schließlich hatte sie Anna und Wilhelm, und sie hatte Stanislaus, der sich so rührend um sie bemühte, dass sie sich manchmal sogar dafür schämte, ihn nicht zu lieben.

»Hier steckst du.«

Stanislaus' Stimme war über den ganzen Dornbusch zu hören, so laut rief er nach ihr und so still war es hier. Ida hörte, wie er mit langen Schritten den Hügel hinab auf sie zugeschlendert kam, wie er im Gras Platz nahm, dicht neben ihr, sie spürte seinen Blick, den er jetzt starr auf sie gerichtet hielt, aber sie blieb einfach liegen, mit geschlossenen Augen, als hätte sie ihn nicht bemerkt.

»Ich hab dich hier oben schon überall gesucht. Alles in Ordnung? Hallo! Ida! Ich bin es, Stanislaus«, sagte er und lachte, aber Ida zeigte nach wie vor keine Reaktion. »He, du schläfst doch nicht?« Er musterte sie mit gerunzelter Stirn. »So spät war es doch gestern gar nicht. Oder bist du etwa in der Nacht noch einmal an den Strand und hast dort nackt getanzt? Wenn das so wäre, solltest du dich tatsächlich schämen und lieber schweigen, als deine schönen Augen aufzuschlagen, mir ein Lächeln zu schenken und mich freundlich zu begrüßen, wie sich das unter Freunden gehört. Habe ich da eben ein Zucken gesehen?« Er beugte sich über Idas Gesicht, aber sie bewegte sich noch immer nicht. »Um deine Lippen, Ida, du kannst mir nichts vormachen.«

Ida hörte seinen Atem immer näher kommen. Sie sollte jetzt ihre Augen öffnen, ihn begrüßen, ihn kurz auf die Wange küssen und sich dann aufrichten und mit ihm über die Ausstellung sprechen, aber sie blieb einfach reglos liegen, als würde sie hoffen, es würde sich auf diesem Weg alles richten.

»Ida, wo bist du?«, flüsterte Stanislaus, und sie spürte, wie seine Lippen ihr Ohr kurz berührten. Noch einmal musterte er ungläubig ihr stummes Gesicht, bevor er das tat, was er sich schon lange wünschte. Er küsste sie. Immer schneller und fester, als läge in seinen Küssen sein ganzes Gewicht.

Stanislaus' Verlangen nahm Ida fast die Luft. Tonnenschwer fühlten sich seine Lippen auf ihren an, und sie griff verzweifelt nach seinem Kopf, um ihn etwas auf Abstand zu bringen, aber Stanislaus hörte nicht auf, seine Lippen mit all seiner Kraft auf ihre zu drücken, und Ida war, als fräße er sie auf.

Sie hatte gewollt, dass er sie küsste, sie hatte gehofft, so ihre Gefühle für ihn erzwingen zu können, aber jetzt, in diesem Augenblick, spürte sie nur die Last seiner Liebe.

Ida stemmte ihre Ellbogen ins Gras und richtete sich langsam auf. »Stanislaus«, sagte sie leise, »hör auf, bitte.« Doch er schien sie nicht zu hören. »Bitte, hör auf«, wiederholte sie energischer, und erst als sie ihn zum dritten Mal bat, sie nicht mehr zu küssen, sah er sie erstaunt an, als würde er gerade aus einem herrlichen Traum erwachen.

»Was ist los?«, fragte er noch immer benommen von seinen Gefühlen.

»Du erdrückst mich ja.«

»Oh«, rief er überrascht aus und sah sie dabei an, als käme sie aus einem fremden, fernen Land. »Verzeih bitte, das wollte ich nicht.«

»Schon gut.« Ida rückte etwas zur Seite und streifte ihren Rock zurecht, der ihr über die Knie gerutscht war.
»Ich war wohl etwas zu stürmisch.«
»Ja«, flüsterte sie.
»Verzeih, bitte, verzeih, verzeih, verzeih. Da ist mein polnisches Temperament mit mir durchgegangen. Du musst mir das nachsehen, Ida, bitte. Aber ich habe so lange auf diesen Moment gewartet.« Er sah sie mit flehentlichen Augen an und griff nach ihrer Hand. »Bitte, Ida. Ich wünsche mir doch nichts sehnlicher, als dich glücklich zu machen.«
Ida lächelte verlegen, und erst jetzt begriff sie, was für einen Fehler sie begangen hatte. Sie hätte niemals zulassen dürfen, dass Stanislaus sie küsste, aber sie konnte das, was geschehen war, nicht mehr rückgängig machen. Ihr Blick glitt an einer Kiefer entlang aufs offene Meer. Es war so still heute, dass es ihr jetzt schon fast gespenstisch vorkam.
»Ich möchte dich doch auch glücklich sehen«, sagte sie schließlich, den Blick noch immer aufs Wasser gerichtet, obwohl sie wusste, dass sie damit alles nur noch schlimmer machte. Sie sollte ihm sagen, dass sie ihn nicht liebte, dass sie ihn niemals lieben werde.
»Du, Ida, du machst mich glücklich«, sagte er und rückte näher an sie heran. »Deine Nähe ist mein Glück.«
Ida schluckte. »Aber deine Malerei macht dich doch hoffentlich auch glücklich und die Abende in der Grünen Maus und Hiddensee, die Natur hier, diese Stille und Anna und Wilhelm doch bestimmt auch«, erwiderte sie und gab sich alle Mühe, ganz unbeschwert zu klingen.
»Das kann man doch nicht vergleichen.« Seine Augen glühten noch immer. »Das eine ist das Glück des Alltags, das andere das Glück der besonderen Momente.«

»Aber du hast doch, wenn du malst, bestimmt auch tiefe Erlebnisse«, sagte Ida, in der Hoffnung, von sich abzulenken.

»Sicher.« Er sah sie nachdenklich an. »Der Unterschied ist«, fuhr er nach einer Weile fort, »dass es beim Malen, wenn ich das Gefühl habe, etwas Außergewöhnliches zu schaffen, in meinem Magen kribbelt, und bei dir zerspringt mir das Herz.«

»Dann bin ich also lebensgefährlich für dich«, entfuhr es ihr, aber als sie sah, wie erschrocken er sie anstarrte, bereute sie ihre Worte zutiefst.

»Was sagst du denn da?«

»Ich wollte nur einen Spaß machen«, antwortete sie. »Ich meine, wenn dir das Herz zerspringt.«

»Hör auf damit. Das ist nicht zum Lachen.«

»Ich weiß, entschuldige.«

»Mir ist es ernst mit dir.«

Ida musterte ihn verlegen. Er lächelte jetzt nicht mehr, und seine Augen hatten ihren Glanz verloren. »Stanislaus, ich …«, sie zögerte, »ich … wie soll ich das sagen …«

»Ich weiß«, unterbrach er sie. »Du denkst noch immer an Herbert.«

»Ja«, flüsterte sie. »Es tut mir leid.«

»Warum, Ida? Das führt doch nirgendwohin? Meinst du nicht, dass es an der Zeit ist, ihn endlich zu vergessen. Meine Güte, er ist verheiratet, er wird dich nie glücklich machen können. Außerdem ist er ein eitler Wicht. Du hättest ihn mal bei der Ausstellungseröffnung erleben müssen. Richtig aufgeplustert hat er sich, als wäre alles seine Idee gewesen. Dabei weiß jeder, dass Karl Schulte, dieser Fuchs, sich das alles ausgedacht hat mit der Secession, dass es ohne ihn nie diese erfolgreiche Ausstellung gegeben hätte.

Herbert duldet doch gar keinen neben sich. Wahrscheinlich kommt ihm seine kranke Frau gerade gelegen. Die will ja nicht mehr viel vom Leben.«

»Red nicht so über ihn«, sagte Ida. »Herbert ist ein zarter Mensch, er zeigt es nur nicht immer.«

»Ach, und du weißt das?«

»Ja, ich weiß das.«

»Dafür kennst du ihn doch gar nicht gut genug.«

»Doch, ich denke schon.«

»Ich kenne Herbert schon seit acht Jahren, und glaub mir, er war schon immer nur an sich selbst interessiert.«

»Ich habe ihn anders kennengelernt«, entgegnete Ida ruhig.

»Ach, was soll's.« Stanislaus machte eine wegwerfende Geste. »Ich lass mir doch den Tag mit dir von diesem Kerl nicht verderben. Ich würde dich auf Händen tragen, überallhin, wohin immer du möchtest, und ich bin mir sicher, Herbert täte das nicht«, sagte er energisch. »Wenn du demnächst endlich beschließt, nicht mehr unglücklich sein zu wollen«, fuhr er fort, »wirst du spüren, dass ich recht habe. Und ich bin mir ziemlich sicher, dass ich auch noch Gelegenheit bekommen werde, dir das zu beweisen.«

Ida sah ihn ungläubig an. Sie hatte mit vielem gerechnet, mit Wutausbrüchen, Vorwürfen, vor allem aber damit, dass er auf der Stelle abreisen würde und sie ihn als Freund verloren hätte. Noch einer, den sie dann hätte vermissen müssen. Froh darüber, dass es anders gekommen war, lächelte sie ihm zaghaft zu, und doch ahnte sie auch in diesem Augenblick, dass Stanislaus seine Leidenschaft nicht ewig würde zähmen können.

26

»Was meint ihr zu dem? Ist es zu gewagt?« Ida hielt eines ihrer Bilder hoch, das sie in den letzten Tagen gemalt hatte, und zeigte es in die Runde.
Sie saß mit Anna, Wilhelm und Stanislaus vor dessen Haus unter einer Birke, die Reste von Hering und Bratkartoffeln noch auf dem Tisch, und hoffte, dass die drei ihr helfen würden, ihre Angst vor der Ausstellung zu überwinden.
Die letzten drei Wochen hatte sie nichts anderes gemacht, als zu malen. Anfangs hatte sich jeder Pinselstrich unbeholfen angefühlt, als hätte sie noch nie vor einer Leinwand gesessen und als wäre jede Farbwahl existenziell wichtig. Wäre Anna nicht gewesen, sie hätte vermutlich das Vorhaben schnell wieder aufgegeben, so unsicher hatte sie sich gefühlt, aber Anna hatte sie bekniet, einfach weiterzumachen, ohne nachzudenken, und ganz langsam war auch das Gefühl wieder zurückgekehrt, dessentwegen sie nie etwas anderes hatte werden wollen als Künstlerin. Das Gefühl, sich eins zu fühlen mit dem, was sie sah, und daraus etwas Eigenes wachsen zu lassen. Nie fühlte sie sich so frei wie in diesen Augenblicken, und der Wunsch, diesen perfekten Einklang zu finden, hatte sie damals weg von zu Hause nach Berlin getrieben. Doch je näher die Ausstellung rückte, desto größer wurden ihre Zweifel, ob es ihr tatsächlich gelungen war, Leben auf die Leinwand zu bringen.
Ihr Blick glitt über ihr Selbstporträt, das sie in einem Halbakt zeigte. Sie hatte ihm schlicht den Titel »Sommer« gegeben, und tatsächlich meinte man das Flirren der Hitze zu sehen. Im Hintergrund ragten Blumenranken in den hellen Himmel, vor denen sie sich mit entblößten Brüsten gemalt

hatte. Den Kopf leicht zur Seite geneigt, traf ihr ebenso nachdenklicher wie herausfordernder Blick direkt auf den Betrachter, während sie in einer Hand eine rosafarbene Blume hielt und die andere nach der Bernsteinkette tastete, die sie schmückte. »Das ist nichts für Stralsund, oder was meint ihr?«

Anna atmete tief durch. »Das wäre natürlich ganz schön mutig, dich halbnackt zu zeigen.«

»Das ist keine gute Idee, ich weiß.« Ida legte das Bild hastig beiseite und hielt ein anderes hoch, das drei Frauen vor einem Fischerhaus sitzend beim Nähen zeigte.

»Das ist doch viel zu freudlos«, sagte Wilhelm. »Die Frauen, sie sehen so ernst aus, als wüssten sie gar nicht, dass es schön sein kann, hier zu leben, dass es nichts Schöneres gibt, als sich dieser Natur ganz hinzugeben.«

»Vielleicht haben sie nichts zu lachen«, warf Anna ein. »Ich stelle mir ihr Leben ziemlich hart und eintönig vor. Jeden Tag waschen, kochen, nähen, Feuer machen, abgeschnitten von der Welt. Und sie teilen ihr Leben mit einem Mann, der vermutlich kaum mehr als drei Worte redet.«

»Ich finde, sie wirken wie abgeschnitten von sich selbst. Am liebsten würde ich gleich zu ihnen fahren, sie packen und herumwirbeln, damit sie sich endlich einmal lebendig fühlen. Ich würde sie hinter die Hucke mitnehmen und ihnen ein Lichtbad verordnen. Man hat wirklich das Gefühl, sie sitzen im Schatten, als würden sie die Sonne scheuen.«

»Aber vielleicht spiegelt das ja genau ihr Leben wider, und Ida hat es gut eingefangen«, gab Anna zu bedenken. »Man muss sich doch mit der Welt auseinandersetzen, in der man lebt. Man kann doch als Künstler nicht so tun, als gäbe es nur stolze, vor Opulenz strotzende Momente. Wilhelm, ehrlich, du kannst hier doch nicht die Meinung des Kaisers vertreten, der genau diese Kunst verehrt. Kunst ist doch niemals ein Abbild der Wirklichkeit, sondern deren Interpretation. Ausgerechnet du müsstest das doch am besten wissen. Du scherst dich doch einen Teufel darum, was die Leute von dir denken, sondern machst das, von dem du glaubst, dass es richtig ist.«

»Weil ich eine Vision habe«, sagte er ernst. »Eine Vision von einem besseren Leben, und ich alle an diesem Leben teilhaben lassen möchte. Was hilft das denn den Menschen, ihnen zu zeigen, wie dürftig ihr Leben ist. Sie haben doch viel mehr davon, wenn man ihnen zeigt, wie herrlich es sein könnte.«

Anna schüttelte den Kopf. »Aber das hat dann doch nichts mehr mit Kunst zu tun.«

»Würdet ihr bitte aufhören zu streiten. Hier geht es jetzt einzig und allein darum, das beste Bild für diese schreckliche Ausstellung zu finden. Warum habe ich bloß zugesagt? Wie konnte ich so dämlich sein, mich darauf einzulassen.«

»Weil es eine Chance für dich ist«, entgegnete Stanislaus ruhig. »Und weil du das weißt.«

Ida sah ihn kopfschüttelnd an. »Ich bin mir wirklich nicht mehr so sicher, ob das auch stimmt.«

»Zeig doch bitte noch einmal dein Selbstporträt.«

»Nein, vergiss das Bild. Ich hätte es euch gar nicht erst zur Auswahl anbieten sollen.«

»Bitte, Ida.« Stanislaus lächelte ihr aufmunternd zu.

»Das hat doch keinen Sinn.«

»Ich würde es auch gerne noch einmal sehen«, sagte Anna. Widerwillig griff Ida nach dem Bild mit ihrem Halbakt und stellte es vor sich hin. »Die reißen mir den Kopf ab, wenn ich damit ankomme.«

»Ich finde ja, du solltest etwas wagen«, sagte Stanislaus schließlich, nachdem alle drei stumm ihre Blicke über Idas Porträt hatten schweifen lassen. »Diese Arbeit hat nichts Anstößiges, sie ist sinnlich, ehrlich und trifft den Kern jeder guten Malerei. Sie ist schnörkellos, ohne Kitsch und Pathos.«
Ida schüttelte den Kopf. »Denkst du das wirklich?«
»Du etwa nicht?« Er lächelte. »Du findest doch auch, dass das dein bestes Bild ist.«
Ida senkte verlegen den Blick. »Aber für Stralsund«, sagte sie leise und hielt inne. »Ich weiß nicht.«
»Meinst du nicht, dass man immer sein Bestes geben sollte, egal, für wen oder was?«
»Weißt du, wer mir gerade durch den Kopf geistert?«
Ida sah Anna fragend an.
»Unser lieber Balthasar Vogel«, antwortete sie mit fast triumphierendem Ton in der Stimme.
»Würdest du mich aufklären?«
»Du hast es mir doch neulich erst selbst erzählt. Wie er alle Bilder abgehängt hatte, und wie Herbert ihn ermahnt hatte, sich nicht einschüchtern zu lassen, sondern sich zu zeigen.«
Ida schluckte. Herberts Name ließ sie unwillkürlich zusammenzucken.
»Entschuldige bitte, ich wollte dich jetzt nicht auf schlechte Gedanken bringen«, sagte Anna mit einem Lächeln. »Aber wenn du dich daran erinnerst, es gibt doch nichts Schlimmeres, als sich zu verbergen. Ich finde, Stanislaus hat recht, du solltest dein bestes Bild zeigen. Und das ist dein bestes.«
»Mir ist es zu nackt«, sagte Wilhelm trocken.
Alle drei sahen ihn erstaunt an und lachten.

»Zu nackt?«, wiederholte Ida grinsend.
»Und das ausgerechnet aus deinem Mund«, sagte Anna.
»Na ja, zu nackt im Sinne von zu einfach«, rechtfertigte sich Wilhelm, dem erst jetzt bewusst zu werden schien, was er eben gesagt hatte. »Es fehlt irgendwie so ein erlösendes Moment. Weißt du, die Leute, die werden dieses Bild nicht zu schätzen wissen. Es ist zu direkt, es gibt keine Möglichkeit für den Betrachter, sich seine eigenen Vorstellungen zu machen.«
»Aber seit wann hast du mit Nacktheit ein Problem?« Anna sah ihn noch immer verwundert an. »Du bist doch derjenige, der sich auf der Bühne nackt im Kreis dreht und sich nicht darum schert, was die anderen über ihn denken.«
»Das stimmt doch nicht.« Wilhelm schüttelte den Kopf, während er nachdenklich über seinen Bart strich. »Mir ist es nicht gleichgültig, was andere über mich denken, ich stehe nur für das ein, woran ich glaube. Und wenn es sein muss, nehme ich dafür eben auch den Spott anderer in Kauf.«
»Aber nichts anderes macht Ida doch auch«, entgegnete Anna.
»Entschuldige bitte, wenn ich das so sage, Ida.« Wilhelm lächelte verlegen. »Aber mit Verlaub, das ist nur ein Bild, und ich weiß nicht, ob es sich lohnt, sich für ein einziges Bild so viel Ärger einzuhandeln.«
»Was heißt das, nur ein Bild?«, ging Anna wütend dazwischen, als hätte Wilhelm sie gerade persönlich beleidigt.
»Es steckt nicht die Idee eines anderen, besseren Lebens dahinter«, antwortete er ruhig.
»Du hast recht, Wilhelm«, sagte Ida. »Es ist nur ein Bild, das mich mit nackten Brüsten zeigt, weil ich es eben aus

einer Laune heraus so gemalt habe in einem Moment, in dem ich mich frei und ebenso verletzlich gefühlt habe. Aber was geht das andere an? Du hast schon recht.«

»Moment mal.« Stanislaus schüttelte den Kopf. »Wenn du so argumentierst, dann kannst du auf der Stelle alle deine Bilder wegwerfen oder verbrennen oder was weiß ich. Natürlich sind deine Bilder immer ganz persönliche Zeugnisse deiner Empfindungen. Und die gilt es mit anderen zu teilen. Das, was Wilhelm meint, hat mit Kunst nicht viel zu tun. Das hat eher mystische Qualitäten oder religiöse oder naiv-pathetische, aber keine künstlerischen.«

»Du findest mich naiv und pathetisch?«

»Ein bisschen schon.« Stanislaus lachte.

»Hier.« Wilhelm zeigte ihm seine mit Schwielen übersäten Hände. »Findest du es etwa naiv, mit eigener Hände Arbeit aus einer Rumpelkammer einen Gasthof zu machen?«

»Etwas Pathos liegt schon darin.«

»Wie bitte?«

»Jetzt lass dich doch nicht ärgern. Du hast doch jedes Recht der Welt, für deine Träume zu leben. Ich wollte dir doch nur klarmachen, dass deine Sicht auf Idas Bild etwas, wie soll ich sagen, eingeschränkt ist.«

Wilhelm stöhnte. »Ich fürchte nur, dass mein Blick der von vielen sein wird. Sie werden bloß eine Frau sehen, die ihnen mit ihrer Nacktheit direkt ins Gesicht springt und im besten Fall noch ihre eigene Prüderie zum Vorwurf macht.«

»Wir finden bestimmt noch ein anderes Bild, das ich ausstellen kann.«

»Ich würde an deiner Stelle eher eines der Kinderporträts nehmen, damit können sich die Leute noch am ehesten anfreunden«, meinte Wilhelm.

»Nein, Ida, das Bild oder keines«, sagte Anna entschieden. »Stanislaus hat recht, es ist dein bestes. Und du hast ja selbst gesagt, dass du findest, dass es dein bestes ist. Und man sollte immer sein bestes ausstellen. Und um alles in der Welt, Wilhelm, womit sich die Leute, wie du sie nennst, anfreunden können, darf einen wahren Künstler nun wahrlich nicht interessieren. Wenn das Werk gut genug ist, dann wird das Publikum die Sprache des Künstlers früher oder später lernen.« Die Arme verschränkt, saß Anna Wilhelm gegenüber und ließ ihn keine Sekunde aus ihren blitzenden Augen. »Deine Sprache ist ja auch keine, die jeder sofort versteht oder bereit ist zu verstehen.«

»Warum bist du denn so gereizt?«

»Das fragst du noch?«

»Weil ich anderer Meinung bin?«

»Nein, weil du deine Idee von einem besseren Leben höher stellst als die Kunst.«

»Mit dem Kaiser in einen Topf geworfen zu werden ist aber auch nicht gerade freundlich«, entgegnete Wilhelm. »Schau mich doch an. Sehe ich aus wie einer, der strammstehend salutieren könnte.«

»Ach, darum geht es doch gar nicht«, wischte sie seinen Einwand beiseite.

»Was ist denn so schlimm daran, von einem besseren Leben zu träumen?«

»Nichts natürlich. Es ist nur schlimm, diese Träume als Maßstab für die Beurteilung von Kunst zu verwenden.«

»Ich dachte immer, du wärst von der Idee, hier ein Leben im Einklang mit der Natur zu führen, genauso begeistert wie ich.«

»Das bin ich doch auch«, erwiderte sie. »Das eine hat mit dem anderen nur nichts zu tun.«

Für einen kurzen Moment war es ganz still am Tisch, nur das Vogelgezwitscher war zu hören, das sich wie ein feiner Teppich über ganz Grieben gelegt hatte.

»Vielleicht entsteht aus beidem zusammen ja das perfekte Werk«, sagte Wilhelm schließlich.

Anna sah ihn misstrauisch an. Mit diesem schnellen Einlenken hatte sie nicht gerechnet, aber in seinem Gesicht war kein Anflug von Spott oder Ironie zu erkennen. Ernst sah er aus, als hätte er sich weit vorgewagt, und zum ersten Mal hatte sie das Gefühl, dass er sie wirklich sah. Und trotzdem zögerte sie. Vielleicht hatte er einfach nur genug von dem Streit mit ihr? Aber hatte er nicht gesagt, dass sie beide gemeinsam etwas gestalten könnten? So etwas sagt man nicht, nur weil man seine Ruhe will. Und Wilhelm schon gar nicht, dachte sie. Wilhelm will vieles, doch sicherlich nicht seine Ruhe um den Preis, sich zu verleugnen.

»Vielleicht«, sagte sie schließlich zaghaft, »vielleicht können wir ja gemeinsam etwas Besonderes erschaffen.«

»Das perfekte Werk.« Stanislaus grinste. »Was für eine hehre Vorstellung. Würdet ihr mich dann bitte einladen, wenn es so weit ist?«

»Pst. Du störst gerade, merkst du das denn nicht?«, flüsterte Ida und zeigte mit dem Kopf auf Wilhelm, der in diesem Augenblick nach Annas Hand griff, während er sie schüchtern anblickte, und sie sein Lächeln mit einem Zucken um die Mundwinkel erwiderte. Während die beiden nur noch Augen für sich zu haben schienen, gab Ida Stanislaus ein Zeichen, ihr die wenigen Schritte bis zum Bodden zu folgen. »Entschuldige bitte, aber ich muss es noch einmal hören«, sagte sie mit Nachdruck in der Stimme. »Bist du wirklich der Meinung, dass ich dieses Bild nach Stralsund geben soll?«

»Ganz sicher.«

»Und du findest es nicht zu gewagt? Wir sind hier schließlich nicht in Berlin. Wilhelms Einwand scheint mir jedenfalls nicht aus der Luft gegriffen zu sein.«
»Ehrlich gesagt staune ich selber, dass ausgerechnet von Wilhelm diese Bedenken kamen.« Stanislaus lehnte mit verschränkten Armen an einem Baum und blickte nachdenklich auf das plätschernde Wasser, das unmittelbar vor ihm gegen den Grassaum schwappte. »Aber du musst etwas wagen, wenn du echte Anerkennung finden willst und nicht nur gelangweilte Zustimmung.«
Idas Atem ging schnell, während sie unruhig von einem Bein auf das andere trat. Was hatte sie schon zu verlieren? Sie wusste ohnehin nicht, wie ihr Leben nach diesem Sommer weitergehen sollte. »Du hast recht. Es ist mein bestes Bild, und ich werde es zeigen«, sagte sie entschlossen und sah dabei doch so verunsichert aus, als müsste sie sich erst selbst noch davon überzeugen.

27

Nichts hatte sich verändert. Einfach nichts. Ida saß auf einem der Poller am Stralsunder Hafen und staunte. Noch immer standen die Schuppen dort, wo sie auch schon vor zwei Jahren gestanden hatten, noch immer stapelten sich die Fässer vor den Kähnen, und noch immer strömten die Arbeiter zielstrebig Richtung Seemannsheim. Sofort, mit ihrem ersten Schritt vom Schiff auf den Anleger, hatte sie gespürt, wie vertraut ihr alles war. Die Menschen mit ihren kantigen Gesichtern, die lauten

Zurufe quer über den Hafen, das Rumpeln des Fährdampfers beim An- und Ablegen. Es war, als hätte sie Stralsund nie verlassen, und doch fühlte sie sich seltsam fremd hier. Als sie vor sechs Wochen von Berlin nach Hiddensee aufgebrochen war, hatte sie ihr Weg schon einmal über Stralsund geführt. Damals hatte sie von alldem nichts sehen wollen. Mit gesenktem Kopf war sie durch die Straßen gegangen, in der Hoffnung, niemand würde sie erkennen. Aber jetzt, da sie offiziell zurückkehrte, jetzt nahm sie sich Zeit, die ersten Eindrücke ihrer Heimatstadt auf sich wirken zu lassen.

Links von ihr setzte sich die ächzende Hafenbahn in Gang, frisch beladen mit Kisten voll Fisch, und stieß eine mächtige Dampfwolke aus. Idas Blick glitt über die Häuserzeile an der Hafenstraße. Wie klein alles war, die Häuser mit ihren Giebeldächern, die Türen, selbst die Fenster wirkten wie zusammengeschrumpft. Vor einer Veranda am Ende der Straße flatterte ein Bettlaken, und ihr war, als trüge der warme Sommerwind den Duft frisch gewaschener Wäsche bis zu ihr in den Hafen, in dem es nach Fisch und Meer roch. Bilder aus ihrer Kindheit tauchten auf, wie sie unbeschwert im Garten spielte und noch nichts ahnte von den Kämpfen, die sie einmal ausfechten würde, und erst recht nichts von der Angst, die sie erzittern lassen würde bei dem Gedanken an ihre ungewisse Zukunft.

Wenn sie nicht weggegangen wäre, schoss es ihr plötzlich durch den Kopf, wenn sie die Ausbildung zu Ende gemacht und jetzt eine Anstellung hätte, vielleicht würde sie sich dann nicht so fremd fühlen, so hinausgeworfen aus der vertrauten Welt.

Ida stand langsam auf und strich ihren Rock zurecht. Ihr blieben noch zwei Stunden, dann musste sie in der Badenstraße beim Kunstverein sein. Anna und Stanislaus, die sie begleitet hatten, waren bereits vorgegangen, aber sie wollte erst so spät wie möglich dort ankommen. Die Vorstellung, dass dort ihr Bild hängen würde, jagte ihr nach wie vor einen Schauer über den Rücken.

Ob ihre Eltern da sein würden? Sie hatte ihnen geschrieben, aber keine Antwort erhalten. Und Balthasar Vogel? Seit ihrer Abreise nach Berlin hatte sie nichts mehr von ihm gehört.

Am Kloster zum Heiligen Geist bog Ida nach rechts. Eng war es hier, viel enger als in ihrer Erinnerung. Stimmen drangen aus den geöffneten Fenstern, das Klappern von Geschirr war zu hören, und der Duft von Sonntagsbraten lag in der Luft. Ida lief mit eiligen Schritten durch die Straße, die immer schmaler zu werden schien, je schneller sie ging.

Als sie den Neuen Markt erreichte, atmete sie erleichtert auf. Doch noch ehe sie Zeit fand, sich in Ruhe auf dem großen Platz umzusehen, öffnete sich die Tür der Marienkirche, und zahlreiche Gottesdienstbesucher strömten ihr entgegen. Kinder in ihrer ganzen Sonntagspracht rannten quer über den Platz, Paare schritten stumm nebeneinander her, und eine Gruppe älterer Damen unterhielt sich angeregt. Ida wollte gerade weitergehen, da standen sie plötzlich vor ihr, zwei ehemalige Klassenkameradinnen, deren Namen ihr entfallen waren, und starrten sie an, als wäre sie geradewegs einer Jauchegrube entstiegen. Wie Nadelstiche trafen sie ihre Blicke, und Ida überlegte kurz, ob sie nicht doch einfach ihren Weg fortsetzen sollte, aber sie grüßte und tat so, als würde sie ihren Abscheu nicht bemerken.

»Ach, das Fräulein Grotjahn lässt sich auch mal wieder sehen«, sagte eine der beiden und lächelte ihrer Freundin zu. »So ganz allein hier?«

Ida nickte. »Ich schaue mich nur mal ein bisschen um. Aber es scheint sich ja nichts verändert zu haben.«
»Dass du dich überhaupt noch hierher traust.« Die beiden schüttelten angewidert die Köpfe, als hätte Ida die größte aller Sünden begangen.
Aber auch diesmal tat Ida so, als sähe sie ihren Abscheu nicht. »Wieso?«, fragte sie unbekümmert. »Ist das hier etwa eine verbotene Zone?«
»Das fragst du noch? Nach allem, was passiert ist!«
»Was ist denn passiert?«, fragte Ida gelassen und beobachtete mit einem Schmunzeln, wie aufgebracht die beiden waren.
»Schon vergessen? Du bist von einem Tag auf den anderen einfach verschwunden. Das arme Fräulein Stolz. Es war völlig fertig mit den Nerven.«
»Das Fräulein Stolz hat gelitten, weil ich nicht mehr gekommen bin? Um ehrlich zu sein, dachte ich immer, sie wäre froh, mich endlich los zu sein. Ich war ja wahrlich keine große Bereicherung für ihren Unterricht.«
»Das kann man wohl sagen.« Die beiden nickten eifrig. »Aber du scheinst vergessen zu haben, dass dein Vater ihr seinen Anwalt auf den Hals gehetzt und das ganze Geld zurückgefordert hat, das er in deine Ausbildung investiert hatte.«
»Mein Vater?« Ida war jetzt doch erstaunt. »Mein Vater hat das Geld …« Sie hielt inne und sah die beiden ungläubig an. »Da denkt ihr euch aber gerade ein schönes Märchen aus.«
»Sag bloß, du wusstest davon nichts. Jeder hier in Stralsund weiß davon, nur du nicht? Das kannst du deiner Großmutter erzählen.«
»Mein Vater gegen Fräulein Stolz?« Ida lachte. »Entschuldigt bitte, aber das ist schon eine komische Vorstellung.«

»Du findest das lustig? Tüchtige Lehrer mussten deinetwegen entlassen werden, unser Unterricht ist ausgefallen, und letztendlich wurde die Schulgebühr erhöht. Und das alles nur, weil du einfach abgehauen bist.«

Der Brief, dachte Ida. Der Brief, den sie von ihrem Vater erhalten und den sie ungeöffnet zwischen ihre Wäsche gelegt hatte. Vielleicht hatte ja darin etwas davon gestanden. Sie hatte ihn nie gelesen. Aber hätte nicht ihre Mutter etwas erwähnt? Sie hatte Mühe, den beiden zu glauben, doch sie wirkten so außer sich, so wütend, dass mehr dahinterstecken musste als nur die Tatsache, dass sie sich noch nie hatten leiden können. »Und mein Vater hat das Geld zurückbekommen?«, fragte sie vorsichtig.

»Dein Vater hat den Prozess gewonnen und nicht nur das Geld bekommen, das er bereits gezahlt hatte, sondern zusätzlich auch noch eine Entschädigung. Wegen Vertragsbruch«, schimpfte die eine der Freundinnen, während die andere unermüdlich den Kopf schüttelte, als könnte sie es noch immer nicht fassen, welche Ungerechtigkeit ihr damals widerfahren war. »Vertragsbruch«, wiederholte sie verärgert. »Das muss man sich mal vorstellen. Da kann man dem Fräulein Tochter keinen Anstand vermitteln, und dann zieht man einfach andere dafür zur Rechenschaft.«

»Wenn das wirklich stimmt«, sagte Ida, »dann …«

»Du glaubst uns nicht? Dann frag doch mal deinen werten Herrn Vater. Ihr hattet wohl schon lange keinen Kontakt mehr.«

»Wundert dich das?«, fragte die andere. »Stell dir mal vor, du hättest dich einfach so aus dem Staub gemacht. Dein Vater würde doch nicht einmal mehr deinen Namen kennen.«

»Er hätte längst vergessen, dass er noch eine Tochter hat, und würde sich einen Dreck drum scheren, was aus mir wird. Selbst wenn ich nichts mehr zu essen hätte und kein Dach über dem Kopf, wenn ich ihn anbetteln würde, mir doch aus meinem Elend zu helfen, er würde mir niemals mehr seine Hand reichen«, sagte sie und lachte.
»Ich habe gehört, du besuchst in Berlin die Frauenmalschule«, wechselte die andere abrupt das Thema, nachdem sie ihrer Freundin eifrig beigepflichtet hatte.
Ida nickte nur, während sie in Gedanken bei ihrem Vater war. Vielleicht hatte er diesen Prozess nur für sie angestrengt, dachte sie für einen kurzen Moment. Vielleicht hatte er doch an sie und ihr Talent geglaubt und wollte mit diesem Geld ihre Kunstausbildung finanzieren? Aber hätte er dann nicht mehr als nur einen einzigen Brief geschrieben?
»Frauenmalschule«, wiederholte die andere verächtlich. »Und dafür dieser ganze Zirkus.«
»Es ging übrigens wie ein Lauffeuer herum, dass Dr. Maier sich hat überreden lassen, ein Bild von dir in seiner jährlichen Ausstellung zu zeigen. Ich möchte bloß mal wissen, wer da seine Finger im Spiel hatte. Aber ich sag dir eins, Ida, du musst nicht glauben, dass wir dich mit offenen Armen empfangen, nur weil du hier anscheinend ein paar Fürsprecher hast.«
»Es ist schändlich, einfach so abzuhauen und seiner Verantwortung nicht nachzukommen«, sagte die andere. »Wirklich schändlich. Wenn du wenigstens zu deinen Fehlern stehen würdest. Aber du tust ja so, als wüsstest du von alldem nichts. Du solltest dich wirklich schämen. Komm, Viktoria, wir gehen.«
»Ja, wir gehen«, sagte sie in eisigem Ton. »Dann bis später, Ida. Ich bin wirklich schon sehr gespannt darauf, was du

uns zeigen wirst. Ich hoffe nur für dich, dass sich dieser ganze Ärger gelohnt hat.«

Ida sah den beiden hinterher, wie sie noch immer schimpfend in der Tribseer Straße verschwanden. Wenn das wirklich stimmte, warum nur hatte ihr niemand etwas davon erzählt? Wenigstens Lilla hätte ihr doch etwas sagen können? In Gedanken versunken ging sie über den jetzt wie leergefegt wirkenden Platz Richtung Mönchstraße. Was hatte sich ihr Vater bloß dabei gedacht? Eine Klage gegen das Fräulein Stolz! Sie konnte sich ein Schmunzeln nicht verkneifen. Er muss noch wütender auf sie gewesen sein, als sie geglaubt hatte.

28

Pfui, und noch mal pfui!« Pikiert über das, was sie sah, wandte sich eine Dame ihrem Mann zu. »Wie hässlich.« Sie schüttelte sich angewidert. »Und das soll die neue Kunst sein, die sie jetzt in Berlin zeigen?«

»Du hast ihn doch gehört, den Dr. Maier, in seiner Eröffnungsrede«, erwiderte ihr Mann, der im Frack gekommen war. »Die Künstler suchen angeblich das Wesentliche und verabscheuen das Große.« Er lachte hämisch. »Wie recht er hat. Groß ist das wahrlich nicht. Nichts als Armeleutemalerei wird einem da vorgesetzt. Und dafür opfere ich meinen Sonntag.«

»Wo sind denn die großen Themen geblieben?«, rief ein anderer Besucher empört aus, als er vor einem Bild stand, das nichts weiter als zwei Kinder beim Spielen in einem Hinterhof zeigte. »Das ist doch Kunst aus der Gosse für die Gosse. Was hat sich der Dr. Maier denn dabei gedacht, uns mit derartig hingeschmierter Sudelkunst zu belästigen? Erinnern Sie sich noch an die Ausstellung im vergangenen Jahr?« Er drehte sich zu einer Besucherin um, die einen überdimensional großen bordeauxfarbenen Hut trug. »Da hatte man gesehen, was wahres Können ist. Wenn eine Dame abgebildet war, dann sah man auch eine Dame in ihrer ganzen Schönheit, da hatte jeder Pinselstrich gestimmt und jedes Detail gesessen, aber das hier, das ist doch …« Er ging mit einem angewiderten Gesichtsausdruck zum nächsten Bild weiter. »Das ist doch eine scheußliche Schmiererei.«

In dem kleinen Raum herrschte dichtes Gedränge. Jährlich fand dort die Stralsunder Kunstausstellung statt, und wenn Dr. Maier rief, der umtriebige Kurator und Leiter des Provinzialmuseums, ließ sich kein Stralsunder, der etwas auf sich hielt, dieses Ereignis entgehen. Kanapees wurden gereicht, Champagner getrunken, und die Stralsunder Fabrikanten, Unternehmer und Großhändler gefielen sich an so einem Tag in der Rolle des bildungsbeflissenen Bürgers, auch wenn bei ihnen zu Hause allenfalls eine Kopie eines Schlachtbildes aus dem Deutsch-Französischen Krieg hing.

»Einblicke in die neue Berliner Kunst« hieß die Ausstellung und wurde in der Zeitung bereits skeptisch als eine Schau von »zweifelhaftem Können« angekündigt, was die meisten Besucher nur allzu bereitwillig bestätigten. Noch nicht einmal die ausgestellten Landschaftsbilder fanden wohlwollende Zustimmung, ganz zu schweigen von den in düsteren Farben gemalten Bildern von Arbeitern und deren Familien. Und mittendrin hing Idas nacktes Selbstporträt, das sogar zwischen dieser modernen Malerei wie ein Fremdkörper wirkte.

Dr. Maier, umringt von empörten Besuchern, die ihn mit Fragen bedrängten, ließ auf seinem Gesicht keine Empfindung erkennen. Geduldig verteidigte er die Werke, die mal als »Larifari-Malerei« betitelt wurden, dann wieder als »Latrinen-Kunst« oder von weniger wortgewandten Besuchern einfach nur als »Schmiererei«.

»Fräulein Grotjahn?«, rief er erleichtert, als er Ida im Gewühl entdeckte. »Wie schön, dass Sie es einrichten konnten, persönlich vorbeizukommen«, sagte er und reichte ihr die Hand.

»Dr. Maier?«

»Erinnern Sie sich nicht? Wir sind uns bei Balthasar Vogel früher ein paarmal begegnet. Sie waren so jung und so wissbegierig.«

»Doch, natürlich.« Ein Lächeln huschte über ihr Gesicht.

»Und wie gefällt Ihnen die Ausstellung? Sind Sie zufrieden mit Ihrer Hängung?«

»Ich konnte ehrlich gesagt noch nicht viel sehen«, rief sie ihm gegen den Lärm der umstehenden Menschenmenge zu. »Aber was ich so höre, scheint es doch kritische Meinungen zu den Bildern zu geben.«

»Ach, Fräulein Grotjahn«, er winkte ab, »machen Sie sich darüber mal keine Gedanken. Heute zerreißen sich die Leute noch das Maul, und morgen können sie nicht genug davon bekommen. So ist es doch mit allem. Gib ihnen etwas Neues, und sie wenden sich angewidert ab, mach aus dem Neuen eine Sensation, und sie reißen sie dir aus der Hand. Sie werden schon noch sehen.«

»Ich hoffe sehr, dass Sie recht behalten. Momentan habe ich jedenfalls den Eindruck, mehr in der Höhle des Löwen zu sein als in einer Kunstausstellung«, sagte Ida und lachte, auch wenn ihr nicht wirklich danach zumute war.

»Diese Energie, die sich hier entlädt, ist doch phantastisch«, erwiderte er begeistert. »Ich freue mich jedenfalls, Ihr Bild, das mir im Übrigen ausgesprochen gut gefällt, hier ausstellen zu dürfen.«
»Vielen Dank.« Ida blickte verlegen zu Boden. »Da scheinen Sie eine echte Ausnahme darzustellen.«
»Vergessen Sie nicht, ich bin der Einzige hier, der zu beurteilen weiß, was er sieht«, sagte er, ohne eine Miene zu verziehen. »Übrigens, als mir Ihr Freund, wie hieß er doch gleich, Stani…?«
»Stanislaus Tyskiewicz?«
»Genau, Stanislaus. Als er mir sein Anliegen vorgetragen hatte, war ich sofort Feuer und Flamme. Eine Stralsunderin zurück in der Heimat. Das ist doch eine schöne Geschichte. Im Übrigen wusste ich schon damals in Vogels Atelier, dass aus Ihnen etwas werden würde. Sie waren so ehrgeizig, ganz anders als die anderen jungen Frauen, die zum bloßen Zeitvertreib malen. Entschuldigen Sie bitte, wenn ich das sage, aber ich halte nicht viel von diesen Heimkünstlerinnen. Das ist nur Zeitverschwendung. Bei Ihnen sieht man hingegen, dass Sie mehr wollen als nur den schönen Schein.«
Ida wusste gar nicht, was sie sagen sollte. An Lob aus fremdem Mund war sie nicht gewöhnt, zumal um sie herum die Schimpfwörter im Sekundentakt fielen. »Sie ahnen ja gar nicht, wie gut mir Ihr Zuspruch tut, Herr Dr. Maier«, erwiderte sie schließlich so leise, dass ihre Worte im Stimmengewirr der Ausstellungsbesucher untergingen.
»Bleiben Sie dran, Fräulein Grotjahn. Für eine Frau haben Sie bereits enorm viel Kraft in Ihrer Malerei. Und jetzt entschuldigen Sie mich bitte, ich muss noch etwas Überzeugungsarbeit leisten.« Kaum hatte er sich umgedreht, schar-

te sich wieder eine Traube aufgebrachter Besucher um ihn, die an seinen Lippen hingen wie Fliegen in einem Spinnennetz.

Hatte sie gerade geträumt? Am liebsten hätte sie sich wie nach dem Aufwachen die Augen gerieben, um ganz allmählich in der Wirklichkeit anzukommen, aber die Stralsunder waren unerbittlich und schoben sie weiter, mitten hinein in die Empörung, direkt vor ihr Bild.

»Schrecklich, was die Großstadt aus einem jungen, unschuldigen Mädchen machen kann«, hörte sie eine ältere Dame schimpfen. »Es ist gerade mal drei Jahre her, da habe ich mir noch ein Porträt von ihr malen lassen. Es hängt heute noch in unserem Wohnzimmer. Ein herrliches Bild, mit ganz feinen, klaren Zügen. Und jetzt das!« Die Besucherin blickte fassungslos auf Idas Selbstporträt. »Nackt. Splitterfasernackt kommt sie in ihre Heimatstadt zurück. Aber ich hatte es damals ja gleich gesagt, man hätte sie zurückholen müssen und in ihre Schranken weisen. Dass der alte Grotjahn sie einfach so hat gehen lassen. Der bekommt einen Herzanfall, wenn er das sieht.«

»Eine Schande ist das«, pflichtete ihr eine andere Besucherin bei. »Wie habe ich noch ihr Talent gerühmt, damals auf der Hochzeit ihrer älteren Schwester. Verteidigt habe ich sie vor ihrem Vater, der nichts übrig hatte für ihr Talent. Und jetzt diese widerliche Pinselei.«

»Ist sie das?« Eine andere Dame zeigte auf Ida, die eingekeilt zwischen Besuchern sich vergeblich mühte, dem Pulk zu entwischen. »Wie sie sich verändert hat«, flüsterte sie ihrer Nachbarin zu. »Siehst du den Lippenstift? Dieses Rot, das trägt man nur in gewissen Straßen in Berlin. Und die Haare nicht hochgesteckt und kein Hut auf dem Kopf. So sieht doch keine Dame aus.« Dann wandte sie sich unvermittelt an Ida. »Fräulein Grotjahn«, fragte sie spitz, »denken Sie, dass das Kunst ist, was Sie machen?«

Ida wäre am liebsten auf der Stelle im Erdboden versunken. Wo waren nur Anna und Stanislaus? Ohne Hilfe sah sie sich nicht in der Lage, dem Ansturm zu entkommen. Nachdem sie erkannt worden war, drängten immer mehr Menschen in ihre Richtung, und auf fast allen Gesichtern war der gleiche Widerwille zu entdecken. Wie umzingelt fühlte sie sich von diesen fratzengleichen Gesichtern, die jetzt unrhythmisch vor ihren Augen zu tanzen schienen, als wollten sie sie gleich mit Haut und Haaren verschlingen. Ida wich einen Schritt zurück, aber sie kam nicht weit, direkt hinter ihr war die Wand.

»Fräulein Grotjahn, möchten Sie auf meine Frage nicht antworten?«

»Ob ich denke, dass das Kunst ist?«, fragte Ida verunsichert.

»Ganz genau.«

»Das würde ich auch gerne wissen«, ging ein Besucher energisch dazwischen. »Das ist doch abstoßend, was Sie hier zusammengepinselt haben.«

Noch ehe Ida etwas erwidern konnte, drängte sich ein Herr mit Zylinder nach vorne und baute sich direkt vor ihr auf. »Fräulein Grotjahn, ist Ihnen eigentlich bewusst, welch Ungeheuerlichkeit Sie uns heute hier zumuten, Sie und Ihre Freunde?«, fragte er mit der Stimme eines Richters. »Wie konnten Sie nur annehmen, dass Sie in den Niederungen des menschlichen Daseins große Kunst finden würden? Ich halte ja große Stücke auf unseren Herrn Dr. Maier«, fuhr er ansatzlos fort, ohne Ida eine Gelegenheit zu geben, sich zu verteidigen. »Sein Verdienst um den Hiddenseer Goldschatz ist nicht hoch genug einzuschätzen. Und ich denke, wir hier sind uns alle einig, dass, wenn wir ihn nicht hätten, unsere Stadt um ein Vielfaches ärmer wäre. Aber das hier.« Er zeigte mit dem Finger auf Idas Bild. »Das hier ist eine Frechheit. Ich sage nur mit unserem großen Richard Wagner: ›Ehrt eure deutschen Meister, dann bannt ihr gute Geister!‹«

Ein Sturm der Begeisterung brandete auf.

»Richtig. Meisterschaft wollen wir sehen und nicht diese Stümperei«, schallte es aus einer Ecke.

»Verklagen sollte man Sie. Auf Schmerzensgeld. Wie das Ihr sauberer Herr Vater mit dem armen Fräulein Stolz gemacht hat«, erregte sich ein anderer.

»Liederliche Rinnsteinkunst«, schimpfte eine vornehme Dame.

Ida blickte in die aufgebrachten Gesichter und wusste nicht, ob sie lachen oder weinen sollte. Es war absurd. Da stand die Stralsunder Gesellschaft vor ihr und beschimpfte sie wie eine Verbrecherin, dabei hatte sie doch nur ein Bild gemalt. Ein einziges Bild, das sie hier zum ersten Mal ausstellte und das Dr. Maier gefiel. Ida nahm ihren ganzen Mut zusammen und sagte mit fester Stimme: »Ich denke, dass es wichtig ist, einen neuen Blick auf uns und die Welt zu wagen, in der wir leben. Die Malerei, die Sie hier sehen, muss Ihnen nicht gefallen, aber wenn sie etwas in Ihnen bewirkt, dann halte ich sie für Kunst. Und wie ich Ihren erregten Äußerungen entnehmen kann, bewegt sie einiges in Ihnen. Also denke ich, dass es gute Kunst ist.« Idas Atem ging schnell. Woher hatte sie nur diese klaren Worte genommen? Erschrocken über sich selbst, presste sie sich gegen die Wand, als würde sie hoffen, dort doch noch ein Schlupfloch zu finden.

»Was für eine Unverfrorenheit. Uns vorschreiben zu wollen, was wir für Kunst halten sollen.« Der Mann mit dem Zylinder stemmte seine Hände in die Hüften und musterte Ida abschätzig. »Sie scheinen nicht zu wissen, wo Ihr Platz ist, mein Fräulein.«

»Mein Kompliment, Fräulein Grotjahn. Ich hätte nicht gedacht, dass Sie einmal so gut werden würden.«

Ein Raunen ging durch die Menge. Köpfe wurden gereckt und gewendet auf der Suche nach einem Gesicht zu dieser ihrer Ansicht nach ungeheuerlichen Meinung.

»Was erlauben Sie sich?« Die Augen des Zylindermannes funkelten, als wäre er gerade zutiefst beleidigt worden.

»Ich sage nur, was ich denke«, erklärte Balthasar Vogel und zwinkerte Ida aufmunternd zu. »Lassen Sie sich nicht einschüchtern. Sie machen das sehr gut.«

Ida atmete erleichtert auf. Endlich sprang ihr jemand zur Seite. Dass es ausgerechnet Balthasar Vogel sein würde, damit hatte sie nicht gerechnet, schließlich hatte er ihr stets das Gefühl gegeben, ihre monatlichen Zahlungen mehr zu schätzen als die Bilder, die sie malte. »Danke, Herr Vogel. Was für eine schöne Überraschung«, sagte sie und bahnte sich einen Weg zu ihm.

»Ist Ihnen eigentlich bewusst, dass dieser Herr hier uns gerade aufs gröbste diffamiert hat?«, rief der Zylindermann erbost in die Menge und baute sich jetzt breitbeinig vor Balthasar Vogel auf, als wäre er bereit, mit allen Mitteln für seine Ehre zu kämpfen. Doch seine Mitstreiter verloren langsam die Lust an der Auseinandersetzung. Etwas von Unverschämtheit und Impertinenz murmelnd, wandten sie sich allmählich von Ida und Balthasar Vogel ab und den frisch angerichteten Kanapees zu, die gerade ein Ober an ihnen vorbeitrug.

Balthasar Vogel blickte dem Mann geradewegs ins Gesicht. »Und was wollen Sie jetzt tun?«
»Sie wissen wohl nicht, wen Sie vor sich haben?«
Balthasar Vogel sah ihn fragend an.
»Mein Name ist Dr. Ivan Gabo«, sagte er mit einer Stimme, als wüsste jeder diesen Namen sofort zuzuordnen.
»Guten Tag, Herr Dr. Gabo.« Balthasar Vogel deutete eine Verbeugung an.
»Ich bin der Direktor der Spielkartenfabrik«, platzte es aus ihm heraus.
»Ah.« Balthasar Vogel nickte. »Wenn das so ist, sollten Sie doch eigentlich etwas mehr Sinn für Wagemut haben.«
»Das wird noch ein Nachspiel haben, das verspreche ich Ihnen«, schnaubte der Mann. »Und Ihnen, Fräulein Grotjahn, wünsche ich, dass Ihnen Ihr werter Herr Vater, der ja sonst auch nicht gerade zimperlich ist, den rechten Weg weisen wird. Es ist eine Frechheit, was Sie sich herausnehmen.«
Balthasar Vogels spitznasiges Gesicht zeigte keine Regung. »Ihnen dann auch noch einen schönen Tag«, sagte er und wandte sich Ida zu, die sich die ganze Zeit über bemüht hatte, standhaft zu bleiben, jetzt aber doch derart zitterte, dass sie unwillkürlich nach Balthasar Vogels Arm griff, um sich an ihm festzuhalten.
»Ich glaube, es war keine gute Idee, ausgerechnet mit diesem Bild nach Stralsund zurückzukommen«, sagte Ida, als sie für einen Moment mit Balthasar Vogel alleine war.
»Das sehe ich anders, Fräulein Grotjahn.« Er schnappte sich ein Glas Champagner und trank es in einem Zug aus. »Sie haben damit Mut bewiesen, Sie stellen sich und ducken sich nicht. Glauben Sie mir, nichts ist wichtiger in der

Kunst, als etwas zu wagen. Wer wüsste das besser als ich.«

»Aber diese Anfeindungen.« Bei dem Gedanken an die kalten, hasserfüllten Gesichter fing Ida erneut an zu zittern.

»Aber, aber, Fräulein Grotjahn, Sie werden doch nichts auf diese Menschen geben? Allesamt Ignoranten. Mir gefällt ganz gut, was Sie da gemalt haben«, sagte er und nahm sich das nächste Glas Champagner. »Gut, die Farben hätten für meinen Geschmack durchaus mehr Strahlkraft vertragen können, und Ihre Malerei ist ja schon sehr einfach, ich meine, da ist jetzt keine große, wie soll ich sagen, Könnerschaft zu erkennen.« Er zuckte mit den Schultern. »Aber ich halte Ihnen mal zugute, dass das so gewollt ist. Doch, doch«, er trat einen Schritt zurück und musterte erneut Idas Bild, »für eine Frau, doch, das lasse ich gelten. Meinen Respekt, Fräulein Grotjahn. Mal sehen, was mein Freund Herbert Klausen dazu sagen wird. Sie erinnern sich noch an ihn?«

»Selbstverständlich«, brachte Ida mühsam hervor und wäre vor Schreck beinahe gegen den gerade heraneilenden Ober getaumelt, der kaum hinterherkam, die Gäste mit Champagner zu versorgen.

»Hier, trinken Sie.« Balthasar Vogel drückte ihr ein Glas in die Hand. »Das bringt wieder Farbe in Ihr Gesicht.«

»Herbert Klausen ist in Stralsund?«, fragte Ida.

»Ich rechne jeden Tag mit ihm. Eigentlich wollte er schon längst auf Hiddensee sein. Aber seine Frau«, sagte er nachdenklich. »Wie er das nur immer schafft.«

»Seine Frau«, murmelte Ida.

»Ja, sie soll wieder einen Schub bekommen haben oder wie man das nennt. Jedenfalls geht es ihr schlecht.«

Ida nickte. »Kann sie in diesem Zustand denn überhaupt mit nach Hiddensee?«

»Da fragen Sie mich zu viel, Fräulein Grotjahn«, antwortete Balthasar Vogel mit bekümmerter Miene. »Herbert spricht nicht gerne darüber, und ich frage ihn nicht. Aber lassen Sie uns von etwas Erfreulicherem reden. Bei wem haben Sie in Berlin Unterricht genommen?«

»Bei Prof. Steckel habe ich einen Kurs ...«, begann sie gerade zu erzählen, als sie von Anna unterbrochen wurde.

»Hier steckst du!« Anna drängte sich durch eine Besuchergruppe zu ihnen vor. »Ich hab mir schon Sorgen gemacht, aber wie ich sehe, bist du der Meute noch einmal entkommen«, sagte sie und warf Balthasar Vogel eine Kusshand zu. »Dass es dich auch noch gibt. Ich dachte, du wärst irgendwo in Italien verschollen. In Berlin hört und sieht man nichts mehr von dir.«

»Anna, Liebes, du weißt doch, nirgendwo ist es schöner als zu Hause.«

»Aber natürlich.« Anna verdrehte die Augen. »Ida, kommst du? Stanislaus ist mit ein paar anderen Künstlern schon vor in den Bräukeller gegangen. Und wenn du mich fragst, sollten wir schleunigst hinterher. Mein Magen jedenfalls kreischt bereits nach fetten Bratkartoffeln und saftigem Hering.«

»Essen?«, fragte Ida entsetzt. »Jetzt? Allein beim Gedanken daran wird mir schon schlecht.«

»Keine Widerrede. Du kannst jetzt eine Stärkung gut vertragen. Vergiss nicht, dass wir heute schon vor Tau und Tag gefrühstückt haben.«

»Aber ich kann hier doch nicht weg.«

»Und warum nicht? Hast du Angst, jemand könnte dein Bild klauen?« Anna lachte. »Entschuldige bitte, aber ich denke, da kann ich dich beruhigen.«

»Du bist eine wahre Freundin, herzlichen Dank.« Ida verschränkte die Arme vor der Brust. »Nein, ich frage mich, ob vielleicht nicht wenigstens Lilla noch kommt«, sagte sie und blickte sich suchend um. »Und wenn ich dann nicht da bin …« Sie stockte. »Ich kann doch nicht nach Stralsund kommen und meine Familie nicht sehen.«

»Und wenn du sie einfach später besuchst?«

Ida stöhnte. »Am liebsten würde ich jetzt in den nächsten Zug steigen und fahren, einfach nur fahren. Bis es nicht mehr weitergeht.«

»Ach, das kenne ich«, sagte Anna und hakte sich bei Ida unter. »Glaub mir, eine warme Mahlzeit wird dir guttun, und danach siehst du weiter.«

Ida wiegte unentschlossen den Kopf, bevor sie erneut ihr Bild musterte. Eigentlich erstaunlich, dachte sie, dass es noch nicht vom Nagel gefallen ist. Und dass die Ölfarbe vor lauter Kummer nicht von der Leinwand tropft. Mit welcher Selbstverständlichkeit es noch immer dort hängt und den bösen Blicken trotzt.

Sie atmete tief durch. »Gut«, sagte sie, »dann lass uns gehen.«

29

»Dass ich das noch erleben muss.« Oskar Grotjahn pfefferte das *Stralsunder Tageblatt* auf den Tisch und verschränkte die Arme vor der Brust. »Wie kann dieser Schreiberling es nur wagen, meinen Namen derart in den Dreck zu ziehen. Abgerackert habe ich mich für diese

Stadt, und das soll der Dank dafür sein? ›Einen weiteren Mosaikstein im Bild des untergehenden Hauses Grotjahn‹«, zitierte er aus dem Kopf. »Untergehendes Haus! Herrgott noch mal. Was weiß dieser elende Holzkopf denn schon.« Oskar Grotjahn stand abrupt auf und ging mit forschen Schritten im Salon auf und ab. »Wenn der mir unter die Finger kommt, dann gnade ihm Gott«, brummte er, bevor er erneut die Zeitung zur Hand nahm und mit bebender Stimme las: »›Ida Grotjahn, Tochter des Stralsunder Pianofortefabrikanten Oskar Grotjahn, erweist sich als Meisterin des Dilettantismus. Diese widerliche, jeglichen Kunstkriterien spottende Aktmalerei verhöhnt den Kenner in seinem Bemühen, wahre Könnerschaft anzuerkennen. Kann das geschulte Auge bei den vorher genannten Künstlern noch den Willen zu Höherem entdecken, beweist das Fräulein Grotjahn mit seiner Arbeit nicht nur, dass Frauen dem Künstlertum ebenso fernstehen wie Männer der täglichen Aufgabe im Haushalt, sondern liefert auch einen weiteren Mosaikstein im Bild des untergehenden Hauses Grotjahn.‹ Und so weiter und so weiter. Den Rest erspar ich euch.« Wutschnaubend wischte er die Zeitung vom Tisch und sah erst seine Frau, dann Johanna und Lilla mit funkelnden Augen an. »Ich warne euch. Wenn ich eine von euch auch nur in der Nähe der Ausstellungsräume erwische, dann …« Ihm versagte die Stimme. »Es war doch niemand bei der Eröffnung, oder?« Er blickte streng in die Runde. »Lilla?«

»Nein, Vater. Du hattest es mir ja verboten«, antwortete sie leise.

»Und recht damit behalten, wie ihr jetzt erkennen müsst. Ich will niemanden dort sehen, dass das klar ist. Verdammt.« Er schüttelte den Kopf. »Ida ruiniert uns noch.«

»Oskar!« Bertha Grotjahn sah ihn streng an. »Ida kann nichts für diesen Zeitungsartikel. Du solltest dich beim Verleger beschweren.«
»Das werde ich, verlass dich drauf«, sagte er grimmig.
»Habt ihr das gelesen?« Emma platzte in den Salon und schwenkte das *Stralsunder Tageblatt.*
»Setz dich.« Bertha zeigte auf die Zeitung, die zusammengeknüllt auf dem Boden lag. »Wo hast du Paul gelassen?«
»Bei Trude in der Küche«, antwortete sie hastig. »Dass Ida sich nicht schämt, unseren Namen derart in den Schmutz zu ziehen. Da lässt sie sich zwei Jahre nicht blicken, zwei lange Jahre, und dann kommt sie so zurück.«
»Hast du es gesehen?«, fragte Lilla zaghaft.
»Was gesehen?«
»Na, das Bild.«
»Natürlich nicht.« Emma sah ihre jüngste Schwester verwundert an.
»Aber du magst doch das Porträt, das sie euch zur Hochzeit geschenkt hat. Es hängt doch bei euch im Salon.«
»Ja und?«
»Halt dich da raus, Liliana«, herrschte Oskar Grotjahn sie an. »Diese Porträts damals haben uns auch schon Nerven gekostet. Aber was sie sich jetzt erlaubt, das geht entschieden zu weit.«
»Du hast das Bild doch gar nicht gesehen«, sagte Lilla trotzig.
»Soll ich mir etwa die Augen verderben?« Er beugte sich über den Tisch und griff nach einem Stück Hefekuchen, das er, ohne zu kauen, verschlang. »Mir reicht, was ich lese. Verdammt.« Er starrte fassungslos auf seine leere Kaffeetasse. »Wollt ihr mich jetzt auch noch quälen? Einschen-

ken, los«, knurrte er und hielt Johanna mit zittrigen Händen seine Tasse hin.

»Jetzt beruhig dich doch erst einmal.« Bertha nahm seine Tasse und stellte sie wieder vor ihm ab. »Du weißt doch, was der Arzt gesagt hat. Zu viel Kaffee ist nicht gut für dein Herz.«

»Mein Herz«, wiederholte er mürrisch. »Was soll dem denn noch schaden? Es ist doch längst gebrochen.«

Bertha lächelte. »Oskar, sei vernünftig, bitte. Trink von dem Holunderblütentee, den Trude extra für dich gekocht hat.«

»Jaja, ist ja gut.« Er hielt ihr unwillig seine Tasse hin, während er in Gedanken schon wieder bei Ida war. »Es will mir einfach nicht eingehen, warum Ida keinen Anstand hat. Zwei lange Jahre.« Er schüttelte ungläubig den Kopf. »Zwei lange Jahre ohne ein nennenswertes Lebenszeichen. Und plötzlich kommt ein knapper Brief mit einer Ausstellungseinladung in Stralsund. Stralsund«, wiederholte er. »Ihrer Heimatstadt, der Stadt, in der ihre Familie wohnt, aber sie denkt ja gar nicht daran, Wiedergutmachung zu leisten. Dem werten Fräulein hätte es genügt, uns zwischen Kanapees und Champagner zu begrüßen. Begreift sie denn nicht, was ich alles für sie getan habe? Dass ich vor Gericht gegangen bin, um ihre Ehre zu retten? Sei ehrlich, Bertha, fühlst du dich da nicht auch verspottet? Und dann dieser Artikel.«

»Respektlos ist das«, platzte Emma dazwischen. »Nach allem, was sie uns angetan hat.«

»Vielleicht hat sie ja Angst.« Lilla blickte verschüchtert zu ihrem Vater. »Ich hätte das an ihrer Stelle.«

»Ich hab dich nicht nach deiner Meinung gefragt, Liliana«, sagte er streng. »Wir können es uns jedenfalls nicht leisten, dass Ida noch mehr Unheil über uns bringt«, fuhr er fort, ohne Berthas Antwort abzuwarten. »Wo steckt sie zurzeit, wenn sie nicht gerade in Stralsund ist und uns ignoriert?«

»Auf Hiddensee«, antwortete Bertha ruhig.

»Auf Hiddensee? Hiddensee, wenn ich das schon höre. Berlin war ja schon schlimm genug, doch da hätte es wenigstens noch die Möglichkeit gegeben, sie zur Vernunft zu bringen. Aber Hiddensee!« Er stöhnte. »Ich versteh einfach nicht, was sie unter diesen wortkargen Fischern will. Den rechten Weg weisen werden die ihr jedenfalls nicht. Bertha, ich muss etwas unternehmen. Ida darf uns nicht ein drittes Mal blamieren.«

»Ich glaube nicht, dass es ihre Absicht war, uns in ein schlechtes Licht zu rücken«, sagte Bertha.

»Absicht oder nicht, sie tut es jedenfalls, und das zählt. Du siehst doch, wohin das führt, wenn jeder einfach macht, was er gerade will. Oder muss ich euch etwa wieder an euren lieben Freund Fridtjof Markstein erinnern? Nicht, Liliana? Auf mich wolltet ihr ja nicht hören. Dieser Hallodri, hat sich bei uns nur den Bauch vollgeschlagen, und als er satt war, ist er einfach gegangen. Einfach so. Weg war er. Wie der Wind, so schnell konntest du gar nicht gucken, nicht?« Oskar Grotjahn beugte sich zu Lilla, die verlegen zu Boden blickte. »Ich habe viel zu lange die Zügel schleifen lassen.«

»Was willst du denn tun, Oskar? Ida ist volljährig«, gab Bertha zu bedenken.

»Glaubst du, ich hätte nicht mitbekommen, dass du ihr immer wieder heimlich Geld zugesteckt hast? Erst neulich wieder, nicht wahr, Johanna?«

»Es fehlt jedenfalls eine erkleckliche Summe. Wofür das Geld verwendet wurde, kann ich natürlich nicht sagen«, antwortete Johanna und ließ dabei keinerlei Gefühlsregung erkennen. Die Auseinandersetzungen in der Familie langweilten sie noch immer. Ihr einziges Interesse galt gut geführten Büchern und ausgeglichenen Bilanzen, und dank ihres analytischen Geschicks war es ihr im Gegensatz zu Ida gelungen, sich still und leise gegen ihren Vater durchzusetzen, der auch für sie anfangs nichts anderes wollte als eine Hauswirtschaftsausbildung und einen gutsituierten Ehemann. Doch seit knapp einem Jahr, seit dem unerwarteten Schlaganfall von Oskar Grotjahns jüngerem Bruder, dem eigentlichen Geschäftsführer der Fabrik, half sie ihrem Vater bei den Finanzen und hatte sich innerhalb kurzer Zeit unentbehrlich gemacht.

»Da hörst du es, eine erkleckliche Summe. Johanna könnte sicherlich die genauen Zahlen nennen.«

»Eintausendzweihundert Mark im Juli, vierhundert im Dezember letzten Jahres, dreihundertfünfundachtzig im August, sechshundertfünfzig insgesamt im Jahr 1897. Alles in allem ergibt das zweitausendsechshundertfünfunddreißig Mark«, sagte sie, ohne zu zögern.

»Wie bitte?« Emma bekam vor lauter Aufregung kaum Luft. »Du hast sie auch noch für ihre Unverschämtheiten belohnt?«

Bertha Grotjahn schluckte, versuchte aber sich nichts von ihrer Verunsicherung anmerken zu lassen. »Ich habe sie nicht belohnt, Emma. Wie du, wie wir alle habe ich es nie gutgeheißen, dass sie einfach weggegangen ist, ohne ihre Ausbildung zu beenden.«

»Und du hast nichts dagegen unternommen, obwohl du davon gewusst hast?« Emma musterte ihren Vater ungläubig. »Wie konntest du es zulassen, dass Mutter Ida Geld schickt und ihr damit die Erlaubnis gibt, ihr Leben so zu führen, wie sie es für richtig hält?«

»Ich hatte wirklich andere Sorgen, als mich um deine Schwester zu kümmern.« Oskar Grotjahn erhob sich erneut von seinem Stuhl und ging mit ausladenden Schritten direkt auf einen Glasschrank zu, in dem stolz die Firmenchronik drapiert lag. »Außerdem war ich mir immer sicher, dass sie eines Tages doch noch zur Vernunft kommen würde. Aber da habe ich mich wohl geirrt«, sagte er, während er seinen Blick über das Buch gleiten ließ, auf dessen Einband in großen Buchstaben »75 Jahre Pianofortefabrik Grotjahn & Söhne« stand. »Leider habe ich mich geirrt. Aber ab sofort ist Schluss mit diesem Unsinn«, fuhr er energisch fort. »Ich werde es jedenfalls nicht länger dulden, dass du ihr Geld schickst. Und wenn sie dich auf Knien anfleht, sie wird keinen Pfennig mehr von uns bekommen.«

»Ida hat mich nie um Geld gebeten, Oskar«, sagte Bertha leise, aber bestimmt. »Ich habe mir nur Sorgen um sie gemacht, das verstehst du doch?«

Oskar Grotjahns rechte Gesichtshälfte zuckte jetzt derart unkontrolliert, dass dieses Zucken seine ganze Aufmerksamkeit in Anspruch nahm. Verzweifelt rieb er über seine Wange, aber alles Reiben brachte keinen Erfolg. Hastig, als könnte nur frische Luft Erlösung bringen, öffnete er das Fenster zum Garten und schnaufte wie nach einer großen Anstrengung.

»Oskar?« Bertha ging zu ihrem Mann, der keuchend am Fensterrahmen lehnte. »Bereitet dir dein Herz wieder Probleme?«

»Wie kannst du nur fragen?«, stöhnte er. »Ida macht mir wie immer Schwierigkeiten. Und du mit deinen heimlichen Geldgeschenken.«

Bertha sah ihn an und nickte. »Ich weiß, ich hätte mir auch gewünscht, dass es anders gekommen wäre.«

»Es war ein Fehler«, sagte er. »Du hättest sie nicht unterstützen dürfen, und ich hätte deine Zuwendungen nicht dulden sollen.«
»Ich danke dir trotzdem, dass du nichts gesagt hast«, erwiderte sie, und für einen kurzen Augenblick berührten sich ihre Hände.
»Diese schreckliche Ausstellung.« Er schüttelte den Kopf. »Warum tut sie uns das nur an? Ist es denn zu viel verlangt, seinen Pflichten nachzukommen und seine Familie zu respektieren?«
»Für Ida anscheinend schon«, sagte Emma wütend, die es immer noch nicht fassen konnte, dass ihre Schwester finanziell unterstützt worden war. »Und wenn ihr sie schon dafür belohnen musstet, halte ich es für das mindeste, dass ihr mir und auch Johanna und Lilla die gleiche Summe zukommen lasst.«
Johanna lachte laut auf. »Dann würde ich dir mal einen Blick in die Bücher empfehlen.«
Emma verschränkte die Arme vor der Brust. »Ich werde aber nicht tatenlos dabei zusehen, wie mich meine kleine verrückte Schwester um mein Erbe bringt.«
»Emma, bitte.« Bertha sah sie mit funkelnden Augen an. »Niemand bringt dich um dein Erbe, auch Ida nicht.«
»Ach ja. Und diese zweitausend und wie viel Mark, was war das? Wer weiß denn, ob du ihr nicht heimlich noch viel mehr Geld zugesteckt hast?«
»Ruhe jetzt.« Oskar Grotjahn, der sich zwischenzeitlich wieder gesetzt hatte, schlug mit der Faust auf den Tisch.
Aber Emma blieb unbeeindruckt. »Du weißt doch gar nicht, was du tun sollst«, sagte sie grimmig. »Deine liebe kleine Tochter tanzt dir nämlich auf der Nase herum. Und nicht nur dir, uns allen. Oder denkst du, ich werde gerne

angegafft, als wäre ich eine Aussätzige, nur weil du, weil ihr Ida nicht zur Vernunft bringen könnt? Und Paul wird auch darunter leiden müssen, und der kann nun wirklich nichts dafür mit seinen knapp zwei Jahren. Der weiß nämlich gar nicht, dass er noch eine Tante hat.« Emmas Kopf glühte vor Aufregung. »Wenn ihr nichts tut, ich werde jedenfalls nicht dabei zusehen, wie mein Leben hier in Unordnung gerät, nur weil niemand meine rücksichtslose Schwester in ihre Schranken weisen kann.«

»Du sollst ruhig sein, habe ich gesagt. Ich muss nachdenken.«

»Was willst du denn tun?«, fragte Lilla und blickte dabei ihre Schwester verunsichert an.

»Ruhe, verdammt. Das gilt auch für dich, Liliana.« Oskar Grotjahn schrie jetzt seine ganze Wut aus sich heraus. »Noch ein Ton, und keine von euch sollte sich hier je wieder blicken lassen.«

Für einen Moment war es ganz still. Nur Emmas und Oskars erregter Atem wetteiferten miteinander. Bertha, die ratlos ihren Mann dabei beobachtete, wie er sich vergeblich mühte, zur Ruhe zu kommen, steckte mit einer Haarnadel eine Strähne fest, die sich aus ihrem Knoten gelöst hatte, während Lilla, die nicht wusste, auf wessen Seite sie stand, unruhig auf ihrem Stuhl hin und her rutschte. Nur Johanna blickte scheinbar ungerührt aus dem Fenster und sah dabei zu, wie Spatzen und Amseln auf der Suche nach Nahrung durch das frisch gemähte Gras hüpften.

»Vielleicht«, Oskar Grotjahn räusperte sich, »vielleicht hat diese scheußliche Ausstellung ja auch ihr Gutes. Man muss nur dafür sorgen, dass Ida mit allen Mitteln deutlich gemacht wird, dass sie sich auf dem falschen Weg befindet. Ich werde mir nachher diesen Schreiberling vorknöpfen.

Dieser Widerling glaubt wohl, er könnte sich alles erlauben, aber da hat er sich getäuscht, schließlich kenne ich seinen Verleger seit Kindertagen.«

»Und wo soll das hinführen?«, fragte Emma trotzig.

»Das wirst du dann schon sehen«, antwortete ihr Vater barsch. »Und damit eines klar ist, in Zukunft verbitte ich mir diesen Ton. Und überhaupt verbitte ich mir jeglichen Kontakt mit Ida, auch heimliche Geldzahlungen, Bertha. Ich werde Ida so weit bringen, dass sie uns anflehen wird, nach Hause kommen zu dürfen.«

»Was hast du vor?«, fragte Bertha besorgt.

Oskar schüttelte nur den Kopf und legte einen Finger auf den Mund. »Nichts ist wertvoller, als schweigen zu können, und ich bin mir nicht sicher, ob du das kannst.«

»Vergiss nicht, Ida ist deine Tochter«, sagte sie, während sie sich langsam erhob und ihren Mann dabei nicht aus den Augen ließ. Er kam ihr jetzt vor wie ein Fremder, mit seinem kalten Blick, aus dem jede Freude gewichen zu sein schien. »Sie ist deine Tochter«, wiederholte sie. »Tu ihr nicht weh.«

30

Wohin Ida auch blickte, der ganze Himmel schien voller Wolken zu sein, weiße, reine Wolken, die aussahen, als wären sie frisch gewaschen und zum Trocknen auf eine Schnur gespannt und an den Himmel gehängt. Lage um Lage hingen sie über ihr, und sie versuchte die Wolkenreihen zu zählen, die sich bis zum Horizont er-

streckten. Zwölf Reihen, weiter reichte ihr Auge nicht, danach verschwammen die Wolkenhügel zu einem großen Gebirge.
Ida stand am äußersten Ende des Dornbuschs und ließ ihren Blick über das offene Meer schweifen. Zwei Segelboote kreuzten am Horizont, und unweit des Ufers schipperte ein Fischerboot Richtung Rügen. Sie machte einen Schritt nach vorne. Keine Sträucher, keine Büsche, nichts trennte sie jetzt von dem steil abfallenden Hang. Mit zusammengekniffenen Augen folgte sie dem Fischerboot, das langsam hinter der Rügener Küste verschwand. Einfach verschwinden, dachte sie, einfach um die Ecke biegen und unsichtbar werden für alle, die sie kannten. Niemand würde dann wissen, dass ihre Kunst auf Ablehnung gestoßen war und sie nun keinen Plan mehr für ihr Leben hatte, niemand würde ahnen, dass sie eine schlechte Tochter war, die ihrer Familie nur Ärger bereitete und die nicht einmal den Mut aufbrachte, ihre Eltern und Schwestern zu besuchen, und niemand hätte eine Vorstellung davon, wie sehr sie noch immer einer unmöglichen Liebe nachhing ohne Aussicht auf Erfüllung. An einem fernen Ort ganz von vorne anfangen, vielleicht in Paris oder Florenz, vielleicht auch in Rom oder Oslo. Am besten wäre es allerdings, dachte sie, sie würde viel weiter reisen, sie führe mit dem Dampfer über den Ozean bis nach Amerika, nach New York oder Chicago oder in eine der anderen amerikanischen Städte, die so groß und fremd waren, dass sie dort ganz bestimmt neu würde anfangen können.
Neu anfangen. Ida stöhnte. Wie stellte sie sich das denn vor? Schon einmal war sie geflohen, weil sie von einem besseren Leben träumte, weil sie nicht das Leben wollte, das für sie vorgesehen war, weil sie selbstbestimmt sein

wollte, Künstlerin werden, Leinwand um Leinwand füllen, bis sie so gut sein würde, dass sich die Menschen für ihre Sicht auf die Welt begeistern würden. Und was war daraus geworden? Ihr war, als hätte sie alles verloren, als wäre nichts von ihr übrig geblieben. Wenn sie noch einmal abhauen würde, dachte sie, dann würde sie abhauen ganz ohne Träume. Einfach weggehen ohne die Idee von einem besseren Leben. Ida schüttelte den Kopf. Das wäre schlimmer, als zu bleiben.

Nachdenklich ging sie über den schmalen Pfad weiter Richtung Enddorn. Seit einer Woche war sie zurück aus Stralsund. Noch am Tag der Ausstellung hatte sie gemeinsam mit Anna und Stanislaus den Dampfer nach Hiddensee genommen, und seitdem irrte sie über die Insel, als würde sie hoffen, irgendwo zwischen Sandstrand und Heide, Steilküste und sanft geschwungenen Wiesen Trost zu finden. Aus Angst, ihre Familie könnte in ihr nur die Versagerin sehen, war sie nicht zum Haus ihrer Eltern gegangen, aber die Schmach hatte sie dennoch mitgenommen aus Stralsund, und manchmal fragte sie sich, ob es nicht doch besser gewesen wäre, ihrer Familie unter die Augen zu treten, ihr Versagen einzugestehen und darauf zu warten, dass diese Wunde heilte.

Wie aus dem Nichts tauchte plötzlich ein unscheinbarer schwarzer Punkt zwischen den mächtigen Wolkenbändern auf. Ida schenkte ihm erst keine Beachtung, doch rasch kam er näher, und aus dem einen Punkt wurden viele, und aus den vielen Punkten wurde ein ganzer Schwarm. Ein Lächeln huschte über ihr Gesicht. Die Kraniche waren zurück, laut schreiend, als würden sie sich freuen, nach einem Sommer im Norden endlich wieder nach Hiddensee zu kommen. Wie elegant sie über den Himmel schwebten, jeder für sich und

doch mit einem festen Platz in der Gruppe, dachte Ida, während sie ihnen dabei zusah, wie sie langsam zu Boden glitten und sich im seichten Gewässer niederließen.
Wie sehnsuchtsvoll hatte sie ihnen damals hinterhergesehen, als sie bei ihren Eltern am Knieper Teich auf dem Steg gesessen hatte. Wie gerne wäre sie damals mit ihnen nach Hiddensee geflogen. In ein neues Leben. Und jetzt war sie da. Und die Vögel auch. Und langsam begriff sie, dass es nicht nur die Niederlage war, die sie nicht zur Ruhe kommen ließ, nicht die Schmähungen und auch nicht die Angst, als Versagerin zu gelten, sondern vor allem die Einsamkeit, die einen unweigerlich umgab, wenn man nach außen trat. Auch wenn Stanislaus nicht müde wurde, ihr zu sagen, wie kraftvoll ihr Bild war, und Anna sich bemühte, ihr immer wieder Dr. Maiers Komplimente ins Gedächtnis zu rufen, in dem Moment, in dem sie sich und ihr Werk zeigte, stand sie ganz alleine da.
Ganz alleine, wiederholte sie in Gedanken. Ob es den anderen auch so ging? Dabei schien jeder irgendwohin zu gehören, Anna seit kurzem zu Wilhelm, Stanislaus zu den Secessionisten, Herbert zu seiner Frau, nur sie fühlte sich, als würde sie im leeren Raum schweben und hätte noch immer den Boden nicht gefunden, auf den sie ihre Füße stellen konnte. Während Ida langsam weiterging, ließ sie die Kraniche nicht mehr aus den Augen. Und selbst als sie unten in Grieben angekommen war, versuchte sie noch einen Blick auf die Vögel zu erhaschen, die sich vor der gegenüberliegenden Bessiner Landzunge häuslich eingerichtet hatten, versteckt hinter Weiden und Birken, die direkt am Boddenufer standen.
Bauernschenke. In großen geschwungenen Buchstaben prangte seit einer Woche der Name neben dem Eingang zu

Wilhelms Paradies. Ida schmunzelte. Sie hatte sich noch immer nicht an den verschnörkelten Schriftzug gewöhnt, der ebenso wenig zu diesem einfachen strohgedeckten Haus passte wie Wilhelm mit seiner Kutte in dieses Dorf. Aber es schien, als würde er sich nichts daraus machen. Unermüdlich bastelte er an diesem Haus, dessen Tür seit einer Woche für Gäste offen stand.

Er, der darin geübt war, ein Außenseiter zu sein, hatte als Einziger geahnt, wie es ihr in Stralsund ergehen würde, dachte sie. Er hatte sie gewarnt. Vielleicht wusste er ja, wie schmerzhaft es war, ausgestoßen zu sein. Und dennoch schien er selbst in seinen dunkelsten Stunden noch nie daran gedacht zu haben, aufzugeben und sich in ein bürgerliches Leben zu fügen. Nachdenklich lehnte sie sich an den Ahornbaum, der vor seinem Haus stand, und ließ ihren Blick über das frisch gedeckte Strohdach schweifen. Wie schön es glänzte in der mittäglichen Sonne, als hätte man dem alten Gemäuer eine goldene Krone aufgesetzt.

31

Ach, du bist es.« Anna trat aus der Tür und wischte sich die Hände an ihrer Schürze ab.

»Das ist aber eine nette Begrüßung. Wen hast du denn erwartet?«, fragte Ida erstaunt.

»Entschuldige, aber heute sollen die ersten Gäste kommen. Ich dachte, ich hätte das Tuten des Dampfers vorhin gehört. Hast du es nicht auch gehört?«

Ida zuckte mit den Schultern. »Ich war oben auf dem Dornbusch, ich hab nicht darauf geachtet.«

»Schade. Na ja, Stanislaus wird sie schon finden. Unsere ersten Gäste, Ida. Stell dir das mal vor.« Anna strahlte über das ganze Gesicht. »Komm rein, ich habe eine Suppe gekocht.«

»Du hast gekocht?« Ida war verblüfft. »Hast du mir nicht immer erzählt, dass du Zucker von Salz nicht unterscheiden kannst? Und dass es dir schon schwer genug fällt, ein Stück Wurst oder Brot abzuschneiden?«

»Ach, so schwer ist das doch gar nicht. Ich habe einfach einen Topf Wasser genommen und alles reingeschmissen, was ich finden konnte«, sagte sie lachend. »Komm schon, du darfst sie als Erste probieren. Annas Suppenkreation à la Bauernschenke.«

»Hat nicht Wilhelm das Erstverkostungsrecht? Es ist schließlich sein Haus.«

Anna stemmte die Hände in die Hüften und tat so, als wäre sie empört. »Du denkst wohl, ich würde dich vergiften?«

»Das wäre doch möglich«, sagte Ida schmunzelnd.

»Stimmt, wenn ich es mir recht überlege.« Sie wiegte nachdenklich den Kopf. »Bei der Laune, die du zurzeit hast, wäre das vielleicht gar keine so schlechte Lösung. Immer nur diese hängenden Mundwinkel, diese traurigen Augen, dieses ziellose Umhergeistern über die Insel, das hält doch niemand lange aus.«

Ida schluckte. »Bin ich wirklich so unerträglich?«

»Nein, natürlich nicht.« Anna ging einen Schritt auf sie zu und legte ihren Arm um ihre Schultern. »Noch ist mir deine Gegenwart eine große Freude«, sagte sie, bevor sie innehielt und Ida kurz musterte. »Aber wenn du in zehn

Jahren noch immer darauf hoffst, von allen geliebt zu werden, dann schmeiße ich dich eigenhändig in den Bodden.«

»Wie bitte?« Ida sah Anna erstaunt an.

»Du hast schon richtig gehört. Ich schmeiße dich dann in den Bodden«, wiederholte Anna lachend.

»Nein, das meinte ich nicht. Dass ich von allen geliebt werden will, denkst du das wirklich?«

»Kann schon sein, oder?«

»Wie kommst du darauf?«

»Also die Ausstellung«, antwortete Anna zögerlich. »Ich versteh ja, dass es nicht gerade ein schönes Erlebnis ist, derart angefeindet zu werden, zudem noch in der Heimatstadt, aber mal ehrlich, Ida, wieso suchst du Bestätigung von Menschen, die dazu gar nicht in der Lage sind? Warum reicht es dir nicht, dass Dr. Maier, dass Balthasar, dass Stanislaus, dass ich«, ihre Stimme wurde immer lauter, »dass wir deine Kunst zu schätzen wissen.«

»Weil ich von eurem Lob allein nicht leben kann«, sagte Ida trocken.

»Du könntest aber etwas daraus machen.«

»Soll ich mir jeden Tag davon eine Scheibe abschneiden und sie mir in den Mund schieben, oder wie stellst du dir das vor?«

»Ach komm, du weißt genau, wie ich das meine.«

»Hast du denn nicht gehört, was die beiden Herren auch noch gesagt haben?«, fragte Ida, die sich zunehmend ärgerte. »Als Frau sei das gar nicht so übel, was ich male. Als Frau. Meine Güte, Anna, begreifst du es denn nicht? Die lassen uns überhaupt keine Chance, auch wenn sie so tun, als wären unsere Bilder gar nicht so schlecht. Für eine Frau ist der Pinselstrich bemerkenswert kraftvoll. Frau, Frau,

Frau.« Ida stöhnte. »Glaubst du wirklich, dass sie uns ernst nehmen?«

»Aber das ist doch zurzeit nicht dein dringlichstes Problem.« Anna schüttelte den Kopf.

»Das ist auch mein Problem«, sagte Ida und betonte dabei jede einzelne Silbe. »Neben vielen weiteren, wie du richtig erkannt hast. Und es sollte auch dein Problem sein.«

»Mit diesem Problem, meine Liebe, schlage ich mich schon seit Jahren herum, wenn es dich beruhigt«, erwiderte Anna gereizt. »Und die einzige Lösung, die mir nach wie vor dazu einfällt, ist, dass wir uns zusammentun müssen. Aber du bist ja noch nicht einmal in den Verein der Berliner Künstlerinnen eingetreten, wenn ich dich erinnern darf.«

»Ich hatte kein Geld.«

»Ich hätte dir etwas leihen können.«

Ida lachte. »Was hätte das denn genützt. Ich war doch dort, im ersten Jahr sogar täglich, da ist es doch egal, ob ich offizielles Mitglied bin oder nicht. Und ganz ehrlich, Anna, diese Ausstellungen, die der Verein jedes Jahr organisiert, also ich werde den Eindruck nicht los, dass es sich dabei um Almosen handelt, die man uns Frauen hinwirft, wie man einem braven Hund einen Extraknochen gibt.«

»Ein Extraknochen ist allemal besser, als sich dauerhaft nur von Brot und Wasser ernähren zu müssen. Und wenn du nicht so verbohrt wärst, dann wärst du ohnehin schon längst bei den Secessionisten und hättest bei der ersten Ausstellung im Frühjahr mitgemacht und hättest dir damit auch das ganze Theater in Stralsund erspart.«

»Mit Herbert als Ober-Secessionist. Nein danke«, sagte Ida grimmig.

»Ganz genau, mit Herbert. Aber das Fräulein Grotjahn ist ja viel zu stolz dafür.«

»Ich bin nicht stolz, ich ertrage das nicht, wenn ich ihn mit seiner Frau sehen muss.«

»Du wirst aber um ihn nicht herumkommen, wenn du in Deutschland als Künstlerin Anerkennung finden willst. Er ist nun einmal einer der Einflussreichsten in Berlin. Warum will das nicht in dein kleines Spatzenhirn.«

»Weil ich Gefühle habe, deswegen«, entgegnete Ida barsch.

»Die kannst du dir aber nicht erlauben, wenn du weiterkommen willst.«

»Ich brauch Herbert nicht für mein Glück«, sagte Ida trotzig und verschränkte die Arme vor der Brust.

Anna lachte. »Es hat einfach keinen Sinn. Vielleicht ist es tatsächlich das Beste, wenn du in den Schoß deiner Familie zurückkehrst, den Nächstbesten heiratest, ihm eine Schar Kinder schenkst und den Haushalt in Ordnung hältst.«

»Ja, das wird das Beste sein.« Idas Augen funkelten jetzt.

»Worauf wartest du dann noch?«

»Auf deine Suppe, damit ich weiß, wie ich sie bei Bedarf alle vergiften kann.«

Über Annas Gesicht huschte ein Schmunzeln. »Vergiften«, sagte sie, »das ist immer eine gute Option.«

»Nicht wahr? Apropos, wo sind denn die Gäste?«

»Das frage ich mich auch. Vielleicht haben sie den Dampfer verpasst und stecken jetzt auf Rügen fest. Oder sie sind über Bord gegangen und ertrunken.«

»Ich hab das übrigens gerade nicht so gemeint«, sagte Ida leise.

»Was hast du nicht so gemeint?« Anna sah sie erstaunt an.

»Na, weil ich dich eben so angefahren habe.«

»Ach was.« Anna winkte ab. »Ich war ja auch nicht gerade zimperlich.«
»Allerdings. Doch du hast schon recht. Ich muss wieder freier werden im Kopf. Ich verbau mir sonst alle Möglichkeiten. Aber mich deswegen gleich nach Stralsund zurückschicken wollen, das lasse ich mir nicht bieten«, sagte Ida und stemmte jetzt ihrerseits die Hände in die Hüften.
»Wenn das so ist, wirst du wohl erst einmal gemeinsam mit uns auf Hiddensee bleiben müssen«, entgegnete Anna. »Wollen wir dann endlich mal ins Haus, oder gedenkst du noch länger hier draußen zu stehen und den Wolken dabei zuzusehen, wie sie im Schneckentempo über den Himmel schieben?«
»Wo ist eigentlich Wilhelm?«, fragte Ida unvermittelt. »Es sind doch in erster Linie seine Gäste.«
Anna verdrehte die Augen. »Du kennst ihn, Ida, er lebt in seiner eigenen Welt. Und seit Tagen spielt die sich oben im Wald ab. Er hat doch von diesem Grundstück erzählt, das er gepachtet hat, und jetzt schreitet er es Tag für Tag ab, als müsste er es neu vermessen. Wenn du mich fragst, veranstaltet er dort irgendein mystisches Zeremoniell. Es darf ihn jedenfalls niemand dabei stören, nur die Vögel natürlich und die Eichhörnchen, die sind immer willkommen, und das borstige Katzenvieh, das ihm seit zwei Tagen auf Schritt und Tritt folgt. Es würde mich also nicht wundern, wenn er da oben gruselige Zaubersprüche murmelnd etwas Schlangenblut verteilt.«
»Ich habe gar nicht bemerkt, dass es schon so schlimm um ihn steht«, sagte Ida lachend.
»Jaja.« Anna zuckte mit den Schultern. »Ein klarer Fall von schleichendem Irrsinn.«

»Und du bist sicher, dass dieser Verrückte der Richtige für dich ist? Ich meine, sieh dich doch mal an«, sagte Ida grinsend und konnte es sich nicht verkneifen, an Annas noch erstaunlich weißer, mit Rüschen verzierter Schürze zu zupfen. »Du siehst aus wie unsere Vermieterin in Vitte.«

»Und? Ich passe mich eben den Bräuchen auf der Insel an.«

»Und lernst jetzt auch noch kochen?«

»Und ich lerne jetzt auch noch kochen«, wiederholte Anna bestimmt.

»Für Wilhelm.«

»Für uns«, korrigierte Anna. »Wilhelm ist der ungewöhnlichste und liebenswerteste Mann, den ich je kennengelernt habe, aber allein könnte er niemals seine Träume leben, also helfe ich ihm dabei.«

»Und was ist mit deinen Träumen?«, fragte Ida vorsichtig.

»Meins, deins.« Anna schüttelte den Kopf. »Diese Trennung langweilt mich schon lange. Wie wollen wir denn etwas verändern, wenn jeder nur sein eigenes Süppchen kocht? Die Ausstellung im Mai zum Beispiel, das war unsere Ausstellung, eine Ausstellung der Secessionisten, und keine Ausstellung der Künstler Herbert Klausen, Stanislaus Tyskiewicz, Anna Stein und der von zig anderen. Und dieses Haus hier, das ist unser Haus, das Haus all derer, die von einem freieren Leben träumen. Wilhelm hat es eben nur zufälligerweise gekauft, aber das heißt doch nicht, dass er hier der Herr und Gebieter ist.«

Ida sah Anna skeptisch an. »Ich muss mir also keine Sorgen um dich machen?«

»Gott bewahre. Natürlich nicht. Ich bin ein freier Geist, nach wie vor.«

»Das will ich hoffen. Wer soll mir denn sonst die Leviten lesen?«

»Und dich als Versuchskaninchen missbrauchen! Was ist, kommst du jetzt mit rein und probierst meine köstliche Suppenkreation?«

»Sofort, ich will nur noch mal kurz runter zum Bodden.«

»Ah.« Anna zog die Augenbrauen nach oben. »Du willst wohl nachsehen, wo ich dich am besten in zehn Jahren reinschmeißen kann?«

»Also wenn ich es mir recht überlege«, sagte Ida, während sie dabei den Kopf wiegte, als dächte sie nach, »würde ich in zehn Jahren lieber auf dem Olymp stehen, als im Boddengewässer nach Luft zu japsen. Nein, im Ernst, die ersten Kraniche sind vorhin angekommen, und ich will nur noch mal einen kurzen Blick auf sie werfen.«

»Kraniche«, murmelte Anna. »Ein reiselustiges Volk, diese Vögel. Aber irgendwie machen sie es richtig, sind immer dort, wo es für sie gerade am besten ist.«

»Ich mag vor allem ihre Treue«, erwiderte Ida leise. »Man kann sich absolut darauf verlassen, dass sie im Frühjahr und Herbst wiederkommen.«

Anna nickte, während sie erneut den Hals reckte. »Wo bleiben bloß unsere Gäste?«

Als Ida gerade zum Bodden gehen wollte und Anna zurück ins Haus, wurde die Stille plötzlich von in der Ferne scheppernden Pferdehufen durchbrochen. Noch war kein Gespann zu sehen, die beiden Ahornbäume vor der Bauernschenke verhinderten eine weite Sicht, aber das Geräusch kam immer näher und mit ihm auch vereinzelte schrille Töne, die Anna als Stanislaus' Freudenschreie deutete. Je näher das Fuhrwerk kam, desto deutlicher war jetzt eine weitere Stimme zu hören, und noch bevor Ida sah, wer da über den steinigen Weg angeholpert kam, wusste sie, zu wem sie gehörte.

»Warum hast du mir nichts gesagt?«, flüsterte sie Anna aufgeregt zu.

»Was nicht gesagt?«, fragte sie erstaunt, aber da sah sie auch schon, was Ida meinte.

Mit einem breiten Grinsen auf dem Gesicht zog Stanislaus an den Zügeln und brachte das Fuhrwerk abrupt zum Stehen. Neben ihm saß, trotz des spätsommerlichen Wetters in eine Decke gehüllt, Helene Klausen, die sichtlich erleichtert war, die Reise endlich überstanden zu haben, und auf der Ladefläche thronte Herbert Klausen auf einem Schrankkoffer, der so groß war, dass Kleidung für ein ganzes Leben spielend darin Platz gefunden hätte. Das zumindest war Idas erster Gedanke, als sie Herbert nach mehr als einem Jahr zum ersten Mal wiedersah.

32

Mit dunklem Holz verkleidet, wirkte der neu gestaltete Schankraum von Wilhelms Gasthof selbst bei strahlendem Sonnenschein ungewöhnlich düster. Nur Annas Bilder hingen wie Farbtupfer an den Wänden, aber auch sie änderten nichts an dem Eindruck, in einen feuchten, modrigen Raum einzutreten, in dem es schon seit Wochen nach Schlick roch.

Ida saß Herbert gegenüber und tat so, als würde sie eines von Annas Bildern studieren, das direkt hinter ihm hing und das sie schon so oft betrachtet hatte, dass sie es aus dem Kopf hätte nachmalen können. Aber auch wenn sie sich zwang, unbeteiligt zu wirken, rutschte ihr Blick doch immer wieder auf Herberts Gesicht, auf dem die Anspannung deutlich abzulesen war. Unruhig wanderten seine Augen durch den Raum, über den Tresen, auf dem unbenutzte Krüge standen, den leeren Tisch zu seiner Rechten, über Annas Bild einer blühenden Heidelandschaft, den Ofen, der frisch repariert in einer Ecke stand und darauf wartete, dass der Winter kam, aber nie traf sein Blick auf sie.

Mühsam plätscherte das Gespräch dahin. Zu überraschend war für alle dieses unerwartete Wiedersehen gekommen. Selbst Wilhelm hatte nichts von diesem Besuch gewusst. Seinen Kopf auf die Hände gestützt, saß er an der Stirnseite des langen Tisches und wurde nicht müde, Herbert und Helene Klausen verwundert zu bestaunen.

»Dieser Schlawiner«, murmelte er immer wieder und schmunzelte dabei versonnen.

»Das kann man wohl sagen.« Herbert Klausen versuchte zu lachen, aber es klang eher, als würde er sich räuspern.

»Und Balthasar hat euch nichts gesagt?«, fragte Anna zum wiederholten Mal.

»Nein, hat er nicht. Er hat nur etwas von einem neuen Gasthof erzählt und dass er alles für uns regeln würde. Ich hatte selbst ja noch so viel mit dem neuen Haus in Kloster zu tun.«

»Wir hatten gehofft, es würde fertig werden, bis wir kommen. Wir sind ja spät dran dieses Jahr«, fügte Helene Klausen leise hinzu, während sie die Decke noch etwas fester um ihre Schultern zog.

»Und ich habe mir solche Sorgen wegen unserer ersten Gäste gemacht. Wenn ich das gewusst hätte.« Anna schüttelte erneut den Kopf. »Die ganze Aufregung.«

»Die ganze Aufregung«, wiederholte Stanislaus kaum hörbar, bevor das Gespräch einmal mehr verstummte.
Idas Blick blieb an Helene Klausen hängen. Sie hatte Mühe, sich vorzustellen, dass die Frau, die jetzt in sich zusammengesunken neben ihrem Mann saß und fröstelte, dieselbe sein sollte wie die, die so fordernd gewesen war an dem Abend in Schultes Galerie. So selbstsicher war sie damals gewesen, dass Ida geglaubt hatte, sie würde in ihrer Gegenwart schrumpfen. Und jetzt hatte sich wieder diese gespenstische Blässe über ihr Gesicht gelegt, dass man meinen konnte, der zarteste Windstoß würde sie hinwegtragen.
Helene Klausen, die Idas musternden Blick von Anfang an gespürt hatte, hob, nachdem sie einen Schluck heißen Tee genommen hatte, langsam den Kopf und lächelte ihr freundlich zu. »Ich glaube, wir kennen uns noch gar nicht«, sagte sie mit weicher Stimme.
Es war, als hätte dieser eine Satz jeden am Tisch mit einem Schlag aus seinen Gedanken aufgeschreckt, so unruhig wurde es plötzlich im Raum. Anna griff etwas zu stürmisch nach der Suppenschüssel, so dass der Schöpflöffel klirrend gegen das Porzellan stieß, Stanislaus nestelte nach seinem Schnupftabak, Wilhelm rutschte mit seinem Stuhl noch näher an den Tisch heran, und Herbert nahm einen nicht enden wollenden Schluck Bier aus dem großen Krug, der bis dahin unangetastet vor ihm gestanden hatte.
Nervös glitten Idas Hände über ihren schweren Rock. »Wir sind uns aber schon ein paarmal begegnet«, erwiderte sie unsicher, während sie noch immer wie gebannt auf Herberts Frau starrte, als würde sie darauf warten, dass sie jemand antippte und erlöste und ihr sagte, dass alles nur ein unangenehmer Traum sei.

»Ach wirklich?«, fragte sie erstaunt.
Ida lächelte verlegen. Helene Klausens Stimme hatte plötzlich viel kräftiger geklungen, als hätte sie sich von der Unruhe am Tisch anstecken lassen, als wäre sie erst jetzt richtig angekommen und munterer geworden. Aber war in ihrer Stimme nicht auch ein spöttischer Unterton versteckt gewesen?
»Würden Sie mir bitte auf die Sprünge helfen?«
Auf die Sprünge helfen, wiederholte Ida in Gedanken. Klang das nicht wie ein einziger Vorwurf? Sie wusste doch etwas. Idas Schenkel brannten jetzt unter ihren unruhigen Händen, und sie fühlte alle Augen auf sich gerichtet, selbst Herberts Blick schien in sie einzudringen wie ein Schmerz direkt in den Nerv. Aber noch immer starrte sie nur in Helene Klausens Gesicht. Wie unschuldig es aussah mit diesem Lächeln, das um den Mund spielte wie ein sanft wogendes Meer. Aber sie würde sich davon nicht täuschen lassen. Sie nicht. Hinter diesen dunklen, tiefliegenden Augen, da funkelte doch die Eifersucht?
»Ich weiß, mein Gedächtnis ist miserabel geworden«, versuchte es Helene Klausen erneut. »Sie dürfen das auf keinen Fall persönlich nehmen.«
Ida erzitterte. Wenn sie etwas persönlich nahm, dann natürlich alles, was zwischen ihnen beiden geschah, das wusste sie doch genau. Diese scheinheilige Freundlichkeit. Idas Blick verfinsterte sich. Merkte denn keiner, dass diese Frau gar nicht so schwach und leidend war, wie sie tat?
»Du hast Ida schon einmal in Balthasars Atelier getroffen und kurz auch auf Hiddensee vor drei Jahren.« Herberts feste, sonore Stimme legte sich wie ein warmer Lufthauch über den Raum.

»Wirklich?« Helene Klausen sah betrübt aus. »Es tut mir so schrecklich leid«, sagte sie leise an Ida gewandt, »aber meine Krankheit raubt mir sogar meine Erinnerung.«
»Ich bin mir sicher, Ida wird dir das nicht verübeln«, ergriff Herbert erneut das Wort und sah Ida flehentlich an. »Nicht wahr?«
Ein Lächeln huschte über ihr Gesicht. Wie weich seine Stimme klang, so weich, dass sie sich am liebsten darin eingehüllt hätte wie Helene in ihre Decke. Was hatte er noch mal gesagt? Ida musterte seine zusammengekniffenen Augen, aber sie konnte sich nicht erinnern.
»Mach dir doch nicht immer so viele Sorgen um dein Gedächtnis, Helene«, sagte Herbert sanft und beobachtete Ida dabei aus dem Augenwinkel, deren unheimliches Schweigen ihn zunehmend verunsicherte. »Die Ärzte haben es dir doch mehr als einmal bestätigt, es ist alles in Ordnung damit. Es wäre doch schrecklich, wenn man sich an alles erinnern müsste.«
»Aber du erinnerst dich doch auch«, erwiderte Helene.
Der Einwand traf ihn wie ein Peitschenhieb. Erschrocken blickte er in die müden Augen seiner Frau. »Aber das ist auch ...«, begann er langsam, obwohl er noch nicht wusste, wie er den Satz beenden sollte. »Das ist doch auch kein Wunder. Balthasar sehe ich so selten.«
»Du bist sicherlich furchtbar müde von der langen Reise, Helene«, schaltete sich Anna jetzt energisch ein. »Was hältst du davon, wenn ich etwas Wasser heiß mache, damit du dich frisch machen kannst? Und du, Ida, hilfst mir bitte, die Koffer auf die Zimmer zu bringen«, sagte sie in einem Ton, der keinen Widerspruch duldete, und zog sie dabei fast von ihrem Stuhl. »Verdammt, was ist denn los mit dir?«, herrschte Anna sie an, als sie außer Hörweite waren.

Ida, die überhaupt nicht zu wissen schien, wie ihr geschah, sah Anna nur fragend an.
»Du hast nichts gesagt, Ida! Du hast Helene einfach im Regen stehenlassen.«
»Ich wusste, dass ihr euch alle von diesem unschuldigen Lächeln einlullen lassen würdet.«
»Einlullen lassen? Spinnst du?« Anna schüttelte verständnislos den Kopf. »Helene ist schwerkrank, siehst du das denn nicht?«
»Sie weiß alles, Anna«, sagte Ida ruhig.
»Bist du jetzt verrückt geworden?«
»Ich hab es genau gesehen, mir kann sie nichts vormachen.«
»Wo hast du was gesehen?«
»Ihre Augen«, flüsterte Ida. »In ihnen blitzt die Eifersucht.«
»Also was immer du dir auch zusammenreimst, wenn ich Helene ansehe, blicke ich nur in ein müdes, kraftloses Gesicht mit tiefen Schatten unter den Augen. Und mit Verlaub, so blind kann man gar nicht sein, um das nicht zu sehen.« Anna schnappte sich einen Eimer und pumpte ächzend Wasser aus dem Brunnen.
»Ach ja. Und woran soll die arme Helene denn erkrankt sein? Sag bloß, Herbert hat es dir gesagt. Soweit ich mich erinnere, wird darüber nämlich der Mantel des Schweigens ausgebreitet.«
Anna zuckte mit den Schultern. »Und wenn schon. Mir reicht es zu sehen, wie schlecht es ihr geht.«
»Wenn du mich fragst, ist das alles nur ein Trick, um Herbert an sich zu fesseln.«
»Du bist verrückt, Ida, komplett verrückt. Sieh mich mal an.« Sie packte Ida an der Schulter und drehte sie unsanft zu sich herum. »Du solltest mal in den Spiegel schauen.

Vielleicht würdest du dann endlich begreifen, wer hier eifersüchtig ist.«
»Wie bitte?«, japste Ida, als ginge ihr gerade die Luft aus, bevor sie in sich zusammensackte und sich gerade noch an der Wasserpumpe festhalten konnte. »Ich glaube, ich muss mich mal setzen«, brachte sie mühsam hervor. »Mir ist plötzlich so schlecht.«
Nicht weit vom Brunnen entfernt, direkt hinter dem Haus, stand eine Bank, auf die sich Ida mit letzter Kraft fallen ließ. Die Augen geschlossen, lehnte sie ihren Kopf an die Hauswand und massierte leise stöhnend ihren Bauch. Auch Anna lehnte sich erschöpft zurück und sah zwei Spatzen dabei zu, wie sie unermüdlich von Ast zu Ast flogen.
Ganz langsam kehrte wieder etwas Farbe in Idas Gesicht zurück. Sie streckte ihre Beine aus und legte ihre Hände flach auf den Bauch. »Es tut so weh«, sagte sie leise, die Augen noch immer geschlossen. »Es tut so weh, ihn mit seiner Frau zu sehen.«
»Weißt du, was ich glaube«, sagte Anna. »Wenn du darauf vorbereitet gewesen wärst, ich meine, wenn du gewusst hättest, dass die beiden heute kommen, dann wärst du mit dieser Situation viel gelassener umgegangen.«
Idas Atem ging schwer. »Glaubst du wirklich?«
»Das war ein Schock vorhin, die beiden zu sehen. Auch für mich.«
»Ein schrecklicher Schock«, flüsterte Ida, die jetzt erneut ihren Bauch rieb.
»Du wirst dich daran gewöhnen, die beiden zusammen zu sehen, ganz bestimmt.«
»Das glaube ich nicht«, stöhnte Ida.
Anna atmete tief durch. Ihr Blick glitt an den Birken vorbei auf den Bodden, der in der Nachmittagssonne golden glänz-

te, als hätten sich dort Hunderte Kerzen gleichzeitig entzündet. »Öffne mal die Augen.« Sie stupste Ida sanft an. »Sieh doch, wie wunderschön es hier noch immer ist, trotz allem.«

»Ja, ganz schön«, murmelte Ida und blinzelte kurz gegen das Licht, bevor sie erneut die Augen schloss.

»Ich muss langsam wieder rein«, sagte Anna schließlich, nachdem sie eine ganze Weile still nebeneinandergesessen hatten, jede in ihre eigenen Gedanken vertieft. »Nicht dass sich Helene noch fragt, wo denn ihr warmes Wasser bleibt. Was ist mit dir? Kommst du mit rein?«

Ida schüttelte den Kopf. »Sag einfach, dass mich das außergewöhnliche Licht ganz spontan zu meiner Staffelei getrieben hätte.«

»In Ordnung. Und Ida, Helene ist wirklich schwerkrank. Ich glaube, es geht mit ihr zu Ende. Balthasar hat so etwas in Stralsund angedeutet.«

Lange nachdem Anna zu den anderen zurückgegangen war, öffnete Ida erst wieder die Augen. Ein schwacher Wind war aufgekommen und raschelte leise durch die Birkenblätter. Wie zart er heute weht, dachte sie, ausgerechnet heute, an einem Tag, an dem ein tobender Sturm die viel bessere Kulisse abgegeben hätte.

33

Zum wiederholten Mal drehte und wendete Ida das Kuvert, aber es war keine Nachricht, keine Notiz, geschweige denn ein Brief darin mit einem Hinweis darauf, wer ihr diese beiden Zeitungsausschnitte geschickt haben könnte, die vor ihr ausgebreitet auf dem ungeschützten Bollwerk von Kloster lagen, auf dem sie jetzt schon seit über einer Stunde saß und vergeblich darauf wartete, dass der Wind die Artikel hinwegwehte und ihre Erinnerungen daran gleich mit. Der Brief war in Berlin abgestempelt, aber sosehr Ida sich auch bemühte, ihr fiel einfach nicht ein, wem sie dort ihre Adresse auf Hiddensee hinterlassen haben könnte.

»Die Frage stellt sich immer wieder: Wie weit ist es bloß mit Deutschland gekommen, dass jemand wie die selbsternannte Malerin Ida G. – aus Rücksicht auf die Künstlerin wird ihr voller Name nicht genannt – eine Plattform erhält, um ihre jämmerliche Kleckserei öffentlich ausstellen zu können? Gibt es in diesem Land denn keinen Anstand mehr? Der Sittenverfall ist allgegenwärtig und die törichte Stralsunder Ausstellung ein weiterer Beweis dafür«, hieß es in einem der Artikel, den Ida mittlerweile auswendig kannte. Das Datum, 28.8.1899, war handschriftlich vermerkt, ansonsten fehlte jeder Hinweis, in welcher Zeitung der Bericht erschienen war. Das Gleiche galt für den zweiten Artikel. Er war, laut Vermerk, am Tag darauf erschienen und unterschied sich inhaltlich kaum von dem anderen. Gespickt mit wüsten Angriffen auf die moderne Malerei und die Frau in der Kunst, die »im besten Fall eine gute Nachahmerin« werden könne, wie es hieß, da es ihr an der »Ausdauer des Wollens« mangele, an der »Geduld des Genies«, endete auch dieser Artikel mit einem klaren Verriss ihres Bildes.

Wer auch immer ihr diese beiden Ausschnitte geschickt hatte, er hatte es nicht gut mit ihr gemeint. Warum sonst sollte sich jemand die Mühe machen, die Artikel zwar fein säuberlich auszuschneiden und zu verschicken, ansonsten aber keine persönliche Notiz dazuzulegen? Kein Gruß, keine aufmunternden Worte, einfach nichts.

Ida ließ die Beine über das Bollwerk baumeln und blickte nachdenklich über den Bodden. Samtig weich sah er aus, wie er unter dem morgendlichen Dunst ganz still vor ihr lag, als würde er ganz allmählich aus einem schönen Traum aufwachen. In der Ferne hörte sie ein Fuhrwerk über die Insel rumpeln, ein paar Kühe begrüßten träge muhend den Tag, und auf der gegenüberliegenden Seite konnte sie eine ganze Schar Kraniche erkennen, die regungslos im flachen Gewässer standen, noch nicht bereit für diesen neuen Morgen. Eine feuchte Kühle lag über der Insel, aber ganz allmählich schoben sich die ersten Sonnenstrahlen über Rügen nach Hiddensee und brachten eine milde Wärme und das Versprechen eines herrlichen Spätsommertages mit. Vielleicht war es ja der letzte in diesem Jahr. Der letzte in diesem Jahrhundert, schoss es Ida plötzlich durch den Kopf. Vielleicht würde dieser 21. September tatsächlich der letzte schöne Tag im 19. Jahrhundert sein, bevor die Herbststürme ein neues Zeitalter einläuten würden.

Sie sollte diesen Tag feiern, dachte sie. Sie sollte sich nicht verrückt machen lassen von diesen Angriffen auf sie, sie sollte froh sein, dass sie hier sein durfte, an diesem paradiesischen Ort, und malen konnte, was immer ihr gefiel. Sie sollte wieder anfangen, an sich zu denken und nicht daran, was andere von ihr und über ihre Malerei dachten. Das Bild hatte sie doch genau so gemalt, weil sie es für richtig gehalten hatte. Sie würde es heute nicht anders machen. Ida atmete tief durch. Nein, sie würde es nicht anders machen, sie wüsste gar nicht, wie. Sollten die sich ruhig ihre Mäuler zerreißen, sie würde allen beweisen, was es hieß, Ausdauer zu zeigen.

Sorgfältig faltete Ida die Zeitungsausschnitte zusammen und steckte sie zurück in das Kuvert. So leicht ließ sie sich nicht unterkriegen, nicht sie. Schließlich hatte sie den unerwarteten Zusammenstoß mit Helene Klausen überlebt und drei weitere Aufeinandertreffen mittlerweile auch. Und was konnte schlimmer sein als diese glühende Eifersucht? Läppisch waren diese Schmähungen dagegen, nichts als hohles Gewäsch. Davon würde sie sich doch nicht von ihrem Weg abbringen lassen. Anna hatte recht. Was interessierten sie schon diese Narren. Sie würde jetzt wieder an sich denken, nur an sich. An ihr Leben, ihre Träume, ihr Glück. Ihr Glück – sie stöhnte leise. Es schien zum Greifen nah und doch unendlich fern, um so vieles ferner als die jetzt langsam erwachenden Kraniche, die ihre Hälse mit einem lauten Schrei gen Himmel reckten und sachte vorwärtstänzelten, als würden sie die Nacht behutsam von sich abschütteln.
Ida gab sich einen Ruck. Sie würde jetzt nicht an Herbert denken. Jetzt nicht. Der Sommer neigte sich dem Ende zu, und sie sollte sich lieber überlegen, wie es für sie weitergehen sollte. Viel Auswahl hatte sie ohnehin nicht, wenn sie weiterhin eine Künstlerin sein wollte. Und das wollte sie, das hatte sie jetzt ein für alle Mal beschlossen.
Sollte sie zurück nach Berlin? Aber allein für die Reise fehlte ihr das Geld. Italien war damit ebenso ausgeschlossen wie Paris, wohin es zwei ihrer Berliner Studienkolleginnen gezogen hatte. Und Stralsund kam nicht in Frage. Ida konnte es drehen und wenden, wie sie wollte, die einzige Möglichkeit, die sich ihr bot, war, erst einmal auf Hiddensee zu bleiben. Aber auch hier würde sie nicht ohne Geld auskommen, selbst wenn sie in der Bauernschenke wohnen

konnte. Wovon sollte sie denn die Farben und Leinwände bezahlen, die sie sich aus Berlin schicken ließ? Und an Arbeit war hier nicht zu denken. Die Hiddenseer hatten ja selbst so gut wie nichts.
Kindergeschrei schreckte sie plötzlich aus ihren Gedanken. Drei Jungs in Hosen bis zu den Knien kickten Steine über den sandigen Weg, während sich vier Mädchen den Schulweg mit einem Hüpfspiel versüßten. Nicht weit von ihr entfernt, direkt am Torbogen, lag die kleine Schule, aus der jetzt der Lehrer trat. Die Arme verschränkt, stellte er sich mitten auf den Weg und nahm einen Schüler nach dem anderen in Empfang, die Jungs mit einem Klaps auf die Schultern, die Mädchen mit einem prüfenden Blick auf ihre weißen Hauben.
»Kind müsste man noch einmal sein.«
Die Stimme kam aus Richtung des Schuppens, aber Ida konnte niemanden sehen.
»Das Leben ist noch so unbeschwert.«
Ida drehte sich erneut um. »Ist da jemand?«
»Man könnte nur an heute denken und müsste sich nicht um morgen sorgen.«
»Hallo?« Ida stand auf und ging langsam zum Schuppen. »Stanislaus, bist du's?«
»Nein, nur ich.« Herbert lugte hinter dem Bretterverschlag hervor und zwinkerte ihr zu.
»Bist du schon lange hier?«, fragte sie überrascht. »Ich habe dich gar nicht kommen hören.«
»Lange genug, um dir beim Nachdenken so früh am Tag zuzusehen.«
»Was tust du hier?«
»Dich beobachten.«
»Nein, im Ernst.«

»Ich erwarte für mein Haus noch etwas Holz aus Rügen. Aber dich im Morgendunst sitzen zu sehen, in dieser Stille, ist besser, als jede Schiffsladung in Empfang zu nehmen. Glaub mir, ich konnte nicht anders, ich musste dich einfach in aller Ruhe betrachten.« Er lächelte ihr unter seinem hellen Hut freundlich zu. »Hast du schlimme Nachrichten bekommen? Ich habe gesehen, wie du einen Briefumschlag in deine Tasche gesteckt hast. Wir hatten ja noch gar keine Gelegenheit, miteinander zu sprechen.«

»Nein, die hatten wir nicht«, erwiderte Ida leise.

»Geht es dir gut?«

»Ja«, antwortete sie einsilbig und senkte dabei unwillkürlich den Blick.

»Wollen wir uns nicht einen Moment setzen?« Er zeigte mit dem Kopf zu der Stelle, an der Ida die ganze Zeit über gesessen hatte. »Du könntest mir doch beim Warten Gesellschaft leisten.«

»Wann kommt denn das Boot?«

»Jeden Augenblick. Aber meinetwegen kann es sich ruhig noch etwas Zeit lassen. Wo warst du nur?«, fragte er. »Ich habe dich in Berlin nicht mehr gesehen seit …« Er hielt inne und lächelte. »Du weißt schon.«

Ida nickte. »Ja, ich weiß.«

»Ich habe dich vermisst«, sagte er leise und ließ sie dabei nicht aus den Augen.

»Du wusstest doch, wo du mich hättest finden können«, erwiderte sie ungewohnt barsch. »Entschuldige.« Sie lächelte verlegen. »Es sollte nicht so hart klingen. Lass uns nicht über alte Zeiten sprechen. Erzähl mir lieber von deinen Plänen. Willst du, wollt ihr für immer auf Hiddensee bleiben?«

»Ich habe deine Arbeit gesehen«, sagte er, ohne auf ihre Frage einzugehen. »Du hast ja in Stralsund ganz schön für Wirbel gesorgt, wie mir Balthasar erzählt hat. Nächstes Jahr stellst du bei uns aus, ja?« Er sah sie aufmunternd an. »In der Provinz kann man mit dieser Art Malerei nur verlieren, das hast du doch hoffentlich gewusst?«

Ida zuckte mit den Schultern. »Wir werden sehen.«

»Ich dulde aber keine Widerrede. Wann reist du wieder ab?«, fragte er unvermittelt.

»Ich weiß es noch nicht. Und ihr?«

»Erst einmal muss das Haus fertig werden, und dann …« Er zögerte.

»Und dann was?«

»Alles hängt letztendlich von Helene ab«, antwortete er. »Von ihrem Gesundheitszustand.«

»Baust du für sie das Haus?«, fragte Ida kühl.

Er schüttelte den Kopf. »Dass Helene überhaupt diese Reise antreten konnte, grenzte schon an ein Wunder. Die Ärzte hatten es ihr strikt verboten. Aber sie hat sich noch nie an deren Verordnungen gehalten«, sagte er nicht ohne Bewunderung.

»Sie ist eben eine starke Frau.«

»Ja, wahrscheinlich.« Herbert blickte nachdenklich aufs Wasser. »Stärker jedenfalls, als man es auf den ersten Blick vermuten würde. Sie weiß ziemlich genau, was sie will.«

»Du etwa nicht?« Ida konnte ihre Eifersucht kaum beherrschen. Noch ein Wort über seine Frau, und sie würde aufspringen und gehen.

»Doch, ich auch«, erwiderte er.

»Dann ist ja alles gut«, sagte sie mit frostiger Stimme. »Möchtest du denn gar nicht wissen, was ich will?«

»Nein«, antwortete sie, ohne zu zögern, und begann im gleichen Moment zu zittern. Sie wollte nichts hören. Nichts, was ihn oder seine Frau betraf. Sie wollte doch nur noch an sich denken, das hatte sie sich fest vorgenommen, und sich nicht mehr von Herbert durcheinanderbringen lassen. Aber es war zu spät, das wusste sie. Er griff bereits nach ihr, auch wenn zwischen ihnen mindestens ein halber Meter Abstand lag.

»Ich bin jedenfalls froh, dass wir uns wiedergetroffen haben«, sagte er und lächelte ihr zu. »Ich hoffe, du bist es auch ein bisschen.«

Ida nickte, während sie auf das Wasser zu ihren Füßen starrte, das in einem immer gleichen Rhythmus gegen das Bollwerk schwappte.

»Was wirst du denn bei diesem herrlichen Wetter heute noch anstellen? Wirst du die Hiddenseer etwas verwirren und dich mit Stanislaus in die Fluten stürzen?«

Über Idas Gesicht huschte ein Lächeln. »Das ist gar kein so schlechter Gedanke.«

»Nicht wahr? Man sieht Stanislaus ja oft in deiner Nähe.«

»Wenn du das sagst.«

»Täusch ich mich etwa?«

Ida zuckte mit den Schultern. »Du wirst wissen, was du siehst.«

»Ich dachte ja nur«, sagte er forsch.

Hatte sie da eben so etwas wie Unmut aus seiner Stimme herausgehört? Ida legte die Arme um ihre Knie und wippte kaum merklich hin und her. Sollte er sich ruhig Gedanken über sie und Stanislaus machen. Sie beide, das war doch ohnehin ein unmögliches Unterfangen. »Sieh mal, da kommt das Boot.« Ida zeigte auf einen Punkt am Horizont. »Ich werde dich dann mal alleine lassen.«

Fast zugleich erhoben sie sich von ihren Plätzen, bevor sie sich unschlüssig gegenüberstanden.
»Dann viel Vergnügen heute«, sagte Herbert schließlich, die Hände in seinen Hosentaschen vergraben.
»Dir auch.« Ida lächelte verlegen.
»Sehen wir uns heute Abend bei Wilhelm?«
»Ich weiß es nicht, ich habe noch so viel zu erledigen.«
»Was Wichtiges?«
»Ja, sehr wichtig.«
»Dann morgen?«
»Vielleicht.«
»Übermorgen?«
Ida zuckte mit den Schultern.
»Überübermorgen?« Herbert lachte.
»Ich geh jetzt. Viel Vergnügen mit dem Holz«, sagte sie schmunzelnd, aber sie blieb noch immer wie angewurzelt vor ihm stehen. Erst jetzt fiel ihr auf, dass er seinen Bart frisch gestutzt hatte. Wie ein dunkler dicker warmer Teppich lag er um seinen unermüdlich lächelnden Mund.
»Dann bis bald.«
»Ja, bis bald.« Sie gab ihm einen flüchtigen Kuss auf die Wange, bevor sie sich schnell umdrehte und ging. Einfach nur einen Fuß vor den anderen setzen, ohne zurückzusehen, hämmerte es in ihrem Kopf. Einfach nur gehen. Aber da hörte sie auch schon seine Schritte näher kommen, spürte seine Hand auf ihrer Schulter, seinen Arm um ihre Hüfte, seine Lippen auf ihrem Mund. Und mit einem Mal waren alle Bedenken, alle Gedanken, alle Sorgen vergessen.

34

Ida hatte ihn schon von weitem entdeckt und stapfte mit forschen Schritten über die frisch gemähte Wiese den Hang hinauf. Vor ihr lag Herberts neues Haus, leuchtend weiß in der Mittagssonne und für jeden gut sichtbar oberhalb der Inselkirche. Zwei Handwerker waren gerade dabei, aus dem Holz, das aus Rügen gekommen war, Fensterrahmen zu zimmern, während Herbert, seinen Kopf auf die Hand gestützt, etwas abseitsstand und die beiden bei der Arbeit beobachtete. Kinder, die die Wiese heruntergerannt kamen, blieben für einen kurzen Moment neugierig stehen, bevor sie weiter Richtung Bodden zu ihren Vätern und Müttern, die dort Netze flickten, stürmten.

Noch nie hatte sich Ida bis hierher gewagt, aber wie jeder auf der Insel kannte auch sie die Geschichten, die man sich über dieses Haus erzählte. Es war das erste, das ein Fremder hier baute, und bis auf den Pfarrer und den Krämer gab es niemanden, der diese Veränderung begrüßte. Man bezichtigte Herbert der Bestechung, der Unmoral, vor allem aber fürchteten die meisten, dass dieser »Frömde«, wie er nur genannt wurde, noch viel mehr »Frömde« nach sich ziehen könnte, die den echten Insulanern ihren Platz streitig machen würden, ganz zu schweigen von dem Lärm und den neuen Sitten, die mit ihm Einzug hielten. Dass »dieser Verrückte« oder »Kuttenträger«, wie Wilhelm wahlweise bei den Hiddenseern hieß, mit seinen Freunden im Meer baden ging, daran hatten sich die meisten mittlerweile gewöhnt, dass von dieser Sorte aber noch mehr kommen sollten, davon wollte kaum jemand etwas wissen.

Aber all dies waren jetzt nicht Idas Sorgen. Keuchend ging sie die letzten Schritte, bevor Herbert sie entdeckte und ihr zuwinkte. Den halben Tag schon war sie über die Insel gerannt, den Kopf voll mit Fragen, bis sie ihr Weg unweigerlich hierhergeführt hatte.
»Was machst du denn hier?« Herbert war überrascht. »Dass wir uns so schnell wiedersehen. Ich habe dich unten am Strand vermutet, beim Sonnenbaden.«
»Bist du allein?«, fragte Ida.
Herbert zeigte auf die beiden Arbeiter.
»Nein, ich meine, können wir ungestört reden?«
»Jetzt?«
»Ja, jetzt, oder musst du die beiden die ganze Zeit über beaufsichtigen?«
Er schüttelte den Kopf. »Was gibt es denn so Wichtiges?«
»Kannst du dir das nicht denken?«
Herbert musterte sie. »Gut, aber lass uns woanders hingehen. Hier oben fühlt man sich wie auf einem Präsentierteller. Ich sollte demnächst mal Bäume pflanzen.«
»Was schlägst du vor?«
»Hinter die Hucke? Da sieht uns keiner.«
»Dann lass uns gehen.«
Ida wartete ungeduldig, während Herbert mit den Handwerkern noch die weiteren Arbeiten besprach, bevor sie mit schnellen Schritten, als könnte sie nichts und niemand mehr aufhalten, den Hang nach unten eilte, an der Rettungsstation vorbeistürmte und den direkten Weg Richtung Hucke einschlug, ohne, wie sie es sonst gerne tat, erst die Ostsee mit einem stillen Fußbad zu begrüßen. Den ganzen Weg über sagte sie kein Wort, nur ab und zu drehte sie sich nach Herbert um, mit ernstem Gesicht, und trieb ihn mit einem Kopfnicken an, doch etwas schneller zu gehen.

Kurz vor der Höhle, in der sich Wilhelm eine Zeitlang häuslich eingerichtet hatte, verlangsamte sie ihren Schritt, wartete auf Herbert, der etliche Meter hinter ihr zurückgeblieben war, und setzte sich schließlich auf einen der großen Steine, die direkt am Wasser lagen.

»Du kannst doch einen alten Mann nicht so herumscheuchen«, keuchte Herbert, als er sich unter lautem Stöhnen auf einen Stein direkt ihr gegenüber fallen ließ.

»So geht das nicht«, begann Ida ohne Umschweife.

»Was geht so nicht?«, fragte Herbert noch immer außer Atem.

»Der Kuss heute Morgen, das geht nicht.« Sie sah ihn mit strengem Blick direkt in die Augen. »Wohin soll das denn führen? Hast du darüber mal nachgedacht?«

Herbert, der noch immer Mühe hatte, einen ruhigen Atem zu finden, saß leise keuchend auf seinem Stein und sah sie schweigend an.

»Du hast es doch selber gesagt, damals in Berlin, dass das nicht geht, warum soll es jetzt anders sein? Den ganzen Vormittag bin ich über diese verdammte Insel geirrt und habe mir Gedanken gemacht, und weißt du, was mir dabei in den Sinn gekommen ist? Es ist wirklich schrecklich ärgerlich, dass ich darauf nicht schon früher gekommen bin.« Sie schüttelte ungläubig den Kopf. »Ich muss wirklich die ganze Zeit blind gewesen sein. Aber wenn du denkst, dass ich eines dieser leichten Mädchen bin, die man in der Tauentzienstraße findet, hast du dich geirrt. Mich kann man nicht einfach küssen, wie es einem gerade beliebt, und dann einfach gehen, ohne sich umzusehen.«

»Ida!« Herberts Stimme klang entsetzt, aber sie fuhr unbeirrt fort.

»Es ist so naheliegend, wirklich. Seit Jahren lebst du an der Seite einer kranken Frau. Dass es dich da mal nach etwas Abwechslung gelüstet, ist doch allzu menschlich. Aber lass mich bitte bei diesem Vorhaben aus dem Spiel. Ich bin keine für ein schnelles Vergnügen. Dafür gibt es genügend andere, die dir sicherlich gerne diese Freude bereiten würden. Gegen einen entsprechenden Obolus, selbstverständlich. Aber Geld hast du doch genug, daran dürfte es also bestimmt nicht scheitern.«

»Bist du fertig?«, fragte Herbert gereizt.

»Noch nicht«, antwortete sie unwirsch. »Keine Sorge, Herbert, ich mache dir gar keine Vorwürfe. Ich ärgere mich nur, dass ich nicht auf Stanislaus gehört habe. Immer wieder hat er betont, welch ein Egoist du bist, aber ich wollte davon ja nichts wissen, sondern nur das Gute in dir sehen. Den alle überragenden Künstler, den lustigen Charmeur, den leidenschaftlichen Mann. Gott, war ich blind.« Sie tippte sich an die Stirn. »Dabei hätte mir schon an unserem allerersten Abend damals auf Hiddensee ein Licht aufgehen müssen. Deine abschätzige Art, mit Anna umzugehen, als sie zum ersten Mal in dein Atelier gekommen war, diese Überheblichkeit und Selbstverliebtheit, die wird dir sonst ja wohl auch zu eigen sein.«

»Dürfte ich jetzt auch mal etwas sagen?«

»Bitte, nur zu.« Ida verschränkte die Arme vor der Brust und sah ihn herausfordernd an.

»Nichts von alledem, was du mir eben an den Kopf geworfen hast, entspricht auch nur in Ansätzen der Wahrheit.«

»So, wie sieht denn dann deine Wahrheit aus?«

»Dass du mich magisch anziehst, vom ersten Moment an, dass ich die Augen nicht von dir lassen kann, dass ich dich immer und überall küssen möchte, dass ich dich spüren will. Das ist meine Wahrheit, verdammt. Und nicht dieser Blödsinn, den du da gerade eben von dir gegeben hast. Wenn ich so ein Hornochse wäre, wie du behauptest, was interessierst du dich dann überhaupt für mich?«

»Ach komm.« Sie sah ihn misstrauisch an. »Ich bin doch nur eine nette, harmlose Abwechslung, die du dir gönnst. Du kannst es doch wenigstens zugeben, es ist doch nichts dabei.«

Herbert lachte laut auf. »Und was bitte schön hätte ich davon?«, fragte er. »Zwei Küsse in einem Jahr. Das nenne ich eine fette Ausbeute! Wenn ich auf der Suche nach Amüsement wäre, glaub mir, ich wüsste, wo ich welches finden könnte. Und weit Besseres als das in der Tauentzienstraße. Ich kenne Adressen, von denen hast du noch nie gehört.«

»Na wunderbar, der Mann kennt sich aus.«

»Findest du nicht, dass du reichlich anmaßend bist?«, fragte Herbert jetzt sichtlich verärgert.

Ida zuckte mit den Schultern. »Wie dem auch sei, wir müssen einen Weg finden, wie wir hier gemeinsam auf der Insel bleiben können, ohne uns gegenseitig das Leben schwerzumachen. Ich werde nämlich vorerst nicht gehen und du, wie es aussieht, sicherlich auch nicht. Zumindest kann ich es mir nicht vorstellen, dass du dein Haus fertigmachen wirst, um danach gleich wieder mit deiner kranken Frau nach Berlin abzuhauen.«

»War der Kuss heute Morgen wirklich so schrecklich?« Herbert, dem die Sonne direkt ins Gesicht schien, sah sie mit zusammengekniffenen Augen an.

»Du küsst mich und gehst, und ich soll damit zurechtkommen, während du dein Leben munter weiterführst. Ich werde das nicht noch einmal erdulden.«

»Aber ich habe doch gesagt, dass du mir gefehlt hast.«
»Ja, natürlich.« Ida lachte verächtlich. »Du hast gut reden. An deiner Stelle hätte ich das auch gesagt, kostet dich ja nichts, dieses Bekenntnis. Hast du in der ganzen Zeit auch nur ein einziges Mal tatsächlich an mich gedacht? Ich meine wirklich an mich und nicht nur an den Kuss, der so schön auf deinen Lippen geprickelt hat?«
»Du glaubst mir doch sowieso nicht, wenn ich sage, dass meine Gedanken die ganze Zeit über nur bei dir waren.«
»In der Tat. Das wäre ja auch reichlich übertrieben«, erwiderte sie forsch, doch ihre Wut ließ langsam nach. »Wenn ich schon nicht das leichte Mädchen bin, wer bin ich denn dann für dich?«, fragte sie zögerlich.
»Die Frau, die ich auf der Stelle heiraten würde, wenn ich nicht schon mit Helene verheiratet wäre«, antwortete er spontan.
Ein zaghaftes Lächeln huschte über Idas Gesicht, aber sie sagte erst einmal nichts. Still saßen sie sich gegenüber und sahen sich an, als würden sie sich zum ersten Mal erkunden.
»Wie soll es denn jetzt weitergehen?«, fragte sie schließlich.
Er zuckte ratlos mit den Schultern. »Ich weiß es doch auch nicht. Was möchtest du denn?« Herbert stand jetzt auf und ging, die Hände auf dem Rücken, mit bedächtigen Schritten am Strand auf und ab.
»Dass du mich nie wieder küsst«, kam es wie aus der Pistole geschossen, und in Gedanken ergänzte sie: Dass ich dich endlich vergessen kann, dass du aus meinem Leben verschwindest, dass du Helene für mich verlässt, dass wir uns lieben, für immer und ewig, dass ich in dir versinken kann, dass wir zusammengehören. Und plötzlich spürte sie

die Tränen, die in ihr lauerten wie eine drohende Gefahr. »Ich weiß es auch nicht«, fügte sie leise hinzu.

Herbert nickte, während er weiter auf und ab ging.

»Wir müssen uns aus dem Weg gehen, Herbert.«

»Auf dieser kleinen Insel? Das ist doch lächerlich.«

»Etwas anderes wird uns aber nicht übrigbleiben, es sei denn, du reist ab und suchst dir einen anderen Ort, an dem du die Natur genießen kannst.«

»Wie stellst du dir das denn vor? Schon vergessen, ich baue hier gerade ein Haus«, sagte er kopfschüttelnd. »Und bei aller Liebe, Ida, aber Hiddensee ist meine Insel, der einzige Ort, an dem ich frei atmen kann. Den gebe ich nicht auf, auch dir zuliebe nicht.«

»Ich gehe nicht.«

»Schön, dann bleiben wir also beide«, sagte er und lachte.

»Ich finde das nicht komisch.«

»Dann guck uns doch mal an.« Er blieb stehen, die Hände noch immer auf dem Rücken, und sah Ida an. »Findest du nicht, dass wir aussehen wie zwei Gestrandete an dieser gottverlassenen Küste? Wenn uns einer beobachtet, der muss doch denken, wir warteten nur darauf, dass uns endlich jemand aus dieser misslichen Lage rettet.«

»Vielleicht tun wir das ja.«

Herbert atmete tief durch. »Du hattest recht mit dem, was du vorhin gesagt hast. Der Kuss war ein Fehler, ich habe mich hinreißen lassen von dieser wunderbaren Atmosphäre am Morgen. Es war alles plötzlich so stimmig.« Er hielt kurz inne. »Du solltest jemanden finden, zu dem du gehörst.«

»Ich komme gut allein zurecht, danke«, erwiderte sie trotzig, aber es war zu spät. Herbert hatte ihren wundesten Punkt berührt, und sie spürte, wie die Traurigkeit von ihr

Besitz ergriff. Hastig drehte sie ihr Gesicht weg von ihm zum offenen Meer hin, und da flossen auch schon die Tränen, unaufhaltsam, aber leise, und sie ahnte, dass er wusste, dass sie weinte.

35

»Liebe Mutter!« Ida hatte Schwierigkeiten, den Brief, den sie seit Tagen schon schreiben wollte, zu beginnen. Einfach nur Mutter als Anrede zu verwenden erschien ihr zu unpersönlich, dabei hätte diese ihr am ehesten entsprochen, zumindest für den Augenblick. Sie hatte so schon genügend zu verlieren, da sollte sie mit ihren Gefühlen lieber geizen. Überhaupt sollte sie ihre Gefühle besänftigen, nach allem, was mit Herbert geschehen war.

Die anderen Briefe, die aus Berlin, hatte sie immer mit »Liebste Mutter« begonnen. Es waren knappe Zeilen gewesen, nur aus dem Grund geschrieben, von sich hören zu lassen, damit sich ihre Familie keine Sorgen machte. Aber jetzt wollte sie etwas von ihr, zum ersten Mal seit langem, und plötzlich fiel es ihr schwer, diese gebräuchliche Anrede zu verwenden, über die sie sich vorher nie Gedanken gemacht hatte.

»Liebste Mutter!«, schrieb sie schließlich doch mit schwarzer Tinte auf ein neues Blatt Papier und sah dabei zu, wie die nassen Buchstaben langsam trockneten. »Wenn ich Euch in letzter Zeit viel Kummer bereitet habe, dann tut es mir schrecklich leid. Ich hoffe, Du weißt, dass das nie meine Absicht war. Ich wollte Euch weder mit dem Bild verärgern noch Euch vor den Kopf stoßen, indem ich Euch im August nicht besucht habe. Aber die Scham über mein Versagen war so frisch und groß, dass es mir unmöglich schien, Euch nach so langer Zeit unter diesen Umständen unter die Augen zu treten. Zumal ich ja weiß, wie sehr Vater unter meinem Verhalten leidet. Es muss fürchterlich für ihn gewesen sein, seinen Namen derart in den Schmutz gezogen zu sehen. Glaub mir, wenn ich etwas daran ändern könnte, ich würde es tun. Ich würde alles rückgängig machen.« Ida hielt kurz inne, strich den letzten Satz und fuhr fort: »In Stralsund auszustellen war ein Fehler. Die Zeit ist noch nicht reif für meine Art, die Welt zu sehen, für die Malerei, die in mir ist. Leider kommt diese Erkenntnis für Euch zu spät. Du sollst dennoch wissen, dass ich, auch wenn mich die Kritik hart anficht, eine wertvolle Erfahrung gemacht habe. So seltsam das in Deinen Ohren vielleicht auch klingen mag, aber je mehr Zeit verstreicht, desto mehr spornt mich diese Ablehnung an, die natürlich auch mich anfangs getroffen hat wie ein schwerer Schlag. Aber ich stehe noch, ich bin nicht untergegangen, ich sehe die Welt noch immer mit meinen eigenen Augen. Verstehst Du das? Immer wieder sehe ich das Bild vor mir, wie Du im Klavierzimmer vor dem Flügel sitzt und spielst und spielst und spielst. Die Musik bedeutet Dir so viel, dass du darüber auch vergessen kannst, wie schwer manchmal Dein Leben an der Seite Deines Mannes ist. Verstehe mich jetzt bitte nicht falsch. Ich liebe Vater, aber wir wissen doch beide, wie schwierig er manchmal sein kann, wenn nicht alles nach seinen Vorstellungen läuft.«

Ida legte die Feder beiseite und ließ ihren Blick über den aufgewühlten Bodden schweifen. Sie wusste in der Tat, wie unbarmherzig ihr Vater sein konnte. Was er jetzt wohl machte? Ob ihm Johanna noch immer bei seinen Geschäften half? Johanna, die kleine, schweigsame Johanna, hatte es als Einzige geschafft, sich in der Familie durchzusetzen. Das musste sie ihrer Schwester lassen. Sie schien noch nie gezweifelt zu haben an dem, was sie wollte. Ida blickte nachdenklich aus dem Fenster. Wie auf einem großen dunklen Parkett tanzten die Schaumkronen zwischen Hiddensee und Rügen. Es sah so leicht aus, aber unter den hellen Spitzen taten sich gefräßige Schluchten auf.

»Was für Dich die Musik ist, ist für mich die Malerei«, schrieb Ida schließlich weiter. »Wenn ich vor meiner Staffelei sitze, kann ich alle Schwierigkeiten, die das Leben so mit sich bringt, vergessen, sogar die vernichtende Kritik an meiner Arbeit. Da fällt mir gerade ein, hast Du jemandem meine Adresse auf Hiddensee weitergegeben? Ich habe merkwürdige Post aus Berlin erhalten, und ich kann mir nicht erklären, von wem sie stammt. Aber das ist nicht so wichtig. Ich schreibe Dir nicht deswegen. Ich möchte, dass Du weißt, dass es mir gutgeht, dass ich meinen Weg endgültig gefunden habe und dass die Ausstellung in Stralsund einen großen Anteil daran hat. Die Heimat ist und bleibt eben doch eine gute Basis.«

Verwundert schaute Ida auf den letzten Satz. War ihr nicht alles fremd gewesen in Stralsund? Aber vielleicht war Heimat ja gerade das, wenn das Vertraute von einst zum Fremden von heute wurde, wenn man begriff, dass man Zuspruch und Anerkennung nicht mehr bei Altbekanntem, sondern bei Neuem suchen musste?

Wieder blickte sie aus dem Fenster. Der Wind pfiff jetzt stärker als am Morgen und türmte dunkle Wolken zu riesigen Bergen auf, die drohend über den Himmel zogen. Drüben, auf Rügen, blinkte eine Warnleuchte in die düstere Stimmung, und die Fischerboote steuerten eilig Vitte oder Neuendorf oder einen der Häfen auf Rügen an.

Ida las noch einmal die letzten Zeilen. Wie selbstsicher sie klang, viel sicherer, als sie in Wirklichkeit war. Dabei reichte doch ein einziger Gedanke an Herbert, ein einziger Gedanke an diese kleine Ewigkeit mit ihm hinter der Hucke, und ihre ganze Entschlossenheit zerbröselte zu Staub. Aber sie saß nicht hier an dem kleinen Tisch in ihrem Zimmer in Vitte, um sich von ihren Gefühlen verrückt machen zu lassen. Sie hatte sich geschworen, nur an sich zu denken, an ihr Leben, das sie wieder in starke, entschlossene Hände nehmen wollte, und allein deswegen saß sie hier und schrieb diesen Brief.

»Du musst Dir also keine Sorgen um mich machen. Ich fühle, nein, ich weiß, dass ich nur die sein kann, die ich bin. Und wenn dazu gehört, bei vielen auf Ablehnung zu stoßen, so weiß ich doch, dass auch einige Menschen hinter mir und dem stehen, was ich mache.

Es ist schade, dass Du nicht sehen kannst, wie schön es hier auf Hiddensee ist. Ich erfreue mich so sehr an der Landschaft, dass ich mir gar nicht vorstellen kann, irgendwann einmal genug davon zu bekommen. Selbst jetzt, wenn die Herbststürme kommen, liegt ein Zauber über der Insel, den ich nur schwer in Worte fassen kann. Man fühlt sich so lebendig hier, vielleicht ist es das, was am ehesten ausdrückt, was ich empfinde. In Berlin, wo das Leben tobt, läuft man hingegen immer Gefahr, überrollt zu werden – nicht im wörtlichen Sinne natürlich, auch wenn das bei der Hektik in der Stadt durchaus möglich ist. Man wird dort leicht an die Wand gedrückt oder einfach übersehen bei all den Menschen und bleibt einsam zurück. Hier ist die Einsamkeit allgegenwärtig und deswegen auch ganz natürlich. Vielleicht ist sie ja dadurch besser erträglich. Du merkst, ich bin noch nicht ganz sicher in meiner Beurteilung. Ich werde wohl noch etwas Zeit brauchen, um herauszufinden, was mich an dieser Insel so fasziniert.«

Ida zögerte. Sie musste jetzt endlich auf den Punkt kommen. Aber sie hatte Angst, nicht den richtigen Ton zu treffen. Sie wollte nicht zu fordernd klingen, und dennoch musste sie ihrer Mutter deutlich machen, wie viel für sie von dieser Bitte abhing.

»Aber in einem bin ich mir sicher. Ich werde nicht nachlassen in meinem Bemühen, eine echte Künstlerin zu werden. Ich werde weiterhin malen und, sobald es mir wieder möglich ist, Unterricht bei den größten Malern nehmen, um immer besser und besser zu werden. Du merkst, wie ernst es mir mittlerweile mit meinem Anliegen ist und wie sicher ich geworden bin in meinem Wunsch. Trotz oder gerade wegen der Kritik! Dieses Ziel nicht verfolgen zu können wäre schlimmer als jedes Urteil, und sei es noch so vernichtend. Du bist vielleicht die Einzige in der Familie, die mich versteht. Denk doch nur an Deine schönen Stunden am Klavier. Könntest Du darauf verzichten?

Denk jetzt bitte nicht schlecht von mir, ich wollte Dich mit dieser Frage nicht in die Enge treiben. Aber die Bitte, die ich an Dich richten möchte, fällt mir so unendlich schwer, niederzuschreiben, dass ich nichts unversucht lassen möchte, Dein Verständnis für mich zu wecken. Und vielleicht gelingt es mir ja.

Du weißt, dass ich Dich nie um Geld gebeten habe, selbst in meinen dunkelsten Stunden in Berlin, von denen es einige gegeben hat. Ich habe immer versucht alleine zurechtzukommen, da ich der Meinung war, dass ich Euch diese Eigenständigkeit schulde nach allem, was ich Euch angetan habe mit meiner übereilten Abreise. Und dennoch hast Du mich immer wieder unterstützt, aus freien Stücken, und ich kann Dir gar nicht oft genug dafür danken. Das Geld, das Du mir geschickt hast, war oftmals meine letzte Rettung.

Du ahnst, was jetzt kommt. Ich bitte Dich darum, mir Geld zu schicken, damit ich den Winter hier auf Hiddensee überstehen und genügend Farben und Leinwand kaufen kann, um im Frühjahr bei einer Ausstellung in Berlin teilnehmen zu können. Das ist eine große Chance, die ich mir nicht entgehen lassen möchte. (Du siehst, die nächsten Ziele sind gesteckt!) Ich brauche nicht viel. Ich lebe bescheiden hier und werde ab nächster Woche bei einem guten Freund unterkommen können, so dass ich keine Miete zu zahlen habe. Aber natürlich möchte ich nicht, dass er meinetwegen mehr Unkosten hat. Wenn Du vielleicht Vater fragen kannst, ob er mir hilft? Nur dieses eine Mal, ich verspreche es. Ich wage es nicht, ihn selber zu fragen. Auf Dich hört er eher als auf mich.

Bitte sei mir nicht böse, dass ich so unverfroren bin, Euch um Unterstützung zu bitten. Wenn ich einen anderen Weg wüsste, glaub mir, ich würde ihn nehmen. Und denk nicht, ich wüsste nicht, wie schwer es für Dich ist, Vater um diesen Gefallen zu bitten. Ich weiß, welchen Ärger Du deswegen mit ihm haben wirst. Aber richte ihm aus, dass ich alles zurückzahlen werde, auf Heller und Pfennig, sobald ich kann. Er wird nicht daran glauben, ich weiß, aber ich bin mir sicher, dass ich es schaffen werde. Vielleicht glaubst Du ja an mich?! Im Grunde meines Herzens fühle ich nämlich, dass Du auf meiner Seite bist und schon immer warst, auch wenn Du Dir Vater zuliebe gewünscht hättest, dass ich ein anderes Leben wähle.

Liebe Mutter, was immer auch geschieht, ich danke Dir für Deine Güte und verspreche Dir, dass ich Euch im nächsten Jahr besuchen werde. Ich bin jetzt stark genug dafür. Bis dahin umarme ich Dich ganz herzlich.

Deine Ida

PS: Bitte richte die Post nicht mehr nach Vitte, sondern an die Bauernschenke in Grieben.«

Erschöpft legte Ida die Feder beiseite. Die letzten Absätze hatte sie in einem Zug geschrieben, als könnte jedes weitere Innehalten einen Gedanken zutage fördern, dem sie nicht mehr gewachsen sein würde. Sie stand auf und ging ein paar Schritte. Wie leer sie sich plötzlich fühlte, wie ausgehöhlt, als wäre ihr ganzes Wesen in diese Zeilen geflossen. Ihr Blick glitt noch einmal über die letzte von ihr beschriebene Seite. Von weitem sah es aus, als hätte sie das Blatt mit Ornamenten bemalt, so schwungvoll war ihre Schrift über die Seite geglitten, und Ida entschied sich, die Zeilen nicht noch einmal zu lesen, um diesen Eindruck nicht zu zerstören. Gleich morgen früh würde sie den Brief dem Fährmann geben, damit er ihn zur Poststelle nach Rügen mitnehmen konnte.

Wie leicht so viel Hoffnung wiegt, dachte sie erstaunt, als sie den Umschlag nahm und ihn auf ihren Skizzenblock legte, kaum schwerer als die Schaumkronen, die noch immer unermüdlich über dem Bodden schwebten.

36

»Glaubst du nicht, dass es langsam reicht?« Stanislaus sah Herbert herausfordernd an und bewegte sich nicht von der Stelle. Die Hände in seinen Hosentaschen zu Fäusten geballt, hatte er sich ihm in den Weg gestellt und tat endlich das, was er sich schon so lange vorgenommen hatte.

»Könntest du mich bitte aufklären?«, fragte Herbert erstaunt, der gerade von seinem morgendlichen Strandspaziergang kam und aus Vitte Brot und Milch für das Frühstück mitgebracht hatte.

»Was willst du von Ida?«

»Wie bitte?«

»Du hast schon richtig gehört. Was soll das? Warum lässt du Ida nicht einfach in Ruhe?«

»Geht es auch ein bisschen leiser?« Herbert, den Stanislaus nur wenige Schritte von seinem Haus entfernt abgepasst hatte, blickte sich unwillkürlich auf dem ansonsten einsamen Hügel um. Aber noch nicht einmal die alte Fischersfrau, die jeden Morgen zum Friedhof ging, konnte er unten in Kloster entdecken.

»Ich habe euch gesehen, unten am Strand und oben auf dem Dornbusch und neulich in der Heide. Mir kannst du nichts vormachen.«

»Spionierst du mir nach?«

»Was willst du von Ida?«, fragte Stanislaus barsch. »Du benutzt sie doch nur.«

»Ach, der Herr hat sich zu einem selbsternannten Retter auserkoren.« Herbert schmunzelte. »Meinst du nicht, dass du da deine Nase in etwas steckst, was dich ein-

fach nichts angeht und wovon du absolut keine Ahnung hast?«
»Nein, das meine ich nicht.« Stanislaus' Augen funkelten. »Ich werde nicht tatenlos dabei zusehen, wie ein Egoist wie du Ida ins Unglück stürzt.«
»Interessant, dass du das erwähnst. Ida hat so etwas auch gesagt.«
»Was hat sie gesagt?«
»Dass du permanent verbreitest, ich wäre ein Egoist. Ich verstehe ja, dass du verärgert bist, weil ich mehr Erfolg habe mit meinen Arbeiten und du kaum Beachtung erfährst. Das verstehe ich durchaus.« Herbert lächelte mitleidig. »Das ist normal, das treibt uns Künstler an, der Neid auf die anderen. Glaub mir, ich weiß, wovon ich spreche. Die Franzosen machen mich mit ihren leichten, dahingehauchten Bildern ganz fuchsig. Aber deswegen käme ich doch niemals auf den Gedanken, mich vor, sagen wir mal, Mouchot zu stellen, den ich im Übrigen umbringen könnte, weil er gerade für eines seiner Bilder eine Rekordsumme erzielt hat, also ich käme doch niemals auf diesen absurden Gedanken, mich vor ihn zu stellen, als würde ich ihn zu einem Duell auffordern, nur weil es mir nicht passt, wie er sein Leben führt. Ich würde mich stattdessen schleunigst an die Arbeit machen und versuchen ein besseres Bild als seines zu malen. Aber was du tust, ist lächerlich.«
Stanislaus hatte alle Mühe, sich zu beherrschen. Unruhig ließ er seine Fäuste kreisen, und es fehlte nicht viel, und er hätte sie aus seinen Taschen schnellen lassen, um Herbert einen kräftigen Hieb zu verpassen. Aber er wollte sich nicht provozieren lassen, nicht auf diese billige Art und Weise. »Deine Theorie in Ehren«, sagte er mit ruhiger Stimme, »aber merkst du denn nicht, dass du vom Thema ab-

weichst? Hier geht es nicht um mich und meinen vermeintlichen Neid, hier geht es um Ida und die Spielchen, die du mit ihr treibst.«

»Was für Spielchen, wenn ich fragen darf?« Herberts Mund verzog sich zu einem verächtlichen Lächeln. »Soweit ich mich erinnern kann, warst du nicht zugegen, wenn ich mit Ida alleine war. Es sei denn, du hast mit dem Fernstecher und Hörrohr …« Er lachte. »Aber lassen wir das. Das traue ich sogar dir nicht zu.«

»Ich habe gesehen, wie du sie geküsst hast«, sagte Stanislaus erbost.

»Sieh an, sieh an.« Herbert verschränkte die Arme vor der Brust und ließ Stanislaus nicht mehr aus den Augen. »Für dich als alten Weiberheld muss es schrecklich schmerzhaft sein, nicht auch Ida mit deinem Charme umgarnen zu können. Ich verstehe. Aber weißt du, dein Ruf eilt dir voraus, und wenn ich an Idas Stelle wäre, ich würde mein Herz auch nicht an einen Hallodri wie dich verschenken.«

Stanislaus' Atem ging immer schneller. »Aber für einen verheirateten Mann soll sie sich hergeben?«, fragte er zornig.

»Jetzt brüll doch nicht so«, sagte Herbert beschwichtigend. »Es muss ja nicht gleich die ganze Insel mithören.«

»Meinetwegen kann die ganze Welt hören, was für ein Schwein du bist. Ich habe nichts zu verbergen«, entgegnete Stanislaus mit lauter Stimme.

»Willst du, dass Helene von deinem Geschrei aufwacht?«, fragte Herbert leise, und zum ersten Mal war so etwas wie Sorge auf seinem Gesicht zu erkennen.

»Hast du Angst?«

»Warum sollte ich?«

»Ich hätte ihr sicherlich einiges zu erzählen.«

»Auf diese Art wirst du Ida auch nicht für dich gewinnen.«
»Aber du würdest wenigstens endlich die Finger von ihr lassen.«
»Von wem sollst du die Finger lassen, Herbert?«
Wie auf Kommando sahen Herbert und Stanislaus erschrocken auf. Im Türrahmen stand Helene, eingehüllt in eine warme Decke, mit einer Mischung aus Neugier und Verwunderung im Blick.
»Entschuldige, wir waren etwas laut«, murmelte Herbert. »Geh wieder rein, du erkältest dich noch. Ich komme gleich nach.«
»Von wem sollst du die Finger lassen?«, wiederholte Helene beharrlich ihre Frage.
»Ach, nicht so wichtig.« Stanislaus winkte ab. »Wir unterhalten uns nur über die nächste Ausstellung in Berlin.«
»Danach hat es sich aber nicht angehört. Ihr seht irgendwie aus, als wolltet ihr euch gleich die Köpfe einschlagen.«
»Du kennst uns doch«, sagte Herbert bemüht gelassen. »Wir erregen uns schnell einmal über schlechte Kunst.«
»Von der du jetzt endlich die Finger lassen sollst?«, fragte sie mit einem ungläubigen Lächeln. »Aber du hast recht, es ist kalt hier draußen. Kommt doch rein. Ich habe frischen Kaffee gemacht. Drin diskutiert es sich vielleicht etwas besser. Es muss ja nicht gleich jeder wissen, was für Hitzköpfe ihr seid. Nicht, dass sie uns das Haus gleich wieder einreißen, weil sie keine Störenfriede auf der Insel dulden. Das wäre wirklich schade drum, nicht wahr, Herbert?« Sie sah ihren Mann eindringlich an.
Herbert lächelte gequält. »Geh schon mal vor«, sagte er. »Wir kommen gleich nach.«

»Wie ihr meint.« Helene bedachte beide mit einem prüfenden Blick. »Aber benehmt euch, ja? Sag mal, Stanislaus, wie lange bist du eigentlich noch auf Hiddensee?«, fragte sie unvermittelt.
»Bis Ende Oktober vermutlich«, antwortete er überrascht.
»Wir sollten ein Einweihungsfest geben, Herbert, solange alle noch da sind. Soweit ich weiß, fährt Anna ja auch demnächst wieder nach Berlin. Nur von Ida habe ich schon lange nichts mehr gehört. Ist sie überhaupt noch auf der Insel?«
Herbert sah Stanislaus verschwörerisch an. »Ida ist da, ja«, antwortete er so beiläufig wie möglich.
»Sie bleibt vermutlich sogar den ganzen Winter«, ergänzte Stanislaus, während er Herbert aus dem Augenwinkel beobachtete. »Vorausgesetzt, sie bekommt das Geld von ihrem Vater. Hat dir das Herbert nicht erzählt?«
»Der Wind ist eisig, Helene, geh bitte ins Haus«, sagte Herbert streng.
»Jaja, schon gut.« Sie blickte versonnen über die Insel. »Aber du kommst gleich noch mit rein, Stanislaus, ja? Dann erzählst du mir ein bisschen von dem Leben hier. Aus Herbert ist ja nichts herauszubekommen, und ich gehe nur noch selten vor die Tür. Meine Kraft reicht dafür einfach nicht mehr aus.«
»Das mach ich, Helene.« Stanislaus lächelte ihr freundlich zu. »Du sollst doch kein Einsiedlerdasein fristen, nur weil du mit diesem verschwiegenen Kerl verheiratet bist.«
»Du sagst es. Schließlich liege ich noch nicht unter der Erde.«
»Helene, bitte. Du weißt, dass ich es nicht mag, wenn du so redest.« Herbert konnte seinen Ärger jetzt kaum mehr verbergen.

»Ich weiß, aber du solltest endlich lernen, den Realitäten ins Auge zu blicken«, erwiderte sie.
»Das wollte ich ihm auch gerade klarmachen«, pflichtete Stanislaus ihr bei, der sich ein Grinsen nicht verkneifen konnte. »Aber er tut sich schwer damit.«
»Vielleicht hilfst du ihm ein bisschen dabei?« Aus Helenes blassem Gesicht wich mit einem Schlag jegliche Lebendigkeit. Kraftlos stand sie in der Tür, und es sah aus, als könnte sie sich kaum mehr auf den Beinen halten.
»Gehst du jetzt bitte rein«, sagte Herbert, der, obwohl er sich längst an Helenes traurig-müden Blick gewöhnt haben sollte, es kaum ertragen konnte, sie so zu sehen. »Du solltest dich wieder hinlegen.«
Ihr Mund verzog sich zu einem schmalen Lächeln, bevor sie, ohne ein weiteres Wort zu sagen, die Tür leise hinter sich schloss. Kaum war Helene im Haus verschwunden, packte Herbert Stanislaus am Kragen und zog ihn ein paar Schritte mit sich fort. »Bist du jetzt zufrieden?«, fragte er erbost.
»Was hast du denn? Ich habe doch gar nichts gesagt.«
»Natürlich nicht, nein. Du hast nur Helene ein bisschen verunsichert.« Herbert hielt Stanislaus noch immer am Kragen und sah ihn mit funkelnden Augen an. »Ist dir eigentlich klar, dass Helene herzkrank ist und jede Aufregung eine Gefahr für ihr Leben darstellt?«
»Lass mich los, Herbert«, sagte Stanislaus ruhig.
»Ist dir das klar?« Er schüttelte ihn jetzt so kräftig, dass Stanislaus auf dem feuchten Gras beinahe das Gleichgewicht verloren hätte und in den Ginsterbusch gefallen wäre, der direkt hinter ihm stand.
»Drehst du jetzt völlig durch?« Mit einem beherzten Schlag befreite sich Stanislaus aus Herberts Umklammerung und

ging ein paar Schritte zur Seite. »Das hast du dir doch selber zuzuschreiben. Ich kann doch nichts dafür, dass du deine Frau betrügst.«

»Jetzt reicht's.« Herbert, der Stanislaus um einen Kopf überragte, baute sich wie eine Wand vor ihm auf. »Du hörst mir jetzt gut zu. Und wehe, du unterbrichst mich. Du weißt, es ist ein Leichtes für mich, dafür zu sorgen, dass du in Berlin oder München kein Bein mehr auf die Erde bekommst.«

»Da bin ich aber mal gespannt«, murmelte Stanislaus, der seine Hände tief in seinen Taschen vergrub.

»Ich betrüge meine Frau nicht«, sagte er scharf. »Ich habe sie nie betrogen, und ich werde sie nicht betrügen. Hast du mich verstanden?«

»Und Ida?«

»Unterbrich mich nicht. Was zwischen mir und Ida ist, geht nur uns beide etwas an. Da hast du dich gefälligst herauszuhalten.«

»Und der Kuss?«

»Du sollst mich nicht unterbrechen.« Herberts Augen funkelten. »Ida und ich sind uns freundschaftlich verbunden. Mehr nicht. Und solltest du auch nur noch einmal etwas anderes behaupten, dann werde ich dich deswegen verklagen, haben wir uns verstanden. Und bloß zu deiner Information. Dass du uns jetzt öfter gemeinsam auf der Insel siehst, hat nur mit einer Idee für eine Ausstellung zu tun. Ich will Ida nämlich helfen, dieses unschöne Erlebnis von Stralsund zu verwinden, das sie ja auch dir zu verdanken hat.«

»Ida hätte mir doch davon erzählt.« Stanislaus schüttelte ungläubig den Kopf.

»Du wirst schon noch früh genug davon erfahren.«

»Aha. Und das soll ich dir abnehmen?«

»Frag Ida.«

»Und sie ist nicht deine heimliche Geliebte?« Er sah ihn misstrauisch an.

»Ein für alle Mal, ich bin verheiratet, und Ida ist eine freie Frau. Geht das jetzt endlich in deinen Schädel?«

»Das heißt, ich könnte ...« Stanislaus hielt abrupt inne und blickte verträumt in die Ferne. »Ida war deinetwegen im letzten Jahr todunglücklich«, sagte Stanislaus plötzlich. »Ich hoffe, du weißt das.«

»Und du solltest wissen, dass Ida keinen Retter braucht und ich niemanden, der meine Frau unnötig in Aufregung versetzt.«

Stanislaus nickte. »Frieden?« Er streckte ihm die Hand entgegen. »Wir sind doch Freunde.«

»Ein schöner Freund bist du«, stöhnte Herbert und packte seine Hand. »Noch so eine Szene, und wir waren welche, ist das klar? Und noch was, Stanislaus. Ida ist keine Frau für dich.«

»He, was soll das denn jetzt? Ich dachte, wir hätten gerade Frieden geschlossen«, sagte Stanislaus empört und versuchte seine Hand zurückzuziehen, aber Herbert hielt ihn fest.

»Das ist nur ein Rat unter Freunden«, erklärte Herbert. »Deine Kraft reicht für ihre Stärke nicht aus.«

»Das werden wir ja sehen«, erwiderte er scharf und entriss ihm ruckartig seine Hand. »Oder um es in deinen Worten zu sagen: Das geht dich mit Verlaub einen feuchten Dreck an. Kümmere dich um deine eigenen Angelegenheiten.«

37

Dass er so etwas tut.« Ida saß, den Kopf auf die Hände gestützt, an dem großen Tisch in der Bauernschenke und starrte ungläubig auf den Briefumschlag, der vor ihr lag. »Ich hätte nie geglaubt, dass er zu so etwas fähig ist. Ich bin doch nicht sein Eigentum, was denkt er sich denn eigentlich?«

»Kann ich noch einmal sehen?«, fragte Anna vorsichtig.

»Hast Du noch immer nicht genug? Ich habe Dir eine Stelle besorgt. Im November fängst Du an. Widerstand ist zwecklos, und um Geld betteln ebenso. Weitere Artikel sind schnell in Druck.« Die Zeilen waren an den Rand eines Zeitungsausschnittes gequetscht, in dem einmal mehr von der »unqualifizierten Leistung einer gewissen Ida Grotjahn« die Rede war.

»Du bist sicher, dass das die Handschrift deines Vaters ist?«

Ida nickte. »Ganz sicher.«

»Und du hast schon mehrere dieser Artikel geschickt bekommen?«

Ida nickte erneut. »Fünf Stück mittlerweile.«

»Und du denkst, dass er …?« Anna überflog noch einmal die Zeilen.

»Ich weiß es nicht. Aber wer soll sonst dahinterstecken? Mir fällt partout niemand ein, der mir …« Sie stockte. »Der mir so etwas antun könnte.«

»Aber wie hat er das angestellt? Er muss ja mehr als einen Redakteur dazu gebracht haben, Schlechtes über dich zu schreiben.« Annas Verwunderung war mindestens ebenso groß wie Idas bodenlose Enttäuschung.

Ida zuckte mit den Schultern. »Ehrlich gesagt will ich das gar nicht wissen. Dass er es überhaupt getan hat. Ich meine, Anna, ich bin seine Tochter, trotz allem. Er kann doch nicht immer nur an sich denken. Will er mich vernichten?«

»Er will, dass du nach Hause kommst«, sagte Anna trocken. »Und weil er gemerkt hat, dass du das nicht freiwillig tust, versucht er es jetzt eben mit anderen Mitteln.«

»Aber er kann mich doch nicht erpressen!« Ida war fassungslos.

»Natürlich kann er das nicht. Du wirst ja wohl nicht darauf eingehen.«

»Natürlich nicht«, erwiderte sie zum wiederholten Mal und rieb sich einmal mehr mit ihren Händen über ihr vor Erregung glutrotes Gesicht. Draußen prasselte der Regen gegen die kleinen Scheiben, und eigentlich hatte sie sich für diesen Tag vorgenommen, endlich einmal Ordnung in ihre Restbestände an Farben und Leinwänden zu bringen, um zu wissen, wie weit ihre Vorräte noch reichten. Aber dann war schon am frühen Morgen der Postbote vorbeigekommen, und seitdem hatte sie sich nicht mehr von diesem großen Tisch in der Bauernschenke wegbewegt, an dem sie erst allein, dann mit Wilhelm, schließlich mit Wilhelm und Stanislaus gesessen hatte und an dem sie jetzt mit Anna saß, in dem Versuch, Worte für ihr Entsetzen, ihre Enttäuschung und diese unbändige Wut zu finden, die, je länger sie untätig blieb, immer mächtiger wurde.

»Dass aber auch nirgendwo dabeisteht, in welchen Zeitungen diese«, Anna schluckte, »Artikel erschienen sind.« Sie griff erneut nach dem Ausschnitt und hielt ihn gegen das Licht. Aber wie schon bei den etlichen Versuchen zuvor entdeckte sie auch diesmal keinen Hinweis auf seine Herkunft. »Nichtsdestotrotz, ich werde, wenn ich wieder in Berlin bin, diesen vermeintlichen Kritikern einmal auf den Zahn fühlen.«

»Das wird nur wenig ändern. Solange ich nicht auf sein Angebot eingehe, wird er Mittel und Wege finden, mich in Misskredit zu bringen.«

»Und wenn schon. Ich finde, Stanislaus hatte recht mit dem, was er vorhin gesagt hat. Es ist allemal besser, überhaupt zur Kenntnis genommen zu werden als gar nicht. Wer weiß, vielleicht nützen dir am Ende all die schlechten Kritiken sogar noch.«

»Du und dein Optimismus.« Ida stöhnte. »Aber mal ganz abgesehen von diesen Hetzschriften, das Geld, auf das ich so sehr gehofft hatte, das kann ich jetzt vergessen. Ich muss mir schnell was einfallen lassen, sonst kann ich meine Koffer packen und die Stelle antreten, die mein Vater großzügigerweise für mich besorgt hat. Eine Stelle.« Ida erhob sich ruckartig von ihrem Platz, trat an den leeren Tresen und ließ ihren Blick über die vielen freien Stühle schweifen. »Wird Zeit, dass hier mal Gäste kommen, sonst kann Wilhelm auch einpacken.«

»Das wird schon, mach dir da mal keine Sorgen.«

»Eine Stelle«, sagte sie nachdenklich, doch ihr Murmeln ging im Bollern des Ofens unter. »Vielleicht ist es tatsächlich an der Zeit, dass ich mich mit dieser Möglichkeit anfreunde. In einem hat Vater ja recht, ich kann nicht ewig darauf hoffen, dass er mir finanziell unter die Arme greift.«

»Was er ja auch nicht tut.«

»Du sagst es.«

»Eine Stelle in einem Haushalt«, dachte Ida laut. »Andere machen diese Arbeit ja auch.«

»Aber du doch nicht.« Stanislaus war gerade zur Tür hereingekommen und setzte sich, den Matsch noch an den Stiefeln, an die Stirnseite des Tisches.
»Warum nicht? Ich bin auch nicht besser oder schlechter als die anderen.«
»Du wirst doch jetzt nicht deinem Vater den Mund reden wollen?«, sagte Anna verwundert.
»Ich rede ihm nicht den Mund, ich denke laut über mein Leben nach. Ich muss ja nicht bis in alle Ewigkeit bei jemandem in Stellung sein. Ein, zwei Jahre nur. Ich könnte doch trotzdem malen, müsste mir aber erst einmal keine Sorgen um mein Auskommen machen. Und nach der Zeit komme ich nach Berlin zurück, und wir stellen alle gemeinsam aus.«
»Ganz genau. Und dein Vater ist der Heilige Geist.« Anna stand auf und ging Richtung Küche. »Ich mach uns jetzt erst einmal einen frischen Tee.«
Ida folgte ihr. »Mal ganz im Ernst, Anna«, fuhr sie fort. »Das bringt mich doch nicht um, diese zwei Jahre, und wer weiß, vielleicht würde sich mein Vater ja auch durch den guten Willen, den ich zeige, besänftigen lassen.«
»Das musst du wissen.« Anna legte etwas Holz nach, bevor sie Wasser in einen verbeulten Topf goss, den sie auf den heißen Ofen stellte. »Aber willst du die letzten beiden Jahre denn einfach wegwerfen? Unsere Zeit auf Hiddensee, deine Kurse in Berlin. Denk doch nur an das Fräulein Baum von der Malschule. Die würde es dir nie verzeihen, wenn du nicht eines Tages mit vielen neuen Farben und Eindrücken und Bildern im Gepäck zurückkehren würdest. Und darf ich dich bei der Gelegenheit vielleicht auch an dieses, ich weiß gar nicht, wie ich es nennen soll, Projekt erinnern?«

Ida sah sie fragend an.
»Du weißt schon, was auch immer du da mit Herbert machst. Ihr malt doch, oder?«
»Ja.«
»Also, darf ich dich an dieses Experiment erinnern? Das wäre dann doch auch Makulatur, wenn du so mir nichts, dir nichts abreisen würdest, um in Stralsund zu arbeiten.«
Anna beobachtete Ida aus dem Augenwinkel. »Wieso erzählst du mir eigentlich nicht, was ihr da macht?«, fragte sie und gab sich Mühe, ihre Stimme weder zu neugierig noch zu forsch oder zu besorgt klingen zu lassen.
»Das würde mich auch brennend interessieren«, sagte Stanislaus, der mittlerweile seine dreckigen Schuhe gegen Holzpantinen eingetauscht hatte.
»Ach, darum geht es jetzt doch gar nicht.« Ida schnappte sich einen Becher und ging in den Wirtsraum zurück. »Ich habe jetzt wirklich ganz andere Sorgen. Außerdem, wenn das Wetter so bleibt, liegt das Ganze ohnehin erst einmal auf Eis.«
Stanislaus, der sich neben Ida ans Fenster gestellt hatte, blickte nachdenklich durch die regennassen Scheiben. »Komm doch mit mir nach Berlin«, sagte er plötzlich. »Wir könnten heiraten und uns eine Wohnung nehmen und von meinem Ersparten leben. Ich habe im Frühjahr ganz gut verkauft, und wenn ich zurückkomme, warten zwei Aufträge auf mich, und dann ist da ja auch noch die Ausstellung im November.«
Ihren Becher fest umklammernd, machte Ida einen Schritt zurück, schmiss dabei einen Stuhl um und wäre beinahe über einen zweiten gestolpert, der direkt dahinter stand. Aufgeschreckt von dem Lärm, kam Anna aus der Küche geeilt und sah gerade noch, wie Stanislaus hastig die Stühle zurück an ihre Plätze stellte.

»Alles in Ordnung?«
»Ich bin nur gestolpert«, antwortete Ida und versuchte zu lächeln.
»Braucht ihr Hilfe?«
»Nein, nein, alles gut«, sagte Stanislaus, der sich wieder zum Fenster drehte. »Was hältst du von meinem Vorschlag?«, fragte er leise, nachdem Anna in die Küche zurückgegangen war.
Ohne zu antworten, stellte Ida sich wieder neben ihn und blickte wie er stumm aus dem Fenster. Der Regen trommelte gegen die Scheibe, und sie versuchte die Tropfen zu zählen, die in dünnen Rinnsalen das Fensterglas hinunterglitten.
»Ich wollte dir das schon lange vorschlagen«, sagte er. »Es gab nur nie die passende Gelegenheit dafür, und jetzt ist eine, wie ich finde. Das wäre doch eine gute Lösung für deine Probleme, und mir würdest du damit eine große Freude bereiten.«
Ida horchte auf ihren Atem. Ganz langsam atmen, beschwor sie sich, ganz langsam und ruhig atmen und nachdenken. Denk nach, denk über Stanislaus' Vorschlag nach, hämmerte es in ihrem Kopf, aber ihr ganzes Denken war beherrscht von diesen beiden Beschwörungsformeln – atmen, nachdenken, atmen, nachdenken, atmen, nachdenken.
Abrupt drehte sich Stanislaus zu ihr um. »Ida«, sagte er und griff nach ihrer Hand. »Willst du meine Frau werden?«
Atmen, atmen, ganz ruhig atmen. Ida konnte nur noch an ihren Atem denken, während sie in Stanislaus' weit aufgerissene Augen starrte, die sich bis in alle Ewigkeit auf sie gerichtet zu haben schienen.

»Was geht hier denn vor sich?«, fragte Anna verwundert, die mit einem Topf Fleischbrühe aus der Küche gekommen war, den sie, die Augen nicht von Ida und Stanislaus abwendend, scheppernd auf den Tisch stellte. »Ich dachte, eine kräftige Brühe, bei dem Wetter«, fuhr sie stockend fort. »Gibt es etwas, das ich wissen müsste?«

Ida schüttelte zaghaft den Kopf, während sie behutsam ihre Hand aus Stanislaus' Umklammerung befreite. »Das war eine gute Idee von dir, mit der Brühe«, sagte sie und setzte sich als Erste an den Tisch.

»Also, ich habe noch einmal nachgedacht, gerade, in der Küche«, begann Anna das Gespräch. »Dass du diese Stelle antrittst, das ist absurd, wirklich. Es gibt sicherlich noch eine andere Lösung für dein Problem. Anfang nächsten Jahres erwarte ich den zweiten Teil meines Erbes. Dann könnte ich dir etwas leihen, und bis dahin …« Anna legte ihren Löffel beiseite und blickte auf. »Sag mal, hörst du mir überhaupt zu?«

Ida starrte auf ihren Teller. Unzählige kleine Fettaugen schwammen auf der hellen Brühe, die sie mit ihrem Löffel mal in die eine, dann wieder in die andere Richtung lenkte. Hatte Stanislaus ihr tatsächlich gerade einen Heiratsantrag gemacht? Heiraten? Stanislaus?

»Ida? Hallo?«

»Was?« Ida fuhr erschrocken hoch.

»Ich habe dir gerade einen Vorschlag gemacht.«

»Einen Vorschlag?«, wiederholte sie, und auf ihrem Gesicht war deutlich der Schreck zu erkennen.

»Das ist kein Grund, derart entsetzt dreinzublicken«, sagte Anna schon fast beleidigt. »Du tust ja gerade so, als wäre mein Angebot mindestens ebenso schrecklich wie die schamlose Erpressung deines Vaters.«

»Entschuldige. Ich hatte dir nicht zugehört.« Ida sah jetzt zu Stanislaus, der seinen Blick unverwandt auf sie gerichtet hielt. Seine Augen schienen sie anzulachen, aber es lag so viel Flehen in diesem Lachen, dass Ida in diesem Moment am liebsten aufgesprungen wäre, um ihn tröstend in die Arme zu nehmen.

»Ich hatte gesagt, dass ich dir im nächsten Jahr, wenn mein Erbe eintrifft, etwas leihen könnte«, wiederholte Anna ihr Angebot.

Wenn sie Stanislaus heiratete, schoss es Ida durch den Kopf, dann könnte sie auf jeden Fall nach Berlin zurück und malen. Ihr Blick blieb erneut auf seinem Gesicht hängen. Er sah jetzt nicht mehr zu ihr, sondern durch die Wand in irgendeine weit entlegene Ferne.

»Etwas leihen«, murmelte Ida. »Das ist nett von dir, danke. Aber ich weiß nicht.«

»Du würdest stattdessen lieber die Stelle antreten?«

»Ich glaube, ich will mich nicht mehr von der Gunst anderer abhängig machen. Das geht auf Dauer nicht gut«, antwortete sie leise.

»Aber ich bin doch nicht irgendwer«, sagte Anna empört, während Ida in Gedanken schon wieder bei Stanislaus war. Er blickte ihr jetzt geradewegs ins Gesicht, und aus seinen leuchtenden Augen sprach sein ganzes Verlangen. Sie sah ihn an, sie studierte sein Gesicht, seine große Nase, seine vollen Lippen zwischen seinem rötlichen Bart, die lockigen Strähnen, die auf seine Wangen fielen, und immer wieder landete ihr Blick auf seinen dunklen Augen, in denen sie glaubte ein Wetterleuchten zu erkennen. Aber sie spürte keinen Wunsch, zu ihm zu gehören. Sie würde ihn rasend machen vor unerfülltem Begehren, dachte sie, und er würde sie mit seiner Sehnsucht ersticken. »Stanislaus«, sagte

sie spontan, »würdest du mir kurz helfen, ich muss draußen noch …«
»Ja, gern.« Er sprang auf, ohne zu warten, dass sie ihren Satz beendete.
Anna sah den beiden verwundert hinterher, wie sie draußen im Regen verschwanden.
»Ich will dich nicht länger auf eine Antwort warten lassen«, sagte Ida, nachdem sie beide Schutz unter dem großen Ahornbaum gesucht hatten.
Bereit, jederzeit seine Arme nach ihr auszustrecken, stand Stanislaus vor ihr und sah sie erwartungsfroh an.
»Ich kann dich nicht heiraten.«
Sein Blick verfinsterte sich mit einem Schlag. »Ich bin wohl nicht gut genug für dich«, sagte er und verschränkte die Arme vor der Brust.
»Nein, so etwas darfst du gar nicht denken. Es ist nur«, sie zögerte kurz, »ich will nicht heiraten. Ich will einfach nicht heiraten. Ich will eigenständig sein.«
»Ich glaub dir kein Wort, Ida«, erwiderte er scharf. »Wie soll diese Eigenständigkeit denn aussehen? Denkst du, du wärst autark?«
»Nein, natürlich nicht. Ich hab's doch vorhin schon gesagt, ich will mich nur nicht mehr von anderen abhängig machen. Auch nicht von dir.«
Stanislaus lachte laut auf. »Ich würde alles für dich geben, alles. Ist dir das eigentlich klar? Und du willst mich mit einer derart billigen Ausrede abspeisen? Warum begreifst du nicht, dass ich der bessere Mann für dich bin? Ich würde dich auf Händen tragen, und du könntest malen, was immer du möchtest.«
»Du glaubst zu wissen, was gut für mich ist. Findest du das nicht reichlich anmaßend?«

»Im Gegensatz zu dir weiß ich, dass Herbert nicht der richtige Mann für dich ist«, entfuhr es ihm. »Er ist verheiratet, er verlässt seine Frau nicht für dich, ich bin da, und ich will dich. Sind das nicht Argumente genug?«

Ida schüttelte den Kopf. »Ach, Stanislaus«, sagte sie leise, »du verstehst es einfach nicht. Hier geht es doch nicht um Herbert. Stell dir vor, ich weiß, dass er verheiratet ist. Hier geht es um mich. Ich will endlich auf eigenen Beinen stehen.«

»Auf vier Beinen steht man besser als auf zwei, meinst du nicht?«

»Sicher. Aber wenn vier wackeln, ist die Gefahr, mit in den Abgrund gerissen zu werden, größer, wie wenn nur zwei unsicher stehen.«

Stanislaus schnaufte. »Du musst nicht alle diese abstrusen Theorien erfinden, um mir zu sagen, dass du mich nicht heiraten willst, Ida. Gib es doch einfach zu, du liebst Herbert noch immer. Bitte, wenn du meinst, dein Leben verschwenden zu müssen, dann will ich dich nicht daran hindern. Ich kann dich zu deinem Glück nicht zwingen, du bist ein freier Mensch. Mach, was du willst«, sagte er wütend und drehte sich um. »Ach ja«, er wandte sich ihr erneut zu, »und beklag dich bitte nicht, du hast deine Chance gehabt.«

Stanislaus' letzte Worte im Ohr, blieb Ida noch lange draußen stehen. Wieso glaubten Männer immer zu wissen, was gut für sie war? Ihr Vater, Stanislaus, auch Herbert machte da keine Ausnahme mit seinem Rat, doch endlich einen Mann zu finden. In ihrem Kopf trommelten die Gedanken, während der Regen in einem lauten Stakkato auf die Ahornblätter fiel. Hätte sie ja sagen sollen? Andere Frauen heirateten doch auch nicht aus Liebe. Vielleicht wäre sie

mit einem Schlag alle Sorgen losgeworden, vielleicht hätte sie tatsächlich unbeschwert malen können. Aber glaubte sie das wirklich? Sie hatte es doch schon einmal mit Stanislaus versucht. Er würde Ansprüche stellen, die sie nicht würde erfüllen können. Selbst wenn Herbert sie jetzt fragen würde, sie würde nein sagen, dachte sie und wischte den Gedanken schnell beiseite. Wie albern von ihr, überhaupt an diese Möglichkeit zu denken, ausgerechnet jetzt, da sie doch seit einiger Zeit versuchten sich nur noch durch die Augen des Künstlers und der Künstlerin zu sehen.
Aufgeschreckt von einer Krähe, flogen plötzlich Spatzen in die Höhe, und Ida sah ihnen dabei zu, wie sie erst aufgeregt flatternd über dem Ahornbaum kreisten, bevor sie erneut in dem nicht mehr ganz so dichten Blätterwald verschwanden. Ein Lächeln huschte über ihr Gesicht. Mit entschlossenen Schritten ging sie zurück ins Haus, nahm den Brief, der noch immer auf dem großen Tisch lag, öffnete die Ofentür und warf ihn hinein in die gefräßigen Flammen.

38

Die Einladung kam überraschend. Herbert hatte ihr nichts gesagt, und auch die anderen hatten offensichtlich nicht Bescheid gewusst. Nur Stanislaus hatte müde gelächelt, aber seitdem sie seinen Heiratsantrag abgelehnt hatte, hatte er kein einziges Wort mehr mit ihr gesprochen, und sie hatte es nach drei vergeblichen Versuchen aufgegeben, ihn zu besänftigen.

Ida saß in der Bauernschenke an einem notdürftig eingerichteten Waschtisch und machte sich für den Abend fertig. Müde sah sie aus, und sie rieb mit ihren Händen über ihre Wangen, um ihnen etwas Farbe zu verleihen. Ihre sommerliche Bräune, die sie so frisch hatte wirken lassen, war in den vergangenen zwei Wochen langsam verblasst, und jetzt war die Erschöpfung auf ihrem Gesicht deutlich zu erkennen. Wie selbstverständlich griff sie nach der Puderdose, die sie den ganzen Sommer über unangetastet gelassen hatte, doch dann zögerte sie kurz.
Sollte sie ihre Müdigkeit tatsächlich überschminken? War es nicht respektlos der Gastgeberin gegenüber, die ihre Krankheit auch nicht verheimlichen konnte? Aber sie wischte ihre Bedenken schnell beiseite. Wenn Helene Klausen für den heutigen Abend einlud, dachte sie, während sie sich im Spiegel betrachtete, dann doch nur, weil es ihr wieder besserging. Sie würde doch kaum die Einweihung ihres neuen Hauses feiern, wenn sie glaubte, gleich morgen sterben zu müssen.
Ida legte etwas Rouge auf und zog die Lippen hellrot nach. Helene. Der Name ging ihr jetzt nicht mehr aus dem Kopf. In den vergangenen vier Wochen hatte Ida fast glauben können, dass sie gar nicht existierte. Seitdem sie in ihrem neuen Haus wohnte, hatte Ida sie nicht wiedergesehen, und niemand hatte ihren Namen erwähnt. Auch Herbert nicht, der sich ab und an zu ihr gesellt hatte, wenn sie mit ihrer Staffelei über die Insel gezogen war. Ohne viele Worte zu wechseln, hatten sie gemeinsam gemalt, jeder dasselbe Motiv, und doch waren ganz unterschiedliche Bilder dabei entstanden. Nie mehr hatten sie über sich oder sonstige persönliche Belange gesprochen, und es war, als würden sie nur in diesem einen Moment leben, mit ihrem jeweils ganz

eigenen Blick, ihren ganz eigenen Farben, ihren ganz eigenen Gefühlen, ohne Zukunft und ohne Geschichte.

Ida bürstete ihr Haar. Es war lang geworden über den Sommer und reichte ihr fast bis zur Hüfte. Tagsüber hatte sie es noch immer am liebsten zu einem lockeren Zopf geflochten, aber jetzt steckte sie es mit geschickten Handgriffen hoch.

Wenig später, sie war mit den anderen nach Kloster geradelt und den Rest des Wegs zu Fuß gegangen, stand Helene Klausen in der Tür ihres neuen Hauses und streckte ihnen ihre Hand entgegen, ihr, Anna, Wilhelm und Stanislaus, der etwas Abstand zwischen sich und den anderen gelassen hatte. »Ich freue mich, dass ihr alle gekommen seid«, sagte sie, und Ida dachte sofort, wie gut es war, sich für Rouge und Lippenstift entschieden zu haben. Helene hatte sich ebenfalls rosige Wangen gemalt und, wie Ida meinte, ihr schönstes Kleid aus dem Schrank geholt. Ein grünlich schimmerndes, samtenes, sich über die Hüften schmiegendes Wunder an Eleganz, das ihr Kleid aus hellrotem, mit einem Rosenmuster versehenen Chiffon ausschauen ließ wie eine der derben Trachten der Hiddenseer Frauen. Das zumindest glaubte Ida, und sie wäre am liebsten auf der Stelle umgekehrt, hätte sich das Kleid vom Leib gerissen, das sie sich zu ihrem einundzwanzigsten Geburtstag bei Tietz in der Leipziger Straße gekauft hatte, und es im Ofen verbrannt.

»Tretet ein«, sagte Herbert, der hinter seiner Frau stand. »Willkommen in unserem bescheidenen Hiddenseehaus.« Ein Lächeln spielte um seinen Mund, und dennoch verriet sein angestrengter Blick, wie angespannt er war. Vergeblich hatte er versucht, Helene die Idee mit der Einweihungsfeier auszureden, er hatte von zu viel Belastung, Aufregung, von seiner Sorge um ihre Gesundheit gesprochen, aber sie war für keines seiner Argumente zugänglich gewesen, und jetzt fügte er sich, so gut er konnte.

Kaum trat man ein, stand man auch schon vor einem großen runden Tisch, der festlich mit weißem Porzellan, das dunkelblau eingefasst war, Silberbesteck, feingeschliffenen Gläsern und einem siebenarmigen Kerzenständer geschmückt war. Der Raum war klein genug, um gemütlich zu sein, und groß genug für eine lange, in die Wand eingelassene Regalreihe, die jedoch noch fast unbenutzt war, abgesehen von ein paar Fundstücken vom Strand, Skizzenblöcken und einer Handvoll Bücher. Auch die weißgetünchten Wände waren noch beinahe jungfräulich, bis auf ein kleinformatiges Ölbild, das direkt neben dem Durchgang zur Küche hing und das zwei Kinder beim Spielen auf einer blühenden Wiese zeigte.

Helene stellte eine dampfende Suppenterrine auf den Tisch und setzte sich mit einem Lächeln. Das Kerzenlicht schmeichelte ihrer Blässe, und hätte sie beim Abstellen der Schüssel nicht gezittert, keiner hätte gemerkt, wie erschöpft sie eigentlich war. »Dann noch einmal herzlich willkommen«, sagte sie, während Herbert die Teller mit Fischsuppe füllte. »Ihr könnt euch gar nicht vorstellen, wie froh ich bin, endlich wieder unter Menschen zu sein. Es ist fast wie früher. Gott, das waren noch Zeiten damals, da gingen jeden Tag so viele Gäste bei uns aus und ein, die würden hier in diesem kleinen Raum gar keinen Platz finden. Stanislaus, du erinnerst dich doch bestimmt auch noch daran?«

»Ja, dunkel«, nuschelte er in seinen Bart und vermied dabei jeden Blickkontakt.

Aber Helene ließ sich von seiner Einsilbigkeit nicht einschüchtern. »Hast du den alten Peters eigentlich noch kennengelernt? Du weißt schon, den Bildhauer, der unserer Gertraud immer schöne Augen gemacht hat. Eines Tages waren beide wie vom Erdboden verschluckt, und ein Jahr später tauchte sie mit einem Blag unter dem Arm bei uns auf und bettelte, wieder als Köchin arbeiten zu dürfen. Erinnerst du dich noch daran? Dieser Peters.« Helene schmunzelte. »Hatte nur sein Vergnügen im Kopf und seine Arbeit. Ich wüsste zu gern, was aus ihm geworden ist.«

»Er ist letztes Jahr gestorben«, sagte Herbert.

»Ach.« Helene sah ihren Mann erstaunt an. »Das hast du mir gar nicht erzählt. Der also auch«, sagte sie nachdenklich, und mit einem Schlag lag eine bedrückende Stille im Raum, die keiner zu durchbrechen wagte. »So, dann lasst es euch schmecken«, fuhr sie schließlich in einem unbekümmerten Ton fort, als wäre nichts gewesen. »Es gibt Fischsuppe nach einem Rezept der alten Frau Grau aus Neuendorf, Zanderfilet mit Hechtklößchen in einem Sud aus ... Ach«, sie winkte ab, »ehrlich gesagt, ich weiß das nicht so genau. Magda, der Köchin vom Gutshof, ist das hier alles zu verdanken. Kochen war noch nie meine Stärke, da werde ich doch nicht ausgerechnet jetzt noch damit beginnen«, meinte sie lachend und tauchte ihren Löffel in die Suppe.

Ida warf Anna einen kurzen Blick zu. Ob sie wohl das Gleiche dachte? Helene wirkte so verändert, wie aufgedreht, als hätte man sie angestoßen, und sie würde unaufhaltsam den Berg hinunterkugeln.

»Wie viele Zimmer habt ihr?«, fragte Wilhelm neugierig, der ebenfalls noch nie hier gewesen war.

»Vier. Das hier, ein Schlafzimmer, Helenes Zimmer und einen Atelierraum«, antwortete Herbert, der noch immer sichtlich angespannt war.

»Das mit meinem Zimmer war Herberts Idee.« Helene schüttelte den Kopf. »Absolute Verschwendung, wenn du mich fragst.«
»Ich bin ja auch der Ansicht, dass ein Zimmer ausreichend ist. Den Rest der Zeit sollte man auf dieser Insel ohnehin draußen verbringen. Warum sind wir denn sonst hier, wenn nicht, um die Verbundenheit mit der Natur zu spüren«, sagte er und wollte schon zu einem seiner Vorträge über die Kraft der Mutter Erde ansetzen, wenn Anna ihn nicht unsanft gegen sein Schienbein getreten und ihm zudem noch einen strengen Blick zugeworfen hätte.
»Es ist schön in der Natur, da hast du recht«, sagte Helene mit einem versonnenen Lächeln. »Aber meine Füße tragen mich nicht mehr weit, und da bin ich doch ganz froh, dass mein Bett nicht auf der grünen Wiese steht.«
»Ach, entschuldige.« Wilhelm fasste sich an die Stirn. »Wie taktlos von mir. Ich bin ein schrecklicher Idiot. Das kommt davon, wenn man den ganzen Tag allein im Wald Bretter zusammennagelt. Entschuldige tausendmal, ja? Aber du bist heute Abend so munter, da denkt man doch nicht daran, dass du eigentlich krank bist und ins Bett gehörst.«
»Ich gehöre ja auch nicht ins Bett«, erwiderte Helene entschieden. »Aber danke für das Kompliment. Hast du gehört, Herbert? Und du hast dir solche Sorgen gemacht, es könnte alles zu viel für mich sein.«
Herbert warf ihr ein Lächeln zu. »Schön, dass es dir so gutgeht«, sagte er.
»Du weißt doch, unter Menschen blühe ich auf, das war schon immer so.«
»Ja, ich weiß.« Er nickte. »Möchte noch jemand Suppe?«
Ida sah unwillkürlich auf ihren Teller, aber sie hatte die Fischsuppe bislang kaum angerührt. Zu fasziniert war sie

von Helene, von ihrer aufgekratzten Art, die ihr unheimlich war und die doch ihren Neid provozierte.
»Ida, was ich dich fragen wollte.«
»Ja?« Erschrocken von der plötzlichen Anrede, hätte sie beinahe ihren Löffel fallen lassen.
»Bitte versteh mich nicht falsch«, sagte Helene, »ich möchte nicht, dass du denkst, ich wüsste nicht, dass du ganz andere Ziele hast.«
»Ja?« Ida war jetzt neugierig geworden.
»Ich habe gehört, dass du Geldsorgen hast«, fuhr Helene mit warmer Stimme fort. »Und da dachte ich mir, Herbert und ich, wir könnten Hilfe gut gebrauchen.«
Ida schluckte. »Äh ... ich ...«, wollte sie schon beginnen, ihre Sorgen kleinzureden, doch Helene unterbrach sie rasch.
»Gleich. Lass mich dir erklären. Es ist ja so, dass ich praktisch für die täglichen Aufgaben hier im Haus ausfalle, auch wenn das heute vielleicht anders aussehen mag.« Sie lächelte kurz, bevor sie mit ernster Stimme fortfuhr: »Ich habe neulich den Pfarrer gebeten, doch einmal bei den Insulanern nachzufragen, ob jemand Interesse an einer Stelle bei uns im Haushalt hätte.«
»Helene!« Herbert begriff erst jetzt, was seine Frau Ida vorschlagen wollte. »Du kannst doch nicht ...« Er schüttelte den Kopf und warf Ida einen entschuldigenden Blick zu.
»Warum nicht?«, fragte sie erstaunt. »Möchtest du denn den Haushalt lieber selber führen? Kochen, putzen, einkaufen, waschen?«
»Natürlich nicht, aber da findet sich schon eine Lösung«, antwortete er forsch.
»Also von den Hiddenseerinnen will keine bei uns arbeiten, so viel steht fest. Und viel mehr Möglichkeiten gibt es

hier wohl nicht. Und wenn ich dich erinnern darf, fährst du im November nach Berlin zurück, und wie es aussieht, werde ich nicht reisen können.«

»Aber ich lass dich doch hier nicht allein zurück«, sagte Herbert empört.

»Du meinst, ich sollte den Haushalt für euch …?«, fragte Ida stockend und blickte dabei hilfesuchend zu Anna, die ihr mit einem angedeuteten Nicken zeigte, dass sie diesen Vorschlag gar nicht so abwegig fand.

»Ja, genau«, sagte Helene erleichtert. »Ich dachte mir das so: Du bist vormittags hier und erledigst alles, und danach würde dir noch genügend Zeit für deine eigentliche Arbeit, das Malen, bleiben. Das ist doch kein schlechtes Angebot?«

»Helene!« Herberts Stimme klang jetzt entsetzt. »Ida ist Künstlerin, du kannst sie doch nicht zur Haushälterin machen.«

»Aber Ida braucht auch Geld, das stimmt doch, oder?«

»Äh …« Ida strich sich eine Strähne aus dem Gesicht, während ihre Gedanken nur so durcheinanderschossen. Sie konnte doch nicht für Helene, ausgerechnet für Helene, und Herbert den Haushalt führen. Eine Arbeit erledigen, vor der ihr graute. »Äh … vielleicht … ich dachte …« Es war ihr unmöglich, den Satz zu vollenden. Wenn sie es jetzt aussprechen würde, dann wäre ihre Entscheidung endgültig besiegelt. Dann würde sie nicht mehr nur über die Möglichkeit nachdenken, tatsächlich nach Stralsund zurückzugehen, um dort die Stellung anzutreten, von der ihr Vater gesprochen hatte, dann würde sie zurückgehen müssen. Dann würde sie dort … Nein, sie wollte darüber gar nicht nachdenken. Fremden den Haushalt führen? Rund um die Uhr waschen, kochen, nähen, bügeln. Und das unter dem triumphierenden Blick ihres Vaters. Eine grauenvolle Vorstellung.

»Oder bist du mittlerweile zu Geld gekommen?«, fragte Helene erneut.

»Äh ... ich ...« Ida zögerte noch immer.

»Nein, ist sie nicht«, sagte Stanislaus trocken.

Ida warf ihm einen vernichtenden Blick zu, doch Stanislaus machte keine Anstalten, von seinem Teller aufzuschauen. Stoisch löffelte er seine Suppe und schlürfte dabei so laut, dass Anna auch ihm heimlich einen Tritt versetzte, mit der Wirkung, dass er seine Suppe nur noch geräuschvoller aß.

»Könntest du dir das vorstellen, für uns den Haushalt zu führen?«, fragte Helene, die Stanislaus' Benehmen ignorierte. »Natürlich unter den Bedingungen, die ich eben skizziert habe? Und was das Finanzielle betrifft, da mach dir mal keine Sorgen. Darüber werden wir uns sicherlich einig.«

»Das kommt ziemlich überraschend«, sagte Ida schließlich zögerlich, die jetzt den Blickkontakt mit Herbert suchte, aber der war so in seine Gedanken vertieft, dass er wie durch sie hindurchzusehen schien.

»Ich halte das für keine gute Idee«, sagte er plötzlich. »Hast du denn wirklich schon bei allen auf Hiddensee angefragt? Ich kann mir kaum vorstellen, dass es nicht wenigstens eine Hiddenseerin gibt, die bereit wäre, uns den Haushalt zu führen. Jede zusätzliche Mark ist doch Gold wert für die Menschen hier.«

»Warum sträubst du dich so?«, fragte Helene erstaunt. »Mit dieser Lösung wäre uns doch allen gedient, nicht, Ida?«

»Ich muss sagen, ich finde diesen Gedanken gar nicht so schlecht«, ging Anna dazwischen, die gesehen hatte, dass

Ida noch immer zögerte. »Du, Helene, hättest Hilfe und Ida Geld und Zeit, um sorgenfrei an ihren Bildern zu arbeiten.«

»Und wie wäre das, wenn ihr doch beide im November nach Berlin zurückgehen würdet?«, fragte Ida vorsichtig. »Ich meine, dann brauchtet ihr mich doch nicht?«

»Also gesetzt den Fall, dass es tatsächlich so weit kommt, wäre es noch immer gut, es würde hier jemand nach dem Rechten sehen.«

»Das könnte doch Wilhelm übernehmen«, sagte Herbert rasch. »Du bist doch ohnehin auf der Insel, oder nicht?«

»Mein lieber Herbert«, antwortete er schulterzuckend, »das wissen die Götter. Bis der erste Frost kommt, werde ich auf alle Fälle weiter an meiner Hüttenkolonie arbeiten, schließlich soll sie im nächsten Sommer eröffnet werden, aber dann«, mit weit ausgestreckten Armen richtete er seinen Blick nach oben, »füge ich mich meinem Schicksal.«

»Das heißt?«

»Kann sein, dass ich ein Engagement in Dresden annehme, kann sein, dass ich in einem der neuen Varietés in Berlin auftrete, kann sein, dass ich durch die Lande tingele und für mein Hiddensee-Paradies werbe. Leider bin nämlich auch ich noch nicht in den Besitz eines Goldesels gekommen, so dass ich mich an den schnöden Mammon verkaufen und mein heiliges Eiland vielleicht eine Zeitlang verlassen muss.«

Anna strich ihm schmunzelnd über sein langes Haar. »Du wirst ihn schon noch finden, deinen Esel, da bin ich mir ganz sicher.«

»So Mutter Erde will«, erwiderte er ernst und blickte in die Runde. »Sag mal, Herbert, was ist eigentlich mit dem

Pilzeierkuchen, den du vorhin noch so großspurig als eine deiner außergewöhnlichen Kreationen angekündigt hast?«
»Genau«, pflichtete Stanislaus ihm bei. »Ich wollte dich schon immer mal am Herd schwitzen sehen. Vielleicht brauchst du Ida ja gar nicht, wenn sich herausstellt, dass Herbert ein wahres Talent für den Haushalt besitzt«, sagte er an Helene gewandt und grinste. »Und was ist eigentlich mit dir, Ida, hast du dich endlich mal entschieden? Oder willst du, dass wir den Rest des Abends über die Möglichkeiten und Unmöglichkeiten deines Fortkommens diskutieren? Ich habe übrigens erst gestern in der Zeitung gelesen, Gott, was täte ich nur ohne den guten alten Fährmann, der mir ab und an ein Stück von der großen weiten Welt auf diese Insel mitbringt, dass wir uns in Acht nehmen sollten, dass die Republik, in die wir alle Hoffnungen gesetzt haben, vor der Zeit in Fäulnis übergehen könnte.«
»Was willst du denn damit schon wieder sagen?«, fragte Herbert und zupfte sich sein Jackett zurecht.
»Na, dass es einem den Atem zuschnürt, wenn man an die Raserei in der Stadt denkt«, sagte Wilhelm und stöhnte.
»Ach«, Stanislaus zuckte mit den Schultern, »ich dachte eigentlich eher daran, dass es vielleicht einen kühnen Kämpfer in der heutigen Zeit braucht.«
»Was nützt ein kühner Held, wenn er geradewegs in den Abgrund rennt, weil er für die Hindernisse auf seinem Weg blind geworden ist? Ich bevorzuge da dann doch den nervösen Denker, der sich allenfalls aufzehren lässt von der Flamme seines Herzens«, erwiderte Herbert, ohne dabei eine Miene zu verziehen.
Anna, Ida und Helene sahen sich kopfschüttelnd an.

»Streitet euch ruhig«, sagte Helene, »aber was ist mit uns, werden wir uns einig?« Sie lächelte Ida freundlich zu.
»Du verstehst sicherlich, dass ich darüber erst noch in Ruhe nachdenken muss«, antwortete sie und warf Herbert erneut einen fragenden Blick zu, der jetzt kaum merklich den Kopf schüttelte.
»Die Entscheidung treffe noch immer ich, Helene«, sagte Herbert, nachdem er begriffen hatte, dass Ida nicht gewillt war, auf sein Zeichen in aller Deutlichkeit zu reagieren.
»Willst du Ida tatsächlich die Möglichkeit nehmen, ihren eigenen Weg zu gehen?«, fragte Helene erstaunt.
»Das eine hat mit dem anderen nichts zu tun.«
»Und mir die Gewissheit, dass ich gut versorgt bin, wenn es nicht so gut geht wie heute?«
»Natürlich nicht.« Er stöhnte und stand abrupt auf. »Wir finden eine Lösung. Mach dir bitte keine Sorgen, und wenn ich zurückkomme, will ich davon nichts mehr hören, ist das klar?«
»Eierkuchen?«, fragte Stanislaus.
»Bis sie dir zu den Ohren herausquellen«, antwortete Herbert kühl.
»Warte.« Stanislaus nahm sein Weinglas und erhob sich hastig von seinem Stuhl. »Du glaubst doch nicht, dass ich mir dieses Spektakel entgehen lasse.«
Nachdem die beiden in die Küche verschwunden waren, hallte Herberts Mahnung noch deutlich nach. Ida blickte verlegen auf ihren noch immer gut gefüllten Suppenteller, Helene fixierte eine der brennenden Kerzen, Anna musterte Ida, nur Wilhelm hatte sich erhoben, war zum Regal gegangen und stand dort mit einer Ausgabe der Zeitschrift *Pan* in der Hand, in der er lustlos blätterte.

»Herbert wird schon auch noch einsehen, dass es anders gar nicht geht«, brach Helene schließlich das Schweigen. »Denk also bitte darüber nach, Ida. Und ich werde auch keine strenge Hausdame sein, versprochen«, sagte sie mit einem Lächeln, das jetzt deutlich müder wirkte als noch zu Beginn des Abends.

»Ja, ich denke darüber nach«, erwiderte Ida und nahm aus purer Verlegenheit einen Löffel kalter Suppe.

Den Rest des Abends ließ Ida Helene nicht mehr aus den Augen. Ahnte sie, was zwischen ihr und Herbert vorgefallen war? Wollte Helene sie an sich binden, um sie unter ihre Kontrolle zu bringen? Nichts hatte darauf hingedeutet, und dennoch war sich Ida nicht sicher, ob sie, wenn sie das Angebot annahm, nicht doch in eine Falle tappte.

Je länger der Abend fortschritt, desto deutlicher verloren Helenes Augen an Glanz. Von Herberts Eierkuchen rührte sie kaum etwas an, und auch vom Hefekuchen, den Anna vom Bäcker aus Vitte mitgebracht hatte, probierte sie nur ein winziges Stück. Während Herbert und Stanislaus sich über die Juryentscheidungen zur großen Kunstausstellung im Glaspalast stritten, schenkte sie Ida einen aufmunternden Blick, den sie jedoch ebenso schnell wieder senkte, als das Gespräch auf die Bootstour kam, die Anna vor ihrer Abreise noch machen wollte. Ab und zu wischte sie sich mit einem spitzenbesetzten Tuch den Schweiß von der Stirn, begleitet von einem erschöpften Lächeln. Als sie sich jedoch in die Nacht verabschiedete, lange vor ihren Gästen, sammelte sie noch einmal all ihre Kräfte und gab Ida mit einem festen Händedruck zu verstehen, wie sehr sie hoffte, dass sie ihren Vorschlag ernst nehmen würde.

In dieser Nacht schlief Ida kaum. Aber als sie am nächsten Morgen die Vorhänge beiseiteschob und ihr Blick direkt auf den gekräuselten Bodden fiel, als sie sah, wie sich darüber in einem dunklen Schwarm die Kraniche in den Tag erhoben, als sie deren laute Schreie hörte und ein Wasserhuhn entdeckte, das sich vor Schreck in das Schilfdickicht verkroch, als sie sich aus dem Fenster lehnte und der kühle Wind über ihr Gesicht strich wie ein zarter Gruß, da wusste sie, dass sie hierbleiben wollte auf dieser Insel und dass kein Risiko zu groß war, sich diesen Wunsch zu erfüllen.

39

Die ersten Tage waren hart. Ida musste sich erst daran gewöhnen, täglich Pflichten zu erfüllen, die für sie untrennbar verbunden waren mit den Forderungen ihres Vaters. Als Haushälterin arbeiten! Bis vor wenigen Wochen hätte sie diese Möglichkeit jäh von sich gewiesen, und jetzt fuhr sie früh am Morgen nach Vitte und kaufte Brot und Butter, Kartoffeln und Eier, Schinken und, wenn es welche gab, Mettwürste für die Suppe. Sie kochte Tee und stellte für Helene eine dampfende Tasse auf den Nachttisch, sie wischte den Boden und wusch die Wäsche hinterm Haus, und fast jeden Tag bereitete sie eine warme Mahlzeit zu, Rührei mit Schinken, Bratkartoffeln und Hering oder dicke Kartoffelsuppen.
Anfangs nahm diese neue Aufgabe ihre ganze Kraft in Anspruch, aber nach zwei Wochen bei den Klausens, nach zwei Wochen waschen, schrubben und kochen an den Vormittagen fand sie zu ihrem größten Erstaunen sogar etwas Gefallen an einigen der ihr aufgetragenen Arbeiten. Jeden-

falls mochte sie es, mit dem Kaufmann über seine neue Ware zu plaudern, auf dem Gutshof nach frischem Gemüse und Eiern zu fragen und sich im Schuppen der Fischerkommune wortlos Hering verkaufen zu lassen.

Ganz neue Bilder entstanden in dieser Zeit, die zeigten, wie viel näher sie dem Leben auf Hiddensee gekommen war, seitdem sie den Einheimischen nicht mehr nur mit ihrer Staffelei auf dem Rücken begegnete. Und so, wie sich ihr Blick auf die Insel langsam veränderte, veränderte sich auch der Blick der Insulaner auf sie. Die Frau des Bäckermeisters ließ sie als Erste zu sich ins Haus, um Porträts ihrer Kinder zu malen, und weil ihr gefiel, wie Ida ihre drei Söhne und die Tochter sah, durfte sie auch den alten Fischer Fricke auf seinem Schemel, die Witwe des Schusters an ihrem Webstuhl und den gerade frisch heimgekehrten Seemann Kai Wolter, Sohn einer Neuendorfer Fischerfamilie, vor seinen mitgebrachten Schätzen malen.

Mit Helene sprach Ida wenig. Nur wenn sie morgens den Ofen in Helenes Zimmer heizte, das sie jetzt ausschließlich als Schlafzimmer nutzte, setzte Ida sich zu ihr ans Bett und erzählte von den Ereignissen auf der Insel. Helene hatte sie gleich zu Anfang um diesen Gefallen gebeten, und Ida erledigte diese Aufgabe mit der gleichen Gewissenhaftigkeit, mit der sie auch das Haus in Ordnung hielt. Sie berichtete von dem Schiffsrumpf, der in Neuendorf angespült worden war, von dem Ärger der Fischer mit einem Greifswalder Händler oder von dem neuen Anstrich des Mühlenhofs im Süden von Vitte, aber nie sprach sie ein persönliches Wort. Nie erzählte sie von ihren Spaziergängen die stürmische Küste entlang, nie davon, wie schnell jetzt die Wolken über den Himmel flogen, nie von ihren Bildern, die sie malte, nie von den Begegnungen, die sie hatte. Selten blieb sie länger als fünf Minuten in Helenes Zimmer, und erst wenn sie die Tür hinter sich schloss, atmete sie wieder frei durch. Zu groß war noch immer ihre Angst, Helene könnte sie zur Rede stellen oder ihr auch nur eine Sekunde zu lang in die Augen sehen und so ihr Geheimnis erraten.

Anna war in der letzten Oktoberwoche abgereist. Wie damals, als Ida gegangen und Anna geblieben war, hatten sie gemeinsam am Anleger gestanden und wehmütig auf den Sommer zurückgeblickt. Stanislaus, der bereits eine Woche zuvor den Dampfer genommen hatte, hatte ihr zum Abschied nur wortlos die Hand gereicht. Sie waren sich aus dem Weg gegangen und hatten kaum mehr miteinander gesprochen. Nur einmal, kurz vor seiner Abreise, als Stanislaus sie gefragt hatte, ob sie auch wirklich sicher sei, dass sie bleiben wolle, als sie genickt und aus ihrer Rocktasche spontan seinen Hiddenseestein gezogen hatte, hatte er ihr ein Lächeln geschenkt.

Von ihren Freunden war nur noch Wilhelm auf der Insel. Aber wenn Ida ihn nicht oben auf dem Dornbusch besuchte, wo er in dem einzig bewaldeten Stück eine Kolonie aus Bretterbuden zimmerte, bekam sie ihn kaum mehr zu Gesicht. Er hatte sich dort ein Lager aus Stroh und Laub und Zweigen errichtet, auf dem er selbst im November noch schlief.

Ida stand bei den Klausens in der Küche und schälte Kartoffeln. Manchmal wunderte sie sich noch immer, mit welcher Selbstverständlichkeit sie diese Arbeit mittlerweile verrichtete. Aber die Entscheidung zu bleiben hatte sie bislang nicht bereut. Es war, als hätte ihr erst Helene ihre Unabhängigkeit gegeben, und in manchen Momenten fühlte Ida sogar so etwas wie Dankbarkeit ihr gegenüber. So wie jetzt, als sie in dieser ruhigen Küche in diesem ruhigen

Haus auf diesem ruhigen Hügel stand, als sie ihren Blick über den trüben Spätherbsthimmel gleiten ließ, als sie das Fenster öffnete und den kräftigen Wellenschlag der Ostsee zu sich in die Küche ließ, als sie nichts weiter sah als Wiesen, Wasser und vereinzelte Bäume und ahnte, wie kostbar diese stillen Stunden waren.

Wenn es nach Herbert gegangen wäre, dachte sie, dann stünde sie jetzt nicht hier und bereitete für Helene das Mittagessen zu. Dann wäre sie jetzt vielleicht gerade in der Waschküche einer reichen Familie und rieb sich am Waschbrett ihre Hände wund. Gleich am Tag nach dem Fest war Herbert zu Ida gekommen und hatte sie gebeten, Helenes Angebot nicht anzunehmen. Sie als seine Angestellte, hatte er gesagt, das sei doch völlig absurd. Er würde sie als Künstlerin doch gar nicht mehr ernst nehmen können, wenn sie für ihn die Böden schrubbe. Und tatsächlich hatte auch Ida kurz Sorge, sie könnte vergessen, wer sie eigentlich war, aber dann hatte sie ihm mit einer Entschlossenheit, die keinen Widerspruch duldete, gesagt, dass sie nicht gedenke, seine, sondern Helenes Angestellte zu sein, dass sie nicht für ihn, sondern für Helene den Haushalt erledigen werde und dass sie dies auch als eine Art Wiedergutmachung ansehe, die er gefälligst zu unterstützen habe, schließlich habe auch er sie mehr als einmal geküsst.

»Das geht doch niemals gut.«

»Jeder kümmert sich um sich, Herbert, wie wir das schon vor Wochen abgemacht haben.«

»Ich werde morgens nicht da sein, wenn du kommst.«

»Gut.«

»Und du sagst Helene nichts!«

»Ach, Herbert, was denkst du bloß?«

»Und es wird auch keine gemeinsamen Bilder mehr geben.«
»In Ordnung.«
»Du weißt nicht, was du tust, Ida.«
»Doch.«
»Du wirst mir fehlen.«
»Ja.«
Sechs Wochen lag dieses kurze Gespräch nun zurück, und noch immer hatte Ida den exakten Wortlaut im Ohr. Seitdem sie bei den Klausens arbeitete, hatte sie Herbert tatsächlich kaum mehr gesehen, und manchmal kam es Ida so vor, als hätten sie die Insel stillschweigend unter sich aufgeteilt und jeder bewegte sich nur auf seinem Gebiet. Es war schon merkwürdig, dachte sie, je näher sie sich kamen, desto mehr rangen sie darum, Abstand zwischen sich zu bringen. In Berlin war es sie, auf Hiddensee sorgte vor allem Herbert dafür.
»Nanu, was machst du denn hier?« Friedo war mit einem Satz auf das Fensterbrett gesprungen und hatte sie aus ihren Gedanken gerissen. Jetzt saß der rotbraune Kater mit zusammengekniffenen Augen vor ihr und maunzte. »Sag bloß, du bist jetzt schon hungrig?« Ida legte das Kartoffelmesser aus der Hand und strich ihm über sein weiches Fell. Seit fünfzehn Tagen, seit dem Tag, an dem Herbert morgens nach Berlin abgereist war, besuchte der Kater sie zur immer gleichen Stunde, aber heute war er ungewöhnlich früh gekommen.
Ida stellte ihm eine Schale Milch hin. »Dann lass es dir schmecken, Friedo«, sagte sie und beobachtete ihn, wie er unschlüssig um die Schale schlich. Wie er wirklich hieß oder ob er überhaupt einen Namen besaß, das wusste sie nicht, aber Ida hatte ihn spontan Friedo genannt, weil sein

geschecktes Fell sie an einen Künstler aus der Grünen Maus erinnerte, dessen rötlicher Bart aus einzelnen Haarbüscheln bestand und den sie nur unter dem Namen Friedolin kannte.

Der Kater drückte sich an ihren Rock. »Hast wohl doch noch keinen Hunger, was?«, fragte sie leise und kraulte ihn unter dem Kinn. Sein lautes Schnurren füllte die ganze Küche aus. Ida nahm den Kater auf den Arm und setzte sich mit ihm auf einen der beiden Schemel neben dem Ofen. Sein warmes Fell an ihre Wange gepresst, lauschte sie seinem gleichmäßigen Atem, während im Hintergrund die Ostsee rauschte. Wie lange sie so dagesessen hatte, konnte sie im Nachhinein nicht mehr sagen, aber als sie plötzlich eine Hand auf ihrer Schulter spürte und erschrocken hochfuhr, hatte sie das Gefühl, es wären Stunden vergangen.

Aschfahl im Gesicht, stand Helene nur mit einem Nachthemd bekleidet vor ihr und atmete schwer. Schweiß stand ihr auf der Stirn, und sie zitterte am ganzen Körper. »Wasser, Wasser, wo ist Wasser«, hauchte sie kaum verständlich und wollte sich gerade mit letzter Kraft Richtung Küchentisch hangeln, als Ida aufsprang, sie unter den Achseln packte und Helene in ihren Armen zusammensackte.

Mit einiger Anstrengung war es Ida schließlich gelungen, Helene zurück in ihr Bett zu bringen. Sie schenkte aus der Karaffe Wasser in einen Becher und flößte ihr etwas Flüssigkeit ein. »Ist es so besser?«, fragte sie leise und musterte Helene besorgt. Wie bleich sie aussah, und wie abgemagert sie war. Ida war, als hätte sich Helene unter ihren Händen in Sekundenschnelle verändert. Noch nie zuvor war ihr jedenfalls aufgefallen, wie stark ihre Wangenknochen hervortraten, wie spitz ihre Nase war, wie kantig ihr Kinn.

Erschrocken griff sie nach Helenes Hand und fühlte ihren Puls. Ihr Herz hämmerte in rasender Geschwindigkeit und schien sich fast zu überschlagen. »Helene«, flüsterte Ida erneut, nachdem sie keine Antwort erhalten hatte. »Kannst du die Augen öffnen?«

Helene schien etwas sagen zu wollen, aber sie brachte keinen Ton heraus, und die Augen hielt sie weiterhin geschlossen.

»Weg da.« Friedo war aufs Bett gesprungen, und Ida scheuchte ihn unwirsch hinunter. »Ich gehe jetzt kurz in die Küche«, sagte Ida, jedes einzelne Wort deutlich betonend, als würde sie hoffen, Helene könnte sie dadurch besser verstehen. »Keine Angst, ich bin gleich zurück. Und du, Friedo, du kommst mit«, fügte sie leise hinzu, schnappte den Kater und setzte ihn unsanft vor die Tür. »Helene?« Ida hatte eines von Herberts Taschentüchern mitgebracht und wischte ihr damit den Schweiß von der Stirn. »Du hast Fieber. Ich werde dir jetzt Wadenwickel machen«, sagte sie, noch immer jede Silbe extra betonend, »das wird dir guttun, glaub mir.«

Nachdem sie die feuchten Tücher um Helenes dünne Beine geschlungen hatte, ging sie zurück in die Küche und kochte frischen Tee. Während das Wasser heiß wurde, wanderte sie unruhig hin und her, vom Fenster zum Küchenschrank, vom Ofen zum Tisch, rüber in den Salon und wieder zurück. Was sollte sie jetzt bloß tun? Sie war nicht vorbereitet auf den Fall, dass Helene starb. Nicht jetzt, nicht, solange Herbert in Berlin war. Eigentlich war sie überhaupt nicht vorbereitet auf Helenes Tod, dachte Ida verwundert. Eigentlich hatte sie geglaubt, es würde immer so weitergehen. Sie nahm den Topf vom Herd und goss das kochende Wasser in die Kanne. Helene brauchte einen Arzt. Sie musste dringend einen Arzt holen und Herbert benachrichtigen. Aber wo sollte sie jetzt auf die Schnelle einen Arzt hernehmen? Und wie Herbert erreichen? Auf der ganzen Insel gab es weder einen Arzt noch eine Poststelle, von der aus sie hätte nach Berlin telegrafieren können.

Mit der dampfenden Teetasse in der Hand ging sie in Helenes Zimmer. Reglos lag sie unter der schweren Bettdecke, die Augen noch immer geschlossen. Ida setzte sich zu ihr ans Bett und fühlte erneut ihren Puls. Der Herzschlag hatte sich etwas beruhigt, aber ihr Gesicht war noch immer so bleich, dass es sich kaum von dem hellen Bettbezug unterschied, auf dem ihr Kopf lag. Hätte Friedo nicht plötzlich an der Tür gekratzt und miaut, man hätte meinen können, alles Leben weiche allmählich aus diesem Haus. Ida atmete tief durch. Sie musste etwas tun, und zwar schnell. Es reichte nicht, dass sie an Helenes Bett sitzen blieb und alle paar Stunden die Wadenwickel erneuerte.

»Helene«, sagte sie mit klarer Stimme, »ich werde jetzt Hilfe holen. Ich bin so schnell wie möglich zurück, und ich möchte, dass du so lange ganz ruhig liegen bleibst und dich ausruhst. Hörst du mich?« Ida strich ihr eine Haarsträhne aus der Stirn und wartete, ob sie nicht wenigstens kurz blinzeln oder die Lippen bewegen oder nach ihrer Hand greifen würde, aber es kam keine Reaktion. Unsicher, ob es richtig war, Helene allein zurückzulassen, erhob sich Ida langsam von der Bettkante und ging zur Tür. Bevor sie aus dem Zimmer trat, drehte sie sich noch einmal um. Wie zerbrechlich sie von weitem wirkt, dachte Ida, als könnte der leiseste Windhauch sie in tausend Teile zersplittern.

40

Laut keuchend stand Ida gegenüber der Fährinsel und versuchte sich bemerkbar zu machen. Eine Wasserschneise trennte die kleine Insel von Hiddensee, die wie ein unüberwindbarer Wassergraben vor ihr lag. Bei niedrigerem Wasserstand und weniger Wind hätte sie nicht lange gezögert und wäre einfach durch das Wasser gewatet, um auf die andere Seite zu gelangen, aber der Wellengang war viel zu stark, und mittlerweile peitschte auch der Regen so kräftig, dass Ida kaum mehr etwas sah. »Hol äwer!«, schrie sie wieder und wieder und winkte, wie sie das schon so oft bei den Einheimischen beobachtet hatte, aber bis sie endlich den Fährmann erkannte, der hinter einem hohen Busch hervortrat und zu dem kleinen Anleger kam, verging für ihr Gefühl eine halbe Ewigkeit.

»Ich muss nach Rügen, bitte!«, rief sie ihm zu. »Ein Notfall.«

Willi Hübner, ein stattlicher Mann mit vollem Bart, der für Ida schon so manchen Brief befördert hatte, erkannte sie trotz des starken Regens sofort. »Die Stadt wird warten müssen, Fräulein. Bei dem Wetter ist das viel zu gefährlich. Kommen Sie morgen wieder, dann bring ich Sie zurück«, sagte er kopfschüttelnd.

»Nein, warten Sie!« Ida schrie verzweifelt gegen den Wind an. »Ich brauche einen Arzt. Es ist dringend.«

»Einen Arzt?« Die Hände tief in den weiten Hosentaschen vergraben, machte er auf dem schmalen Steg einen Schritt nach vorne. »Wie alt?«

»Wie?« Ida legte eine Hand ans Ohr.

»Wie alt, Fräulein? Die Person, die einen Arzt braucht?«

»Bitte, schnell, sie stirbt sonst.«
»Wie alt?«, wiederholte er stoisch.
»Ich weiß nicht genau, siebenundzwanzig vielleicht«, rief sie. »Ist das denn wichtig?«
Der Fährmann rückte schweigend seine Mütze zurecht.
»Bitte. Sie müssen mir helfen.«
»Oben in Kloster? In dem neuen Haus?«
»Ja, genau.« Ida nickte eifrig, während sie unruhig auf und ab ging. Wie gefangen sie sich plötzlich auf dieser Insel fühlte, die es ihr noch nicht einmal gestattete, bis auf die Fährinsel zu diesem Fährmann vorzudringen, der seelenruhig auf der anderen Seite dieses Wassergrabens zu stehen schien. »Bitte. Frau Klausen, äh … Helene.« Ida schüttelte verzweifelt den Kopf. »Bitte. Sie braucht dringend einen Arzt.«
»Gut. Aber Sie bleiben hier«, sagte er mit seiner tiefen Stimme, die keine Widerrede duldete. »Ich fahre rüber, sobald sich das Wetter ein bisschen beruhigt hat.«
»Nehmen Sie mich mit, bitte. Ich muss nach Berlin telegrafieren.«
»Morgen.«
»Und wenn es dann noch stürmt?«, schrie Ida, so laut sie konnte.
»Dann übermorgen.«
»Es ist wichtig.«
»Ich hol den Arzt. Alles andere kann warten.«
»Aber ich muss.« Ida rang nach Luft, als wäre sie kilometerweit gerannt.
»Gehen Sie zurück, und klopfen Sie auf dem Rückweg bei der alten Frau Spieker, vielleicht weiß sie ja Rat«, rief er ihr zu, bevor er sich umdrehte und hinter der dichten Regenwand verschwand.

Ida wischte sich die nassen Haare aus dem Gesicht. Sie musste Herbert erreichen. Die Vorstellung, Helene würde in ihren Armen sterben. Nein, sie wollte überhaupt nicht daran denken. Dass dieser Seebär von Fährmann aber auch so vorsichtig war. Immerhin wollte er noch heute den Arzt holen, und morgen würde sie Herbert telegrafieren, egal, wie hoch die Wellen sein würden. Helene musste so lange durchhalten.

Ida zerrte an ihrem Kleid, das an ihr klebte wie Kleister und sie bei jedem Schritt behinderte. Sie war jetzt bestimmt schon vier Stunden unterwegs, und wie es aussah, würde sie nicht so schnell in Kloster zurück sein. Der Regen hatte den Weg fast unpassierbar gemacht, so dass sie ihr Rad durch knöcheltiefen Schlamm schieben musste. Dass sie aber auch nicht rechtzeitig daran gedacht hatte, Wilhelm Bescheid zu sagen. Wenn sie wüsste, dass er jetzt bei Helene säße, wäre sie beruhigter.

Unweit der Vitter Mühle am Norderende lag das Haus der alten Frau Spieker. Es war so winzig, dass Ida sich erst gar nicht vorstellen konnte, dass darin jemand lebte, aber der Kaufmann hatte ihr den Weg genau beschrieben, und ein anderes gab es hier nicht. Ida klopfte vorsichtig an die Tür. Nichts regte sich. Sie versuchte es erneut, diesmal etwas lauter. Noch immer schien niemand sie zu hören. Ida legte den Kopf an die Tür und lauschte. Nichts. Vielleicht hatte sie sich ja auch verhört. Vielleicht hatte der Fährmann einfach nur gewollt, dass sie so schnell wie möglich wieder verschwand. Sie wusste ohnehin nicht, wie ihr diese Frau helfen sollte. Sie schlug jetzt mit ihrer Faust kräftig gegen die Tür.

»Ja?« Ein faltiges, spitznasiges Gesicht mit großen dunklen Augen schob sich durch einen schmalen Türspalt.

»Frau Spieker?«
Die alte Frau nickte.
»Entschuldigen Sie bitte, dass ich Sie störe. Der Fährmann meinte, Sie könnten mir vielleicht helfen.« Ida blickte verunsichert auf diese kleine alte Frau, die sie misstrauisch musterte und keinerlei Anstalten machte, ihre Tür etwas weiter zu öffnen. »Ich bin Ida Grotjahn, die Haushälterin der Klausens«, fuhr Ida fort und schluckte kurz. Noch nie hatte sie sich irgendwo als Haushälterin vorgestellt, aber jetzt war nicht die Zeit für lange Erklärungen. »Frau Klausen ist sehr krank und benötigt einen Arzt. Das Wetter.« Ida lächelte verlegen. »Es ist zu stürmisch, um nach Rügen zu fahren. Ich weiß gar nicht, aber könnten Sie vielleicht ...?« Was sollte sie die Frau eigentlich fragen? »Der Fährmann ...«, sagte sie stockend. »Helfen Sie denn sonst in Krankheitsfällen auf der Insel, wenn der Arzt ...?«
»Gehen Sie nach Hause«, unterbrach die Alte sie barsch.
»Sie können also nicht?« Ida lächelte verlegen. »Entschuldigen Sie, das ist bestimmt alles ein schreckliches Missverständnis. Entschuldigen Sie bitte vielmals«, sagte sie und machte einen Schritt zurück.
»Gehen Sie. Es ist schon jemand bei der armen Frau.«
»Bei Frau Klausen?«, fragte Ida verblüfft.
»Worauf warten Sie noch?«
»Oben in Kloster?«
»Wenn ich es doch sage.«
»Aber wie?«
»Jetzt gehen Sie schon. Man erwartet Sie dort bereits.«
Ida nickte ungläubig. Was wusste diese Frau, die sich selbst kaum auf den Beinen halten konnte und die auf sie den Eindruck machte, als könnte sie selber Hilfe gebrauchen?

Doch noch ehe sie weitere Fragen stellen konnte, fiel auch schon die Tür mit einem lauten Knall ins Schloss. Für einen kurzen Moment blieb Ida wie angewurzelt stehen. Hatte sie das eben alles geträumt? Das kleine Strohdachhaus, sah es nicht aus wie eines der Häuser aus den Märchen, die sie als Kind so gern gelesen hatte? Ein Schauer lief ihr über den Rücken. Wie unheimlich es plötzlich auf Hiddensee geworden war. Erst Helenes Zusammenbruch, dann das Unwetter, der Fährmann, der nur als schemenhafte Gestalt zu erkennen gewesen war, und jetzt diese Alte, die in Rätseln sprach und ihr vorkam wie eine Hexe. Warum konnte es nicht wenigstens aufhören zu regnen? Ida richtete ihren Blick nach oben, aber nach sechs Stunden Nässe, Kälte und peitschenden Winden konnte sie es sich kaum mehr vorstellen, dass dieser drohende tiefdunkle Himmel jemals ein freundlicher gewesen war. Mit letzter Kraft schob sie ihr Fahrrad durch den immer tiefer werdenden Matsch erst zur Dorfstraße und dann weiter Richtung Kloster.
»Da sind Sie ja endlich.« Lina Weiß, die Frau des Bäckermeisters, stand, die Hände in ihre breiten Hüften gestemmt, in der Tür, als würde sie Ida bereits seit Stunden erwarten.
Ida wollte etwas sagen, aber außer einem leisen Stöhnen brachte sie keinen Ton heraus. Jeder Schritt war zur Tortur geworden, und diese wenigen Meter, die sie jetzt noch bergauf gehen musste, um das Haus der Klausens zu erreichen, schienen unüberwindbarer als alle vorherigen zu sein. Ihr Atem überschlug sich fast, so erschöpft war sie von dem langen Marsch, und es kostete sie ihre letzte Willenskraft, um nicht ihr Fahrrad auf der Stelle auf den Boden zu werfen und sich einfach in das triefend nasse eis-

kalte Gras zu legen, das in dem Moment verlockender war als der nur wenige Schritte entfernt stehende warme Ofen.

»Kommen Sie rein, Sie sehen ja fürchterlich aus«, sagte Lina Weiß, nachdem Ida endlich beim Haus der Klausens angekommen war.

»Was ist passiert?«, fragte Ida keuchend.

»Sie ziehen sich jetzt erst einmal etwas Warmes an. Nicht dass der Arzt auch noch Ihretwegen kommen muss«, sagte Lina Weiß forsch und nahm Idas klatschnassen Mantel, den sie auf eine Bank neben den Ofen legte. »So, und jetzt den Rest.«

»Aber meine Sachen, die sind nicht hier.«

»Wollen Sie sich den Tod holen?«

Ida schüttelte den Kopf.

»Na also. Es wird doch in diesem Haus etwas für Sie zum Anziehen geben. Warten Sie, ich schau mal nach.«

Lina Weiß kam mit einem von Helenes Kleidern, einer Strickjacke, die Herbert gehören musste, einer langen Unterhose und dicken Socken aus dem Schlafzimmer zurück und hielt sie Ida hin. »So, das ziehen Sie jetzt an. Und ich gehe in die Küche und mache einen Tee.«

Ida, die in ihren nassen Kleidern die ganze Zeit reglos im Salon vor dem Ofen gestanden hatte, sah ihr wortlos hinterher. Was war passiert? Was tat die Bäckersfrau im Haus der Klausens? Wie ging es Helene? Fragen über Fragen schossen ihr durch den Kopf, doch sie fühlte sich noch viel zu erschöpft, um Lina Weiß hinterherzurufen und ihr all diese Fragen zu stellen. Ida starrte auf Helenes Kleid in ihrer Hand. Sollte sie wirklich? Aber allein die Vorstellung, einen warmen, trockenen Stoff auf ihrer Haut zu spüren, ließ sie schnell alle Bedenken vergessen.

»Sind Sie fertig?«, hörte Ida Lina Weiß aus der Küche rufen.
»Ja«, antwortete sie nur halb so laut und blickte zögerlich an sich hinunter. Sie hatte tatsächlich Helenes Kleid an, ein aus schwerem dunkelblauem Stoff genähtes warmes Winterkleid, in dem sie sich in diesem Moment wie neugeboren fühlte.
»Hier, rubbeln Sie damit Ihre Haare trocken«, sagte Lina Weiß und hielt Ida ein Tuch hin.
Ida, die sich in den tiefen Sessel vor dem Ofen hatte fallen lassen, fuhr erschrocken hoch. Kaum hatte sie sich gesetzt, war sie auch schon eingenickt, und jetzt wusste sie für einen kurzen Augenblick nicht, wo sie war. Erstaunt blickte sie in Lina Weiß' rotwangiges Gesicht, das vor ihrer Nase zu tanzen schien wie ein Schwarm Mücken.
»Geht es wieder besser?« Lina Weiß lächelte, während sie neben Ida einen Becher frischen Tee stellte. »Trinken Sie. Sie werden sehen, Ihre alten Kräfte kehren schnell zurück.«
Noch immer benommen von ihrem Sekundenschlaf, nippte Ida wortlos an dem heißen Becher, während die Bäckersfrau sie neugierig musterte.
»Sie wollen sicher wissen, was passiert ist.«
Ida nickte. »Wie geht es Frau Klausen?«, fragte sie leise.
»Sie schläft.«
»Sicher?«
»Keine Sorge. Ich habe mehrfach ihren Puls gefühlt.«
»Gut.« Ida atmete erleichtert auf.
»Aber ich fürchte, es geht ihr nicht gut«, sagte Lina Weiß. »Ich habe ihr etwas von dem Tee eingeflößt, den Sie gerade trinken, aber noch zeigt er keine Wirkung bei ihr.«
Ida sah sie fragend an.

»Er ist unsere Medizin. Bis der Arzt bei uns ist, Sie wissen ja.« Sie zuckte mit den Schultern. »Da müssen wir uns schon selber helfen, und die alte Spieker, die kennt sich aus mit Kräutern.«

»Die alte Spieker«, wiederholte Ida murmelnd. »Aber woher wussten Sie, dass Frau Klausen …«

»… krank ist?«, vollendete Lina Weiß die Frage.

»Ja.« Ida nickte.

»Das wusste ich nicht. Wenn mein Mann nicht Brot ins Pfarrhaus gebracht hätte und gesehen hätte, dass es hier qualmt …«

»Es hat gebrannt?«, fragte Ida erschrocken.

»Gequalmt hat es, nicht gebrannt. Wie soll sich denn bei dem Wetter ein Feuer entzünden. Aber wenn mein Mann den Qualm nicht bemerkt hätte, dann wäre Ihre Frau Klausen sicherlich nicht mehr am Leben. Sie sollten in Zukunft vorsichtiger mit dem heißen Fett sein, das Sie auf dem Herd stehen lassen, wenn Sie aus dem Haus gehen«, sagte sie in tadelndem Ton, bevor sie ihr die ganze Geschichte erzählte. Wie ihr Mann ins Haus gestürmt war, die Fenster aufgerissen und die qualmende Pfanne ins Freie geschmissen hatte, wie er Helene schwer atmend in ihrem Bett entdeckt hatte und dann nach Vitte geeilt war, um Hilfe zu holen. Wie sie, ohne zu zögern, bei der alten Spieker geklopft und nach einem Beutel Tee gefragt hatte, und wie sie sich schließlich beeilt hatte, hierherzukommen, und dann versucht hatte, Helene, so gut es ging, zu versorgen. »Weil Sie doch ein so schönes Bild von meinen Kindern gemalt haben, Fräulein Ida«, schloss Lina Weiß ihre Erzählung. »Da konnte ich die arme Frau doch nicht einfach liegen lassen. So ganz allein.«

Ida zitterte am ganzen Körper. »Meine Güte«, stöhnte sie und legte ihren Kopf in ihre Hände. »Die Bratkartoffeln.

Ich hab die Bratkartoffeln vergessen. Ich hab sie einfach vergessen.«

»Es ist ja noch einmal gutgegangen.«

Ida hob langsam den Kopf und sah sie an. »Ich weiß gar nicht, wie ich Ihnen und Ihrem Mann danken soll«, sagte sie. »Nicht auszumalen, was passiert wäre, wenn ...« Sie hielt inne und schüttelte den Kopf. »O Gott, wenn sie gestorben wäre, weil ich ... Ich muss sofort nach Helene sehen.«

»Geben Sie ihr in einer Stunde noch einmal etwas von dem Tee. Er hat schon so manchen Totgeglaubten wieder zum Leben erweckt.«

»Ja.« Ida nickte.

»Kann ich denn sonst noch etwas für Sie tun?«

»Nein danke, tausend Dank. Sie haben schon so viel getan«, erwiderte Ida und lächelte verlegen. »Vielen, vielen Dank. Ich weiß gar nicht, was ich sagen soll. Außerdem müsste auch der Arzt bald eintreffen. Wenn alles gutgeht«, fügte sie leise hinzu.

»Der Arzt?« Lina Weiß sah sie erstaunt an.

»Ja. Der Fährmann wollte ihn holen.«

»Bei dem Unwetter?«

»Er hat es mir versprochen.«

Lina Weiß nickte. »Ich mach mich jetzt auf den Weg. Wenn Sie Hilfe brauchen, scheuen Sie sich nicht.«

»Ja, nein, danke. Vielen, vielen Dank.« Ida erhob sich abrupt aus ihrem Sessel und versuchte sich nichts von ihrer Verunsicherung anmerken zu lassen. »Ich komme zurecht, danke. Ihr Tee wirkt ja wahre Wunder«, sagte sie mit einem Lächeln und reichte Lina Weiß die Hand.

Kaum war die Tür ins Schloss gefallen, war ihr, als würde man sie ihrer ganzen Kraft berauben. Mit schweren Schritten ging sie zurück in den Salon und ließ sich dort auf einen der Stühle fallen. Wie hatte sie nur so nachlässig sein können? Wenn Helene erstickt wäre. Ida schluckte. Herbert durfte davon nichts erfahren, niemals, ging es ihr noch durch den Kopf, dann schlief sie am Tisch sitzend ein.

41

Wo ist sie?« Herbert warf seine Tasche achtlos in eine Ecke und stürmte ohne einen Gruß an Ida vorbei. Dreimal darfst du raten, dachte sie, aber sie verkniff sich die Bemerkung und zeigte wortlos auf Helenes Zimmer.
»War der Arzt schon bei ihr?«, fragte er und sah ungeduldig von Helene, die schlafend vor ihm lag, zu Ida.
»Ja.«
»Und?«
Ida zuckte mit den Schultern.
»Geht es etwas präziser?«
»Er hat sie abgehört, abgeklopft, ihren Puls gefühlt, Fieber gemessen, in ihren Rachen und in die Augen geschaut, gestöhnt, genickt, den Kopf geschüttelt und eine Tinktur hinterlassen, die ich ihr zweimal täglich vor die Nase halten soll«, antwortete sie, ohne Luft zu holen, und ließ ihn dabei nicht aus den Augen.
»Und?«
»Was und?«
»Hältst du dich an die Anweisungen?«
»Natürlich.« Ida verschränkte die Arme vor der Brust. »Was denn sonst?«

»Und geht es ihr seitdem besser?«
»Ich fürchte, nein.«
»Verdammt, Ida, was heißt das? Muss ich dir denn alles aus der Nase ziehen?«
»Herrsch mich nicht so an.« Ihre Augen funkelten jetzt.
»Ich will wissen, wie es meiner Frau geht, ist das denn so schwer zu verstehen?«, giftete er zurück.
»Ich weiß es doch auch nicht«, antwortete Ida mit erregter Stimme. »Sie öffnet die Augen nicht mehr, sie spricht nicht mehr, sie isst nicht mehr, und man muss ihr den Tee tröpfchenweise einflößen.«
Herbert atmete tief durch. »Seit wann?«
»Einer Woche genau.«
»Einfach so, ganz plötzlich?«
Ida nickte.
»Es ist nichts Außergewöhnliches vorgefallen?«
»Nein.«
Er atmete erneut tief durch und sah Ida jetzt nachdenklich an. »Danke«, sagte er schließlich leise und lächelte ihr zu.
Ida schluckte die Tränen hinunter, die ihr in die Augen geschossen waren. »Ja«, murmelte sie und versuchte noch etwas zu sagen, aber sie brachte keinen weiteren Ton mehr heraus.
»Entschuldige.«
»Wofür?«, flüsterte sie und versuchte zu lächeln, aber es gelang ihr nicht.
»Dass ich vorhin so barsch gewesen bin.«
»Die Nerven«, sagte sie, und erneut schossen ihr Tränen in die Augen, die sie nur mühsam zurückdrängen konnte.
Herbert sah sie unverwandt an und nickte.
»Ich bin froh, dass du endlich da bist«, sagte sie.

»Ich habe mich sofort in den Zug gesetzt.«
»Gott, diese verdammte Insel«, brach es aus Ida plötzlich heraus. »Wenn ich dich doch nur schon eher hätte benachrichtigen können. Aber man kommt hier ja nicht weg und ...« Sie hielt inne und atmete tief durch. »Fünf Tage, Herbert, fünf lange stürmische Tage musste ich warten, bis ich dir endlich diese gottverdammte Nachricht zukommen lassen konnte. Stell dir vor, Helene wäre gestorben«, sagte sie und machte dabei einen Schritt auf ihn zu. »Stell dir vor, sie wäre in dieser Zeit gestorben.« Ida packte Herbert an der Schulter und rüttelte ihn. »Stell dir vor, sie wäre in meinen Armen gestorben«, schluchzte sie, während sie immer weiter an ihm rüttelte, als trüge er alle Schuld an dem Unwetter, das so ungewöhnlich lang über Hiddensee getobt hatte. »Diese verdammte Insel. Warum hast du sie nur auf diese Insel gebracht?«
Herbert packte Idas Handgelenke und umklammerte sie mit festem Griff. »Beruhig dich. Es ist nichts passiert. Helene lebt, und ich bin da«, sagte er und sah ihr dabei beschwörend in die Augen.
»Du hättest sie niemals auf diese Insel bringen dürfen, auf diese gottverdammte einsame Insel«, schrie sie wieder und wieder, während ihr unaufhaltsam Tränen übers Gesicht liefen, die auf Herberts dunkle Anzugjacke tropften.
»So beruhig dich doch.« Seine Stimme klang streng.
Als verstünde sie ihn erst jetzt, hielt sie abrupt inne, sah ihn aus ihren geröteten Augen erschrocken an und ging wie benommen zurück, bis sie die Wand in ihrem Rücken spürte, an die sie sich erleichtert lehnte. »Entschuldige. Es ist wohl alles ein bisschen viel für mich.«
»Wenn ich geahnt hätte ...« Herbert schüttelte den Kopf. »Ich wäre doch nicht nach Berlin gefahren.«

»Ich weiß«, sagte sie, während sie sich verlegen die Tränenspuren von den Wangen rieb.
»Was ist mit dem Arzt? Hat er gesagt, dass er noch einmal nach Helene schauen wird?«
»Man muss ihn holen, von Rügen.«
Herbert nickte. »Aber sie braucht jemanden, der ihr hilft.« Er blickte auf seine Frau, deren tiefdunkle Augenringe wie ein Mahnmal aus dem ansonsten bleichen Gesicht hervorstachen.
»Wenn du willst, ich könnte dem Fährmann Bescheid sagen, dass er den Arzt ...«
»Nein, nein«, unterbrach Herbert sie. »Dieser Wald- und Wiesendoktor mit seiner Tinktur. Ich wüsste wirklich nicht, wie der Helene nützlich sein könnte. Er hat doch nicht etwa auch einen Aderlass gemacht?«
»Nein, keine Sorge.«
»Zuzutrauen wäre das diesen Hinterwäldlern doch. Meine Güte, eine Tinktur. Hat dieser Quacksalber denn noch nie davon gehört, dass man heutzutage Pillen verschreibt?«
Ida, die noch immer an der Wand lehnte, musterte Herberts aufgebrachtes Gesicht. Fast fröhlich sah es aus, wie seine Falten auf seiner Stirn auf und ab hüpften, je länger er sich über die Unwissenheit der Provinzärzte erregte, und obwohl sie wusste, dass dieser Eindruck täuschte, erschrak sie doch, als sie bemerkte, wie er immer hektischer seinen Mund bewegte, als würde er panisch nach Luft schnappen. Wortlos ging sie zum Fenster und öffnete es.
Herbert, der bereits seinen Hemdkragen gelockert hatte, stöhnte. »Danke. Ich dachte schon, ich müsste hier drin ersticken. Helene darf nur keinen Zug abbekommen.«
»Du kannst sie ja besser zudecken, wenn du denkst, dass es zu kalt wird«, sagte Ida, obwohl sie ahnte, dass ein Luftzug

Helenes Zustand nicht verändern würde. Sollte sie ihm sagen, dass sie nicht mehr an ihre Genesung glaubte? Dass sie es für sinnvoller hielt, er verabschiedete sich von ihr in aller Stille? Aber Helene war seine Frau und sie noch nicht einmal ihre Freundin. Sie war sich nicht sicher, ob es ihr zustand, sich überhaupt ein Urteil zu erlauben. Erneut glitt ihr Blick über Herberts mittlerweile besorgt aussehendes Gesicht. Er wusste es. Sie sah es an seinen Augen. Er wusste, dass Helene bald sterben würde und dass es sinnlos wäre, erneut einen Arzt zu konsultieren, und sei es eine Koryphäe. Er wusste es, dachte sie und nickte ihm aufmunternd zu.

»Gleich morgen fahre ich mit ihr nach Berlin«, sagte Herbert unvermittelt und rieb sich seinen Bart.

Ida schluckte. Sie sollte etwas sagen, sie sollte ihm ihren Eindruck schildern. Schließlich hatte sie die ganze Woche an Helenes Bett gewacht. Schließlich war sie es gewesen, die ihren ausgemergelten Körper notdürftig gewaschen hatte und dabei gemeint hatte, ein Skelett zu berühren, schließlich hatte sie bemerkt, wie Helenes Atem von Tag zu Tag schwächer geworden war. Aber noch immer zögerte sie. Helene war seine Frau. Er konnte bestimmen.

»Einer von den Fischern soll uns nach Stralsund segeln, und dann bringe ich sie auf direktem Weg in die Charité zu Prof. Weinrich. Der hat ihr schon einmal geholfen, vor zwei Jahren, da ging es ihr tatsächlich eine Zeitlang besser.«

Ida atmete tief durch. Wie verzweifelt er plötzlich aussah, als wüsste er, dass er sich an eine Hoffnung klammerte, die reine Illusion war. »Meinst du nicht«, sagte sie vorsichtig, »dass …« Sie zögerte.

»Dass was?«, fuhr er sie an.

»Ach nichts.« Ida schüttelte den Kopf. »Nichts, schon gut.«
»Ich bringe sie morgen nach Berlin, keine Diskussion.«
Ida nickte.
Herbert beugte sich jetzt über seine Frau und hielt sein rechtes Ohr dicht an ihren Mund. »Sie atmet doch noch«, erklärte er empört, »wie kannst du da sagen, dass es sich nicht mehr lohnt, ihr zu helfen.«
Ida sah Herbert erstaunt an. »Wie kommst du denn darauf? Ich hab doch gar nichts gesagt.«
»Es steht in deinem Gesicht geschrieben, Ida, ich seh genau, was du denkst.«
»Du solltest mal die Verzweiflung auf deinem sehen«, entgegnete sie spontan. »Dann wüsstest du, dass du tief im Inneren genau das Gleiche denkst.«
Herberts Atem ging schnell. Sein Blick klebte jetzt auf Ida wie auf einer Zielscheibe. Aber er sagte nichts. Auch Ida sagte nichts. Es war totenstill im Raum.
»Es …« Herbert stockte. »Es ist …« Sein Blick streifte Helenes abgemagertes Gesicht.
»Schwer?«, fragte Ida vorsichtig.
Er nickte. »Sie in diesem Zustand zu sehen, so hilflos, nur noch Haut und Knochen, das ist fürchterlich.«
»Ich weiß.«
»Da muss man doch etwas dagegen tun«, meinte er mit fast kindlichem Trotz in der Stimme. »Ich kann sie doch nicht einfach so ihrem Schicksal überlassen. Sie muss doch wenigstens wieder essen. Sie verhungert sonst noch.«
»Sie kann nicht mehr essen, Herbert.«
Herbert strich über Helenes eingefallene Wangen, bevor er mit seinem Daumen über ihre trockenen, wie verdorrt sich anfühlenden Lippen fuhr. »Ich bin nicht so blind, wie du

denkst, Ida, ich seh das doch auch«, sagte er. »Es ist schon merkwürdig«, fuhr er nach einer Weile fort. »Seit Jahren weiß ich um Helenes gefährdeten gesundheitlichen Zustand, seit Jahren rechne ich damit, dass sie stirbt, und manchmal, glaub mir, manchmal war ich es leid, immer Krankheit und Tod um mich herum zu haben, immer dieses Siechtum vor Augen, keine Lebendigkeit.« Er hielt inne und schluckte. »O Gott, Ida, entschuldige, so etwas darf man doch noch nicht einmal denken.«

»Doch«, sagte Ida entschieden. »So etwas muss man sogar denken, sonst geht man daran zugrunde.«

Er sah sie skeptisch an. »Du scheinst nicht zu verstehen. Ich bekenne hier gerade meine Schuld. Ich habe Helene den Tod gewünscht, mehr als einmal. Hundertmal«, rief er laut aus, und es fehlte nicht viel, und er hätte sich vor Ida auf die Knie geworfen, als wäre sie Gott und als würde sie ihn für all seine Sünden bestrafen.

Ida, die gerade einen Schritt auf ihn zumachen wollte, blieb wie angewurzelt stehen. »Ich hab sehr wohl verstanden, Herbert. Und ehrlich gesagt …« Sie zögerte. Dieser flehentliche Blick, am liebsten wäre sie jetzt aufgesprungen und hätte ihn in den Arm genommen, aber da wandte er sich schon wieder von ihr ab und starrte mit leeren Augen auf Helenes blasses Gesicht. »Weißt du, ich finde es beruhigend zu wissen, dass du ein Mensch und keine gefühllose Maschine bist«, sagte sie leise, obwohl sie ahnte, dass sie ihn in diesem Augenblick kaum erreichte.

»Aber jetzt, jetzt liegt sie hier vor mir, dem Tod näher als dem Leben.« Seine Stimme klang seltsam hohl, fast so, als wäre sie nicht für Zuhörer bestimmt. »Und plötzlich soll alles vorbei sein. All die Jahre. Jetzt. Hier. Aus und vorbei. In diesem Haus. In diesem neuen, noch so frischen, von

schlechten Gewohnheiten noch völlig unbelasteten Haus soll alles vorbei sein?« Herbert legte seinen Kopf in die Hände und stöhnte. »Es kommt so überraschend, Helene«, flüsterte er, während er ihre knöchrige Hand streichelte. »Trotz allem kommt es so überraschend. Warum hast du denn nichts gesagt? Wir hätten uns doch verabschieden können, uns danken für die Jahre, die wir gemeinsam hatten.« Er hielt inne und starrte auf ihren reglosen Mund. »Sag doch was, bitte. Ein einziges Wort nur, bitte.«
Ida wagte kaum zu atmen. An die Wand gepresst, stand sie in dem kleinen Raum und ließ Herbert nicht aus den Augen. Wie tief er sich über Helene beugte, als wollte er sie unter sich begraben. Er sprach jetzt so leise, dass nur noch ein Murmeln zu hören war, und Ida schlich langsam zur Tür, unsicher, ob sie bleiben oder Herbert mit Helene lieber alleine lassen sollte.
»Öffne doch wenigstens die Augen, bitte. Ein letztes Mal. Warum öffnest du nicht die Augen?«
Plötzlich schrie er laut auf, und Ida blickte erschrocken auf Herbert, der sich erst die Haare raufte, dann kurz an Helene rüttelte wie an einem mit Früchten behängten Strauch, um danach erneut seinen Mund flüsternd an ihr Ohr zu pressen.
»Du sprichst nicht mit mir, du schaust mich nicht an. Hörst du mich überhaupt?«
Ida schluckte. Wie sehr er um Helenes Blick, um ein Wort, eine Regung flehte. Als sich ihre Blicke für den Bruchteil einer Sekunde trafen, glaubte sie, nicht in Herberts Gesicht gesehen zu haben, sondern in eine verzerrte, fratzenähnliche Grimasse, und ein Schauer durchlief sie, den sie bis in die Zehenspitzen spürte. Sie sollte gehen, dachte sie erneut, aber noch immer konnte sie sich nicht von Herbert und

Helene abwenden, von seinem Verlangen und ihrer Erstarrung, von diesem alles überflutenden Begehren, das wie ein letztes Aufbäumen war, ein Zeichen von Leben.
Mit einem Mal war es andächtig still im Raum. Herbert hatte sich aufgerichtet und saß jetzt wie zum Gebet an Helenes Bett. Sein Atem ging noch immer schnell, aber er sah schon wieder aus wie der, den Ida kannte, und sie dachte, dass sie jetzt, da er wieder zu sich kam, besser bleiben sollte.
Wie benommen drehte Herbert sich langsam zu ihr um, und als sich ihre Blicke erneut trafen, war ihr, als wollte er sich auf ihrem Gesicht ausruhen. Ida zögerte. Dann ging sie zu ihm, legte wortlos ihre Hand auf seine Schulter, und gemeinsam blickten sie auf Helene, die friedlich zu schlafen schien in diesem strahlend weißen Bett.

42

Meine liebe, liebe Anna, wie sehr ich Dich vermisse. Gerade jetzt, da so viel passiert ist und ich so dringend jemanden zum Reden brauche. Geht es Dir gut? Was macht Berlin? Bist Du noch jeden Abend in der Grünen Maus? In letzter Zeit denke ich wieder öfter an unsere Nächte dort, und Du wirst es kaum glauben, aber manchmal verspüre ich sogar schon wieder eine leise Sehnsucht nach dem Trubel in dieser scheußlichen, herrlichen, unmöglichen Stadt. Obwohl, Du weißt es ja sicherlich längst, hier auch ein ziemlicher Aufruhr herrschte und erst seit ein paar Tagen wieder Ruhe eingekehrt ist. Und was für eine

Ruhe! Fast unheimlich ist die Stille mittlerweile, die über Hiddensee liegt. Der erste Schnee ist gefallen und überzieht die ganze Insel mit einer feinen, hauchzarten Puderschicht. Man fühlt sich unweigerlich wie ein Trampeltier angesichts dieser Jungfräulichkeit, die man mit jedem Schritt zerstört. Fliegen müsste man können! Fliegen wie die Kraniche. Ich würde mich auf der Stelle aufmachen und Dir schon von weitem einen Trompetengruß schicken, um meinen Besuch anzukündigen. Was gäbe ich dafür, wenn ich Dich kurz besuchen könnte.«

Ida sah auf und nippte an dem frisch gebrühten Tee. Ihr Blick glitt die Regalwand entlang zum Fenster. Wie gut sie diesen Ausblick kannte, und wie ungewohnt es dennoch war, plötzlich hier zu sitzen, an Herberts Tisch, in Herberts Haus, das auch Helenes Haus gewesen war, ganz allein, ohne Verpflichtung.

»Hat Dir Wilhelm von Helenes Beerdigung erzählt? Wenn es nicht so ernst gewesen wäre und Herbert nicht so traurig ausgesehen hätte, wenn ich also nur eine unbeteiligte Zuschauerin gewesen wäre, die ich ja doch irgendwie auch war, ich hätte mir ein Schmunzeln nicht verkneifen können. Ach, diese Insulaner. Sie sind mir so sehr ans Herz gewachsen mit ihren merkwürdigen Bräuchen. Die arme tote Helene wurde vom Bäckermeister, dem Kaufmann, dem Gutsbesitzer und einem Fischer dreimal um die kleine Kirche getragen, bevor sie beerdigt werden durfte. Ich glaube, Herbert hat es kaum ertragen, seine Frau fremden Männern überlassen zu müssen, aber vielleicht täusche ich mich ja auch. Dabei ist Helene als erster Nichtinsulanerin auf diesem kleinen Friedhof eine große Ehre zuteilgeworden. Aber das wird er wohl erst begreifen, wenn der größte Schmerz vergangen ist. Wie er gelitten hat, Anna. Niemals hätte ich geglaubt, dass Herbert zu so viel Verzweiflung fähig ist. Und ob Du es glaubst oder nicht, ich bin dankbar, dass ich ihn so sehen durfte. Sein Schmerz hat ihn mir endgültig zum Menschen gemacht. Kannst Du ein Geheimnis für Dich behalten? Aber nicht lachen! Weißt Du, was ich gedacht habe, als ich ihn am Bett der sterbenden Helene gesehen habe? Wenn ein Mann so trauern kann, dachte ich, dann kann er eines Tages auch wieder lieben. Hör ich da etwa Dein Lachen? Ich weiß, ich bin albern, aber zum Glück bist Du die Einzige, die das weiß!«

Ida legte den Stift beiseite. Seit zwei Stunden bollerte bereits der Ofen, aber der eisige Wind, der unerbittlich durch alle Ritzen drang, schien noch immer mehr Kraft zu besitzen als das lodernde Feuer. Vor Kälte waren ihre Finger ganz steif geworden, und bevor sie weiterschreiben konnte, legte sie ihre Hände um die bauchige Teekanne und wärmte sich daran.

»Ach, Anna, es ist so einsam hier ohne Dich, ohne Euch alle. Wenn ich nicht ab und zu nach Vitte kommen würde, ich könnte meinen, ich wäre hier ganz alleine. Dieser Hang hier, auf dem ich gerade sitze, ist aber auch ein verlassener Flecken Erde. Aber ich weiß schon, warum Herbert ausgerechnet diesen Ort für sein Haus ausgewählt hat. Man überblickt von hier fast die ganze Insel, die heute im Übrigen unter einem glasklaren, wie reingewaschenen Himmel liegt. Ob es dort oben auch so etwas wie Großreinemachentage gibt? Wenn dem so ist, dann will ich niemals dorthin!!! Die regelmäßigen Waschtage vermisse ich jedenfalls nicht, und Böden habe ich auch noch nicht geschrubbt, seitdem ich hier alleine bin. Aber sag das bloß nicht Herbert. Er bezahlt mich ja weiterhin, damit ich alles in Ordnung halte. Ich finde, meine Haushälterinnenkarriere kann

sich sehen lassen. Bleibt nur zu hoffen, dass ich dasselbe eines Tages auch von meiner Malkarriere behaupten kann.
Bist Du fleißig im Atelier? Ich habe neue Bilder gemalt, aber ehrlich gesagt weiß ich noch nicht, was ich von ihnen halten soll. Sie sind mir verdächtig leicht von der Hand gegangen, und ich werde den Eindruck nicht los, dass mir diese Flüchtigkeit als Nachlässigkeit ausgelegt werden könnte. Aber ich mag dieses Leichte, das sie ausstrahlen, das Unbeschwerte, als wären nur die Farben wichtig. Gelb und Ocker sind meine Lieblinge im Moment, und für den Himmel ein zartes Orange. Kannst Du Dir vorstellen, wie die Kritiker über mich herfallen würden, wenn sie das sähen? Wie gut, dass ich all ihre Artikel verbrannt habe, nur leider wurden meine Erinnerungen daran nicht gleich mit gelöscht.«
Ida rieb nachdenklich ihre kalten Hände. Erst in letzter Zeit hatte sie wieder häufiger an ihren Vater gedacht. Dass er ihr derart schamlos seinen Willen aufzwingen wollte, machte sie noch immer wütend, aber heimlich dankte sie ihm dafür, dass er ihr, wenn auch unfreiwillig, so schnell zur Unabhängigkeit verholfen hatte. Sie wäre doch niemals hier, wenn er nicht diese Briefe geschickt hätte. Ein Lächeln huschte über ihr Gesicht. Ob sie ihm das eines Tages persönlich würde sagen können?
»Wie schön wäre es, wenn Du jetzt mit mir hier an diesem Tisch sitzen könntest, Anna. Es riecht so sehr nach Helene in diesem Haus, dass ich manchmal meine, ihr Geist würde mit Argusaugen durch die Zimmer wandern und nur darauf warten, sich auf mich niederzustürzen. Dumm von mir, ich weiß. Das kommt davon, wenn man zu viel allein ist und nur alle paar Tage mit dem Kaufmann oder der Pfar-

rersfrau oder seit neuestem auch mit unserer Vermieterin aus Vitte übers Wetter plaudert. Ja, Du hast richtig gelesen, unsere ehemalige Vermieterin grüßt mich mittlerweile fast wie eine alte Bekannte. Ich vermute allerdings, sie braucht Gewissheit, dass ich noch klar bei Verstand bin. Seitdem mein Malheur mit dem Bratfett die Runde gemacht hat, kursieren merkwürdige Gerüchte. Ich glaube, sie fürchten, ich sei eine Verrückte. Lach nicht! Ich ahne, was Du denkst. Allerdings gebe ich gerne zu, dass es schon einer ordentlichen Portion Verrücktheit bedarf, ganz allein den Winter über auf dieser verlassenen, zum Schreien ruhigen Insel verbringen zu wollen.
Weißt Du, was ich mir gerade vorstelle? Ich stelle mir vor, wie Du gerade durch die Leipziger Straße schlenderst. Wie es überall nach Lebkuchen und Zimt und Kardamom und heißen Maronen riecht. Wie Du Dir die Nase an einem der großen Schaufenster platt drückst und staunend vor dem weihnachtlichen Glitzerschmuck stehst, den Sternen, den bunten Kugeln und dem Lametta, mit dem sie alles behängt haben, selbst die Hüte und Blusen. Wie Du mit einem fröhlichen Lachen weitergehst, dem alten Bettler an der Ecke einen Groschen zusteckst und Dir im Café Josty eine heiße Schokolade gönnst. Ach, Kinderträume! Die habe ich bestimmt dieser schneegezuckerten Insel zu verdanken, die vor mir ausgebreitet liegt wie ein herrliches Stück Sahnetorte. O Anna, je länger ich Dich in Gedanken durch Berlin schlendern sehe, desto mehr wünsche ich mir, ich könnte das Bimmeln der Pferdebahn hören, die hastigen Schritte der Banker, das Kreischen der Kinder.«
Ida atmete tief durch und lauschte der Stille. Nichts. Außer ihrem Atem und dem bollernden Ofen war tatsächlich

nichts zu hören. Noch nicht einmal Friedo maunzte vor dem Fenster. Wie aufdringlich diese Ruhe ist, schlimmer als jeder Hammerschlag, dachte sie und wünschte sich den Lärm und das Gewusel von der Baustelle am Halleschen Ufer mitten in dieses Zimmer. Sie schüttelte den Kopf. Sie musste doch verrückt sein, diese Stille gegen ohrenbetäubenden Krach eintauschen zu wollen.

»Ich sehne mich nach Leben, Anna! Leben, Leben, Leben! Wieder lachen, tanzen, der Bahn hinterherrennen und aufspringen während der Fahrt, ich sehne mich nach den feuchten Abenden in der Grünen Maus, der Schlangenfrau aus dem kleinen Hinterhofkabarett in der Mohrenstraße, dem Kellner im Wiener Café, der sich stets bis zum Boden verneigte, selbst meine Zimmervermieterin vermisse ich, die alles dafür gegeben hätte, mich doch endlich beim Ungehorsam zu ertappen. Ja, ja, auch die! Es steht wohl ziemlich schlimm um mich.

Weißt Du eigentlich, wie es ist, wenn der eigene Atem so laut wird, dass du das Gefühl hast, es schreit dich jemand an? Und dann brüllt man zurück und stellt fest, man brüllt ins Nichts? Aber was erzähl ich Dir das. Du sehnst Dich sicherlich nach Ruhe, nach Hiddensee, nach der Bauernschenke, nach den stundenlangen Strandspaziergängen, nach dem sanft wogenden Meer, den lautlosen Sonnenuntergängen.

Anna …« Ida stockte. Ihr Blick glitt erneut über die Insel. »Ich kann nicht den ganzen Winter hier alleine in dieser Einsamkeit bleiben«, fuhr sie zögerlich fort. »Ich fürchte, ich werde sonst tatsächlich verrückt. Ich muss im Trubel auftanken, bevor ich mich der Natur wieder überlassen kann. Wäre es denn für Dich vorstellbar, dass ich über Weihnachten und Silvester nach Berlin komme? Ich weiß,

Du hattest geplant, nach Hiddensee zu fahren, aber soweit ich mich erinnere, wird Wilhelm jetzt doch nicht hier sein, sondern in Leipzig, und da dachte ich mir, dass es dann vielleicht schöner wäre, diese Festtage in der Stadt gemeinsam zu verbringen?! Aber wenn Du längst andere Verpflichtungen hast, dann zögere bitte nicht, es mir zu sagen. Die Welt geht davon nicht unter. Wenn Du allerdings ja sagst, dann umarme ich Dich schon jetzt und küsse Dich stürmisch auf Deine Wangen und sehne den Tag herbei, an dem ich über den Bodden segeln werde Richtung Leben. Sag ja, bitte, bitte, sag ja! Nicht, dass ich in meiner Verzweiflung noch in Stralsund stranden werde.

Du glaubst es nicht, aber Emma hat mir neulich doch tatsächlich einen Brief geschrieben, der alles andere als freundlich war. Ich hätte ihr Erbe aufs Spiel gesetzt, ihren guten Ruf gefährdet und, jetzt halt Dich fest, ihren Sohn schrecklichen Demütigungen ausgesetzt. Wie um alles in der Welt soll ich das nur angestellt haben, wo ich meinen Neffen doch noch nicht einmal kenne? Hab also Erbarmen mit mir, Anna. Lass mich zu Dir in das laute Berlin!

Ich küsse Dich, ich umarme Dich, ich denke an Dich. Deine schreckliche Ida, Deine einsame Ida, Deine dem Wahnsinn nahe Ida, die schon jetzt sehnsüchtig auf Deine Antwort wartet.«

Als Ida den Brief in den Umschlag steckte, sah sie sich schon in Berlin aus dem Zug steigen, den Dampf der Lok in der Nase, der sich mit dem Geruch der Stadt vermischte. Sie sah sich aufspringen auf die Bahn, abspringen am Lützowplatz, vier Etagen hinaufeilen, klopfen, Anna um den Hals fallen, Tee trinken in der kleinen Küche, reden und staunen und noch mehr staunen über den prächtigen Weihnachtsschmuck in den Straßen auf dem Weg in die Grüne Maus. Sie sah sich Stanislaus begrüßen und wie er sie nach einigem Zögern umarmte, sie sah sich trinken, bis ihr schwindlig wurde, und tanzen, bis sie Blasen an den Füßen bekam.

Ida stand auf und legte Holz nach. Wie warm ihr plötzlich geworden war, dachte sie und lauschte erneut der Stille, die jetzt auf wundersame Weise angenehm leise in ihren Ohren klang.

43

»Weltuntergang! Amerikanischer Wissenschaftler prophezeit den Weltuntergang!«, schrie ein Zeitungsjunge auf der Friedrichstraße und wedelte aufgeregt mit der *Berliner Morgenpost*, während ein Verkäufer der *Vossischen Zeitung* lautstark verkündete: »Die Erde dreht sich unaufhaltsam weiter«.

»Diese Apokalyptiker. Das geht schon seit Wochen so«, sagte Anna und verlangsamte ihren Schritt.

Ida schmunzelte. »Falls du es vergessen haben solltest, aber ich bin schon seit ein paar Tagen in Berlin.«

»Nein, natürlich nicht, aber das musst du dir unbedingt anhören. Hier.« Sie gab dem Jungen ein Zehn-Pfennig-Stück und nahm sich die *Morgenpost*. »Haben Sie Ihren Liebsten schon Lebewohl gesagt? Oder der Dame Ihres Herzens endlich Ihre Liebe offenbart?«, las sie mit Inbrunst vor.

»Anna, bitte.« Ida zeigte auf ihre dünnen Tanzschuhe. »Da stecken keine Füße mehr drin, sondern Eisklumpen. Dieser Schneematsch hier ist kälter als der stärkste Ostwind. Lass uns weitergehen.«

»Jaja, gleich. In diesen paar Sekunden wirst du schon nicht erfrieren.«

»Wenn du wüsstest.« Ida lachte und hüpfte von einem Bein aufs andere. »Dann mach aber schnell, bitte.«

»Oder dem Herrn Ihres Herzens Ihre Liebe offenbart?«

Ida schüttelte den Kopf und stöhnte. »Wenn ich mich recht erinnere, stand da eben noch etwas von einer Dame des Herzens, aber bitte, wenn du meinst.«

»Jetzt sei nicht so kleinlich«, sagte Anna und grinste. »Wenn nicht, dann tun Sie es schnell«, las sie weiter. »Viel Zeit bleibt Ihnen nicht, denn heute, am 31. 12. 1899, ist es vorbei mit dem schönen Leben. Das zumindest prophezeit der Geologe Dr. Alfred Snyder aus Kalifornien. ›In Sekundenschnelle wird eine ungeheuerlich starke Druckwelle, die sich über Jahrhunderte im Erdkern gebildet hat, an die Oberfläche schnellen und auf ihrem Weg die Welt in abertausend kleine Stücke reißen, einem gigantischen Vulkanausbruch gleich‹, sagte er kürzlich in einem Interview mit der New York Times. ›Diese gewaltige Explosion wird um so vieles stärker sein als alles, was wir uns vorstellen können, so dass uns mit allergrößter Wahrscheinlichkeit Schmerz und Elend erspart bleiben werden. Es wird, wenn man so will, ein zwar ohrenbetäubender, aber doch schmerzfreier Weltuntergang sein‹, antwortete er auf die Frage, ob auch mit Verletzten zu rechnen sei.« Anna faltete die Zeitung zusammen und grinste. »Ein schmerzfreier Weltuntergang, hast du das gehört? Dann steht doch unserem Vergnügen heute Abend nichts mehr im Weg, oder was meinst du?«

»Worauf warten wir dann noch?«

Als sie bei der Grünen Maus angekommen waren, stand vor dem Eingang bereits ein Pulk von Menschen. Anna grüßte lachend, und auch Ida erkannte auf Anhieb zwei Künstler, mit denen sie schon so manche Nacht in dem kleinen Weinlokal verbracht hatte. Wie gut es sich anfühlt, wieder hier zu sein, dachte sie, während sie unablässig lachte und Hände schüttelte und nickte und grüßte. Seit einer Woche war sie bereits in Berlin, aber noch immer fühlte sich jeder Tag wie ein neues Geschenk an. Der stille Weihnachtsabend gemeinsam mit Anna ebenso wie der Besuch in Karl Schultes Galerie oder jetzt die Aussicht auf eine lange Silvesternacht in der Grünen Maus.

Im Innern des Lokals stand der Rauch bis unter die Decke. Hustend bahnten sich Ida und Anna ihren Weg durch das Stimmengewirr, das über den Köpfen der Gäste lag wie das flirrende Glühen einer hochsommerlichen Hitze. Ganz hinten, in der Nähe des Klaviers, war für sie ein Tisch reserviert, an dem bereits zwei Malerfreunde mit ihren Frauen saßen. Ida kannte sie nicht, aber Anna stellte sie als Ernst und Klaus mit Inge und Lotte vor.

»Ach, lass mal gut sein, am Tag des Weltuntergangs wollen wir unser strapaziertes Hirn doch nicht unnötig mit neuen Namen belasten«, sagte Ernst und reichte Ida die Hand. »Ich bin der mit den Locken. Und dich nenne ich die Unbekannte.«

»In Ordnung«, erwiderte Ida lachend. »Aber hättest du etwas dagegen, wenn ich dich in den Bären umtaufen würde?«

Ernst schüttelte den Kopf.

»Und dich«, sie zeigte auf Klaus, »nenn ich die Giraffe.«

»Und wer sind wir?«, kam es wie aus einem Mund von Inge und Lotte.

Ida legte den Kopf nachdenklich zur Seite und musterte die beiden. »Ich würde sagen, du bist die Spinne.«
»Aha?«
»Na, weil du so feingliedrig bist und so dünne Finger hast. Und du«, Ida sah in Inges rundes Gesicht, »du bist die Biene, wenn du nichts dagegen hast.«
»Hast du das gehört? Die Spinne und die Biene«, sagte sie in gespielt pikiertem Ton. »Das verspricht ja ein herrlicher Abend zu werden. Liebe Unbekannte, wenn das dein letztes Wort ist, dann bist du ab sofort für mich die Katze.«
Ida lachte. »Du ahnst ja gar nicht, welch herrliche Perspektiven du mir damit eröffnest. Ich meine, vorausgesetzt, die Welt geht morgen wider Erwarten doch nicht unter. Dann könnte ich mit meinem über alles geliebten Friedo Nachwuchs zeugen und mich auf ein wunderbares Eheleben freuen. Auf Nimmerwiedersehen, Einsamkeit!«
Die beiden Frauen sahen sie skeptisch an.
»Das ist ihr Kater«, sagte Anna verschwörerisch. »Auf Hiddensee. Wie man merkt, ist Ida ... äh ... ich meine, unser Kätzchen, noch etwas inselgeschädigt.«
»Also dann.« Anna hob ihr randvoll gefülltes Weinglas. »Auf den Weltuntergang?«
»Auf einen Abend ohne Morgen!«
»Auf ewigen Frieden!«
»Auf letzte bedeutende Worte!«
»Auf eine Superexplosion!«
»Auf die Liebe!«
Die anderen sahen Ida verdutzt an. »Wieso die Liebe?«, fragte diejenige, die Ida die Spinne getauft hatte. »Wenn's morgen vorbei ist, hast du doch nichts mehr davon.«
Ida lächelte. »Ach wisst ihr, ich stell mir einfach nur vor,

ich könnte alles sagen ohne Angst, ich könnte einfach nur sein, wie ich bin, laut, leise, albern, traurig, wild tanzend, still in einer Ecke sitzend. Wäre das nicht wunderbar? Ich wäre nur ich und brauchte keine Angst zu haben, mich am nächsten Tag für mein Sosein rechtfertigen zu müssen. Und mein Liebster wäre nur er, und wir würden uns lieben, weil er er ist und ich ich ohne Rücksicht auf andere. Was für ein herrlicher Abend wäre das. Und wenn es nur ein einziger wäre, es wäre bestimmt der schönste Abend in meinem Leben.«

Anna wiegte den Kopf. »Ich hätte ja viel eher Lust, an so einem letzten Abend ganz verrückte Dinge zu tun.«

»Und was?«, fragten die anderen fast gleichzeitig.

»Ich würde mir die Kleider vom Leib reißen und nackt auf den Tischen tanzen und mich köstlich amüsieren, weil es der Sittenpolizei nicht gelingen würde, sich Einlass zu verschaffen, um mich zu verhaften«, sagte sie grinsend. »Aber das wäre vermutlich nur ein kurzer Spaß. Nein, nein, wenn ich es mir recht überlege«, sie musterte die beiden Frauen nachdenklich, »dann würde ich vielleicht doch eher die Kleider anbehalten und die Akademie stürmen, den Direktorenposten besetzen und alle unfähigen Professoren gegen fähige eintauschen. Und weil das so gut geklappt hat, würde ich auch gleich noch den Kaiser zu Fall bringen und eine Kaiserin ernennen.«

»Hast du gerade die Hölle in schillernden Farben ausgemalt?«

»Stanislaus!« Anna sprang auf und fiel ihm um den Hals. »Schön, dass du da bist. Wir haben uns ja eine kleine Ewigkeit nicht gesehen. Wo hast du dich bloß die ganze Zeit herumgetrieben?«

»Ach, hier und da.«

»Setz dich. Wein?« Sie hielt ihm ein Glas hin, das er nur zögerlich nahm.
»Hallo, Ida«, sagte er leise und nickte ihr flüchtig zu, während er die anderen per Handschlag oder Handkuss begrüßte.
»Schön, dich zu sehen«, sagte sie ebenso leise und erwiderte seinen Gruß mit einem Lächeln.
»Ist Herbert noch nicht da?«
»Wollte er etwa auch kommen?«, fragte Anna erstaunt.
»Gestern zumindest hatte er es noch vor. Er kann sich ja nicht ewig in seinem Atelier verkriechen.«
»Spielt er noch immer den trauernden Witwer?«, sagte der Bär in schneidendem Ton.
»Wieso spielen?«, fragte Ida erstaunt.
»Ach.« Er fuhr sich durch seinen dichten Bart und schüttelte den Kopf. »Ich ärgere mich einfach, dass er plötzlich so gar keine Zeit mehr für seine Verpflichtungen hat. Ich meine, ist er nun der Präsident der Secession, oder ist er es nicht?«
»Allerdings«, pflichtete ihm die Giraffe bei.
»Und hat er als Präsident Aufgaben zu erfüllen?«
»Das kann man wohl sagen.«
»Da frage ich mich nur, warum Herbert seit sechs Wochen wie vom Erdboden verschluckt ist und sich bei keiner Gremiumssitzung mehr blicken lässt, an keiner Juryvorentscheidung mehr teilnimmt und so weiter und so fort. Bei allem Respekt, aber Helenes Tod ist ja nun wirklich nicht überraschend gekommen.«
»Na komm, du könntest ihm ruhig etwas Trauerzeit zugestehen«, meinte Anna.
»Jaja, der arme Herbert«, sagte er mit säuselnder Stimme und verdrehte dabei die Augen.

Mittlerweile war es in der Grünen Maus so voll geworden, dass keiner mehr ins Lokal kam, der nicht ein langjähriger Stammgast war. Wer zu den Glücklichen zählte, winkte und schrie seinen Freunden und Bekannten über alle Köpfe hinweg zur Begrüßung zu, und auch im Lokal selbst schien es noch immer viele Gäste zu geben, die erst nach und nach bekannte Gesichter entdeckten. Auch Ida grüßte eine ehemalige Studienkollegin aus der Malschule, die am Tresen stand. Wie Wellen schwappten die Stimmen von einem Ende zum anderen, mal lauter, dann wieder leiser werdend, dann sich wieder steigernd, bis sich der Pianist ans Klavier setzte, unvermittelt auf die Tasten einschlug und Ida erschrocken zusammenzuckte, während das Stimmengewirr für einen kurzen Moment verebbte.
»Das bist du wohl nicht mehr gewohnt, was?« Stanislaus musterte sie mit ernstem Gesichtsausdruck, bevor er sein Glas nahm und es in einem Zug austrank.
»Das kann man wohl sagen. Aber es ist herrlich, ich genieße es«, entgegnete sie und lauschte dem sich schnell wieder ausbreitenden Stimmenteppich wie einer schönen Melodie. »Wie geht es dir?«, fragte sie schließlich, während sich das Gespräch am Tisch mittlerweile um die letzte Ausstellung bei Schulte drehte.
Stanislaus, der die Unterhaltung bislang nur halbherzig verfolgt hatte, wollte gerade auf Idas Frage antworten, als der, den Ida den Bären getauft hatte, sich plötzlich lautstark erregte.
»Ich meine, habt ihr diese Serie von der Gruschnow gesehen? Wenn man so etwas ausstellt, dann muss man sich ja nicht wundern, dass man keine Verkäufe tätigt. Düster, düsterer, Gruschnow.« Er schüttelte den Kopf. »Abgema-

gerte Arbeiter in Serie, und die auch noch mit einem Kohlestift gezeichnet. Wenn ich gewusst hätte, dass die auch dabei ist, dann hätte ich meine Bilder dafür nie hergegeben. Das ist doch pure Zeitverschwendung. Die soll doch mit diesen anderen Weibern am Schöneberger Ufer ausstellen, aber uns nicht mit ihren kranken Phantasien belästigen.«

»Mein lieber Ernst«, ging Stanislaus energisch dazwischen, »ich weiß ja, dass du dich für den größten Künstler unter der Sonne hältst, aber eines verstehe ich nicht. Wie erklärst du dir, dass ausgerechnet die Gruschnow ihre Arbeiten verkaufen konnte, während du«, er machte eine Pause und lächelte, »während du, mein lieber Freund, leer ausgegangen bist?«

»Was hat die?«

»Verkauft!«

»Das erzähl mal deiner Großmutter. Ich glaub dir kein Wort.«

»Dann geh doch morgen zu Schulte und frag ihn.«

»Ich wusste ja gar nicht, dass du plötzlich dein Herz für die Weiberkunst entdeckt hast«, giftete der Bär.

»Für mich gibt es nur gute Kunst«, sagte Stanislaus trocken und drehte sich zu Ida um. »Was wolltest du eben noch mal wissen? Wie es mir geht?«

»Gute Kunst, gute Kunst, wer bestimmt das denn?«, ereiferte sich die Giraffe, doch Stanislaus achtete weder auf ihn noch auf die anderen, die sich jetzt über seine Bemerkung stritten.

»Ich glaube, du hast die Frage schon beantwortet.«

»Wenn du meinst.« Stanislaus zuckte mit den Schultern.

»Ich vermute, es geht dir nicht besonders gut.«

»Nein, nein, alles in Ordnung. Ach ja, und was ich noch

sagen wollte, die hier«, Stanislaus hob seine Stimme und zeigte mit dem Finger auf Ida, »das Gesicht solltet ihr euch merken. Die macht wirklich große Kunst.«
Ida sah ihn verblüfft an und errötete. »Nicht doch«, winkte sie ab, aber Stanislaus dachte nicht daran, seinen Mund zu halten.
»An so einem Tag wie heute darf man doch mit der Wahrheit nicht hinterm Berg halten, oder? Morgen geht die Welt unter, und ihr klammert euch noch immer an alte Illusionen? Ach herrje, was seid ihr bloß für Schlappschwänze.« Er schüttelte den Kopf und schaute dabei in die Runde. »Einfach keinen Mumm in den Knochen. Ihr habt einfach keinen Mumm in den Knochen, ich kann's nicht anders sagen.«
»Drehst du jetzt völlig durch?«, fragte der Bär mit hochrotem Kopf. »Von einem wie dir muss ich mir das nicht bieten lassen.«
»Ach Gottchen, du erregst dich ja. Hab ich etwa einen wunden Punkt getroffen?«
»Halt's Maul, du Polacke.«
»Das hättest du gern, ich weiß, aber den Gefallen kann ich dir leider nicht tun. Ich muss es euch einfach sagen, ich würde mir das nie verzeihen, wenn ich es nicht täte. Es ist sozusagen meine Pflicht, euch darauf hinzuweisen.«
Die beiden schnaubten vor Erregung. »Geh nach Hause. Du bist doch besoffen.«
»Ich fühle mich noch ziemlich nüchtern, danke«, sagte er und lächelte. »Aber ihr habt recht, ich sollte euch nicht länger auf die Folter spannen. Also sprecht mir nach: Ich bekenne, nichts weiter als ein mittelmäßiger Künstler zu sein, dem es nie gelingen wird, nach den Sternen zu greifen.«

»Du bist doch nicht ganz bei Trost«, brüllte der Bär und ballte die Fäuste.
»Der spricht doch nur von sich selbst«, sagte die Giraffe in schneidendem Ton. »Nicht wahr, mein lieber Stanislaus?«
»Absolut. Ich bekenne mich schuldig. Ich bin nichts weiter als ein durchschnittlicher Maler«, entgegnete Stanislaus trocken.
»Na bitte, da siehst du es«, sagte er an seinen Freund gewandt und tippte sich an die Stirn. »Der hat doch nicht mehr alle Tassen im Schrank. Soll er sich doch in den Abgrund stürzen, wenn ihm danach ist, aber ich lass mich von dem nicht mit ins Verderben reißen. Lass uns abhauen, der vermiest mir sonst noch den ganzen Abend.«
»Wo willst du denn jetzt noch hin?« Der Bär zeigte auf die Meute in dem kleinen Lokal. »Das wird überall so voll sein wie hier. Außerdem ist es draußen bitterkalt, und wegen dem da wandere ich nicht durch Sibirien.«
»Keine Sorge, meinetwegen müsst ihr euch nicht die Nase erfrieren. Ich verschwinde. Ida, was ist? Willst du mit mir tanzen?«
Ida sah ihn verblüfft an.
»Tanzen?«, fragte er erneut. »Mit mir?«
»Meine Güte, Stanislaus!« Anna schüttelte den Kopf. »Was ist denn in dich gefahren? Ich erkenne dich ja nicht wieder.«
»Ich will tanzen, das ist in mich gefahren.«
»Sehr komisch. Du weißt, was ich meine«, erwiderte sie ernst. »Dein Bekenntnis zur Mittelmäßigkeit. Willst du mit deinem Leben abschließen, oder was hast du vor?«
»Gott im Himmel, Anna, nein. Ich mach nur reinen Tisch«, sagte er müde lächelnd.

»Reinen Tisch?«
»Ich höre auf, mir etwas vorzumachen.«
»Was vormachen?«
»Meine Güte, ist das so schwer zu verstehen?«
»Scheint so. Erklärst du es mir?«
Stanislaus zuckte mit den Schultern. »Ich denke, du verstehst das auch ohne weitere Erklärungen. Ida?« Er hielt ihr die Hand hin. »Darf ich bitten?«

44

Es war so voll auf der Tanzfläche, dass Ida meinte, an Stanislaus' Brust festzukleben. Von allen Seiten wurde gedrückt und geschoben, und kaum hatte sie sich einen winzigen Freiraum erkämpft, kam das nächste Paar und presste sie noch enger gegen seinen Körper.
»Hast du das gerade ernst gemeint?«, fragte sie, nachdem sie sich eine Zeitlang stumm im Kreis gedreht hatten, immer darauf bedacht, sich trotz der Nähe nicht zu nah zu kommen.
»Natürlich. Was denn sonst?«, antwortete er mit einer Selbstverständlichkeit, als wäre diese Frage vollkommen überflüssig.
»Ich hatte ehrlich gesagt gehofft, du wolltest nur ein wenig provozieren.«
»Provozieren«, wiederholte er abfällig. »Aus dem Alter bin ich raus.«
Ida schluckte. Scheinbar unberührt von dem Trubel um ihn herum bewegte sich Stanislaus mit einem Gleichmut,

der Ida nicht ganz geheuer war. »Du bist so verändert«, sagte sie leise und drehte ihren Kopf, so gut es ging, nach oben, um sein Gesicht sehen zu können. Wie eingefroren sah er aus, mit seinem Blick, den er starr über ihren Kopf hinwegrichtete, diesem schiefen Lächeln um seine Lippen und seinem vollen Bart, der sein halbes Gesicht bedeckte.

Stanislaus zuckte mit den Schultern. »Findest du?«

»Du machst den Eindruck, als wärst du gar nicht richtig da.«

»Du bist lustig. Mit wem tanzt du denn gerade?«

»Das frage ich mich ehrlich gesagt auch.«

»Wie wäre es mit deinem alten Freund Stanislaus?«

»Mein alter Freund«, wiederholte Ida nachdenklich, während sie erneut mit ihrem Kopf gegen seine Brust gedrückt wurde und für einen kurzen Augenblick meinte, seinen Herzschlag direkt an ihrer Schläfe zu spüren. Sein Herz schlug schnell. Schneller, als sie sich drehten, und viel schneller, als er sprach. »Sind wir denn überhaupt noch Freunde?«, fragte sie vorsichtig, nachdem sie wieder etwas freier atmen konnte.

»Was für eine Frage, Ida.«

»Ich finde sie nicht so abwegig, nach allem, was vorgefallen ist.«

»Was ist denn vorgefallen?«, fragte er spitz.

»Ach, Stanislaus.«

»Wenn du denkst, ich sei gekränkt, dann irrst du dich«, sagte er forsch und drückte seine Hand gegen ihren Rücken.

»Bist du nicht?«

»Nein, bin ich nicht.« Er packte sie jetzt so fest, dass sie kaum mehr Luft bekam.

»Du nimmst mir den Atem«, stöhnte sie, während sie vergeblich versuchte sich aus seiner Umklammerung zu befreien.

»Jetzt stell dich nicht so an. Von den anderen japst auch noch keiner nach Luft.«

»Lass mich los.«

Doch statt seinen Griff zu lockern, presste er sie noch mehr an sich und drehte sich immer schneller. »Wir fliegen, Ida.«

»Stanislaus!« Ida spürte keinen Boden mehr unter den Füßen. »Lass mich!«

»Wir fliegen!«, rief er in die Menge, die jetzt nach und nach zurückwich, bis er und Ida allein auf der Tanzfläche waren. Angefeuert vom Klatschen der umstehenden Paare, drehte er sich schneller und schneller, während Ida mit ihren Armen und Beinen ruderte, als würde sie fürchten zu ertrinken.

»Hör auf!«, schrie sie, aber niemand schien sie zu hören. Immer mehr Gäste drängten sich jetzt um die kleine Tanzfläche und trieben Stanislaus unter lautem Johlen an.

»Aufhören!« Die Stimme schnitt wie ein Schwert durch die grölende Menge. Mit forschen Schritten ging Herbert direkt auf Stanislaus zu und packte ihn an der Schulter. »Sofort aufhören!«, brüllte er mit feuerrotem Kopf und umklammerte ihn jetzt von hinten, so dass er sich nicht mehr bewegen konnte.

»Spinnst du!«, schrie Stanislaus und drehte sich abrupt um, während Ida taumelte und von einem der Umstehenden gerade noch rechtzeitig aufgefangen werden konnte.

»Du bist doch vollkommen von Sinnen!«, rief Herbert, der noch immer versuchte ihn festzuhalten, doch Stanislaus wehrte sich mit aller Kraft, und plötzlich schnellte seine Faust nach oben, und Herbert lag auf dem Boden. Für einen kurzen Moment waren beide erschrocken, doch noch ehe Herbert sich wieder aufrappeln konnte, kniete auch schon Stanislaus über ihm und ballte die Fäuste.

»Was fällt dir ein!«, schrie er. »Misch dich nicht in meine Angelegenheiten.«

»Du bist so ein Vollidiot.« Herbert schüttelte den Kopf. »Ich zähl bis drei, und dann stehst du gefälligst auf.«

»Zähl doch, bis du schwarz wirst.« Stanislaus drückte Herberts Arme über dessen Kopf zusammen und sah ihn mit funkelnden Augen an. »Ich mach, was ich will.«

»Hör auf, Stanislaus.« Ida, die wieder zu sich gekommen war, trat jetzt neben ihn und legte ihre Hände auf seine Schultern. »Komm, steh auf.«

»Lass mich.« Er sah sie mit verächtlichem Blick an.

»Eins.«

»Ihr könnt mich alle mal kreuzweise.«

»Zwei.«

»Jetzt komm doch endlich zur Vernunft«, sagte sie energisch. »Das bist doch nicht du.«

Stanislaus blickte abwechselnd zu Ida und Herbert. Ida, die sich über ihn beugte wie über ein krankes Kind, redete ihm jetzt mit sanfter Stimme zu, während Herbert reglos unter ihm lag, jederzeit bereit zum Gegenschlag.

»Drei.«

»Halt die Klappe.«

»Herbert, nicht!«, rief Ida entsetzt, als sie sah, wie er begann, sich unter Stanislaus zu winden.

»Der Kerl will ja nicht hören«, stöhnte er, während er sich wälzte und strampelte, so dass Stanislaus langsam den Halt verlor.

Stanislaus, der Herbert noch immer an den Armen hielt, starrte ihn mit blitzenden Augen an. »Bemüh dich nicht«, sagte er eisig, bevor er ihn losließ und sich wortlos erhob. Unter den Augen der umstehenden Silvestergäste, die ihn beobachteten wie ein angeschossenes Tier, klopfte er seine Anzughose aus, zupfte sein Jackett zurecht und ging, ohne sich noch einmal nach Herbert und Ida umzudrehen, geradewegs zum Tresen, wo er lautstark einen doppelten Kognak bestellte.

»Alles in Ordnung?« Ida sah Herbert verunsichert an.

»Dasselbe wollte ich dich fragen.«

»Du blutest. Da vorne sind zwei Plätze frei.« Sie zeigte auf einen Tisch in unmittelbarer Nähe zur Tanzfläche. »Setz dich, ich hol etwas Wasser.«

»Nicht nötig.«

»Doch. Stanislaus hat dir einen ordentlichen Schlag mitgegeben.«

»Ach.« Er winkte ab.

»Keine Widerrede«, sagte sie und ging.

»Der Herr Klausen.« Ein Gast schlug ihm anerkennend auf die Schulter. »Ich wusste ja gar nicht, dass du dich auch prügeln kannst.«

»Um eine Frau, ts, ts, ts«, sagte ein anderer kopfschüttelnd und grinste, während von der gegenüberliegenden Seite einer schrie: »Das nenne ich mal wahre Leidenschaft.«

»Ihr hättet natürlich nicht geholfen. Habt ihr denn nicht gesehen, dass er sie mit seinem Klammergriff beinahe erwürgt hätte?«, fragte er erbost.

»Erwürgt! Habt ihr das gehört?«

»Ist eben ein feiner Kerl, unser Herbert, sorgt sich immer um die Frauen.«

»Seid ihr so blind, oder tut ihr nur so?«
»Die beiden hatten doch bloß ein bisschen Spaß.«
»Kommt, lasst mich.« Herbert setzte sich an den freien Tisch und trank in einem Zug das halbvolle Weinglas aus, das dort stand. Während sich die Tanzfläche schnell wieder füllte, lachten und nickten und prosteten ihm jetzt von allen Seiten bekannte Gesichter zu, als wollten sie ihm für die kurzweilige Unterhaltung danken, die er ihnen beschert hatte. Aber Herbert schien von alldem kaum etwas mitzubekommen. In Gedanken versunken saß er auf seinem Stuhl, als Ida mit einem Glas Wasser in der einen und einer Flasche Schnaps in der anderen Hand zurückkam.
»Lass mal sehen.« Sie hob sanft sein Kinn und betrachtete den schmalen Riss an seiner Lippe, der mittlerweile aufgehört hatte zu bluten. »Tut's weh?«
»Nein. Alles in Ordnung.«
»Sicher?«
Er nickte.
»Es würde aber bestimmt nichts schaden, wenn du die Wunde desinfizieren würdest«, sagte sie. »Soll ich?«
Er schüttelte den Kopf. »Danke, Ida, aber das ist wirklich nicht nötig.«
»Vielleicht nimmst du dann einfach einen Schluck«, sagte sie und reichte ihm die Flasche Schnaps.
Ein Lächeln huschte über sein Gesicht. »Wenn du dann Ruhe gibst.«
»Mach ich.«
»Auf dein Wohl.«
»Auf deines«, erwiderte sie und nippte ebenfalls an der Flasche. »Danke, dass du mir geholfen hast. Stanislaus ist völlig durchgedreht.«

»Das kann man wohl sagen. Irgendetwas stimmt mit dem in letzter Zeit nicht.«
»Scheint so.« Ida nickte. »Aber er wird sich schon wieder berappeln. Erzähl mir lieber, wie es dir geht.«
»Gut, danke.«
»Wirklich? Ich hab gehört, dass du dich die letzten Wochen in deinem Atelier verkrochen hast.«
Herbert zuckte mit den Schultern. »Wundert dich das?«
»Nein.« Ida lächelte.
Für einen kurzen Moment sahen sie sich schweigend an, als gäbe es nur sie, an einem einsamen Ort, als würde um sie herum weder gelacht noch getanzt.
Wie ernst er noch immer aussah, dachte Ida, fast so bedrückt wie nach Helenes Beerdigung, als sie geglaubt hatte, ihn stützen zu müssen, und er ihr mit einem stummen Kopfschütteln zu verstehen gegeben hatte, dass er allein sein wollte.
»Hast du Lust auf einen Schluck Wein?«, fragte Herbert unvermittelt.
»Gern, aber mein Glas steht ganz dahinten in der Ecke bei Anna.«
»Warte.« Herbert drehte sich ruckartig um, griff nach der vollen Flasche Wein auf dem Tisch hinter ihm, die dort gerade jemand mit zwei frischen Gläsern abgestellt hatte, und schenkte sich und Ida blitzschnell ein. »Voilà.«
Ida lachte. »Das ist Mundraub.«
»Das ist Silvester«, erwiderte er, ohne eine Miene zu verziehen. »Dass ich dich hier treffe.« Er lächelte ihr jetzt kopfschüttelnd zu. »Ich habe dich auf Hiddensee vermutet und nicht inmitten dieses Höllenspektakels.«
»Ich hätte dir Bescheid sagen sollen, ich weiß. Du machst dir sicherlich wegen deines Hauses Sorgen.«

»Ach was.« Herbert winkte ab. »Was soll denn da schon passieren?«

»Mir war einfach ein bisschen nach Leben.«

»Dann müssen wir so ziemlich zur gleichen Zeit einen ähnlichen Gedanken gehabt haben«, sagte er.

Ida sah ihn fragend an.

»Was denkst du, warum ich heute Abend hier bin?«

»Weil dir nach Leben war?«

»Genau.« Er lachte. »Und wenn ich es mir recht überlege, war mir vor allem nach tanzen, tanzen, tanzen, und wenn ich es mir hätte wünschen können, wäre mir nach tanzen mit dir gewesen.« Er hielt kurz inne und reichte ihr seine Hand. »Was ist? Wagst du dich mit mir noch einmal auf die Tanzfläche?«

»Du glaubst ja gar nicht, wie gut es tut, dich wiederzusehen«, sagte Ida mit einem Lächeln, während sie ihre Hand in seine legte.

»Doch«, flüsterte er ihr ins Ohr. »Mir geht es genauso.«

Jetzt, da es auf Mitternacht zuging, war es auf der Tanzfläche noch voller geworden. Die Gassenhauer auf den Lippen, die der Pianist seit einer Stunde unermüdlich spielte, wogten die Paare von links nach rechts und von hinten nach vorn. Als Ida eine Welle erfasste und sie gegen Herberts Brustkorb drückte, ließ sie ihren Kopf wie selbstverständlich dort liegen. Wie warm er sich anfühlt, ganz anders als Stanislaus, dachte sie und rieb ihre Wange an seinem Körper, als hätte sie nie etwas anderes getan. Weltuntergang, hämmerte es in ihrem Kopf, denk, es sei der letzte Abend, dein letzter Abend, euer letzter Abend. Du hast nichts zu verlieren, sagte sie sich, und sie schloss die Augen und übergab sich ganz diesem schwankenden Meer von Menschen, das sie zu tragen schien wie ein Schiff auf hoher See.

»Zehn, neun, acht.«
Erschrocken blickte Ida auf. Nur noch wenige Sekunden, und die Welt würde nicht mehr dieselbe sein, auch wenn sie nicht unterging.
»Vier, drei, zwei.« Ida und Herbert zählten jetzt ebenfalls lauthals mit.
»Frohes neues Jahr«, flüsterte Herbert ihr ins Ohr und drückte sie fest an sich.
»Frohes neues Jahr«, sagte sie, und für einen kurzen Moment schienen sie beide zu zögern, doch da küsste sie ihn auch schon, und während ihr noch durch den Kopf schoss, dass sie nichts zu verlieren habe, spürte sie, wie seine weichen Lippen ihre liebkosten, wie sein Mund sich öffnete und wieder schloss, wie er sie an sich drückte und seinen Griff wieder lockerte, wie seine Lippen erst über ihre Lider strichen und dann über ihre Nase glitten, bevor sie erneut ihren Mund umschlossen wie eine herrlich feuchtwarme Höhle.
Stanislaus, der noch immer wie angewurzelt an der Bar stand, ließ die beiden die ganze Zeit über nicht aus den Augen, doch davon bekamen sie ebenso wenig mit wie von den unzähligen Wünschen und Umarmungen um sie herum. Herbert nahm Idas Hand und zog sie mit sich fort. Wie in Trance flog sie durch die Menge, die sich auf wundersame Weise vor ihr zu öffnen schien und sich hinter ihr wieder schloss. Sie hörte ihren Namen rufen, als riefe sie jemand aus weiter Ferne, sie sah in Gesichter, die sie glaubte zu kennen und die ihr doch fremd blieben, je näher sie ihnen kam, sie starrte auf ihre Hand in Herberts Hand, auf seinen Arm, der sie unermüdlich weiterzog, bis sie schließlich den Ausgang erreichten und draußen standen in der klirrenden Kälte unter einem flackernden Himmel. Herbert

zog seine Anzugjacke aus und legte sie um Idas Schultern, bevor sie wortlos weitergingen, bis sie einen dunklen Hauseingang entdeckten, in den sie beide wie verabredet drängten und sich aufeinanderstürzten, als hätten sie nie etwas anderes gewollt.
»Du hast mir so gefehlt«, sagte Ida leise.
»Ja«, murmelte er und küsste sie erneut.
»Mehr als alles andere.«
Er nickte und drückte sie fest an sich.
»Es ist einsam auf Hiddensee ohne dich.«
»Hier auch«, sagte er kaum hörbar.
»Ich möchte dich nie wieder loslassen.«
»Ja.« Herbert nahm ihren Kopf in seine Hände und sah sie für einen Moment ernst an, bevor er sie stürmisch auf ihren Hals küsste und sie nicht anders konnte, als zu kichern.
Ein Lächeln huschte über ihr Gesicht, dann legte sie ihren Kopf auf seine Brust, wie sie es schon beim Tanzen getan hatte, und lauschte der Stille. »Es ist hier fast so ruhig wie in deinem Haus«, sagte sie nach einer Weile. »Nur um so vieles wärmer, obwohl es mindestens genauso kalt ist.«
Er lachte und legte seine Arme noch enger um sie. »Ist es draußen kalt oder drinnen?«, fragte er leise.
»Sowohl als auch«, flüsterte sie.
»So schlimm?«
Ida zuckte mit den Schultern.
»Möchtest du denn nicht mehr zurück?«
»Doch, natürlich«, sagte sie und nickte so eifrig, dass sich ihre Haare in einem von Herberts Hemdknöpfen verfingen. Wie festgezurrt hing sie jetzt, ihren Kopf schräg zur Seite geneigt, an Herberts Oberkörper und versuchte sich zu befreien. »Ich fürchte, du wirst mich nicht mehr los«,

sagte sie kichernd, während sie Strähne um Strähne mühsam löste.
»Dann bleibst du eben«, erwiderte er zärtlich und versuchte jetzt seinerseits, ihre Haare zu entwirren.
»Wann fährst du wieder zurück?«, fragte er, nachdem sie sich losgemacht und sie beide kurz gelacht hatten, nachdem er sie wieder fest an sich gedrückt und sie ihre Arme eng um seinen Körper geschlungen hatte und nachdem sie eine ganze Weile still dagestanden hatten, jeder den stummen Gedanken des anderen lauschend.
»In zwei Tagen«, flüsterte sie.
Herbert nickte.
»Vorausgesetzt natürlich, die Welt geht nicht unter. Aber ich nehme mal an, das wird nicht passieren.«
»Das klingt fast so, als würdest du das bedauern«, sagte er erstaunt.
Ida stöhnte leise, während sie die obersten Knöpfe an seinem Hemd öffnete und ihre Nase an seinem nackten Oberkörper auf und nieder rieb. »Ein bisschen vielleicht.«
»Warum?«
»Weil ich dann nicht an morgen denken müsste«, hauchte sie und strich ihre Wange über seine Brusthaare.
»Ich bin froh«, sagte er.
Wie eine Raupe kroch Ida jetzt Kuss für Kuss unter sein Hemd, bis ihr Kopf darunter fast verschwunden war.
»Was ich alles verpassen würde!«
»Was denn?«, kam es mit gedämpfter Stimme unter seinem Hemd hervor.
Er lachte und packte sie am Po. »Das zum Beispiel«, rief er und zog sie zu sich hoch. »Das und noch viel mehr.«

45

Wieder zurück auf Hiddensee, hatte Ida geglaubt, einen herrlichen Traum geträumt zu haben, so unwirklich waren ihr die Erinnerungen an die Silvesternacht vorgekommen. Als Herbert dann aber im Februar plötzlich vor der Tür gestanden hatte und erst Ende März wieder abgereist war, als sie stundenlang geredet hatten und geschwiegen, als er immer wieder ihre Nähe gesucht hatte und sie seine, als es schließlich aus ihnen beiden herausgeplatzt war, wie sehr sie sich begehrten und schon immer begehrt hatten, da hatte Ida geahnt, dass Herbert nicht mehr nur ein schöner Traum sein würde, sondern in Zukunft Teil ihres realen Lebens.

Dass es allerdings einen Unterschied machte, ob sie ihr gemeinsames Leben träumte oder es tatsächlich lebte, war ihr erst bewusst geworden, als er sich plötzlich zierte, sie an dieser Secessionsausstellung in Berlin teilnehmen zu lassen, über die sie lange vor Helenes Tod gesprochen hatten.

»Nein, so geht das nicht«, sagte Herbert barsch.

Ida sah Herbert verunsichert an und lehnte ihr Bild gegen die frisch gestrichene weiße Wand.

»Du kannst deine Steilküste nicht so dicht neben meine hängen. Das ist ganz und gar unmöglich«, sagte er und ging mit langen Schritten auf und ab, während Ida meinte, seine Worte wie Geschosse auf sie einprasseln zu spüren, so laut hallten sie nach in diesem fast leeren Raum.

»Aber das war doch so abgemacht«, widersprach sie. »Wir wollten doch unsere unterschiedlichen Sichtweisen auf ein und dasselbe Motiv zeigen. Dafür müssen die Bilder nun einmal nebeneinanderhängen. Sag bloß, du erinnerst dich nicht?«

»Natürlich erinnere ich mich. Aber dürfte ich dich auf den Umstand aufmerksam machen, dass diese Abmachung schon geraume Zeit zurückliegt und dass seitdem einiges passiert ist, was so nicht geplant war.«

»Natürlich, ich weiß.« Ida senkte verlegen den Kopf. Sie wusste, dass er auf Helenes Tod anspielte, und wie immer, wenn er das tat, versuchte er seine Macht auszuspielen. So war es schon auf Hiddensee gewesen, als er versucht hatte ihr erst die ganze Ausstellung auszureden und schließlich nur noch die Reise. Aber Ida war beharrlich geblieben. Sie wollte diese Ausstellung unbedingt, und sie spürte, nein, sie hoffte, dass seine Launenhaftigkeit nicht ihr geschuldet war, sondern seinem schlechten Gewissen. Weil er sie liebte. Trotz Helene. »Wir haben doch schon so oft darüber gesprochen«, fuhr sie fort. »Ich will doch nichts weiter als diese Chance, die du mir geboten hast, nutzen.«

»Ich möchte aber nicht, dass wir hier gemeinsam als Künstlerpaar auftreten«, erwiderte er entschieden. »So kurz nach Helenes Tod.«

Ida atmete tief durch. Die Arme verschränkt, musterte sie ihn von der Seite und beobachtete, wie sein Augenlid hektisch zuckte. Wie nervös er ist. Vielleicht war doch alles viel zu schnell gegangen. Aber sie liebte ihn doch, sie hatte ihn schon immer geliebt. Was sollte sie da länger warten? Darauf, dass Helenes Schatten ihr nicht mehr folgte? Vielleicht würde das ja nie geschehen? Und vielleicht würde er ihr sogar eines Tages ein guter Begleiter sein, dachte sie und wiegte nachdenklich den Kopf.

»Entschuldige bitte.« Herbert trat zu ihr und legte seinen Arm um ihre Hüfte. »So war das nicht gemeint. Es soll nur, ach, entschuldige bitte. Es ist einfach alles noch so ungewohnt.«

»Für mich doch auch«, erwiderte sie und versuchte zu lächeln.

»Ich weiß, Ida, ich weiß.«

»Vielleicht ist es doch besser, ich stelle nicht aus«, sagte sie schließlich, nachdem sie sich angesehen hatten wie Fremde. So deutlich hatte er ihr noch nie gesagt, wie sehr Helene noch immer zwischen ihnen stand. Sie hatte doch Zeit, sie könnte auch im nächsten Jahr noch ausstellen. Sie musste doch nicht jetzt mit aller Gewalt ihren Willen durchsetzen. Wie dumm von ihr, so sehr auf ihr Recht beharrt und dabei ganz übersehen zu haben, wie groß seine Angst vor dem ersten offiziellen Auftritt ohne Helene war. Und wenn sie ehrlich war, so ganz wohl war ihr auch nicht bei dem Gedanken an diesen Abend. Allein die abschätzigen Blicke, die heimlichen Vergleiche, wenn bekannt werden würde, dass sie und Herbert jetzt zusammengehörten. Zusammengehören, schoss es Ida durch den Kopf. Ob sie wirklich schon so weit waren?

»Das kommt überhaupt nicht in Frage«, sagte er entschieden. »Du stellst aus, wie besprochen.«

Sie sah ihn skeptisch an. »Aber du hast doch gerade selber gesagt, dass du das nicht willst.«

»Ich habe mich dafür doch schon entschuldigt.«

»Und du bist dir auch ganz sicher?«

»Bitte, Ida.« Er tat jetzt so, als wären ihre Bedenken vollkommen absurd. »Du stellst aus. Punkt.«

»Gut.« Sie nickte. »Nur um sicherzugehen, dass wir uns auch richtig verstehen. Vorhin hatte ich nämlich plötzlich das Gefühl, du hättest Sorge, dass ich den Abend nutzen könnte, um mich bei der Eröffnungsrede neben dich zu drängen oder um mich auf irgendeine andere Art wichtigzumachen. Das will ich nicht. Wir waren uns doch einig, dass wir über unsere Verbindung nichts nach außen dringen lassen wollten.«

»Entschuldige.« Er küsste sie auf den Hals. »Entschuldige tausendmal. Ich hatte das so nicht gemeint.«

»Also es bleibt dabei? Ich nehme an der diesjährigen Secessionsausstellung teil, die in drei Tagen Eröffnung feiert, um genau zu sein, am 21. Mai 1900 um exakt neunzehn Uhr?«

»Immer vorausgesetzt, du willst noch.«

»Natürlich will ich«, entgegnete sie. Sie hatte immer gewollt, aber sie wäre tatsächlich bereit gewesen, seinetwegen zu verzichten. Dieses eine Mal, sagte sie sich, und ein Lächeln huschte über ihr Gesicht. Nur dieses eine Mal.

»Was lachst du?« Herbert musterte sie neugierig.

Ida schüttelte den Kopf. »Ich freue mich eben.«

Herbert packte sie blitzartig an der Hüfte, schleuderte sie zu sich und küsste in Windeseile ihr ganzes Gesicht.

Ida lachte. »Du bist verrückt.«

»Verrückt nach dir.«

»Wirklich?«, fragte sie skeptisch.

»Glaubst du mir nicht?«

»Doch.« Sie schenkte ihm ein zaghaftes Lächeln. »Doch, ich glaube dir.«

»Lass uns die Bilder morgen hängen«, sagte er und zog sie noch enger an sich. »Lass uns zu Weinlaub gehen, dort gibt es die besten Pasteten in der ganzen Stadt.«

Ida küsste ihn auf die Wange und machte sich von ihm los. »Nur, wenn du mir versprichst, dass wir morgen nicht wieder die gleiche Auseinandersetzung haben.«

»Ehrenwort.«

»Da fällt mir gerade ein«, Ida tippte sich an die Stirn, »ich hätte ja auch gar nicht so kurzfristig absagen können.«
Herbert sah sie erstaunt an.
»Die Ankündigung. Du hast doch der Presse unser Experiment mit der weiblichen und männlichen Sichtweise auf ein und dasselbe Motiv als ›Sensation der Blicke‹ verkauft. Das hätte man doch gar nicht mehr rückgängig machen können, ohne sich zu blamieren.«
Herbert lächelte verlegen.
»Das hast du doch?«
»Ach weißt du, das kam mir dann doch etwas zu großspurig vor«, sagte er, während er sein Jackett überzog und mit dem Kopf Richtung Ausgang nickte.
»Herbert.« Sie sah ihn skeptisch an. »Du hast doch selbst gesagt, dass das eine wichtige Ausstellung für mich sei.«
»Das bestreite ich doch gar nicht.«
»Warum zögerst du dann?«
»Ich zögere nicht, Ida, ich möchte jetzt einfach nur gerne gehen.«
»Oder denkst du, meine Bilder sind nicht gut genug?«, fragte sie plötzlich. »Hast du vielleicht Angst, dass auf deine Arbeiten etwas von meinem Dilettantismus abstrahlen könnte?« Natürlich. In Gedanken schlug sie sich an die Stirn. Dass sie darauf nicht schon früher gekommen war. Herberts Zurückhaltung hatte nichts mit Helene zu tun, nichts mit seiner Liebe zu ihr, sie hatte ausschließlich mit der Qualität ihrer Bilder zu tun. Der mangelnden Qualität, korrigierte sie sich. Wie hatte sie nur auf die Idee verfallen können, ein Künstler wie Herbert, einer, der überall Anerkennung fand, würde seine Werke an der Seite einer Anfängerin ausstellen? »Du kannst es mir ruhig sagen, wenn es so ist«, erklärte sie und sah ihn dabei ängstlich an. »Das

würde ich verstehen. Ich meine, wer will schon unverschuldet in schlechtem Licht dastehen.«

»Hör auf, Ida. Mach dich nicht schlechter, als du bist.«

»Du denkst also doch, ich sei eine schlechte Künstlerin.« Sie nickte nachdenklich. »Warum hast du mir das nicht früher gesagt? Auf Hiddensee, als es noch nicht zu spät war?«, fragte sie mit zittriger Stimme.

»Ida, bitte, ich hab dir immer gesagt, dass in dir viel Potenzial steckt.«

»Aber nicht genug, um an deiner Seite bestehen zu können.« Herbert atmete tief durch. »Deine Bilder müssen ja auch nicht gleich mit meinen konkurrieren können. Das wäre vielleicht tatsächlich etwas viel verlangt, meinst du nicht? Immerhin zählt man mich zu den wichtigsten Vertretern des, wenn du so willst, neuen Stils, und ich hab dir mindestens zehn Jahre Malerei voraus, und …« Er hielt inne und sah sie kopfschüttelnd an.

»Und was?«, fragte sie vorsichtig.

»Nichts.«

»Und ich bin eine Frau. Das wolltest du doch sagen, oder nicht?«

»Das darfst du nicht unterschätzen. Der Blick auf dich wird immer ein anderer sein als der auf mich.« Er nickte ihr aufmunternd zu. »Komm, wir gehen jetzt. Und morgen hängen wir die Bilder wie besprochen. Du bist gut, du wirst sehen, deine Zeit wird kommen.«

Ida stöhnte. Warum nur hatte sie all seine Komplimente immer für bare Münze genommen? Warum hatte sie nicht einmal an die Möglichkeit gedacht, dass er damit gar nicht der Künstlerin in ihr schmeicheln wollte, sondern der Frau? Vielleicht hatte sie gar keinen besonderen Blick, wie er immer behauptet hatte, vielleicht nicht diese berückend einfache Art zu malen, die er ihr wieder und wieder attestiert hatte. Aber sollte er ihr wirklich all die Zeit etwas vorgemacht haben? Nein, das konnte sie sich nicht vorstellen. Das würde doch bedeuten, dass nichts von dem, was sie geglaubt hatte, wahr wäre. Dann müsste sie doch alles in Frage stellen, nicht nur sein Urteil über ihre Malerei, sondern auch seine Gefühle für sie.

Ruhig bleiben. In Idas Kopf hämmerte es jetzt. Ganz ruhig bleiben. Du wirst dich nicht verunsichern lassen. Wenn du gestern gedacht hast, die Bilder seien gut genug, dann sind sie das morgen auch. Du wirst dir diese Chance nicht entgehen lassen, du wirst deine Bilder ganz selbstbewusst neben Herberts Bilder hängen. Ida! Hast du verstanden?

»Ja«, sagte sie und erschrak kurz, als sie merkte, dass sie sich tatsächlich laut geantwortet hatte. Verschämt blickte sie zu Herbert, aber der war mit eigenen Gedanken beschäftigt und hatte von ihrem Selbstgespräch nichts mitbekommen.

Als sie auf die Straße traten, schien ihnen die Sonne direkt ins Gesicht. Seit ein paar Tagen war es sommerlich warm in Berlin, und überall sah man jetzt wieder diese herrschaftlichen Damen aus dem Berliner Westen mit ihren rüschenverzierten Schirmen oder ihren großen Hüten die Straßen entlangflanieren, und Ida fragte sich, wie sie wohl im Winter aussahen, wenn sie in ihren geschlossenen Droschken durch Berlin fuhren und niemand sie bewundern konnte. Ob sie dann genauso stolz ihre Nasen nach vorne reckten, ihre Lippen zu einem künstlichen Lächeln schürzten und diesen Blick aufsetzten, mit dem sie alles und jeden teilnahmslos bedachten, egal, ob Schaufensterauslage oder spielende Kinder, Kutscher oder hastende Zylinderträger? Oder ob sie dann so aussahen, wie sie sich jetzt fühlte, während sie an der Seite von Herbert die wenigen Schritte von der Kantstraße bis in die Kurfürstenstraße ging? Mit diesem Zweifel im Blick und diesem zögerlichen Lächeln auf den Lippen?

46

Ida atmete tief durch. Sie hätte nicht gedacht, dass sie sich so schnell danach sehnen würde, aber nach zwei Wochen Berlin und einer Ausstellungseröffnung, die ihr mehr zugesetzt hatte, als ihr lieb war, war sie froh, wieder frische Seeluft atmen zu können. Ihr Blick glitt die backsteinernen Fassaden der Giebelhäuser entlang und blieb an dem weißgefleckten Himmel hängen. Er sah viel heller aus als in Berlin, viel lichter und viel, sie schmunzelte bei dem Gedanken, gesünder. Da hatte sie doch Wilhelm insgeheim immer für seine Vorstellungen belächelt, ein natürliches, erdverbundenes Leben führen zu wollen, und kaum war sie aus dem Zug ausgestiegen und ein paar Schritte Richtung Fährbrücke gegangen, dachte sie, dass diese Luft und dieser Himmel, dieser salzige Duft in ihrer Nase besser seien als jede Medizin. Ida lachte. Wofür brauchte sie denn Medizin? Sie war doch nicht krank. Allenfalls etwas verrückt, den Gedanken an ein blühendes Leben bereits in Stralsund zu hegen.

Abrupt hielt sie inne und starrte auf ihre Füße wie auf etwas Ungeheuerliches. War sie gerade tatsächlich durch Stralsund geschlendert? Nicht gehastet wie sonst, gehuscht, den Blick ängstlich nach links und rechts gewandt, in der

Hoffnung, niemand würde sie erkennen? Jeden einzelnen Schritt genau beobachtend, ging sie weiter, und tatsächlich, sie spazierte mit einer Gelassenheit durch Stralsund, als wäre es das Selbstverständlichste der Welt.

Ida musste lächeln. Wenn ihr jetzt Emma über den Weg laufen würde, wenn sie ihr jetzt Vorhaltungen machen würde wegen des Geldes, das ihre Mutter ihr geschickt hatte, dann würde sie sich nicht in ihrem Inneren ducken, dann würde sie ihr die Stirn zeigen, ihr sagen, dass das Geld nicht unnütz gewesen war, dass sie es nicht verschleudert hatte, sondern dass sie damit den Grundstein für ihren Erfolg gelegt hatte. Erfolg, dachte sie und atmete erneut tief durch. Glaubte sie wirklich, dass sie erfolgreich sein würde? Ja, hätte sie am liebsten in den Stralsunder Himmel geschrien, ja, sie glaubte daran, sie wollte daran glauben, unbedingt, und ihre Zweifel, die würde sie im Hiddenseer Sand verbuddeln. Gleich morgen würde sie sich von Wilhelm eine Schaufel leihen und ein tiefes Loch graben und all ihre Ängste und Unsicherheiten und Befürchtungen und Sorgen Schicht für Schicht dort hineinlegen wie in ein Grab.

Die Tasche mit ihren wenigen Habseligkeiten in der Hand, bog Ida in die Ossenreyer Straße ein und blieb vor der Auslage eines Hutgeschäfts stehen. Ein Strohhut, verziert mit einem gelben Band, fiel ihr sofort ins Auge. Fast schwerelos schwebte er zwischen all den mit Schleifen und Blumen geschmückten dunklen Stoffhüten und wirkte, als hätte ihn nur ein Missverständnis in dieses Schaufenster geführt.

Ida überlegte nicht lange. Ein helles Glockenläuten ertönte, als sie die Tür öffnete und in den Laden trat. »Guten Tag, Frau Matz.« Als Kind war Ida mit ihrer Mutter öfter in dem Laden gewesen, und wie es schien, hatte sich seitdem nichts verändert. In den schweren Holzregalen stapelten sich noch immer die Hutschachteln ordentlich nach Größe sortiert, während auf dem Tresen ein künstlicher, mittlerweile schon reichlich abgewetzter Kopf stand. Heute wie früher diente er zur Präsentation des schönsten Stücks im Laden, doch während Ida als Kind staunend vor den großen Hüten gestanden hatte, schenkte sie jetzt diesem himbeerfarbenen, mit Schleifen und Tüllbändern über und über verzierten Exemplar, das auf dem Tresenkopf thronte, keinerlei Beachtung.

»Fräulein Grotjahn?«, fragte Frau Matz erstaunt.

Ida nickte. »Ich würde gerne den Strohhut aufprobieren. Darf ich?«

»Ach herrje, den habe ich ganz vergessen.« Frau Matz lächelte verlegen. »Das ist ein Herrenhut, Fräulein Grotjahn, er ist nur versehentlich in die Damenauslage geraten. Ich wollte ihn schon gestern aus dem Schaufenster nehmen, aber …« Sie zuckte mit den Schultern. »Mein Gedächtnis, wissen Sie. Probieren Sie doch den?« Sie zeigte auf ein roséfarbenes Etwas, das aussah wie eine einzige große scheußliche Blüte.

»Ach deswegen.« Ida lächelte.

Frau Matz sah sie fragend an.

»Nichts, schon gut. Dürfte ich trotzdem?«

»Aber Fräulein Grotjahn, das geht doch nicht.«

»Und warum nicht, Frau Matz?«

»Das ist ein Herrenhut.«

»Das macht doch nichts. Mir gefällt er.«

»Fräulein Grotjahn!«

»Bitte. Nur probieren. Es sieht doch keiner außer uns.«

»Aber wenn …« Frau Matz schüttelte den Kopf.

Ida lächelte. »Bitte.«

Noch immer kopfschüttelnd ging Frau Matz mit schwerfälligen Schritten zur Auslage und reichte Ida den Hut. »Sie geben sonst ja doch keine Ruhe.«

»Danke.« Ida setzte ihn auf und betrachtete sich im Spiegel. Er war tatsächlich etwas zu groß für ihren kleinen Kopf, aber wenn sie ihre Haare nach oben steckte, dann würde er halten. Während sie sich von allen Seiten kritisch beäugte, erinnerte sie sich plötzlich an ein Foto, das sie erst kürzlich gesehen hatte. Einer dieser französischen Maler, dessen Name gerade in aller Munde war, hatte einen ähnlichen Hut getragen. Wie frei sie damit aussah, wie jemand, dem kein Hindernis zu hoch war, dachte sie. »Den nehme ich«, sagte sie entschieden.

»Aber«, Frau Matz sah sie fassungslos an, »das ist ...«

»Ein Herrenhut, ich weiß.« Ida lachte.

Wieder draußen, band Ida ihre Haare zu einem Knoten und versteckte sie unter ihrem neuen Hut. Sie atmete noch einmal tief durch, dann ging sie weiter. Ihre Schritte fühlten sich jetzt noch leichter an als vorhin. Wenn sie sich dieses Gefühl bewahren könnte, dachte sie, auch morgen, übermorgen und überübermorgen noch, ihr ganzes weiteres Leben lang, was sollte ihr dann schon passieren?

»Wie frei von allen Fesseln müssen Sie sein, dass Sie solche Bilder malen können.«

Gebetsmühlenartig wiederholte sie diesen Satz seit gut einer Woche. Wie das Tor zu einer noch fremden Welt kam er ihr vor, wie ein helles Licht, das bereits aus der Ferne auf sie strahlte. Er war zu ihrem Anker, ihrer Hoffnung, ihrer Sehnsucht geworden. Es war dieser Satz einer ihr unbekannten Besucherin, der die Ausstellungseröffnung für sie nicht zu einem Desaster hatte werden lassen. Denn nichts hatte sie mehr gekränkt an diesem Abend als die allgemeine Annahme, sie habe nur die Skizzen zu Herberts kraftvollen Bildern gemalt. Skizzen, schoss es ihr auch jetzt wieder durch den Kopf, und noch immer fragte sie sich, warum Herbert in seiner Eröffnungsrede mit keinem Wort auf ihr gemeinsames Experiment eingegangen war. Warum er nicht erwähnt hatte, dass sie sich der Frage nach den Unterschieden im weiblichen und männlichen Blick gestellt hatten, dass sie, für alle offen, beide Sichtweisen zeigen wollten. Stattdessen hatte er sie lediglich als junges Talent eingeführt, und jeder hatte geglaubt, dass sie seine Schülerin, seine Vorarbeiterin, seine Handlangerin sei.

»Wie frei von allen Fesseln müssen Sie sein, dass Sie solche Bilder malen können.«

Wie gut ihr diese mit Bewunderung vorgetragene Bemerkung getan hatte. Gerade an diesem Abend, an dem sie teilweise das Gefühl gehabt hatte, kaum mehr atmen zu können, so klein und unbedeutend war sie sich vorgekommen. Nicht nur, dass kaum jemand ihre Bilder ernst genommen hatte, es war auch, als würde Helene über allem schweben. Von allen Seiten waren noch einmal Beileidsbekundungen auf Herbert niedergeprasselt, und auch wenn sie vereinbart hatten, aus Respekt vor Helene nicht als Paar aufzutreten, war der Graben, der sich dadurch zwischen ihnen aufgetan hatte, für sie zeitweilig zu einem steilen Abgrund geworden.

Ach, Herbert. Ida schüttelte den Kopf und lächelte. Wie fremd er ihr an diesem Abend gewesen war und wie vertraut am Tag danach. Als sie sich im Café gegenübergesessen hatten, als sie seine strahlenden, zufriedenen Augen auf ihrem Gesicht gespürt hatte wie einen sanft kitzelnden Windhauch, da war ihr, als hätten sie gemeinsam eine schwere Krankheit überwunden. Kein Wort hatten sie mehr über die Ausstellung verloren, kein Wort darüber, dass er an diesem Abend fast alle seine Bilder verkauft hatte und sie keines, kein Wort über seine Rede, ihre Enttäuschung, ihre Hoffnung. Es war, als würde dieser Moment nur ihnen beiden gehören und als könnten sie erst jetzt, nachdem sie diesen Abend mit seinen Triumphen und Niederlagen gemeistert hatten, endlich den Beginn ihrer Liebe feiern.

In einer Woche würde er bei ihr sein, und dann, Ida hüpfte jetzt wie ein Schulmädchen die Straße entlang, und dann konnte ihr gemeinsames Leben beginnen. Sie wollte jetzt nur noch nach vorne schauen und diesen einen herrlich tröstlichen Satz nie mehr vergessen. »Wie frei von allen Fesseln müssen Sie sein, dass Sie solche Bilder malen können«, murmelte sie vor sich hin. Was diese Besucherin wohl gesehen haben mag in ihren Steilküsten, Stränden und Heidelandschaften, die im Gegensatz zu Herberts in erdigen Farben gemalten Bildern aussahen wie flüchtig hingeworfene bunte Farbkleckse? Vielleicht besaß sie ja eine prophetische Gabe, dachte Ida und ging schmunzelnd weiter.

»Ida?« Vor Schreck hätte Lilla fast ihren Einkaufskorb fallen lassen, als sie, aus der Tür der Zigarrenhandlung Werner tretend, beinahe mit Ida zusammengestoßen wäre.

»Lilla!«, rief Ida nicht weniger laut, bevor sie sich, ohne zu zögern, um den Hals fielen. »Lilla, meine Lilla«, wiederholte sie kopfschüttelnd, während sie ihre Schwester fest im Arm hielt. »Dass ich dich endlich wiedersehe. Lass dich anschauen«, sagte sie und lachte, nachdem sie gesehen hatte, wie Lilla ihr Gesicht unwillkürlich zu einer Grimasse verzog. »Nein, keine Sorge, ich werde jetzt nicht Tante Irma alle Ehre machen und sagen, wie groß du geworden bist und was für eine feine Dame aus dir mal werden wird.«

Ida packte sie erneut und drückte sie an sich. »Meine Güte, ich wusste gar nicht, wie sehr ich dich vermisst habe. Ich hab dich so vermisst, Lilla.«
»Was machst du hier?«, fragte Lilla erstaunt, nachdem Ida immer wieder beteuert hatte, wie sehr sie sich freue, sie wiederzusehen, und wie sehr sie sie vermisse. »Willst du uns besuchen?«
»Ach, Lilla, das würde ich so gerne. Ich vermisse euch alle so schrecklich. Erzähl doch mal, wie geht es dir? Was machst du? Was macht dein Klavierspiel? Ich habe schon so lange nichts mehr von euch allen gehört.«
Lilla zuckte mit den Schultern. »Ich übe noch, aber nicht mehr so viel.«
»Du musst üben, Lilla, üben, üben, üben. Oder willst du keine Pianistin mehr werden?«
»Vielleicht.«
»Vielleicht?«, fragte Ida mit gespielter Empörung. »Das heißt nicht vielleicht, das heißt ja, ja, ja, ja, ich will.«
Lilla lächelte. »Ja, ich will«, wiederholte sie leise.
»Macht dir Vater Ärger, oder?«
»Ein bisschen.«
Ida nickte. »Es ist vermutlich nicht gerade leichter geworden für dich, seitdem ich weg bin und ihm so viel Kummer bereitet habe.«
»Hm«, murmelte Lilla nur und sah sie schweigend an.
»Ich hab doch recht, oder?«
»Sag bloß, das interessiert dich plötzlich«, entfuhr es Lilla in ungewohnt scharfem Ton.
»Natürlich interessiert mich das, was denkst du denn?«
»Willst du wirklich wissen, was ich denke?«, fragte Lilla und machte einen Schritt zurück.
»Lilla, was ist das denn für eine Frage?« Ida sah ihre

Schwester nachdenklich an. »Lass uns von hier weggehen.« Sie zeigte auf den Eingang der Nikolaikirche schräg gegenüber. »Da drin sind wir bestimmt ungestörter. Was meinst du?«

Lilla zuckte mit den Schultern.

»Na komm.«

Als sie in die Kirche traten, saß dort nur eine einzelne ältere Frau in der Nähe des Altars und schien sie nicht zu bemerken. Ehrfürchtig nahm Ida ihren Hut ab und ging gemeinsam mit Lilla die Reihen entlang. Ganz links hinten, dort, wo es am dunkelsten war, setzten sie sich auf eine der Kirchenbänke. Wie still es hier plötzlich war. Jeder Atemzug schien wie eine Dampflok durch die hohe Halle zu schnaufen, jede Bewegung zu dröhnen. Es war so still, dass Ida sich nicht gewundert hätte, wenn auch jeder Gedanke zu hören gewesen wäre. Sie ließ ihren Blick über die in der Mittagssonne glühenden Kirchenfenster gleiten, bevor sie sich zu Lilla beugte. »Ich habe ganz vergessen, wie klein man sich fühlt, wenn man ganz still in einer so großen Kirche sitzt«, flüsterte sie ihr ins Ohr und lächelte.

»Ich gehe jeden Sonntag mit Mutter hierher.«

»Ihr geht in den Gottesdienst?«, fragte Ida erstaunt. »Ich wusste gar nicht …«

»Du weißt vieles nicht, Ida«, erwiderte Lilla spontan.

»Du hast recht. Dann erzähl mir doch ein bisschen. Wie geht es dir, Mutter, Vater, Johanna, Emma?«

Lilla zuckte mit den Schultern. »Wenn du nach Hause kommen würdest, dann wüsstest du es.«

Ida stöhnte leise. »Bitte, Lilla. Du weißt, dass das nicht geht.«

»Nein, das weiß ich nicht.« Lilla verschränkte die Arme vor der Brust und starrte in Richtung Altar.

»Vater würde mich umbringen«, sagte sie leise.
»Du kommst also nicht?«, fragte Lilla, nachdem sie eine Zeitlang schweigend nebeneinandergesessen hatten.
Ida schüttelte den Kopf. »Ich nehme nachher den Dampfer nach Hiddensee.«
»Warum?«
»Weil ich noch nicht so weit bin«, flüsterte sie.
»Aber ich ...« Lilla hielt inne und schwieg.
»Was, Lilla?«
»Nichts.«
Ida sah sie nachdenklich an. »Was hältst du denn davon, wenn du mich diesen Sommer mal besuchen kommst? Wir könnten baden gehen, du würdest sehen, wie ich dort wohne, du könntest meine Freunde kennenlernen. Wir könnten so lange reden, wie wir möchten. Und vielleicht würdest du mich dann ja auch ein bisschen besser verstehen und wärst nicht mehr so wütend auf mich«, fügte sie hinzu. »Das wäre doch schön?«
»Wie soll das denn gehen?«, fragte Lilla empört und hielt sich erschrocken die Hand vor den Mund, so laut hallte ihre Stimme noch nach.
»Ganz einfach, du nimmst den Dampfer, gemeinsam mit all den anderen Ausflüglern.«
»Vater lässt mich doch nie fahren.«
»Er muss es ja nicht wissen«, sagte Ida. »Es reicht doch, wenn du das mit Mutter besprichst.«
Lilla schüttelte den Kopf. »Du hast absolut keine Ahnung, Ida.«
Ida sah sie fragend an.
»Vater lässt mich keine Sekunde aus den Augen. Und Mutter muss bei ihm um jeden Pfennig betteln, den sie für den Haushalt braucht. Sie hat noch nicht einmal mehr Geld für

Briefmarken, verstehst du? Wie soll sie mir denn da das Ticket nach Hiddensee kaufen?« Lilla schüttelte den Kopf. »Das geht nicht.«

Ida atmete tief durch.

»Kann ich nicht mitkommen, jetzt gleich?«, fragte Lilla leise.

Ida legte ihren Arm um Lillas Schultern und drückte sie fest an sich. »Glaub mir, ich weiß, wie schwer es für dich ist. Aber du darfst dich nicht unterkriegen lassen.«

»Ich halte es aber nicht mehr aus.« Lilla wischte sich eine Träne aus dem Auge. »Es ist zu Hause wie in einem Gefängnis.«

»Ach, Lilla.« Ida wiegte ihre Schwester jetzt wie ein kleines Kind. »Du hast doch deine Musik. Spiel, spiel, so viel du kannst«, flüsterte sie.

»Nimm mich mit, bitte.«

»Dort gibt es doch nichts für dich zu tun. Du würdest dich schrecklich langweilen.«

»Aber du langweilst dich doch auch nicht«, erwiderte Lilla trotzig.

Ida sah sie nachdenklich an. »Ich mach dir einen Vorschlag. Sobald ich etwas Geld habe, kaufe ich Karten für ein schönes Klavierkonzert in Berlin. Schubert zum Beispiel oder Brahms oder was dann eben in den Konzertsälen gespielt wird, und dann kommst du, und wir gehen gemeinsam dorthin, und bis dahin übst du so viel und so fleißig, damit du eines Tages selber auf einer großen Bühne spielen kannst.«

»Wie willst du denn an Geld kommen?«, fragte Lilla.

»Ich finde schon einen Weg. Vielleicht bin ich bis dahin ja schon verlobt«, sagte sie und lächelte.

»Verlobt? Du?« Lilla sah sie erstaunt an.

»Vielleicht. Aber pst.« Ida legte einen Finger auf ihren Mund. »Zu niemandem ein Wort, hörst du.«
»Du und verlobt.« Lilla schüttelte ungläubig den Kopf.
»Kein Wort, Lilla. Das musst du mir versprechen.«
»Aber Vater, der wird doch ...«
»Nein«, sagte Ida energisch, »erst recht nicht Vater. Wenn es so weit ist, dann wird er es schon von mir erfahren.«
»Aber er wäre doch glücklich, wenn er wüsste, dass du heiraten möchtest.«
»Da bin ich mir nicht so sicher.«
»Aber warum nicht?«
»Na, weil ich bestimmt nicht heiraten werde, um dann das Leben zu führen, das er sich die ganze Zeit über für mich erträumt hat.«
»Und du willst wirklich heiraten?«, fragte Lilla noch immer verwundert. »Das war doch genau das, was du nie wolltest.«
Ida zuckte mit den Schultern. »Es ändert sich eben so manches im Leben. Aber noch ist es ja auch gar nicht so weit, und vielleicht ...« Sie stöhnte. »Ach, wer weiß. Es ist alles nicht so einfach.«
Lilla nickte, obwohl sie nichts verstand.
»Du sagst auf jeden Fall nichts, auch nicht zu Mutter oder sonst jemandem. Haben wir uns da verstanden?«
»Aber nur, wenn du mir versprichst, dass du nicht heimlich heiraten wirst«, kam es wie aus der Pistole geschossen. »Und da du mich anscheinend nicht mitnehmen willst und mich in meinem Gefängnis zurücklässt«, fügte sie hinzu, »bestehe ich darauf, dass du mir ab sofort regelmäßig schreibst und dass du auch dein Versprechen mit dem Konzert in Berlin wahr machst. Sonst«, sie lächelte verschmitzt, »sonst kann ich leider für nichts garantieren.«

Ida lachte. »So gefällst du mir schon viel besser. Das ist doch die Lilla, die ich kenne. Immer ein bisschen frecher als alle anderen.«

»Versprochen?«

»Versprochen. Und du hältst auch dein Wort.«

»Ich schweige wie ein Grab.«

»Ach, Lilla, ich bin so froh, dass wir uns getroffen haben.«

»Ich auch.« Lilla gab ihr einen Kuss auf die Wange. »Du bist eben doch meine Lieblingsschwester.«

»Trotz allem?«

»Trotz allem.«

»Willst du mich zum Dampfer begleiten?«

Lilla schüttelte den Kopf. »Ich muss nach Hause, Vater wartet bestimmt schon ungeduldig auf seine Zigarren.«

Als Ida auf dem Weg zur Fährbrücke war, meinte sie noch immer Lillas Umarmung zu spüren, mit der sie sich von ihr verabschiedet hatte. Wie groß sie in den drei Jahren geworden war, in denen sie sich nicht gesehen hatten. Sie war jetzt fast so alt wie sie damals, als sie begonnen hatte, gegen ihren Vater zu rebellieren. Die arme Lilla, schoss es ihr durch den Kopf, während sie ihr Ticket löste und auf den Dampfer ging, sie hatte alles noch vor sich, was sie schon hinter sich hatte.

Langsam entfernte sich das Schiff von Stralsund. Ida stand an der Reling und blickte zurück auf die immer kleiner werdende Silhouette. Ganz dort hinten, dort, wo ihr Blick nicht hinreichte, saßen jetzt ihre Mutter und ihr Vater und ahnten nicht, dass sie in ihrer Nähe gewesen war. Ida stöhnte leise. Sie ahnten nicht, dass es ihr gutging, dass sie verliebt war, so schrecklich verliebt, dass sie schreien könnte vor Glück, dass sie mit dem Mann, den sie liebte, leben und arbeiten und alles teilen wollte. Sie ahnten nicht, dass sie sich dem Ort, den sie all die Jahre über gesucht hatte, mehr und mehr näherte, dass sie mittlerweile nicht nur hoffte, ihn zu finden, sondern dass sie so zuversichtlich geworden war, dass sie wusste, dass es auch für sie einen Platz geben würde. Sie ahnten nicht, dass sie trotz aller Rückschläge nicht müde wurde zu malen, nach neuen Farben zu suchen, nach neuen Möglichkeiten, das, was sie sah, auf die Leinwand zu bringen, weil sie mittlerweile spürte, dass ihre Bilder auch andere berührten.

Als Stralsund längst hinter einer Landzunge verschwunden war und Hiddensee als Versprechen bereits vor ihr lag, füllten sich ihre Augen plötzlich mit Tränen. Und sie ahnten auch nicht, wie traurig sie war, dachte sie, wie sehr sie sich danach sehnte, sie endlich wieder in die Arme zu schließen.

47

»Das Wetter ist ja wie gemacht für so einen Tag wie heute.« Ida trat vor die Tür, lächelte Herbert kurz zu, der mit seinem Skizzenblock auf einer Bank direkt neben dem Hauseingang saß, und ließ ihren Blick über die vor ihr ausgebreitete Insel schweifen. »Wie es riecht, herrlich. Wenn es nur immer so duften könnte.« Sie schloss die Augen und reckte ihre Nase gegen die Sonne. »Es riecht, als könnte nie etwas Schreckliches geschehen, findest du nicht auch?«

Herbert legte seinen Kohlestift beiseite und deutete auf den Platz neben sich. »Komm, setz dich zu mir.«

»Riech doch mal.« Ida schnupperte noch immer die Sommerluft, während sie sich ganz dicht neben ihn setzte und ihren Kopf auf seine Schulter legte. »Findest du nicht auch, dass es nach Freiheit riecht?«

Er lachte. »Also wenn für dich Thymianduft und Freiheit eins sind, dann ja.«

»Nein, im Ernst«, sagte sie leise. »Wenn jeder auf dieser Erde nur einmal, ein einziges Mal diesen unglaublichen Reichtum riechen könnte, der in der Luft liegt, dann ist es doch gar nicht mehr vorstellbar, dass es weiterhin Menschen geben soll, die Kriege führen oder andere unterdrücken.«

»Bereitest du dich schon auf nachher vor?«, fragte Herbert belustigt.

»Spotte du nur.« Ida kuschelte sich noch näher an ihn heran. »Ich finde es jedenfalls wunderbar. Und wie still es ist. Noch nicht einmal die Kühe da unten an der Blänke geben einen Ton von sich. Also wenn es nach mir ginge, ich könnte ewig mit dir hier so sitzen.«

»Ich will ja kein Spielverderber sein, aber mit der Ruhe dürfte es demnächst vorbei sein.«

»Hm«, murmelte Ida. »Obwohl ich mir gar nicht vorstellen kann, dass tatsächlich viele Besucher kommen werden.«

»So wie ich Wilhelm kenne, wird er schon alle Hebel in Bewegung gesetzt haben, damit er nicht alleine Premiere feiern muss.«

»Was für eine verrückte Idee. Oben im Wald eine Naturbühne zu errichten. Das kann wirklich nur Wilhelm einfallen.«

»Mach mal die Augen auf.«

»Was?« Ida blinzelte gegen die Sonne.

»Da vorne.« Er zeigte Richtung Bodden. »Da tuckert gerade Wilhelms Publikum heran.«

»Ist es schon so spät?«

»Ich hab's doch gesagt, es ist bald vorbei mit der Ruhe.«

Ida stöhnte. »Könntest du dem Kapitän bitte sagen, er soll noch eine Extrarunde drehen?«

»Ich fürchte, das steht nicht in meiner Macht.«

»Nicht?« Ida sah Herbert mit gespieltem Entsetzen an. »Ich dachte, du wärst Gott.«

»Das denken viele, aber leider, meine liebe Ida, muss ich dich enttäuschen, ich bin nicht Gott, ich bin nur König.«

Ida lachte. »Immerhin. Das ist doch schon mal ein Anfang. Allerdings, wenn ich es mir recht überlege, so ein König hat doch in einem Kaiserreich nicht besonders viel zu sagen?«

»Unterschätz uns kleine Könige nicht«, erwiderte er mit einem Schmunzeln. »Wir sind die wahren Herrscher über das gemeine Volk.«

»Aha. Dann ist es doch sicherlich ein Leichtes für dich, deine Untergebenen dazu zu bringen, still und leise der Caprivi zu entsteigen und den Dornbusch mit Andacht zu erklimmen.«

Herbert schüttelte den Kopf. »So gerne ich das täte, aber leider gehören diese Menschen nicht zu meinem Reich.«

»Jaja, wusste ich es doch, ein König ohne Macht.«

»Was hast du gesagt?«

»Ein König ohne Macht«, wiederholte sie lächelnd.

»Moment.« Herbert nahm seinen Skizzenblock und begann, mit schnellen Strichen zu zeichnen.

»Was machst du?«

»Ach«, er zuckte mit den Schultern, »nur ein kleines Gastgeschenk für Wilhelm.«

Ida sah Herbert neugierig über die Schulter. »Was ist das?«
»Nicht was, wer. Wer ist das?« Herbert lächelte, während er eifrig weiterzeichnete.
»Und? Wer ist das?«
»Sag bloß, du erkennst dich nicht?«
»Ich?«, fragte sie empört.
Er nickte. »Wilhelm hat sich doch schon immer eine Porträt-Galerie von allen seinen Freunden gewünscht. Und da dachte ich mir, heute ist der perfekte Tag, um damit anzufangen«, sagte er mit unschuldiger Stimme.
»Gib sofort her.« Sie versuchte Herbert den Block zu entreißen, doch der duckte sich geschickt weg. »Ich seh ja aus wie platt gedrückt mit der breiten Nase und dem Monsterkinn. Wehe, wenn das jemand zu Gesicht kriegt.«
»Mir gefällt's.« Herbert betrachtete versonnen sein Bild. »Und Wilhelm hängt es bestimmt gerne auf.«
»Du bist unmöglich.« Ida versuchte erneut nach dem Blatt zu greifen, doch Herbert war schneller. »Gib das her.«
»Hier.« Er wedelte mit seinem Block vor ihrer Nase herum. »Wie war das noch einmal mit dem König ohne Macht?«
»Du Schuft.« Ida stürzte sich von hinten auf ihn und umklammerte ihn, so fest sie konnte. »Du glaubst doch nicht etwa, dass ich zu deinem Fußvolk gehöre?«
Er lachte. »Auch als Königin wirst du immer eine Stufe unter mir stehen.«
»Als Königin, aha!« Ida riss ihm den Block aus der Hand. »Das wirst du wohl erst unter Beweis stellen müssen«, sagte sie, während sie mit tänzelnden Schritten vor ihm hin und her hüpfte und dabei genüsslich das Blatt mit ihrem Porträt zerknüllte.

Herbert nickte. »Hab ich dir eigentlich schon gesagt, wie gut du mir tust?«

Ida hielt abrupt inne und sah ihn erstaunt an. »Nein«, antwortete sie leise. »Nein, das hast du nicht.«

»Manchmal kommt es mir so vor, als hätte ich unendlich lange geschlafen und würde erst ganz allmählich aus diesem Schlaf erwachen, und du bist diejenige, die mich wach rüttelt und mir neues Leben einhaucht«, sagte er und sah sie dabei ernst an.

Ida legte den Skizzenblock ins Gras und ging langsam auf ihn zu.

»Das Haus, es war so still, bevor du hier warst, und jetzt, jetzt lebt es, auch wenn du nichts sagst und einfach nur so dasitzt wie vorhin und ich deinen Kopf auf meiner Schulter spüre und du die Augen schließt und die Natur genießt.«

Ida, die jetzt direkt vor ihm stand, betrachtete sein Gesicht wie ein ihr unbekanntes Gemälde. Er sah so in sich gekehrt aus, so ernst, und gleichzeitig fühlte sie sich ihm so nah wie noch nie.

»So eine Krankheit«, fuhr er mit leiser Stimme fort, »das ist, als würde man ganz allmählich vergiftet, ohne es zu merken. Und wenn man nicht aufpasst, dann stirbt man daran, auch wenn man selbst gar nicht der Kranke ist.«

Ein Schauer durchzuckte Idas Körper. Wie sehr hatte sie in den vergangenen Wochen darauf gehofft, dass auch die letzte Grenze zwischen ihnen fallen würde, dass sie nicht nur miteinander lachten und redeten und sich liebten, dass er sie nicht nur bei sich wohnen ließ und sie weiterhin dafür bezahlte, dass sie sein Haus in Ordnung hielt, wenn er nach Berlin musste oder sonst wohin, sondern dass sie ihn auch wirklich spürte, dass sie wirklich spürte, dass er bei ihr angekommen war, und nun schien es endlich so weit zu sein.

»Es ist seltsam«, sagte er leise und lächelte ihr zaghaft zu, »aber ich begreife erst jetzt ganz langsam, nach mehr als acht Monaten nach Helenes Tod, wie abgestorben alles in mir war. Manchmal frage ich mich, wie ich in der Zeit überhaupt malen konnte.«

»Vielleicht hat dich die Kunst ja gerettet«, sagte Ida mit sanfter Stimme, während sie sich neben ihn setzte.

Er zuckte mit den Schultern. »Vielleicht. Vielleicht warst es aber auch du.«

Ida schluckte.

»Seitdem ich dich kenne, hat es dich immer in meinen Gedanken gegeben.« Er nahm ihren Kopf in beide Hände. »Und jetzt bist du wirklich da, und, herrje, Ida, ich weiß gar nicht, wie ich es sagen soll.«

»Herzlich willkommen zu Hause«, flüsterte Ida und küsste ihn zärtlich. »Herzlich willkommen.«

Herbert drückte sie fest an sich, während er seinen Kopf in ihrem Nacken vergrub. »Du duftest nach Sommer«, sagte er und fuhr mit seiner Nase ihren Hals entlang. »Vielleicht hast du ja doch recht. Vielleicht wäre die Welt tatsächlich eine andere, wenn jeder einmal im Leben von diesem herrlichen Duft kosten könnte.«

»Wenn jeder die Gabe besäße, ihn wahrzunehmen«, flüsterte Ida ihm ins Ohr. »Ich glaube, manche Menschen riechen ein Leben lang nichts, obwohl es um sie herum blüht und duftet wie ein herrliches Versprechen.«

Herbert küsste sie stürmisch auf den Mund. »Weißt du, wonach du schmeckst?«

Ida schüttelte lachend den Kopf.

»Nach morgendlichem Tau auf frisch gemähtem Gras.«

»Und das um die Mittagszeit«, erwiderte sie mit einem Schmunzeln.

»Du bist eben ein Wunder.« Für einen kurzen Moment sah Herbert ihr mit einer Ernsthaftigkeit in die Augen, dass Ida meinte, er sähe direkt in ihre Gedanken, aber dann lächelte er und küsste sie, und als sich ihre Münder wieder trennten, flüsterte er: »Ich hoffe, ich werde dich immer riechen können.«

»Ich hoffe das auch«, sagte sie leise.

48

Oben auf dem Dornbusch begrüßte sie schon von weitem ein großes Schild. »Hiddensee, vom blauen Meer umflossen – Ein Singspiel in drei Akten« stand in großen Buchstaben auf einem Laken, das Wilhelm zwischen zwei Eichen gespannt hatte und das den Eingang zu seinem Paradies bildete. Links befand sich ein aus einfachem Holz gezimmertes, nach vorne offenes Bretterhaus, an dessen langem Tresen eine junge Frau gerade damit beschäftigt war, Getränke an die zahlreichen Gäste zu verkaufen. Ida musterte sie neugierig, aber sie konnte sich nicht erinnern, sie schon einmal gesehen zu haben. Überhaupt kam ihr alles fremd und unbekannt vor, dabei war sie schon so oft hier oben gewesen. Aber die vielen Gäste, die kreuz und quer spazierten und sich unterhielten oder mit einer Tasse Kaffee in der Hand auf den Hockern vor dem Ausschank saßen, machten aus dem sonst so bizarr anmutenden Bretterverschlag plötzlich einen belebten Ort. Staunend ging sie an der Seite von Herbert einige Schritte weiter bis zu einer kleinen Hütte aus Schilfrohr, die zwischen Sträuchern und Bäumen hervorlugte und vor der Anna mit einem cremefarbenen Stoffberg und Nähzeug saß.

»Da seid ihr ja endlich.« Anna gab Ida und Herbert einen Kuss auf die Wange. »Ich dachte schon, ihr lasst mich allein mit der Horde.«

»Wie hat Wilhelm das bloß geschafft?«, fragte Ida erstaunt. »Ich habe noch nie so viele Menschen auf Hiddensee gesehen. Man fühlt sich ja fast wie am Brandenburger Tor.«

Anna zuckte mit den Schultern. »Ich habe absolut keine Ahnung.«

»Wo steckt denn unser Held?«

»Der ist schon bei der Bühne, proben.« Anna lächelte. »Er muss den Sohn des Amtsvorstehers noch einweisen.«

»Otto spielt mit?«

»Na ja, mehr oder weniger als Statist. Er hat nur ein paar Sätze zu sagen. Ich mach gerade sein Kostüm fertig.«

»Oje, weiß das sein Vater?«

»Ich vermute, er wird es früh genug erfahren«, antwortete Anna und lachte.

»Ob das eine so gute Idee ist?«, fragte Ida skeptisch. »Du kennst den alten Küslick doch. Der fackelt nicht lang und überhäuft Wilhelm wieder mit Klagen.«

»Ach«, Anna winkte ab, »es ist doch alles genehmigt, und Wilhelm hat das Land ordnungsgemäß gepachtet.«

»Wenn du meinst.«

»Wollen wir?« Herbert sah die beiden fragend an. »Ich würde nur ungern den Anfang eines großen Meisterwerks verpassen.«

»Keine Sorge. Solange ich mit dem Kostüm noch nicht fertig bin, wird Wilhelm auch nicht anfangen.«

»Bist du dir da sicher?«, fragte Ida lachend. »Ich erinnere dich nur an seinen Auftritt in Berlin.«
Anna stöhnte. »Er hat mir fest versprochen, sich heute mal ausnahmsweise nicht vor allen Leuten nackt auszuziehen.«
»Dann hoffe ich für uns alle, dass er sich auch daran hält«, sagte Herbert, der kopfschüttelnd den Besucherstrom beobachtete, der sich an ihnen Richtung Bühne vorbeischob. Sogar einige Vitter waren darunter, die Ida kannte und grüßte, und eine junge Fischerfamilie aus Neuendorf mit ihren fünf Kindern. Die meisten schienen jedoch aus Stralsund oder Rügen oder Greifswald für diesen Tag angereist zu sein und hatten sich feingemacht, als würden sie die Hofoper Unter den Linden besuchen.
»Die Damen hier würden sich sicherlich sonst vor Peinlichkeit und Entsetzen ihre Hüte über den Kopf ziehen. Seht doch nur.« Herbert zeigte auf eine ältere, in dunkelvioletten Stoff gehüllte Dame, die Mühe hatte, das Gleichgewicht auf dem unebenen Waldboden zu halten, und dennoch keine Miene verzog. »Die hier hat in ihrem Leben bestimmt noch nie einen nackten Mann gesehen.«
Anna lachte. »Sei nicht so ungerecht. Die Arme hat bestimmt ein aufopferungsvolles Leben als Gouvernante hinter sich.«
»Oje, sprich das Wort nicht aus.« Ida schüttelte sich. »Stellt euch bloß mal vor, so verhärmt wäre ich irgendwann auch mal geworden.«
»Fertig.« Anna legte ihr Nähzeug zur Seite und klemmte sich den wallenden Stoffumhang unter den Arm. »Dann lasst uns mal nach Wilhelm sehen.«
Das, was Wilhelm sein »Naturtheater« nannte, waren ein paar notdürftig zusammengenagelte Bretter und drei Bal-

ken, die wie ein großer Rahmen direkt vor der Bühne standen. Es lag in einer Senke, so dass es fast den Eindruck eines Amphitheaters erweckte, ausgestattet mit einem herrlichen Blick auf die See. Allerdings gab es weder Stühle noch Bänke, und die Gäste mussten sich mit ihren feinen Kleidern in das saftige Gras auf dem flach abfallenden Hügel setzen, was für einigen Widerwillen sorgte.

»Anfangen«, brüllte ein ungeduldiger Gast, der wie so viele andere beharrlich stehen geblieben war.

»Wie lange sollen wir denn noch warten?«, rief ein anderer.

»Anfangen, anfangen«, skandierten jetzt einige der Zuschauer und klatschten dabei eifrig in die Hände.

Wilhelm, der neben der Bühne stand, beobachtete die Szenerie aus dem Augenwinkel, während Otto sein Kostüm überzog.

»Und so soll ich wirklich auf die Bühne?«, fragte er und blickte verunsichert an dem wallenden Umhang hinunter. »Da lachen doch alle über mich.«

»Das macht nichts, Otto«, sagte Wilhelm in aller Seelenruhe. »Wenn sie lachen oder buhen, dann meinen sie nicht dich oder mich, sondern dann sind sie einfach noch nicht so weit, um meine Sprache zu verstehen. Du tust dann einfach so, als würdest du nichts hören, und bleibst auf jeden Fall hinter mir, wie abgesprochen. Ja?«

»Warum habe ich mich bloß darauf eingelassen«, murmelte er leise vor sich hin und nickte.

Als Wilhelm, der aussah wie immer mit seinem Umhang und seinem langen Bart, gefolgt von Otto die Bühne betrat, war es mit einem Schlag ganz still. Nur das leise Plätschern der Ostsee war zu hören und das Flirren der Hitze.

»Willkommen auf Refugio«, deklamierte Wilhelm mit ausschweifender Geste, während er die Bretter abschritt wie die große Bühne eines Theaters. »Welch Zauber liegt ausgegossen über deinem Land. Aber o Schreck, erwache, ich sehe, Unheil naht«, rief er und zeigte auf Otto, der starr vor Entsetzen an der äußersten hinteren Ecke stand und auf seinen Einsatz nicht reagierte. »Unheil naht«, wiederholte Wilhelm, aber Otto starrte ihn noch immer wie benommen an. »O lass deine Dörfer, Wiesen und schilf'gen Buchten nicht verblühen. Erwache, du herrliche Hidde, denn Unheil naht«, schrie er Otto jetzt so laut entgegen, dass der vor Schreck zusammenzuckte, bevor er mit einem Satz von der Bühne sprang und unter dem Johlen des Publikums, so schnell er konnte, davonrannte.

Ohne lange nachzudenken, trat Anna auf die Bühne und rief: »Hier bin ich, deine Hidde!«

Wilhelm sah sie entsetzt an. »Was willst du hier?«, zischte er.

»Dich retten«, zischte sie zurück, während sie unentwegt lächelte und über die Bühne hüpfte wie eine etwas zu schwer geratene Tänzerin.

»Anna!« Ida hielt sich die Hand vor den Mund. »Was macht sie denn da?« Sie blickte zu Herbert, der ebenfalls nur den Kopf schüttelte.

Das Publikum aber fand schnell Gefallen an Annas Auftritt und bedachte sie immer wieder mit Szenenapplaus. Sie tänzelte über die Bühne, säuselte etwas von Wind und Meer und dem herrlichen Leben auf einer Insel, während Wilhelm sich, so gut es ging, an seinen Text hielt und Ottos Part mit übernahm. Als er zu seinem Schlussmonolog kam, zögerte er kurz, dann kniete er sich direkt vor Anna und sah sie mit großen Augen an. »Du schönste aller Inseln, du

Kraft meines Lebens, du wogendes Meer, du Ort meines Friedens, lass uns für immer zusammenstehen.«
Anna sah ihn irritiert an. Sie hatte Wilhelm seinen Text so oft wiederholen hören, dass sie meinte, alle Passagen zu kennen, aber diese hörte sie zum ersten Mal.
»Lass uns nie wieder scheiden«, fuhr er unbeirrt fort. »Lass uns den Sand spüren unter den nackten Füßen, den Wind fühlen auf unserer feuchten Haut, lass uns wandern durch die Dünen, dem Glühen des Abendrots entgegen, Hand in Hand. Werde meine Frau«, rief er laut aus. Dann stand er auf und küsste ihre Hand.
Applaus brandete auf, während Anna noch immer ungläubig vor ihm stand. »Gehörte das zum Stück?«, fragte sie ihn leise.
Wilhelm schüttelte den Kopf.
»War das dann …?«
Er nickte.
»Ja. Ja, ich will. Auch wenn du ein Verrückter bist«, flüsterte sie ihm unter dem Beifall des Publikums ins Ohr, das glaubte, nur die Schlussszene zu sehen.
Ida sah Herbert erstaunt an, aber der klatschte nur wie alle anderen auch. Ein Heiratsantrag, dachte sie kopfschüttelnd, auf offener Bühne, das konnte wirklich nur Wilhelm einfallen.
»Herzlichen Glückwunsch.« Ida lächelte Anna vielsagend zu, als sie wenig später gemeinsam den Weg zurück zum Getränkeausschank gingen.
»Von mir auch. Du solltest tatsächlich mal über eine Karriere im Wintergarten nachdenken«, sagte Herbert lachend. »Als Schlangentänzerin hättest du das Publikum bestimmt auf deiner Seite.«
»So ein Spinner«, murmelte Anna.

»Wer, ich?«, fragte Herbert erstaunt.
»Nicht du.«
»Doch, du auch«, sagte Anna und grinste.
»Na, ich weiß nicht.« Ida musterte Herbert von der Seite. »Ich glaube, er täte so etwas nicht.«
»Meinst du?«, fragte Anna und betrachtete ihn jetzt ebenfalls mit kritischem Blick. »Vielleicht nicht gerade auf diese Art und Weise.«
Ida wiegte nachdenklich den Kopf. »Dafür ist es vielleicht auch noch ein bisschen zu früh.«
»Ach, ich finde, es ist schon reichlich Zeit vergangen.«
»Das stimmt allerdings.« Ida lachte.
»Wovon redet ihr beiden eigentlich?«, fragte Herbert und sah sie verständnislos an.
Anna zuckte mit den Schultern. »Ach, nur von der Liebe, sonst nichts.«
»Und ich soll ein Spinner sein? Da halte ich mich doch lieber an den einzig echten Verrückten«, sagte er und beschleunigte seinen Schritt.
Ida sah ihm lächelnd hinterher, wie er die Steigung nach oben hastete und schließlich Wilhelm einholte, der gerade dabei war, mit großen Gesten auf einige Besucher einzureden.
»Du heiratest!« Ida fiel Anna jetzt um den Hals. »Ich glaube es einfach nicht.«
»Ich, um ehrlich zu sein, auch noch nicht«, erwiderte Anna noch immer sichtlich fassungslos. »Wenn mir das jemand vor einem Jahr gesagt hätte. Ich meine, Ida, ich bin dann eine verheiratete, von einem Mann abhängige Frau!«
Ida lachte. »Also wenn du Wilhelm eines sicherlich nicht vorwerfen kannst, dann, dass er dich in eine bürgerliche Ehe zwingen will.«

»Gott, dieser Spinner.« Anna schüttelte den Kopf. »Er hat es doch tatsächlich geschafft, dass ich für ihn nach und nach alle meine Prinzipien über Bord werfe. Ich nähe, ich koche in der Bauernschenke, ich verkaufe Getränke, wenn nicht gerade wie heute Helma hinterm Tresen steht, und jetzt heirate ich auch noch. Meine Güte, Ida, ich heirate! Versprichst du mir, dass du auf mich achtgeben wirst?«
Ida sah sie fragend an. »Damit du nicht auch noch anfängst zu sticken?«
»Das würde mir gerade noch fehlen«, erwiderte Anna lachend. »Nein, dass ich mich nicht bei all seinen Verrücktheiten verliere.«
»Ich pass auf, versprochen.« Ida sah sie nachdenklich an. »Du darfst eben auf keinen Fall aufhören zu malen.«
»Natürlich nicht. Das wäre ja absurd.«
»Und du musst dir immer deine eigenen Ziele stecken und nicht nur die von Wilhelm mittragen. Bei aller Liebenswürdigkeit, doch manchmal muss man ja schon Angst haben, dass er den Bezug zur Realität verliert.«
Anna nickte. »Aber du lässt dich von Herbert auch nicht unterkriegen, ja!«
»Wie kommst du denn darauf?«
»Ich hab doch Augen im Kopf. In Berlin, bei der Ausstellung, da hat er dich ganz schön klein gehalten, wenn du mich fragst.«
»Nein, das finde ich nicht.« Ida schüttelte den Kopf. »Du darfst nicht vergessen, Herbert ist der große Maler, und ich bin die unbekannte Künstlerin, da ist es doch schon bemerkenswert, dass ich überhaupt meine Bilder neben seine hängen durfte.«
»Das sehe ich anders«, erwiderte Anna scharf. »Ich kenne Herbert. Er fürchtet nichts mehr als Konkurrenz, und von

deiner Arbeit hält er viel. Kannst du dir da nicht denken, warum er kein Wort über euer gemeinsames Projekt verloren hat?«

»Du tust ihm unrecht, Anna. Herbert unterstützt mich, wo er kann. Wenn er nicht wäre, dann wäre ich jetzt vermutlich irgendwo in Stralsund und würde die Böden fremder Leute schrubben.«

»Ja, da ist er großzügig, das stimmt, aber …«

»Nichts aber«, erwiderte Ida. »Und was meine Bilder angeht, ich hatte doch, gemessen an dir und euch allen, bislang kaum Unterricht, ich stecke doch noch immer in den Anfängen. Was erwartest du da?«

»Nein, Ida, glaub mir. Er weiß genau, wie groß du werden kannst.«

Ida schüttelte den Kopf. »Denkst du ernsthaft, Herbert würde etwas tun, was mir schaden könnte?«

»Ich hoffe es natürlich nicht«, antwortete Anna, »aber ich werde auf jeden Fall ein Auge auf dich haben.«

»Verwechselst du da nicht gerade etwas? Du bist diejenige, die heiratet und Angst hat, nicht ich.«

»Na, komm her.« Anna legte ihren Arm um Idas Schultern. »Wir passen beide einfach ein bisschen aufeinander auf.«

49

Schon früh am Morgen, vor Sonnenaufgang, hatte Ida direkt am Bodden, zwischen Kloster und Grieben, ihre Staffelei aufgestellt, sich in eine warme Decke gehüllt und wartete seitdem, dass die Insel erwachte. Noch

lag eine dünne Nebelschicht wie ein weiches Federbett über allem und schien die Natur in einen friedlichen Schlaf zu hüllen. Nicht einmal die Entenfamilie, die sonst schnatternd durch das Schilf pflügte, war zu hören. Und auch die Kraniche nicht, derentwegen Ida so früh aufgestanden war und jetzt fröstelnd in der frühherbstlichen Kälte ausharrte.
Seit Tagen schon kamen sie in großen Schwärmen zurück und flogen laut trompetend über die Insel. Seitdem hatte Ida etliche Bilder gemalt, wie sie, die dürren Beine baumelnd, zum Landeanflug ansetzten oder den Hals stolz nach vorne gereckt über den Himmel glitten. Ihre stete Wiederkehr hatte noch immer etwas Tröstliches für Ida, und jetzt, da Herbert über den Winter wieder nach Berlin zurückgehen würde und sie allein auf Hiddensee blieb, konnte sie gar nicht genug bekommen von ihrem Anblick, der wie ein Versprechen war.
»Wusste ich doch, dass ich dich hier finden würde.«
»Herbert?« Ein Lächeln huschte über Idas Gesicht. »Hast du meine Nachricht gelesen?«
Er nickte.
»Ich dachte, du hättest für Kraniche nichts übrig«, sagte sie. »Deswegen habe ich dich nicht geweckt.«
»Wie kommst du darauf?«
»Ich weiß nicht, aber du hast nie etwas zu meinen Kranichbildern gesagt. Ich hatte den Eindruck, du findest meine Begeisterung für diese Vögel lächerlich.«
»Sagen wir mal so, sie ist mir ein wenig fremd.« Er stellte sich hinter sie und legte seine Hände auf ihre Schultern. »Aber so borniert, dass ich dich deswegen albern finde, bin ich nun wirklich nicht. Was denkst du denn von mir?«

»Dass dir ganz schön wehmütig ums Herz sein muss, wenn du entgegen deinen Gewohnheiten so früh am Morgen schon aufstehst und dich in die Kälte wagst«, flüsterte sie in die Stille.

Ida hörte ihn leise atmen, aber er sagte nichts.

»Ich kann mir noch gar nicht vorstellen, dass ich ab nächster Woche wieder allein in deinem Haus sein werde«, sagte sie schließlich, nachdem sie beide schweigend über den Bodden geblickt hatten, der im Dämmerlicht vor ihnen lag.

»Warum ziehst du nicht zu Wilhelm und Anna in die Bauernschenke und siehst nur alle paar Tage mal nach dem Rechten? Was soll denn auch schon mit dem Haus passieren? Dann wärst du wenigstens nicht so allein.«

»Darüber haben wir doch schon gesprochen.«

»Aber ich muss zurück«, sagte er und küsste sie hinterm Ohr. »Ende Oktober finden ein paar wichtige Versammlungen statt, die ich auf keinen Fall verpassen darf, sonst schmeißen sie mich bei der Secession noch raus. Und dich mitnehmen, das geht nicht. Dieses Gerede, das kann ich mir nicht leisten. Einige warten doch nur darauf, dass sie mich vom Thron stoßen können, und wenn sie merken, dass ich angreifbar bin ... Hier auf Hiddensee ist es anders, aber in Berlin.« Er sah sie nachdenklich an. »Ach, Ida«, sagte er, »ich würde so schrecklich gerne, aber es ist unmöglich.«

»Mach dir keine Gedanken.« Ida griff nach seiner Hand und drückte sie fest auf ihre Schulter. »Es ist alles in Ordnung.«

Herbert atmete tief durch. »Weißt du, vielleicht ...«

»Pst«, unterbrach sie ihn. »Hörst du das?« Ida stand auf und ging auf Zehenspitzen zur Boddenkante.

»Was?« Herbert war ihr gefolgt und stand jetzt direkt neben ihr.
»Warte, gleich.«
Im Gebüsch neben ihnen raschelte es kurz, bevor es wieder ganz still wurde. Und dann, urplötzlich, als hätte ein Dirigent den Einsatz gegeben, begann das Trompetenkonzert. Aus Hunderten von Kranichkehlen schallten die Weckrufe über den Bodden. Nur ganz allmählich schälten sich auch die dazugehörigen Köpfe und Hälse aus dem morgendlichen Dunst heraus, und Ida und Herbert sahen, wie sich unzählige weit aufgerissene Schnäbel dem Himmel entgegenreckten und die Vögel dabei ihre Flügel ausbreiteten und sich reckten und streckten, als entstiegen sie gerade einem warmen Bett.
Herbert legte seinen Arm um Ida und drückte sie an sich. »Ida, ich hab mir …«
»Gleich«, unterbrach sie ihn erneut. »Sieh doch mal.« Sie zeigte auf die Kraniche, die jetzt begannen, sich zu wiegen und zu drehen, als würden sie zu einer lieblichen Melodie tanzen. »Wie leichtfüßig sich diese großen Vögel bewegen können. Warte kurz, ja.« Mit schnellen Schritten ging sie zurück zu ihrer Staffelei und zeichnete in Windeseile ein tanzendes Kranichpaar. »Nicht dass ich ihre tänzelnden Schritte vergesse«, rief sie Herbert zu, der mit dem Rücken zu ihr noch immer vorne am Bodden stand und seinen nachdenklichen Blick über die sich in der morgendlichen Dämmerung umgarnenden und betörenden Vögel schweifen ließ. »Wer weiß, wann ich diesen Anblick zum nächsten Mal zu Gesicht bekomme«, sagte sie schmunzelnd, während sie dazu übergegangen war, Herberts Rückenansicht zu malen. »Nicht bewegen«, rief sie ihm zu, als er sich gerade umdrehen wollte. »Bitte, ich komme gleich.«

Seltsam, dachte sie, dass sie bislang noch nie auf den Gedanken gekommen war, auch Herbert zu malen. Da hatte sie den ganzen Sommer über ein Porträt nach dem anderen fertiggestellt, da war sie von Fischerhütte zu Fischerhütte gegangen, hatte geklopft und gefragt, ob jemand für sie Modell sitzen wollte, da hatte sie den Kindern Schokolade gegeben, damit sie sich still vor ihrer Staffelei aufstellten, da war sie sogar ins Vitter Armenhaus gegangen und hatte zwei der alten Bewohner gegen eine Handvoll Kartoffeln überreden können, sich von ihr abbilden zu lassen, doch nicht einmal hatte sie daran gedacht, dass sie auch Herbert malen könnte. Aber jetzt, da er mit dem Rücken zu ihr im dunstigen Morgengrauen stand und sich in der Ferne die Kraniche bezirzten, da konnte sie gar nicht anders, da musste sie ihn einfach malen. Seine schlanke, große Gestalt, versteckt unter einem warmen dunklen Mantel, den Kragen nach oben geschlagen, die Hände in den Taschen vergraben, nur das volle Haar ungeschützt dem langsam aufkommenden Wind ausgesetzt.
»Wie lange willst du mich denn hier noch alleine stehen lassen?« Herbert drehte sich ungeduldig zu ihr um.
»Einen Augenblick noch«, rief sie und betrachtete noch einmal ihr Bild. Fürs Erste reichte ihr diese schnelle Skizze, und Zeit genug, ihn in Farbe zu malen, würde sie demnächst ja zur Genüge haben. Ida lächelte. Egal, wohin Herbert auch fuhr, er würde jetzt immer bei ihr bleiben. »Danke, dass du so lange gewartet hast«, sagte sie, als sie sich kurz darauf an ihn schmiegte. »Ich brauchte ganz dringend noch eine Erinnerung.«
Er sah sie fragend an.
»An dich. Ich hab dich gemalt. Mit den Kranichen im Hintergrund.«

»Würdest du mich denn sonst so schnell vergessen?«, fragte er erstaunt.
»Natürlich nicht.« Ida schüttelte den Kopf. »Aber so ist es sicherer«, fügte sie hinzu.
Herbert sah sie nachdenklich an. »Ida«, begann er erneut, doch diesmal kam er nicht weiter als bis zu ihrem Namen. Wie auf Kommando erhoben sich plötzlich die Kraniche in die Höhe, drehten noch eine Schleife über ihrer nächtlichen Ruhestätte und flogen Richtung Rügen davon. Ida, die ihnen winkte, als würde sie sich von guten Freunden verabschieden, sah ihnen so lange hinterher, bis auch der letzte Vogel hinter den Rügener Wäldern verschwunden war, während Herbert ungeduldig von einem Bein auf das andere wechselte.
»Ida.«
»Bis heute Abend«, rief sie gutgelaunt in den Himmel und winkte ein letztes Mal.
»Ida, bitte. Ich hab dir etwas zu sagen.«
»Du findest Kraniche schrecklich langweilig, stimmt's?«
Herbert schüttelte den Kopf.
»Du kannst mir das ruhig sagen. Es sind nur Vögel, ich weiß das.«
»Meine Güte, komme ich denn auch noch einmal zu Wort?«
»Entschuldige, aber ich bin einfach so glücklich«, sagte sie und strahlte ihn an. Sie schlang ihren Arm um seine Hüfte und schlüpfte unter seinen Mantel. »Es war eine phantastische Idee von dir, mir einfach hinterherzukommen.«
»Darf ich jetzt endlich auch mal etwas sagen?«, stöhnte er, obwohl er sich ein Schmunzeln nicht verkneifen konnte.
»Bitte. Ich bin ganz Ohr.«

»Du machst es einem wirklich schwer.«
Ida lachte. »Was ist denn jetzt schon wieder?«
Herbert schüttelte den Kopf und atmete tief durch. »Ida, ich habe mir etwas überlegt.«
Sie sah ihn neugierig an.
»Weil es ja jetzt ein so untragbarer Zustand ist.«
»Du meinst, weil du alleine nach Berlin fährst.«
»Auch. Aber weil ich es einfach untragbar finde, dass man uns jederzeit die Sittenpolizei auf den Hals schicken könnte«, ergänzte er. »Ich meine, da muss doch nur einer schlechte Absichten haben, und dann …«
Ida nickte.
»Also, ich …« Er zögerte.
»Was?« Ida spürte, wie ihre Beine zu zittern begannen.
»Möchtest du meine Frau werden?« Die Worte waren nur so aus ihm herausgesprudelt, dass Ida erst glaubte, sich verhört zu haben.
Ida schluckte und sah ihn mit großen Augen an. »Deine Frau?«, fragte sie leise.
»Ja, meine Frau.«
Ein Lächeln huschte über ihr Gesicht.
»Weißt du, ich will mich nicht mehr …«
»Pst.« Ida legte ihren Finger auf seinen Mund. »Nichts sagen.«
Herbert sah sie verunsichert an. »Möchtest du?«
»Pst.« Ida lächelte. »Was für ein herrlicher, wunderbarer, bester Oktobertag aller Zeiten. Ich will, Herbert, ich will. Ich will ganz schrecklich«, flüsterte sie.
Herbert atmete erleichtert auf und drückte sie fest an sich. »Wenn wir erst verheiratet sind, dann werde ich dich nie wieder irgendwo allein zurücklassen. Mach mal die Augen zu. Bitte«, fügte er hinzu, nachdem sie ihn kurz fragend

angesehen hatte. Er nahm ihre Hand und streichelte sie, bevor er einen Schilfhalm um ihren Ringfinger wickelte und, so gut es ging, verknotete. »Jetzt kannst du sie wieder öffnen.«

Ida starrte auf ihren Finger wie auf ein Heiligtum.

»Weil ich keine Ringe habe und es auf der ganzen Insel sicherlich auch keine gibt«, sagte er und lächelte. »Als Ersatz sozusagen, als Versprechen, als ...«

Als schönsten Verlobungsring aller Zeiten, wollte Ida ergänzen, doch ihre Stimme versagte, und Tränen stiegen ihr in die Augen.

»Danke«, flüsterte sie, bevor sie ebenfalls einen Halm nahm, den sie um Herberts Finger band.

Ida rannen unaufhörlich Tränen über die Wangen, während sie wortlos auf ihre Hand blickte, die jetzt wieder in Herberts Hand lag. Wie das Schilfgras an ihrem Finger leuchtete, als würde es angestrahlt, und wie natürlich es an Herberts Hand aussah, als hätte er dort nie etwas anderes getragen. Ida blickte zu Herbert auf und lächelte ihn an.

»Wir sind verlobt«, hauchte sie mit tränenerstickter Stimme. »Wie sind wirklich verlobt.«

Herbert küsste ihr eine Träne aus dem Gesicht. »Ja«, sagte er leise. »Wir werden Mann und Frau.«

Ida schluchzte laut auf. Es war, als hätte alles Bangen und Hoffen und Warten und Sehnen mit einem Schlag ein Ende.

»Und du hast dir das auch gut überlegt?«, fragte sie, als könnte sie es nicht recht glauben, dass er tatsächlich sie meinte.

»Ach, Ida.« Herbert küsste sie auf die Stirn.

»Und du bist auch sicher, dass es dir nicht zu schnell geht?«, hakte sie weiter nach, während sie ihren Kopf auf seine Brust legte.

»Ida, bitte.« Er schlang seine Arme um sie und drückte sie so fest an sich, als wäre er nicht bereit, sie je wieder loszulassen.
Ida schluchzte erneut laut auf. Niemals, nicht jetzt, nicht so schnell, sie konnte gar nicht mehr denken. Ida Klausen, schoss es ihr durch den Kopf. Ida Klausen. Wie das klang. Klausen, Helene Klausen. Der Name blitzte ebenso schnell auf, wie er wieder verschwand. Ida Klausen, wiederholte sie immer wieder in Gedanken, und langsam beruhigte sie sich. Sie würde Ida Klausen sein, als wäre es das Selbstverständlichste auf der Welt. Ein Lächeln huschte über ihre Lippen, während sie sich die letzten Tränenspuren aus dem Gesicht wischte.
»Ich freue mich so sehr, Herbert«, sagte sie leise und stellte sich auf die Zehenspitzen und küsste ihn. »So sehr. Ich freue mich so«, rief sie und legte ihren Kopf in den Nacken und atmete tief durch, bevor sie ihn erneut ansah und lächelte und nach seinen Händen griff. »Ich freue mich«, rief sie, so laut sie konnte, in den herbstlich grauen Himmel und lehnte sich so weit zurück, dass auch Herbert sich nach hinten lehnte, und sie begannen, sich zu drehen und zu lachen und zu drehen, bis ihnen ganz schwindlig wurde. »Ich freue mich«, wiederholte sie außer Atem, als sie sich beide erschöpft ins Gras fallen ließen und dicht aneinandergeschmiegt liegen blieben.
Behutsam knöpfte Herbert ihre Bluse auf und schlüpfte mit seiner warmen Hand unter ihre leinene Wäsche. Wie Ameisen kribbelten seine Finger auf ihrem Bauch, den Brustkorb entlang, bis sie ihre Brüste erreichten und dort für einen kurzen Moment ruhig liegen blieben. Ida stöhnte leise, während Herbert sich über sie beugte und mit seinen Lippen über ihren Hals strich. »Es ist kalt hier«, flüsterte

Ida, die ihre Beine um seine Hüften geschlungen hatte und ihn zärtlich ansah. »Lass uns nach Hause gehen.«
Herbert vergrub seinen Kopf zwischen ihren Brüsten und nickte. »Versprich mir, dass du immer bei mir bleibst«, sagte er.
Ida nahm seinen Kopf in beide Hände und hob ihn sanft an. »Was sollte uns denn jetzt noch trennen?«
Ein zögerliches Lächeln spielte um seinen Mund, während er ihr in die Augen blickte. Aber er sagte nichts.
»Nach allem, was wir durchgemacht haben«, fügte sie hinzu und küsste so lange sein ganzes Gesicht, bis er sich erneut über sie beugte und sie sich ins feuchte Gras zurückfallen ließ.

50

Bei Herbert untergehakt, trat Ida aus der Kirche und blinzelte gegen die Sonne. Sie waren fast alle gekommen. Ihre Mutter, Lilla, auch Emma und Anselm mit den Kindern, Johanna, sogar Stanislaus hatte es sich nicht nehmen lassen, die Reise nach Hiddensee anzutreten, um an diesem 26. Mai 1901 dabei zu sein, wenn sie und Herbert und Anna und Wilhelm Doppelhochzeit feierten.
Den Schwur nach ewiger Liebe und Treue noch im Ohr, schritt Ida in ihrem fließenden Seidenkleid an der Seite von Herbert durch das Spalier von Berliner Künstlern, die sich vor der kleinen Inselkirche aufgestellt hatten, und meinte noch immer zu träumen. Vor knapp einer Stunde erst hatte sie unter dem hölzernen Schiffchen, das in der ansonsten

kargen Kirche von der Decke hing, gestanden, hatte Herbert tief in die Augen geschaut, ihm ihr Jawort gegeben und er ihr seins, und jetzt, nachdem der Pfarrer ihnen etliche mahnende Worte mit auf den Weg gegeben hatte, schritt sie durch dieses Spalier in ein neues Leben.

Ida suchte nach Herberts Hand, der in seinem Frack und dem Zylinder aussah, als wäre er gerade aus einer prunkvoll dekorierten Kirche gekommen und nicht aus diesem einfachen, schmucklosen kleinen Gotteshaus. Wie schnell alles letztendlich gegangen war nach dieser langen Zeit des Hoffens und der Ungeduld. Und jetzt waren sie also tatsächlich Mann und Frau und hatten ihre Liebe besiegelt. Ob damit auch ihr weiteres Leben vorbestimmt war wie bei so vielen anderen Frauen? Ein Schauer durchzuckte ihren Körper bei diesem Gedanken, und sie fuhr zärtlich über Herberts weiche, warme Hand. Nein, sie war die glücklichste Frau, und daran würde sich nie etwas ändern. Als sie am Ende des Spaliers angelangt waren und Ida sich gerade zu Herbert drehen wollte, um ihm das zu sagen, waren auch schon Anna und Wilhelm von hinten herangekommen und standen jetzt direkt neben ihnen.

»Herzlichen Glückwunsch.« Anna legte ihre Hand auf Idas Schulter und gab ihr einen Kuss auf die Wange. »Auf dass sich alle deine Wünsche und Träume erfüllen«, flüsterte sie ihr ins Ohr. »Wie fühlst du dich?«

»Herrlich«, antwortete Ida und drückte sie fest an sich. »Ich wünsche dir auch alles Glück dieser Erde, damit du das Leben führen kannst, das du dir für dich immer erträumt hast.«

»Und du streng dich an, damit du ein guter Ehemann wirst«, sagte Anna an Herbert gewandt. »Alles Gute, und denk dran, ich lass dich nicht aus den Augen.«

»Dir auch alles Gute, aber kümmere dich mal lieber um deinen eigenen Mann«, erwiderte Herbert und küsste sie links und rechts auf die Wange. »Der kann ja noch nicht einmal an einem Tag wie diesem in ordentlichem Beinkleid erscheinen.« Er legte seinen Arm um Wilhelm und sah ihn kopfschüttelnd an. »Du bist mir vielleicht ein Bräutigam. Kommst einfach in deinem Kittel, in dem du gestern bestimmt noch Bretter zusammengenagelt hast.«

Wilhelm lächelte und zeigte auf sein Herz. »Das hier zählt. Meine alles umfassende Liebe und Bereitschaft, mich ganz und gar meiner frisch angetrauten Frau hinzugeben, und natürlich Mutter Erde«, fügte er in feierlichem Ton hinzu, ging in die Knie und küsste den Boden.

Herbert lachte. »Anna, ich glaube, du tust gut daran, wenn du nicht alles so ernst nimmst, was dein Ehemann sagt.«

»Oh.« Anna blickte ihn erstaunt an. »Ist das eine Einladung zur Revolte?«

»Danke für das Vertrauen, Herbert«, sagte Wilhelm spitz. »Aber ich weiß ja, du kannst nicht anders.« Er legte seinen Arm um Anna und gab ihr einen saftigen Kuss auf die Wange. »Keiner liebt eben so innig wie ich. Aber euch beiden wünsche ich natürlich auch von Herzen alles Gute, vor allem meiner güldenen Blüte. Du bist die zweitbezauberndste Braut, die ich kenne«, erklärte er und deutete einen Handkuss an.

»Und du der beste Ehemann, den ich mir für Anna vorstellen kann«, erwiderte Ida lachend. »Entschuldigt ihr mich mal bitte? Ich würde gerne meine Familie begrüßen.«

»Aber nur, wenn du uns auch vorstellst. Wir wollen doch wissen, wem wir dieses wunderbare Geschöpf zu verdanken haben, nicht, Herbert?«

»Später, Wilhelm. Also, ihr entschuldigt?«, fragte sie, während sie sich kurz umdrehte und ihre Mutter suchte, die gerade in Richtung des Weißdornbaums ging, der links neben der Kirche stand.

»Glückwunsch, Ida.« Stanislaus tippte ihr von hinten auf die Schulter und sah sie mit einem durchdringenden Blick an.

»Danke.« Ida lächelte verlegen. »Schön, dass du doch kommen konntest.«

»Hättest du kurz Zeit für mich?« Er zeigte auf eine Stelle etwas abseits der Kirche. »Ich würde gerne mit dir reden.«

»Nachher, ja? Ich wollte gerade meine Mutter begrüßen. Ich habe sie schon seit vier Jahren nicht mehr gesehen«, fügte sie hinzu.

»Aber ich …« Stanislaus' Atem ging schnell.

»Bitte, Stanislaus. Wir haben doch nachher noch alle Zeit der Welt. Geh doch mit den anderen schon mal hoch in die Bergklause. Dort gibt es zu essen und zu trinken, und Anna hat sogar die Kapelle aus dem Café Bauer engagiert, damit sie heute für uns spielt.« Sie lächelte. »Wir können also tanzen, bis uns die Beine schmerzen, und das mitten im Wald«, sagte sie, obwohl sie sich eigentlich geschworen hatte, mit ihm nie wieder zu tanzen. Aber er sah so ernst aus, und etwas Besseres war ihr in dem Moment nicht eingefallen.

Stanislaus' Blick verfinsterte sich. »Ich muss mit dir reden.«

»Später.« Ida lächelte. »Es ist schön, dich wiederzusehen.«

»Bin ich dir denn gar nichts mehr wert?«, murmelte er, während er ihr fassungslos hinterhersah, wie sie, von allen

Seiten Glückwünsche entgegennehmend, in die Richtung des großen Weißdornbaums ging, unter dem ihre Mutter jetzt etwas verloren stand.
Je näher Ida ihr kam, desto zögerlicher wurde ihr Schritt. Wie sehr hatte sie gehofft, dass sie ihre Einladung annehmen würden, dass sie ihre Mutter, ihren Vater, ihre Schwestern, ihre ganze Familie endlich einmal wiedersehen würde, aber jetzt zitterten ihre Beine mindestens ebenso sehr wie vorhin in der Kirche, und sie hätte am liebsten auf dem Absatz kehrtgemacht. Von weitem sah ihre Mutter aus wie immer, etwas grauer vielleicht, aber sie hatte noch diesen träumerischen Blick. Auch Emma hatte sich kaum verändert, Johanna, die schon als Kind so ernst gewesen war, sah jetzt aus wie eine erwachsene, strenge, zu keinen Kompromissen bereite junge Frau, und Lilla schien seit ihrer zufälligen Begegnung noch etwas gewachsen zu sein, jedenfalls überragte sie ihre Mutter um ein paar Zentimeter.
Da standen sie nun etwas abseits des Trubels, zwischen Grabplatten und Kreuzen, und schienen mit Verwunderung die anderen Gäste zu beobachten, die sich auf dem kleinen Friedhof, der die Kirche umgab, herzlich umarmten. Ob sie genauso unsicher waren wie sie? In den letzten Wochen hatte sie immer wieder nach den passenden Worten für diese erste Begegnung gesucht. Von einem einfachen »Schön, euch zu sehen« bis zur wortlosen Umarmung hatte sie sich alles vorgestellt, aber nichts schien ihr wirklich angemessen zu sein nach einer so langen Zeit, die geprägt war von Enttäuschungen auf beiden Seiten.
Ida hielt kurz inne und ließ ihren Blick noch einmal über die anwesende Gästeschar schweifen. Nein, sie hatte ihn nicht übersehen. Ihr Vater war als Einziger nicht gekommen. Sie seufzte leise. Nur noch wenige Schritte, hämmerte

es in ihrem Kopf, nur noch wenige Schritte bis zu dem erhofften, in Gedanken so viele Male durchgespielten Wiedersehen. Hoffentlich würde sie die richtigen Worte finden. Doch da breitete ihre Mutter auch schon die Arme aus, lächelte ihr aufmunternd zu, und mit einem Schlag traten Ida Tränen in die Augen, und sie beschleunigte ihren Schritt und stürmte direkt auf sie zu.

»Nicht weinen«, flüsterte Bertha Grotjahn, während sie ihre Tochter fest an sich drückte.

»Ich weine doch nicht«, schluchzte Ida, die sich noch viel fester an ihre Mutter klammerte, als sie sich das in ihren Träumen ausgemalt hatte.

Bertha lächelte. »Natürlich nicht.«

»Ich freue mich doch nur, dass du da bist«, sagte Ida mit tränenerstickter Stimme.

»Ich mich auch, Ida, ich mich auch.« Bertha lehnte sich etwas zurück und versuchte einen Blick auf Idas verweintes Gesicht zu erhaschen. »Du hast dich gar nicht verändert«, sagte sie und wischte ihr die Tränen weg.

»Doch, Mutter«, erwiderte Ida leise. »Du siehst das vielleicht nur nicht auf den ersten Blick.«

Bertha drückte Ida erneut an sich. »Natürlich. Vier Jahre sind eine lange Zeit in deinem Alter. Da verändert man sich, ob man will oder nicht.«

»Und ich wollte«, hauchte Ida und versuchte zu lächeln, während sie noch immer weinte. »Verzeih mir. Bitte verzeih mir, dass ich mich so sehr verändern wollte.«

Bertha seufzte. »Bist du denn jetzt wenigstens zufrieden?«

»Glücklich, Mutter. Ich bin glücklich«, schluchzte sie.

Über Berthas Gesicht huschte ein Lächeln. »Dein Bräutigam macht einen stattlichen Eindruck. Du solltest ihn mir vorstellen.«

»Natürlich. Ich wollte nur selbst zuerst mit dir …«

»Schon gut.« Bertha strich über Idas Brautschleier. »Wir haben ja auch noch Zeit. Schade.« Sie wiegte nachdenklich den Kopf. »Dein Vater hat sich vorgestellt, du würdest einen gammeligen, dreckigen Lumpen heiraten. Wie dieser andere da.«

»Wilhelm?«

»Genau.«

»Wenn er gewusst hätte, dass dein Bräutigam ein so gutaussehender, stolzer Mann sein würde.«

»Wäre er dann mitgekommen?«, fragte Ida spontan.

Bertha zuckte mit den Schultern. »Er würde es nie zugeben, aber ich weiß, dass er sich sehr über deine Einladung gefreut hat. Er ist nur eben ein sturer alter Mann. Da ändert man nicht so schnell seine Ansichten. Gib ihm noch etwas Zeit. Immerhin hat er uns alle fahren lassen, ohne gleich mit einer Katastrophe zu drohen.«

Ida wischte sich die Tränen aus dem Gesicht und lächelte. »Ich bin froh, dass du nicht so stolz bist wie er.«

»Eine muss schließlich vernünftig sein«, sagte sie und sah ihr dabei direkt in die Augen.

Ida senkte verlegen den Blick, bevor sie ihre Mutter noch einmal an sich drückte. »Danke, dass du gekommen bist.«

Als sie sich gerade umdrehen wollte, um endlich auch ihre Geschwister zu begrüßen, spürte sie plötzlich eine Hand auf ihrer Schulter.

»Würdest du dich jetzt bitte auch um deine anderen Gäste kümmern«, sagte Anselm in strengem Ton. »Wir sind schließlich nicht gekommen, um dich nur aus der Ferne zu begrüßen.«

»Entschuldige.« Ida lächelte. »Dass du mitgekommen bist?«

»Also dieses Ereignis konnte ich mir ja nun wirklich nicht entgehen lassen. Aus dir ist ja eine richtige Frau geworden«, sagte er anerkennend und musterte sie mit einem zufriedenen Blick.
»Erstaunt dich das?«
»Um ehrlich zu sein, habe ich mit vielem gerechnet, aber nicht damit, dich hier als schöne Braut mit einem schönen Bräutigam in einer idyllischen Umgebung zu sehen. Ich dachte ja eher, ich bekäme es mit einer Hexe zu tun, der man schon von weitem ansieht, dass sie nur an das Erbe ihrer großen Schwester will.«
Ida lachte laut auf. »Das erzählt man über mich?«
»Das, und dass du in den, sagen wir mal, nicht feinen Gegenden Berlins zu Hause sein sollst und jeden Kellner kennst und den Rock gerne hebst, auch ungefragt.«
»Wirklich?«
Anselm winkte ab. »Aber darauf habe ich natürlich nie etwas gegeben. Ich wusste doch, dass meine kleine schöne Schwägerin nicht irgendeines dieser Amüsiermädchen ist.«
Ida schluckte.
»Komm, lass dich umarmen. Herzlichen Glückwunsch. Wie darf ich dich jetzt nennen? Ida Klarsen?«
»Frau Ida Klausen«, sagte sie feierlich.
»Ach, Klausen?«, fragte Johanna erstaunt, die wie aus dem Nichts plötzlich neben Ida aufgetaucht war und ihr jetzt flüchtig zunickte. »Dann trägst du ja denselben Nachnamen wie die Frau, die da hinten begraben liegt.«
Ida erstarrte. »Äh … ja«, stammelte sie, während sie für einen kurzen Moment nicht wusste, was sie sonst noch sagen sollte. Sie konnte doch nicht erwähnen, dass Herbert und seine Frau und sie, dass sie sich gekannt hatten und

dass sie verliebt gewesen war in diesen unerreichbaren Mann, der jetzt eben doch zu ihr gehörte. Nein, das würde niemand verstehen. »Der Name ist ja nicht so selten«, sagte Ida schließlich, bevor sie versuchte vom Thema abzulenken. »Wo sind eigentlich Emma und Lilla, ich hab die beiden doch eben noch gesehen?«

»Paul einfangen, vermutlich.«

Ida sah sie fragend an.

»Dein Neffe. Herzlichen Glückwunsch übrigens. Ich hätte ja nicht gedacht, dass ich eines Tages deine Hochzeit feiern würde. Kam ganz schön überraschend, die Einladung. Aber bei dir war man ja noch nie vor Überraschungen sicher.«

»Das muss wohl in meiner Natur liegen«, erwiderte Ida.

»Was? Deine Unberechenbarkeit?«, fragte Emma, die sich mit ihrer einjährigen Tochter auf dem Arm zu ihnen gesellte. »Du scheinst dann also doch noch zur Vernunft gekommen zu sein«, erklärte sie und musterte Ida von Kopf bis Fuß.

Ida zuckte mit den Schultern.

»Dann will ich dir mal zu dieser Entscheidung gratulieren«, sagte Emma und reichte ihr die Hand. »Herzlichen Glückwunsch, Ida. Ich hoffe, die Zeit der Eskapaden ist damit ein für alle Mal beendet.«

»Danke.« Ida lächelte. »Ist das meine Nichte?«

Emma nickte.

»Willst du mich ihr nicht vorstellen?«

»Du meinst, damit sie gleich weiß, vor wem sie sich in Acht nehmen muss?«

»Seh ich denn wirklich aus wie eine böse Hexe?«

»Oh, da täuscht man sich gern«, erwiderte Emma spitz. »Hinter dem lieblichsten Gesicht können sich die tiefsten Abgründe verbergen.«

»Können, Emma, können.« Ida streichelte ihrer Nichte über die Wange. »Es können sich dahinter aber auch ganz liebenswerte Züge offenbaren. Hallo, Lilla. Schön, dass du da bist«, sagte Ida und drückte ihre kleine Schwester fest an sich, die gerade mit Emmas Sohn an der Hand zu ihnen gekommen war.
»Du hast es also tatsächlich wahr gemacht.« Lilla lächelte.
»Was?«, fragte Ida erstaunt.
»Nicht heimlich geheiratet«, erwiderte sie leise.
»Aber natürlich nicht. Ich halte doch meine Versprechen.«
Emma räusperte sich.
»Du könntest ruhig etwas gnädiger mit mir sein. Schließlich feiere ich heute Hochzeit.«
»Ja, ein Wunder!«
»Und du bist sogar extra deswegen aus Stralsund gekommen.«
»Ein noch größeres Wunder«, sagte Anselm und lachte. »Jetzt beharkt euch nicht. Gibt es auf dieser Hochzeit eigentlich auch etwas zu essen und zu trinken? Ich verdurste langsam hier in der Sonne, nachdem ich deinetwegen schon auf meinen Frühschoppen verzichtet habe.«
»Du musst einfach nur den anderen folgen.« Ida zeigte auf den kahlen Berg vor ihnen, auf dem sich bereits zahlreiche Hochzeitsgäste in kleinen Gruppen nach oben schlängelten.
»Worauf warten wir dann noch?« Er sah seine Frau auffordernd an. »Nimm die Kinder und auf. Ich steh mir hier noch die Beine in den Bauch.«
»Du wirst ja wohl mal zwei Stunden ohne Bier auskommen können«, sagte Johanna in scharfem Ton.

»Zwei Stunden? Ich dachte, du kennst dich mit Zahlen aus. Seit sieben Uhr in der Früh sind wir schon unterwegs, und jetzt ist es gleich ein Uhr am Mittag.«

»Halt dich da raus«, fuhr Emma sie an.

»Oh, entschuldige bitte.«

»Wie oft soll ich dir denn noch sagen, dass du dich um deine eigenen Angelegenheiten kümmern sollst.«

Johanna zuckte mit den Schultern. »Ich lass mir von dir doch den Mund nicht verbieten. Gut genug, mich um deine Erbschaft zu kümmern, bin ich ja schließlich auch.«

»Johanna, bitte.« Bertha, die sich etwas zurückgezogen hatte, trat jetzt energisch dazwischen. »Das ist Idas Tag heute, ihr könnt euch noch oft genug streiten.«

Ida sah die drei erstaunt an. »Kommt, ich zeig euch den Dornbusch und den Leuchtturm und die Bergschenke und alles, was ihr sonst sehen wollt, damit ihr endlich einmal wisst, wo ich mich die ganze Zeit hauptsächlich herumgetrieben habe und noch immer herumtreibe.«

»Findest du nicht, dass du meinem Sohn vorher noch eine ordentliche Begrüßung schuldig bist?«, fragte Emma und sah sie dabei kopfschüttelnd an.

»Oh, aber natürlich.«

»Gib deiner Tante Ida einmal die Hand.« Emma zog den Arm ihres Sohnes nach oben. »Das ist Paul.«

Ida lächelte. »Herzlich willkommen, Paul.«

»Meine Güte, Emma, muss das jetzt sein?« Anselm trat unruhig von einem Fuß auf den anderen. »Ich will jetzt wirklich da hoch in dieses Bergdings.«

»Und wenn wir schon dabei sind«, fuhr sie unbeirrt fort, »meine Tochter, die ich niemals unbeaufsichtigt in deine Nähe lassen werde, heißt im Übrigen Helene.«

»Helene?«, fragte Ida erschrocken.

Emma sah sie verwundert an. »Ja, Helene. Was ist daran so ungewöhnlich?«
»Dachte ich es mir doch.« Johanna nickte nachdenklich. »Es hat also doch eine Bewandtnis mit dem Namen.«
»Mit dem Namen?«, fragte Emma.
»Hinter der Kirche, etwas versteckt, ist ein noch recht frisches Grab. Und darin liegt eine Helene Klausen begraben.«
Ida atmete tief durch. Dass Johanna aber auch nie etwas entging, dass sie nie spürte, wann sie besser etwas für sich behalten sollte. »Lasst uns doch auf den Dornbusch hochgehen«, sagte sie so gelassen wie möglich. »Die Kinder sind auch schon ganz ungeduldig. Und es gibt wahrlich schönere Orte auf der Insel, als hier zwischen den Gräbern zu stehen.«
»Kanntest du sie?« Lilla sah sie neugierig an.
Ida schüttelte den Kopf.
»Sicher?«, fragte Emma spitz. »Nicht, dass wir eines Tages erfahren müssen, dass du deine missliebige Konkurrentin um die Ecke gebracht hast. Ich meine, hier, auf dieser Insel, wäre es doch ein Leichtes, jemanden unauffällig die Klippen hinunterzustürzen.«
»Was für eine rege Phantasie du doch hast.« Ida zwang sich zu einem Lächeln.
»Kommt ihr jetzt endlich?«, fragte Anselm ungeduldig. »Ich habe keine Lust, mir auch noch auf nüchternen Magen Gruselgeschichten anzuhören. Und Paul bestimmt auch nicht.«
»Helene Klausen«, murmelte Emma, während sie ihren Sohn an der Hand packte und ihrem Mann missmutig folgte.
»Und du kommst gleich nach?«, fragte Bertha besorgt, der

nicht entgangen war, wie blass Ida plötzlich geworden war.
»Ja, Mutter. Wir sehen uns oben. Ich will nur noch kurz nach Herbert schauen.«
Als ihre Familie außer Hörweite war, stöhnte Ida leise. Nicht eine Sekunde hatte sie an Helene gedacht. Nicht, als sie heute morgen aufgewacht war, nicht, als sie den Friedhof betreten hatte, nicht, als sie mit Herbert vor dem Traualtar gestanden hatte, nicht eine Sekunde hatte sie ein schlechtes Gewissen gehabt, und kaum hatte sie ihre Familie nach vier Jahren zum ersten Mal wiedergesehen, fühlte sie sich schon wieder schuldig. Wo Herbert bloß war? Sie sah sich suchend nach ihm um, aber außer einer Gruppe von vielleicht acht Gästen, die sich angeregt unterhielten, war niemand mehr zu sehen. Ida zögerte kurz, dann ging sie mit schnellen Schritten um die kleine Kirche herum, direkt zu Helenes Grab. Seit ihrer Beerdigung war sie nicht mehr hier gewesen, und soweit sie wusste, Herbert ebenfalls nicht. Jedenfalls hatten sie nie darüber gesprochen. Umso erstaunter war sie, als sie die frischen Blumen sah. Weiße und hellrosa leuchtende wildwachsende Heckenrosen, die jemand extra abgeschnitten haben musste, um sie dort zu einem Strauß gebunden niederzulegen.
»Hier bist du?«, fragte Herbert erstaunt, während er sich ihr mit langsamen Schritten von hinten näherte. »Du solltest oben bei den anderen sein, Ida. Alle fragen schon nach dir und warten ungeduldig, dass wir den Tanz eröffnen.«
Ida nickte stumm, während sie unentwegt auf Helenes Grab blickte.
»Was ist denn mit dir los?«
»Denkst du, sie verzeiht mir?«

Herbert trat jetzt neben sie und legte seinen Arm um ihre Schultern. »Warum verzeihen? Du hast doch nichts verbrochen.«
Ida seufzte. »Es gab Tage, an denen habe ich mir ihren Tod gewünscht«, sagte sie leise.
»Ich mir auch, das weißt du. Und dennoch ist Helene nicht daran gestorben, sondern weil sie krank war.«
Ida sah ihn unsicher an. »Liebst du mich?«
»Ida.« Er lachte. »Wen habe ich denn heute geheiratet?«
»Bitte, Herbert. Liebst du mich?«
Er zeigte auf seinen Ring. »Ist das nicht Beweis genug?«
»Warum hast du dann die Blumen auf ihr Grab gelegt?«, fragte sie.
Herbert drückte sie fest an sich.
»Das warst doch du?«
Er nickte, während sie sich stumm in die Augen blickten.
»Vermisst du sie?«
Herbert zögerte kurz. »Ich habe gestern einfach nur an sie gedacht«, sagte er schließlich, und seiner Stimme war anzuhören, wie sehr er sich bemühte, sie so unbeteiligt wie möglich klingen zu lassen.
»Tust du das oft?«, fragte sie so leise, als wollte sie gar nicht, dass er ihre Frage verstand.
»Ida, bitte. Du bist jetzt meine Frau. Das sollte doch jetzt das Wichtigste sein, findest du nicht?«
»Du hast recht. Entschuldige bitte.« Ida stockte. »Dass ich auch an einem Tag wie diesem … Entschuldige bitte.« Sie lächelte ihm zu. »Diese Familie«, stöhnte sie und schüttelte den Kopf.
»War euer Wiedersehen denn so schlimm?«
»Ich weiß nicht, wie sie das anstellen, aber irgendeiner von denen schafft es immer, mich zu verunsichern.«

»Dann denk doch in Zukunft einfach daran, dass ich jetzt derjenige bin, der das Sagen hat«, entgegnete er und lachte. Ida sah ihn erschrocken an.
»Schon vergessen? Du bist jetzt meine Frau.«
»Nein.« Ida machte unwillkürlich einen Schritt zurück.
»Komm, lass uns endlich von hier verschwinden.« Er nahm ihre Hand und zog sie von Helenes Grab weg.
»Aber Herbert, denkst du denn, ich wäre jetzt dein ...?« Sie schluckte und sah ihn ungläubig an. Sie konnte unmöglich diese Frage stellen. Nicht auszudenken, wenn er sie tatsächlich als sein Eigentum betrachtete.
Herbert konnte sich ein Schmunzeln nicht verkneifen. »Du solltest dich mal sehen. Du siehst aus, als hätte ich dir gerade einen fürchterlichen Schrecken eingejagt.«
»Hast du ehrlich gesagt auch.«
»Kennst du mich denn so schlecht?« Er packte sie an der Hüfte und küsste sie stürmisch auf den Mund. »Lass uns endlich zu den anderen gehen und feiern. Nicht dass die noch denken, wir wollten uns gleich wieder scheiden lassen. Dann allerdings würde es mich nämlich nicht wundern, wenn du Ärger bekommen würdest.«
»Und ich dachte schon ...« Ida atmete tief durch.
Herbert lächelte ihr verschwörerisch zu, aber er sagte nichts.
»Dass Heiraten so anstrengend ist. Da kann man ja überhaupt nicht mehr klar denken.«
»Und das war erst der Anfang«, entgegnete Herbert lachend.
»Ich fühle mich, als wäre alles in mir durcheinandergeraten«, sagte sie und starrte ungläubig an sich hinunter, als würde sie erwarten, auch dort eine Veränderung zu bemerken. »Bin ich noch die, die du heiraten wolltest?«
Herbert reichte ihr seine Hand. »Lass uns gehen.«

»Ich bin doch noch Ida Grotjahn, auch wenn ich jetzt Klausen heiße?«

»Also mir wäre es schon lieb, du könntest dich für Klausen entscheiden«, sagte er schmunzelnd, während er sie einfach an die Hand nahm und mit ihr die Gräber entlang zum Ausgang des kleinen Friedhofs ging. Als sie den Pfad erreichten, der sie zu Wilhelms Bergschenke hinaufführte, blieb er plötzlich stehen und beugte sich zu ihr hinunter. »Falls ich es vorhin vergessen haben sollte zu erwähnen«, flüsterte er ihr ins Ohr. »Ein Leben ohne dich ist für mich unvorstellbar geworden.«

»Und du meinst auch mich, mich, Ida?«, stotterte sie, noch immer sichtlich irritiert.

Herbert lachte laut auf. »Wen denn sonst?«

»Ich weiß gerade gar nicht mehr, wer ich bin«, flüsterte sie.

»Du bist wunderbar, du hast mich geheiratet, du bist meine Frau, ich bin dein Mann, und alles andere wird sich schon weisen.«

Ein Lächeln huschte über Idas Gesicht. »Ich bin schrecklich, nicht? Aber ich meine, Hochzeit, Familie, Helene, und das alles an einem Tag, da kann man doch schon einmal durcheinandergeraten.«

Herbert legte seinen Arm um ihre Schultern. »Wichtig ist doch nur, dass du nie vergisst, zu wem du gehörst.«

»Das werde ich nicht«, sagte Ida leise, bevor sie ihm kopfschüttelnd in die Augen sah, lachte und ihn küsste. »Weißt du eigentlich, wie schrecklich glücklich ich bin?«

Ohne etwas zu sagen, drückte er sie an sich, bevor sie schweigend Arm in Arm den grasgrünen Hügel hinaufgingen, sie in ihrem Brautkleid und er in seinem edlen Frack, während in der Ferne bereits das Stimmengewirr ihrer Hochzeitsgäste zu hören war.

51

Aus der Bergwaldschenke, die im Jahr zuvor noch eher einem Provisorium geglichen hatte, war über den Winter ein kleines Dorf geworden. Wilhelm hatte vier weitere Holzhütten gebaut, von denen drei als Übernachtungsmöglichkeiten dienten. In der vierten befand sich eine große Küche. Zwei Köchinnen aus Rügen, die Herbert für diesen Tag verpflichtet hatte, standen hinter Töpfen und Pfannen und brieten Hering und Kartoffeln, Speck und Zwiebeln, während im Ofen ein Hirsch schmorte, den Wilhelm in den Rügener Wäldern selbst erlegt hatte.
Die meisten Gäste hatten sich jedoch nicht in der Küche, sondern vor der Hütte mit dem offenen Tresen versammelt. Mit Bierkrügen und Weingläsern in den Händen, unterhielten sie sich angeregt über eine Ausstellung in Schultes Galerie, die sowohl bei etlichen Professoren der Akademie als auch beim Kaiser auf Unverständnis gestoßen war. »Verlottert, wie nur die Franzosen sein können«, hatte Wilhelm II. die Bilder des Malers genannt, der in Paris ein geachteter Künstler war. Natürlich wollte sich niemand von den Hochzeitsgästen auf die Seite des Kaisers stellen, aber Angst vor einem zu großen Einfluss aus Frankreich war dennoch bei einigen deutlich zu spüren. Während die einen über die »Schönwettermalerei« herzogen und über die »hübschen Farben«, verteidigten die anderen jeden Einfluss, der von außen kam.
»Schwülstige Kaiserkrönungen«, rief einer der Gäste, bevor er sein Rotweinglas in einem Zug leerte, »damit könnt ihr euch in Zukunft den Hintern abwischen. Wenn mir so etwas noch einmal unter die Augen kommt, dann übergebe

ich mich auf der Stelle. Ihr mit eurer Frankreichangst. Wir leben doch nicht mehr in den Siebzigern.«

Während sie sich weiter stritten, stand Anselm direkt daneben und verstand kein Wort. »Was nehmt ihr euch und eure läppischen Bilder eigentlich so wichtig?«, giftete er sie nach dem dritten Bier an, doch keiner nahm ihn zur Kenntnis. Nur Stanislaus, der sich über alles und alle erregte und der bei seinen Malerfreunden schon lange kein Gehör mehr fand, redete schließlich mit großen Gesten auf ihn ein.

Unterdessen hatte die fünfköpfige Kapelle ihre Instrumente auf der kleinen Lichtung unweit des Ausschanks aufgebaut und gab mit einem Trommelwirbel das Zeichen, den Tanz zu eröffnen. Bertha, die bereits seit gut einer Stunde neben der provisorisch eingerichteten Tanzfläche saß, überblickte von dort fast das ganze Gelände. Wie gebannt folgte sie jedem von Idas Schritten, als könnte sie es noch immer nicht glauben, dass diese junge Frau in dem weißen Kleid, die nach allen Seiten Küsschen verteilte, die Glückwünsche und Geschenke entgegennahm, die ihrem Mann mit einer Selbstverständlichkeit zulächelte, die ihr immer fremd geblieben war, dass diese junge Frau, die sich jetzt an Herbert schmiegte, während sie sich im Takt der Melodie wiegte, ihre eigene Tochter war.

Plötzlich tönte ein gellender Schrei über das Gelände. Anselm sprang wütend zur Seite und wischte über seine Hose. »Du bist wohl nicht ganz bei Verstand«, brüllte er Stanislaus an, der gerade sein Bier versehentlich über ihm ausgekippt hatte. »Du Berliner Hornochse.«

»Spiel dich bloß nicht so auf«, giftete Stanislaus zurück.

»Ihr seid doch alle noch viel blöder, als ich gedacht habe«, rief Anselm angewidert. »Mich erst belästigen mit diesem ganzen Künstlerquatsch und mich dann verhöhnen, weil ich nicht gerne in Bier bade. Ich weiß ja nicht, wie ihr das in Berlin macht, aber bei uns zu Hause wäscht man sich mit Wasser.«

»Du bist ja ein ganz Schlauer.« Stanislaus lachte abfällig. »Ich versteh nur nicht, wie so ein Neunmalkluger ausschließlich Interesse für seinen vollen Bierkrug haben kann.«

»Ich verschwende doch meine Zeit nicht mit Kinderkram. Verschon mich also mit deinem Gewäsch. Deine Kollegen da«, er zeigte voller Verachtung auf die Gesichter um ihn herum, »die scheinen ja auch nichts Besseres zu tun zu haben, als sich die Köpfe heißzureden. Die kannst du belästigen mit deinem kranken Hirn, aber lass mich in Ruhe.«

»Geh doch, wenn es dir nicht passt«, fuhr Stanislaus ihn an.

»Trottel.« Anselm zeigte ihm den Vogel. »Ich war vor dir hier. Außerdem ist Ida meine Schwägerin, da kann ich mich hinstellen, wo immer ich will. Du bist doch nur so ein Nichts mit ein paar Pinseln und Farben, das in keinerlei Beziehung zu den Brautleuten hier steht. Was tust du überhaupt hier?«, fragte er in provozierendem Ton.

»Das geht dich einen feuchten Dreck an. Aber zu deiner Information, seitdem ich Ida kenne, hat sie dich mit keinem Wort erwähnt. Du kannst also nicht gerade ihr Lieblingsschwager sein.«

»Sie hat nur einen.«

»Umso schlimmer.« Stanislaus lachte laut auf. »Von einem wie dir lasse ich mich jedenfalls nicht vertreiben. Ich lasse mich nämlich von niemandem vertreiben. Weder von dir noch von denen da«, sagte er und zeigte auf seine Berliner Freunde. »Hört ihr«, schrie er. »Auch von euch lasse ich mich nicht vertreiben. Glaubt ihr denn, ich wüsste nicht, dass ihr mich alle am liebsten loswerden wollt?«

»Wer will dich denn loswerden?«, fragte einer seiner Freunde und legte ihm freundschaftlich die Hand auf die Schulter.

»Ich lasse mich von niemandem vertreiben«, brüllte Stanislaus unverdrossen weiter. »Und wie ihr seht, steh ich noch immer hier, zwischen euch, und wenn ihr Augen im Kopf hättet, dann wüsstet ihr auch, dass ich derjenige bin, den es am meisten zu fürchten gilt«, schrie er mit feuerrotem Kopf. »Und nicht diese dämlichen Franzosen. Pah, diese jämmerlichen Farben, die verblassen ja direkt unter den Augen. Oder euren geschätzten Kollegen Klausen, vor dem ihr doch alle nur kuscht, weil ihr denkt, er hätte etwas zu sagen. Dabei ist er nichts weiter als ein Wichtigtuer, der zu allem ein wichtiges Gesicht aufsetzt und wichtige Worte wählt. Lächerlich.« Stanislaus verzog sein Gesicht zu einer Grimasse. »Lächerlich. Ihr seid alle lächerlich. Aber glaubt bloß nicht, dass mich eure Lächerlichkeit beeindruckt.«

»Was ist denn los?«

»Nimm bloß die Pfoten weg«, schnauzte er seinen Freund an, dessen Hand noch immer auf seiner Schulter lag. »Wer traut sich denn was? Wer hat denn erkannt, dass die Welt erbarmungslos ist und dass es genau diese Erkenntnis darzustellen gilt? Etwa einer von euch? Dass ich nicht lache. Ihr mit eurem Scheiß. Ein bisschen Arbeit dort, ein bisschen Schicksal hier, dazwischen ein nettes Gesicht. Ein Bild, das muss ächzen und stöhnen und leiden wie der Maler hinter seiner Staffelei. Das bewegt die Leute.«

»Der hat ja vollkommen den Verstand verloren.«

»Ach was, vermutlich hat er einfach zu viel getrunken.«

»Der ist doch schon seit Monaten nicht mehr nüchtern.«

»Haltet doch alle die Klappe!«, rief Stanislaus zornig. »Sagt mir lieber, wo ich das wunderbare Brautpaar finde, dessentwegen wir uns alle heute in dieser Einöde, auf diesem Berg, in diesem Wald, in diesem Nirgendwo versammelt haben. Riecht ihr eigentlich auch die Verwesung in der Luft? Tot, tot, das ist doch alles tot hier. Diese Bretterbuden.« Er schüttelte den Kopf. »Und immer dieses verdammte Wellenrauschen im Hintergrund. Da geht man doch ein bei dieser Gleichförmigkeit. Schwipp, schwapp, schwipp, schwapp, schwipp, schwapp«, säuselte er. »Ich lass mich doch nicht für dumm verkaufen. Also, wo ist unser Liebespaar des Jahres?«

»Jetzt beruhig dich doch erst einmal.«

»Ich bin ganz ruhig. Schwipp, schwapp, schwipp, schwapp.« Stanislaus schnappte sich seinen Bierkrug und ging davon. »Ihr könnt mich mal!«, rief er seinen Kollegen mit einem höhnischen Grinsen hinterher. »Ihr könnt mich alle mal.« Dann verschwand er hinter einer der Hütten.

Ida, die sich gerade zu ihrer Mutter gesetzt hatte, lief ein Schauer über den Rücken, als sie plötzlich Stanislaus auf der Tanzfläche entdeckte. Den Bierkrug fest an seine Brust gepresst, drehte er sich im Kreis, während er unermüdlich »schwipp, schwapp« in den Himmel rief.

»Entschuldige bitte, ich komme gleich wieder«, sagte sie, ohne zu zögern, und ging zu Stanislaus. »Wollen wir jetzt reden?«

»Mit dir?« Stanislaus sah sie erstaunt an.

»Du wolltest mir doch etwas Wichtiges sagen. Weißt du nicht mehr? Vorhin, nach der Trauung.«

»Ach herrje, das war doch in einem ganz anderen Leben«, rief er. »Jetzt bin ich ganz dem Schwippschwapp ergeben. Merkst du das denn nicht?«

»Was ist los?« Sie zog ihn sanft am Arm, aber er bewegte sich nicht von der Stelle.
»Ich schwappe gerade gegen die Felsen. Hörst du nicht, wie langsam Knochen um Knochen bricht? Was meinst du, ist es besser, wenn einem erst die Arme verlustig gehen, oder ist es sinnvoller, zuallererst auf die Beine zu verzichten?«
Ida schluckte. »Was redest du denn da für einen Unsinn? Jetzt komm schon runter von dieser dämlichen Tanzfläche und lass uns in Ruhe reden.«
»Es ist alles gesagt, Ida. Alles.«
»Aber wir sind doch Freunde.«
»Schwipp, schwapp«, murmelte er und musterte sie mit einem versonnenen Lächeln.
»Schön, wenn du nicht willst, dann rede eben ich. Anscheinend hat dir noch nie jemand gesagt, wie unmöglich du dich manchmal aufführst.«
»Doch.« Er nickte. »Dein Schwager gerade eben und diese angeblichen Berliner Freunde, die hier gestrandet sind, auch.«
Ida sah ihn fragend an.
»Nicht wichtig. Das war alles in einem anderen Leben.«
»Hast du dich mal wieder nicht im Griff gehabt, so wie vorletztes Silvester?«
Stanislaus zuckte mit den Schultern.
Ida sah ihn nachdenklich an. »Jetzt lass uns doch wie zwei Erwachsene miteinander reden«, bat sie fast flehentlich. »Du wolltest mir doch etwas sagen.«
Stanislaus schüttelte den Kopf. »Ich kann mich nicht erinnern.«
»Stanislaus, bitte«, sagte sie eindringlich und versuchte erneut ihn von der Tanzfläche zu ziehen. »Jetzt komm zur Vernunft.«

Er lachte laut auf. »Dass ausgerechnet du das sagst!«
»Was soll das denn heißen?«
»Ach nichts«, erwiderte er und grinste. »Würdest du mich jetzt bitte weitertanzen lassen?«
»Nein«, entgegnete sie barsch. »Ich lass nicht zu, dass du dich vor allen zum Trottel machst mit deiner Eifersucht. Findest du nicht, dass du lange genug schmollend in der Ecke gesessen hast?« Sie rüttelte ihn an der Schulter. »Wach doch endlich auf. Du kannst doch nicht bis zum Ende deines Lebens wütend sein.«
Stanislaus lächelte.
»Jetzt sag doch was.«
Aber er sah ihr weiterhin nur stumm in die Augen.
»Weißt du eigentlich, wie sehr ich meinen alten Freund Stanislaus vermisse? Der, mit dem ich lachen konnte, der mir Mut zugesprochen hat, mit dem ich in der Grünen Maus die Nächte durchgefeiert habe?«
»Tempi passati!«
»Der mir den Hiddenseestein geschenkt hat?«, fuhr sie fort.
»Die Welt verändert sich, das Leben verändert sich, man selbst verändert sich«, sagte er ruhig. »Du musst doch nur dich anschauen, du bist jetzt eine verheiratete Frau. In einem weißen Brautkleid! In einem weißen Brautkleid«, murmelte er und sah sie an, als sähe er sie gerade zum ersten Mal. »Glückwunsch, du bist am Ziel deiner Träume.«
»Blödsinn!«
»Ach, doch nicht die große Liebe?«, fragte er mit sarkastischem Ton in der Stimme.
»Die ganz große Liebe sogar«, erwiderte sie trotzig. »Aber du musst mich ja tatsächlich für ziemlich dämlich halten,

wenn du denkst, dass mit dieser Hochzeit alle meine Träume erfüllt sein könnten.«

Stanislaus zuckte mit den Schultern. »Schwipp, schwapp.«

»Ich vermisse dich«, sagte sie leise. »Wo bist du nur?«

Er lachte. »Zerschellt an den Klippen.«

Kopfschüttelnd ging Ida davon, während sich Stanislaus munter weiterdrehte. Diese schreckliche Eifersucht, dachte sie und blickte noch einmal zurück in Stanislaus' Gesicht, das jetzt so angespannt aussah, dass sie sich fragte, wie er sich überhaupt noch so leichtfüßig bewegen konnte. Sie hätte vorhin mit ihm reden müssen. Sie hätte ihn nicht vertrösten dürfen. Aber war nicht er es gewesen, der sich in den eineinhalb Jahren nach diesem Silvesterabend jedem Kontakt verweigert hatte? Er tanzt, als müsste sich alles nur um ihn drehen, schoss es ihr durch den Kopf, bevor sie von Lina Weiß, der Bäckersfrau, die als eine der wenigen Einheimischen die Einladung zu ihrer Hochzeitsfeier angenommen hatte, in ein Gespräch verwickelt wurde. Über die Kräuter, hier, auf diesen Waldböden, und ihre Sorge, Annas und Wilhelms Sommergäste könnten sie achtlos niedertrampeln. Sie solle doch bitte dringend auf die beiden einwirken. Die alte Frau Spieker habe es ja auch schon versucht, aber sie habe Angst, Wilhelm könnte sie nicht verstanden haben, und sie, Ida, sei doch eine vernünftige Frau. Lina Weiß redete ohne Punkt und Komma, während Ida nur mit halbem Ohr zuhörte. Immer wieder glitt ihr Blick über das Gelände auf der Suche nach Anna. Irgendjemand musste Stanislaus jetzt endlich zur Vernunft bringen. Und wenn das jemand konnte, dann noch am ehesten Anna. Aber wo war er überhaupt? Auf der Tanzfläche war er nicht mehr zu sehen und, soweit sie es überblicken konnte, auch nicht am Tresen. Vermutlich ist er in einer der

Hütten und schläft gerade seinen Rausch aus, dachte sie erleichtert und drehte sich wieder zu Lina Weiß, die unermüdlich auf sie einredete.
Den ganzen Nachmittag über bekam Ida Stanislaus nicht mehr zu Gesicht. Nachdem Lina Weiß ihr das Versprechen abgenommen hatte, sich um den Schutz dieser heiligen Kräuter zu kümmern, hatte sie sich wieder unter die Gäste gemischt und ganz allmählich vergessen, dass sie eigentlich auch noch nach Stanislaus hatte suchen wollen.
Sie hatte noch einmal mit Herbert getanzt, sie hatte sich von Johanna erklären lassen, wie schlecht es um die Firma stand, sie hatte ihre Mutter in den Arm genommen, weil sie nach so vielen Jahren noch immer nicht die richtigen Worte fand, sie hatte Anselms abfällige Bemerkungen über ihre Freunde mit einem Schulterzucken kommentiert, und sie hatte in Gegenwart von Herbert zum ersten Mal von »meinem Mann« gesprochen und war darüber so erschrocken, dass sie in schrilles Gelächter ausgebrochen war. Als Emma gerade dabei war, ihr zum wiederholten Mal Vorhaltungen wegen ihres »unerträglichen egoistischen Verhaltens« zu machen, kam Anna auf sie zugestürmt, kreidebleich im Gesicht und mit Schweißperlen auf der Stirn, packte sie am Arm und zog sie, ohne etwas zu sagen, von ihr fort.
»Was ist denn los?«
Anna schüttelte immer wieder wortlos den Kopf, während sie Ida weiter und weiter zog.
»Jetzt sag doch. Ist etwas passiert?«, rief Ida keuchend, während sie über Wurzeln und Äste hinter ihr herstolperte, bis sie den kahlen Hügel erreichten, auf dem der Leuchtturm stand.
»Stanislaus«, sagte Anna, als sie sich kurz zu ihr umdrehte, bevor sie weiterrannte.

»Was ist mit ihm?«
Aber Anna lief wie eine Besessene den Hügel hinauf.
»Was ist mit Stanislaus?«, schrie Ida, die jetzt ihr Kleid raffte, um Anna noch schneller folgen zu können. »Anna! Was ist mit ihm?«, rief sie, aber Anna drehte sich kein zweites Mal zu ihr um, sondern hastete direkt auf den Leuchtturm zu.
Wie stolz er in den blauen Sonnenhimmel ragte, schoss es Ida noch durch den Kopf, bevor sie mit einem Schlag nicht mehr denken konnte. Fassungslos blickte sie auf Wilhelm, der am Fuß des Leuchtturms auf dem Boden saß und Stanislaus in den Armen hielt. Überall war Blut. Auf Wilhelms Kutte, in seinem Gesicht, in Stanislaus' Gesicht, auf seinen wie bei einer Puppe verdrehten Beinen, auf seinem Hemd, in seinen Haaren, in Wilhelms Bart, auf dem Gras. Einfach überall. Stanislaus' Mund stand offen. Als wollte er schreien. Aber es war totenstill.
»Du bist so ein Dummkopf«, sagte Wilhelm leise, während er Stanislaus wie ein Kind wiegte. »So ein riesengroßer Dummkopf.«
»Wir wollten gerade auf den Leuchtturm, Wilhelm und ich«, sagte Anna mit tonloser Stimme. »Und da …« Anna standen die Tränen in den Augen. »Da lag er plötzlich vor unseren Füßen. Er muss sich von da oben hinuntergestürzt haben.«
Idas Atem ging immer schneller, während sie den Blick unverwandt auf Stanislaus' geöffneten Mund gerichtet hielt. Warum sagte er nichts? Er wollte doch etwas sagen, er hatte ihr doch etwas mitzuteilen gehabt. Aber sein Mund bewegte sich nicht. Reglos lag er in Wilhelms Armen, den Blick starr in den Himmel gerichtet. Nichts war zu hören, noch nicht einmal Vogelgezwitscher. Anna liefen Tränen

übers Gesicht, während sie einfach nur dastand, atemlos, wie abgeschnitten von sich. Als plötzlich eine Möwe über ihren Köpfen kreischte, meinte Ida einen alles durchdringenden, über den ganzen Dornbusch gellenden Schrei zu hören. Unwillkürlich hielt sie sich die Ohren zu, doch da war es auch schon wieder still.

»Warum hat er das gemacht?«, fragte Anna leise.

Am ganzen Körper zitternd, ließ sich Ida auf den Boden sinken.

»Warum hat er nichts gesagt? Er hätte doch mit mir reden können«, flüsterte Anna.

Hatte er ihr das zu sagen gehabt, dass er nicht mehr leben wollte? Ida schluckte. Ihr war so übel. Alles drehte sich. Ihr Kopf, ihr Magen, der Himmel. Ihr war, als würde der Leuchtturm direkt auf sie zustürzen.

»Warum hast du nichts gesagt, du Blödmann?«, brüllte Anna und sah seinen leblosen Körper mit vor Zorn blitzenden Augen an. »Warum nicht? Bin ich dir denn eine so schlechte Freundin gewesen, dass du mir nicht vertrauen konntest? Du hättest mir doch vertrauen können. Wir hätten Tag und Nacht geredet, Monat für Monat, bis wir eine Lösung für deine Probleme gefunden hätten.«

»Dummkopf«, flüsterte Wilhelm, als er über seine Lider streichen wollte.

»Nicht!« Ida sah ihn entsetzt an.

»Er soll seinen Frieden finden«, sagte Wilhelm leise.

Ida starrte ihn mit weit aufgerissenen Augen an.

»Er muss jetzt nichts mehr sehen.«

»Aber dann ist es so endgültig«, flüsterte sie.

»Es ist endgültig«, sagte Wilhelm. »Stanislaus ist tot.«

Die Arme um ihre Knie geschlungen, sah sie auf Stanislaus'

geschlossene Augen, als würde sie darauf warten, dass er sie jeden Moment öffnete.

»Warum?« Annas verzweifelter Schrei verhallte über dem kahlen Hochland.

Sie hätte mit ihm sprechen müssen, sie hätte ihn nicht einfach so stehenlassen dürfen zwischen all den tanzenden Paaren. Sie hätte sehen müssen, wie schlecht es um ihn stand. Zerschellt an den Klippen, schoss es ihr durch den Kopf. Das hatte er zu ihr gesagt. Sie hätte seine Worte ernst nehmen müssen. Verdammt, das war ihr Hochzeitstag. Sie hatte doch versucht mit ihm zu reden. »Du Mistkerl«, brach es plötzlich aus Ida heraus. »Du blöder Mistkerl. Du Idiot. Du Blödmann. Du …« Sie schnappte nach Luft. »Warum tust du uns das an, du Scheißkerl? Blöder egoistischer Scheißkerl!«, schrie sie, während ihr Tränen in die Augen stiegen. »Du egoistisches Schwein. Komm zurück. Das ganze Leben liegt doch vor dir ausgebreitet.« Leise wimmernd stützte Ida ihren Kopf auf die Knie und wippte vor und zurück. Einfach nur schaukeln, dachte sie. Schaukeln im Takt der Brandung, die in der Ferne leise zu hören war.

52

Schweißgebadet schreckte Ida mitten in der Nacht auf. Sie hatte ihn wieder geträumt, diesen Traum, in dem Stanislaus hoch oben auf einer riesigen Felsklippe stand und ihr höhnisch grinsend in die Augen sah. Ida wischte sich den Schweiß von der Stirn und atmete tief durch. Warum konnte sie nicht einmal durchschlafen? Eine

Nacht nur, in der Stanislaus sie nicht mit seinem gehässigen Grinsen verfolgte. Leise schlich sie sich aus dem Schlafzimmer und setzte in der Küche Wasser auf. Seit vier Monaten, seit sie verheiratet war, war sie noch keinen Morgen neben Herbert aufgewacht.
Ida warf sich eine Strickjacke über und setzte sich mit der dampfenden Teetasse in der Hand auf die Bank vor dem Haus. Es war sternenklar in dieser Nacht, und sie ließ ihren Blick über den weiten Himmel schweifen, der über ihr lag wie ein glitzerndes Meer. Ganze Nächte hatte sie schon damit zugebracht, die Sterne zu zählen, um nicht wieder Stanislaus am Fuß des Leuchtturms in seinem geronnenen Blut liegend sehen zu müssen, aber seit einiger Zeit machte sie erst gar nicht mehr den Versuch, sich abzulenken. Das Bild war nicht zu löschen. Auch dann nicht, wenn, wie in dieser Nacht, der Vollmond über der Ostsee stand und eine schneeweiße Scheibe auf das sanft plätschernde Wasser malte.
War sie schuld? Schuld an seinem Tod? Jede Nacht aufs Neue quälte sie diese Frage. Selbst wenn es nur ein tragischer Unfall gewesen war, wie einige ihrer Berliner Freunde meinten, selbst wenn er sich nicht absichtlich in den Tod gestürzt hatte, blieb noch immer die Frage, wie es so weit hatte kommen können. Hatte sie ihn nicht ernst genug genommen? Seinen Heiratsantrag? Seine Eifersucht, die immer wieder aufgeblitzt war? Hätte sie mit ihm reden müssen? Darauf bestehen, dass er mit ihr sprach? Frage um Frage ging ihr seit vier Monaten durch den Kopf, aber sosehr sie sich auch bemühte, sie fand keine befriedigende Antwort.
Vielleicht, ja, vielleicht hätte sie ihn mehr auf Abstand halten müssen, vielleicht hätte sie es nicht zulassen dürfen,

dass er ihr so nahe gekommen war wie an diesem einen Sommertag oben auf dem Dornbusch, als sie gewillt gewesen war, Herbert zu vergessen. Vielleicht hätte sie sich schon viel früher, in Berlin, nicht so wohl fühlen dürfen in seiner Gegenwart. Vielleicht hätte sie vorsichtiger sein müssen, als sie gemerkt hatte, dass er sie mochte, dass er sie vielleicht mehr mochte als andere. Aber, herrje, Ida stöhnte leise, Stanislaus war auch einer, dem der Ruf vorausgeeilt war, alle Frauen zu umgarnen. Und natürlich, ja, sie hatte es genossen. Sie hatte es unbedingt gewollt, dieses neue Leben, das so anders war als alles, was sie aus Stralsund gekannt hatte. Die weinseligen Abende in der Grünen Maus, die Spaziergänge durch den Tiergarten. Wie erwachsen hatte sie sich an seiner Seite gefühlt. Niemals würde sie vergessen, wie er sie eines Tages bei Anna abgeholt und in die Nationalgalerie mitgenommen hatte. Wie sie durch die hohen Räume geschlichen war, aus Angst, ihre Anwesenheit könnte die ausgestellten Gemälde beschädigen, und wie sie es kaum gewagt hatte zu atmen, geschweige denn zu sprechen, während Stanislaus munter drauflosgeplappert hatte, über den Symbolismus bei Böcklin dozierend oder den Realismus bei Menzel. Er war es, der ihr ihre Berührungsängste genommen hatte, der sie bestärkt hatte, der ihr das Gefühl gegeben hatte, dass sie an diesem Ort richtig war.
Vielleicht hatte er sich von ihr benutzt gefühlt? Vielleicht hatte er das nur getan, um sie ganz für sich zu besitzen? Aber hätte sie denn all seine Angebote ablehnen sollen? Hätte sie darauf verzichten sollen, durch ihn die Welt kennenzulernen, nach der sie sich so sehr gesehnt hatte? Ida wusste es nicht. Manchmal fühlte sie sich wie jemand, der andere nur für seine Zwecke benutzt, und wenn sie sich so

fühlte, dann hätte sie sich am liebsten auf der Stelle in die Fluten gestürzt und sich reingewaschen von aller Schuld. Sie kannte kein scheußlicheres Gefühl als dieses schlechte Gewissen, das ihr einflüsterte, dass sie nichts weiter als eine erbärmliche Egomanin sei, ohne einen Funken Mitgefühl.

Ida nahm einen Schluck Tee und versuchte sich ganz dem Wellenrauschen hinzugeben. Sich einlullen zu lassen von diesem sanften Wasserspiel, aber wie so oft in letzter Zeit kreisten ihre Gedanken um dieses eine Wort. Egomanin, hämmerte es in ihrem Kopf, Egomanin, Egomanin, Egomanin. Sie war es doch schon immer gewesen, ein kaltes, egoistisches Biest, das die Augen nur auf sich gerichtet gehalten hatte, das immer nur auf seinen Vorteil bedacht gewesen war. Hätte sie denn sonst ihre Familie im Stich gelassen? Und Stanislaus in sein Verderben rennen lassen? Und auch wenn Herbert und Anna und Wilhelm ihr wieder und wieder versicherten, dass sie keine Schuld trage, war sie nicht auch mitverantwortlich an Helenes Tod? Hätte sie nicht ihre Sehnsüchte und Wünsche besser zügeln müssen?

Den Kopf auf ihre Hände gestützt, atmete sie tief durch. Warum fand sie nicht endlich Ruhe vor diesen Gedanken? Warum dachte sie immer wieder, dass sie schuld an allem sei? Warum glaubte sie, dass ihr egoistisches Wesen auch ihre Ehe mit Herbert gefährden würde? Ja, dass es nur eine Frage der Zeit sei, wann er erkennen würde, wen er geheiratet hatte, und dass er sie fallenlassen würde, wie sie ihre Familie und Stanislaus hatte fallenlassen, und sie dann vor den Trümmern ihres verpfuschten Lebens stünde?

Ida zog die Strickjacke enger um ihre Schultern und versuchte jetzt doch die Sterne zu zählen. Wie sie flackerten und blinkten, als würden sie fürchten, übersehen zu werden. Ihr Blick glitt langsam die Milchstraße entlang, während sie zählte und zählte, und allmählich beruhigte sie sich.

Statt an ihrer Schuld zu kleben wie an einem süßlichen Verlangen, sollte sie lieber auf sich vertrauen, schoss es ihr plötzlich durch den Kopf. Sie sollte darauf vertrauen, dass sie niemandem schaden, sondern nur glücklich sein wollte. Sie hatte ein Recht auf ein eigenes Leben, auf ein selbstgewähltes Glück. So wie Anna, die natürlich um Stanislaus getrauert hatte, die sich aber nicht verrückt machen ließ von einem schlechten Gewissen, sondern den ganzen Sommer über unablässig Gäste bewirtet hatte, als hätte sie nie etwas anderes getan. Als wäre Wilhelms Traum zu ihrem geworden, als wollte sie mittlerweile auch nichts anderes, als so viele Menschen wie möglich von einem naturverbundenen, einfachen Leben zu überzeugen. Als Anna mal wieder rastlos zwischen Berg- und Bauernschenke hin- und hergeeilt war, hatte Ida sie gefragt, ob dies wirklich das Leben sei, das sie sich für sich wünsche, aber sie hatte nur gelächelt und gesagt, dass sie noch immer ein eigenständiger Mensch sei, so wie Stanislaus im Übrigen auch einer gewesen sei.

Vielleicht hatte Herbert doch recht, wenn er meinte, sie nehme sich viel zu wichtig. Sie hatte seinen Ton noch genau im Ohr, diese stille, gelassene, durch nichts zu erschütternde Stimmlage, die sie so wütend gemacht hatte, als er ihr kurz nach Stanislaus' Beerdigung zum ersten Mal gesagt hatte, wie klein die Welt doch sein müsse, wenn sie glaube, deren Mittelpunkt zu sein. Sie war so wütend auf ihn gewesen, dass sie ihn nur stumm angeschaut und den Rest des Tages kein Wort mehr mit ihm gesprochen hatte. Aber vielleicht hatte er ja recht, vielleicht wollte sie nur etwas mehr als andere und glaubte deswegen, alle Schuld läge bei ihr. Herbert jedenfalls war der festen Überzeugung, dass der einzige Grund für Stanislaus' Tod seine unstillbare Sehnsucht nach Anerkennung war.

Wenn sie nur nicht immer diesen Leuchtturm vor Augen hätte, der wie ein mahnender Fingerzeig in den Himmel ragte.

Nur eine Woche noch, dann würde sie hoffentlich etwas Abstand finden. Früher als ursprünglich geplant reisten sie nach Berlin. Herbert hatte eine kurzfristig anberaumte Versammlung mit den Münchner Secessionisten nicht verschieben können, und sie hatte ihn nicht gedrängt, ihr fernzubleiben. Im Gegenteil, wenn sie früher fuhren, konnte sie sogar den Aktkurs bei Prof. Prieß wiederholen, in den sie vor zwei Jahren einfach nicht mehr gegangen war, als sie kurzfristig gar nichts mehr wollte, noch nicht einmal mehr malen.

Es wurde Zeit, dass sie ihre Kraft wieder für ihre Arbeit verwendete. In der Zeitschrift *Pan* war sie neulich auf einen Artikel gestoßen, der ihr für ihre Malerei Mut gemacht hatte. Darin war von einem französischen Maler die Rede gewesen, der in der scheinbaren Naivität seiner Porträts die Tiefe seiner Figuren ergründete. Ihr war, als hätte der Rezensent über ihre Bilder geschrieben. Auch sie hatte in den letzten Wochen nichts anderes als Menschen gemalt, darunter viele Kinder, aber auch einen Neuendorfer Fischer, dessen ernstes, von Wind und Wetter gegerbtes Gesicht sie frontal auf eine große Leinwand gebannt hatte. Zum ersten Mal hatte sie es gewagt, auf sämtliches Beiwerk zu verzichten, kein Boot im Hintergrund, kein Netz, an dem er sich hätte festhalten können, und sich nur auf dieses an Geschichten reiche Gesicht konzentriert. Herbert mochte es nicht, zumindest hatte er nur mit den Schultern gezuckt und nichts weiter dazu gesagt, aber sie wurde das Gefühl nicht los, dass dieses Bild ihr bislang wichtigstes war.

Es würde ihr erster Winter in Berlin als verheiratete Frau sein, ohne Angst, die nächste Miete nicht bezahlen zu können, ohne Sorge, nicht genügend Geld für neue Farben zu haben. Ein bunter Winter, dachte sie, und ein Lächeln huschte über ihr Gesicht. Ihr erster Winter als Ida Klausen, der erste Winter ohne Stanislaus.

»Verbringst du schon wieder die halbe Nacht mit Grübeln?« Herbert stand in der Tür und blinzelte ihr schlaftrunken zu.

»Ich hatte wieder diesen Traum.«

»Komm zurück ins Bett«, sagte er fordernd. »Ich bin es leid, dass sich Stanislaus immer zwischen uns drängt.«

»Ich weiß. Ich auch.«

»Als er noch lebte, hättest du es doch auch nicht zugelassen, dass er sich Nacht für Nacht das Bett mit uns teilt.«

»Natürlich nicht.« Ida lächelte verlegen.

»Dann tu es jetzt auch nicht. Ich will nicht, dass sein Selbstmord ewig zwischen uns steht, nur weil er glaubte, sich ausgerechnet am Tag unserer Hochzeit in den Tod stürzen zu müssen.«

»Das war seine Rache«, sagte Ida leise.

»Und du tappst auch noch in seine Falle. Komm jetzt.« Er reichte ihr die Hand. »Du hättest ihn nicht retten können. Niemand hätte das.«

»Er muss so schrecklich unglücklich gewesen sein.«

»Aber wir sind glücklich«, sagte er entschieden. »Das heißt, wir könnten glücklich sein.«

»Nein, wir sind glücklich.« Ida nahm seine Hand. »Ich bin glücklich«, sagte sie und lächelte ihm kurz zu, bevor sie ihm ohne ein weiteres Wort ins Schlafzimmer folgte.
Kaum hatten sie sich hingelegt und Ida sich an Herberts warmen Körper gekuschelt, hörte sie ihn leise schnarchen. Wie gut es tat, seinem gleichmäßigen Atem zu lauschen. Warum nur hatte sie geglaubt, dass Sternezählen oder Meeresrauschen beruhigender sein könnte als dieses sanfte Geräusch? Sie nahm seinen Arm und legte ihn um ihren Bauch. Das war ihr Leben. Für dieses Leben hatte sie gekämpft und gelitten. Das würde sie sich nicht nehmen lassen, auch wenn Stanislaus ihr noch viele hundert Mal in ihren Träumen begegnen sollte.

53

Ida staunte nicht schlecht, als sie, den Zeichenblock unterm Arm, von ihrem Malkurs zurück in die Kurfürstenstraße kam. Auf dem großen Esstisch standen eine Flasche Champagner und zwei unbenutzte Gläser, während Herbert in seinem Ohrensessel saß und sie mit einem zufriedenen Lächeln begrüßte.
»Gibt es etwas zu feiern?«
»Sieht ganz so aus«, sagte Herbert verschwörerisch, sprang auf und drückte ihr einen Kuss auf den Mund.
Ida sah ihn neugierig an. »Hast du ein Bild verkauft?«
»Haben wir das jemals mit Champagner begossen?«
»Dein größtes, teuerstes, was weiß ich Bild«, sagte sie lachend.

Herbert schüttelte den Kopf. »Setz dich.« Er schenkte den Champagner ein und reichte ihr ein Glas. »Etwas viel, viel Besseres.«

»Dann raus mit der Sprache.«

»Ich habe alle meine Ämter niedergelegt«, sagte er triumphierend.

Ida wäre beinahe das Glas aus der Hand gerutscht. »Du hast deine Ämter niedergelegt?«, fragte sie verblüfft.

»Dieses ewige Palaver hat mich einfach zu Tode gelangweilt.«

»Hattest du Ärger mit den Kollegen?«

»Nicht mehr als sonst auch. Du weißt doch, wie gerne sie einem den Dolch in den Rücken stoßen und dabei so freundlich grinsen, als hätten sie dir gerade die größten Komplimente gemacht.« Herbert lachte.

»Aber du hast doch für die Secession gelebt«, sagte Ida erstaunt. »Das war doch deine Secession und dein Kampf gegen die Akademie.«

»Komm, lass uns anstoßen.«

»Und auf was? Das Ende der Secession?«, fragte Ida zögerlich.

»Auf den Triumph der Kunst.«

»Und du bist auch wirklich aus freien Stücken gegangen?«

»Ida, ich bitte dich.« Er sah sie kopfschüttelnd an. »So gut müsstest du mich eigentlich kennen, um zu wissen, dass ich mich nicht rausschmeißen lasse, nirgendwo und von niemandem.«

Sie nickte. »Aber wundern darf ich mich schon ein bisschen.«

»Ach, da gibt es nichts zu wundern«, winkte er ab. »Wenn man es genau nimmt, hast sogar du mich auf diese Idee gebracht.«

»Ich?« Ida sah ihn irritiert an.
»Du bist doch diejenige von uns beiden, die nichts anderes im Sinn hat, als zu malen, und die sich nicht sonderlich für den ganzen Zirkus drum herum interessiert.«
Ida zuckte mit den Schultern. »Ich war bislang auch nicht so dicht dran wie du.«
»Ich dachte jedenfalls, ich sollte mich auch wieder auf das Wesentliche konzentrieren. Diese ewigen Sitzungen sind doch nur Zeitverschwendung. Gute Bilder, das sind Argumente genug gegen diesen Blödsinn, der uns noch immer aus der Akademie entgegenschwappt. Erinnerst du dich noch an die Eröffnung der Siegesallee?«
»Wie könnte ich das vergessen?«
»Dann weißt du ja sicherlich auch noch, wie dieser selbsternannte erste Kunstkritiker dieses Landes, seines Zeichens unser Kaiser, wie er geradezu beseelt war von diesen jämmerlichen Bildhauereien, die er in Auftrag gegeben hatte. Von diesen Nullen von Fürsten und Hauptmännern, die jetzt mit sperrigen Bewegungen auf ihren Sockeln thronen quer durch den Tiergarten und dadurch weder echter noch bedeutender werden.«
»Natürlich weiß ich das. Aber was hat das mit deiner Entscheidung zu tun?«
»Diesem Puppenallee-Zeremonienmeister ist nicht mit Worten beizukommen, es sei denn, man hat vor, so zu werden wie er. Ein Besessener einer Idee, der ängstlich jeden Blick nach links und rechts vermeidet.«
»Aber so bist du doch nicht.«
»Noch nicht, Ida, noch nicht. Aber wenn ich so weitermache, könnte es gut sein, dass ich so werde. Und bei aller Liebe für die gute Sache, das Wichtigste ist noch immer die Malerei«, sagte er und lächelte ihr zu. »Du glaubst nicht,

wie schnell man in die Mühlen dieses Betriebs gerät, und dann wird man auf eine Position festgenagelt, und wehe, man entfernt sich davon. Dann hast du die Lästerer und Stänkerer im Nacken, die dich so lange drangsalieren, bis du wieder auf den bekannten Kurs einschwenkst. Ich bin doch kein Politiker und schon gar kein Soldat, der Treue geschworen hat bis in den Tod. Und bei aller Mühsal leidet dann die eigene Kunst, und man wird vollkommen verbohrt und ...« Er stockte. »Ich möchte einfach wieder frei sein.« So wie du, hätte er beinahe hinzugefügt, aber dann schwieg er doch und lachte stattdessen laut auf.

»Warum hast du denn nie etwas gesagt?«

Er sah sie fragend an.

»Ich wäre niemals auf den Gedanken gekommen, dass dich deine Ämter einengen könnten.« Kopfschüttelnd musterte sie sein zufriedenes Gesicht mit diesem befreiten Lachen, das nicht enden zu wollen schien.

»Aber jetzt weißt du es.« Er griff nach ihrer Hand.

»Du bist wirklich erstaunlich«, sagte sie noch immer sichtlich überrascht und nahm ihr Glas und stieß mit ihm an. »Dann also auf den Triumph der Kunst.«

»Und auf unser neues Leben«, ergänzte er schmunzelnd.

»Nein, auf dein von allen Pflichten enthobenes Leben«, korrigierte sie ihn. »Für mich bleibt ja alles beim Alten.«

»Stimmt. Wenn man es genau nimmt, eigentlich schon«, sagte er nachdenklich.

»Wie, wenn man es genau nimmt?«, fragte Ida überrascht.

»Ich habe mir gedacht, wir beide werfen einfach ein paar Erbschaften über Bord, die unsere Ehe belasten könnten.« Ida zog ihre Hand zurück und sah ihn unsicher an. Hatte sich nicht alles zum Guten gewendet? Hatte sich in letzter

Zeit nicht das Gewicht der Hinterlassenschaften stetig verringert? Stanislaus war ihr schon seit Wochen nicht mehr im Traum erschienen, und in dieser großen Berliner Wohnung fühlte sie sich mittlerweile so wohl, als hätte sie schon immer hier gelebt. Dabei war es im ersten Monat mehr als schwierig gewesen. Sie hatte sich kaum getraut, das Geschirr aus dem Büfett zu nehmen, aus Angst, Helenes Andenken zu zerstören. Überall hatte sie gemeint Helene zu riechen, zu spüren, zu sehen. Aber mittlerweile scheute sie sich nicht mehr, sich frei zu bewegen und die Wohnung nach ihren Vorstellungen zu verändern. Zwei kleine Ziertische hatte sie kurzerhand vom Salon in den Flur verbannt und, wo immer sich Platz fand, silberfarbene Kerzenständer aufgestellt. Sie hatte neue Kissen für das smaragdgrüne Canapé gekauft und sämtliche alte Bettwäsche zur Wohlfahrt gegeben. Ida blickte in Herberts strahlende, nach Aufbruch drängende Augen und fragte sich, was sie übersehen haben könnte. »Ich verstehe kein Wort, Herbert«, sagte sie. »Von welchen Erbschaften sprichst du denn?«
»Ich habe die Wohnung verkauft«, antwortete er und lachte, als hätte er eine ganz besonders erfreuliche Mitteilung gemacht.
»Du hast was?« Idas Gesichtszüge erstarrten.
»Die Wohnung verkauft«, wiederholte er fröhlich.
»Das kommt ziemlich überraschend.«
»Denkst du, ich hätte nicht bemerkt, wie schwer du daran zu tragen hattest, dass diese Wohnung lange Zeit Helenes Zuhause war?« Er lächelte ihr zu.
»Aber dann hätte dir doch auch auffallen müssen, dass ich mich mittlerweile hier sehr wohl fühle. Ich fürchte Helenes Schatten nicht mehr«, sagte sie energisch.
»Ich hatte trotzdem das Gefühl, es ist besser so.«

»Du hast also eine andere Wohnung gekauft?«, fragte Ida.
»Gott bewahre, nein. Wo denkst du hin.«
»Und wo sollen wir dann wohnen?«
»Na, auf Hiddensee natürlich.« Er sah sie kopfschüttelnd an. »Berlin ist so schrecklich langweilig geworden. Der Lärm, die vielen Menschen, das ewig gleiche Gewäsch, die schlechte Luft, es langweilt mich einfach. Da haben wir es auf Hiddensee doch viel schöner und angenehmer.«
»Berlin langweilt dich?« Ida sah ihn an, als würde sie in seinem Gesicht vergeblich nach dem Mann suchen, mit dem sie gerade fröhlich angestoßen hatte.
»Findest du die Stadt nicht auch fürchterlich trist? Ich habe einfach keine Lust mehr, mich in überfüllte Straßenbahnen quetschen zu müssen.«
»Du nimmst doch fast immer die Droschke«, entgegnete Ida erstaunt.
»Sich um freie Droschken prügeln zu müssen ist auch kein Vergnügen.«
Idas Atem ging schnell. Er konnte doch nicht einfach so über ihr Leben bestimmen.
»Ich dachte, du freust dich«, sagte er. »Du fühlst dich doch dort genauso zu Hause wie ich.«
»Aber …« Ida stockte. »Du hättest mich doch wenigstens fragen können«, sagte sie und verschränkte die Arme vor der Brust.
»Dann hätte ich dich doch nicht überraschen können.« Herbert lachte. »Komm, lass uns noch einmal anstoßen. Auf unser neues Leben.«
Ida schluckte. »Ich habe mich erst gestern für zwei Kurse in der Malschule eingeschrieben, die im kommenden Herbst stattfinden sollen. Einen bei dem Maler Cremer, der eigens aus München deswegen kommt, und einen bei Er-

win Ranke, bei dem ich viel über Farbenordnungen lernen will, das heißt, wollte. Ich konnte ja nicht ahnen …« Sie sah ihn kopfschüttelnd an. »Ich wäre ja niemals auf den Gedanken gekommen, dass dies mein letzter Winter in Berlin gewesen sein soll.«

Herbert schmunzelte. »Ach, vergiss den Cremer, der kann nichts außer nackte Weiber zeichnen, und Ranke, ja gut, aber wofür um alles in der Welt brauchst du denn Unterricht?«

»Vermutlich, um besser zu werden«, erwiderte sie schnippisch. »Hast du mir nicht vor einigen Jahren gesagt, ich sollte lernen und nochmals lernen.«

»Du lernst doch am besten, indem du täglich malst. Ein besseres Übungsfeld kann es doch gar nicht geben.« Er nickte ihr aufmunternd zu. »Außerdem habe ich dir das Beste noch gar nicht erzählt.«

»Etwa noch eine Überraschung?«

»Die Krönung, wenn du so willst. Halt dich gut fest.«

»Dann mach aber schnell. Mein Bedarf an Überraschungen ist nämlich gedeckt.«

»Die wird dir gefallen, vertrau mir.« Er versuchte nach ihrer Hand zu greifen, doch Ida hielt ihre Hände unter ihren Achselhöhlen versteckt. »Ich habe dem Tischler Hirsekorn auf Rügen telegrafiert und ihm den Auftrag erteilt, ein Atelier neben unser Haus zu bauen. Na, was sagst du dazu?«

»Ein Atelier«, wiederholte sie.

»Ein Atelier nur für dich«, fuhr er fort. »Du kannst dann völlig ungestört malen, wann immer du willst. Unabhängig von Wind und Wetter, und du musst nicht immer diese schrecklichen, dir doch sicher auch jeden Nerv raubenden Weiber ertragen, die mit dir da diese Malschule besuchen und dieselben Kurse belegen. Mit Verlaub, Ida, dieses Atelier wird die bessere Schule sein, und mal ganz abgesehen davon, du hast ja auch noch immer mich. Ich bin ja schließlich nicht irgendwer.« Er lächelte verschmitzt. »Komm, jetzt sag was, findest du nicht auch, dass das wunderbare Aussichten für unser zukünftiges Leben sind? Wir werden nur für uns und die Kunst da sein.«

Ida nickte. Natürlich, malen, mit Herbert zusammen sein, was anderes wollte sie doch gar nicht, aber sie fühlte sich derart überrumpelt, dass sie nur sprachlos vor ihm saß und ihn anstarrte, als hätte er gerade in einer ihr nicht bekannten Sprache gesprochen.

»Ida! Hast du gehört, was ich eben gesagt habe?«, fragte Herbert ungeduldig. »Das Atelier ist so etwas wie mein verspätetes Hochzeitsgeschenk an dich.« Er versuchte jetzt erneut nach ihrer Hand zu greifen, besann sich auf halbem Weg jedoch anders und nahm stattdessen das Champagnerglas. »Auf uns und die Kunst«, sagte er und trank das Glas in einem Zug aus.

Über Idas Gesicht huschte ein zögerliches Lächeln. Ein Atelier. Ein Atelier nur für sie. Sie hatte noch nie ein eigenes Atelier besessen, sie hatte noch nicht einmal davon zu träumen gewagt, eins zu besitzen. Sie würde Tag und Nacht malen können, morgens um vier, abends um acht. Sie könnte sich ganz und gar ihrer Kunst verschreiben, zum ersten Mal in ihrem Leben, sie könnte so viele Farben über die Leinwand fließen lassen, wie sie wollte, sie würde frei sein, sie würde auf Hiddensee sein unter diesem weiten Himmel in dieser herrlichen Natur, sie würde unendliche Lichtbäder nehmen und zur Abkühlung nackt baden, sie würde alle Hiddenseer fragen, ob sie für sie Modell sitzen wollten, und sie würde mit Herbert leben, ihrer Liebe, endlich würde sie mit Herbert leben und alle ihre Sehnsüchte auf die

Gegenwart richten können. In Idas Augen war ein Leuchten zu erkennen. Warum zögerte sie noch? Warum sprang sie nicht auf und fiel Herbert um den Hals? Das war doch genau das, was sie wollte. Herbert und die Kunst!

»Na, hat es dir noch immer die Sprache verschlagen?«, fragte Herbert lachend, während er sich erneut Champagner eingoss.

»Ich finde sie ganz langsam wieder«, antwortete sie mit einem Lächeln.

»Und? Was sagst du?«

»Ein eigenes Atelier, das ist phantastisch«, erwiderte sie und nahm jetzt auch einen Schluck Champagner.

»Wir werden endlich frei sein.« Herbert tastete vorsichtig nach ihrer Hand, und diesmal legte sie ihre in seine und sah ihn dabei ebenso zärtlich wie skeptisch an.

»Und was ist, wenn ich Berlin vermisse?«, fragte sie leise.

»Ach«, Herbert sah sie kopfschüttelnd an, »das wird nicht passieren, glaub mir. Wie kann man diese stickige, stinkige Stadt vermissen? Du wirst keinen Gedanken mehr an sie verschwenden. Ich finde die Vorstellung ja schon schrecklich genug, ab und zu nach Berlin reisen zu müssen, um mich mit Käufern zu treffen. Ich kann es jedenfalls kaum erwarten, auf unsere Insel zurückzukehren«, sagte er und küsste ihre Hand. »Nur wir beide.«

»Nur wir beide«, wiederholte sie leise und beugte sich zu ihm und gab ihm einen Kuss. Nur sie beide, dachte sie, und sie lachte und küsste ihn erneut, während sie am ganzen Körper zitterte. Vor Aufregung, wie sie glaubte, weil alles so plötzlich gekommen war, weil er sie mit seiner Vorstellung von ihrem Leben so überrumpelt hatte. Dass sie zittern könnte, weil sie Angst vor der unentrinnbaren Nähe hatte, die sie dort erwartete, weil sie fürchtete, sie könnte

ihre Wünsche neben seinen vergessen, daran dachte sie nur für einen ganz kurzen Augenblick.
Es war ja auch ihr Leben, ihr Wunsch, ihre Sehnsucht, und je länger sie an diesem Abend mit Herbert über ihre Zukunft sprach, je länger sie sich ausmalten, wie sie sich ganz der Natur hingeben würden, den warmen Sommertagen ebenso wie den stürmischen Zeiten im Herbst, je länger sie sich vorstellten, wie sie vor ihrer Staffelei stehen würden, mal schwitzend vor Anstrengung, mal frierend vor bitterer Kälte, wie sie sich am Ofen wärmten nach langen Winterspaziergängen, desto sicherer war sich Ida, dass sie nie etwas anderes gewollt hatte, als ebendieses Leben zu führen an der Seite von Herbert, ihrem Mann.

54

Seit Tagen schon stürmte und regnete es, wie es Ida zuletzt kurz vor Helenes Tod erlebt hatte. Kein Schiff war mehr auf der Ostsee zu sehen, und der Fährmann fuhr schon lange nicht mehr über den Bodden. Wie so oft in letzter Zeit war Ida vor dem Frühstück in ihr Atelier geeilt und stand jetzt hinter dem großen Fenster, das fast bis zum Boden reichte, und versuchte die Umrisse der Insel zu erahnen. Dort, wo sonst die Fischer ihre Netze spannten, schwappte das Wasser übers Ufer, und die Wiese, auf der normalerweise die Kühe grasten, hatte sich in einen ausgefransten Teich verwandelt. Der Sandstrand, den Ida auch in diesem Sommer wie in den beiden Sommern zuvor unermüdlich abgewandert war, wirkte so schmal, dass er aussah, als müsste man ihn entlangbalancieren, wenn man bis nach Neuendorf kommen wollte. Von allen Seiten schienen sich die Wellen in die Insel zu fressen, und es war, als wäre Hiddensee in den letzten Tagen noch kleiner, noch schmaler geworden, noch enger, wie Ida einmal mehr dachte, während sie sich hastig wegdrehte und den Blick auf ihre Staffelei richtete.

Wie düster ihr das Bild geraten war. Es zeigte ein sich an den Händen haltendes Geschwisterpaar auf dem Vitter Strand. Kein Lächeln war auf den Gesichtern zu erkennen, kein Kinderstrahlen in den Augen, nichts, was darauf schließen ließ, dass das Mädchen und der Junge, nachdem sie für Ida Modell gestanden hatten, lachend davongesprungen waren. Ida stöhnte leise. Kein Wunder, dass niemand ihre Bilder kaufen wollte, wenn es ihr noch nicht einmal mehr gelang, den Zauber der Unbeschwertheit einzufangen. Das Bild sah aus, als hätte sie es an einem Tag wie diesem gemalt, mit düsteren Wolken am Himmel, die über jedes Lachen einen Schatten warfen, und dabei war es ein strahlender Sonnentag gewesen.

In ihrem kleinen Atelier, in dem sie jetzt schon seit zwei Jahren unermüdlich malte, stapelten sich mittlerweile die Leinwände. Schicht um Schicht lehnten sie mit der Rückseite zum Raum an den Wänden, und Ida wagte es schon seit längerem nicht mehr, sie umzudrehen und sie sich noch einmal anzusehen.

Das letzte Mal, dass sie einige ihrer Werke hatte zeigen wollen, war vor drei Monaten, an einem Junitag, gewesen. Ein Berliner Fabrikant, der es nicht hatte abwarten können, bis Herbert seine neuesten Arbeiten ausstellte, hatte sie überraschend besucht. Wie immer, wenn einer von Herberts Sammlern kam, und es kamen einige, seitdem er nicht mehr in Berlin lebte und sich aus allen Ämtern zurückgezogen hatte, führte er sie nach Abschluss des Geschäfts in Idas Atelier. Meistens nickten sie und lächelten und staunten wohlwollend, während sie mit Herbert über die phantastische Aussicht sprachen und ihn zu diesem herrlich stillen, einsamen Ort beglückwünschten, von dem sie in Berlin, diesem »lärmenden Moloch«, wie sie bei dieser Gelegenheit gerne ausriefen, nur träumen konnten. Was für ein Glückspilz er doch sei, sagten sie, während sie über Idas Bilder einen kurzen Blick warfen, bevor sie sich verabschiedeten, nicht ohne natürlich noch die besten Wünsche an die »werte Gattin« zu richten und sich für den Tee und das Hefegebäck zu bedanken, das sie ihnen serviert hatte.

Der Fabrikant allerdings, der Herbert im Juni besucht hatte, hatte sich noch nicht einmal die Mühe gemacht, sich ihre Bilder auch nur flüchtig anzusehen. »Die Einsamkeit ist eine reiche Quelle, die man schätzen lernen muss«, hatte er, den Blick auf die vor ihm ausgebreitete Insel gerichtet, gesagt, um dann in dozierendem Ton fortzufahren: »Nur den wenigsten ist die Stärke vorbehalten, das Potenzial darin zu erkennen, und den allerwenigsten gelingt es, aus diesem Reichtum zu schöpfen.« Natürlich hatte er seine Worte nicht direkt an Ida gewandt, allein schon, weil er Herbert nicht beleidigen wollte, dessen Kunst er wie keine andere schätzte, aber er hätte kaum deutlicher zum Ausdruck bringen können, wie wenig er sich für ihre Malerei interessierte, die Malerei von Weibern, wie es Ida sofort in den Kopf geschossen war, denen er es als Allerletzte zutraute, einsame Momente künstlerisch zu nutzen.

Als er gegangen war, hatte Herbert gelacht und Ida an sich gedrückt und gesagt, dass sie sich aus diesem Geschwätz, dessentwegen er ja so dringend aus Berlin weggewollt hatte, auf keinen Fall etwas machen solle. Aber sosehr sie sich auch bemühte, seine Worte hatten sich ihr eingebrannt. Dieser reiche, überhebliche Großkotz, dem sie am liebsten in sein freundlich lächelndes Gesicht gespuckt hätte, hatte etwas ausgesprochen, was sie, je länger sie mit Herbert auf Hiddensee lebte, so ähnlich selbst schon so manches Mal gedacht hatte.

»Der Küslick spinnt doch.«

Ida drehte sich erschrocken um.

Anna hatte die Tür aufgerissen, war auf dem Absatz stehen geblieben und sah sie, die Arme in die Hüften gestemmt, kopfschüttelnd an.

»Komm doch erst einmal rein«, sagte Ida und nahm Anna den triefend nassen Umhang ab.

»Wirklich, Ida, das ist unglaublich. Der ist vollkommen von Sinnen.«

»Was hat er sich denn diesmal einfallen lassen?«, fragte Ida mit einem müden Lächeln. Seitdem Anna mit Wilhelm verheiratet war, schien sie nur noch ein Thema zu kennen, Wilhelm und seine Feindschaft mit dem Amtsvorsteher. Ida kam es so vor, als würde sie ihre ganze Kraft in diesen Streit investieren, in dem es schon lange nicht mehr um das Wohl der Insel ging, sondern einzig und allein darum, wer der Stärkere war. Mal waren vermeintlich nicht bezahlte Rechnungen das Streitthema, mal nicht erteilte Genehmigungen, mal seine angeblich viel zu lauten Theatervorstellungen, mit denen er die Ruhe der Vögel störe.

»Stell dir vor, er will, dass wir zwei der Gästehütten abreißen, weil er festgestellt haben will, dass sie nicht auf dem von Wilhelm gepachteten Grundstück stehen.«

»Und? Hat er recht?«

»Da muss man schon mit der Lupe nachmessen, um das so genau sagen zu können. Aber bei dem vielen Land hier kommt es doch auf diese paar Zentimeter nicht an.«
»Vermutlich kreidet er es Wilhelm an, dass es dem Jakob Krüger gelungen ist, dieses riesengroße Grundstück neben unserem zu erwerben, das ja fast bis hoch zu eurem reicht.«
»Er glaubt noch immer, Wilhelm hätte ihm das eingeredet, sich hier niederzulassen, dabei ist er von ganz allein auf die Idee verfallen, dass Hiddensee der perfekte Ort zum Leben ist.«
Der perfekte Ort zum Leben, durchfuhr es Ida. Wie oft hatte sie das selbst von Hiddensee gedacht. Wie oft hatte sie ihre Sehnsucht auf diesen Ort gerichtet, an dem sie sich um so vieles freier gefühlt hatte als anderswo. Sie musste ja nur an ihren ersten Aufenthalt auf der Insel denken. Es war wie eine Offenbarung gewesen. Hiddensee war auch immer ihr perfekter Ort zum Leben gewesen. Und jetzt zweifelte sie plötzlich daran?
»Der Küslick denkt natürlich, unser einziges Ziel sei es, die Hiddenseer von ihrer Insel zu vertreiben«, fuhr Anna hastig fort. »Aber erzähl dem mal, dass mehr Gäste auch mehr Einnahmen für die ganze Insel bedeuten. Der springt einem ja gleich an die Gurgel. Hast du übrigens schon gehört, dass Jakob hier nicht nur dieses burgähnliche Monstrum hinstellt, sondern eine ganze Künstlerkolonie errichten will?«
Ida nickte.
»Findest du nicht, dass das eine phantastische Idee ist?«, fragte Anna erstaunt.
»Doch«, sagte Ida und versuchte zu lächeln.
»Euphorie hört sich aber anders an«, erwiderte Anna lachend. »Stell dir doch mal vor, eine ganze Kolonie mit

Menschen, die wie du auch nur malen wollen. Vielleicht komme ich dann ja auch endlich mal wieder dazu.«

»Täte dir bestimmt gut«, sagte Ida.

»Meine Güte, Ida, musst du mir das bei jeder Gelegenheit unter die Nase reiben?«

»Wir haben uns etwas versprochen, erinnerst du dich nicht mehr daran?«

»Doch, aber ich bin glücklich mit meinem Leben. Ich habe nicht das Gefühl, dass ich etwas aufgebe, nur weil ich mich gerade mit Haut und Haaren gegen diesen Küslick wehre, der Wilhelm und mir das Leben schwermacht.«

»Ist ja gut. Ich will nur nicht, dass du mir einmal vorwirfst, ich hätte dich in dein Verderben rennen lassen«, sagte Ida und betrachtete ihre Freundin nachdenklich.

Sie hatten sich beide verändert, seitdem sie verheiratet waren, dachte Ida immer wieder, wenn Anna sich über den Amtsvorsteher oder andere Insulaner, die ihre Waldkolonie skeptisch beäugten, ereiferte. Aber kaum blickte sie in Annas vor Tatendrang sprühende Augen, wusste sie, dass bei allen Veränderungen auch alles beim Alten geblieben war, dass sie noch immer die waren, die sich vor sieben Jahren auf Hiddensee kennengelernt hatten. Auch wenn sie manchmal glaubte, Anna bei all der Begeisterung für Wilhelms Lebenstraum gar nicht mehr wiederzufinden, vertraute sie doch darauf, dass Anna nichts tat, was sie nicht wollte. So wie vor einem halben Jahr, als sie eines Abends einen Esel in ihrem Schlafzimmer vorgefunden und zwei Tage und zwei Nächte auf Wilhelm eingeredet hatte, bis er endlich davon überzeugt war, dem Tier einen eigenen Stall bauen zu müssen.

»Machst du dir Sorgen um mich?«, fragte Anna verwundert.

»Sollte ich?«

»Um Himmels willen. Aber ich weiß es zu schätzen, dass du versuchst auf mich achtzugeben. Ich langweile dich ganz schön mit meinen Küslick-Geschichten, was?« Sie legte einen Arm um Ida und sah sie an. »Raus mit der Sprache, Ida. Was ist los?«
Ida zuckte überrascht zurück. »Was soll denn los sein?«
»Das frage ich ja dich. Ich finde, du bist in letzter Zeit ziemlich still geworden, und das Bild hier«, sie zeigte auf das Geschwisterpaar, »ist nicht gerade ein Ausbund an Lebensfreude, wenn ich das mal so sagen darf. Es sieht aus, als wären dir sämtliche Farben ausgegangen.«
Ida schluckte. »So etwas Ähnliches habe ich gerade auch schon gedacht.«
»Und dabei musst du doch nur zugreifen.« Anna lächelte. »Hier liegen die Farbtuben ja in Massen herum. So viele hatte ich nie in Berlin.«
»Herbert versorgt mich eben gut«, sagte Ida.
»Was für einen fürsorglichen Mann du doch hast, da könnte sich Wilhelm mal ein Beispiel nehmen.«
»Wirklich, Anna, Herbert ist der beste Ehemann, den man sich vorstellen kann.«
»Aber?«
»Nichts aber«, erwiderte Ida forsch.
»Aber irgendetwas stimmt doch nicht, wenn du dich noch nicht einmal für die von Jakob geplante Künstlerkolonie begeistern kannst. Mach mir doch nichts vor.«
»Ich fürchte, ich trete auf der Stelle«, sagte Ida.
Anna sah sie fragend an.
»Es kommt mir so ungerecht vor, wenn ich das sage.«
»Was?«
»Ihr blüht hier alle auf, du und Wilhelm sowieso und Herbert auch, der wie verwandelt ist, seit wir nur noch auf

Hiddensee leben. Ständig hat er ein Lachen auf den Lippen, ständig sagt er mir, wie glücklich er sei, mit mir, hier auf der Insel, dass er sich nichts Besseres vorstellen kann.«

»Und du bist unglücklich?«, fragte Anna vorsichtig.

»Nein. Es ist so herrlich hier, die Luft, der Himmel, das Land, alles, du weißt es ja selbst. Man kann hier so frei atmen wie nirgendwo sonst.«

»Aber?« Anna sah sie ungeduldig an.

»Es ist so eng geworden hier«, fügte Ida leise hinzu.

»Eine Insel ist immer ein begrenzter Ort.«

»Und hast du nie das Gefühl, dass du mehr Freiraum brauchst?«

Anna schüttelte den Kopf. »Mein Blick reicht so weit hier, das genieße ich mehr als alles andere. Keine Wohnblocks, die einem die Sicht verstellen. Ich kann mit Wilhelm die verrücktesten Ideen aushecken und sie gleich in die Tat umsetzen, wenn man mal von meinem Freund Küslick absieht. Nein, ich fühle mich hier frei wie ein Vogel«, sagte sie.

»Siehst du, und ich denke, mein Blick verengt sich hier.« Ida stöhnte leise. »Du siehst es ja selbst. Das Bild, es ist düster, es ist farblos, es ist leblos. Und damit unterscheidet es sich kaum von denen, die ich im letzten halben Jahr gemalt habe.«

»Ist denn irgendetwas passiert? Ich meine mit Herbert?«, fragte Anna.

»Nein«, antwortete Ida knapp, während sie sich ans Fenster stellte und den Regentropfen dabei zusah, wie sie gegen die Scheibe prallten. »Anna.« Sie drehte sich zu ihr um und sah sie mit fast flehentlichen Augen an. »Was ich dir jetzt sage, musst du unbedingt für dich behalten.«

Anna nickte.
»Du weißt, wie sehr ich Herbert liebe. Keine weiß das vermutlich so gut wie du. Wie ich ihn von Anfang an geliebt habe. Erst waren es nur seine Bilder, dann seine Art, sich zu bewegen, und schließlich sein ganzes einnehmendes Wesen, seine Kraft und Leidenschaft und diese Unbedingtheit, mit der er sein Leben führt. Er ist ganz und gar er selbst. Ganz unverstellt. Aber er ist so groß, dass ich in letzter Zeit immer öfter glaube, in seiner Nähe zu schrumpfen«, sagte Ida. »Das Leben, das wir führen, ist so sehr sein Leben, dass ich manchmal gar nicht mehr weiß, ob es auch meines ist. Verstehst du, was ich meine?«
»Aber du kannst doch malen. Das war es doch immer, was du wolltest«, widersprach Anna zaghaft.
»Ich fühle mich in letzter Zeit wie ausgehöhlt«, sagte Ida.
Anna sah sie fragend an.
»Es ist, als würde Herbert mir mit seiner guten Laune und seiner überbordenden Liebe meine ganze Kraft rauben. Weißt du, Anna, vielleicht bin ich einfach nicht gemacht für die Ehe. Früher hatte ich mir nie vorstellen können zu heiraten, ich hatte immer gedacht, ich müsste dann Dinge tun, die ich partout nicht wollte. Ich habe mich Böden schrubben, Socken stopfen und tagaus, tagein Kartoffeln schälen sehen.« Ida lachte kurz auf. »Und dann kam Herbert in mein Leben, und irgendwann konnte ich mir alles vorstellen mit ihm, und jetzt merke ich, wie ich langsam keine Luft mehr bekomme. Da stimmt doch etwas nicht mit mir.«
Anna trat jetzt neben Ida und legte ihren Arm um sie. Ohne etwas zu sagen, blickten beide in den trostlosen Himmel, der in seinem Einheitsgrau wie eine undurchdringliche Wand über Hiddensee lag. »Bei diesem Wetter kann man

aber auch trübsinnig werden«, meinte Anna und drückte Ida fest an sich. »Aber das ist doch kein Grund, alles in Frage zu stellen. Du liebst Herbert doch.«
»Sehr sogar.«
»Dann lass nicht zu, dass er dich erdrückt. Ich weiß, Herbert ist so präsent, dass es schwerfällt, sich gegen ihn zu behaupten. Aber du bist doch stark genug.«
Ida atmete tief durch. »Da bin ich mir nicht so sicher«, erwiderte sie.
»Vielleicht brauchst du einfach nur etwas mehr Raum für dich und deine Kunst.«
»Wie stellst du dir das vor?«
Anna zuckte mit den Schultern. »Ich weiß es nicht, du musst es ausprobieren.«
»Aber was denn?«, fragte Ida verzweifelt.
»Mach eine Reise, fahr nach Paris, triff andere Menschen. Mach das, wonach dir ist.«
»Aber ich kann doch nicht einfach weg. Ich habe schon so viele Menschen in meinem Leben enttäuscht. Ich will nicht auch noch ihn verletzen. Nicht ihn, Anna. Nicht Herbert.«
»Wenn er dich wirklich liebt, wird er wollen, dass du ebenso glücklich bist wie er«, entgegnete Anna.
Ida stöhnte leise.
»Also wenn du mich fragst«, sagte Anna und musterte Ida dabei von der Seite. »Ich weiß, du hörst das nicht gerne. Aber ich glaube ja nach wie vor, dass Herbert nichts mehr fürchtet als deinen Erfolg und dass er sich auch deswegen mit dir nach Hiddensee zurückgezogen hat. Wenn es ihm nicht so wichtig gewesen wäre, ausschließlich hier zu leben, dann hätte er dich doch auch fragen können, was du willst. Findest du nicht? Aber so musste er kein Risiko ein-

gehen und hat jetzt schön alles unter Kontrolle und kann ziemlich sicher sein, dass nicht doch noch einer den wahren Wert deiner Bilder entdeckt.«

»Welcher Erfolg denn?« Ida schüttelte den Kopf. »Das ist doch Blödsinn. Wer versucht denn mir ständig seine Kunden zuzuschieben? Herbert hat bislang noch jeden in mein Atelier geführt.«

»Und mit welchem Ergebnis?«

»Keinem, wie du weißt.«

»Was ja auch nicht besonders verwunderlich ist. Ich bitte dich, Ida. Du musst deinen eigenen Weg gehen. Herberts Sammler sind nicht deine. Er malt doch ganz andere Bilder als du. Viel schwerere, erdigere, auf den ersten Blick tiefgründigere. Deine haben, zumindest in den besten Zeiten, etwas Leichtes, Schwebendes, und dabei sind sie um so vieles wahrhaftiger, dass Herbert von deiner Tiefe nur träumen kann.«

Ida lachte laut auf. »Du bist wirklich lustig. Herbert verkauft ein Bild nach dem anderen, er wird verehrt wie nie zuvor, und mir willst du weismachen, dass ich die bessere Künstlerin bin. Darf ich dich bitte schön daran erinnern, dass ich bislang noch kein einziges Bild verkauft habe?«

»Dann sorg dafür, dass sich das ändert«, sagte Anna energisch. »Und hör auf, dir einzureden, du wärst für die Ehe nicht gemacht oder das Leben hier. Für Hiddensee jedenfalls bist du wie geschaffen, und das weißt du auch. Du bist doch die Einzige von uns, die von den Insulanern freundlich aufgenommen wird, die sogar ganz im Süden, auf dem Gellen, jeden Flecken zu kennen scheint.«

»Weil ich mich eben für den Ort interessiere, an dem ich lebe.«

»Weil du gerne hier bist«, sagte Anna. »Aber weißt du, was auch noch ein Problem sein könnte?«

Ida schüttelte den Kopf.

»Herbert, Wilhelm und ich, wir haben dir eines voraus, wir sind schon etwas in der Welt herumgekommen. Da schöpft man dann aus dem Schatz, der sich im Lauf der Jahre angesammelt hat, und benötigt nicht mehr so viele Anregungen von außen.«

Ida nickte. »Daran habe ich noch gar nicht gedacht.«

»Dann denk mal darüber nach.« Anna lächelte ihr aufmunternd zu. »Ich werde mich so lange um den Küslick kümmern, damit der auch endlich mal zur Vernunft kommt.«

Als Anna sich verabschiedet hatte, nahm Ida das Bild von der Staffelei und stellte es zu den anderen an die Wand. Vielleicht hatte Anna ja recht. Vielleicht war alles ganz einfach, und sie würde nur ein paar neue Eindrücke sammeln müssen, einfach etwas anderes sehen, damit ihr Blick sich wieder weitete. Aber sie durfte Herbert auf keinen Fall enttäuschen. Nichts wäre schlimmer, als ihn zu verletzen, ihm das Gefühl zu geben, dass sie nicht glücklich mit ihm sei. Würde sie denn jemals zufrieden sein können? Ida schüttelte nachdenklich den Kopf.

Ihr Blick glitt die kahlen Wände ihres Ateliers entlang. Es sah aus wie das von Balthasar Vogel, als sie zum ersten Mal Herbert begegnet war. Grau und trist wie das Wetter draußen. Das konnte auch Herbert nicht wollen, dachte sie, dass sie ebenso verzagte wie Balthasar Vogel damals, nur weil sie noch immer kein einziges Bild verkauft hatte.

55

Als Herbert mit leuchtenden Augen zur Tür hereinkam, als er seine schweren Stiefel abstreifte, selbst als er sich mit einem zufriedenen Stöhnen zu Ida an den Tisch setzte und nach der dampfenden Teetasse griff, blieb Ida noch immer reglos sitzen und starrte ungläubig auf die Ansichtskarte, die vor ihr lag. Seit Tagen schon zerbrach sie sich den Kopf, seit Tagen fragte sie sich, wie sie Herbert erklären konnte, dass sie ihn liebte, aber mit ihren Bildern unzufrieden war, dass sie immer bei ihm bleiben wollte, aber in der Malerei weiterkommen musste, und am Vormittag war diese Karte ins Haus geflattert und lag nun vor ihr wie ein Geschenk, das sie scheinbar nur auszupacken brauchte.

»Ich war gerade in Vitte beim Kaufmann«, begann Herbert ohne Umschweife. »Morgen soll endlich die Fuhre mit den Keilrahmen und den Farben kommen, auf die ich jetzt schon seit über einer Woche warte. Wie gut, dass ich die Bestellung so frühzeitig aufgegeben habe, sonst würden wir schon längst auf dem Trockenen sitzen. Bevor der Winter kommt, müssen wir uns unbedingt noch einen größeren Vorrat zulegen. Ich habe mir überlegt, dass wir am besten schon nächste Woche anfangen, eine Liste zu machen. Bis Mitte Oktober sollten wir uns darüber im Klaren sein, was wir alles brauchen werden. Du erinnerst dich doch noch an den letzten Winter? Vier ganze Wochen war der Bodden zugefroren. Wenn der Winter in diesem Jahr ähnlich hart werden sollte, dann möchte ich mir keine Sorgen machen müssen, ob ich noch genügend Grün oder Braun habe oder Rot. Und du sicherlich auch nicht. Hast du eigentlich noch genügend von dem Kobaltblau, das ich das letzte Mal für dich bestellt habe?« Herbert sah zu Ida, und erst jetzt schien er zu bemerken, dass sie wie gebannt auf den Tisch starrte. »Hörst du mir eigentlich zu?«

»Sieh mal.« Ida hob langsam den Kopf und lächelte ihm zu. »Die Karte ist heute gekommen.« Sie zeigte auf die braunstichige Abbildung des Brandenburger Tors.

»Wieder eine von den unsäglichen Einladungen zu irgendwelchen Soireen und Vernissagen und Diners?«, fragte er abfällig.

Ida schüttelte den Kopf. »Fräulein Baum hat geschrieben.«

»Fräulein Baum? Ich kenne kein Fräulein Baum«, sagte er, während er seine Beine auf den Stuhl legte und wohlig stöhnte. »Ist denn sonst noch Post gekommen? Ich erwarte noch Nachricht von Karl. Einer dieser Sammler aus München, Obermaier oder so ähnlich, ich habe seinen Namen vergessen, wollte mich in diesem Monat auch noch beehren, und Karl sollte den Termin machen.« Er schüttelte den Kopf. »Ach, aber eigentlich wäre es mir ganz recht, man könnte das aufs nächste Frühjahr verschieben. Hast du nicht auch genug von diesen lästigen Besuchen? Immer diese Plaudereien über die Kunst, und dabei würden sich diese reichen Herren doch, ohne mit der Wimper zu zucken, auch einen von Werner ins Wohnzimmer hängen, wenn man ihnen nur sagen würde, dass seine Malerei neu, aufregend und bedeutend ist.« Herbert lachte laut auf und sah dabei in Idas ernstes Gesicht. »Ich weiß, ich sollte nicht so abfällig über meine Bewunderer sprechen, aber du weißt ja, wie ich das meine. Am liebsten wäre mir ohnehin, ich könnte meine Bilder Karl schicken, und er würde dann alles Weitere regeln.« Er nickte nachdenklich. »Vielleicht ist das gar kein so schlechter Gedanke. Was meinst du? Ida?« Herbert nahm die Beine vom

Stuhl und setzte sich jetzt aufrecht hin. »Täusche ich mich, oder stimmt mein Eindruck, dass du mit deinen Gedanken ganz woanders bist?«

Über Idas Gesicht huschte ein Lächeln. »Fräulein Baum ist meine alte Zeichenlehrerin aus der Malschule des Künstlerinnenvereins«, sagte sie.

»Und?«

»Sie war nicht irgendeine Lehrerin, sondern die einzige, die von Anfang an an mich geglaubt hat. Sie hat dafür gesorgt, dass ich das Stipendium bekommen habe, und hat mir viele wertvolle Ratschläge gegeben und mir gesagt, bei wem es sich lohnt, Unterricht zu nehmen, und bei wem nicht. Als ich damals …« Ida stockte und sah ihn verlegen an. »Du weißt schon, als ich und du, als wir uns zum ersten Mal geküsst haben und als ich danach so verzweifelt war und nicht mehr weiterwusste.«

»Aber Ida.« Herbert griff nach ihrer Hand. »Das ist doch alles schon so lange her. Wir beide«, sagte er und küsste ihre Fingerspitzen, »wir beide gehören doch jetzt für immer zusammen.«

»Ja, Herbert, das tun wir.« Sie legte ihre Hand über seine. Wie schön es war, seine Hand zu spüren, ihn zu spüren, ihm gegenüberzusitzen und ihn so nah bei sich zu haben, dachte sie, während ihr Blick erneut auf die Ansichtskarte fiel. Wie schaffte sie es nur, ihn nicht zu verletzen?

»Also, was ist mit diesem Fräulein Baum?«, fragte er, jetzt doch neugierig geworden.

»Ihr habe ich es zu verdanken, dass ich damals wenigstens noch ab und an die Malschule besucht habe, obwohl ich kaum noch am Unterricht teilgenommen habe«, fuhr Ida fort. »Sie hatte mir stets eine Staffelei reserviert und gesagt, dass ich jederzeit kommen könne.«

»Wie aufmerksam von ihr.«
Ida nickte.
»Und was ist jetzt mit ihr?«
»Heute kam diese Karte von ihr.«
»Schlechte Nachrichten?«
Ida schüttelte den Kopf. »Sie hat mir wieder einen Platz reserviert.«
»In der Malschule?«, fragte Herbert erstaunt. »Weiß das Fräulein denn nicht, dass du mittlerweile mit mir verheiratet bist und dass wir auf Hiddensee leben und nicht mehr in Berlin und dass es nicht mehr nötig ist, dir irgendwelche Plätze zu reservieren?«
»Prof. Mouchot aus Paris kommt im November überraschend an die Malschule«, sagte Ida.
»Mouchot?« Herbert nickte anerkennend. »Was um alles in der Welt hat der große Mouchot in dieser Damenmalschule verloren? Bist du sicher, dass es *der* Mouchot ist und nicht irgendein anderer Wald- und Wiesenpinsler, dessen Name so ähnlich klingt?«
»Jacques Mouchot.« Ida nahm die Karte und hielt sie Herbert hin. »Lies selbst. Es besteht kein Zweifel.«
»Liebe Frau Klausen, jeden Tag aufs Neue erfreue ich mich an Ihrem Bild.«
Herbert sah abrupt auf. »Welches Bild?«
»Ich habe ihr vor zwei Jahren, bevor wir aus Berlin weggegangen sind, zum Abschied das Porträt eines Hiddenseer Mädchens mit Blumenkranz geschenkt.«
»Das hast du einfach so weggegeben?«
»Erinnerst du dich etwa an das Bild?«
»Aber natürlich.« Herbert schüttelte den Kopf. »Du kannst doch diese Arbeit nicht verschenken.«
Ida lachte. »Und warum bitte schön nicht?«

»Es ist ...« Er schluckte, während er sie verwundert ansah. »Es war eines deiner besten. Du hättest mich fragen sollen. Ein so großes Geschenk macht man nicht einfach so«, sagte er tadelnd, bevor er, noch immer kopfschüttelnd, die Karte zur Hand nahm.

»Als ich hörte, dass Prof. Jacques Mouchot uns beehren wird, habe ich sofort an Sie gedacht und einen der wenigen Plätze in seinem Kurs für Sie reserviert. Bitte geben Sie bis zum 15. des Monats Bescheid, ob wir Sie erwarten dürfen. Ich bin gespannt auf Ihre neuen Werke! Herzliche Grüße, Ihre J. Baum.«

Herbert musterte sie mit zusammengekniffenen Augen. »Du denkst doch wohl nicht darüber nach, dieses Angebot anzunehmen?«

Ida atmete tief durch. »Du weißt doch, wie sehr ich in letzter Zeit mit meinen Bildern gehadert habe«, begann sie.

»Ja und? Das tut jeder Künstler«, sagte er. »Glaubst du etwa, ich zweifle nie? An so einer Krise wächst man doch. Du darfst nur nicht aufgeben.«

»Und genau das will ich auch nicht«, erwiderte sie entschieden. »Aber um weiterzukommen, fehlt mir ein neuer, frischer Blick von außen.«

»Ach, und du denkst, dieser Mouchot hätte dir etwas Schlaues zu sagen?«

»Vielleicht. Es wäre doch einen Versuch wert.«

»Du kannst jederzeit meinen Rat einholen, Ida. Ich bin Tag und Nacht für dich da, ich bin derjenige, der dich am besten kennt, der weiß, wo deine Stärken und Schwächen liegen. Warum fragst du nicht mich? So viele Künstler reißen sich darum, meine Meinung zu ihren Werken zu erfahren. Jede Woche kommt ein neuer Brief mit der Bitte, mir doch

Bilder anzuschauen. Und meine eigene Frau interessiert sich nicht für mein Urteil?«

»Aber das habe ich doch nie gesagt.« Ida schüttelte den Kopf. »Du weißt ganz genau, dass mir deine Meinung die wichtigste ist.«

»Und warum treibt es dich dann in die Arme dieses Mouchot?«

»Da bin ich noch nicht einmal in Berlin, und schon liege ich in seinen Armen?«

»Hast du mir nicht etwas versprochen?«

Ida sah ihn fragend an.

»Du wolltest immer bei mir bleiben«, sagte er. »Weißt du das nicht mehr?«

»Aber ich verlasse dich doch nicht. Ich will nur aus dieser kleinen künstlerischen Krise herauskommen, mehr nicht«, erwiderte sie so ruhig wie möglich, während sie innerlich zitterte vor Erregung. Sie hatte es gewusst. Er war enttäuscht. Dieser Blick. Dieser kalte Blick. Ein Schauer durchlief ihren ganzen Körper. Er sah sie an, als wäre sie eine Fremde. »Wir könnten doch gemeinsam fahren«, sagte sie und zwang sich zu einem Lächeln. »Dann würden wir den Winter eben in Berlin verbringen und nicht auf Hiddensee. Das würde dir auch die lästigen Bestellungen ersparen, und du müsstest dich nicht um deine Farb- und Leinwandvorräte sorgen.«

»Niemals! Ich verbringe doch diese graue Zeit nicht in diesem grauen Berlin!«

»Aber es wäre doch nur für zwei Monate.«

Herbert schüttelte den Kopf.

»Verstehst du denn nicht, dass ich weiterkommen möchte? Dass ich noch mehr lernen möchte? Du hast an der Akademie studiert, Herbert. Du warst in Paris. Du hast doch auch alles aufgesogen, was man dir geboten hat, bis du zu dem wurdest, der du bist, der Begründer eines modernen, eigenen Stils, mit dem man deinen Namen immer in Verbindung bringen wird. Wenn einer versteht, dass man neue Anregungen braucht, um sich weiterzuentwickeln, dann bist es doch du«, sagte sie eindringlich und ließ ihn dabei nicht aus den Augen. »Bitte, Herbert. Du bist doch keiner von diesen bornierten Herren, die in ihren Ministerien sitzen und uns Frauen das Studieren verbieten. Du bist doch immer mein Förderer gewesen, der, der mein Talent unterstützt und anerkannt hat.« Ida streichelte zärtlich über seine Hand, während sein starres, regloses Gesicht ihr noch immer Angst einjagte. »Gesteh mir doch auch das Recht auf neue Erfahrungen, neue Eindrücke, einfach etwas Neues zu. Wir beide«, fuhr sie mit zitternder Stimme fort, »wir kennen uns mittlerweile so gut, dass der Blick des einen auf den anderen vielleicht nicht mehr ganz so überraschend ist wie der eines Außenstehenden. Glaubst du nicht auch?«

»Nicht mehr überraschend?« Herbert schüttelte den Kopf. »Ich dachte, du wärst glücklich hier, mit mir. Das war es doch, was du immer gewollt hast. Selbst als ich noch gar nicht frei war für dich. Warum setzt du das jetzt alles aufs Spiel?«

»Aber Herbert.« Ida schluckte. »Ich bin doch nicht nur deine Ehefrau, ich bin doch auch Künstlerin.«

»Das bestreite ich ja gar nicht. Wer hat dir denn hier das Atelier eingerichtet? Wer versorgt dich denn mit Farben und Leinwänden? Wer lässt dir denn alle Freiheiten zum Malen?«

»Dafür bin ich dir unendlich dankbar, und das weißt du auch.« Ida lächelte und zog seine Hände ganz dicht zu sich heran. »Mein Wunsch, diesen Kurs zu belegen, richtet sich doch nicht gegen dich. Er ist nur ein Ausdruck meiner Sehnsucht, besser zu werden. Ich glaube, dass ich das kann. Aber ich spüre, dass ich dafür mehr brauche als die Möglichkeit, so viel und so lange malen zu können, wie ich will. Du als Künstler, du musst mich doch verstehen.«

Herbert musterte sie nachdenklich, als würde er in ihren Augen, auf ihren Lippen, in ihrem ganzen Gesicht nach einem Beweis für ihre Unaufrichtigkeit suchen. »Wenn diese Karte von diesem Fräulein Baum nicht gekommen wäre«, fragte er schließlich, nachdem er lange Zeit stumm auf Idas zärtliches, ja, fast flehentliches, der Verzweiflung nahes Lächeln geblickt hatte, »wärst du dann auch auf die Idee verfallen, dass du neue Erfahrungen brauchst?«

»Ja«, antwortete sie und legte ihren Kopf auf seine Hände. »Den Gedanken trage ich schon länger mit mir herum. Ich wusste nur nicht, wie ich es dir beibringen sollte.«

Herbert stöhnte leise. Helene hätte ihn nie verlassen, schoss es ihm plötzlich durch den Kopf. Sie hatte es immer für selbstverständlich genommen, dass sein Leben auch ihres war. »Du hast so weiches, feines Haar«, sagte er leise, »als hätte es Botticelli gemalt.«

»Und du hast Hände wie ein warmes Federbett«, flüsterte sie und schloss die Augen.

Beide schwiegen sie jetzt. Ida, deren Wange auf seinen Händen lag und die sich wünschte, sie könnte ihm immer so nahe sein wie jetzt in diesem Moment, in dem sie dachte, dass sie sich auch ohne Worte verstanden, und Herbert, der sie nachdenklich betrachtete wie ein Gemälde, das er in seinen Feinheiten erst noch erkunden musste.

»Ich war doch gestern bei Jakob Krüger«, sagte er. »Und wenn wahr wird, was er vorhat. Also, wenn es ihm tatsächlich gelingt, hier so etwas wie ein zweites Barbizon ins Leben zu rufen, mit vielen Künstlern, die auf Hiddensee wohnen und arbeiten wollen. Hättest du dann noch immer das Bedürfnis, von hier wegzugehen?«

»Ich will doch gar nicht weg von Hiddensee, nicht für immer, mein Herz hängt doch genauso sehr an der Insel wie deines. Ich muss nur meinen Blick wieder schärfen, sonst werde ich blind für die Schönheit hier. Lass uns gemeinsam fahren. Bitte.«

»Wo sollen wir deiner Meinung nach denn wohnen?«

»Anna überlässt uns bestimmt ihre Wohnung.«

Herbert atmete tief durch. »Es ist also nur dieser eine Kurs, der dich nach Berlin zieht?«

Ida nickte.

»Weil du glaubst, noch nicht genug von anderen Lehrern gelernt zu haben?«

»Ja«, flüsterte sie.

»Und du meinst, zu Weihnachten bist du wieder zurück?«

Ida nickte erneut, während Herbert seine rechte Hand unter ihrem Kopf hervorzog und über ihr Haar strich. »Du weißt, dass ich anderer Meinung bin, aber ich will mir nicht vorwerfen lassen, wie einer dieser Herren Minister zu sein und dir Fesseln anzulegen.«

»Du kommst nicht mit?«

»Du weißt doch, wie froh ich war, in diesem Herbst ausnahmsweise mal nicht in Berlin auszustellen. Da kann ich mir beim besten Willen nicht vorstellen, zwei ganze Monate in dieser Stadt zu verbringen, in der es nur so vor Menschen wimmelt, die einem keine Ruhe lassen.«

»Du wirst mir schrecklich fehlen«, sagte sie, während sie sich langsam aufrichtete.

»Dann bleib, bleib hier. Du musst nicht gehen.« Er nahm

jetzt ihr Gesicht in beide Hände und sah sie eindringlich an. »Bleib bei mir.«
Idas Augen füllten sich mit Tränen. Sie liebte ihn so sehr, gerade jetzt vielleicht mehr als je zuvor. Seinen Blick, seine Stimme. Wie sollte sie nur zwei Monate ohne diese Stimme auskommen? Seine sanften Berührungen, die sie am ganzen Körper erzittern ließen. Aber wenn sie nicht ginge, wenn sie alles beim Alten beließe, dann würde sie sich das nie verzeihen. »Doch, ich muss«, sagte sie leise.

56

Es war so still, dass Ida kaum wagte zu atmen in diesem großen, hohen Raum, in dem eine Staffelei neben der anderen stand und in dem sie, wie neunzehn andere Frauen auch, gebannt auf den älteren, recht dicklichen, graubärtigen kleinen Herrn blickte, der in diesem Moment gerade seinen Umhang ablegte und sich auf das Podest in der Mitte des Raums stellte wie eine Figur aus der Antike. Man hatte es ihnen vorher nicht gesagt, aber dieser Mann, der jetzt nackt vor ihnen stand und der sie alle in Ehrfurcht erstarren ließ, war ohne jeden Zweifel kein Geringerer als Jacques Mouchot, der Schöpfer so großer Werke wie *Landschaft im Abenddunst* oder *Pont Desmoiselles*, von dem sie sich erhofften, alles über Farben und deren Wirkung zu lernen. Der Meister der Leichtigkeit hatte sich, ohne ein Wort an sie zu richten, vor ihnen entblößt und schien nun darauf zu warten, dass sie ihn malten. Ida blickte sich vorsichtig um. Über manche Gesichter konnte sie ein zaghaf-

tes Lächeln huschen sehen, während auf anderen der Schreck wie eingemeißelt zu sein schien, dass sie sich fragte, ob diese Frauen überhaupt schon jemals einen nackten Mann gesehen hatten.
Es war alles da, Pinsel, Ölfarben, Kohlestifte, Kreide. Sie musste nur zugreifen. Wie zu Hause, dachte sie. Aber da hatte sie schon lange nicht mehr so sprachlos vor einem Motiv gesessen wie jetzt, so erstaunt, so überrascht, so freudig erregt über das Unerwartete, das sich ihr plötzlich darbot, als würde ihr der Anblick des nackten Künstlers neues Leben einflößen. Nicht, weil er ein besonders schöner Mann gewesen wäre, ganz im Gegenteil, seine Haut war schlaff und faltig, über seine Beine zogen sich die Adern wie mäandernde Flussläufe, sein Bauch quoll über seine Schambehaarung, von seinen Haaren war nur noch ein schmaler grauer Kranz übrig geblieben, seine Nase war spitz, die Augenbrauen wucherten bis zum Nasenansatz, aber er stand dort, regungslos, wo Ida und alle anderen auch allenfalls eine Schale mit Obst oder einen bunten Strauß Blumen erwartet hätten.
Der Abschied von Herbert war ihr schwergefallen, noch schwerer, als sie befürchtet hatte. Sie hatte in sein ernstes Gesicht geblickt und ihn angefleht, er möge sie auch weiterhin lieben so wie sie ihn, aber jetzt, da sie in diesem Raum saß vor dieser großen Staffelei und, ohne zu zögern, nach den Öltuben griff und die Farben wie einen saftigen Regenbogen auf ihrer Palette leuchten sah, da wusste sie, dass sie alles richtig gemacht hatte. Ida malte und malte. Ohne nach links und rechts zu schauen, malte sie diesen alten nackten Mann in kräftigen Gelbtönen, der ihr mit jedem Pinselstrich lebendiger geriet, bis er schließlich so aussah, als würde er von der Sonne bestrahlt und als wäre

sein schwerer Körper leicht wie eine Feder, während man meinte, auf seinem in Brauntönen gehaltenen, wie im Schatten liegenden Gesicht die Sorgen eines ganzen Lebens erkennen zu können.

Erschöpft legte Ida den Pinsel aus der Hand und wischte sich ihre schweißnassen Finger an ihrem dunkelblauen Kleid ab. Schon lange nicht mehr hatte sie mit diesem Eifer gemalt, mit dieser Wucht, die sie durchströmte, diesem Gefühl, dass es um alles ging, um alles, was sie ausmachte, um ihr ganzes Leben. Wenn doch nur Herbert sehen könnte, wie glücklich sie war, wie müde, aber zufrieden, wenn er verstehen könnte, dass sie die Kunst ebenso brauchte wie ihn, dann hätten sich alle ihre Wünsche erfüllt.

An diesem Tag wie auch an allen weiteren in diesen ersten drei Kurswochen richtete Prof. Mouchot kein einziges Wort an seine Schülerinnen. Stets stellte er sich zu Beginn des Unterrichts nackt auf das Podest, und wenn die vier Stunden vorüber waren, warf er seinen Umhang über und ging, ohne auch nur einen flüchtigen Blick auf die Bilder zu werfen, lautlos aus dem Raum.

Umso lauter war dafür das Getuschel, wenn die Schülerinnen unter sich waren. Es war, als würden sie alle einer heiligen Zeremonie beiwohnen, von der niemand sagen konnte, wie sie enden sollte. Die einen waren sich sicher, dass er bis zum Schluss schweigen würde, die anderen erwarteten jederzeit einen Wutausbruch, wieder andere behaupteten, dass seine leise und hohe Stimme für das menschliche Ohr ohnehin kaum zu verstehen sei, eine glaubte gehört zu haben, dass er schon seit zehn Jahren nicht mehr sprach, eine andere schwor Stein und Bein, dass er ihr beim Hinausgehen »bravo« zugeflüstert habe, während drei der Schülerinnen dem Unterricht nach dem dritten Tag ferngeblieben

waren, weil ihnen diese stumme nackte Anwesenheit unheimlich geworden war.
Nur Ida malte, ohne sich darum zu kümmern, was um sie herum geschah. Plötzlich schien es gar nicht mehr wichtig, ob ein anderer einen Blick auf ihre Bilder warf und sie mit seinen Gedanken anregte. Durch diese stillen Momente mit diesem nackten, ihr fremden Mann fühlte sie sich derart bereichert, dass sie glaubte, fortan aus der Fülle eines großen Lebens schöpfen zu können.
Sie schrieb Herbert, wie froh sie sei, diesen Schritt gewagt zu haben, wie sehr sie ihm danke, dass er ihr diese Erfahrung ermöglicht habe, und sie schilderte ihm ihre Bilder in allen Einzelheiten, die sich nur durch Nuancen unterschieden. Mal hatte sie die Hände rot gemalt, mal braun, mal sonnengelb, mal seiner Nase einen Grünstich verpasst, mal seine Augen wie in einer Höhle vergraben. Nichts, was sie bewegte, ließ sie in ihren langen Briefen aus. Auch nicht die Trauer, die sie übermannt hatte, als sie zum ersten Mal seit langem wieder einen Abend in der Grünen Maus verbracht hatte und plötzlich geglaubt hatte, an einem der Tische Stanislaus sitzen zu sehen.
Ida wollte, dass er alles genau so erlebte wie sie, dass er überall bei ihr war, morgens, wenn sie die Straßenbahn nahm, und abends, wenn sie mit ihren Mitschülerinnen das Apollo-Theater besuchte oder im Wintergarten zum ersten Mal bewegte Bilder sah, kleine Filme, in denen Menschen in zackigen Bewegungen durchs Bild hüpften. Sie schrieb ihm, wo und wann sie ihren Kaffee getrunken hatte und dass der Wein im Café des Westens am Kurfürstendamm besser schmeckte als der im Café Bauer Unter den Linden, dass sie an seiner alten Wohnung vorbeigekommen sei und dass dort jetzt Gardinen in den Fenstern

hingen, mit denen er sich allenfalls seine farbverschmierten Hände säubern würde, so geschmacklos sei dieser dunkelbraune samtene Brokatstoff gewesen. Dass sie von seiner Wohnung gesprochen hatte, war erst keine Absicht gewesen, aber dann hatte sie sich doch nicht korrigiert, weil die wenigen Monate, die sie in dieser Wohnung verbracht hatte, ihr plötzlich so unbedeutend erschienen waren im Vergleich zu seinen acht Jahren, dass sie sogar verstehen konnte, warum er die Wohnung damals, ohne sie zu fragen, verkauft hatte. Sie berichtete von ihrem Besuch im gerade eröffneten Kaiser-Friedrich-Museum und dass dieses mächtige Gebäude noch prächtiger sei als die Nationalgalerie, in der im Übrigen, wenn stimmte, was erzählt wurde, demnächst ein Bild von Stanislaus hängen sollte.

Dass ihn jedes Mal ein Schauer durchlief, wenn er ihre Briefe las, dass er meinte, wieder mittendrin zu stehen im Gewusel von Berlin, obwohl er doch nichts weiter als die Stille suchte, dass er mit jedem Schritt, den sie dort machte, fürchtete, sie entfernte sich von ihm, ahnte sie nicht. Für sie waren ihre Briefe Zeugnisse ihrer Liebe und ihrer Hoffnung, zurück auf Hiddensee ein erfülltes Leben an seiner Seite führen zu können. Dass sie von ihm bislang keinen Brief erhalten hatte, beunruhigte sie nicht. So hatten sie es vereinbart. Sie würde schreiben und er nur antworten, wenn es etwas Wichtiges mitzuteilen gab.

In der vierten Kurswoche, an einem Mittwoch, Ida ging gerade den Flur im zweiten Stock des Künstlerinnenvereins entlang, trat plötzlich Prof. Mouchot aus einer der ansonsten verschlossenen Türen. Er kam direkt auf sie zu, legte seine Hand auf ihre Schulter und beugte sich so dicht an ihr Ohr, dass sie für einen kurzen Augenblick glaubte, er wolle die Form ihrer Ohrmuschel studieren. Er freue sich, sie morgen Abend zum Diner bei Fräulein Baum begrüßen zu dürfen, hauchte er so leise, dass Ida sich nicht sicher war, ob sie ihn tatsächlich richtig verstanden hatte, aber sie war so überrascht, seine Stimme zu hören, dass sie ihn nur sprachlos anstarrte, und als sie wieder zu sich gekommen war, war er auch schon hinter einer der anderen Türen verschwunden.

Ein Essen mit Prof. Mouchot? Den ganzen Unterricht über konnte sie sich kaum auf ihr Bild konzentrieren und fragte sich stattdessen, ob sie sich nicht doch verhört hatte. Vielleicht war sie ja einer ähnlichen Illusion aufgesessen wie die Mitschülerin, die geglaubt hatte, er lobe ihr Bild. Reglos wie immer stand er auf seinem Podest und würdigte sie keines Blickes. Nein. Ida schüttelte den Kopf. Er konnte nicht sie gemeint haben. Er beachtete sie und ihre Bilder doch ebenso wenig wie alle anderen auch.

57

So hastig hatte Ida noch nie einen Brief geöffnet wie den, den sie am Abend in Annas Wohnung vorgefunden hatte. Und dabei hätte sie ihn fast übersehen. Er war unter den Teppich gerutscht, und hätte sie sich nicht ohnehin gebückt, weil dort eine weitere Nachricht lag, sie hätte ihn vermutlich erst Tage später entdeckt.

»Meine liebe Ida, jetzt schreibe ich also doch«, las sie, während sie, den Wintermantel noch bis zum Hals zugeknöpft, in die Küche eilte und dort eine Kerze entzündete, um besser sehen zu können. »Wie es Dir geht, muss ich ja wohl nicht fragen. Deinen vielen Briefen entnehme ich, dass Du Dich sehr gut amüsierst. Wie Du Dir denken kannst, geht hier alles seinen Gang, und es gibt nichts Neues zu berichten. Warum ich schreibe? Deine Schwester Johanna hat mich gestern beehrt, das heißt, eigentlich wollte sie natürlich Dich sprechen.«

Johanna? Ida erschrak. Was wollte Johanna bei ihr? Außer Lilla, die sie hin und wieder besucht hatte, war seit ihrer Hochzeit niemand mehr von ihrer Familie auf Hiddensee gewesen.

»Sie ist gekommen, wie sie sagte, weil sie auf ihren Brief keine Antwort erhalten hatte. Sie konnte natürlich nicht wissen, dass Du in Berlin bist und ich Dir Deine Post nicht hinterherschicke. So wichtig schien mir dieser Brief, der vor zwei Wochen für Dich hier angekommen war, nicht gewesen zu sein. Wie dem auch sei, ich soll Dir ausrichten, Du mögest Dich so schnell wie möglich mit ihr in Verbindung setzen beziehungsweise Dich, ich zitiere, ›persönlich blicken lassen‹. Denn, ich zitiere weiter, ›Ida wird ja wohl nicht bis an ihr Lebensende schmollen wollen‹. (Ich wusste gar nicht, dass Du so nachtragend bist!?) Wenn ich Johanna richtig verstanden habe, geht es um Ungereimtheiten, die sie in irgendwelchen Büchern entdeckt hat und zu denen Dein Vater keine Auskunft geben kann oder will. Es scheint ihm nicht sehr gut zu gehen, und für meine Ohren klang es so, als würde er erwarten, dass Du ihn besuchst, bevor er sich dazu äußert.

Bin ich froh, dass meine Eltern schon vor langem verstorben sind und ich keine Geschwister habe! Entschuldige bitte meinen Sarkasmus. Aber Deine Schwester kann ziemlich forsch sein, und wenn plötzlich so ein rauher Ton in mein

an Einsamkeit gewöhntes Ohr dringt, fühle ich mich genötigt, erst einmal einige Schritte zurückzuweichen.
Meine liebe Ida, ich kann nicht beurteilen, wie dringlich der Besuch bei Deinem Vater tatsächlich ist, aber vielleicht solltest Du früher als geplant zurückkommen. Ich für meinen Teil kann es jedenfalls kaum erwarten, Dich wieder hier bei mir zu haben. Es ist nämlich recht kalt geworden, und ohne Dich scheint mir dieses Haus noch zugiger zu sein. Also, verpack Deine Bilder und schick sie per Post, und Du, setz Dich in den Zug und eile nach Hause. Gesehen und gelernt hast Du doch jetzt genug. Wenn dieser Mouchot bislang nicht gesprochen hat, dann spricht er auch nicht mehr. Diese Franzosen müssen sich einfach immer wichtiger machen, als sie in Wirklichkeit sind.
Komm nach Hause! Hier wartet Dein Dich liebender Mann auf Dich! Sei geküsst und gegrüßt, Herbert.«
Ihr Vater war krank? Idas Atem ging schnell. Sie hätte ihm schon längst die Hand reichen sollen, immer wieder hatte sie es sich vorgenommen, immer wieder einen Besuch in Stralsund geplant und war doch in letzter Sekunde davor zurückgeschreckt. Nachdenklich zog sie ihren Mantel aus und legte ihn über den Stuhl. Warum ist Herbert nicht deutlicher geworden? Johanna hatte ihm doch bestimmt gesagt, was mit ihrem Vater war? Sie nahm doch nie ein Blatt vor den Mund. »Es scheint ihm nicht sehr gut zu gehen«, las sie erneut. Das konnte wirklich alles bedeuten. Vielleicht lag er im Sterben, und jede Sekunde zählte. Nicht auszudenken, wenn er starb und sie vorher nicht mehr mit ihm gesprochen hatte, keinen Versuch mehr unternommen hatte, sich mit ihm zu versöhnen. Aber wenn er tatsächlich im Sterben lag, dachte sie, dann hätte Herbert ihr das doch geschrieben. Warum sollte er ihr das verschweigen? Sie war

doch kein Kind, das man schonen musste. Und was meinte Johanna mit Ungereimtheiten?

Ida stöhnte leise. Wenigstens ging es Herbert gut. Als sie den Brief unter dem Teppich hervorgezogen hatte, war sie vom Schlimmsten ausgegangen. Für einen kurzen Augenblick hatte sie tatsächlich gedacht, er wolle sie nie mehr wiedersehen. Wie hatte sie nur auf diesen Gedanken kommen können? Er vermisste sie doch genauso sehr wie sie ihn, und er machte nicht den Eindruck, als wäre sie ihm in den knapp vier Wochen fremd geworden. Nein, seinetwegen musste sie sich wirklich nicht sorgen.

In Gedanken bei ihrem Vater, warf sie zwei Briketts in den Ofen und stellte einen Topf Wasser auf den Herd. Es war kalt in Annas Wohnung, und die Kohlevorräte reichten gerade noch für einen Tag. Sie würde morgen dem Hausmeister Bescheid sagen müssen, dachte sie und erstarrte fast im gleichen Augenblick.

Erst jetzt fiel ihr Blick auf den zweiten Umschlag, der aus ihrer Manteltasche ragte. In der ganzen Zeit hatte sie nicht einmal Post bekommen und heute gleich zwei Briefe. Es war kein Absender vermerkt, aber sie kannte die Schrift. Was, wenn tatsächlich …? Sie wagte nicht, den Gedanken zu Ende zu führen. Vorsichtig öffnete sie das cremefarbene Kuvert und zog eine Karte hervor, die auf den ersten Blick aussah wie eine Einladung zu einer Ausstellungseröffnung. Auf der Vorderseite war ein Holzschnitt gedruckt, der die Ansicht eines festlich gedeckten Tisches zeigte, auf der Rückseite war in geschwungener Schrift die Bitte vermerkt, doch am 28.11.04 um 19 Uhr in der Regentenstraße 42 zum Diner bei Fräulein Baum zu erscheinen.

Sie hatte sich also nicht verhört. Fräulein Baum lud sie für morgen Abend zum Essen ein. Ob die Einladung an alle gegangen war? Vielleicht war dieses Diner ja Teil des Kurses, dachte sie und stellte sich vor, wie Jacques Mouchot an der Stirnseite einer langen Tafel thronte und jede ihrer Arbeiten bis ins kleinste Detail genüsslich sezierte, während sie und ihre Mitschülerinnen vor Angst erzitterten. Vielleicht wäre es doch besser, er würde einfach weiter schweigen. Andererseits. Sie wiegte nachdenklich den Kopf. In letzter Zeit hatte sie sich schon das ein oder andere Mal gefragt, was er wohl über ihre Bilder dachte. Wenn er auch nur einen einzigen nennenswerten Ansatz in ihren Arbeiten erkennen würde, dann könnte sie beruhigt nach Hause fahren.

Aber was machte sie sich überhaupt Gedanken? Sollte sie nicht schleunigst ihre Sachen packen und in den nächsten Zug steigen und nach Stralsund fahren? Ihr Vater war krank und wollte sie sprechen. Sie, die er seit sieben Jahren nicht mehr gesehen hatte, die ihm so viel Kummer bereitet hatte.

Herberts Brief und die Einladung zum Essen lagen direkt nebeneinander auf dem Küchentisch, und Idas Blick wanderte unruhig von einem zum anderen. Plötzlich hielt sie inne. »Dein Dich liebender Mann«, las sie, und ein Lächeln huschte über ihr Gesicht. Gesagt hatte er es ihr schon oft, aber geschrieben noch nie. Wie gut es tat, diese Worte zu lesen. Vielleicht war dies die wichtigste Zeile von allen. Ob und wie schwer krank ihr Vater war, was er ihr zu sagen hatte, wer zum Diner geladen war und weswegen es gegeben wurde, all das blieb im Ungefähren, aber dass Herbert sie liebte, dass er sie noch immer liebte, obwohl sie eigene Wünsche hatte, unabhängig von ihm, das stand da, schwarz auf weiß.

58

Ida war spät dran. Vor dem Ticketschalter am Stettiner Bahnhof hatte sie ungewöhnlich lange warten müssen, und jetzt eilte sie zu Fuß die Friedrichstraße entlang, da ihr die Straßenbahn direkt vor der Nase entwischt war. Morgen früh um sieben Uhr fünfundvierzig ging ihr Zug nach Stralsund, aber in einer Viertelstunde musste sie bei Fräulein Baum sein. Von hinten polterte eine Pferdebahn heran, und Ida sprang auf und quetschte sich in den vollbesetzten Waggon. In der Leipziger Straße stieg sie aus, rannte in den nächsten Blumenladen, kaufte fünf gelbe und drei weiße Rosen, die einzigen Blumen, die noch frisch aussahen, und erwischte gerade noch rechtzeitig die Bahn bis zum Potsdamer Platz. Von dort war es nicht mehr weit bis zu Fräulein Baum.

Ihre Wohnung lag im vierten Stock, und so schnell sie konnte, hastete Ida die Stufen nach oben.

»Nur die Ruhe, meine Liebe«, rief ihr Fräulein Baum über das Geländer gebeugt zu, »nicht dass Ihnen auf den letzten Metern noch die Puste ausgeht und wir ohne Sie dinieren müssen.«

»Entschuldigen Sie bitte die Verspätung, aber ich bin aufgehalten worden, und dann ist mir auch noch die Bahn entwischt«, keuchte Ida, als sie oben angekommen war und ihr mit einem verlegenen Lächeln die Blumen überreichte. »Herzlichen Dank für die Einladung.«

»Sie sehen aus, als könnten Sie eine Erfrischung gut gebrauchen. Treten Sie ein, Frau Klausen«, sagte Fräulein Baum und öffnete die Schiebetür zum Salon.

Dort saß er, Jacques Mouchot, ein gefülltes Rotweinglas

vor sich und eine Zigarre zwischen den Lippen, und schien sich gerade neugierig nach den Kunstwerken an den Wänden umzusehen, während der Herr zu seiner Linken mit dem Finger auf eine kleine Bronzeplastik deutete, die auf einem Sockel stand. Ida sah verwundert zu Fräulein Baum.

»Wo sind die anderen?«

»Wen meinen Sie? Mit Ihnen sind wir jetzt vollzählig. Jacques Mouchot kennen Sie ja bereits, und das ist Bruno Kranz, Mouchots Kunsthändler in Berlin.«

Ida schluckte. Der Tisch war tatsächlich nur für vier Personen gedeckt. »Sehr erfreut. Ida Klausen«, sagte sie etwas eingeschüchtert und setzte sich Jacques Mouchot direkt gegenüber. Aus der Nähe sah er noch faltiger aus, aber seine Augen, die sonst eher so wirkten, als würde er sie am liebsten verstecken, glänzten dafür umso heller.

»Sie müssen sich nicht vorstellen, Frau Klausen. Ich weiß, wer Sie sind«, sagte Bruno Kranz mit einem Lächeln. »Ich freue mich, Ihre Bekanntschaft zu machen.« Er erhob sich und deutete einen Handkuss an, während Jacques Mouchot ihr nur wortlos zunickte, ohne dabei eine Miene zu verziehen.

Ida sah ihn verwundert an, aber noch ehe sie fragen konnte, woher er glaubte sie zu kennen, trug Fräulein Baum auch schon den Kalbsbraten auf, reichte Kartoffeln und Möhren und schenkte ihr Champagner ein.

»Jetzt lasst uns erst einmal essen. Jacques fällt mir sonst noch vom Fleisch, und Sie, Frau Klausen, sehen mir auch ziemlich hungrig aus.« Fräulein Baum lachte. »Guten Appetit. Auf einen schönen Abend.«

Jacques Mouchot fiel über seinen Teller her, als hätte er seit Wochen nichts mehr gegessen. »Formidable«, sagte er schmatzend, bevor er ein Stück Braten mit einem großen

Schluck Wein hinunterspülte und sich erneut über seinen Teller beugte und die Kartoffeln in der Soße zerdrückte. Ida sah ihn verblüfft an. Er hatte gerade tatsächlich in ganz normaler Lautstärke gesprochen. »Schmeckt es Ihnen auch, ma chère?«, fragte er Ida und lächelte sie mit einem breiten Grinsen an.
»Sehr gut, danke«, hauchte Ida, die es noch immer nicht fassen konnte, dass sie mit Jacques Mouchot an einem Tisch saß und dass dieser Mann, der sie mehr als drei Wochen angeschwiegen hatte, jetzt mit einer Selbstverständlichkeit das Wort an sie richtete, als hätte er nie etwas anderes getan.
»Essen Sie«, sagte er und zeigte mit seinem Messer auf ihren vollen Teller. »Sie werden noch viel Kraft brauchen.«
Ida nickte und blickte fragend zu Fräulein Baum, die ihr jedoch nur freundlich zulächelte. Sie würde tatsächlich viel Kraft brauchen, morgen, wenn sie ihren Vater nach so langer Zeit zum ersten Mal wiedersah, aber davon konnte Mouchot beim besten Willen nichts wissen, auch wenn sein Kunsthändler vorgab, sie zu kennen. Viel Kraft? Vielleicht war das auch nur so eine französische Redensart, die sie nicht kannte. Während die anderen noch Fleisch nachnahmen und von den Kartoffeln, bekam Ida kaum einen Bissen hinunter.
»Ich habe gehört, Sie besuchen gerade den Unterricht unseres geschätzten Mouchot«, sagte Bruno Kranz und verpasste seinem Freund einen Klaps auf den Rücken. »Ganz schön gewieft, unser Künstler hier. Stellt sich einfach nackt in die Klasse. Sagen Sie, ist da nicht ein Aufschrei des Entsetzens durch die Reihen gegangen? Ich meine, unser Jacques ist ja nicht gerade ein zweiter David. Sehen Sie sich diesen alten Franzosen doch an. Aber wem sag ich das.« Er

lachte. »Sie müssten mittlerweile jedes Äderchen an ihm kennen.«

Ida blickte verlegen zu Mouchot. In Wahrheit hatte sie das Gefühl, von Mal zu Mal weniger über ihn zu wissen, aber das erwähnte sie lieber nicht. Ob das hier so eine Art Prüfung war? »Ach, wissen Sie«, sagte sie und versuchte dabei so selbstbewusst wie möglich zu klingen, »ich habe schon einige Aktklassen besucht. Aber ich gebe zu, diese ist mit Abstand die ungewöhnlichste.«

»Das glaube ich Ihnen gern.« Bruno Kranz schüttelte den Kopf. »Was täten wir Deutschen nur ohne euch Franzosen?«

»Euch schrecklich langweilen«, antwortete Jacques Mouchot verschmitzt.

»Wenn ich geahnt hätte, dass er sich diesen Spaß erlaubt«, sagte Fräulein Baum mit einem entschuldigenden Lächeln, »dann hätte ich es wohl nicht gewagt, Sie aus Ihrer Idylle wegzulocken.«

»Wie gut also, dass du ahnungslos warst.« Bruno Kranz nickte Ida anerkennend zu. »Sehr gut sogar. Sagen Sie, Frau Klausen, das Bild, das Sie Jeanne, ich meine, Fräulein Baum, vor einigen Jahren geschenkt haben, wann haben Sie das gemalt?«

Ida sah ihn verwundert an. »Sie meinen das Mädchenporträt?«

»Ja, genau.«

»Vor drei Jahren ungefähr«, sagte sie und sah ihn dabei so verunsichert an, als würde sie jederzeit erwarten, von ihm ausgelacht zu werden. Was hatten nur plötzlich alle mit diesem Bild? Erst Herbert neulich und jetzt dieser Kunsthändler, dessen Namen sie bis vor kurzem noch nie gehört hatte.

»Ich habe mir vor einigen Tagen erlaubt, es Jacques zu zeigen, und Jacques wiederum hat es Bruno gezeigt. Sie wissen ja, wie das so läuft«, sagte Fräulein Baum. »Noch Champagner, Frau Klausen?«

Wie was läuft? Ich weiß gar nichts, dachte Ida, während sie Fräulein Baum ihr Glas hinhielt und sie anstarrte, als hätte sie sie noch nie gesehen.

»Und dann hat sie erwähnt, dass Sie Jacques' Klasse besuchen, und voilà, nun sitzen wir alle versammelt um diesen Tisch und wollen mehr von Ihnen sehen«, sagte Bruno Kranz lachend.

»Mehr sehen wovon?«, fragte Ida erstaunt, die sich noch immer nicht sicher war, ob sie hier nicht vielleicht doch gerade Opfer eines Scherzes wurde. Immerhin war diesem Mouchot einiges zuzutrauen, und dieser Bruno Kranz mit seinem gewinnenden Lachen und dem geschniegelten Bart war ihr auch nicht ganz geheuer.

»Von Ihren Arbeiten natürlich.« Bruno Kranz hob sein Glas. »Ich glaube, Sie sollten erst einmal einen kräftigen Schluck nehmen, bevor wir weiterreden.« Er lächelte ihr aufmunternd zu. »Unser werter Mouchot hatte schon ganz recht, wenn er sagte, dass Sie noch viel Kraft brauchen werden.«

Ida trank ihr Glas in einem Zug aus. Wovon sprach dieser Mann?

»Jacques war so freundlich, mich in die Räumlichkeiten des Künstlerinnenvereins mitzunehmen, und da hat er mir Ihre Porträts gezeigt, die Sie von ihm gemacht haben.«

»Sie haben meine Bilder gesehen?« Ida kam aus dem Staunen gar nicht mehr heraus. »Und Sie sind sich auch sicher, dass Sie meine Bilder gesehen haben? Ich meine, woher wissen Sie, welche ich gemalt habe?«, fragte sie Jacques

Mouchot, der sie die ganze Zeit über verschmitzt beobachtet hatte.
»Aber ma chère, was denken denn Sie? Ich kann Ihnen von jeder einzelnen Schülerin sagen, welches Bild sie wann gemalt hat.«
»Ich dachte …« Ida stockte und sah ihn kopfschüttelnd an.
»Sie dachten, ich interessiere mich nicht für Sie und Ihre Bilder und die Ihrer Kolleginnen?«
»Ja«, antwortete sie leise und nickte.
»Non, non, non.« Er wackelte mit seinem Zeigefinger aufgeregt hin und her. »Da täuschen Sie sich gewaltig. Wenn Sie am Nachmittag durch die Straßen spazieren und sich bei Wertheim die Nasen am Schaufenster platt drücken oder mit Ihren Freundinnen im Café sitzen und plaudern, studiere ich Ihre Arbeiten vom Vormittag. Jeden Nachmittag, Frau Klausen. Und glauben Sie mir, mein Gedächtnis ist an Bilder gewöhnt. Ich merke also schnell, wer Fortschritte macht und wer sich nur wiederholt.«
»Außergewöhnliche Arbeiten, Frau Klausen, von großer Lebendigkeit, wie man sie selten bei Frauen sieht.« Bruno Kranz nickte ihr anerkennend zu. »Vor allem das mit dem grünen Hintergrund finde ich besonders gelungen, und dazu die knallroten Hände an dem ansonsten ockerfarbenen Körper und das hellbraune Gesicht mit der verschatteten Augenpartie. Ich habe noch nie einen Akt gesehen, der auf den ersten Blick derart verstörend ist und auf den zweiten seine ganze Sinnlichkeit offenbart.«
Ida sah ihn verlegen an. Kein Zweifel, er hatte ihre Bilder gesehen. Ihr Blick wanderte zu Jacques Mouchot, der sich von Fräulein Baum gerade Wein nachschenken ließ. Noch immer lag da dieses verschmitzte Grinsen auf seinem Ge-

sicht, und Ida war sich nach wie vor nicht sicher, ob sie den beiden trauen konnte.

»Ich gebe zu«, sagte Jacques Mouchot, nachdem er seinen letzten Bissen hinuntergespült hatte, »erkannt habe ich mich auf Ihren Bildern anfangs nicht, aber von Tag zu Tag wurde ich mir durch Sie vertrauter. Und wenn es etwas Bemerkenswertes gibt, dann doch das. Das Modell erkennt sich erst durch den Blick des Künstlers.« Er lachte. »Das hat vor Ihnen noch niemand geschafft, und um ehrlich zu sein, hätte ich damit am wenigsten gerechnet, als ich mir überlegt hatte, was ich mit Ihnen und den anderen neunzehn Damen anstellen könnte. Ich wollte mir ja nur einen günstigen Aufenthalt in Berlin erschleichen«, sagte er hinter vorgehaltener Hand und blickte verschwörerisch zu Fräulein Baum. »Aber sagen Sie das bloß nicht weiter.«

»Wie dem auch sei«, ging Bruno Kranz eifrig dazwischen. »Um es kurz zu machen, Frau Klausen. Ich wollte Sie fragen, ob Sie so freundlich wären, mir eines oder mehrere Ihrer Bilder probeweise zu überlassen? In zwei Wochen werde ich in meiner kleinen Galerie eine Ausstellung präsentieren, und Ihre Arbeiten würden sich sehr gut in diese internationale Schau von Künstlern einreihen. Mouchot wird dabei sein und ein weiterer, in Deutschland noch unbekannter Franzose, ein Österreicher, ein Holländer, ein Norweger und mit Ihnen fünf deutsche Künstler. Vielleicht kennen Sie ja Hans Pechmann?«

Ida nickte. Natürlich kannte sie Hans Pechmann. Er war der, der Herbert in seiner Zeit als Präsident der Secession am liebsten vom Thron gestürzt hätte. Wenn es nach ihm gegangen wäre, hätte kein Secessionist mehr an der jährlichen vom Kaiser stets persönlich eröffneten Kunstschau im Glaspalast teilgenommen. Aber für viele war diese Veranstaltung noch immer eine der wenigen Möglichkeiten, Bilder zu verkaufen, und Herbert war nicht der, der anderen gerne etwas verbot.

»Sie wären im Übrigen die einzige Frau«, fügte er lächelnd hinzu. »Also, was meinen Sie? Gestatten Sie mir, eines Ihrer Bilder auszustellen und eventuell sogar zu verkaufen? Ich nehme im Übrigen fünfzig Prozent des Verkaufspreises, wobei ich mir gerne vorbehalte, den Preis je nach Käufer variabel zu gestalten. Sie verstehen, was ich meine.«

Ida schluckte. Da saß dieser Mann vor ihr, den sie kaum kannte, und jetzt sprach er schon davon, ihre Bilder zu verkaufen? Aufgeregt rieb sie ihre Hände über ihren Rock und griff nach dem Glas Champagner.

»Sie scheinen zu zögern.« Bruno Kranz sah sie fragend an, während er jetzt seinerseits an seinem Glas nippte.

Sie zögerte doch nicht. Sie war nur so überwältigt, so fassungslos, dass sie verzweifelt nach den richtigen Worten suchte. Ein einfaches Ja schien ihr viel zu belanglos zu sein, und aufspringen und ihm um den Hals fallen, wie sie es am liebsten tun würde, das konnte sie ja schlecht.

»Darf ich Ihnen eine persönliche Frage stellen?«

»Natürlich.«

»Selbstverständlich kenne ich die Arbeiten Ihres Mannes und weiß, dass er von Karl Schulte vertreten wird. Und ich weiß natürlich um die Bedeutung seiner Werke und seiner Person.«

»Ja, er hat viel für die Kunst in Deutschland getan«, sagte Fräulein Baum zustimmend.

Ida nickte. »Und er tut es noch immer, auch wenn er in keinen Gremien mehr vertreten ist.«

»Aber natürlich.« Fräulein Baum lächelte ihr entschuldigend zu. »So hatte ich das nicht gemeint.«

»Ich dachte mir nur«, Bruno Kranz beobachtete an Ida jetzt jede Regung, »vielleicht zögern Sie ja, weil Sie sich erst mit Ihrem Mann besprechen wollen. Schließlich könnte man meinen, ich sei der schärfste Konkurrent von Karl. Aber wenn ich gleich dazu meine ganz persönliche Meinung äußern darf?« Er lächelte ihr kurz zu, bevor er, ohne ihre Antwort abzuwarten, fortfuhr: »Karl ist ein alter Hase, und ich bin noch relativ neu im Geschäft. Betrachten Sie mich also weniger als seinen Widersacher, sondern eher als seinen natürlichen Nachfolger. Die Künstler, die ich vertrete, würden bei Karl ohnehin kein Zuhause finden. Verstehen Sie?«

Ida schüttelte den Kopf.

»Nehmen wir mal Ihre Arbeiten, Frau Klausen. Die sind doch viel zu radikal für einen wie Karl Schulte, zu eckig, zu bizarr. Oder die unseres geschätzten Mouchot, viel zu luftig, nie schwer genug. Aber genau das ist es, was ich suche. Das Quentchen mehr, das den anderen fehlt. Was ich sagen will, ich möchte bei Ihnen oder Ihrem Mann auf keinen Fall für Unmut sorgen, weil ich Ihnen dieses für Sie vermutlich überraschende Angebot unterbreite. Ich interessiere mich schlicht für gute Kunst. Und warum sollte ich nicht zugreifen, wenn sie mir sozusagen vor die Füße fällt wie ein vorzeitiges Weihnachtsgeschenk?«

Über Idas Gesicht huschte ein Lächeln. Daran hatte sie nun wirklich nicht gedacht. Was sollte Karl schon dagegen haben, wenn sich dieser Bruno Kranz für ihre Malerei interessierte? Schließlich hatte er sich bislang nur wenig begeistert über ihre Arbeiten geäußert. Und Herbert hätte doch keinen Nachteil davon, wenn sich ein anderer um den Verkauf ihrer Bilder bemühte? »Sie sagten, es sei nur probeweise? Also nur für dieses eine Mal?«

»Sie müssen verstehen, dass ich natürlich auch erst einmal sehen muss, wie mein Angebot beim Publikum aufgenommen wird.«

»Dann lassen Sie es uns doch gemeinsam ausprobieren«, sagte Ida lachend. »Ich wüsste wirklich nicht, was dagegen spricht. Wie viele Bilder wollen Sie? Eins, zwei? Ich könnte Ihnen von Hiddensee noch einige schicken. Dann hätten Sie noch andere Motive zur Auswahl.«

Bruno Kranz sah sie überrascht an. »Sie sind also einverstanden?«

»Das fragen Sie noch?« Idas Augen strahlten. »Natürlich bin ich einverstanden. Ich müsste doch von allen guten Geistern verlassen sein, wenn ich Ihre Offerte nicht annehmen würde.«

»Da sagen Sie was.« Jacques Mouchot nickte Ida schmunzelnd zu. »Man sollte immer zugreifen, solange der Braten heiß ist.«

Wie in einem Rausch glitt der restliche Abend an Ida vorüber. Jacques Mouchot dozierte über seine Leidenschaft für die Farbe Gelb in allen ihren Schattierungen, Fräulein Baum wurde nicht müde, Wein und Champagner nachzuschenken, während Bruno Kranz immer wieder sein Glas hob, Ida zuprostete und ihr eine große Zukunft versprach und unaufhörlich betonte, wie glücklich er sich schätze, sie vertreten zu dürfen, und dass er sich im Übrigen sicher sei, dass nun schon bald das »Zeitalter der Weiber« anbrechen werde.

»Ihr Mann«, sagte er, als er schon ziemlich betrunken war und sich kaum noch deutlich ausdrücken konnte, »der große Klausen. Der sehr große Klausen. Wissen Sie eigentlich, dass ich ihn sehr bewundert habe, Ihren Mann?« Er lachte. »Und jetzt mach ich Geschäfte mit seiner Frau. Auf Ihr Wohl, Frau Klausen. Auf Sie und Ihren Mann.«

Ida, die noch nie so viel Champagner getrunken hatte wie an diesem Abend, hörte die Spitze, die in dieser Bemerkung versteckt war, nicht. Sie brach mittlerweile bei jeder Gelegenheit in schallendes Gelächter aus, egal, ob Bruno Kranz über ihren Mann sprach, Jacques Mouchot seinen Bart unfreiwillig in die Mousse au Chocolat tauchte, die Fräulein Baum zum Dessert gereicht hatte, oder seine Asche in den weit aufgerissenen Mund eines bronzenen Kopfes ablegte, den er in einem Anfall von Übermut von seinem Sockel genommen und mitten auf den Tisch gestellt hatte.
In dem einzigen nachdenklichen Moment am Tisch, als Fräulein Baum das Gespräch kurzzeitig auf die ernstzunehmenden Abspaltungstendenzen in der Secession lenkte, deren Ursprung sie »in dieser alten schrecklichen Feindschaft gegen mein geliebtes Frankreich« glaubte ausmachen zu können, fragte sich Ida, was wohl gewesen wäre, wenn sie an diesem Abendessen nicht teilgenommen hätte, wenn sie, wie ursprünglich geplant, bereits an diesem Tag nach Stralsund gefahren wäre und sich nicht doch noch kurzfristig anders entschieden hätte.
»Ich verstehe einfach nicht, warum es immer und überall, sogar bei den vermeintlich so fortschrittlichen Künstlern, diese engstirnigen Nationalisten geben muss! Warum jeder dem anderen die Butter auf dem Brot neidet! Warum es immer die Angst gibt, zu kurz zu kommen!«, rief Fräulein Baum erregt aus, doch ihre Sorge stieß an diesem Abend auf taube Ohren. Es war schon zu viel Wein und Champagner geflossen, als dass noch eine ernstzunehmende Diskussion über die Angst der deutschen Künstler vor dem Einfluss der Franzosen oder den Neid im Allgemeinen und den Wunsch, immer der Größte sein zu wollen, hätte entbrennen können. Nur Jacques Mouchot hob zwischen-

durch das Glas und rief: »Ich bin die Kunst, die Kunst bin ich!«, und lachte lauthals, bevor er sich über die Schüssel mit dem Nachtisch hermachte.
Als Ida sich spät in der Nacht von einer Droschke ein letztes Mal zurück in Annas Wohnung fahren ließ, als sie, den Kutscher vor Augen, der über das Kopfsteinpflaster zu schaukeln schien wie über ein sanft sich wogendes Meer, sich vorstellte, sie fahre über den Bodden direkt nach Hiddensee, konnte sie es kaum erwarten, Herbert endlich wieder in die Arme zu fallen und ihm alles zu erzählen.

59

Mit zittrigen Knien stand Ida nur wenige Meter von ihrem Elternhaus entfernt und blickte sich verwundert um. Der Vorgarten mit der alten Birke, die bis zu den Giebelfenstern ragte, das penibel weißgestrichene Gartentor, das stets verschlossen war, die beiden Säulen vor dem Eingang, um die sich der Efeu rankte, die schweren Gardinen an den Fenstern, es schien, als hätte sich in der langen Zeit ihrer Abwesenheit nichts verändert. Mehr als sieben Jahre war es her, dass sie aus dieser Tür getreten war, nicht ahnend, erst nach so langer Zeit zurückzukehren, und jetzt trennten sie nur noch wenige Schritte von einem Wiedersehen, von dem sie nicht wusste, ob sie es mehr fürchten oder herbeisehnen sollte. Die ganze Zugfahrt über hatte sie sich ausgemalt, wie es sein würde, wieder vor dieser Tür zu stehen, aber dass ihr Herz derart rasen würde, das hatte sie nicht gedacht.

»Schön, dass du auch endlich da bist.« Johanna öffnete kopfschüttelnd die Tür und nahm ihr die schwere Tasche ab. »Herbert sollte dir doch ausrichten, dass es dringend ist.«
»Hast du mein Telegramm denn nicht erhalten?«
»Gestern!«
»Ich bin so schnell gekommen, wie es ging. Ist denn in der Zwischenzeit etwas passiert?«
»Komm rein.«
Ohne ein Wort zu sagen, folgte Ida Johanna in den Salon. Wie kalt es war in diesem Raum, in dem das Kaminfeuer früher oft schon Ende September geknistert hatte, und jetzt war es so still und eisig hier, dass Ida sich nicht gewundert hätte, wenn die Möbel mit weißen Laken abgedeckt gewesen wären. »Wo ist Mutter?«, fragte sie und blickte sich verunsichert um. Über dem Kamin hing noch immer das Porträt ihres Großvaters. Als Kind hatte sie stets geglaubt, seinem strengen Blick entginge nichts, aber jetzt wirkte sein Gesicht fahl in dem schummrigen Licht.
»Bei Vater. Setz dich, bitte.«
»Gut, dann gehe ich sie schnell begrüßen«, sagte Ida und griff nach der Türklinke, froh darüber, so rasch wie möglich diesen toten Raum verlassen zu können.
Johanna deutete auf den Stuhl neben ihr. »Bitte setz dich. Ich muss dir erst noch etwas zeigen.«
Ida zögerte. »Aber Mutter …«
»Sie weiß nicht, dass du kommst«, unterbrach Johanna sie.
»Und Vater?«
»Natürlich nicht.« Johanna sah sie kopfschüttelnd an. »Bei dir weiß man doch nie, ob du deine Ankündigungen auch wahr machst. Und das Gezeter, wenn du nicht gekommen wärst, wollte ich mir ersparen.«

In welchem Ton ihre Schwester mit ihr sprach. Herbert hatte ganz recht, da würde man am liebsten das Weite suchen oder ihr wenigstens die Meinung sagen; aber Ida wollte sich nicht gleich in den ersten Minuten streiten und nickte stattdessen Johanna freundlich zu. »Wie geht es Vater denn?«

»Nicht gut. Aber das wirst du nachher schon selber sehen. Würdest du dich jetzt bitte setzen.«

»Und wo ist Lilla? Hast du ihr etwa auch nichts gesagt?«

»Meine Güte, Ida, denkst du, alle würden springen, nur weil du dich endlich mal dazu bequemst, deinen Fuß in dieses Haus zu setzen?«

Ida atmete tief durch. »Gut, dann lass mal sehen, was du mir so dringend zu zeigen hast«, sagte sie so ruhig wie möglich, während sie ihren Blick über den Garten bis vor zum Knieper Teich gleiten ließ. Wie oft hatte sie dort auf dem Steg gesessen und von einem anderen Leben geträumt, und jetzt führte sie es, dieses andere Leben, und schien fast am Ziel angekommen zu sein. Da würde sie sich doch von dem barschen Ton ihrer Schwester nicht verunsichern lassen.

»Kannst du mir erklären, was das soll?« Johanna zog einen Briefumschlag aus ihrer Rocktasche und knallte ihn vor sich auf den Tisch.

»Was ist das?«

»Wenn mich nicht alles täuscht, ein Kuvert mit deinem Namen drauf.«

»Danke, das sehe ich auch. Ich meine, was ist da drin?«

»Geld.«

»Geld?«, fragte Ida erstaunt.

»Genau so habe ich auch geguckt, als ich diesen Umschlag zum ersten Mal gesehen habe.«

»Und warum steht da mein Name drauf?«

»Das würde ich liebend gern von dir erfahren, Ida«, sagte Johanna und verzog ihr Gesicht zu einem süßlichen Lächeln.

»Ich habe dieses Briefkuvert noch nie gesehen. Wirklich.«

»Das glaube ich dir sogar. Das ist ja auch Vaters Schrift, wie du deutlich erkennen kannst. Ich frage mich nur, warum er für dich, ausgerechnet für dich, Geld in seinem Tresor aufbewahrt. Uns fehlt es an allen Ecken und Enden, und für dich hortet er Geld? Du musst zugeben, das ist schon reichlich merkwürdig.«

»Ich weiß davon nichts«, sagte Ida. »Hast du Vater denn nicht gefragt?«

»Natürlich habe ich das. Aber er sagt nur, es sei für dich und mehr müsse ich nicht wissen.«

»Wie viel Geld ist es denn?«

»Wie du unschwer erkennen kannst, ist das Kuvert verschlossen. Hier.« Johanna schob den fingerdicken Umschlag über den Tisch, direkt vor Idas Hand. »Es gehört dir.«

Ida schüttelte den Kopf.

»Ach, plötzlich so zurückhaltend? Als Mutter dir heimlich Geld geschickt hat, hast du es doch auch nicht zurückgegeben.«

»Das war doch etwas ganz anderes. Und Vater hat nicht gesagt, wofür das Geld ist?«

»Doch, für dich«, antwortete Johanna und verschränkte die Arme vor der Brust. »Wie auch immer du es angestellt hast, Vater so weit zu bringen, aber bei allem Verständnis für deine Eskapaden, Ida, ich verstehe wirklich nicht, warum du es nötig hast, uns das wenige zu nehmen, das uns noch geblieben ist. Ist das Rache, oder was ist das? Herbert ist doch ein wohlhabender Mann. Wozu brauchst du dieses Geld? Oder willst du dich mal wieder aus dem Staub machen und hast Vater angefleht, er soll dir helfen?«

»Was redest du denn da für einen Unsinn!«

»Jetzt tu doch nicht so unschuldig.« Johanna sah sie mit funkelnden Augen an.

Wie Vater früher, dachte Ida, wenn er nicht bereit war, auch nur einen Millimeter von seinem Standpunkt abzurücken. »Ich weiß nichts von dem Geld, ehrlich. Du musst mir glauben.«

»Du verstehst, dass mir das schwerfällt?«

»Ehrlich gesagt, nein.«

»Dann erzähl ich dir jetzt mal was«, sagte Johanna, während sie sich kerzengerade aufrichtete. »Du weißt, dass ich mich seit Jahren um die Finanzen in der Firma kümmere, und ohne übertreiben zu wollen, behaupte ich, dass es die Fabrik ohne mich schon lange nicht mehr gäbe. Franz ist nach seinem Schlaganfall nicht mehr zurückgekehrt, und Vater ist ja auch nicht mehr der Jüngste, und die Konkurrenz schläft nicht. Wie dem auch sei. Wenn eine weiß, wie es um die Finanzen in unserer Familie steht, dann bin das ich. Und ich sage dir, jeder Pfennig ist Gold wert. Und glaub mir, ich nehme jeden, den ich kriegen kann. Seitdem ich Ordnung in die Bücher gebracht habe, kennt das Haus Grotjahn & Söhne jedenfalls keine säumigen Kunden mehr.«

Ida nickte. »Das glaube ich dir sofort.«

»Lass mich ausreden«, fuhr Johanna sie an. »Vor vier Wochen und genau drei Tagen ist Vater morgens plötzlich beim Frühstück zusammengebrochen. Nicht, dass es ihm vorher besonders gutgegangen wäre. Vielleicht hat Mutter es dir ja erzählt?«

Ida schüttelte den Kopf.
»Natürlich nicht. Sie meint ja immer, dich schonen zu müssen.« Johanna tippte sich an die Stirn. »Aber gut, das ist jetzt nicht mein Problem. Er war aber dennoch täglich in der Fabrik, und ehrlich gesagt dachten wir alle, dass er einfach nur etwas müde sei aufgrund des kräftezehrenden Ärgers mit dir.«
»Und was hat das jetzt mit dem Geld zu tun?«, fragte Ida.
»Während ich mich um die Finanzen gekümmert habe, hat sich Vater in den letzten Jahren hauptsächlich um neue Aufträge bemüht und sich nach Lieferanten umgesehen, die uns mit günstigerem Holz beliefern sollten. Und kurz vor seinem Zusammenbruch hat er einen solchen Lieferanten gefunden. Und weil ich die Geschäfte in seiner Abwesenheit nicht brachliegen lassen konnte, wie du sicherlich verstehen wirst, habe ich nach diesen neuen Verträgen gesucht, sie aber nirgendwo gefunden. Und da eröffnet mir Vater, dass er alle wichtigen Dokumente in einem Tresor aufbewahrt, von dessen Existenz ich bis dahin noch nicht einmal etwas geahnt hatte.« Johanna zeigte auf das Porträt ihres Großvaters. »Und was finde ich neben den Verträgen, die ich gesucht habe? Diesen Briefumschlag. Ich nehme an, Vater hat dir längst erzählt, dass das Geld für dich dahinter verborgen liegt.«
Ida schüttelte den Kopf.
»Ach, du wusstest nichts von dem Geheimfach dort?«
»Hinter Großvater verbirgt sich ein Tresor?«
»Ja.«
»Nein, Johanna, wirklich. Jetzt glaub mir doch.«
Johanna sah sie misstrauisch an.
»Falls du es vergessen haben solltest, aber ich habe Vater seit mehr als sieben Jahren nicht mehr gesehen, nicht mehr

gesprochen, nichts von ihm gehört. Er war nicht bei meiner Hochzeit, er war nie in Berlin, er war noch nie auf Hiddensee. Wann also hätte ich mit ihm denn über dieses ominöse Geld sprechen sollen, von dem du glaubst, dass er es für mich gehortet hat, wie du sagst? Ganz abgesehen davon wäre ich doch sicherlich die Letzte von uns vier Geschwistern, der er freiwillig Geld geben würde. Meinst du nicht?«

»Dass du dich da mal nicht täuschst. Unser Vater hat kein so hartes Herz, wie du glaubst. Immerhin hat er Mutter lange Zeit ihre heimlichen Zuwendungen an dich durchgehen lassen.«

Ida atmete tief durch. »Dann spreche ich jetzt mit Vater. Es gibt sicherlich eine einfache Erklärung für alles.«

»Du kannst von Glück reden, dass ich Emma von alldem nichts erzählt habe. Wenn Emma wüsste, dass Vater Geld für dich abgezweigt hat, glaub mir, sie hätte bestimmt nicht gezögert und es einfach genommen.«

»Wie oft soll ich es denn noch sagen, ich weiß nichts von diesem Geld.«

»Und ich hatte wirklich geglaubt, du hättest in all den Jahren etwas dazugelernt«, erwiderte Johanna kopfschüttelnd und stand auf. »Aber da habe ich mich wohl geirrt.«

Sprachlos sah Ida ihr hinterher, wie sie, ohne sich noch einmal umzudrehen, den Raum verließ. Sie hörte, wie Johanna nach oben ging, wie eine Tür schlug und wie es wieder totenstill wurde in dem Haus, das ihr jetzt so fremd und unheimlich erschien, dass sie sich für einen kurzen Augenblick fragte, ob sie nicht einfach aufstehen und gehen sollte. Was hatte sie mit alldem zu schaffen? Das Geld gehörte ihr nicht, und sie brauchte auch keines. Als sie dringend welches gebraucht hätte, da hatte ihr Vater doch alle

Hebel in Bewegung gesetzt, damit sie ja keine Unterstützung erhielt. Ida stöhnte. Wie gerne würde sie einfach alles hinter sich lassen, rausgehen wie Johanna, ohne sich umzudrehen, schnellen Schrittes zur Fährbrücke eilen und nach Hiddensee fahren, um endlich mit Herbert ihren Erfolg zu teilen. Stattdessen musste sie sich von Johanna Vorwürfe machen lassen für etwas, das sie nie getan hatte, und all das nur, wie sie glaubte, weil keiner ihr verzeihen wollte, dass sie weggegangen war und ihren eigenen Kopf durchgesetzt hatte.

60

Alt sah er aus. Seine Wangen waren eingefallen, seine Augen schienen in Höhlen verschwunden, und er lag in diesem mächtigen Bett wie jemand, dem man nicht mehr zutraute, dass er jemals wieder aufstehen könnte.

»Guten Tag, Vater«, sagte Ida leise und setzte sich auf den Stuhl, auf dem bis vor kurzem noch ihre Mutter gesessen hatte. Sie zitterte am ganzen Körper, als würde sie ihren eigenen Augen nicht trauen, als würde sie glauben, er würde gleich aufspringen und seine ganze Wut über sie ausschütten.

»Ida?« Seine Stimme vibrierte, als müsste er jeden einzelnen Buchstaben erst mühsam in sich suchen.

»Ja, Vater, ich bin es.«

»Du bist es wirklich?« Oskar Grotjahn versuchte sich aufzurichten.

»Bleib liegen, bitte«, sagte Ida, als sie sah, welche Mühe es ihm bereitete, allein seinen Kopf zu halten.

»Ich möchte aber meine Tochter sehen.«

Ida stand auf und stellte sich neben sein Bett. »Ist es so besser?«

Oskar Grotjahn nickte. »Du hast dich gar nicht verändert.« Genau das Gleiche hatte ihre Mutter bei ihrer ersten Begegnung auch gesagt. Seltsam, dass Eltern glaubten, man würde weder älter noch reifer, nur weil sie einen nicht mehr unter ihrer Beobachtung hatten. Aber Ida sagte nichts. Sein Blick traf sie mit der gleichen Schärfe wie früher.

»Du trägst noch immer diesen grässlichen Zopf.«

Ida musste lächeln. »Vielleicht sollte ich mir die Haare abschneiden?«

Ohne auf ihre Bemerkung einzugehen, musterte Oskar Grotjahn sie. Selten hatte sich Ida so nackt gefühlt wie in diesem Augenblick, aber sie blieb standhaft stehen. »Du kannst dich wieder setzen«, sagte er nach einer Weile. »Ich habe genug gesehen.«

Plötzlich klang seine Stimme gar nicht mehr so dünn. Überrascht von diesem kräftigen Ton, wich Ida spontan einen Schritt zurück. Was er wohl gesehen haben mochte? Aber sie traute sich nicht, ihn zu fragen. Ihr Atem ging jetzt schnell, während sie beide schwiegen. »Wie geht es dir?«, fragte sie schließlich und rieb ihre Hände unruhig aneinander.

»Das siehst du doch. Ich sieche dahin.«

Ida schluckte. »Was sagt denn der Arzt?«

»Ach, frag deine Mutter. Ich höre gar nicht zu, wenn dieser Quacksalber mit mir spricht.«

Wieder schwiegen sie. Oskar Grotjahns Blick schien reglos an der Decke zu haften, während Ida immer nervöser wurde. Sie wusste einfach nicht, wie sie anfangen sollte, und dabei hatte sie ihm so viel zu sagen. Vielleicht sollte sie sich als Erstes entschuldigen. Vielleicht sollte sie tatsächlich erst einmal versuchen sich mit ihm zu versöhnen. Alles andere konnte warten. Er sah so hilflos aus in diesem Bett. So krank. Und dennoch wurde sie das Gefühl nicht los, dass er noch immer glaubte, alles bestimmen zu können.

»Hat Johanna dich geschickt?«, fragte Oskar Grotjahn wie aus dem Nichts.

»Sie hat mir geschrieben«, antwortete Ida.

»Hat sie dir das Geld gegeben?«, fragte er, den Blick noch immer starr zur Decke gerichtet.

Ida atmete tief durch. »Ich weiß, ich hätte früher kommen sollen«, sagte sie und stützte den Kopf auf ihre Hände. Sie wollte jetzt nichts von diesem Geld wissen. Sie wollte, dass er sie ansah und sich entspannte und lächelte und sie sich begegnen konnten wie zwei erwachsene Menschen. Doch Oskar Grotjahn regte sich nicht. Die Stille lastete jetzt wie ein unerträgliches Gewicht auf Ida, als würde sie jederzeit von ihr erdrückt, wohingegen er an diese Ruhe längst gewöhnt zu sein schien. »Vater«, begann sie stockend und rückte ihren Stuhl etwas näher an sein Bett, »ich weiß, ich habe dich damals schrecklich enttäuscht, als ich einfach weggegangen bin, ohne etwas zu sagen. Aber du musst mir glauben, dass es nie meine Absicht war, dich zu verletzen. Ich hatte nur andere Vorstellungen von meinem Leben. Du weißt das sicherlich.« Ida suchte seinen Blick, aber er sah noch immer stur Richtung Decke. »Es hätte vielleicht bessere Wege gegeben. Nein, sicherlich hätte es bessere Wege gegeben. Aus heutiger Sicht würde ich sagen, wäre es auch nicht tragisch gewesen, dieses eine Jahr Schule noch zu

Ende zu bringen. Aber ich war so ungeduldig damals, dass mir die Zeit in diesem Lehrerinnenseminar einfach als pure Verschwendung erschien. Du verstehst das sicherlich nicht, aber wenn man jung ist, dann will man alles sofort und kann schlecht warten«, sagte sie und meinte ein Räuspern gehört zu haben. Sie hielt inne, blickte in sein Gesicht und versuchte eine Regung zu erkennen, aber sie fand dort nach wie vor nichts außer diesem starren Blick, und so fuhr sie fort: »Wenn ich ein Kind hätte, das einfach so fortginge, dann würde ich mich vermutlich schrecklich sorgen. Und wahrscheinlich hast du dir einfach auch nur Sorgen gemacht, aber ich dachte lange, du wolltest nichts mehr von mir wissen. Das soll jetzt keine Entschuldigung sein, aber vielleicht ist es ja eine Erklärung dafür, warum ich es so lange nicht gewagt habe, mich direkt an dich zu wenden.« Sie zögerte kurz, ob sie deutlicher auf ihre eigenen Verletzungen eingehen sollte, aber dafür schien es ihr noch zu früh zu sein. »Und natürlich habe ich auch meinen Stolz und wollte nicht zurückkommen, solange ich noch nichts erreicht hatte«, sagte sie und versuchte dabei selbstsicher zu klingen.

»Hast du das Geld genommen?«, fragte Oskar Grotjahn unvermittelt.

Ida sah ihn erstaunt an. Da versuchte sie mühsam sich zu entschuldigen, und er dachte nur an dieses gottverdammte Geld, dessentwegen sie sich von Johanna schon hatte beschimpfen lassen müssen. »Natürlich nicht«, antwortete sie energisch. »Ich bin nicht so, wie ihr alle denkt.«

»Was denken denn alle?«, fragte er leise, während er seinen Kopf ganz langsam in ihre Richtung drehte.

»Dass ich gierig und egoistisch bin«, antwortete sie spontan. »Rücksichtslos und nur auf meinen eigenen Vorteil bedacht, dass ich keinen Gedanken an euch verschwende, dass ich die schrecklichste Tochter bin, die man sich vorstellen kann, die sich nicht kümmert, die sich nicht interessiert, wie es ihrem kranken Vater oder ihrer Mutter oder ihren Geschwistern geht, die einfach nur ihrem Vergnügen frönt. Du denkst doch, dass ich nur gekommen bin, weil ich dein Geld will. Aber ob du es glaubst oder nicht, bis vor wenigen Minuten wusste ich nichts von diesem Geld. Das Einzige, was ich weiß, ist, dass ich mich endlich mit dir versöhnen will. Deswegen bin ich gekommen. Nur deswegen. Und ich ärgere mich jetzt, dass ich nicht schon viel früher gekommen bin.« Ida hielt den Atem an. Hatte sie das eben tatsächlich alles gesagt? »Entschuldige, der Arzt hat dir sicherlich jegliche Aufregung verboten.«

Oskar Grotjahn, der ihr jetzt direkt in die Augen sah, hatte gerade seinen Kopf leicht angehoben und wollte etwas sagen, als ihn plötzlich ein Hustenanfall zurück ins Kissen drückte.

»Soll ich Mutter holen?«, fragte Ida besorgt, die ihren Vater beobachtete, wie es ihn unter seiner schweren Bettdecke schier zu zerreißen schien.

»Nicht nötig«, krächzte er, bevor ihn ein erneuter Hustenanfall schüttelte.

Ida zögerte kurz, aber dann stand sie auf, beugte sich über ihn und klopfte ihm auf den Rücken. Ihre erste Berührung nach sieben Jahren, schoss es ihr durch den Kopf, und hätte ihr Vater sich nicht unter ihren Händen gewunden, als bekäme er keine Luft, sie hätte darüber sicherlich geschmunzelt. »Ruhig atmen. Ganz ruhig atmen«, sagte sie und war kurz versucht, über sein noch immer volles Haar zu streicheln, aber sein Husten ließ langsam nach, und sie war sich nicht sicher, ob sie ihm tatsächlich so nahe kommen wollte.

»Danke«, flüsterte er erschöpft.

»Ich habe dir zu viel zugemutet. Entschuldige bitte.«

»Mach dir keine Sorgen«, entgegnete er, während er ein Taschentuch unter seinem Kissen hervorzog und sich damit den Schweiß von der Stirn wischte. »Das passiert immer mal wieder in letzter Zeit.«

Ida nickte. »Trotzdem. Ich war vielleicht etwas zu energisch gerade eben. Das wollte ich nicht.« Zum ersten Mal zeigte sich jetzt so etwas wie ein Lächeln auf Oskar Grotjahns Lippen, und Ida nahm es dankend auf und lächelte zurück. »Ich will doch nur, dass du begreifst, dass ich kein schlechter Mensch bin.«

»Ich habe dich schon verstanden, Ida«, sagte er. »Aber du mich anscheinend nicht. Das Geld gehört dir. Du kannst es also guten Gewissens an dich nehmen.«

Ida zwang sich, ruhig zu bleiben. Wahrscheinlich war es zu viel verlangt, von ihm zu erwarten, dass er mit ihr noch einmal über damals sprach, dass er ihr vergab, ganz zu schweigen davon, dass er sie fragte, wie es ihr ergangen war und jetzt erging. Immerhin, er hatte sie angelächelt, zumindest ein bisschen, ganz leise, was ja schon ziemlich viel für ihn war. »Also schön«, sagte sie und blickte ihm dabei fest in die Augen, »dann klär mich doch bitte auf, was es mit diesem ominösen Briefumschlag auf sich hat. Ich würde dieses Thema nämlich gerne aus der Welt schaffen.«

»Das ist ganz einfach. Ich habe dein Bild verkauft«, sagte er mit einer Selbstverständlichkeit, dass Ida sich für einen kurzen Moment fragte, ob sie gerade richtig gehört hatte.

»Welches Bild?«, fragte sie erstaunt.
»Das aus der Ausstellung natürlich«, antwortete er.
Das Bild, dessentwegen du mir die Hölle heißgemacht hast?, hätte sie beinahe aufgeschrien, aber sie konnte sich gerade noch beherrschen und sah ihn nur ungläubig an.
»Einer dieser Kritiker aus Berlin hat es gekauft.«
»Ein Kritiker?« Ihr Vater war es doch gewesen, der ihr diese fürchterlichen Artikel mit diesen vernichtenden Urteilen geschickt hatte, und gleichzeitig hatte er an einen der Kritiker ihr Bild verkauft? Ida wusste nicht, wie ihr geschah.
»Das verstehe, wer will«, sagte er, und hätte er nicht im Bett gelegen, er hätte sicherlich mit den Schultern gezuckt.
Sie rang jetzt nach Atem. »Mir hat man gesagt, das Bild sei nicht mehr auffindbar. Dass es vermutlich jemand in seiner Empörung zerstört und dann weggeworfen habe.«
»Ach was.« Oskar Grotjahn deutete auf seinem Kissen liegend ein Kopfschütteln an. »Ich hatte es mir nur ausgeliehen. Diese Kritiker wollten schließlich wissen, worüber sie schreiben sollten, und ich konnte sie ja schlecht alle nach Stralsund lotsen. Dass sich einer dafür begeistern würde, konnte ich ja nicht ahnen.«
»Und du hast diesem Kritiker mein Bild verkauft?«, fragte sie kopfschüttelnd, als würde sie glauben, ihr Vater tische ihr da ein Märchen auf.
»Hätte ich das etwa nicht tun sollen?«
Ida sah ihn fassungslos an.
»Keine Sorge, ich habe einen guten Preis für dich ausgehandelt.«
»Einen guten Preis«, wiederholte sie.
»Willst du denn gar nicht wissen, wie viel ihm dein Bild wert war?«

»Ich bin einfach sprachlos. Einfach nur sprachlos«, sagte sie und starrte ihn mit offenem Mund an, während sich ihr Atem fast überschlug.
»Zweitausend Mark, Ida. Das ist eine stolze Summe. Natürlich wollte er erst weniger zahlen, aber ich bin schließlich Kaufmann und habe es nicht gern, wenn man versucht mit mir wie auf dem Basar um jeden Groschen zu feilschen«, sagte er nicht ohne Stolz. »Du kannst es nachzählen. Es ist noch alles da. Es gehört dir.«
»Was hast du dir bloß dabei gedacht?« Mit einem Schlag standen ihr wieder alle Sorgen von damals vor Augen. Die Angst, nicht zu wissen, was morgen sein würde, die Angst, keine gute Künstlerin werden zu können, die große Furcht, sich als Haushälterin in Stralsund verdingen zu müssen. Das war doch seine Lösung für ihr Problem gewesen. Und dabei hortete er, Johanna hatte ganz recht, dabei hortete er die ganze Zeit über ihr Geld. Geld aus ihrem ersten und bis heute einzigen Bilderverkauf. Ida hielt es jetzt nicht mehr auf ihrem Stuhl. Hastig stand sie auf, ging erst ein paar Schritte ziellos hin und her und riss schließlich das Fenster auf.
»Aber das ist doch ein guter Preis. Oder hättest du mehr für das Bild verlangt?«
Die frische Luft tat ihr gut. Es dämmerte jetzt bereits draußen, und über dem Teich lag eine dünne Nebelschicht. Er war es also gewesen, der dafür gesorgt hatte, dass all diese Artikel über sie, ihr Bild, ihre Unfähigkeit als Künstlerin geschrieben worden sind. Er hatte diese Schreiberlinge aufgesucht, vermutlich auch ausgesucht. »Warum hast du mir das angetan?«, fragte sie leise, ohne sich zu ihm umzudrehen.
»Das Bild zu verkaufen?«, fragte er verwundert.

Ida schüttelte den Kopf. »Diese Kritiker dazu zu bringen, so schreckliche Dinge über mich zu schreiben«, sagte sie, und ihr Blick blieb an der Kirchturmspitze der Nikolaikirche hängen, die stolz in den Himmel ragte.

Oskar Grotjahn wälzte sich mühsam auf die andere Seite, während das alte Bett unter seinem Gewicht stöhnte. »Ich musste unser Geschäft schützen. Ich konnte nicht riskieren, deinetwegen noch mehr Kunden zu verlieren. Der Aufschrei hier, Ida, der war so groß, dass ich fürchten musste, alle würden sich gegen mich richten, wenn du noch einmal ein so skandalöses Bild ausstellen würdest. Und wenn ich dich daran erinnern darf, hängt das Wohlergehen vieler Stralsunder Familien an unserer Fabrik. Außerdem war ich nach wie vor der Meinung, dass du einen anderen Weg einschlagen solltest. Und da ich mir sicher war, dass mit dir nicht zu reden ist, wollte ich dich eben auf diese Weise zur Räson bringen.«

Seine letzten Worte gingen in einem erneuten Hustenanfall unter, aber diesmal half Ida ihm nicht, sich zu beruhigen. Nachdenklich schloss sie das Fenster und drehte sich zu ihm um. Wie er sich jetzt krümmte und wälzte, wie sein Gesicht rot anlief, wie er nach Luft japste, als würde er jeden Moment ersticken. Ida sah ihn an, aber sie fühlte kein Mitleid mit ihm. Sollte er doch ebenso leiden wie sie damals, schoss es ihr durch den Kopf, als sie kurz davor gewesen war, alles aufzugeben und die Stelle in Stralsund anzunehmen. Da hatte sie auch gedacht, sie bekäme keine Luft.

»Ich weiß, das war ein Fehler«, krächzte er, noch immer gegen seinen Husten kämpfend, während er einen Arm nach ihr ausstreckte. »Setz dich zu mir, bitte.«

Ohne etwas zu sagen, blieb Ida am Fensterbrett gelehnt stehen und beobachtete ihn mit verschränkten Armen.

Langsam beruhigte sich sein Atem, und aus seinem Gesicht wich jede Spannung. Wie müde er aussieht, dachte Ida, und für einen Moment glaubte sie ein Flehen in seinem vor kurzem noch so strengen Blick zu erkennen.
»Wer hat dich nur auf die Idee gebracht, ausgerechnet dieses Bild in deiner Heimatstadt auszustellen? Ein Selbstporträt, und dann auch noch nackt? Du hättest doch wissen müssen, dass der Aufschrei groß sein würde und dass du uns alle damit in Schwierigkeiten bringst.«
Ida stöhnte leise.
»Setz dich, bitte«, sagte er und streckte ihr erneut seinen Arm entgegen.
Sie machte einen Schritt auf ihn zu, blieb aber am Fußende seines Bettes stehen. »Alle waren der Meinung, dass es mein bestes Bild sei«, sagte sie und verschwieg, dass Wilhelm sie als Einziger gewarnt hatte. »Ich wollte einfach nur mein bestes Bild zeigen. Dass ich euch damit Ärger bereiten könnte, das hätte ich niemals gedacht.«
»Vielleicht haben wir ja beide Fehler gemacht.«
»Vielleicht, ja.« Sie lächelte ihm zögerlich zu. »Hättest du mir eigentlich jemals erzählt, dass du das Bild verkauft hast, wenn Johanna nicht zufällig den Briefumschlag gefunden hätte?«, fragte sie, nachdem sie sich eine Zeitlang schweigend in die Augen gesehen hatten.
»Könntest du mir etwas von dem Tee geben, der da drüben auf der Kommode steht?«, bat er und ließ Ida nicht aus den Augen, während sie ihm wortlos Tee einschenkte und mit der Tasse in der Hand zurückkam. »Und jetzt setz dich bitte«, sagte er, so energisch er konnte, und griff nach ihrem Handgelenk.
»Wenn du unbedingt darauf bestehst«, erwiderte sie, noch immer nicht sicher, ob sie ihm tatsächlich verzeihen wollte.

Welche Qualen sie sich erspart hätte, wenn er ihr wenigstens erzählt hätte, dass jemand das Bild gekauft hatte, dass es jemanden gegeben hat, der in ihrer Arbeit mehr gesehen hatte als nur das Werk einer dilettierenden Frau. Das Geld hätte er ja behalten können. Aber er hätte ihr doch sagen müssen, dass er das Bild verkauft hatte. Schließlich war es ihr Bild. Sie hatte es gemalt.

»Ich hatte immer vor, dir einen Brief zu schreiben und ihn zu dem Umschlag zu legen«, sagte er, während er ihr Handgelenk umklammert hielt, als hätte er Angst, sie würde gleich wieder davonlaufen. »Nach meinem Tod hätte man ihn sicherlich gefunden. Deine Mutter weiß schließlich von dem Tresor. Aber wenn ich ehrlich bin, bin ich ganz froh, dass Johanna ihn entdeckt hat und mindestens ebenso beharrlich ist wie du. Ich weiß nämlich nicht, ob es mir gelungen wäre, dir deutlich zu machen, mit wie viel Stolz es mich erfüllt hat zu sehen, wie dieser Kritiker dein Bild bewundert hat«, sagte er leise.

»Du warst stolz?«, fragte sie ungläubig.

»Anfangs dachte ich natürlich, dieser Kerl erlaubt sich einen schlechten Scherz mit mir. Aber je länger er über dein Bild gesprochen hat, über die Farben, die du verwendet hast, die Schattierungen und was weiß ich, ich kenne mich damit ja nicht aus, desto klarer ist mir geworden, dass er es ernst meint. Und da habe ich zum ersten Mal begriffen, dass etwas in dir stecken muss, was ich vielleicht nicht verstehen kann, aber was andere dazu bringt, leuchtende Augen zu bekommen. Verstehst du, was ich meine?«

»Ich denke schon.«

»Nicht, dass wir uns falsch verstehen. Ich finde das Bild immer noch grässlich und eine echte Zumutung«, sagte er entschieden. »Und wenn du mich fragst, wäre die Welt nicht ärmer, wenn du es nicht gemalt hättest. Aber ich kann nicht verhehlen, dass mich seine Begeisterung zwar erstaunt, aber auch sehr gefreut hat.«

Ida schluckte.

»Ich bin froh, dass du gekommen bist, Ida.« Er ließ jetzt ihr Handgelenk los. »Es ist besser, so etwas persönlich zu sagen.«

Tränen stiegen ihr in die Augen, während sie um seine Lippen ein Lächeln zu erkennen glaubte.

»Und jetzt, da du verheiratet bist, muss ich mir ja auch keine Sorgen mehr um dich machen. Oder?«

Ida schüttelte den Kopf. Stumm blickte sie in sein ihr jetzt zugewandtes Gesicht und meinte, ihn plötzlich ganz neu zu entdecken. Dieser Schalk um seine Augen, dieses Schmunzeln, diese, sie wagte es kaum zu denken, aber doch, sie war zu sehen, diese Liebe in seinem Blick. Ida konnte ihre Tränen nur mühsam zurückhalten. »Wenn ich doch nur etwas geahnt hätte.«

»Ich bin eben ein Sturkopf, wie deine Mutter gerne zu sagen pflegt, und mit Verlaub, Ida, aber du bist auch einer. Und da braucht es dann eben höhere Mächte, um einen zur Vernunft zu bringen«, sagte er, bevor er erneut von einem Hustenanfall durchgeschüttelt wurde.

Diesmal zögerte Ida nicht. Ohne nachzudenken, klopfte sie ihm sanft auf den Rücken. »Danke«, flüsterte sie.

»Du kannst froh sein, dass ich so schwach bin«, stöhnte er.

»Warum?«

»Sonst würde ich dir jetzt den Hintern versohlen und dich danach fest an mich drücken.« Seine Stimme klang müde, und es dauerte nicht lange, da schloss er die Augen und schlief ein.

Ida, die noch eine Weile bei ihm sitzen blieb, fiel es noch immer schwer zu glauben, was er ihr eben eröffnet hatte. Dass er stolz auf sie war, kam ihr noch immer vor wie ein Traum. Mehr noch als ein Traum. Ein Wunder, dachte sie. Niemals hätte sie das für möglich gehalten. Bevor sie ging, beugte sie sich noch einmal über ihn und gab ihm einen Kuss auf die Stirn. »Danke«, flüsterte sie, und sie weinte jetzt doch. All die Wut, die Angst, die Zweifel der vergangenen Jahre, sie rannen ihr jetzt unaufhaltsam die Wange hinunter.

61

Bruno Kranz?«, rief Herbert und ließ seine Gabel zurück auf den Teller fallen. »Weißt du eigentlich, was du da sagst?«

Obwohl sie fast geplatzt war vor Stolz, hatte Ida bis zum Abendessen gewartet, bis sich ihr ein passender und, wie sie fand, feierlicher Rahmen bot, um ihm diese Neuigkeit zu verkünden. Am Nachmittag erst war sie aus Stralsund zurückgekommen. Der Bodden fror bereits, und es war schwierig gewesen, jemanden zu finden, dessen Boot stabil genug war, sie nach Hiddensee zu bringen. Zwanzig Mark hatte sie diese Fahrt gekostet, aber sie wäre bereit gewesen, auch das Zehnfache zu bezahlen, so groß war ihre Sehnsucht gewesen, so schnell wie möglich zurückzukehren. Herbert zum ersten Mal nach vier Wochen wieder zu umarmen, seinen warmen Körper unter ihren kalten Händen zu spüren, seinen weichen Mund auf ihren Lippen, seine

Stimme zu hören, die ihr zugeflüstert hatte, wie froh er sei, sie endlich wieder bei sich zu haben, war noch viel schöner gewesen, als sie sich das vorgestellt hatte. Es hatte nichts Fremdes zwischen ihnen gegeben, keine Kluft, die sie erst hätten überwinden müssen, nichts, was darauf hingedeutet hätte, dass er jetzt so reagieren würde, während sie ihm bei Kerzenschein gegenübersaß und in sein vor Entsetzen verzerrtes Gesicht sah. »Wie meinst du das?«, fragte sie verwundert.

»Bruno Kranz«, sagte er und schüttelte dabei so energisch den Kopf, als gälte es, sämtliche Gedanken an ihn augenblicklich zu vertreiben, »Bruno Kranz ist Karls ärgster Feind!«

Ida schluckte den letzten Bissen Rinderbraten hinunter, den sie aus Stralsund mitgebracht hatte, und sah ihn erstaunt an. In den vergangenen Tagen hatte sie an kaum etwas anderes gedacht, als Herbert von ihrem Erfolg zu erzählen. Sie hatte erwartet, dass er aufspringen und sie küssen würde, dass seine Augen leuchteten, dass er über das ganze Gesicht strahlte, dass er sie hochhob und herumschleuderte, wie man es tat, wenn man sich unbändig freute, dass er mit ihr anstoßen würde, dass er wie sie auch auf den Erfolg dieser Ausstellung hoffte. Keine Sekunde hatte sie gedacht, dass er sich derart erregen und sie ansehen würde, als hätte sie ihm eine Schreckensnachricht überbracht. »Bist du dir da wirklich sicher? Mir hat er gesagt, er verstehe sich nicht als sein Widersacher«, entgegnete sie und versuchte dabei so ruhig wie möglich zu bleiben.

»Das wundert mich nicht. Ich an seiner Stelle würde das natürlich auch behaupten.« Herberts Atem ging schnell. »Gleich morgen musst du ihm telegrafieren und sagen, dass du es dir anders überlegt hast. Du kannst unmöglich mit diesem Kerl gemeinsame Sache machen.«

»Weißt du, was du da von mir verlangst?«, fragte Ida entsetzt.

»Dieser Kerl, er wildert in Karls Revier, Ida. Schon seit Jahren macht er das. Und dabei ist er nichts weiter als ein übler Querulant. Kurz nach der Gründung der Secession ist er zum ersten Mal aufgetaucht. Ich erinnere mich noch sehr genau daran. Es war auf einer Versammlung. Wir hatten gerade mitgeteilt, wer bei der nächsten Ausstellung dabei sein würde. Da stand dieser Kerl plötzlich auf, den vorher noch keiner gesehen hatte, und fragte in schnippischem Ton, ob wir eigentlich auch schon einmal darüber nachgedacht hätten, unser Augenmerk über unsere Grenzen hinaus zu richten.«

»Und?«

»Meine Güte, Ida, verstehst du denn nicht? Bruno Kranz erscheint aus dem Nichts, keiner weiß, woher er kommt, wer er ist, er hat nie öffentlich gegen etwas oder für etwas gekämpft, und da steht er plötzlich auf und wirft uns, die wir den Weg für eine neue Auffassung von Kunst bereitet haben, uns wirft er vor, wir wären zu engstirnig. Da hätte er genauso gut behaupten können, wir wären nichts weiter als Marionetten des Kaisers oder getreue Vasallen des Akademiepräsidenten, das wäre ähnlich unverschämt gewesen.«

»Aber vielleicht hast du ihn einfach nur missverstanden«, erwiderte Ida vorsichtig. »Soweit ich weiß, ist er sehr an Kunst aus dem Ausland interessiert. Vielleicht hatte er ja mehr an die räumlichen Grenzen gedacht und gemeint, dass sich die Secession mehr ausländischen Einflüssen öffnen soll.«

»Und wenn das so wäre. Es ist eine Frechheit, sich einfach so hinzustellen und in diesem provozierenden Ton mit mir zu reden«, wischte Herbert ihren Einwand beiseite.
»Aber das erklärt ja noch nicht, warum er Karls Feind sein soll, wie du behauptest«, sagte Ida, noch immer bemüht, gelassen zu bleiben.
»Das behaupte ich nicht, das ist so«, erwiderte Herbert. »Dieser Kranz taucht bei jeder von Karls Ausstellungen auf und studiert die Bilder, als wollte er sie heimlich kopieren. Und dann, jetzt halt dich gut fest, dann verwickelt er die Künstler in ein Gespräch, in dem er ihnen so lange seine Sicht auf ihre Arbeiten darlegt, bis sie zum Schluss glauben, er verstünde sie besser als irgendjemand sonst und natürlich viel besser als Karl.«
»Ich habe ihn aber noch auf keiner von Karls Ausstellungen gesehen.«
»Wie oft warst du denn dort, Ida?«
»Nur zweimal«, gab sie kleinlaut zu.
»Glaub mir, Ida, der Kranz ist ein übler Bursche.«
»Aber ich verstehe noch immer nicht, was an ihm so schlimm sein soll.«
»Er versucht Karls Künstler für sich zu gewinnen. Reicht das denn nicht?«
»Das heißt«, Ida zögerte und sah Herbert nachdenklich an, »er lockt die Künstler von Karl weg, damit er selbst deren Bilder verkaufen kann?«
»Wenn du so willst, ja.«
»Und das gelingt ihm auch?«
»Was weiß ich, wer bei ihm unter Vertrag steht«, fuhr Herbert sie an. »Ich finde, es ist schon schlimm genug, dass er es überhaupt versucht.«
»Aber wenn ich dich richtig verstanden habe, dann spricht

er doch nur mit den Künstlern über ihre Bilder. Oder unterbreitet er ihnen auch ein konkretes Angebot?«
»Meine Güte, Ida, was fragst du denn noch?«
»Entschuldige bitte, aber wenn du von mir verlangst, ihm abzusagen, dann würde ich schon gerne etwas mehr über diesen Mann erfahren. Für mich war Bruno Kranz nämlich bis gerade eben noch meine größte Hoffnung. Und ehrlich gesagt hatte ich nicht den Eindruck, es mit einem Schuft zu tun zu haben, sondern mit einem Mann, der denkt, dass meine Bilder gut genug sein könnten, um sie auszustellen und vielleicht sogar zu verkaufen.«
»Verstehst du es denn noch immer nicht?« Herbert sah sie kopfschüttelnd an. »Dieser Bruno Kranz interessiert sich keinen Deut für deine Arbeiten, er benutzt dich nur, um mir eins auszuwischen.«
»Aber wieso sollte er das wollen?«
»Weil ich ihn damals hochkant aus der Versammlung habe rauswerfen lassen, weil ich ihn habe abblitzen lassen, als er versucht hat, mir meine Arbeiten zu erklären, weil ich ihn nie beachtet habe. Deswegen, Ida. Da kommt ihm doch meine Frau gerade gelegen.«
»Nein, Herbert«, sagte sie, »das kann ich mir nicht vorstellen.«
»Du bist naiv, Ida. Denkst du wirklich, Bruno Kranz glaubt an deine Bilder?«
»Ja, verdammt, ja, ja, ja, das habe ich geglaubt«, schleuderte sie ihm entgegen und sah dabei in sein wütendes Gesicht. Was hatte sie ihm denn getan, dass er so mit ihr reden musste? Er machte alles kaputt. Ihre ganze Hoffnung machte er mit einem Schlag zunichte. Warum glaubte er ihr nicht? Warum konnte er sich nicht vorstellen, dass sich jemand für ihre Arbeiten interessierte? Und Jacques Mou-

chot? Zählte dessen Urteil plötzlich nichts? »Ich dachte, du glaubst auch an mich«, sagte sie.

»Das hat doch damit nichts zu tun«, erwiderte er scharf. »Hier geht es nicht um mich, hier geht es um diesen Idioten, der sich zwischen uns drängen will.«

»Aber wieso drängt er sich zwischen uns, nur weil er meine Bilder verkaufen will? Ich verstehe das nicht, Herbert.«

»Das habe ich dir doch erklärt. Bruno Kranz hat noch eine Rechnung mit mir offen.«

»Und was ist, wenn alles doch ganz anders wäre?«, fragte sie und versuchte sich noch einmal den Abend in Erinnerung zu rufen. Er hätte sich doch gar nicht so lobend über ihre Bilder äußern müssen, wenn er sie nur benutzen wollte. Es hätte doch gereicht, ihr zu sagen, dass er eines ihrer Bilder ausstellen wolle. Sie hätte doch sofort zugesagt. Jeder hätte das an ihrer Stelle getan. Und Fräulein Baum hätte nicht dieses Essen geben müssen. Er wäre stattdessen einfach in die Schule gekommen, hätte sie nach dem Unterricht abgepasst und ihr seine Offerte gemacht. Mehr nicht.

»Es ist aber nicht anders, glaub mir. Ich weiß, wovon ich spreche. Berlin ist ein Haifischbecken, da meint es keiner nur nett.«

Ida nickte, während sie in Gedanken noch immer bei Bruno Kranz und ihrem gemeinsamen Abend war. Ein Künstler wie Jacques Mouchot, dessen Können selbst Herbert anerkennen musste, würde sich doch niemals dazu benutzen lassen, in einem Intrigenspiel mitzuwirken? Andererseits, ganz so unschuldig war Bruno Kranz vielleicht nicht. Warum hätte er sonst angedeutet, dass sein Angebot Herberts Unmut provozieren könnte? »Angenommen, du hast recht«, sagte sie zögerlich, »dann müssten wir doch nur

zusammenstehen, damit er sich nicht zwischen uns drängen kann.«
»Wie stellst du dir das denn vor?«, fragte Herbert barsch.
»Indem wir aufhören, darüber zu reden, dass er dir schaden möchte, wie du glaubst. Mir ist es nämlich nach wie vor schleierhaft, wie ihm das gelingen könnte.«
»Pah, dem ist es doch Triumph genug, deine Bilder an seine Wände zu hängen.«
»Und wenn? Was stört dich das? Wenn er mich benutzen kann, dann kann ich das umgekehrt doch auch. Ich sehe nämlich einfach nicht ein, warum ich mir diese Gelegenheit entgehen lassen sollte«, erklärte Ida forsch. »Es sind doch erst einmal nur ein, zwei Bilder. Auf Probe, wie er selbst gesagt hat. Es kann also gut sein, dass in einigen Wochen alles vorbei ist und die ganze Aufregung umsonst war.«
»Und was wäre, wenn ich dir die Teilnahme verbieten würde?«, fragte Herbert und sah sie dabei so streng an, dass Ida glaubte, rückwärts von ihrem Stuhl zu fallen, wenn sie nur eine Sekunde länger diesen Blick auf sich spürte.
»Das meinst du doch nicht wirklich?«
»Was würdest du sagen, wenn ich dich bitten würde, diesem Bruno Kranz abzusagen?«, wiederholte er seine Frage diesmal abgemildert.
»Nein, Herbert, das kannst du nicht tun.« Ida sah ihn an, als würde sie ihn nicht wiedererkennen. Da hatte sie sich so sehr auf dieses Wiedersehen, diesen Abend mit ihm gefreut. Sie war so stolz gewesen auf diesen kleinen Erfolg, den sie in Berlin gefeiert hatte, und er dachte nur an sich?
»Verstehst du denn nicht, was das für mich bedeutet? Ich hätte endlich die Gelegenheit, außerhalb der Secession auszustellen.« Wo ich doch immer nur die malende Frau an

deiner Seite bleiben werde, dachte sie, sagte es aber nicht, um ihn nicht weiter zu provozieren. »Gemeinsam mit Jacques Mouchot«, fuhr sie fort, in der Hoffnung, wenigstens sein Name würde ihn überzeugen. »Stell dir doch mal vor, ich darf gemeinsam mit Jacques Mouchot ausstellen. Ich würde es mir nie verzeihen, wenn ich mir das entgehen ließe.«

»Wie du meinst.« Herbert erhob sich ruckartig von seinem Stuhl.

»Wo gehst du hin?«

»Raus, frische Luft schnappen.«

»Bleib hier, bitte. Du kannst doch jetzt nicht einfach gehen«, sagte sie und stand ebenfalls auf. »Bitte, Herbert, versteh mich doch.«

»Ich verstehe nur, dass es diesem Bruno Kranz offenbar ganz vortrefflich gelingt, einen Keil zwischen uns zu treiben. Und ich sag dir, genau das ist es, was dieser Scheißkerl will. Nichts anderes.«

»Aber dann lass es doch nicht zu«, rief sie und packte ihn am Arm. »Lass es einfach nicht zu.«

Herbert sah sie kopfschüttelnd an. »Du verstehst gar nichts, Ida.«

»Das stimmt allerdings. Ich verstehe wirklich nicht, warum ihm das gelingen sollte. Und genauso wenig verstehe ich, wie er dir schaden könnte, selbst wenn er Hunderte Bilder von mir verkauft. Er nimmt dir doch nichts weg.«

»Helene hätte niemals so eigenmächtig gehandelt«, brach es plötzlich aus ihm heraus.

»Nein, natürlich nicht. Du hast Helene nur krank gemacht mit deinem Besitzanspruch«, schrie sie ihm ebenso laut entgegen und erstarrte fast augenblicklich, als sie begriff, was sie ihm da eben an den Kopf geworfen hatte. »Ent-

schuldige, Herbert, entschuldige«, sagte sie leise und umschlang seinen Körper und drückte sich mit all ihrer Kraft an ihn. »Entschuldige.«
Aber Herbert blieb nur reglos stehen und sagte nichts. Während Ida ihn fast zu erdrücken schien, hingen seine Arme schlaff von seinen Schultern, und während sie sich entschuldigte und ihn anflehte, sie mögen sich nicht streiten, starrte er ins Leere, als würde er sie nicht hören.
»Bitte, Herbert, lass nicht zu, dass sich Helene oder dieser Bruno Kranz zwischen uns drängt. Wir lieben uns doch«, flüsterte sie verzweifelt. »Wir lieben uns doch.«

62

An die Tage, die auf diesen Streit folgten, konnte sich Ida später kaum noch erinnern. Von frühmorgens bis spätabends wanderte sie ziellos über die Insel. Vor einem der Fischerhäuser in Neuendorf saß sie stundenlang reglos in der Kälte, bis sich schließlich die Hausherrin ihrer erbarmte und wortlos einen Becher mit heißem Tee neben sie stellte. Die Beine und Arme fest aneinandergepresst, lag sie am Tag darauf in der Dünenheide und starrte in den Himmel, und hätte nicht irgendwann ein streunender Hund mit seiner nassen Zunge unermüdlich über ihr Gesicht geleckt, sie wäre vermutlich dort liegen geblieben. An einem anderen Tag, der Wind blies die Eiseskälte über die Insel, stieg sie auf den Leuchtturm und kam erst wieder herunter, als der Wärter ihr ins Ohr schrie, sie solle sofort verschwinden. Die ganze Zeit über dachte sie nichts,

fühlte sie nichts, sagte sie nichts. Und auch Herbert blieb vier Tage lang stumm.
Am fünften Tag entschuldigte er sich, erst zaghaft am Morgen und so leise, dass Ida ihn kaum verstand, abends bereits in versöhnlicherem Ton, bevor er am nächsten Tag seine Entschuldigung wiederholte und sie sich zum ersten Mal wieder berührten. Erst trafen sich nur ihre Finger, dann legte er seine Hand auf ihren Arm, und ein Schauer durchzuckte sie, und als er über ihren Arm streichelte bis hoch zu ihrer Schulter, da dachte Ida, sie müsste schreien, so verzweifelt vermisst hatte sie ihn, aber da stürzte er sich schon auf sie, als hätte auch er all die stillen Tage über nichts anderes gewollt, als ihre Wärme zu spüren. Den Rest des Tages, den ganzen Abend und die Nacht klebten ihre Körper aneinander, als wären sie unzertrennlich, aber als sie am nächsten Morgen Arm in Arm erwachten und ihre Blicke sich trafen, da ahnte Ida, dass noch ein steiniger Weg vor ihnen lag.
Auf die Bitte von Bruno Kranz hin schickte Ida noch zwei weitere Bilder nach Berlin. Eines, das dem ähnlich war, das sie Fräulein Baum vor zwei Jahren geschenkt hatte, und das Porträt des Fischers, welches zu ihrem Lieblingsbild geworden war. Herbert ließ sie gewähren, auch wenn es ihm nach wie vor lieber gewesen wäre, sie hätte auf ihn gehört und diese Ausstellung und Bruno Kranz und alles, was damit zusammenhing, vergessen. Aber sooft sie auch in den weiteren Wochen darüber sprachen, Ida konnte seine Sorge nie wirklich verstehen.
»Begreif doch endlich, dass er Angst hat, du könntest mindestens genauso erfolgreich werden wie er«, sagte Anna zum wiederholten Mal, als sie wie so oft in diesem Winter und Frühjahr zu ihr in die Bergschenke kam und sich frag-

te, wie sie und Herbert wieder zueinanderfinden sollten. Dieser Streit lastete noch immer schwer auf ihnen, auch wenn sie mittlerweile nicht mehr über Bruno Kranz sprachen. Es war, als hätte sich eine Kluft zwischen ihnen geöffnet, die sie nur nachts, wenn sich ihre nackten Körper gierig aneinanderrieben, überwinden konnten. Aus Angst, etwas Falsches zu sagen, sprachen sie nur noch wenig miteinander. Und wenn sie etwas sagten, dann mit einer Freundlichkeit, an der Ida manchmal zu ersticken meinte. Nur einmal im Februar, Herbert war am Nachmittag plötzlich zu ihr ins Atelier gekommen, zum ersten Mal seit Wochen, zeigte er ihr, wie wütend er noch immer war. Er hatte sich direkt vor ihre Staffelei gestellt und kopfschüttelnd gesagt: »Mit Farben kannst du ja umgehen, Ida, aber ich verstehe nicht, warum deine Nasen aussehen wie Kolben, deine Münder wie Wunden, deine Hände wie Löffel. Wie kann man nur solche Bilder malen.« Es war, als hätte er ihr einen Schlag verpasst, und sie hatte an seinem Lächeln gesehen, dass er das wusste. Nie zuvor hatte er derart abfällig über ihre Bilder gesprochen, und auch danach hatte er kein schlechtes Wort mehr über ihre Arbeiten verloren, aber an diesem Tag war, ähnlich wie an dem Abend, als er sie plötzlich mit Helene verglichen hatte, seine ganze Enttäuschung aus ihm herausgebrochen.

»Aber vielleicht lag Herbert ja richtig, und der ganze Streit war umsonst«, erwiderte Ida. »Wir haben jetzt März, und Bruno Kranz hat noch immer nichts von sich hören lassen.«

»Und selbst wenn es so sein sollte, selbst wenn Bruno Kranz dich nur benutzen wollte, um Herbert zu ärgern, das gibt ihm doch noch lange nicht das Recht, dir etwas zu verbieten.«

»Er ist mein Mann.«
»Ja und?«
»Du lässt dir von Wilhelm doch auch ziemlich viel gefallen. Ich erinnere dich nur daran, dass er mittlerweile die Nächte lieber bei seinem Esel verbringt als bei dir.«
»Komm mal mit.« Anna stand auf und gab ihr ein Zeichen, ihr in eine der anderen Hütten zu folgen. »Siehst du das?« Sie zeigte auf eine längliche Kiste, die mit weißen Tüchern ausstaffiert war und an deren Ende ein schweres Kissen lag. »Das hat er mir vor ein paar Tagen stolz präsentiert.«
»Das sieht aus wie ein Sarg«, entfuhr es Ida entsetzt.
»Das ist ein Sarg.«
»Um Himmels willen, Anna, ist Wilhelm krank?«
»Na, ist der nicht wunderschön?« Wilhelm war von hinten an sie herangetreten und legte einen Arm um Ida. »Wie gefällt dir mein neuestes Stück?«
»Wilhelm!« Sie sah ihn mit großen Augen an. »Muss ich mir Sorgen um dich machen?«
Er lachte laut auf. »Ach, güldene Blüte. Warum denkt ihr nur immer gleich an das Schlimmste? Darin lässt sich wunderbar schlummern, als läge man ganz tief vergraben im Bauch von Mutter Erde. Es ist herrlich. Willst du es nicht einmal ausprobieren?«
»Nein danke«, antwortete Ida kopfschüttelnd, während sie aus dem Augenwinkel beobachtete, wie sich Annas Blick verfinsterte.
»Du weißt, wie ich darüber denke, Wilhelm«, sagte Anna und sah ihn dabei so grimmig an, dass Ida für einen kurzen Moment glaubte, sie wollte sich gleich auf ihn stürzen.
»Sie will, dass ich ihn zerstöre«, flüsterte er Ida ins Ohr. »Diesen Sarg habe ich im Schweiße meines Angesichts ei-

genhändig gezimmert, und sie will, dass ich ihn zerstöre.« Er schüttelte fassungslos den Kopf. »Ich verstehe einfach nicht, wie du so herzlos sein kannst, Anna.«

Ida schluckte. »Aber Wilhelm, niemand schläft in einem Sarg.«

»Bin ich denn niemand?«, fragte er empört.

»Was ich sagen will«, Ida zögerte und sah dabei zu Anna, die jetzt mit Tränen in den Augen neben Wilhelms Sarg stand, »es ist nicht normal, in einem Sarg zu schlafen. Dafür gibt es Betten.«

»Was ist schon normal, Ida? Ist es etwa normal, jeden Morgen aufzustehen, durch laute Straßen zu hetzen, sich in die Bahn zu quetschen, um vor den Toren einer Fabrik ausgespuckt zu werden, in der man den Rest des Tages damit zubringt, Schrauben in Bleche zu drehen? Ist das etwa normal?«

»Du weißt doch, wie ich das meine«, beschwor sie ihn leise.

»Aber was ist so falsch daran, wenn ich dem Ursprung der Natur so nah wie möglich kommen möchte?«, entgegnete er derart erstaunt, dass Ida sich fragte, ob er sie verstanden hatte.

»Nichts, natürlich. Aber es gibt doch Grenzen.«

»Ich habe für mich noch keine entdeckt«, sagte er entschieden. »Wenn ihr es nur ausprobieren würdet, ihr würdet verstehen, was ich meine. Noch nie habe ich mich so geborgen gefühlt wie in diesem wunderschönen Sarg.« Versonnen strich er über die weißen Tücher und klopfte das Kissen zurecht. »Hast du jemals eine so wundervolle Ruhestätte gesehen?«

»Lass gut sein, Ida«, presste Anna leise hervor, während sie versuchte ihre Erschütterung hinunterzuschlucken. Noch immer konnte sie es kaum ertragen zu sehen, wie sich Wilhelm mehr und mehr von ihr entfernte. »Es hat keinen Sinn. Die ganze Nacht habe ich schon auf ihn eingeredet, aber er will einfach nicht verstehen.«

»Was heißt hier, ich will nicht verstehen? Du bist doch diejenige, die für die Schönheiten dieser Welt blind zu sein scheint.«

»Schönheiten?«, fragte Anna kopfschüttelnd, bevor sie sich, die Lippen aufeinandergepresst, an Wilhelm vorbeidrängte und gemeinsam mit Ida die Hütte verließ. »Ich habe ihm ein Ultimatum gesetzt«, sagte sie, nachdem sie wieder mit Ida alleine war. »Entweder der Sarg ist in einer Woche verschwunden, oder ich verlasse ihn.«

»Aber Anna!« Ida sah sie erschrocken an. »Du kannst Wilhelm doch nicht verlassen.«

»Doch, Ida, das kann ich«, entgegnete Anna. »Du hast doch selbst gesagt, ich würde mir ziemlich viel gefallen lassen. Aber damit ist jetzt Schluss. Diesen Sarg kann ich einfach nicht auch noch ertragen. Das ist zu viel. Ich habe es akzeptiert, dass er diesen dummen Esel in der Nacht mehr zu brauchen scheint als mich, ich habe akzeptiert, dass er lieber in diesen Hütten lebt als unten in der Bauernschenke, ich habe die ganze Bewirtung im Sommer organisiert, seine Kostüme genäht, mit ihm geprobt, kleinere und größere Rollen übernommen, ich habe all das gemacht, weil ich ihn immer dafür geliebt habe, dass er anders war, und da gehörte das alles eben dazu. Aber jetzt ist er nicht mehr nur anders, jetzt wird er verrückt, und ich habe nicht vor, mich von ihm in den Abgrund reißen zu lassen, verstehst du das?«

»Was hat er sich bloß dabei gedacht, diesen Sarg zu bauen?«

Anna zuckte mit den Schultern. »Wilhelm entgleitet mir mehr und mehr. Es ist, als würde er einem ganz langsam zwischen den Fingern hindurchrutschen, und statt sich zu wehren und zu strampeln, lächelt er dabei, als wäre es das Normalste auf der Welt. Das ist eigentlich das Schlimmste«, sagte Anna mit bebender Stimme, »dass ich das Gefühl habe, dass ich nicht mehr mit ihm reden kann.«
Ida traten jetzt auch Tränen in die Augen. »Ja, das ist schrecklich. Ich weiß, wie das ist«, sagte sie und dachte an Herbert, mit dem sie auch seit Wochen kein normales Gespräch mehr geführt hatte.
»Ich kann es einfach nicht ertragen, ihn so zu sehen«, brach es aus Anna heraus, »so in seiner Welt versponnen, dass er nichts mehr um sich herum wahrnimmt.«
»Aber du liebst ihn doch.«
»Ich liebe den Wilhelm, den ich geheiratet habe, mit dem ich stundenlang Sonnenbäder nehmen und dabei über die Endlosigkeit des Himmels philosophieren konnte, der Visionen von einem besseren Leben hatte und alle Menschen daran teilhaben lassen wollte, der alles war, nur kein selbstsüchtiger Mensch. Und jetzt denkt er nur noch an sich und seinen Esel und diesen Sarg, der sein ganzes Glück bedeutet, und scheint zu vergessen, dass er auch noch verheiratet ist. Es ist, als würde er niemanden mehr außer sich brauchen, als wäre er zum Eremiten geworden.«
»Du würdest ihn wirklich verlassen?«, fragte Ida.
»Ja, das würde ich«, antwortete Anna, ohne zu zögern.
»Hattest du nicht gesagt, Herbert hätte nicht das Recht, mir Vorschriften zu machen? Aber du willst Wilhelm seinen Sarg verbieten?«

Anna atmete tief durch. »Was würdest du denn an meiner Stelle tun?«

»Vermutlich ganz laut schreien«, sagte Ida und versuchte zu lachen, aber ihr Lachen klang, als würde sie weinen. »Ach, Anna.« Ida drückte sie jetzt fest an sich. »Es kann doch nicht sein, dass plötzlich alles in die Brüche geht. Unser ganzes Leben. Es gab doch Zeiten, in denen es hier wunderschön war. Und jetzt willst du Wilhelm und diese Insel vielleicht verlassen.« Ida machte einen Schritt zurück und sah ihr eindringlich in die Augen. »Sag, dass das nicht wahr ist, bitte, sag, dass das alles nur ein schlechter Traum ist, dass ich gleich aufwachen werde, und dann sehe ich, wie du und Wilhelm, wie ihr euch küsst und die Schlucht hinunterrennt bis zum Strand, wie ihr euch die Kleider vom Leib reißt und in die Ostsee springt und dabei jauchzt wie glückliche Kinder. Weißt du noch, wie du mir Wilhelm vorgestellt hast? Warum kann es nicht wieder so sein wie damals? So frei und unbeschwert?«

Anna sah sie nachdenklich an. »Du und Herbert, ihr schafft das schon«, sagte sie und streichelte ihr dabei sanft über den Arm.

»Und was ist mit euch? An euch glaubst du nicht?«

»Ich sehne mich nach Leben, und Wilhelm liegt im Sarg. Das passt einfach nicht mehr zusammen.«

»Aber du gehst doch nicht jetzt sofort?«, fragte Ida, und ihrer Stimme war die Panik anzuhören, die sie in diesem Moment ergriff, als wäre mit Annas Abschied auch ihr Schicksal verbunden. »Vielleicht wird ja alles anders, wenn die ersten Gäste kommen, wenn die Sonne wieder scheint, wenn der Ginster blüht, wenn es wieder nach Thymian duftet«, sagte sie und hätte am liebsten alle Schönheiten der Insel aufgezählt, aber Anna lächelte nur und schüttelte

den Kopf, und da wusste Ida, dass Anna sich längst entschieden hatte. »Warum hast du denn nicht schon viel früher etwas gesagt?«, fragte sie.
»Ich wusste, dass du alles daransetzen würdest, es mir auszureden«, antwortete Anna und lächelte ihr zaghaft zu.
»Aber Wilhelm schafft das doch gar nicht allein.«
»Deswegen will ich ja unbedingt, dass er wenigstens seinen Verstand behält und diesen verdammten Sarg vergisst. Sonst wird es nicht mehr lange dauern, und dieser Küslick zieht ihn aus einem fadenscheinigen Grund vor den Richter, und ich möchte ihm weder diesen Triumph gönnen noch erleben, wie Wilhelm alles genommen wird.«
»Vielleicht wäre es gut, wenn Herbert einmal mit ihm spricht.«
Anna zuckte mit den Schultern. »Vielleicht.«
»Und du gehst wirklich?«
»Nach dem Fest bei Jakob Krüger.«
»Das ist in drei Wochen!«, rief Ida entsetzt, als begriffe sie erst jetzt, dass Anna es tatsächlich ernst meinte.
»Weiß Wilhelm davon?«
Anna schüttelte den Kopf.
»Aber du wirst es ihm doch sagen? Vielleicht wacht er dann auf und wird wieder der Alte.«
»Siehst du, ich hatte doch gesagt, du würdest mich daran hindern wollen«, erwiderte Anna.
»Natürlich will ich das. Ich kann es mir einfach nicht vorstellen, dass du und Wilhelm, dass ihr kein Paar mehr sein sollt. Wir waren doch hier alle gemeinsam glücklich.«
»Ja, das waren wir.« Ein Lächeln huschte über Annas Gesicht. »Sehr glücklich sogar.«
»Dann lass uns alle gemeinsam wieder glücklich werden«,

sagte Ida mit so viel Nachdruck, dass Anna laut loslachen musste.
Doch schon gleich darauf entgegnete sie ernst: »Selbst wenn ich wollte, mit Wilhelm kann ich nicht mehr glücklich werden. Er und ich, das sind zwei verschiedene Welten geworden.«
»Vielleicht musst du einfach nur wieder anfangen zu malen«, sagte Ida. »Wie ich es dir die ganze Zeit schon gepredigt habe. Du solltest einfach wieder malen.«
Anna lächelte. »Du hattest recht. Ich hätte mich nicht seinem Leben so verschreiben sollen. Aber ich wollte nichts anderes. Und ich bereue es nicht. Aber jetzt ist es vorbei. Jede schöne Zeit geht doch einmal vorbei, meinst du nicht?«
»Was ist nur mit uns passiert, Anna?«, fragte Ida, und ihrem Gesicht war anzusehen, wie verzweifelt sie war.
»Ich weiß nicht.« Anna sah sie nachdenklich an. »Vielleicht sind wir einfach nur älter geworden.«
Ohne ein Wort zu sagen, legte Ida ihren Arm um Anna und drückte sie erneut an sich. Wie sollte sie es nur ohne Anna auf der Insel aushalten? Mit einem Verrückten wie Wilhelm, der oben auf dem Dornbusch in seinem Sarg schlief, und einem Schweigsamen wie Herbert, nach dem sie sich nachts verzehrte, als wäre sie am Verhungern? Da dauerte es doch nicht mehr lange, und sie drehte selbst bald durch.
Sie musste jetzt endlich Klarheit schaffen, dachte Ida, sie musste wissen, wie Bruno Kranz zu ihr stand, erst dann würde sie wirklich mit Herbert reden und versuchen können, all die unausgesprochenen Vorwürfe aus der Welt zu schaffen. Ob sie wohl auch in der Lage wäre, ihn zu verlassen, wenn sich herausstellte, dass ihre Vorstellungen von

einem erfüllten Leben ganz unterschiedliche waren? Ida atmete tief durch. Nein, das wollte sie sich erst gar nicht ausmalen. Sie liebte ihn. Und er liebte sie. Er würde nur akzeptieren müssen, dass die Kunst nicht nur ein wichtiger Teil von ihm, sondern auch von ihr war. Das würde er doch verstehen. Warum nur hörte sie nichts von Bruno Kranz?

63

Es war lange her, dass Ida zum letzten Mal das zitronenfaltergelbe Kleid aus dem Schrank geholt hatte. Damals in Berlin, als sie bei Anna Unterschlupf gefunden hatte, hatte sie von so einem Kleid geträumt, aber jetzt, da sie es besaß, hatte sie kaum mehr Gelegenheit, es anzuziehen. Wäre sie damit in Vitte in den Dorfkrug spaziert, man hätte sie wohl für verrückt erklärt, und als sie im November in Berlin war, war es zu kalt dafür. Aber jetzt, Anfang April, da die Kraniche wieder über den Himmel flogen, da die ersten Sonnenstrahlen die Insel wohlig kitzelten, da die Krokusse nach draußen drängten und die Narzissen in den Gärten blühten, da hätte kein anderes besser gepasst als dieses zitronenfaltergelbe, nur am Ausschnitt mit feinen Spitzen versehene federleichte Kleid, um bei Jakob Krüger »die Grundsteinlegung einer einzigartigen Künstlerkolonie« zu feiern, wie er in seiner Einladung geschrieben hatte.

Bislang hatte das Haus, das in direkter Nachbarschaft zu Ida und Herbert entstanden war, eher einer verwaisten Burg geglichen, aber an diesem Abend flackerten die Räu-

me in hellem Kerzenschein, und es war, als würde endlich wieder Leben auf die Insel zurückkehren nach einem langen, kalten Winter, in dem es einsam und still gewesen war, nicht nur zwischen Ida und Herbert.
Bereits tagsüber war deutlich zu spüren gewesen, dass dieser Tag anders sein würde als die bisherigen. Ein eigens angeheuerter Dampfer hatte die überwiegend aus Berlin angereisten Gäste nach Kloster gebracht, die wie Mücken über die Insel ausgeschwärmt waren, und ihr Lachen und Rufen hatte sich einem fröhlichen Summen gleich über Hiddensee gelegt.
Angesteckt von dieser ausgelassenen Stimmung, fühlte sich Ida so unbeschwert wie schon lange nicht mehr. »Ich glaube, jetzt wird alles wieder gut«, hatte sie zu Herbert gesagt, als sie am späten Nachmittag zurückgekommen war von ihrem versteckt gelegenen Platz zwischen Grieben und dem Bessin, wo sie den ganzen Tag über gemalt hatte wie im Rausch. »Ich kann endlich wieder atmen.«
»Das ist der Frühling«, hatte Herbert erwidert und sie skeptisch gemustert, aber dann, nach kurzem Zögern, hatten sie zum ersten Mal seit langem wieder gemeinsam gelacht.
Überall wimmelte es von Menschen. Auf der Wiese rund um das Haus, auf der Treppe, die zu der großen Terrasse vor dem Eingang führte, innen, in den großen dunklen holzgetäfelten Räumen. Es war, als hätte sich halb Berlin dort eingefunden, und Herbert, der das Gefühl hatte, seit einer Ewigkeit mit keinem Menschen mehr gesprochen zu haben, sah sich plötzlich genötigt, nach allen Seiten zu winken und zu grüßen und mit dem einen oder anderen zu plaudern. Er hatte geahnt, dass er auf bekannte Gesichter treffen würde, und wenn er ehrlich war, hatte er sich sogar

auf einige alte Mitstreiter gefreut, aber jetzt, da sie wie eine Horde wilder Tiere auf ihn zuströmten und ihn belagerten, da wäre er am liebsten umgekehrt und zurück in sein Atelier gegangen, in dem er sich noch immer am sichersten fühlte.

»Mannomann!« Hans Arnold, einer von Herberts Weggefährten aus früheren Tagen, schüttelte ungläubig den Kopf. »Dass man dich auch mal wieder zu Gesicht bekommt. Ich hatte ja mit Eugen gewettet, dass du dich vermutlich nach Berlin absetzen würdest, wenn wir hier alle einfallen. Aber o Wunder, der große Herr ist geblieben. Was ist los, warum hast du dich so Knall auf Fall vor drei Jahren zurückgezogen?«

»Welch Verlockung, jetzt in Berlin zu sein«, erwiderte Herbert mit einem Grinsen. »Es muss ja dort regelrecht ausgestorben sein. Wenn ich mich so umschaue, scheint es niemanden zu geben, der auch nur im Entferntesten etwas mit Kunst zu tun hat, der heute Abend nicht hier wäre.«

»Tja, Hiddensee ist eben en vogue, wie man so schön sagt. Du musst dir wohl ein anderes Refugium suchen, wenn du weiterhin deinem Einsiedlerdasein frönen willst«, sagte Hans Arnold, während er ihn von Kopf bis Fuß musterte. »Immer noch wie aus dem Ei gepellt. Respekt, Herbert, das hätte ich dir in dieser Einöde nicht zugetraut. Also, sprich, was haben wir dir getan, dass du uns meidest wie der Teufel das Weihwasser?«

»Auch wenn es für dich unbefriedigend sein mag, aber ihr habt mir gar nichts getan, außer dass ihr mir vielleicht mit eurem dauernden Gequatsche etwas auf die Nerven geht. Bei dem ganzen Gerede verliert man nämlich schnell den Blick für das Wesentliche. Wo wir auch schon beim springenden Punkt wären. Auf so einer kleinen Insel ist gar kein

Platz für Ablenkungen, hier wird man auf sich selbst zurückgeworfen, ob man will oder nicht. Und ich sag dir, man muss ein harter Bursche sein, um das unbeschadet durchzustehen. Überleg es dir also gut, ob du dein lärmendes Berlin tatsächlich eintauschen willst gegen die Stille hier, die einem lauter im Ohr klingen kann als jedes Ächzen der Eisenbahn.« Herbert sah ihm für einen kurzen Moment eindringlich in die Augen, dann drehte er sich, ohne ein weiteres Wort zu sagen, einfach um und ließ Hans Arnold kopfschüttelnd zurück.

So oder so ähnlich verliefen die meisten von Herberts Gesprächen, und je öfter er betonte, wie stark ihn das Leben auf dieser kleinen Insel mache, desto mehr glaubte er auch daran.

»Habe ich dir eigentlich schon gesagt, wie wundervoll du heute aussiehst?«, fragte Herbert und umfasste Ida von hinten.

»Danke.« Idas Gesicht leuchtete, und sie schmiegte sich an ihn wie früher, als er ihr jeden Tag aufs Neue ein Strahlen in die Augen gezaubert hatte. Als er nicht müde geworden war, ihr zu sagen, wie schön er sie fand und wie sehr er sie liebte. Als sie ihm so nah gewesen war, dass sie sich nicht vorstellen konnte, dass irgendetwas sie jemals trennen könnte. Und als sie sich noch nicht gefragt hatte, ob er eigentlich sie wollte oder nur seine Vorstellung von ihr.

»Du bist die Schönste weit und breit«, flüsterte er ihr ins Ohr und küsste sie sanft in den Nacken. »Lass uns nach Hause gehen. Ich habe genug von diesen Künstlern.«

»Das Fest hat doch gerade erst begonnen«, sagte sie überrascht. »Und es ist Annas letzter Abend, da kann ich doch jetzt nicht schon gehen.«

»Du glaubst wirklich, dass sie Wilhelm verlässt?«, fragte er in einem Ton, der keinen Zweifel daran ließ, dass er anderer Ansicht war. »Gestern, als ich kurz bei den beiden oben war, war eigentlich alles wie immer. Wilhelm hat irgendwelche Bretter zusammengenagelt, und Anna hat die Wäsche gemacht.«

»Vielleicht geht sie ja gerade deswegen«, erwiderte Ida.

»Weswegen?«

»Wer geht?« Bruno Kranz stand, wie aus dem Nichts kommend, plötzlich neben ihnen und nickte ihnen freundlich zu. »Ich hoffe, Sie bleiben noch. Schön, Sie wiederzusehen, Frau Klausen, und Sie natürlich auch, mein verehrter Herbert Klausen«, sagte er und lachte und küsste Ida die Hand, während sein Lachen in Herberts Ohren wie eine schallende Ohrfeige klang.

»Wir wollten gerade dort hinten ans Büfett«, erwiderte Herbert, legte seinen Arm um Ida und schob sie, noch ehe sie etwas sagen konnte, von Bruno Kranz weg.

»Nein, nicht, warten Sie. Ich bin doch extra Ihretwegen gekommen, Frau Klausen«, sagte Bruno Kranz, der jetzt wieder so laut lachte, als hätte man ihm gerade einen guten Witz erzählt.

Ida sah ihn erstaunt an. »Ich habe lange nichts von Ihnen gehört, Herr Kranz.«

»Ich weiß, ich weiß. Die viele Arbeit, man reißt mir ja förmlich die Bilder aus den Händen.« Er fuhr sich über sein wild nach allen Seiten abstehendes Haar, bevor er die beiden obersten Knöpfe seines Hemds öffnete. »Ein phantastisches Haus, finden Sie nicht auch? Was man hier in diesen großen Räumlichkeiten alles veranstalten könnte. Zehn Ausstellungen gleichzeitig. Ich hab schon mit Jakob darüber gesprochen, aber es stellt sich natürlich die Frage, wer denn bereit wäre, diesen weiten Weg bis nach Hiddensee zu machen. Ich meine, unter normalen Umständen. Wenn ich so viel Geld hätte wie Jakob, ich hätte mir ein Haus in Charlottenburg gebaut. Da ist es doch auch ruhig, und Wald und Wasser gibt es auch, aber der Weg nach Berlin ist nicht so weit.« Er lachte jetzt erneut laut auf. »Aber wem erzähl ich das alles, Sie haben Berlin sicherlich längst abgeschworen. Doch sagen Sie, Frau Klausen, besteht vielleicht nicht doch noch die Chance, Sie von hier wegzulocken? Ich meine natürlich nur, wenn es einen guten Grund dafür gibt?«

»Ida, wir sollten jetzt wirklich gehen«, sagte Herbert streng.

»Was für einen Grund würde es denn geben?«, fragte Ida, die unbedingt wissen wollte, was aus ihren Bildern geworden war. Dass Herbert das nicht verstand? Er wusste doch, dass sie seit Monaten auf eine Nachricht wartete. Innerlich schüttelte sie den Kopf, aber nach außen zeigte sie ihm ihr strahlendes Lächeln.

»Ob Sie es glauben oder nicht, unsere Begegnung bei Fräulein Baum hat mir regelrecht Flügel verliehen.«

»Das wundert mich nicht«, murmelte Herbert und sah Bruno Kranz dabei an, als wollte er ihn auf der Stelle in Stücke reißen. Am liebsten hätte er Ida gepackt und sie weggezogen, aber stattdessen überkreuzte er die Beine, vergrub seine Hände in den Hosentaschen und tat so, als gäbe es nichts Langweiligeres, als diesem Gespräch zu folgen.

»Meine Güte, ist das warm hier drin«, stöhnte Bruno Kranz und fächerte sich mit seiner flachen Hand Luft zu. »Dass aber auch alle gekommen sind. Ich hab ja noch zu Jakob gesagt, er solle lieber in Berlin feiern, aber er wollte natürlich mit der Schönheit der Insel überzeugen. Wenn er sich da mal bloß nicht übernommen hat. Soweit ich weiß, gehört ja das ganze Areal bis hoch in den Wald ihm. Denken Sie, dass das etwas werden kann mit der Künstlerkolonie? Ich meine, die Häuser müssten ja erst noch gebaut werden.«

Ida zuckte mit den Schultern. »Das muss man sehen, aber ehrlich gesagt, Herr Kranz, interessiert mich im Moment viel mehr, was aus meinen Bildern geworden ist. Wie Sie wissen, warte ich schon seit langem auf eine Nachricht und …«

»Ja, natürlich, entschuldigen Sie«, ging Bruno Kranz schnell dazwischen. »Die Ausstellung liegt ja schon ein bisschen zurück. Aber wie gesagt, ich hatte schrecklich viel um die Ohren.«

»Jetzt spannen Sie mich doch nicht so auf die Folter«, sagte Ida ungeduldig, während sie an seiner Aufrichtigkeit zu zweifeln begann. Warum sonst ließ er sie so lange zappeln? Sie hatte ihm doch nur eine einfache Frage gestellt, die eine einfache Antwort verlangte. Ihr skeptischer Blick glitt über sein gerötetes Gesicht. Vielleicht hat Herbert ja doch recht, dachte sie. Wenn er ihr jetzt nicht sofort sagte, was mit ihren Bildern war, dann würde sie sich bei Herbert unterhaken und einfach weggehen. Diese Aufgeregtheit, diese exaltierten Gesten, das laute Lachen, das alles diente doch nur dazu, Herbert zu beeindrucken.

»Habe ich Ihnen eigentlich schon gesagt, wie bezaubernd Sie heute Abend aussehen?«

Ida schüttelte den Kopf und stöhnte leise. Dieses Lächeln, das jetzt um seinen Mund spielte. Wie aufdringlich es war, als würde er sich tatsächlich nur über sie lustig machen wollen. Er hatte es also doch nicht ernst gemeint, dachte sie und sah zu Herbert, der mit den Schultern zuckte, als wollte er ihr sagen, dass sie doch gleich auf ihn hätte hören sollen. Als Ida schon im Begriff war, sich bei ihm unterzuhaken, veränderte sich plötzlich Bruno Kranz' Gesichtsausdruck.

»Frau Klausen«, sagte er mit ernster Stimme, »ich würde Sie gerne etwas Wichtiges fragen.«

»Ja?«, sagte Ida ungeduldig, bereit, ihn jederzeit grußlos stehenzulassen.

»Ihre Bilder haben so viel Anklang gefunden, dass ich …«

»Sie haben meine Bilder verkauft?«, unterbrach sie ihn aufgeregt.

Bruno Kranz lachte. »Aber natürlich. Ich dachte, Fräulein Baum hätte Ihnen das schon längst mitgeteilt.«

»Nein, das hat sie nicht. Niemand hat etwas gesagt«, erwiderte Ida noch immer ganz aufgeregt und schüttelte den Kopf.

»Oh, das wusste ich nicht.« Er lächelte ihr entschuldigend zu. »Ich habe alle drei verkauft. Die beiden, die Sie mir noch freundlicherweise geschickt haben, und das Porträt von unserem lieben Mouchot, das ich gemeinsam mit ihm für die Ausstellung ausgesucht hatte.«

»Das ist ja …« Ida stockte und blickte zu Herbert, der ganz blass geworden war. »Das ist ja unglaublich.«

»Nein, Frau Klausen, das ist nicht unglaublich, das ist gerecht«, sagte er. »Ihre Bilder sind so außerordentlich frisch, dass sie es schon längst verdient hätten, etwas mehr Beachtung zu finden. Wo ich auch schon beim Punkt wäre. Ich würde sehr gerne eine Einzelausstellung mit Ihnen planen, und ich dachte dabei an den kommenden Oktober. Was halten Sie davon?«

»Was ich davon halte?« Ida sah ihn fassungslos an.

»Na ja, wie ich schon sagte, das würde bedeuten, dass ich Sie wohl für ein paar Tage aus Ihrem kleinen Paradies hier weglocken müsste.«

Ihr Herz raste jetzt. Eine Einzelausstellung. Sie sollte eine Einzelausstellung bekommen. Noch in diesem Jahr. Davon hatte sie doch bislang noch nicht einmal zu träumen gewagt.

»Sie müssen sich natürlich nicht sofort entscheiden«, meinte Bruno Kranz, während Ida ihn noch immer sprachlos ansah. »Aber wenn ich Ihnen eine kleine Entscheidungshilfe mitgeben darf? Sie erinnern sich sicherlich noch an das Debakel in St. Louis im vergangenen Jahr?«

»Was bitte schön hat die Weltausstellung mit meiner Frau zu tun?«, herrschte Herbert ihn an.

»Nur die Ruhe, Herr Klausen, das will ich ja gerade erklären«, sagte Bruno Kranz betont gelassen. »Wie Ihnen nicht entgangen sein dürfte, haben sich damals etliche Abgeordnete gegen die vom Kaiser ausgesuchten, ich will es mal freundlich formulieren, sterbenslangweiligen Schinken gestellt und sich freundlich über einige Arbeiten der Secessionisten geäußert. Soweit ich mich erinnern kann, fiel Ihr Name dabei auch hin und wieder.«

»Ja und? Worauf wollen Sie hinaus?« Herbert verschränkte die Arme vor der Brust und sah ihn mit funkelnden Augen an.

»Jetzt lass ihn doch erst einmal ausreden«, sagte Ida. Eine Einzelausstellung, schoss es ihr immer wieder durch den Kopf. Da konnte sie doch gar nicht anders als ja sagen.

»Wie ich erfahren habe, will der Künstlerbund diesen Auftrieb nutzen und in diesem Jahr zum ersten Mal einen unabhängigen Kunstpreis ausloben.«

»Und sagen Sie jetzt bloß, meine Frau soll ihn bekommen«, schleuderte Herbert ihm verächtlich entgegen.
»Das würde tatsächlich meine Kompetenzen übersteigen«, erwiderte Bruno Kranz übertrieben freundlich. »Aber«, er lächelte Ida verschwörerisch zu, »man hat mir auch mitgeteilt, dass man gedenkt, die günstigen Zeiten zu nutzen und ein Zeichen setzen zu wollen. Sprich, man zeigt sich nicht uninteressiert, den Preis eventuell einer Künstlerin zuzusprechen.«
»Ein Preis?«, entfuhr es Ida überrascht.
»Das ist natürlich alles mit sehr vielen Fragezeichen behaftet, und Sie sind beileibe nicht die einzige Künstlerin, die in diesem Jahr für Aufmerksamkeit gesorgt hat, ich denke da nur an Klara Kruse mit ihren Kohlezeichnungen, aber wenn ich die Reaktionen vom Dezember nehme, bin ich mir sicher, Ihre Chancen stehen nicht schlecht, vorausgesetzt natürlich, Sie würden sich im Oktober einem größeren Publikum in einer Einzelausstellung präsentieren.«
»Was für ein Unsinn.« Herbert schüttelte den Kopf. »Komm, Ida, das musst du dir wirklich nicht mehr länger anhören. Ein Preis? Meine Güte, eine Nummer kleiner machen Sie es wohl nicht. Haben Sie denn noch immer nichts gelernt? Passen Sie gut auf sich auf, Bruno Kranz, Ihre Überheblichkeit wird Ihnen eines Tages noch das Genick brechen.«
»Denken Sie in Ruhe darüber nach, Frau Klausen. Ich erwarte Ihre Antwort bis spätestens in einem Monat«, sagte Bruno Kranz, ohne Herbert eines Blickes zu würdigen, und verabschiedete sich von ihr mit einem Handkuss.
»Was glaubt der eigentlich, wer er ist?« Herbert schüttelte erbost den Kopf, während er Bruno Kranz hinterherblickte, der in der Menge verschwand.

»Er hat meine Bilder verkauft«, sagte Ida mit einem Lächeln auf dem Gesicht. »Er hat sie alle verkauft.«
»Ja und? Es wurden schon viele Bilder in Berlin verkauft.«
»Aber nicht von mir«, erwiderte sie so leise, dass der Satz im Stimmengewirr der umstehenden Gäste unterging. Bruno Kranz hatte ihre Bilder verkauft und bot ihr jetzt eine Einzelausstellung an. Sie hatte es geschafft. Sie hatte es endlich geschafft. Ida suchte nach Herberts Hand, und als sie die nicht fand, da er mit ihr nervös über seinen Bart strich, wenigstens nach einem freundlichen Blick von ihm, aber da verzog er gerade sein Gesicht wie zu einem entsetzten Schrei, und ein Schwall wüster Beschimpfungen brach aus ihm heraus.
Den ganzen Abend über kannte er kein anderes Thema als das in seinen Augen widerwärtige Benehmen von Bruno Kranz, und jedes Mal, wenn er ihm zufällig über den Weg lief, bedachte er ihn mit einem verächtlichen Blick. Ida aber war wie in Trance. Selbst als Anna sich von ihr verabschiedete, als sie ihr in eindringlichem Ton sagte, wie wichtig es sei, dass sie auch weiterhin an sich denke, als sie sie bat, ab und zu nach Wilhelm zu sehen, und als sie sie schließlich so fest an sich drückte, dass sie normalerweise um Luft geschrien hätte, war sie noch immer nicht erwacht aus ihrem Traum. Sie lächelte nur und nickte, während sie in Gedanken durch ihre Ausstellung schritt und stürmische Gratulationen entgegennahm.
Erst viel später in der Nacht, als sie schlaflos neben Herbert lag, tauchte sie ganz allmählich aus ihren Träumereien wieder auf. Anna ist weg, für immer, schoss es ihr als Erstes durch den Kopf, und die Schamesröte stieg ihr ins Gesicht, als sie sich an ihren lieblosen Abschied erinnerte. War denn allein die Aussicht auf Erfolg schon so betörend für sie,

dass sie darüber vergaß, was ihr wichtig war? Gleich morgen würde sie Anna schreiben und ihr sagen, wie sehr sie sie vermisse. Ida stöhnte leise. Wie hatte sie nur so selbstsüchtig sein können? Vorsichtig drehte sie sich um und streichelte sanft über Herberts Rücken. Sie durfte nicht so egoistisch sein, hämmerte es in ihrem Kopf, während sie sich an ihn schmiegte und seinem gleichmäßigen Atem lauschte. Sie durfte nicht vergessen, dass sie ihn liebte. »Und ich darf mich nicht verlieren«, flüsterte sie ihm ins Ohr und küsste ihn auf die Schulter, bevor sie sich wieder auf die andere Seite drehte und an Bruno Kranz dachte und die Ausstellung im Oktober.

64

Ida riss das Fenster auf und blickte suchend in den Himmel. Sie hatte sie doch gehört. Sie konnte sich doch nicht schon wieder so getäuscht haben. Aber einmal mehr sah sie nichts weiter als graue Wolken und sich in die Höhe schlängelnde Rauchfahnen. Enttäuscht schloss sie das Fenster und setzte sich wieder an den kleinen Tisch in Annas Wohnung, an dem sie schon vor acht Jahren gesessen und Briefe an ihre Mutter geschrieben hatte. Wie gern hätte sie nur einmal recht behalten, einmal die Kraniche gesehen, die sie gerade zu hören geglaubt hatte. Gerade heute, am Tag nach ihrer Ausstellung. Aber sie hatte das Trompeten der Vögel mal wieder mit der Einfahrt eines Zugs in den nahe gelegenen Potsdamer Bahnhof verwechselt.

Als sie im September Hiddensee verlassen und sich mit wackligen Knien an die Reling der Caprivi gestellt hatte, als sie ihren Blick über Kloster und die grüne Anhöhe hatte schweifen lassen, als sie vergeblich versucht hatte Herbert dort doch noch zu finden, um ihm wenigstens von weitem zuzuwinken, da hatten sich plötzlich laute Trompetenrufe wie ein warmer Teppich über sie und den Bodden und die Insel gelegt, als hätten die Kraniche ihr Trost spenden wollen. Seitdem verging kein Tag, an dem Ida nicht aufschreckte und erwartungsfroh in den Himmel schaute, um anschließend ihren Blick enttäuscht zu senken.

»Mein lieber Herbert! Ich hoffe, es geht Dir gut.« Noch alle ihre Briefe, die sie in den vergangenen sechs Wochen geschrieben hatte, hatte sie auf diese Art begonnen, aber diesmal strich sie den ersten Satz, bevor sie das Papier zerknüllte und ein neues zur Hand nahm. Vermutlich empfand er es als Hohn, wenn sie ihn ständig nach seinem Befinden fragte, dachte sie. Vielleicht glaubte er sogar, sie wolle sich über ihn lustig machen, und antwortete deswegen auf keinen ihrer Briefe.

Seit dem Tag, an dem sie ihm mitgeteilt hatte, dass sie Bruno Kranz' Angebot annehmen und nach Berlin fahren würde, schwieg er sie an. Vorausgegangen war seinem Schweigen ein wochenlanger Streit. Sie liebe ihn nicht, wenn sie fahre, sie habe ihn schon immer verlassen wollen, er hätte sie nie heiraten sollen, sie sei die selbstsüchtigste Frau, die ihm je begegnet sei, sie sei respektlos, wenn sie die Kunst wichtiger nehme als ihn, sie habe Pflichten als Ehefrau, und außerdem, wenn sie es genau wissen wolle, seien ihre Bilder nichts weiter als plumpe Versuche, anders sein zu wollen. Sie wiederum hatte ihm vorgeworfen, dass er es sei, der nur an sich denke, dass er sie nie frage, was sie eigentlich

wolle, dass er eigenmächtig entscheide, schließlich habe er, ohne sie zu fragen, Hiddensee als ihren einzigen Wohnort gewählt, dass er sie damit abschotte und dass er wohl wolle, dass sie ihn bewundere, und dass er deswegen vor ihrem Erfolg Angst habe, weil er fürchte, ihre Bewunderung zu verlieren, und ja, da habe er ganz recht, sie denke nämlich gar nicht daran, ihn wie früher anzuhimmeln, als sie noch jung war und er der große Künstler, sie wolle ihn lieben, aber von Liebe verstehe er ja nichts.
Es war fürchterlich gewesen, und wenn Ida daran zurückdachte, mit welcher Unerbittlichkeit sie sich die hässlichsten Gemeinheiten an den Kopf geworfen hatten, lief es ihr noch immer kalt den Rücken hinunter.
Es hatte keine Entschuldigungen gegeben, keine versöhnlichen Worte, und irgendwann hatte sie sogar den Tag ihrer Abreise herbeigesehnt. Wie eine Erlösung war ihr Berlin anfangs vorgekommen. Endlich hatte sie seine stumme Anwesenheit nicht mehr ertragen müssen, die Vorwürfe in seinem Blick, diese vor Zorn zusammengekniffenen Lippen. Endlich hatte sie nicht mehr das schlechte Gewissen geplagt, die Angst, doch alles falsch zu machen, die Sorge, dass er recht haben könnte mit seiner Behauptung, sie sei egoistisch. Endlich hatte sie wieder atmen können, ausgerechnet in dem vor Kohlegeruch so stickigen Berlin.
In den ersten Tagen hatte sie kaum an ihn gedacht. Sie hatte mit Bruno Kranz ihre Ausstellung besprochen, sie war durch die Straßen gewandelt wie über blühende Wiesen, sie war durch den Tiergarten spaziert, hatte den frisch geweihten Dom besichtigt, sie war mit Anna in der Grünen Maus gewesen, sie hatte einfach das gemacht, was sie wollte.

In den ersten Tagen hatte sie es noch nicht gespürt, aber nach ungefähr einer Woche fiel ihr zum ersten Mal auf, dass sie sich kaum noch an etwas erfreuen konnte. Sie war im Café des Westens gewesen und hatte eine heiße Schokolade getrunken, als ein junger Mann sich ans Klavier gestellt und mit dem Rücken zur Tastatur einen Chopin-Walzer gespielt hatte. Es war ein komisches Bild gewesen, aber Ida hatte sich kaum zu einem Lächeln durchringen können. Anfangs hatte sie sich nichts dabei gedacht, aber es war immer öfter vorgekommen, dass andere gelacht hatten, und sie hatte keine Miene verzogen, und da hatte sie gewusst, dass sie Herbert schreiben musste.
Den ersten Brief hatte sie zwei Wochen nach ihrer Abreise abgeschickt. Es war der kürzeste Brief, den sie jemals geschrieben und in dem nicht viel mehr gestanden hatte als die Frage nach seinem Befinden und die Mitteilung, dass sie gut in Berlin angekommen sei. Jeder Brief, der diesem Brief gefolgt war, war nur unter Qualen entstanden. Aber es wäre für Ida noch quälender gewesen, ihm nicht zu schreiben. Nie hatte sie gewusst, was sie sagen sollte, und dennoch hatte sie immer das Gefühl gehabt, unendlich viel sagen zu wollen. Wie jetzt hatte sie stundenlang vor einem leeren Blatt gesessen und am Ende nicht viel mehr zu Papier gebracht als die Bitte, er möge ihr doch endlich auch einmal schreiben.
Aber er hatte es nie getan, und jetzt, einen Tag nach der Ausstellung, fragte sie sich plötzlich, ob sie ihm überhaupt noch schreiben sollte. Gestern in dem Trubel, da war sie viel zu aufgeregt gewesen, als dass sie irgendetwas anderes hätte spüren können als diesen Glücksrausch, der sie gleich zu Beginn des Abends ergriffen hatte, aber heute, da merkte sie deutlich ihre Enttäuschung. Auch wenn sie es nie-

mandem gesagt hatte, auch nicht Anna, insgeheim hatte sie doch gehofft, er würde sich besinnen, in den Zug steigen, nach Berlin fahren und plötzlich in der Tür stehen wie eine Fata Morgana, er würde sie in den Arm nehmen, sie zärtlich küssen und sie beglückwünschen zu diesem Erfolg. Aber er war weder gekommen, noch hatte er geschrieben noch auf einem anderen Weg seine guten Wünsche übermittelt. Er hatte einfach geschwiegen und schwieg noch immer.

Ida zerknüllte das leere Blatt Papier und warf es auf den Boden. Was sollte sie ihm denn schreiben? Dass sie gestern gefeiert worden war, dass die *Berliner Morgenpost* von einer »wundersamen Wandlung« geschrieben hatte, »vom hässlichen Entlein zum schönen Schwan«, in Anspielung auf die empörten Reaktionen nach der Ausstellung in Stralsund? Dass sie es kaum hatte glauben können, dass die vielen Glückwünsche alle ihr gegolten hatten? Dass sie sich zwischendurch immer wieder hatte kneifen müssen, weil sie gefürchtet hatte, sie träume nur? Sollte sie tatsächlich von ihrem Erfolg schreiben? Von den vielen Menschen, die ihr auf die Schulter geklopft hatten? Davon, dass Bruno Kranz bereits am ersten Abend vier Bilder verkauft hatte? Das wäre doch, als würde sie ihm ein Messer in die Brust rammen.

Und wenn sie ihm schrieb, wie einsam sie sich ohne ihn fühlte, dass sie es kaum aushalten konnte ohne seine Nähe? Dass sie sich so sehr danach sehnte, endlich einmal wieder seine Stimme zu hören? Seine warme, zärtliche Stimme. Ida stöhnte leise. Da könnte sie doch gleich Selbstmord begehen. Denn auf diesen Brief würde er sicherlich genauso wenig antworten wie auf alle anderen auch. Nein. Er war es, der sich bewegen musste. Er wusste, wo sie war und was sie wollte. Solange er keinen Schritt auf sie zumachte, würde sie in Berlin bleiben, und wenn es für immer sein sollte. Ida schluckte. Ja, auch wenn es für immer sein sollte, dachte sie, und Tränen stiegen ihr in die Augen.

65

He, du machst ja ein Gesicht wie sieben Tage Regenwetter«, sagte Anna lachend und rüttelte Ida sanft am Arm. »Du solltest glücklich sein, nach allem, was du mir gerade erzählt hast.«

»Vermutlich schon«, entgegnete Ida, während ihr Blick an Anna vorbeiglitt in eine unbestimmte Ferne. Natürlich sollte sie glücklich sein, sie wusste das. Bruno Kranz, aus dessen Galerie sie gerade gekommen war, hatte alle ihre Bilder verkauft. Und nun saß sie mit Anna in der Grünen Maus und wollte auf diesen großen Erfolg anstoßen, aber sie konnte sich einfach nicht freuen. Sie fühlte nichts. Kein Glück, keinen Stolz.

»Weißt du, was ich tun würde, wenn mir dasselbe widerfahren wäre wie dir? Ich würde das Fenster aufreißen und mein Glück in die Welt hinausschreien«, sagte Anna. »Endlich bekommst du die Anerkennung, nach der du dich immer gesehnt hast. Stell dir das doch mal vor. Nach all den Jahren, Ida. Ich bin so stolz auf dich.« Sie sprang auf und drückte Ida fest an sich. »Ich hab es immer gewusst, wenn es eine schafft, dann du. Ich könnte platzen vor Stolz«, rief sie so laut, dass ihre Stimme im ganzen Lokal zu hören war und die anderen Gäste sich neugierig zu ihnen umdrehten.

»Hör auf damit.« Ida senkte verlegen den Blick.
»Sag mal, täusch ich mich oder stimmt mein Eindruck, dass dir überhaupt nicht bewusst ist, welchen Erfolg du da errungen hast?«
»Doch, ich weiß es. Das ist unglaublich.«
»Es ist phantastisch, es ist wunderbar, es ist einmalig, es ist sensationell«, rief Anna erneut laut aus. »Welcher Künstlerin ist es denn bislang gelungen, alle ihre Bilder bei einer Einzelausstellung zu verkaufen? Ich bin mir sicher, dass man die an einer Hand abzählen kann. Ida, du bist jetzt ganz weit oben angekommen. Ganz weit oben.«
»Dann also auf die Höhenluft«, sagte Ida und hob ihr Weinglas.
»Auf den Erfolg, Ida. Wir trinken auf den Erfolg. Jetzt geht es doch erst richtig los.«
»Fragt sich nur, was losgeht«, murmelte sie und blickte erneut an Anna vorbei über die Köpfe der Gäste in der Grünen Maus hinweg. »Ist dir eigentlich schon mal aufgefallen, dass man hier mittlerweile kaum mehr bekannte Gesichter sieht?«
»Nein.« Anna schüttelte den Kopf.
»Hast du nicht den Eindruck, dass alles so fremd geworden ist? Ich finde, es riecht sogar anders als früher. Als hätten alle die Zigarrenmarke gewechselt. Und es ist auch nicht mehr so laut, irgendwie gedämpfter.«
Anna sah Ida nachdenklich an. Wie ernst ihr Gesichtsausdruck geworden war, fast starr, als wäre sie hinter einer Maske verschwunden. »Ich glaube, du täuschst dich«, sagte sie, während sie ihren Stuhl näher an Ida heranrückte und ihren Arm um ihre Schultern legte. »Dort hinten zum Beispiel«, sie zeigte Richtung Tresen, »dort steht Friedolin und nippt wie immer an einem Cognacglas, und da in der

Ecke sitzt unser Literat mit einem Band Gedichte und liest in aller Stille, wie er es schon seit Jahren macht. Und die beiden Herren ganz vorne am Eingang, die dürftest du ja wohl auch noch kennen. Schließlich haben wir mal gemeinsam den Weltuntergang gefeiert.«

Ein Lächeln huschte über Idas Gesicht. »Das stimmt. Der Weltuntergang, den hatte ich ganz vergessen. Vielleicht wäre es doch besser gewesen, es hätte diese große Explosion gegeben. Dann wäre mir zumindest eine schöne Erinnerung an Herbert geblieben«, sagte sie, und mit einem Mal glaubte sie ihn direkt vor sich zu sehen, wie er sich zu ihr hinunterbeugte und sie küsste wie damals in dem Hauseingang. »Aber leider ist es anders gekommen.«

»Wie lange schweigt ihr euch jetzt schon an?«

»Vor genau vier Wochen und drei Tagen habe ich ihm zum letzten Mal geschrieben«, antwortete Ida wie aus der Pistole geschossen und zuckte vor Schreck zusammen, als sie merkte, dass sie noch immer jeden Tag zählte.

»Du hast ihm also doch von der Ausstellungseröffnung und dem Erfolg berichtet?«

Ida nickte. »Ich dachte mir, er hat ein Recht darauf zu erfahren, dass es ganz gut für mich gelaufen ist.«

»Ganz gut gelaufen?« Anna schüttelte den Kopf. »Es ist phantastisch gelaufen, Ida. Ich hoffe, du hast ihm das auch geschrieben.«

»Na ja.« Ida zuckte mit den Schultern. »Sagen wir mal, ich habe so etwas angedeutet.«

»Und er hat nicht reagiert, nehme ich an.«

»Es war dumm von mir, ich hätte es wissen müssen.«

»Nein. Du solltest nicht den gleichen Fehler machen wie er und schweigen. Vielleicht musst du ihm einfach noch mal schreiben«, sagte sie und lächelte ihr aufmunternd zu. »Ihr tretet doch sonst nur auf der Stelle, und das muss schrecklich ermüdend sein. Ich meine, kein Wunder, dass du dich über deinen Erfolg nicht freuen kannst.«

»Du klingst, als hättest du dich mit meiner Mutter abgesprochen«, erwiderte Ida, bevor sie nach ihrem Weinglas griff und es in einem Zug leerte.

Anna sah sie verständnislos an.

»Heute kam ein Brief von ihr. Ich könne doch mein Leben nicht einfach so wegwerfen, ich solle doch vernünftig sein. Vernünftig.« Ida schüttelte den Kopf. »Was ist denn vernünftig daran, zu einem Ehemann zurückzukehren, der einen beschuldigt, die falsche Frau zu sein, der mir nicht zugesteht, ein eigenes Leben zu führen? Findest du das vernünftig?«

»So habe ich das doch nicht gemeint.«

»Wie denn dann?«, fragte Ida der Verzweiflung nahe.

»Ich sehe doch nur, dass du unglücklich bist, und ich würde dich einfach gerne wieder lachen sehen.«

»Aber glaubst du denn wirklich, ich hätte tatsächlich etwas zu lachen in seiner Gegenwart? Anna, er hat solche Gemeinheiten zu mir gesagt.«

»Du bist doch auch nicht gerade glimpflich mit ihm umgegangen, oder?«

»Aber doch nur, weil er zu wissen meint, was gut für mich ist.« Sie hielt kurz inne und sah nachdenklich in Annas besorgtes Gesicht. »Nein, das ist gar nicht richtig«, korrigierte sie sich. »Er weiß, was gut für ihn ist, und er denkt, dass das auch automatisch gut für mich sein müsste. Außerdem weiß ich doch mittlerweile schon gar nicht mehr, was ich ihm überhaupt sagen soll«, fügte sie hinzu.

»Weißt du, als Wilhelm und ich«, sagte Anna zögerlich und

beobachtete dabei jede von Idas Regungen, »als wir, das heißt, als ich beschlossen habe, dass ich ihn verlassen werde, da haben wir uns noch nicht einmal gestritten. Es war, als geschähe alles in größter Einvernehmlichkeit, als wären wir noch immer gute Freunde, aber als hätten wir beide begriffen, dass ein Zusammenleben einfach nicht funktionieren kann. Es war erleichternd, verstehst du, was ich sagen will?«
Ida schüttelte den Kopf.
»Ich war danach wie befreit, und ich habe keine Sekunde darüber nachgedacht, ob ich vielleicht einen Fehler gemacht haben könnte.«
»Und? Was hat das mit mir zu tun?«, fragte Ida, obwohl sie längst verstanden hatte, was Anna ihr sagen wollte.
»Sieh dich doch an! Du zweifelst, du bist traurig, und es würde mich nicht wundern, wenn du sogar deinen Erfolg heimlich verfluchen würdest, weil du denkst, er hätte eure Liebe zerstört.«
»Nein, das tu ich nicht«, sagte Ida energisch, aber Anna war das nervöse Zucken um ihre Augen nicht entgangen.
»Was soll ich ihm deiner Meinung nach denn schreiben?«, fragte sie, nachdem sie eine Weile schweigend einem Gast am Nachbartisch dabei zugesehen hatte, wie er immer wieder nervös seine Hände aneinanderrieb, bevor er sein Glas umklammerte.
»Zum Beispiel, dass du ihn vermisst.«
»Ehrlich gesagt weiß ich noch nicht einmal, ob das überhaupt der Wahrheit entspricht. Den Herbert, den ich zuletzt erlebt habe, den vermisse ich nicht.«
»Vielleicht braucht er einfach noch etwas Zeit. Ich meine, ich kenne ihn schon lange, und ich weiß, dass er derjenige war, der immer im Mittelpunkt gestanden hat. Und wenn

sich immer alles um einen gedreht hat, dann ist es vielleicht gar nicht so leicht, von diesem Sockel zu steigen und zu sagen: Sieh her, meine liebe Ida, hier stehe ich, und ich liebe dich, und damit wir uns auch weiterhin lieben können, werde ich in Zukunft neben dir stehen und nicht ein paar Stufen höher«, sagte Anna und lächelte sie dabei an, bevor sie Ida erneut an sich drückte.

»Dass ausgerechnet du dich auf seine Seite schlägst?«

»Ich schlage mich nicht auf seine Seite«, erwiderte Anna empört, »ich bemühe mich nur, ihn zu verstehen. Eine muss doch schließlich mal klar denken. Ihr beide, ihr scheint dazu ja nicht in der Lage zu sein.«

»Entschuldige. Ich weiß. Schenkst du mir noch etwas Wein ein?«

»Mit dem größten Vergnügen. Dann lass uns jetzt endlich mal richtig anstoßen. Müssten nicht auch Bruno und Jacques längst da sein?« Anna sah sich suchend um, aber sie konnte die beiden in dem Gästepulk, der sich gerade vor dem Eingang gebildet hatte, nicht entdecken.

»Weißt du, es ist ja nicht so, dass ich nicht auch schon darüber nachgedacht hätte, ihm noch einmal zu schreiben, aber ...« Ida zögerte. »Ich hätte dann einfach immer das Gefühl, ich würde mich bei ihm für meinen Erfolg entschuldigen. Und das will ich doch nicht.«

»Das sollst du auch nicht!«, erwiderte Anna energisch.

»Ich will es ja auch nicht«, sagte Ida in einem Ton, als müsste sie sich selbst am meisten davon überzeugen.

»Das wäre wirklich dumm, Ida.«

»Ja.« Sie nickte. »Ich weiß, das wäre furchtbar.«

»Wenn du das tust, dann enttäuschst du mich wirklich bitterlich«, sagte Anna und ließ keinen Zweifel daran, dass sie es ernst meinte. »Dann wäre alles umsonst gewesen.

Der ganze Kampf, die ganzen Jahre des Leidens und Bangens und Hoffens. Willst du das? Fünf Schritte zurückmachen statt einen einzigen nach vorne? Das wäre dann der beste Beweis dafür, dass wir Frauen es gar nicht verdient haben, nach oben zu kommen. Dann kannst du gleich dem Kultusminister schreiben, dass das mit deiner Unterschrift unter die Petition zur Zulassung zum Kunststudium ein Versehen war und dass du eigentlich auch gar nicht weißt, wie es überhaupt so weit hatte kommen können, öffentlich auszustellen und Bilder zu verkaufen. Dass da ein großer Irrtum vorliegen muss und dass du ihm höflichst deine Farben und Pinsel als Zeichen dafür überreichst, dass du fortan mit diesem Unsinn aufhören wirst, um brav deine Pflichten zu erfüllen.«

»Ist ja gut. Hör auf damit.« Ida hielt sich demonstrativ die Ohren zu. »Ich habe verstanden.«

»Das will ich hoffen«, sagte Anna. »Wenn du sonst nicht weißt, was du Herbert schreiben sollst, dann schreib lieber nicht.«

»Ich glaube, ich bin einfach viel zu enttäuscht.«

»Dann stoßen wir jetzt an, und morgen siehst du vielleicht schon klarer«, sagte Anna und legte tröstend ihre Hand auf Idas Arm. »Ah, sieh mal, da kommen gerade Jacques und Bruno.« Sie stand auf und winkte den beiden zu. »Wir feiern jetzt, verstanden? Also freu dich gefälligst.« Sie boxte Ida sanft in die Seite. »Sonst nehme ich das als Beleidigung aller nicht so erfolgreichen Frauen. Und da ich selbst zu denen gehöre, nehme ich es also persönlich.«

Ida lachte. »Du bist unmöglich.«

»Na bitte, geht doch«, sagte Anna schmunzelnd.

»Was?«

»Das mit dem Lachen«, flüsterte sie ihr verschwörerisch zu, als Bruno Kranz und Jacques Mouchot sich gerade zu ihnen an den Tisch setzten und das Gespräch im Handumdrehen an sich zogen.

66

Seit Tagen schneite es, und das laute Berlin lag unter einer weißen Pracht verborgen. Schneeberge türmten sich an den Straßenrändern, und immer wieder stürzten Schneelawinen von den Dächern auf die Bürgersteige. Wer nicht arbeiten oder etwas Wichtiges erledigen musste, blieb in diesen Tagen lieber zu Hause, zumal man ohnehin nie sicher sein konnte, sein Ziel zu erreichen. Die Droschken und Pferdebahnen kamen auf dem rutschigen Kopfsteinpflaster jedenfalls nur mühsam voran.

Es war still geworden in der Stadt, fast so ruhig wie auf Hiddensee, dachte Ida wehmütig, als sie auf dem Weg zurück von einer Wohnungsbesichtigung durch die menschenleere Königin-Augusta-Straße ging und ihr Blick über den zugefrorenen Landwehrkanal glitt.

Gleich neben Bruno Kranz' Galerie in der Victoriastraße wurde zum 1. Februar eine Wohnung frei, und da Ida noch immer nichts von Herbert gehört hatte, nicht zu Weihnachten und auch nicht zum Jahreswechsel, hatte sie sich entschieden, endlich nach vorne zu schauen. Sie würde nicht ewig bei Anna wohnen können, und zurückzukehren zu Herbert, das schien ihr unmöglich zu sein. Mehrfach hatte sie den Versuch unternommen, ihm zu schreiben, aber sie

hatte stets geglaubt, nicht die richtigen Worte zu finden, und so hatte sie die Briefe zerrissen und in den Papierkorb geworfen.
Aber jetzt würde sie ihm schreiben müssen, dachte sie, während sie an der Kanalbrüstung lehnte und einem Eichhörnchen dabei zusah, wie es mit tapsigen Schritten versuchte über das Eis zu einem rettenden Baumstamm zu gelangen. Sie würde Herbert schreiben und ihn bitten müssen, dass er seine Unterschrift gab, damit sie die Wohnung mieten konnte. Schon komisch, da hatte sie keine Geldsorgen mehr, aber dafür war sie jetzt an andere Zwänge gebunden. Ida setzte ihre Kapuze auf und ging mit vorsichtigen Schritten weiter. Der Schneefall war jetzt wieder stärker geworden, und als sie am Lützowplatz angekommen war, hatte sie das Gefühl, so dick eingeschneit zu sein wie die Bäume im Tiergarten.
Wenn sie die Wohnung mietete, dann wäre das wie eine Entscheidung gegen Herbert. Aber hatte nicht er sich längst entschieden?, fragte sie sich einmal mehr, während sie langsam die Treppe zu Annas Wohnung hochging. Gab er ihr mit seinem Schweigen nicht zu verstehen, dass sie für ihn gar nicht mehr existierte? Leise stöhnend öffnete sie die Tür, zog ihre Stiefel aus und nahm ihren nassen Mantel mit in die Küche, dem einzigen warmen Raum in der Wohnung, in dem Anna vor einer dampfenden Tasse Tee saß und die Schlagzeilen der *Berliner Morgenpost* überflog.
»Ah, gut, dass du kommst.« Anna hob den Blick und lächelte ihr erwartungsvoll zu. »Na, wie war's?«
»Ich denke, gar nicht so schlecht. Vielleicht etwas groß für mich allein. Aber eines der Zimmer geht nach vorne und ist ziemlich hell. Ich könnte es als Atelier nutzen.« Sie zögerte. »Ich werde mich wohl dafür entscheiden.«

»Es ist ein neuer Schritt, wer weiß, wohin er dich führt«, sagte Anna und gab sich alle Mühe, zuversichtlich zu klingen.
Ida nickte. »Ja, wer weiß.«
»Bevor ich es vergesse«, Anna zog unter der Zeitung ein Telegramm hervor, »das ist vorhin für dich hier angekommen.«
»Ein Telegramm?« Ida sah erstaunt auf das gelbstichige Papier in Annas Hand. Noch nie hatte ihr jemand telegrafiert, seitdem sie in Berlin bei Anna wohnte.
»Aus Stralsund. Vermutlich deine Familie.«
»Oje, dann ist Vater bestimmt gestorben«, entfuhr es Ida, während sie das Telegramm mit sorgenvoller Miene öffnete.
»Was ist?« Anna sah Ida fragend an, die reglos auf das Blatt Papier in ihrer Hand starrte.
»Ihr Mann schwer verletzt. Krankenhaus Stralsund. Dr. Zanke«, las sie mit stockender Stimme.
»Ach du meine Güte!«, rief Anna und rieb sich vor Schreck die Wangen.
Benommen saß Ida auf ihrem Stuhl, während sie das Telegramm langsam zurück auf den Tisch sinken ließ. »Ihr Mann schwer verletzt«, hämmerte es in ihrem Kopf. »Was heißt schwer verletzt?«, fragte sie leise, und ihre Augen wanderten unruhig zwischen Annas besorgtem Blick und dem Telegramm hin und her.
»Ich weiß nicht. Das kann alles Mögliche bedeuten.«
»O Gott, Anna.« Ida schüttelte entsetzt den Kopf. Ihr Atem ging jetzt schnell, während sie glaubte, Herbert reglos in einem dreckigen, nach Urin und Kot riechenden Krankenhauszimmer liegen zu sehen. Stralsund, Herbert, schwer verletzt, Dr. Zanke, ihre Gedanken wirbelten nur so durcheinander.

»Schwer verletzt?« Anna nahm das Telegramm zur Hand und las die Nachricht noch einmal selber.
»Da warte ich seit Monaten auf ein Lebenszeichen von ihm, und dann kommt so ein Telegramm«, sagte Ida. »Was mach ich denn jetzt?«
»Du fährst nach Stralsund«, antwortete Anna, ohne zu zögern.
»Nach Stralsund«, wiederholte Ida noch immer sichtlich benommen.
»Natürlich, das ist doch keine Frage.«
»Nein, keine Frage«, sagte Ida und sprang auf und ging hastig auf und ab. »Keine Frage«, murmelte sie, »das ist keine Frage. Ich muss meinen Koffer packen. Wo ist mein Koffer?«, fragte sie, und ihr Blick glitt über das Küchenbüfett, als würde sie ihn dort suchen.
»Jetzt setz dich erst einmal wieder. Du bist ja ganz durcheinander.«
»Herbert, ich muss zu Herbert«, stammelte Ida, als hätte sie Anna nicht gehört. »Schwer verletzt, er ist verletzt, er ist …« Abrupt hielt sie inne und sah erstaunt in Annas Gesicht. »Was machst du da?«
»Dich zu deinem Platz zurückbringen«, sagte sie so gelassen wie möglich, während sie Ida an den Schultern packte und zu ihrem Stuhl führte. »Und jetzt setz dich, bitte.«
»Ich muss aber nach Stralsund.«
»Du musst dich erst einmal beruhigen«, erwiderte Anna entschieden und blieb so lange neben Ida stehen, bis sie sich widerwillig setzte. »So, und jetzt mal in aller Ruhe. Herbert liegt also verletzt im Krankenhaus, und du wirst nach Stralsund fahren und ihn dort besuchen.«
Ida, die jetzt unruhig die Hände über ihren Rock rieb, nickte, ohne aufzusehen.

»Die Züge nach Stralsund fahren doch morgens, immer so kurz vor acht, wenn ich mich richtig erinnere. Stimmt's? Na, egal, ich kann ja gleich mal zum Bahnhof fahren und fragen«, sagte Anna, nachdem sie vergeblich auf eine Antwort von Ida gewartet hatte.

»Er ist verletzt«, sagte Ida leise, und langsam tauchte sie wieder aus ihrer Verwirrung auf. »Herbert ist verletzt«, wiederholte sie und hob den Blick, während sie am ganzen Körper zitterte. »Ich muss zu ihm. Ich muss ganz schnell zu ihm«, sagte sie so eindringlich, als würde sie erst jetzt zum ersten Mal spüren, wie sehr sie ihn vermisste. Wie sehr sie sich danach sehnte, seine Stimme zu hören, endlich wieder mit ihm zu reden. Hoffentlich konnte er überhaupt sprechen. Hoffentlich war er nicht bewusstlos. Und wenn er sie gar nicht mehr erkannte? Wenn er so schwer verletzt war, dass er sich an nichts erinnerte, auch nicht an sie? Erst neulich hatte sie von so einem Fall in der Zeitung gelesen. Ida schüttelte es vor Entsetzen. »Vielleicht will er mich gar nicht sehen«, sagte sie plötzlich und sah Anna mit großen Augen an. »Vielleicht schickt er mich gleich wieder aus seinem Zimmer?«

»Nein, das glaube ich nicht.«

»Aber in dem Telegramm war mit keinem Wort erwähnt, dass man mein Kommen erwartet. Da hätte doch ›Bitte kommen‹ oder etwas in der Art stehen müssen, wenn er dem Arzt gesagt hätte, dass er mich sehen will.«

»Findest du nicht, dass die Nachricht Aufforderung genug ist?«

»Vielleicht.«

»Es wird dir ohnehin nichts anderes übrigbleiben, als hinzufahren und nachzusehen. Und wenn es so sein sollte, wie du befürchtest, dann wäre das wenigstens endlich mal eine klare Entscheidung, und du könntest neu anfangen.«

Ida schluckte. Wie sollte sie neu anfangen, wo sie doch spürte, wie sich ihr ganzer Körper, einfach alles in ihr nach ihm verzehrte? Und wenn er weiterhin schwieg? Wenn er sie zwar nicht wegschickte, aber noch immer nicht mit ihr sprach? Das wäre dann wohl auch eine klare Entscheidung, dachte sie.

»Dieses Spekulieren, das bringt doch nichts«, sagte Anna. »Du wirst auf alle Fragen eine Antwort finden, wenn du erst einmal dort bist, aber sich jetzt verrückt machen, nein. Das macht doch alles nur noch schlimmer.«

»Ich weiß.«

»Was meinst du, kann ich dich für eine Weile allein lassen?«

»Ja, kannst du«, antwortete Ida.

»Dann würde ich jetzt nämlich Nägel mit Köpfen machen und dir eine Fahrkarte für morgen früh kaufen und mich dabei gleich nach den genauen Abfahrtszeiten erkundigen. Einverstanden?«

Ida nickte gedankenverloren, während Anna aufstand und ihren Mantel vom Ofen nahm, den sie dort zum Trocknen hingelegt hatte.

»Und mal bitte nicht den Teufel an die Wand, solange ich weg bin, ja?«

»Ich gebe mir Mühe«, sagte Ida und zwang sich zu einem Lächeln, obwohl sie wusste, dass ihr das wohl kaum gelingen würde.

Als Anna die Tür hinter sich ins Schloss gezogen hatte und Ida ihre Schritte im Treppenhaus hörte, war sie kurz versucht, aufzuspringen, ihr hinterherzueilen und sie zurückzuhalten. Es war doch sinnlos zu fahren. Nur weil Herbert verletzt war und im Krankenhaus lag, hieß das doch nicht, dass sich irgendetwas zwischen ihnen änderte. Sie sollte bleiben, die Wohnung mieten und sich auf ein Leben ohne ihn einrichten. Er würde sie doch ohnehin nur wieder enttäuschen. Aber kaum hatte Ida das gedacht, begann sie wieder zu zittern, und da spürte sie erneut, wie sehr sie ihn vermisste, wie sehr sie sich danach sehnte, ihm endlich wieder in die Augen zu sehen, ihn zu berühren, ihm einfach nahe zu sein. Und außerdem musste sie doch wissen, wie es ihm ging. Vielleicht konnte er sich gar nicht mehr rühren? Vielleicht war er so schwer verletzt, dass er nie wieder würde malen können? Vielleicht brauchte er ihre Hilfe? Ida erhob sich langsam von ihrem Stuhl, ging in ihr Zimmer und öffnete den Kleiderschrank. Ob sie alles einpacken sollte oder nur das Nötigste?

67

Türen klapperten, ein Schnarchen war zu hören, ein Röcheln und etwas weiter hinten, am Ende des Gangs, ein spitzer Schrei, als würde sich jemand vor Schmerzen krümmen. Mit schnellen Schritten eilten die Krankenschwestern von einem Bett zum anderen, gaben Spritzen, fühlten den Puls, legten neue Verbände an, während Ida mit zittrigen Knien an einem Stapel unbenutzter Bettpfannen vorbeiging, den sie beinahe umgeworfen hätte, als sie einem Arzt ausweichen musste, der, den Blick auf eine Krankenakte gerichtet, geradewegs auf sie zugestürmt kam.

Es roch nicht annähernd so schrecklich, wie sie sich das vorgestellt hatte, vielmehr stieg ihr ein Geruch von Farbe in die Nase, und tatsächlich sahen die Wände so aus, als wären sie erst vor kurzem frisch gestrichen worden. Warum es allerdings dieses schmutzige Gelb hatte sein müssen, das aussah, als hätte jemand versehentlich Schwarz daruntergemischt, das konnte sich Ida nicht erklären, auch wenn diese Frage sie für einen kurzen Moment von ihrer Angst ablenkte.

Links, ganz hinten in der Ecke des Saals, da musste er liegen, das zumindest hatte die Krankenschwester gesagt. Wie auf Zehenspitzen ging Ida an den Kranken vorbei, als würde sie fürchten, jemanden zu erschrecken. Ob Herbert wohl auch so in Mullbinden eingewickelt war wie der Patient, von dem nur noch seine Augen zu sehen waren? Ein paar Schritte noch, und sie würde vor seinem Bett stehen und ihn zum ersten Mal nach vier Monaten und fünf Tagen wiedersehen.

Als sie ihn entdeckte, glaubte sie kurz, nicht weitergehen zu können, so sehr zitterten jetzt ihre Beine. Mit einer Hand an die Wand gestützt und angehaltenem Atem, tastete sie sich langsam zu seinem Bett vor. Da lag er, das rechte Bein bis zur Hüfte eingegipst und in eine Schlaufe gehängt, die Schulter eingewickelt in einen dicken Verband, sein ganzes Gesicht mit Schürfwunden übersät und sein rechtes Auge so angeschwollen, dass Ida glaubte, er könne damit unmöglich noch etwas sehen. Sein Mund stand offen, und als Ida ganz dicht an sein Bett herangetreten war und sein leises Schnarchen hörte, das für sie immer beruhigend gewesen war, da liefen ihr plötzlich Tränen über die Wangen, erst zaghaft, dann immer schneller, bis sie sich schluchzend auf den Stuhl neben seinem Bett setzte und ihr Gesicht in den Händen vergrub. Nur langsam beruhigte sie sich. Als sie wieder aufsah und ihr Blick auf Herbert fiel, wurde sie

jedoch erneut von ihren Gefühlen überwältigt, und erst nach dem dritten Versuch gelang es ihr, ihn anzuschauen, ohne in Tränen auszubrechen.
Wie verletzlich er aussah und gleichzeitig doch so zufrieden. Kein nervöses Zucken war auf seinem Gesicht zu erkennen, und auch sonst gab es keine Anzeichen für Unruhe. Er schlief tief und fest, während Ida seinem gleichmäßigen Schnarchen lauschte und ihr Atem ganz allmählich langsamer wurde.
Erst hatte sie nur ihren Stuhl etwas näher an sein Bett herangerückt, um ihn besser betrachten zu können, sein Haar, das länger geworden war und in wilden Locken auf dem weißen Kopfkissen lag, sein ungewohnt rasiertes Gesicht, das trotz der vielen Wunden ohne Bart noch feiner aussah, bevor sie es wagte, sich auf die Bettkante zu setzen und unter der Decke nach seiner Hand zu suchen. Sie war unverletzt und warm wie früher. Weich und warm wie ein Ruhekissen, dachte Ida, und ein Lächeln huschte über ihr Gesicht, während sie sanft über jeden einzelnen seiner Finger fuhr und schließlich ihre Hand auf seine legte und ein Schauer sie durchzuckte wie damals, als er sie zum ersten Mal geküsst hatte.
Und dann, Ida streichelte gerade über seinen Arm, wachte er auf, und sein unverletztes Auge blinzelte verschlafen ins Licht.
»Guten Morgen«, flüsterte Ida, obwohl Mittag schon längst vorbei war, und hielt seine Hand fest umschlossen.
»Ida? Bist du das?«, fragte er, und als Ida seine Stimme zum ersten Mal wieder nach so langer Zeit hörte, stiegen ihr erneut Tränen in die Augen.
»Ja, ich bin es«, antwortete sie weinend, während sie seine Hand noch fester umklammerte.

Herbert hob den Kopf, und erst jetzt konnte er sie sehen. »Du bist es wirklich«, sagte er, und um seinen Mund zeigte sich ein kurzes Lächeln, bevor sich sein Gesicht vor Schmerz verzerrte.

»Tut dir etwas weh?«, fragte Ida besorgt.

»Alles«, flüsterte er und stöhnte laut auf, als er ihr erneut zulächeln wollte.

Ida sah ihn mit Tränen in den Augen an.

»Dass du gekommen bist, Ida«, sagte er mit brüchiger Stimme und drückte ihre Hand, so fest er konnte. »Ich hatte es so gehofft. Aber ich war mir nicht sicher.«

»Du wolltest mich sehen?« Ida schluchzte laut auf. Die ganze Fahrt über hatte sie sich ausgemalt, wie es sein würde, wenn er sie wegschickte, und jetzt sagte er ihr, er habe gehofft, sie würde kommen. Noch nicht einmal heimlich geträumt hatte sie davon. »Und ich dachte, ich würde für dich gar nicht mehr existieren.«

»Ich will dich sehen und mit dir sprechen. Ah.« Er stöhnte laut auf. »Wenn nur diese Schmerzen nicht wären.«

Ida streichelte über seinen Arm und lächelte ihm zaghaft zu. »Vielleicht sprechen wir später? Jedes einzelne Wort scheint doch eine fürchterliche Qual für dich zu sein.«

»Nein«, sagte er mit unerwartet lauter Stimme. »Ich habe schon viel zu lange gewartet, und wer weiß, ob du es dir nicht doch noch einmal anders überlegst und nicht mehr wiederkommst. Nun ist die Gelegenheit da, und ich werde sie nutzen«, sagte er und stöhnte. »Und wenn ich mal ehrlich bin, sind die Schmerzen jetzt nur halb so schlimm im Vergleich zu denen davor.«

Ida sah ihn verunsichert an. Natürlich, auch sie hatte mit ihm reden wollen, unbedingt, seit Monaten wartete sie ja auf sein Lebenszeichen, aber jetzt, da er bereit dazu war,

jetzt wäre es ihr lieber, sie könnten sich erst wortlos wieder näherkommen, mit Blicken und sanften Berührungen. »Was ist denn überhaupt passiert?«, fragte sie, um wenigstens nicht sofort von sich sprechen zu müssen.
»Ich bin ausgerutscht, oben auf dem Dornbusch, und den Hang runtergestürzt.«
»O Gott, Herbert, du hättest tot sein können!«, rief Ida entsetzt und schlug sich die Hand vor den Mund, als sie die neugierigen Blicke aus den Nachbarbetten spürte.
»Ich hatte Glück, das stimmt. Der Arzt hat das auch gesagt. Ich habe mir nämlich nur das Bein und sämtliche Rippen gebrochen und Quetschungen am ganzen Körper zugezogen«, sagte er und wollte spontan lachen, aber der Schmerz hielt ihn zurück, und so deutete er nur ein Lächeln an.
»O Herbert.« Ida schüttelte den Kopf.
»Das nennt man dann wohl Schicksal. Ich habe nämlich, als ich da unten am Strand auf diesen schrecklich harten Steinen lag und mich nicht rühren konnte und geglaubt habe, ich müsste sterben, weil ich entweder erfrieren würde oder verdursten oder mich irgendeine Verletzung dahinraffen könnte, also jedenfalls, als ich so dalag«, sagte er und streichelte über Idas Hand, »da habe ich nur an dich gedacht. Da habe ich die ganze Zeit dein Gesicht vor mir gesehen und mir vorgestellt, du würdest mich anlächeln und meine Hand halten und um mich bangen, und der Gedanke an dich hat mir Kraft gegeben, durchzuhalten, und irgendwann hat mich dann tatsächlich der Pfarrer gefunden.« Er lachte jetzt trotz Schmerzen. »Ausgerechnet der Pfarrer. Als hätte er von oben ein Zeichen bekommen. Aber wie sich herausstellte, war er nur am Morgen aufgehalten worden und hatte deswegen seinen Spaziergang auf

den Nachmittag verschoben. Sonst wäre es wohl schlecht für mich ausgegangen.«

Ida wischte sich die Tränen aus den Augen und sah ihn ungläubig an. Sie, die er doch so gehasst haben musste, war tatsächlich seine Hoffnung gewesen?

»Als ich da so lag, ist mir vieles durch den Kopf gegangen«, fuhr er, ohne zu zögern, fort. »Und ich habe mich gefragt, was für ein Hornochse ich eigentlich sein muss, wenn ich das Gleiche mit dir mache, was die Akademie jahrelang mit mir gemacht hat, nämlich dir Fesseln anlegen, über dich bestimmen, dir Vorschriften machen. Na ja, du weißt schon.« Unwillkürlich zuckte er mit den Schultern und schrie fast im gleichen Moment laut auf. »Das hätte ich mal lieber bleibenlassen sollen.«

Ganz automatisch verzog auch Ida ihr Gesicht vor Schmerzen, bevor sie lächelte und ihm zuflüsterte, er solle doch weitersprechen, sobald er wieder könne.

»Und da habe ich mich erinnert, wie das für mich damals war, als ich die Bevormundung in der Akademie nicht mehr ertragen wollte und gegangen bin, wie frei ich mich gefühlt hatte, und ich fand die Vorstellung einfach unerträglich, dass du das gleiche Gefühl gehabt haben könntest, als du mich verlassen hast und nach Berlin gegangen bist.«

»Mit einer Akademie ist man ja nicht verheiratet«, entgegnete Ida. Sollte sie ihm jetzt schon sagen, wie sehr sie unter seinem Schweigen gelitten hatte, wie sehr sie ihn vermisst hatte, wie schmerzhaft seine Vorwürfe für sie waren? »Aber wir, wir haben uns doch mal geliebt«, sagte sie stattdessen und lächelte leise.

Herbert griff nach ihrer Hand und hielt sie für Sekunden stumm in seiner, während sein Blick auf ihren Augen ruhte.

»Ich liebe dich noch immer«, sagte er mit fester Stimme, »das ist mir klargeworden, als ich da unten lag und immerzu an dich denken musste.«

Ida zitterte jetzt am ganzen Körper. Hatte sie nicht darauf gewartet? Auf dieses Bekenntnis? Aber wie konnte sie sicher sein, dass er tatsächlich verstanden hatte, dass er nicht über sie bestimmen konnte?

»Du glaubst mir nicht?«

»Ich weiß nicht«, antwortete Ida so leise, dass er nur erahnen konnte, was sie gesagt hatte.

»Ich hatte viel Zeit, nachzudenken, glaub mir. Erst da am Strand und jetzt im Krankenhaus. Und ich habe viel an unsere Auseinandersetzungen gedacht und an deine Vorwürfe, und natürlich war auch Annas Brief nicht ganz unwichtig.«

»Anna hat dir geschrieben?«, fragte Ida erstaunt.

»Wusstest du das nicht?«

Ida schüttelte den Kopf. »Das hätte ich ihr doch niemals erlaubt.«

»Ach, und ich dachte, sie hätte in deinem Auftrag geschrieben«, sagte Herbert überrascht. »Vielleicht stimmt das dann ja alles gar nicht.«

»Was stimmt nicht?«

»Dass du ganz unglücklich bist, obwohl du einen so großen Erfolg hast feiern können«, antwortete er, während er sie nicht aus den Augen ließ. »Und dass das meine Schuld ist, weil du dir wünschst, diesen Erfolg mit mir teilen zu können. Und dass du mich vermisst, aber so fürchterlich enttäuscht bist, dass du dir geschworen hast, keinen Schritt mehr auf mich zuzumachen, und wenn ich mich nicht bewege, dass ich dich dann für immer verliere.«

Ida schluckte. »Das hat sie geschrieben?«

»Und noch viel mehr. Beschimpft hat sie mich nach allen Regeln der Kunst. Dass sie eigentlich schon immer geahnt habe, dass ich für nichts zu gebrauchen sei, außer für meine eigene Selbstbespiegelung natürlich, und dass sie es bereue, dich nicht gewarnt zu haben, obwohl sie es doch besser hätte wissen müssen, und sie hoffe jetzt nur inständig, sich geirrt zu haben, und ich solle ihr schleunigst beweisen, dass ich gar kein so übler Bursche sei, wie sie glaube.«

»O Anna!« Ida schüttelte ungläubig den Kopf.

»Und? Hat sie recht?« Herbert sah Ida jetzt eindringlich an. »Oder wollte sie mich einfach ein bisschen ärgern? Ich gebe zu, anfangs ist ihr das durchaus gelungen.«

»Was wäre, wenn stimmen würde, was sie über mich geschrieben hat?«, fragte Ida.

»Dann würde ich dich, wenn ich denn könnte, in den Arm nehmen und fest an mich drücken und dich küssen und dich nie wieder loslassen«, sagte er und lächelte mit schmerzverzerrtem Gesicht.

»Und ich würde mit meinen Händen unter dein Hemd kriechen und dich ganz nah bei mir spüren und mich an deiner Wärme reiben«, sagte sie mit brüchiger Stimme, bevor ihr die Tränen über die Wange liefen und sie nicht mehr weitersprechen konnte.

»Und ich würde dich um Verzeihung bitten und dir sagen, dass ich begriffen habe, dass ich dich nicht festbinden kann, nur weil ich Angst habe, dich zu verlieren, dass ich ganz im Gegenteil dir deine eigenen Wünsche lassen muss, wenn ich nicht möchte, dass du mich verlässt.«

»Und ich würde dir erwidern, dass du mich damit sehr, sehr glücklich machst.«

»Und ich würde dir auch sagen, wie stolz ich bin, dass ich eine so erfolgreiche Frau habe.«

»Dann würde ich dir um den Hals fallen und dich küssen, und ich würde dich bitten, dass du mich in Zukunft immer unterstützt.«

Sie lächelten sich jetzt schweigend an, bevor Herbert nach ihrer Hand griff und sie noch fester drückte als bisher. »Ich liebe dich, Ida, und ich möchte dich nie wieder vermissen.«

»Ich liebe dich auch«, schluchzte sie, und die Tränen stürzten jetzt nur so über ihr Gesicht. »Ich habe dich so vermisst, so schrecklich vermisst.«

»Dann komm wieder nach Hause«, sagte er leise.

Ida nickte, während sie mit ihrem Finger vorsichtig über seine Wange strich. »Und du komm wieder nach Berlin«, flüsterte sie.

»Nach Berlin?«, fragte er erstaunt.

»Ich liebe Hiddensee, und ich liebe Berlin, so wie ich dich liebe und die Kunst«, erklärte sie und wischte sich dabei die Tränen aus dem Gesicht. Jetzt würde sich zeigen, ob er auch wirklich verstanden hatte, dachte sie, bevor sie stockend, als würde sie fürchten, er könnte sich und ihr doch nur etwas vorgemacht haben, fortfuhr: »Ich habe gestern eine Wohnung besichtigt. Eigentlich war sie für mich gedacht, aber ich würde dort viel lieber mit dir wohnen. Nur im Winter und Herbst natürlich«, fügte sie schnell hinzu, nachdem sie glaubte, er mache ein verständnisloses Gesicht. »Und im Frühjahr und Sommer könnten wir auf Hiddensee sein, und so hätten wir von beidem das Beste, und ich müsste nicht immer ein schlechtes Gewissen haben, nur weil es mich ab und zu in die Stadt zieht, und außerdem habe ich ja auch mit Bruno mal etwas Wichtiges zu besprechen, und für dich wäre das doch auch gut, die Verständigung mit Karl aus der Ferne ist doch mühselig, wo es noch nicht einmal ein Telegrafenamt auf Hiddensee gibt.«

Ida hatte immer schneller gesprochen, bis sie sich zum Schluss beinahe noch verhaspelt hätte. Hoffentlich sagte er das Richtige, hämmerte es in ihrem Kopf, hoffentlich hatte er sie verstanden. Ihr Blick haftete auf seinem Gesicht, aber sie konnte dort keine Regung erkennen. Bitte. Sie flehte ihn stumm an. Als sie schon dachte, sie würde sich damit abfinden müssen, allein nach Berlin zurückzukehren, da verzog er plötzlich den Mund zu einem breiten Grinsen und lachte, bevor der Schmerz ihn einmal mehr überwältigte.

»Heißt das, du bist damit einverstanden?«, fragte sie vorsichtig.

Herbert nickte. »Darüber habe ich doch selbst schon nachgedacht.«

»Wenn das so ist, dann kann ich es kaum erwarten, dass sie dich entlassen, damit ich so schnell wie möglich mit dir gemeinsam nach Hiddensee fahren kann«, sagte Ida und strahlte jetzt über das ganze Gesicht. »Darf ich dich eigentlich küssen, oder ist das zu schmerzhaft?«

»Ich weiß es nicht, aber ich würde sagen, es wird höchste Zeit, mal die Schmerzprobe zu machen.«

Ein Lächeln huschte über Idas Gesicht, bevor sie sich über ihn beugte und seine Lippen sanft berührte. Wie weich sie waren, noch viel weicher als in ihrer Erinnerung. »Geht das so?«, fragte sie leise.

»Sehr gut«, antwortete er und spitzte den Mund, so dass sich ihre Lippen erneut trafen, erst ganz sanft und dann etwas fester, bis Herbert stöhnte und Ida langsam zurückwich.

»Ich liebe dich«, flüsterte sie ihm ins Ohr und dachte, dass sie noch nie so glücklich war wie jetzt. Noch nicht einmal am Tag ihrer Hochzeit, als sie geglaubt hatte, sie sei die glücklichste Frau der Welt.

68

Ganz in der Ferne, am Horizont, war sie schon zu sehen, als kleiner schemenhafter Punkt, die Insel, ihre Insel, ihr neues, altes Zuhause. Und dabei hatte sie sich erst vor wenigen Minuten von ihrer Mutter verabschiedet, die wie Emma und die Kinder mit an den Kai gekommen war. Lilla, die weggemusst hatte, weil sie Klavierstunden gab, hatte sie schon vorher umarmt, ebenso wie Johanna, die partout kein Geld von ihr annehmen wollte. Am schwersten war ihr jedoch der Abschied von ihrem Vater gefallen, der sich kaum noch bewegen konnte, aber während früher zwischen Stralsund und Hiddensee Welten gelegen zu haben schienen, trennte sie nun nur noch der Bodden, und Ida hatte versprochen, bald wiederzukommen. Jetzt aber stand sie neben Herbert am Bug des Fischerbootes, das sie mit nach Hiddensee nahm, ihren Arm um seine Hüfte geschlungen, und blickte immer wieder verwundert zu ihm auf, als könnte sie es noch immer nicht glauben, wie glücklich sie war.

Der Fahrtwind trieb ihr Tränen in die Augen, und Herbert, der sie in den vergangenen drei Wochen, in denen sie über alles gesprochen hatten, so oft hatte weinen sehen, beugte sich immer wieder zu ihr hinunter und küsste sie sanft auf

ihre Augenlider. Er ging noch an Krücken, und seine Rippen schmerzten, aber wie Ida hatte auch er es kaum erwarten können, endlich mit ihr gemeinsam nach Hiddensee zurückzufahren, so dass er den Arzt überredet hatte, früher als geplant das Krankenhaus verlassen zu dürfen.
Idas Blick glitt über den zarthellen, an diesem Tag fast durchsichtig schimmernden Himmel, und sie bedauerte kurz, dass jetzt, in diesem Moment, kein Kranichschwarm über sie hinwegflog und sie mit lauten Trompetenrufen begrüßte. Aber für den Besuch der Vögel war es noch zu früh im Jahr, und eigentlich war Ida, je länger sie darüber nachdachte, auch froh darüber. Sonst wären vielleicht alte Wunden aufgerissen, und sie hätte noch einmal den ganzen Schmerz fühlen müssen wie in Berlin.
Je näher sie Hiddensee kamen, desto aufgeregter wurde sie. Wie damals, als sie zum ersten Mal über den Bodden gefahren und ihr Blick auf die Fischerhäuser gefallen war, die in der Morgensonne geleuchtet hatten wie Feuerbälle. Jetzt lag Neuendorf unter einem zarten Winterlicht, und die Häuser wirkten plötzlich so leicht und luftig auf sie, dass sie sich nicht gewundert hätte, wenn sie vom Wind einfach davongetragen worden wären.
Wie neu die Sicht doch immer wieder war auf dieser kleinen Insel, dachte sie erstaunt, nachdem sie noch einmal auf Neuendorf zurückgeblickt hatte und sie sich jetzt langsam Vitte näherten. Dort war tatsächlich einiges anders geworden seit ihrem ersten Besuch. Es gab jetzt eine Anlegebrücke, und die kleine Pension, in der sie damals gemeinsam mit Anna gewohnt hatte, war zu einem Hotel ausgebaut. Ihr Blick glitt an Vitte vorbei Richtung Kloster, hinter dessen Kirche sich vor neun Jahren noch nichts weiter als ein kahler grüner Hügel erhoben hatte. Dass sie dort einmal zu

Hause sein würde, hätte sie sich in ihren kühnsten Träumen nicht vorstellen können.
Ihr Haus im Blick, schmiegte sich Ida an Herbert. Wenn sie die Augen zusammenkniff, meinte sie sogar die Bank davor erkennen zu können, auf der sie schon so viele Tage und Nächte verbracht hatte. Wie sehr sie sich danach gesehnt hatte, dort wieder zu sitzen, gemeinsam mit Herbert, die Insel, den Bodden, die Küste Rügens und das offene Meer vor Augen und den weiten Himmel über sich, wie sehr sie sich danach gesehnt hatte, die Freiheit wieder riechen zu können, die an diesem Ort zu duften schien, wurde ihr jetzt noch einmal eindrücklich bewusst, als sie dem Haus immer näher kamen.
Bevor sie in Kloster anlegten, küsste Herbert ihr erneut den Fahrtwind aus den Augen, und diesmal hatten sich echte Tränen daruntergemischt. Als Idas Blick auf den Leuchtturm gefallen war, der wie ein Mahnmal oben auf dem Dornbusch stand, hatte sie für einen kurzen Moment wieder Stanislaus an dessen Fuß liegen sehen, und sie hatte sich gewünscht, die Zeit zurückdrehen zu können, um auch ihm eine neue Möglichkeit zu eröffnen, doch noch glücklich zu werden. Den Stein, den er ihr damals geschenkt hatte, trug sie noch immer bei sich, und wie um sich zu vergewissern, dass sie ihn nicht verloren hatte, griff sie hastig in ihre Manteltasche und atmete erleichtert auf, als sie ihn unter ihren Fingern spürte.
Sie hatten das Gepäck unten am Anleger stehenlassen und gingen jetzt den schmalen Weg hoch zu ihrem Haus. Nicht mehr als zehn Minuten brauchte man normalerweise, um vom Bollwerk zu ihnen zu kommen, aber Herbert mit seinen Krücken benötigte mehr als eine halbe Stunde, und Ida nutzte die Gelegenheit, immer wieder stehen zu blei-

ben, sich umzudrehen und ihren Blick über die geschwungene, an manchen Stellen so zerklüftete und, wie sie fand, gerade deswegen so anmutige Boddenküste schweifen zu lassen.
Gleich morgen, dachte sie, würde sie hier auf dem Hügel ihre Staffelei aufstellen und endlich einmal wieder versuchen diese Ansicht einzufangen. Und danach würde sie zu Wilhelm in seine Bergklause gehen und ihn fragen, ob er bereit wäre, für sie Modell zu sitzen, wenn es sein musste, auch vor seinem Sarg. So viele Porträts hatte sie gemalt, aber er war nie darunter gewesen, und dabei war sein Gesicht doch eines, das so viel mehr Geschichten zu erzählen hatte als die meisten.
Erschöpft von dem Aufstieg, ließ sich Herbert auf die Bank vor ihrem Haus fallen und schloss leise stöhnend die Augen. Ida, die sich neben ihn gesetzt hatte, lehnte ihren Kopf an seine Schulter und lauschte dem Meeresrauschen, das sich wie eine wärmende Decke sanft über sie legte.
Als wäre ihm ein unerwarteter Gedanke gekommen, hob Herbert plötzlich den Kopf, sah zu Ida, dann über die Insel, dann wieder zu Ida, raus aufs Meer, hoch in den Himmel, als würde er noch nachsinnen, bevor er seinen Arm um sie legte und sie fest an sich drückte und sagte, dass sie ihn nicht falsch verstehen solle, aber dass er froh sei, dass sie diesen Kunstpreis nicht gewonnen habe, schließlich sei damit ein Aufenthalt in Rom verbunden gewesen, und er könne sich nicht vorstellen, jetzt, da sich ihm wieder die ganze Schönheit Hiddensees offenbare, den kommenden Sommer in Italien zu verbringen.
Ida schmunzelte. Wie schwer es ihm doch noch immer fiel, sich an ihren Erfolg zu gewöhnen. Aber er hätte das nie zugegeben, und so sagte sie nur, dass sie es kaum erwarten

könne, gemeinsam mit ihm das Licht über der Insel flirren zu sehen, aber dass vielleicht das nächste Jahr ein gutes Jahr für eine Reise nach Rom sei. Und als er sie wortlos an sich drückte und küsste, da wusste sie, dass er sie verstanden hatte, und ihr Blick glitt noch einmal über die in dem hellen Winterlicht so zarte Landschaft, die jetzt wie ein Versprechen vor ihr lag.

JUDITH
KERN

Das Leuchten des Sanddorns

ROMAN

Das Rauschen der Ostsee, die Blumenpracht, die Faszination der weißen Kreidefelsen – nach Rügen und besonders in das Seebad Binz zieht es Anfang des 20. Jahrhunderts zahlreiche Gäste. Hier lebt die schöne junge Marie, die glaubt, mit ihrem Mann, einem ehemaligen Kapitän, glücklich zu sein. Bis sie Sophie von Blankenburg kennenlernt, die für die Rechte der Frauen kämpft – eine Begegnung, die nicht nur Maries Ehe gefährdet, sondern auch das Schicksal ihrer Tochter und Enkelinnen dramatisch beeinflussen wird …

Knaur Taschenbuch Verlag